DAVID WHITLEY

# Das Land des letzten Orakels



GOLDMANN
Lesen erleben

*Buch*

Die Gründer des Stadtstaates Agora hatten prophezeit, dass eines Tages zwei Richter in der Stadt erscheinen würden. Jugendliche, deren Urteil über Agoras Zukunft entscheiden würde.

Nun ist die Zeit der Richter. Doch diese wissen nichts von ihrem vorherbestimmten Schicksal. Es sind Mark und Lily, ein ängstlicher Junge und ein neugieriges Mädchen. Für kurze Zeit hatten sie zueinandergefunden, nun wurden sie wieder getrennt, und allein müssen sie beide um ihr Überleben kämpfen.

Mark ist nach seiner Flucht in die Agora umgebenden Wälder in die Stadt zurückgekehrt. Doch er muss sich verstecken, um nicht zwischen die Fronten zu geraten. Denn in Agora stehen sich ein tyrannisches Stadtoberhaupt und eine Gruppe heißblütiger Revolutionäre unversöhnlich gegenüber. Kann Mark seine Stadt davon abhalten, sich selbst zu zerstören?

Lilys Weg hat sie derweil in das dunkle, fremdartige Land Naru geführt, wo die einzig gängige Währung in Informationen besteht und die schemenhaften Einwohner ihre Persönlichkeit je nach Laune verändern. Dort soll ein Orakel Lily verkünden, was sie und Mark unbedingt wissen müssen: ihre eigentliche Aufgabe. Aber das Orakel verlangt eine Bezahlung: Bevor Lily ihr Schicksal erfährt, muss sie das eine Geheimnis auf der ganzen Welt finden, das dem Orakel bisher verborgen geblieben ist …

*Autor*

David Whitley wurde 1984 geboren, studierte englische Literaturwissenschaft in Oxford und träumte schon immer vom Schreiben. Bereits mit siebzehn Jahren wurde er für den »Kathleen Fidler Award« nominiert, mit zwanzig gewann er den »Cheshire Prize for Literature«. Neben der Literatur fasziniert David Whitley auch das Theater, und er tritt immer wieder als Sänger auf. Seine auf drei Bände angelegte Serie um die geheimnisvolle Welt Agoras wurde von Lesern und Presse gleichermaßen begeistert aufgenommen. Mehr zum Autor und seinen Büchern unter www.davidwhitley.co.uk.

Von David Whitley sind im Goldmann Verlag außerdem lieferbar:

Die Stadt der verkauften Träume. Roman (46691)
Die Kathedrale der verlorenen Dinge. Roman (47467)

David Whitley

# Das Land des letzten Orakels

Roman

Aus dem Englischen
von Peter Beyer

GOLDMANN

Die Originalausgabe erschien 2013 unter dem Titel
»The Canticle of Whispers« bei Roaring Brook Press, a division
of Holtzbrinck Publishing Holdings Limited Partnership, New York

MIX
Papier aus verantwortungsvollen Quellen
FSC® C014496
FSC
www.fsc.org

Verlagsgruppe Random House FSC-DEU-0100
Das FSC®-zertifizierte Papier *München Super* für dieses Buch
liefert Arctic Paper Mochenwangen GmbH.

1. Auflage
Taschenbuchausgabe Januar 2013

Umschlaggestaltung: UNO Werbeagentur, München
Umschlagmotiv: © Tertia Ebert; FinePic
Redaktion: Alexander Groß
Th · Herstellung: Str.
Satz: DTP Service Apel, Hannover
Druck und Bindung: GGP Media GmbH, Pößneck
Printed in Germany
ISBN 978-3-442-47468-4

www.goldmann-verlag.de

Für Jamie und Nienke

*Yet pull not down my palace towers, that are*
*So lightly, beautifully built:*
*Perchance I may return with others there*
*When I have purged my guilt.*

Alfred, Lord Tennyson

# TEIL EINS

# *Antworten*

## KAPITEL 1

# *Echos*

Tertius hatte gesagt, er werde ihr ein Wunder zeigen.

So weit weg von den mittleren Höhlen war Septima noch nie gewesen. Zwar waren sie schon seit Tagen auf der Flucht, aber bis jetzt waren sie in der Nähe der ihnen bekannten Stätten geblieben – hatten, wann immer sie konnten, Proviantpakete stibitzt und aus tiefen, klaren Wasserbecken getrunken, wenn sie keine solchen fanden. Manchmal knurrte ihnen der Magen, und der ständige Nervenkitzel versetzte sie nach wie vor in helle Aufregung. Sie wusste, dass die Wächter sie bald einholen würden.

Als Tertius ihr daher vor einer Stunde gesagt hatte, er habe den Weg vor ihnen ausgekundschaftet und sei dabei auf etwas Erstaunliches gestoßen, war sie davon überzeugt gewesen, dass er gelogen hatte. Vielleicht hatten die Wächter ihn erpresst. Vielleicht führte er sie in eine Falle.

Das hielt sie natürlich nicht davon ab mitzugehen.

Sie bewegten sich durch ihr unbekannte, geheimnisvolle Höhlen. Es leuchtete darin kein Kristalllicht, sodass sie beide ihre Laternen entzündeten. Der Metallhenkel der Lampe fühlte sich glatt und warm in ihrer Hand an. Im Lampenlicht sah alles anders aus. Tertius' blasses Gesicht war auf einmal golden glänzend, und seine großen, dunklen Augen leuchteten vor Aufregung.

Septima strich sich durch ihr langes, aschblondes Haar.

»Ist es noch weit?«, wagte sie zu fragen. Eigentlich war sie nicht mit Fragen an der Reihe, doch hier draußen konnte man sämtliche Regeln brechen.

»Nur noch ein paar Höhlen weiter«, erwiderte er. Seine Stimme klang hoch und angespannt, ganz ohne die Musikalität, die sonst in ihr mitschwang. Septima wurde ein wenig ungehalten. Das hier war *sein* Wunder, und dann sollte er auch keine Angst davor haben.

Sie wollte gerade etwas erwidern, als sie ein merkwürdiges Echo vernahm, zu weit entfernt, um es zu verstehen. Plötzlich bekam auch sie es mit der Angst zu tun und schlang ihr langes Kleid enger um sich.

»Wir sind in der Nähe der Kakophonie«, flüsterte sie. »Du hast nichts davon gesagt, dass das Wunder hier draußen ist. Was, wenn es verschwunden ist?«

»Das wird es schon nicht«, entgegnete er gereizt. »Jammer nicht herum. Ich brauche dir auch gar nicht zu antworten. Du hast mir schon seit Tagen nichts Neues mehr erzählt.«

Schmollend verfiel sie in Schweigen. Aber es stimmte. Sie würde bald etwas Berichtenswertes für ihn finden müssen. Sie wollte nicht, dass er das Interesse an ihr verlor.

Sie war erst einmal in der Nähe der Kakophonie gewesen. Damals, als sie noch zu jung gewesen war, um zu singen, hatte ihr Lehrer sie und die anderen aus ihrer Gruppe zu den äußeren Höhlen mitgenommen. Diesen Besuch würde sie nie vergessen.

Sie erinnerte sich an die fremdartige Stille. Ihr Lehrer hatte ihnen verboten zu reden. Wenn man in der Nähe der Kakophonie redete, forderte man sie dazu heraus, herbeizukommen und einen zu entdecken.

Dann war da noch die Dunkelheit gewesen. Der Lehrer hatte ihnen befohlen, ihre Laternen zu löschen. Eines der Mädchen hatte sich geweigert weiterzugehen. Sie hatte sich vorher noch nie aus dem Bereich des Kristalllichts herausgewagt. Die anderen hingegen waren mutiger gewesen. Das Mädchen hatte sich zusammengekauert, und sie hatten sie zurückgelassen und waren in die pechschwarzen Höhlen hineingegangen und dabei über kleine Unebenheiten auf dem Boden gestolpert.

Während Septima weiterging, spürte sie die gleichen Unregelmäßigkeiten unter ihren Füßen. Der Boden fühlte sich hier so ganz anders an als der glatte Stein in der Nähe des Mittelpunkts. Trotzig starrte sie die in ihrer Laterne flackernde Flamme an. Hier war kein Lehrer, der ihr befahl, im Dunkeln weiterzugehen. Zum ersten Mal in ihrem Leben brach sie die Regeln. Sie war eine Rebellin.

Doch als Tertius und sie nun tiefer in die äußeren Höhlen vordrangen, hörte Septima wieder das, was sie Jahre zuvor so in Schrecken versetzt hatte – die Echos. Sie drangen aus der Stille zu ihnen, leise zunächst, doch an Intensität zunehmend. Es waren strudelnde, rauschende Töne, so wie das Toben eines aus Worten, Rufen und Klagen bestehenden Flusses. Septima hielt sich die Ohren zu, doch es machte keinen Unterschied. Diese Echos drangen anscheinend aus dem Boden hervor.

Es waren gar nicht die Stimmen selbst, die sie erschreckten, sondern die Leidenschaft, die ihnen innewohnte. Jede einzelne brüllte vor Freude oder schrie vor Schmerz. Eine Million Stimmen, die alle gleichzeitig redeten, die allesamt forderten, dass sie ihnen zuhörte. Mit klopfendem Herzen beschleunigte sie ihre Schritte. Es hieß, es sei Wahnsinn, durch die Kakophonie zu gehen. Die undurchdringliche Barriere, die ihre Heimat umgab, bestand aus einem Meer von Geräuschen, welche die äußeren Höhlen mit irrsinnigem Geheul und nervtötendem Geflüster erfüllten. Aber das hielt die Leute nicht davon ab, sich ihnen so weit zu nähern, wie sie es wagten.

»Wir müssen doch nicht durch die Kakophonie gehen, oder?«, fragte Septima, als die Echos ein wenig verhallt waren. Tertius gab keine Antwort. Er würde jetzt nicht reden. Erst wenn Septima ihm im Gegenzug neue Informationen gegeben hatte.

»Ich war schon einmal hier«, stieß sie hervor. Nach wie vor Schweigen. »Vor sechs Jahren. Kurz bevor wir zum ersten Mal miteinander gesprochen haben.« Sie biss sich auf die Lippen. War das genug?

Endlich drehte sich Tertius um. Er wirkte zufrieden. Erleichtert stieß Septima den Atem aus. Sie hatte ihm genug Informationen gegeben, hatte den Stand ihres Wissensaustauschs ins Gleichgewicht gebracht; sie waren wieder quitt.

»Nein, wir müssen nicht hindurchgehen. Das Wunder befindet sich direkt am Eingang von einer äußeren Höhle.« Er grinste, wobei seine Zähne im Lampenlicht glänzten. »Du hast doch keine Angst, oder?«

»Ein bisschen schon«, gab sie zu. Er trat näher zu ihr. Unwillkürlich wich sie zurück; fast konnte sie seinen Atem auf ihrem Gesicht spüren. Das war unerträglich.

»Gehen wir«, murmelte sie, während ihre Wangen erröteten.

Sie setzten ihren Weg fort. Septima versuchte sich zu entspannen, doch das Grollen der Kakophonie machte sie nervös. Der Fels über ihr schien von dem Geräusch zu erbeben, als könne er jeden Moment zerbersten und sie unter dem schrecklichen Geräusch begraben.

Dann hob Tertius plötzlich die Hand und unterbrach mit dieser abrupten Geste ihre Gedankengänge.

»Wir sind da«, flüsterte er.

Blinzelnd schaute sie in die Ferne. Direkt vor ihnen, am Eingang eines kleineren Stollens, konnte sie etwas auf dem Boden erkennen. Es sah aus wie ein Berg Kleider. Enttäuscht rümpfte sie die Nase.

»Sieht in meinen Augen nicht wirklich nach einem Wunder aus«, sagte sie zweifelnd.

Doch als sie näher kamen, konnte sie es besser erkennen. Nein … das war kein Kleid … das war …

»Aber das kann doch nicht sein!« Sie rang nach Luft. »Ist das eine aus dem Chor? Es muss …«

»Wer denn?«, fragte er triumphierend. »Hast du ihr Gesicht schon einmal gesehen?«

Sie schaute hinab. Ein Mädchen von vielleicht fünfzehn Jahren lag zusammengerollt vor den Füßen ihres Gefährten. Ihr langes schwarzes Haar war offen und fiel ihr in Strähnen über das Gesicht. Auch ihre Haut war dunkel und hob sich von ihrem schmutzig-weißen Wollkleid ab, das voller getrocknetem, abblätterndem Schlamm war.

Septima hatte sie noch nie in ihrem Leben gesehen. Und das war erstaunlich.

»Ist sie … eine aus dem Orchester?«, fragte sie atemlos, so aufgeregt, dass sie vergaß, dass sie nicht damit an der Reihe war, Fragen zu stellen.

»Es gibt nur eine Möglichkeit, es herauszufinden«, sagte er.

Langsam streckte er einen Fuß aus. Septima spürte, wie ihr der Atem stockte.

»Das kannst du nicht tun!«

Mit einem Ausdruck grimmiger Entschlossenheit blickte er zu ihr auf.

»Aufgepasst.«

Er stupste die Gestalt mit der Spitze seines Stiefels an. Septima kreischte vor Begeisterung und Angst. Er war erstaunlich; er brachte alles fertig.

Die Gestalt stöhnte auf. Beide machten einen Satz zurück. Septima hätte schreien wollen, doch ihr Kreischen von vorhin hallte bereits überall in der Felskammer wider, und sie wollte es nicht noch weiter verstärken. Die Wächter könnten sie sonst hören und ihnen ihr Wunder streitig machen.

Deshalb schaute sie verblüfft zu, wie das Mädchen eine Hand hob und sich das Haar aus dem Gesicht strich.

»Was … ich … wo?«

Mit geweiteten Augen blickte das Mädchen zu ihnen beiden auf.

»Wo bin ich?«

Septimas Gedanken rasten, während sie versuchte, auf die richtige Antwort zu kommen. Stellte dieses Wunder, dieses Mädchen, wahrhaftig eine Frage, ohne zuvor Wissen anzubieten?

»Erinnerst du dich nicht?«, fragte sie vorsichtig, nachdem sie beschlossen hatte, dass die einzig angemessene Antwort eine Gegenfrage war.

Offenbar brachte sie das Mädchen damit aus dem Konzept. Es setzte sich aufrecht hin.

»Ich erinnere mich an … die Stufen«, begann sie. »So viele Stufen. Es ging immer weiter hinunter. Und an die Dunkelheit. Und dann … riefen Stimmen … meinen Namen. Sie wurden lauter, immer lauter …«

Tertius hätte fast die Laterne fallen lassen. »Du bist durch die Kakophonie gegangen?«, fragte er, sämtliche Regeln brechend. »Wie ist das gewesen? Woher kommst du?«

Septima wandte sich ihm zu und starrte ihn erstaunt an. Sie hatten keinesfalls das Recht, solche Fragen zu stellen. Noch nicht.

»Fangen wir mit etwas Einfachem an«, sagte sie und wandte sich dem Mädchen zu. »Sag uns, wie sollen wir dich nennen?«

Das Mädchen schüttelte einen Moment den Kopf, als wolle sie ihre Gedanken ordnen. »Ich bin … Lily. Mein Name ist Lily«, sagte sie. Nun zuversichtlicher wirkend erhob sie sich. »Mein Name ist Lilith d'Annain, aus der Stadt Agora. Und jetzt verratet mir«, fuhr sie fort, während sie Septima furchtlos in die Augen blickte. »Wo bin ich?«

KAPITEL 2

# *Die Wiedervereinigung*

Mark zog sich die schmutzige Decke bis unter die Nase und hoffte, dass er so nicht entdeckt werden würde.

Es würde nicht mehr lange dauern. Schon jetzt merkte er, dass die Inspektorin die Gesichter der Schuldner weniger aufmerksam musterte. Mark vermutete, dass sie noch nicht häufig einen Blick auf die armen Teufel auf der Straße geworfen hatte und der Anblick eingefallener, krank aussehender Gesichter seinen Tribut forderte. Obwohl Inspektorin Poleyn, wie die meisten Eintreiber, zweifelsohne ein robustes Wesen hatte, war sie eher von unerschütterlicher Zielstrebigkeit geprägt als von auf der Straße gewonnener Erfahrung. Es war offenkundig, dass sie sich weit wohler gefühlt hätte, wenn sie in den stromaufwärts gelegenen Stadtvierteln die Oberen der Gesellschaft bewacht hätte, als hier unten im Gassengewirr des Schütze-Bezirks Wache zu schieben.

»Vielleicht zeigen Sie mir lieber nur die möglichen Verdächtigen, Doktor?«, sagte sie und rümpfte dabei angewidert die Nase. »Ich habe keine Zeit, jeden Schuldner zu befragen, der in Ihrem« – sie stockte und verkniff sich offenkundig einen beleidigenden Ausdruck – »Etablissement landet.«

»Ich fürchte, das ist nicht möglich, Inspektorin«, erwiderte der Doktor in gemessenem Tonfall. »In den letzten Wochen hat es eine Reihe Patienten mit fiebrigen Erkrankungen gegeben, und ich habe kaum die Zeit, die Namen der Patienten zu notieren, geschweige denn mich an jeden einzelnen zu erinnern.«

Mark riskierte es, erneut über den Rand der Decke zu lugen. Poleyn stocherte gerade mit ihren langen, eleganten Fingern in eine Decke, mit der sich eine junge Frau umhüllt hatte, so als wären Schuldner grundsätzlich unsauber. Hinter ihr fuhr sich Dr. Theophilus mit den Fingern durch sein lichter werdendes dunkelblondes Haar. Er schlug sich überraschend gut darin, einen hilfreichen Eindruck zu erwecken, doch Mark fiel auf, dass er anfing zu schwitzen. Ob der Doktor schon zuvor einmal Eintreiber belogen hatte?

In diesem Moment fiel Theos Blick auf ihn. Der Doktor machte mit der Hand hinter seinem Rücken eine hektische Geste, worauf Mark wieder unter der Decke verschwand.

»Vielleicht können Sie mir etwas über den Fall berichten, Inspektorin?«, sagte Theo, während er aus der Ecke, in der Mark sich versteckte, heraustrat. »Bestimmt könnte ich dann von Hilfe sein.«

»Es tut mir leid, Doktor, aber absolute Geheimhaltung ist unbedingt erforderlich«, schnaubte die Inspektorin. »Diese Flüchtigen haben den Direktor persönlich bestohlen. Sie müssen verhaftet werden, und zwar rasch.«

Unter der Decke unterdrückte Mark ein wütendes Knurren. Ja, er hatte den Empfangsdirektor bestohlen, den Herrscher über die Stadt. Aber Mark hatte nichts genommen, was der Mann ihm nicht zuvor selbst weggenommen hatte. Einst hatte Mark im höchsten Turm der Stadt gewohnt – dem Turm des Sterndeuters, im ehemaligen Heim des Grafen Stelli. Mark war berühmt gewesen, ein Wunderkind mit einer scheinbar goldenen Zukunft. Snutworth war sein loyaler Diener gewesen – bis dieser ihn hintergangen und ins Gefängnis hatte stecken lassen. Nun war Snutworth der Herrscher über Agora, und Mark versteckte sich unter den Ärmsten der Stadt, bemüht, sich dem Auge des Gesetzes zu entziehen.

»Ja, natürlich«, sagte der Doktor ein wenig zu hastig. »Aber solche zu allem entschlossenen Verbrecher würden doch gewiss eher im Rad Zuflucht nehmen als hier. Dort werden sie besser verpflegt und würden in Mr Crede wohl einen Gesinnungsgenossen finden. Wie ich gehört habe, heißt man Eintreiber in diesem Teil der Stadt alles andere als willkommen ...«

»Nachforschungen werden in *allen* Gegenden angestellt, Sir«, unterbrach ihn Poleyn. Offenbar hatte Theo einen wunden Punkt getroffen. »Doch aus Gründen, die ich nicht preisgeben kann, ist es am wahrscheinlichsten, dass sich die Flüchtigen hier in dieser Gegend versteckt halten.« Sie blickte Theo prüfend an. »Sind Sie absolut sicher, dass hier in letzter Zeit keine verdächtigen Gestalten Unterschlupf gesucht haben? Vielleicht ein Junge von fünfzehn Sommern und eine junge Frau mit goldenem Haar? Sie zumindest sollte nicht schwer zu erkennen sein – sie muss weit sauberer und besser genährt sein als der Großteil dieses Gesindels hier.«

Mark bemerkte, dass ein Anflug von Besorgnis über Theos Gesicht huschte, doch dieser wusste es gut zu überspielen.

»Inspektorin, wie Sie bereits bei zahlreichen Gelegenheiten sagten, nehmen wir hier im Tempel jeden auf. Würden wir jemanden auf einen bloßen Verdacht hin abweisen, blieben unsere Betten jede Nacht leer. Unsere Türen stehen für jeden offen.«

Mürrisch dreinblickend wandte sich Poleyn ab, und Theo begann damit, Betttücher zu sortieren. Mark bemerkte, dass er es gezielt vermied, in seine Richtung oder zu dem Feldbett an der Tür zu schauen, wo die andere Flüchtige nach wie vor reglos dalag.

Unglücklicherweise steuerte Poleyn nun genau in diese Richtung.

»Ich kann mich nicht erinnern, diese hier schon einmal gesehen zu haben«, murmelte sie und zog die Decke beiseite. Die junge Frau schaute zu ihr auf. Aus seinem Blickwinkel konnte Mark nicht erkennen, ob Cherubina weiterhin so tat, als wäre sie eine Schuldnerin. »Vielleicht sollte ich sie einmal näher untersuchen.«

»Tun Sie sich keinen Zwang an, Inspektorin«, sagte Theo, bemüht, dabei unbeteiligt zu klingen. »Ich bin mir sicher, dass ihre Blattern nicht mehr akut ansteckend sind.«

Poleyn riss ihre Hand zurück, und Mark musste ein Lachen unterdrücken.

Im Nachhinein erwies sich dies als schlechte Idee. Poleyns Aufmerksamkeit richtete sich prompt auf die Stelle, an der er sich verbarg.

»Ihnen ist natürlich klar, dass es ein schwerwiegendes Verbrechen ist, Kriminellen Unterschlupf zu gewähren, Doktor«, erklärte sie, während sie auf Marks Versteck zutrottete. Hastig zog dieser sich wieder die Decke über den Kopf, doch er vernahm trotzdem Poleyns feste und entschlossene Stimme. »Der Direktor hat beschlossen, dass es Zeit dafür ist, härter durchzugreifen. Zu viele Menschen setzen sich über den Arm des Gesetzes hinweg. Dieser Raufbold Crede ist wie eine faule Stelle im Apfel, und wir haben nicht die Absicht, den ganzen Apfel verfaulen zu lassen.«

Mittlerweile hatte sie sich über Mark gebeugt. Dieser konnte sie sogar riechen – es war ein sauberer Geruch, fast wie desinfiziert, ganz im Gegensatz zum Rest des Kellers. Mark verkroch sich unter der Decke, während seine Gedanken rasten, bemüht, auf etwas zu kommen, das sie von ihm ablenken würde. Sie hatten es doch fast schon geschafft …

»Inspektorin, ich würde wirklich nicht …«, begann Theo, doch Poleyn unterbrach ihn.

»Ich habe jetzt genug davon, Doktor. Endgültig genug. Es wird Zeit, diese kindischen Spielchen zu beenden. Sicher wird der Direktor eine Menge Fragen haben …«

Endlich hatte Mark einen Geistesblitz. Er riss die Decke zurück und umklammerte stöhnend Poleyns Revers.

»Holen Sie mich hier raus!«, kreischte er, bemüht, so fiebrig wie möglich zu klingen, während er mit den Händen, überzogen mit schuppiger Haut, über das Gesicht der Inspektorin fuhr. »Die behandeln mich hier nicht richtig, das sage ich Ihnen!« Er verdrehte die Augen und legte die Lippen dicht an Poleyns Ohr, während diese versuchte, sich ihm zu entziehen. »Helfen Sie mir? Sie helfen mir doch, oder? Werden Sie mich vor der Behandlung bewahren? Hier sind alle hinter mir her, alle!«

Poleyn hob ihren Schlagstock, und Mark ließ sich wimmernd wieder fallen und igelte sich ein, konzentrierte sich jedoch vollkommen darauf, wie Theo die erschrockene Eintreiberin beruhigte.

»Nun, ich hatte Sie gewarnt«, sagte Theo mit spürbarer Erleichterung. »Dieser arme junge Mann hat seinen Verstand mehr oder minder verloren, fürchte ich.«

Sorgsam darauf bedacht, nach wie vor seine Rolle zu spielen, spähte Mark erneut über den Rand seiner Decke. Theo tauchte gerade einen Lappen in eine Holzschüssel mit Wasser und bot ihn der Inspektorin an. »Er ist in einem fürchterlichen Zustand. Ein schrecklicher Fall. An Ihrer Stelle würde ich mich an den Stellen waschen, an denen er Sie berührt hat, damit Sie keine Symptome entwickeln …«

Bemüht, ihre Würde zu wahren, nahm Poleyn den Lappen und wischte sich das Gesicht ab. Dieses Mal lachte Mark nicht. Trotz ihrer Abneigung gegenüber den Schuldnern, so hatte Theo ihn gewarnt, war Poleyn eine tüchtige Ermittlerin. Wenn sie der Meinung war, dass ihre Beute sich hier aufhielt, würde sie beim nächsten Mal mit einer ganzen Streife zurückkehren. Die Eintreiber taten alle nur ihre Arbeit, mussten sich aber gegenüber dem Direktor verantworten.

Und wenn der Direktor ihn in die Hände bekam, würde Mark nicht einmal das Recht auf einen fairen Prozess haben, denn was das Gesetz anging, existierte er gar nicht.

»Nun, ich denke, das sind alle gegenwärtigen Patienten«, sagte Theo mit besänftigender Stimme. »Wenn Sie natürlich bis heute Abend warten möchten, werden sich bestimmt noch eine Menge mehr einfinden. Es sieht nach Regen aus, und meine Assistentin Benedicta hat vor, einen hervorragenden Eintopf zu kochen. Dieses Mal dürfte sogar erkennbar Fleisch darin sein, wenn Sie uns also Gesellschaft leisten möchten …«

»Das wird nicht nötig sein«, sagte Poleyn, während sie sich mit angewiderter Miene das Revers glattstrich. »Im Moment scheinen sich die Flüchtigen hier nicht aufzuhalten. Aber es werden selbstverständlich regelmäßig Kontrollen stattfinden.« Poleyn legte den Lappen wieder hin und richtete sich auf. Obwohl Theo fast dreißig Zentimeter größer war als sie, hatte es den Anschein, als blicke sie auf ihn herab. »Ich weiß, was Sie hier tun, Doktor. Dass Sie Schuldnern und Kriminellen Unterschlupf gewähren. In besseren Zeiten hätte ich dies womöglich gebilligt. Aber jetzt …« Poleyn wirkte beunruhigt und wandte sich ab. »Der Tag des Urteils naht, und wir müssen alle entscheiden, auf welcher Seite wir stehen …«

Mark sah, dass Theo trotz aller nervöser Anspannung beruhigend die Hand auf sie legen wollte.

»Inspektorin«, sagte der Doktor sanft, »quält Sie etwas?«

»Das geht Sie nichts an«, murmelte Poleyn hastig, so als habe sie mehr gesagt, als sie beabsichtigt hatte. »Und nun muss ich mich anderen Aufgaben widmen, Doktor …«

Mitgenommen wirkend zog sich Poleyn in Richtung der Kellertreppe zurück. Angespannt lauschten Mark und Theo einen kurzen Moment, wie sie sich einen Weg durch die Schuldner auf dem Stockwerk über ihnen bahnte. Energisch knallte sie dann die Tür zu.

Der Doktor sank auf einen Stuhl und legte den Kopf in die Hände. »Es ist vorbei«, murmelte er. »Den Sternen sei Dank.«

»Nein, Ihnen sei Dank, Theo«, seufzte Mark von Herzen und sprang aus dem Feldbett, froh darüber, sich wieder ausstrecken zu können, nachdem er stundenlang zusammengerollt dagelegen hatte. »Haben Sie diesen Lappen noch?«

Theo reichte Mark den feuchten Lappen, und Mark begann sich damit die Haut abzureiben und die weiße Schicht zu entfernen, die sie zuvor aufgetragen hatten. Wenig später waren die Anzeichen seiner »Krankheit« verschwunden.

»Ich hätte nie gedacht, damit durchzukommen, mich direkt vor ihren Augen zu verstecken«, fuhr Mark fort, während er den Lappen in einem Eimer mit sauberem Wasser auswusch. »Wäre Ihnen nicht diese Idee gekommen, hätten uns die Eintreiber sicher gefunden.«

»Mir ist immer noch nicht ganz klar, warum sie hinter dir her sind«, klagte Theo. »Oder wo du gewesen bist. Kein Wort! Über ein Jahr lang! Dein Vater hat Himmel und Erde in Bewegung gesetzt und nach dir gesucht …«

Mark fuhr damit fort, den Lappen auszuwaschen, unschlüssig, was er erzählen sollte. Wie könnte er es erklären? Er konnte es ja selbst kaum glauben, obwohl er es erlebt und gesehen hatte. Er war durch die fremden Länder außerhalb der Stadt gereist. Er hatte die gewaltigen Berge und die dunklen Wälder gesehen und auch die Menschen, die in erzwungener Harmonie lebten und jeden Abweichler gewaltsam bestraften. Er war von dem merkwürdigen, lebenden Alptraum heimgesucht worden, der dafür sorgte, dass keiner aus der Reihe tanzte, und er hatte gegen den geheimnisvollen Orden der Verlorenen gekämpft, der ihn gefangen genommen und zurück nach Agora verschleppt hatte. Das alles hatte er im Lauf der vergangenen anderthalb Jahre durchgemacht. Es fiel ihm schwer zu entscheiden, wo er anfangen sollte.

»Willst du diesen Lappen den ganzen Tag in der Hand halten?«, ertönte eine Stimme von der anderen Seite des Raumes. Gereizt setzte sich die junge Frau mit den Blatternarben in ihrem Bett auf. Theo hatte etwas Erstaunliches vollbracht – Mark wollte gar nicht darüber nachdenken, was er zusammengemischt hatte, um die Blattern so echt wirken zu lassen. Verlegen wrang Mark den Lappen aus und reichte ihn Cherubina. Anmutig betupfte sie sich damit das Gesicht, bis sich die vorgetäuschten Blattern in nichts auflösten. Sie rümpfte die Nase. »Jetzt, da die Inspektorin weg ist, müssen wir da trotzdem noch den ganzen Tag hier im Keller bleiben?«, wollte sie wissen, während sie das alte Halstuch abwickelte, das sie ihr um den Kopf gebunden hatten, um ihre markanten blonden Ringellöckchen zu verbergen. »Besonders angenehm riecht es hier nicht.«

»Geduld, Miss Cherubina«, erwiderte Theo vorsichtig. »Ich würde mich nicht regen, bevor Laud Bescheid gibt, dass die Luft rein ist. Inspektorin Poleyn hat sich ihre neue Position redlich erarbeitet, und ich bin überzeugt davon, dass sie einen ihrer Männer schicken wird, um den Tempel während der nächsten Tage im Auge zu behalten. Ich bezweifle, dass der Direktor schon willens ist, die Suche abzublasen.«

Cherubina erbleichte, und Mark zuckte zusammen. Er hatte allen Grund, den Direktor zu hassen. Snutworth hatte ihn hintergangen und entführt und behandelte ihn praktisch wie eine Marionette. Cherubina hingegen war Snutworths Gattin gewesen. Sie hatte über ein Jahr mit ihm gelebt, halb Gefangene, halb Beute. Mark vermochte sich nicht vorzustellen, wie es gewesen sein musste. Fest stand, dass sie kein Bedürfnis hatte, darüber zu sprechen. Mark hatte sie im Turm des Sterndeuters, Snutworths damaligem Zuhause, eingesperrt vorgefunden. Sie hatte darauf gebrannt, sich ihm bei seiner Flucht anzuschließen. Aus Sicht des neuen Direktors war sie überhaupt nicht weggelaufen – Mark hatte sein Eigentum gestohlen. So dachte er, und er hatte das Gesetz von Agora auf seiner Seite.

»Sind Sie sicher, dass die anderen Schuldner nichts verraten werden?«, murmelte Cherubina, sichtbar mitgenommen. »Viele von ihnen haben gesehen, wie wir hier angekommen sind.«

Theo hob müde den Kopf. »Wer in unserem Almosenhaus Zuflucht nehmen muss, ist mit Sicherheit den Eintreibern nicht in Liebe verbunden«, erklärte er, nachdem er kurz nachgedacht hatte. »Dennoch würde ich mich nicht auf ihr Schweigen verlassen, falls die Eintreiber rüdere Verhörmethoden anwenden. Lange werdet ihr hier nicht bleiben können. Vielleicht finden wir eine Möglichkeit, euch irgendwie herauszuschmuggeln.« Theo rieb sich die Schläfen. Er wirkte erschöpft. Nach Marks Einschätzung konnte der Doktor nicht älter als dreißig sein, doch seit er ihn das letzte Mal gesehen hatte, war er äußerlich stark gealtert. Seine Geheimratsecken breiteten sich immer mehr aus, und die Last der Sorgen schien seinen großen, schlanken Körper niederzudrücken. Mark stellte sich vor, dass sein plötzliches Erscheinen vor wenigen Stunden es auch nicht gerade besser gemacht hatte.

»Aber … Mark hat gesagt, Sie können uns aufnehmen!«, rief Cherubina. »Sie sind die Einzigen in Agora, an die wir uns wenden können! Ich kenne niemanden hier in der Stadt, abgesehen von Mami, und die würde mich nicht verstecken. Nicht, wenn dadurch ihre Geschäfte in Gefahr gerieten …« Traurig verstummte Cherubina.

»Schon gut, Cherubina«, beruhigte Mark sie. »Bestimmt findet Theo irgendwo für uns eine …«

»Wartet mal einen Moment!«, unterbrach ihn Theo mit fester Stimme. »Vor allem anderen müsst ihr mir erst einmal erzählen, was hier vor sich geht.« Der Doktor begegnete Marks Blick. Er schaute ihn dabei nicht unfreundlich an. Um sich bei Theo unbeliebt zu machen, bedurfte es einer Menge, vermutete Mark, doch dies nun war ein Blick, der Antworten einforderte. »Tut mir leid, Mark. Ich bin froh zu sehen, dass du in Sicherheit bist, wirklich. Aber du kannst dich uns nicht … so ausliefern und dann von uns erwarten, dass wir alles für dich riskieren, ohne dass du dich ein wenig erklärst.«

In der Ecke, hinter den Betten der schwer am Fieber Erkrankten, erblickte Mark die zerbrochenen Reste der Packkisten, die sie für ihre Flucht aus Snutworths Turm benutzt hatten. Sie hatten sie in Stücke gehackt und in den Keller verfrachtet, bevor die Eintreiber sie entdecken konnten. Das war erst eine Stunde her, doch es kam ihm länger vor. Er erinnerte sich daran, wie Theo nervös auf und ab gelaufen war, und Laudate, Theos Freund und Marks ehemaliger Angestellter, die körperlich gesunden Schuldner hinausgetrieben hatte, nicht ohne ihnen zuvor eindringlich einzuschärfen, das Gesehene für sich zu behalten. Er erinnerte sich, wie Benedicta, Laudates Schwester, Cherubina aus ihrer Kiste geholfen und aus den Locken der jungen Frau Stroh und Sägespäne herausgepickt hatte. Er wünschte, Benedicta wäre jetzt noch hier und würde sie beide nach wie vor unheimlich aufgeregt und grinsend willkommen heißen. Mark war Ben zuvor erst ein einziges Mal begegnet, doch dieses Lächeln war ihm in Erinnerung geblieben – ein Lächeln, das er so wenig verdient und das sie ihm so großzügig geschenkt hatte. Trotz Bens sprudelnder Energie verbreitete ihr Lächeln eine Gelassenheit, die ungemein beruhigend wirkte. Doch sie war mit den Worten, sie müsse jemanden suchen, wenige Minuten nach seiner Ankunft davongehastet, und danach waren sie alle zu beschäftigt gewesen, weil sie sich auf die Eintreiber vorbereiten mussten, als dass sie sich die Zeit genommen hätten, miteinander zu reden.

»Das ist ziemlich schwer zu erklären«, räumte Mark ein. »Aber ich werde es versuchen.«

»Ja, Mr Mark, das würden wir hier alle begrüßen.«

Die Stimme erscholl vom oberen Treppenabsatz. Mark blickte hinauf.

Erneut staunte Mark, wie sehr sich jemand im Verlauf eines Jahres verändern konnte. Laudate, den seine Freunde als Laud kannten, war nie ein besonders fröhlicher junger Mann gewesen. Doch der Druck, den Tempel in Betrieb zu halten, hatte bei ihm wirklich seinen Tribut gefordert. Sein langes rotes Haar war ungekämmt, und über einem Auge war eine Narbe von einer alten Verletzung zu sehen. Nun, da Mark ihn eingehend betrachten konnte, erkannte er einen Argwohn in seinem Blick, der über seinen üblichen Zynismus hinausging. Dies war ein junger Mann, der es gewohnt war, dass die Welt harte Schläge austeilte, und seine Einstellung zu ihm war in diesem Moment eindeutig feindselig.

»Ich denke, das sind Sie uns schuldig, nicht wahr?«, forderte Laud bitter. »Nennen Sie es Bezahlung dafür, dass wir Sie vor jedem einzelnen Eintreiber in der Stadt verstecken. Oder haben Sie nicht gewusst, dass sie jede noch so kleine Gasse von hier bis zu den Werften des Wassermann-Bezirks nach Ihnen absuchen?« Während er die Stufen herabschritt, warf er Cherubina einen flüchtigen Blick zu. »Sie nennen euch natürlich nicht beim Namen, aber aus den Beschreibungen geht eindeutig hervor, dass Sie und Mrs Snutworth die Flüchtigen sind.«

Cherubina fuhr hoch, doch Mark legte ihr beruhigend eine Hand auf den Arm. Laud war nicht gerade der taktvollste Gastgeber.

»Wie ich schon sagte«, wiederholte Mark, »wurde ich von Snutworth als Gefangener im alten Turm des Sterndeuters festgehalten. Und nun höre ich, dass ich ihn den Direktor nennen muss …«

»Das fällt mir immer noch schwer zu glauben«, murmelte Laud. »Wenn der alte Direktor ersetzt worden wäre, hätte das doch wohl jeder mitbekommen müssen, oder nicht?«

»Wirklich, Laud?«, fragte Theo. »Letzteren haben wir nie in der Öffentlichkeit gesehen. Ich denke nicht, dass es allzu überraschend wäre.« Er runzelte die Stirn und zog einen Stuhl für Laud heran. »Sie haben doch für Mr Snutworth gearbeitet. Hätten Sie ihm so etwas nicht zugetraut?«

Laud räumte dies mit einem Kopfnicken ein. »Mag sein, aber ich sehe nicht, warum er Mark in seinem eigenen Zuhause gefangen halten sollte.« Er wandte sich wieder Mark zu und wirkte nun etwas mehr bereit, diesem zuzuhören. »Sie sollten doch im Gefängnis sein. Als Sie letztes Jahr verschwunden sind, wussten wir nicht, was wir davon halten sollten. Erzählen Sie uns, was passiert ist. Von Anfang an.«

Mark stand auf, bemüht, seine Gedanken zu sammeln. »Ich war außerhalb der Stadt«, erklärte er.

Das verblüffte Schweigen sprach Bände. Selbst Laud vermochte seine Überraschung nicht zu verbergen.

»Das ist unmöglich«, erwiderte Theo matt. »Außerhalb der Stadt gibt es nichts. Das weiß jeder.«

Mark seufzte. »Das hatte ich auch geglaubt ...«

Danach sprudelte es nur so aus ihm heraus. Dass er und Lily, seine älteste Freundin, gezwungen wurden, Agora zu verlassen. Die seltsame Frau, die ihn aus seiner Gefängniszelle und der Obhut seines längst verloren geglaubten Vaters geholt und ihn in eine merkwürdige neue Welt hinausgeschickt hatte. Das Land draußen – Giseth –, eine Landschaft mit dichten Wäldern und großen Bauernhöfen, wo alle Menschen in Eintracht lebten, alles miteinander teilten und sich niemand über den anderen stellte. Er berichtete, wie sie beide in dem idyllischen Dorf Aecer Zuflucht genommen, dann jedoch festgestellt hatten, dass dieses vermeintliche Paradies von den tyrannischen Ritualen des Ordens der Verlorenen beherrscht wurde, von rot gekleideten Mönchen, sowie der totalen Macht des jeweiligen Dorfoberhaupts – der Sprecherin. Mark erzählte ihnen, wie er mit angesehen hatte, wie ihre Freunde terrorisiert und angegriffen wurden, weil sie gegen den Willen der Sprecherin gehandelt hatten. Und er berichtete von dem geheimnisvollen Zirkel der Schatten, der sich den Mönchen widersetzte und Lily und ihm Zuflucht im Wald gewährt hatte, als sich die Bewohner von Aecer gegen sie gewandt hatten. Vor allem jedoch erzählte er ihnen von dem Alptraum – jenem lebenden Traum, der die Ländereien heimsuchte. Und davon, wie dieser in das Bewusstsein der Menschen eindrang, während sie schliefen, und sich von jedem unterdrückten Gedanken und jeder unterdrückten Tat nährte, so lange, bis er sie in den Wahnsinn getrieben hatte.

Während er ihnen alles erzählte, beobachtete er die Gesichter seiner Zuhörer. Die Patienten hier unten waren zu krank, als dass sie mitgehört hätten. Zumindest reagierten sie nicht, falls sie etwas verstanden. Cherubina wirkte lediglich verwirrt; er vermutete, dass sie immer noch benommen von ihrer beider Flucht war. Theo zog die Stirn noch tiefer in Falten, nickte jedoch verständnisvoll. Lauds Gesichtsausdruck hingegen straffte sich, und er kniff die Lippen zusammen.

»Und wahrscheinlich glauben Sie auch noch, wir fallen darauf herein, nicht wahr?«, unterbrach er Mark abrupt.

»Ich weiß, es klingt … ziemlich unglaubwürdig …«, stammelte Mark.

Doch Laud unterbrach ihn erneut. »Das ist alles vollkommen lächerlich!«, höhnte er verächtlich. »Erwarten Sie ernsthaft von uns zu glauben, alles, was wir über die Welt wissen, wäre eine Lüge? Dass es so etwas wie einen lebenden Alptraum gäbe, der vor den Stadtmauern lauert?«

»Aber ja, natürlich«, erwiderte Mark mit vor Zorn gerötetem Gesicht. »Vielleicht sollten Sie die Frau nebenan fragen, die sich ihren Lebensunterhalt damit verdient, die Gefühle anderer Menschen abzufüllen! Aus welchem Grund sollte ich Sie belügen, Laud?«

»Oh, das weiß ich nicht. Vielleicht, weil Sie nicht wollen, dass wir die wichtigste Frage überhaupt stellen«, sagte er finster. »Erzählen Sie uns, Mark, was ist mit Lily geschehen?«

Mark erstarrte. Lily hatte ihm so viel über den Tempel, ihr Almosenhaus, erzählt, dass er fast vergessen hatte, dass er diese Menschen hier kaum kannte. Nicht mehr kannte. Er hatte zwar mit Theo und Laud gearbeitet, aber im Grunde genommen waren es Lilys Freunde, und nun war er ohne sie zurückgekehrt.

»Ich …« Seine Kehle wurde trocken. »Ich weiß es nicht. Der Direktor – das heißt der alte Direktor – hat ihr erzählt, ihre Eltern würden irgendwo dort draußen leben. In Giseth. Sie hat ständig nach Hinweisen Ausschau gehalten. Am Ende hat uns der Zirkel der Schatten gelehrt, wie man den Alptraum dazu benutzen konnte, sie zu finden.«

»Der gleiche Alptraum, der sich von den dunklen Gefühlen der Menschen genährt hat?«, ätzte Laud. »Das hört sich ja nach einem grandiosen Plan an.«

»Aber es hat funktioniert!«, protestierte Mark. »Der Alptraum nährt sich nicht bloß – er verbindet auch die Erinnerungen der Menschen ... oder so ähnlich. Um ehrlich zu sein, habe ich es nie so recht begriffen. Aber wir beide sind gemeinsam in ihn hinein und haben herausgefunden, dass Lilys Vater in der Kathedrale der Verlorenen lebt, der Hochburg der Mönche, und wir hatten uns schon dafür gerüstet, dorthin zu gehen, als ...«

Schweigen umgab ihn. Niemand schien willens, es auszufüllen.

»Als die Mönche mich entführt und zurück nach Agora gebracht haben«, erklärte Mark leise. »Nach Cherubinas Worten sieht es so aus, als wäre dies eines der ersten Dinge gewesen, die Snutworth arrangiert hat, als er neuer Direktor wurde.«

»Er hat erlaubt, dass ich alle meine Puppen behalten darf«, fügte Cherubina sanft hinzu. »Außer der einen, die ich nach deinem Abbild gefertigt hatte, Mark. Ich glaube, du stellst für ihn eine größere Bedrohung dar, als er zugeben möchte.«

Erneut herrschte Schweigen. Laud stand auf und ging auf und ab. Theo blieb grübelnd sitzen.

»Also lebt sie«, sagte Theo schließlich. »Das ist immerhin etwas. Diese lange Zeit, ohne etwas von ihr zu hören ...«

»Ohne etwas zu hören!«, unterbrach ihn Laud mit jähem Zorn. »Und was haben wir gehört? Dass sie irgendwo außerhalb der Stadt ist und ihre Eltern sucht? Von schlechten Träumen gequält oder von psychotischen Mönchen verfolgt! Das ist ja ein *großer* Trost.«

»Sie kann selbst auf sich aufpassen«, sagte Mark kleinlaut. »Wie dem auch sei, es ist nicht so, als gäbe es keine Möglichkeit, sie zu finden. Wenn die Mönche es geschafft haben, mich nach Agora zurückzubringen, dann muss es auch andere geben, die wissen, wie man die Stadtmauern überwinden kann …«

»Viel Glück«, knurrte Laud bitter. »Wenn Ihnen jeder zweite Eintreiber auf den Fersen ist, werden Sie keinen Fuß nach draußen setzen können. Lily braucht mehr Hilfe als nur die Ihre …«

»Ich werde sie finden!«, sagte Mark grimmiger, als er es selbst erwartet hatte. »Es ist mir egal, wenn ich nur mitten in der Nacht hinausgehen kann und durch jedes Gebäude in Agora kriechen muss. Selbst wenn ich in das Direktorium selbst einbrechen muss. Irgendwer muss wissen, wo sie ist. Sie hat mich nicht im Stich gelassen, und ich werde sie auch nicht aufgeben!«

Mark wurde sich bewusst, dass er die Fäuste geballt hatte. Laud blinzelte. Zum ersten Mal schien er um Worte verlegen zu sein.

»Nun«, sagte er schließlich leise. »Ich bin froh … das zu hören.«

Schweigen. Mark war überrascht, wie heftig seine Reaktion ausgefallen war. Lauds Ton war ihm mehr an die Nieren gegangen als alles andere. Bis jetzt war es seine erste Sorge gewesen, wie er den Eintreibern entkommen konnte. Doch stets hatte er sich dabei gefragt, was wohl mit Lily geschehen war. Bei Laud hatte es so geklungen, als wäre ihm das egal.

»Wir müssen alle suchen«, sagte Theo, das Kommando übernehmend. »Aber eins nach dem anderen – keiner von uns wird von großer Hilfe sein, wenn wir eingesperrt werden, weil wir Flüchtige beherbergt haben.«

»Sind Sie absolut sicher, dass die Eintreiber heute Abend nicht noch mal zurückkommen?«, fragte Cherubina besorgt. »Ich glaube nicht, dass ich es schaffen würde, vor dem Schlafengehen noch einmal durch die ganze Stadt zu gehen.«

Theo dachte einen Moment nach. »Heute Abend werden Sie in Sicherheit sein, aber viel länger sollten wir Sie nicht beherbergen«, beschloss er. »Ich werde mich umhören, ob Ihnen jemand Räume überlassen kann, ohne dabei groß Fragen zu stellen. Vielleicht können die Sozinhos helfen – sie sind immerhin unsere treusten Förderer. Ich werde nach zwei verschiedenen Orten fragen, um zu versuchen, die Eintreiber in die Irre zu führen.«

Cherubinas Augen weiteten sich. »Aber ... das können Sie nicht tun. Ich ... ich kann nicht ... Das ist ...«

»Sie hat noch nie für sich allein gelebt, Theo«, erklärte Mark. »Sie hat noch nicht einmal um Essen gehandelt. Es wäre offensichtlich, dass sie nicht dorthin gehört.«

Theo nickte. »Also gut, dann werden wir den Ort sorgfältig aussuchen müssen ...«

Cherubina lächelte zu Mark hinüber. »Danke«, sagte sie leise.

»So einfach wirst du mich nicht los«, sagte Mark und spürte, dass er sich nach all seiner Sorge ein wenig entspannte. Cherubina machte den Eindruck, als wolle sie etwas erwidern. Doch in diesem Moment öffnete sich am oberen Treppenabsatz mit knarrendem Geräusch die Tür. Alle blickten mit banger Miene hinauf.

»Ben! Da bist du ja«, sagte Theo besorgt. »Was hast du draußen auf den Straßen getan? An jeder Ecke stehen doch Eintreiber ...«

Theos Stimme erstarb. Mark spürte, dass sein Herz einen Satz machte. Ben stand dort oben und lächelte erregt, doch sie war nicht allein.

Ein stämmiger Mann stand neben ihr in der Tür. Er war zwar nicht alt, doch jeder einzelne seiner vierzig Sommer hatte Falten in seinem Gesicht hinterlassen. Sein Haar war grau meliert, und seine Hände zitterten, doch in seinen Augen blitzte ein Hoffnungsfunke, der sich zu Freude auswuchs, als er Mark erblickte.

»Dad?«, fragte Mark ungläubig.

Der Gefängniswärter stieg die Stufen hinunter. Unwillkürlich machten ihm die anderen Platz. Mark stand auf.

»Ich wusste, dass du nach Hause kommen würdest«, sagte Pete. »Aber als Miss Benedicta zu mir kam, konnte ich … ich konnte es nicht glauben …«

Petes Stimme brach. Mark lächelte. Er wollte etwas sagen, doch ihm kam kein Wort über die Lippen.

Er war gefangen in einer Stadt, die er nicht mehr liebte, weit weg von einer Freundin, die ihn dringend brauchte. Er wurde von den Eintreibern gejagt und wusste nicht, wohin er sich wenden oder was er tun sollte, damit nicht seine ganze Welt auseinanderbrach. Doch einen Moment lang spielte all das keine Rolle, weil sein Vater ihn umarmte. Der Vater, den er verloren, wiedergefunden und erneut verloren hatte.

Und dieses Mal würde er nirgendwo mehr hingehen.

# KAPITEL 3

# *Flüchtige*

»Woher kommst du?«

»Wie ist es dort?«

»Scheint dort die Sonne?«

Lily versuchte sich zu konzentrieren. Die beiden Fremden hörten gar nicht mehr damit auf, sie mit Fragen zu bombardieren. Ihre großen Augen schauten so neugierig, dass sie wie kleine Kinder wirkten, auch wenn sie ein paar Jahre älter als Lily zu sein schienen.

Zumindest ging sie davon aus, dass sie Erwachsene waren. Immerhin war die Stimme des Mannes tief genug dafür, doch ihre Haut war blass und absolut glatt, ohne Falten oder Makel. Auch ihre Kleidung war wie die von Kindern. Ihre Gewänder hingen locker, waren grell bunt gefärbt und aus breiten Streifen mit sich beißenden Farben. Sie hatten langes, wirres, fast weißblondes Haar, und wenn sie plapperten, rissen sie ihre dunklen Augen erschreckend weit auf. Doch das Verblüffendste an ihnen war, wie ähnlich sie einander in ihren Bewegungen und Verhaltensweisen waren. Hätte Lily nicht beide von ihnen reden gehört, wäre sie in Verlegenheit gekommen zu sagen, wer männlich und wer weiblich war.

»Bist du allein?«

»Wer bist du? Wer bist du wirklich?«

»Wie bist du nach hier unten gekommen?«

Lily versuchte erneut zu reden, doch die Fragen prasselten

dicht und schnell auf sie ein, und sie konnte sich nicht lange genug konzentrieren, um eine einzelne von ihnen zu beantworten. Eigentlich wollte sie sich bei ihnen dafür bedanken, dass sie sie gefunden hatten. Andererseits schien überhaupt nicht klar, ob sie sie in irgendeiner Form unterstützen würden. Jedenfalls hatte bisher keiner der beiden angeboten, ihr aufzuhelfen. Tatsächlich stellte sie fest, dass sie beide zurückwichen, als sie sich aufrappelte, so als hielten sie sie für gefährlich.

»Ihr braucht nicht ... ich meine ... ich tue euch nichts«, sagte Lily und kam sich dabei lächerlich vor. Es war auf schmerzliche Weise offenkundig, dass ihr ganzer Körper wehtat. Sie wusste nicht, wie lange sie auf diesem rauen Steinfußboden geschlafen hatte, nachdem sie vor Erschöpfung zusammengebrochen war. Ihre Glieder zitterten noch immer, obwohl das nur zum Teil mit ihrer Müdigkeit zusammenhing. Aber dieser eine Satz reichte aus, um die beiden verstummen zu lassen und Lily erwartungsvoll anzustarren.

Unglücklicherweise konnte sie in der unerwarteten Stille das Geräusch im Hintergrund vernehmen. Es klang wie ferne, widerhallende Stimmen.

Nun erinnerte sie sich wieder. Dieser lange, schreckliche Abstieg über die Steinstufen, ohne Licht, in ständiger Furcht, bei der nächsten Bewegung könnte sie kopfüber in den Schacht hinabstürzen. Und um sie herum waren die Stimmen erklungen. Wehklagende, schmeichelnde Stimmen, die von überall zu kommen schienen. In der Welt oben hatte sie Nächte damit verbracht, einen echten Alptraum zu erleben, der ihr Unterbewusstsein Gedanken für Gedanken auseinandergenommen hatte. Und doch war dieser Schacht wegen des Stimmenwirrwarrs noch schlimmer gewesen. Einzig und allein ihren Namen hatte sie ausmachen können. *Lily ... Lily ... Lily ...* immer wieder, so lange, bis er jede Bedeutung verlor.

Es hatte sich so angefühlt, als wäre ihre ganze Welt von Lärm erfüllt.

Irgendwann hatte sie dann den Grund des Schachts erreicht und die Steinstufen hinter sich gelassen. Danach war sie mit schweren Beinen über den holprigen Boden der Stollen gestolpert. Erst als sich der Druck um sie herum und über ihr veränderte, als sich die Stollen verengten oder zu Höhlen öffneten, hatte sie die Möglichkeit, sich zu orientieren. Nichtsdestotrotz waren die Echos angeschwollen, lauter, immer lauter geworden, hatten in ihren Ohren gedröhnt. Sie war ins Straucheln geraten und hingefallen. Dabei hatte sie das Gefühl gehabt, fast zu verstehen, was die Stimmen von ihr wollten. Doch auf einmal vernahm sie die Geräusche nicht mehr, weil der Weg wieder anstieg.

»Hörst du eigentlich zu, was ich sage, Wunder?«

Lily wurde aus ihren Gedanken gerissen. Sie hatte jetzt nicht die Zeit, um über all das nachzusinnen. Diese beiden hier waren merkwürdig, keine Frage, aber gefährlich schienen sie nicht zu sein. Außerdem hatten sie Laternen. Lily wollte nicht wieder allein in der Dunkelheit zurückbleiben.

»Ja, es geht mir gut … ich …«

»Gut. Also kannst du noch reden!«, stellte das Mädchen schroff fest. »Der Kakophonie darf man nicht lauschen. Das sage ich dir unentgeltlich.«

Lily schauderte, versuchte ihre Gedanken zu sortieren. Fang mit etwas Einfachem an …

»Danke … äh … tut mir leid, wie heißt du?«, fragte sie das Mädchen.

»Ich bin … Septima«, antwortete das Mädchen vorsichtig und mit einem leicht unbehaglichen Unterton, so als hätte sie es selbst bis zu diesem Moment nicht gewusst.

»Und du?«, fragte Lily den jungen Mann. Er hielt die Laterne dichter vor ihr Gesicht. Sie sah, wie sich die Flamme in seinen großen, neugierigen Augen spiegelte.

»Du bist nicht an der Reihe«, sagte er kühl. »Zuerst musst du unsere Fragen beantworten. Eine Antwort gegen eine Antwort.« Er wandte sich Septima zu. »Sind alle aus dem Orchester so begriffsstutzig?«

»Mag sein«, pflichtete ihm Septima bei und lachte. »Und?«, fügte sie hinzu, sich Lily zuwendend. »Sind sie es? Ich meine, du musst es doch wissen.«

»Fang mit einer leichteren Frage an«, unterbrach sie der junge Mann. »In meinen Augen sieht sie ziemlich unmusikalisch aus.«

»In Ordnung«, fuhr Septima fort, als wäre Lily gar nicht da. Sie drehte sich wieder zu ihr um, und erneut spürte Lily ihre volle Aufmerksamkeit auf sich gerichtet. »Wo – kommst – du – her?«, fragte sie, jedes Wort so in die Länge ziehend, als spräche sie mit einem Einfaltspinsel. Trotz allem hielt Lily sich im Zaum.

»Agora«, sagte sie wahrheitsgemäß. »Das heißt … hierher komme ich aus Giseth, aus der Kathedrale der Verlorenen. Aber eigentlich komme ich oben aus den Bergen, mit Mark, und …«

Lily verstummte. Die beiden schauten sie sonderbar an. Sie wirkten verwirrt, was nach Lilys wirrer Erklärung wenig überraschend war. Doch es lag nun auch noch etwas anderes in ihren Augen, nämlich eine Faszination, die beinahe gierig wirkte.

»Ich bin Tertius«, sagte der junge Mann, voller Ehrfurcht in der Stimme. »Und du musst uns davon berichten!«

»Nicht hier«, unterbrach ihn Septima. Sie schaute sich um. »Wir sind schon zu lange hier, Tertius. Die Wachen werden nicht mehr weit sein.«

Tertius nickte, plötzlich wieder ernst. »Sollen wir sie mitnehmen?«, fragte er. »Oder lassen wir sie hier und kommen dann wieder zurück?«

Entgeistert blickte Lily die beiden an. »Ihr wollt mich doch nicht hier zurücklassen?«, fragte sie entsetzt. »Ihr habt mir noch immer nichts gesagt! Wo bin ich? Und was macht ihr hier?«

Septima wandte sich Lily zu. »Du befindest dich in den äußeren Höhlen des Landes Naru. Wir sind auf der Flucht.« Sie neigte den Kopf zur Seite, als denke sie über etwas nach. »Und ja, du kannst mit uns kommen. Schließlich bist du *unser* Wunder.« Sie schnippte mit den Fingern. »Komm schon, wir haben einen weiten Weg vor uns.«

Ohne lange zu überlegen, machten die beiden auf dem Absatz kehrt und marschierten los.

Unbehaglich verweilte Lily noch einen Moment. Die beiden hatten etwas Merkwürdiges an sich. Selbst ihre Art zu gehen war sonderbar – gebückt, aber fließend, tänzerisch. Sie schwangen ihre Laternen in kreisförmigen Mustern herum, sodass bizarre Schatten auf die Wände und Decken der Felsen geworfen wurden. Lily wusste nichts über sie. Es war durchaus möglich, dass sie sie in eine Falle lockten. Freundlich wirkten sie nicht gerade, und die ungemeine Faszination, die sie ihr gegenüber empfanden, schien von jetzt auf gleich zu kommen und zu gehen.

Andererseits wollte sie nicht denjenigen begegnen, die sie durch diese endlose, von Echos erfüllte Dunkelheit verfolgten.

»Ich bin dicht hinter euch«, sagte sie.

Sie gingen schweigend, was Lily entgegenkam. Es verschaffte ihr Zeit zum Nachdenken.

Nun, da sie nicht länger Angst hatte, gestand sich Lily ein, dass ihr nicht ganz klar war, was sie eigentlich hier in den Tiefen der Erde wollte.

Erst gestern noch war sie sich sicher gewesen. Nach vielen Tagesreisen durch Wald und Sumpf hatte sie endlich die Kathedrale der Verlorenen erreicht. Sie hatte einen Angriff ihres eigenen Führers abgewehrt, der vom Alptraum in den Wahnsinn getrieben worden war. Schließlich hatte sie im Kreuzgang der Kathedrale gestanden und von deren vernarbtem Pförtner Antworten verlangt. Sie war auf der Suche nach ihrem Vater dorthin gelangt und hatte ihn auch gefunden – im Sterben liegend. Nur ein Brief, den er geschrieben hatte, als es ihm noch besser gegangen war, hatte sie informiert. Sie hatte am Bett ihres Vaters gesessen und seine Hand gehalten, als er starb. Danach erinnerte sie sich lediglich an einen Schleier der Trauer und Wut und an die Entschlossenheit, etwas zu unternehmen, irgendetwas, das dieser Reise Bedeutung verleihen würde.

Man hatte ihr erzählt, sie sei ein Richter – der so genannte Gegenspieler. Mark und sie seien dazu bestimmt, Agora und Giseth für immer zu verändern. Doch Mark war verschwunden, vom Orden der Verlorenen entführt, und der allmächtige Bischof entpuppte sich als eine auf seinem Thron verwitterte Leiche. Es hatte den Anschein, als bewahrheiteten sich diese ganzen Prophezeiungen nicht.

In ihrer Schürzentasche tastete sie nach dem Brief, den ihr Vater ihr vor seinem Ende gegeben hatte. In dem Brief stand: *Die Wahrheit liegt unten. Wo die Finsternis herrscht.* Als sie daher das versiegelte Grab an der tiefsten Stelle der Krypta in der Kathedrale aufgebrochen und darin Stufen entdeckt hatte, die hinab unter die Erde führten, wusste sie, welchen Weg sie nehmen musste, falls sie jemals die ersehnten Antworten finden wollte.

Doch nun, da sie hier war, hatte sie das Gefühl, als ob das alles nicht real sei. Wenn sie diesen beiden Fremden folgte, die sich so sonderbar verhielten und sprachen, schien die Erinnerung an die Welt oben zu verblassen, so wie die Stimmen der Kakophonie. Im Augenblick war sie hungrig, müde und fühlte sich verloren. Im Augenblick konnte sie nur daran denken, an einen Ort zu kommen, wo sie sich wohlfühlen würde.

»Ich habe Hunger«, sagte Septima und blieb abrupt stehen. »Ich glaube, wir haben hier in der Nähe etwas zu essen zurückgelassen.«

Lily schaute sich um. Sie sah nichts, was diese Stelle von all den anderen im Stollen unterschieden hätte. Der zerklüftete Fels formte dicht über ihrem Kopf eine Decke. Sie begriff nun, weshalb Septima und Tertius in diesen beengten Räumen so gebückt gingen. Nur die gelegentlichen Kerben von Meißeln und die Geradlinigkeit der Stollen selbst deuteten darauf hin, dass hier Menschen Hand angelegt hatten. Die Luft stand und war kalt, und Lily war froh darüber, dass sie ihre dicken Stiefel trug.

Septima ging auf die Knie und begann mit den Händen den Felsen am Sockel einer der Stollenwände abzutasten. Währenddessen leuchtete Tertius ihr mit seiner Laterne.

»Wenn wir dir zu essen geben sollen, wirst du uns bezahlen müssen«, erklärte er.

Lily war überrascht. Im Verlauf des vergangenen Jahres hatte sie sich so an Giseth gewöhnt, wo alles unentgeltlich angeboten wurde, dass sie nicht damit gerechnet hatte, er würde so etwas sagen. Doch dieses Land, Naru, war wohl wieder etwas anderes.

»Natürlich …«, sagte sie und schwenkte dabei ihr Bündel. »Aber viel einzuhandeln habe ich nicht. Vielleicht habe ich noch ein wenig Laternenöl übrig …«

Sie langte in ihr Bündel, doch Tertius schüttelte den Kopf.

»Hast du nicht irgendwelche Informationen?«, fragte er verächtlich. »Oder handelt das Orchester nicht mit Wissen?«

Lily war sich nicht sicher, was sie von dieser Frage halten sollte. Was für ein Orchester meinte er? Dann fiel ihr ein, wie sie sich verhalten hatten, als sie auf sie gestoßen waren, wie erwartungsvoll er gewesen war, als sie anfing sich zu erklären …

»Ihr wollt Wissen? Über mich?«, stieß sie hervor.

Tertius schnaubte. »Endlich begreifst du es«, sagte er genervt. »Du bist aber langsam. Ja – Antworten, Informationen, Geheimnisse. Alles Verborgene.« Er streckte sich und gähnte. »Denk dir etwas Gutes aus. Ich warte.«

Lily widerstand dem Verlangen, eine sarkastische Antwort zu geben. Ihr Magen grummelte bereits, und wenn er als Bezahlung lediglich ein paar Informationen wollte, war das kein Problem. Einen Moment dachte sie daran, ihm von ihrer Suche zu berichten … von allem, was sie in der Kathedrale der Verlorenen erfahren hatte. Dann entschied sie sich dagegen. Sie konnte sein Bedürfnis nach Fakten auch stillen, ohne ihre kostbarsten Geheimnisse preiszugeben.

»Ich komme aus einer Stadt, die Agora heißt …«, fing sie an.

»Was ist eine Stadt?«, unterbrach Tertius sie sofort.

Lily hob die Brauen. Aber woher sollte er das auch wissen? Vermutlich gab es hier unten nicht gerade viele Städte.

»Das ist ein Ort, wo viele Menschen leben, alle zusammen …«

»Wie der Mittelpunkt also?«, erwiderte Tertius.

»Das weiß ich nicht«, sagte Lily wahrheitsgemäß. »Ist das der Ort, aus dem du kommst?«

»Du kannst später fragen!«, blaffte er, und Lily wich zurück. Tertius senkte die Laterne. »Erzähl weiter«, sagte er leiser.

»Nun … Agora besteht aus Gebäuden und Straßen, und es gibt dort einen Fluss und Plätze und …« Lily runzelte die Stirn. Es war unmöglich abzuschätzen, was die beiden von dem, was sie erzählte, wirklich verstanden. Wie würden sie reagieren, wenn sie ihnen von Agoras wahrem Wesen berichtete – einer Stadt, in der alles gekauft und verkauft werden konnte, in der Kinder von ihren Eltern eingetauscht und Erinnerungen, Gedanken und Gefühle auf dem freien Markt gehandelt wurden? Für einen Agoraner wäre das normal gewesen, für einen Gisethi entsetzlich. Was würde es den Leuten von … wie nannten sie diesen Ort noch … Naru … bedeuten?

Nein. Lieber würde sie sich an die einfachen Fakten halten.

»Sie ist in zwölf Bezirke aufgeteilt …«, versuchte sie es weiter.

»Schütze, Waage, Zwillinge, Wassermann …«, begann Septima sie herunterzurasseln.

»Alle nach den Sternzeichen benannt«, fügte Tertius hinzu. »Ja, ja, das wissen wir.«

Verblüfft schaute Lily erst den einen, dann den anderen an. »Aber … wenn ihr von Agora wisst, warum wusstet ihr dann nicht, was eine Stadt ist?«

Tertius zuckte mit den Schultern. »Ich hatte noch nicht gehört, dass sie jemand so beschrieben hat. Wir kennen zwar alle möglichen Fakten, sind aber selbst noch nicht dort gewesen. Manchmal ist es schwer, die einzelnen Informationen zu einem großen Ganzen zusammenzufügen. Wie viele Menschen leben dort?«

»Was?«, fragte Lily, der noch immer schwummrig war. Wie konnten sie von den Bezirken wissen, ohne Agora zu kennen?

»Wie viele Menschen leben in dieser Stadt?«

»Äh …« Lily runzelte die Stirn. »Ich weiß nicht … sie ist riesig …«

»Mehr als 576?«, wollte Tertius wissen.

Lily blinzelte ungläubig. »Ja, viel mehr. Mehr als hunderttausend, mindestens.«

Tertius stieß einen Laut des Erstaunens aus. Septima hörte auf damit, in Bodenhöhe zu suchen, drehte sich um und starrte Lily an.

»Das ist unmöglich!«, sagte sie. »Dafür gäbe es nicht genug zu essen! Bei uns gibt es ständig Engpässe, und dabei sind wir nur …«

»576?«, mutmaßte Lily.

Tertius nickte. »Tja«, fügte er dann hinzu, »jetzt, da wir entkommen sind, 574.«

Lily runzelte die Stirn. »Entkommen?«, fragte sie.

»Wir sind auf der Flucht«, schaltete sich Septima ein, während sie sich wieder ihrer Suche widmete. »Sie verfolgen uns jetzt schon drei Wochen. Lange dürfen wir hier nicht verweilen, sonst holen sie uns ein.«

Lily verzog das Gesicht. Es war wohl ihr Schicksal, auf Verbrecher zu treffen. Sie hatte gehofft, von dieser neuen Gesellschaft akzeptiert zu werden.

»Wer wird uns einholen?«, wollte sie wissen, bemüht, dabei gleichgültig zu klingen.

»Die Wächter … Aha!« Septimas Ton klang triumphierend. Mit einer überschwänglichen Geste schob sie einen Haufen loser Steine beiseite und zog ein dickes, wulstiges Bündel aus Tuch hervor, das mit einer Schnur zugebunden worden war.

»Ich wusste, dass ich hier irgendwo ein Proviantpaket zurückgelassen hatte.« Sie beäugte Lily kritisch. »Ich denke, Lily hat uns genug Wissen gegeben und sich ein wenig zu essen verdient, findest du nicht?«

Tertius nickte widerwillig, worauf Septima die Schnur aufband.

»Du bist jetzt an der Reihe, eine Frage zu stellen«, regte sie an, während sie das Tuch ausbreitete. »Nachdem du uns von den Hunderttausenden erzählt hast …« Verträumt schüttelte sie den Kopf. »Das ist ein echtes Wunder. Das ist etwas Besonderes. Du darfst fragen, was du willst.«

Lily runzelte die Stirn. Septima packte einen Laib Brot und ein großes Stück Käse aus. Besonders alt wirkte beides nicht, doch Lily bezweifelte, dass das Essen hier unten produziert worden war. Es sah hier nicht gerade nach Kühen und Korn aus.

»Ihr seid auf der Flucht, sagtest du?«, fragte Lily und brach sich eine Stück Käse ab.

Septima nickte unbekümmert. »Schon seit Wochen«, verkündete sie beinahe stolz. »Wir sind ihnen natürlich immer wieder entkommen, aber sie sind uns dicht auf den Fersen. Wir müssten bald wieder auf die Schienen stoßen. Vielleicht müssen wir uns erneut in die Essenshöhle in der Nähe des Mittelpunkts schleichen, um Vorräte zu besorgen.«

Lily langte nach dem Brot, um sich ein Stück davon abzubrechen; der Käse hatte ihren Hunger nur noch verstärkt. Als sie dies tat, zog Tertius abrupt seine Hand zurück. Lily war dies zuvor bei beiden aufgefallen. Sie setzten sich zwar nahe beieinander hin, berührten sich jedoch nie.

»Der Mittelpunkt?«, fragte Lily, bemüht, die einzelnen Informationen zu einem Ganzen zu formen.

»Der Mittelpunkt der inneren Höhlen.« Septima formte

mit ihren Händen eine Kuppel. »Das ist meilenweit von hier entfernt. Wir wollen noch lange nicht dorthin zurückkehren. Wenn wir geschnappt werden …« Sie kauerte sich zusammen. »Es heißt, sie werfen einen mit allen möglichen anderen Gefangenen in eine winzige Höhle. Man spürt deren Atem auf dem Gesicht!« Sie schauderte. »Das ist ekelhaft.«

Tertius streckte die Hand nach ihr aus und winkte damit. Es sah aus wie eine beruhigende Geste, doch erneut ohne Berührung. Respektvoll rückte Lily ein wenig von den beiden ab.

»Warum seid ihr denn davongelaufen?«, wollte Lily wissen. »Was habt ihr getan?«

Tertius verschränkte abwehrend die Arme. »Das behalten wir für uns. Oder hast du uns auch *dein* größtes Geheimnis verraten?«

»Wir wollten etwas erfahren, das verboten war«, gab Septima zu. »Wir wollten nicht bloß Geheimnisse einhandeln, wir wollten ein Artefakt aus der Welt oben. Etwas, mit dem wir hätten angeben können, etwas Solides. Wir wollten ein Wunder finden!« Sie lächelte. »Und das haben wir auch. Dich.«

»Aber wieso?«, hakte Lily nach. »Wofür ist das gut?«

»Wofür?«, erwiderte Septima ausdruckslos. »Es bedeutet viel.«

»Ich meine, warum sammelt ihr all diese Geheimnisse?« Lily schluckte den letzten Brotklumpen herunter. »Enthält sie euch jemand vor?«

Septima zwirbelte eine Locke ihres weißen Haars und steckte sie sich in den Mund. Offenbar fehlten ihr die Worte.

Tertius lehnte sich mit dem Rücken an die Stollenwand. »Warum atmest du?«, fragte er. »Warum isst du? Wissen beherrscht unser Leben. Wir stellen Fragen, wir erzählen uns Fakten und Geheimnisse. Je mehr man weiß, desto besser ist man gestellt.« Er verstummte. »Das gilt für alle Chorsänger. So ist das schon immer gewesen.«

»Tertius …«, warnte Septima. Die beiden tauschten Blicke und verfielen erneut in Schweigen. Lily gewann den Eindruck, dass er gerade zu viel gesagt hatte. Und wenn Wissen wirklich das einzige war, was ihnen etwas bedeutete, war das nicht allzu überraschend. Vermutlich hatte sie für diese Information noch nicht genug bezahlt.

Eine Weile aßen sie schweigend. Septima wischte sich Krümel von den Lippen.

»Was machst du hier, Lily?«, fragte sie plötzlich ernst.

Lily schlang die Finger ineinander. Wie viel sollte sie preisgeben? Natürlich konnte sie die beiden zur Verschwiegenheit verpflichten. Doch wenn sie hier mit Wissen handelten, so wie in Agora mit Besitz gehandelt wurde, dann konnte sie nicht sicher sein, ob nicht jemand nur den richtigen Preis dafür bezahlen müsste. Und dann würden Tertius und Septima sie sicher verraten. Nach wie vor betrachteten die beiden sie offenbar eher als Gegenstand denn als Menschen.

»Ich suche …« Lily verstummte. Wonach genau suchte sie eigentlich? Es gab so viele Dinge, die man vor ihr verborgen hatte: ihre wahre Bestimmung als »Gegenspieler« – einer der legendenumwobenen Richter; die Geheimnisse, die im Mitternachts-Statut standen, jenem Dokument, das ihr Leben zu beherrschen schien. Aber das alles zu erklären würde zu viel Zeit in Anspruch nehmen. Sie war sich ohnehin nicht sicher, ob sie diesen Fremden schon so weit vertrauen konnte, um ihnen das zu erzählen. Und dann fiel ihr spontan die Antwort ein. Es war eine Antwort, die dazu führte, dass sie sich zutiefst schuldig fühlte, weil sie ihr nicht sofort in den Sinn gekommen war. »Ich suche meinen Freund Mark«, erklärte sie. »Er ist entführt worden, und ich muss ihn finden.«

Geistesabwesend fuhr sich Septima durchs Haar. Lily hatte irgendeine Reaktion erwartet, doch Septima war offenbar weniger daran interessiert, als sie es bei Lilys Beschreibung von Agora gewesen war.

»Das hört sich nicht an wie etwas, das irgendwer wissen möchte«, sagte sie nachdenklich.

»Der Dirigent vielleicht«, murmelte Tertius finster.

Septima schauderte. »Ihn würde Lily nicht fragen wollen«, erwiderte sie rasch.

»Warum nicht?«, wollte Lily wissen. »Ist es jemand Wichtiges?«

»Er ist böse«, sagte Septima in überraschend beiläufigem Ton.

»Brutal«, pflichtete ihr Tertius bei.

»Ein Unmensch. Er hat unsere Freunde zu Sklaven gemacht«, bemerkte Septima, die nun zunehmend heftiger reagierte.

»Er ist der Grund, weshalb wir auf der Flucht sind«, fügte Tertius hinzu. »Der Grund dafür, warum wir alles, was wir kennen, hinter uns gelassen haben und durch diese äußeren Höhlen stapfen.«

»Zu deinem Glück«, sagte Septima. »Wenn er nicht gewesen wäre, hätten wir dich nie gefunden.«

»Das stimmt«, sagte Tertius.

Sie saßen stumm da.

Lily rutschte unbehaglich hin und her. Einen kurzen Moment lang, als sie von dem Dirigenten gesprochen hatten, waren sie plötzlich aufgewühlt gewesen, hatten ernsthaft besorgt geklungen. Nun aber saßen sie wieder teilnahmslos da, so als wäre nichts geschehen. Fast war es so, als würden ihre Gefühle willkürlich an- und abgeschaltet. Je mehr Zeit sie mit diesem Paar verbrachte, desto weniger wohl fühlte sie sich. Doch jetzt in diesem Moment waren sie alles, was sie hatte.

Sie wollte gerade wieder etwas sagen, als sie in der Ferne ein leises Echo vernahm. Einen Moment lang packte sie die Angst – waren sie etwa wieder zurück in Richtung der Kakophonie gegangen? Doch die Reaktion von Tertius und Septima machte deutlich, dass die Gefahr wesentlich unmittelbarer war.

»Die Wächter!«, zischte Septima. »Ich wusste, dass sie uns folgen. Wir hätten nicht so lange hier verweilen dürfen!« Sie starrte Lily zornig an, so als wäre es deren Schuld. »Such dir ein Versteck«, zischte sie.

Im nächsten Moment raffte Septima das Tuch zusammen, und Tertius und sie löschten die Flammen ihrer Laternen. Von der plötzlichen Dunkelheit überrascht, ertastete sich Lily einen Weg hinter eine Reihe dicht gedrängter Stalagmiten.

Sie hörte sie, bevor sie sie sah – die leisen, beständigen Schritte von dick besohlten Stiefeln. Dann sah sie ein Licht näher kommen und ihre an der Wand tänzelnde Schatten.

Sie sah gerade noch, wie Tertius und Septima sich in kleine Nischen auf der gegenüberliegenden Seite des Stollens kauerten, bevor sie selbst sich hinter die Felsen duckte.

Sie lugte hervor. Allzu furchteinflößend sahen ihre Verfolger nicht aus. Es war eine kleine, dicht beieinander gehende Gruppe. Wie bei Tertius und Septima waren auch ihre Körper blass und androgyn. Sie machten allerdings einen kräftigeren Eindruck als Lilys neue Freunde. Der einzige Unterschied, den sie erkennen konnte, bestand darin, dass sie dicke Handschuhe trugen, die ihnen bis an die Ellbogen reichten, und sich Stoffstreifen über die untere Gesichtshälfte geschlungen hatten. Lily kniff die Augen zusammen. Diese Handschuhe sahen abgewetzt aus, abgenutzt. Wenn sie die Reaktion von

Tertius und Septima auf körperliche Nähe bedachte und sich vorstellte, dass es diesen »Wächtern« gestattet sein musste, ihre Zielobjekte zu berühren, dann musste man sich tatsächlich vor ihnen fürchten. Was sie selbst anging, so konnte sie womöglich vor einem oder zweien fliehen, doch die Gruppe bestand aus zehn Personen, und so hielt sie den Kopf unten, bis sie in der Ferne verschwunden waren.

Tertius und Septima pressten sich weiter gegen die Stollenwand, noch lange nachdem die Wächter weitergezogen waren. Dann bewegte sich Tertius plötzlich und stieß einen tiefen Seufzer der Erleichterung aus.

»Das war knapp«, stellte er theatralisch atmend fest.

»Geht es dir gut?«, fragte Septima aufrichtig besorgt. Lily bemerkte, dass ihre Hand dicht vor Tertius' Schulter verweilte.

»Ja«, erwiderte er mit zittriger Stimme. »Komm, Lily. Hier entlang …«

»Hm …«, brummte Lily geistesabwesend. Zum Glück bemerkten Tertius und Septima bei ihrem Aufbruch nicht, dass Lily es vorzog, in gehörigem Abstand hinter ihnen zu gehen.

Für Menschen, die Wissen so hoch einschätzten, waren sie nicht besonders wachsam. Lily hatte sich sehr gut versteckt, doch Tertius und Septima hatten kaum Zeit gefunden, sich überhaupt zu verbergen.

Tatsächlich war sie sich ziemlich sicher, dass ihre Verfolger Tertius und Septima klar und deutlich gesehen hatten. Dennoch hatten sie durch sie hindurchgestarrt, als wären sie Luft.

## KAPITEL 4

# *Das Rad*

»Ja?«

Der große, schwere Mann füllte den Türrahmen vollständig aus, sodass es Mark überraschte, dass er überhaupt hindurchgepasst hatte. Er starrte ohne Feindseligkeit auf Mark hinab, jedoch in dem unerbittlichen Wissen, dass ohne seine Erlaubnis niemand durch diese Tür kommen würde. Der Geruch von abgestandenem Bier und Rauch drang in Marks Nase, doch hinter der massigen Gestalt des Mannes vermochte er überhaupt nichts zu erkennen. Ganz gleich, was hier vor sich ging, es war der letzte Ort, an dem Mark erwartet hätte, Cherubina zu finden.

Beinahe zwei Wochen hatten Mark und Cherubina in einem kleinen, muffigen Gebäude im Widder-Bezirk gewohnt. Es war ein ideales Versteck – trist, menschenleer und praktisch nicht unterscheidbar von den anderen grauen Häusern ringsum. Selbst wenn man sie in der Gegend sehen würde, würden die Eintreiber keine Ahnung haben, wo sie mit der Suche anfangen sollten. Die Bewohner des Widder-Bezirks hatten ihren eigenen Rat und waren nicht der Typ Mensch, der herumschnüffelte.

Nichtsdestotrotz verließen sie ihre beengten Räume kaum. Eintreiberstreifen patrouillierten immer häufiger, und Mark zuckte nach wie vor zusammen, wenn er ihre schrillen Pfeifen vernahm. Ab und zu kam ein Besucher vorbei – in der Regel

Pete, Marks Vater, der ihnen Essen brachte. Weder Mark noch Cherubina konnten von sich aus Handel um Nahrungsmittel treiben; ihre Siegelringe wären sofort wiedererkannt worden, wenn die Eintreiber die Unterlagen der Händler überprüften. Die Besuche seines Vaters gehörten zu dem wenigen, was diese vergangenen Tage erträglich gemacht hatte. Zwar hatten die anderen den alten Gefängniswärter gewarnt, er solle vorsichtig sein, doch konnte ihn nichts von seinen Besuchen abhalten. Im Verlauf von über drei Jahren hatten Mark und Pete nicht mehr als einen einzigen Tag gemeinsam verbracht, und sie waren entschlossen, diese verlorene Zeit nun nachzuholen.

Doch die Besuche waren kurz. In aller Regel blieben Mark und Cherubina unter sich. Cherubina erzählte nie von ihrer Zeit in Snutworths Turm, und ehrlich gesagt wollte Mark auch gar nichts davon wissen. Also hatte es an ihm gelegen, sie beide zu unterhalten. Er hatte sich sehr bemüht, sie bei Stimmung zu halten. Er hatte Cherubina versichert, das Direktorium habe anderes zu tun, als sich lange um ihre Verfolgung zu kümmern. Doch im Verlauf der Tage gingen ihm die Geschichten und auch die Geduld aus. Er wollte nach draußen, um Lily zu finden. Stattdessen schaute er Cherubina an und stellte fest, dass sie jeden Tag weniger dankbar für ihre Rettung war und immer missmutiger wurde. Verübeln konnte er ihr das nicht – sie hatte lediglich ein Gefängnis mit einem anderen vertauscht. Bald verbrachten sie ganze Tage schweigend. Dann ging Mark auf und ab, geradezu erstickend an seiner Untätigkeit, und Cherubina saß stumm da und nähte eine Reihe zunehmend schwermütiger wirkender Stoffpuppen.

Schließlich ertrug Mark es nicht länger. Er begann Spaziergänge zu unternehmen, nur kurz, um einen klaren Kopf zu bekommen. Dabei war er vorsichtig, hielt sich von den Eintreiberstreifen fern und war immer zurück, wenn sein Vater zu Besuch kam. Pete machte sich trotzdem Sorgen.

Als Cherubina dann seinem Beispiel folgte und ihrerseits Spaziergänge unternahm, war Mark nicht allzu besorgt. Er überredete sie, dabei ein Kopftuch zu tragen, um ihre unverkennbaren Locken zu verdecken, und war froh, mit anzusehen, dass sie sich zunehmend weniger gefangen fühlte.

Dann aber ging sie immer häufiger aus. Wohin sie ging, erzählte sie ihm nicht.

Und dann, erst vor einer Stunde, hatte er ihre Nachricht gefunden.

Cherubina war wieder draußen, und als er nachschaute, wohin sie den letzten Rest Brot gelegt hatte, stieß er ihren Nähkorb um – jene einzige Habe, bei der sie darauf bestanden hatte, dass sie nur ihr allein gehöre. Das kleine Stück Papier war inmitten der Garnspulen zu Boden geflattert. Auf ihm stand ein einziger kritzliger Satz, und Mark hatte ihn ohne nachzudenken gelesen:

»Treffpunkt im Rad – Achter Stier, dritte Stunde nach Mittag.«

Achter Stier – das war das heutige Datum. Am liebsten hätte er die Nachricht zurück in den Nähkorb gestopft und vergessen, dass er sie je gefunden hatte. Es ging ihn nichts an, und er machte sich schon genug Sorgen um alles Mögliche. Wäre es um jemand anderen gegangen, hätte er die Sache auf sich beruhen lassen.

Aber es handelte sich um Cherubina. Bis vor zwei Wochen war sie noch nie ohne ein Heer von Bediensteten draußen gewesen.

Er zog seine Jacke an.

Lange brauchte er nicht, bis er das Rad gefunden hatte. Es war eine berühmte Schankstube tief im Stier-Bezirk. Doch mit der Wache vor der Tür hatte er nicht gerechnet.

»Ich bin …« Mark verhaspelte sich, da ihn seine Zuversicht verließ. »Ich bin hier wegen des Treffens.«

Der hünenhafte Mann nickte. »Du bist spät dran«, brummte er. »Mr Crede hat bereits begonnen.«

Er trat zur Seite und gab damit den Blick auf einen dunklen und verräucherten Innenraum frei. In Marks Hinterkopf ertönte ein Alarmsignal. Er war davon überzeugt, den Namen Crede schon einmal gehört zu haben, kam aber beim besten Willen nicht darauf, wo.

Er schaute an dem Schlägertyp hinauf. Einen Moment lang trug er sich mit dem Gedanken zu fragen, welche Art Treffen das hier war. Zum Glück hielt ihm sein gesunder Menschenverstand vor Augen, dass er so tun musste, als wisse er dies.

»Also, Mr … Tut mir leid, ich habe Ihren Namen nicht mitbekommen«, sagte Mark, bemüht, höflich zu wirken.

Der Mann setzte ein unschönes Grinsen auf. »Nick, und vergiss ihn ja nicht wieder. Glaub nicht, der ›Mister‹ würde dir irgendwelche Vorteile einbringen, Junge. Es gibt hier keine Hackordnung; für Crede ist jeder gleich.«

Mark bemerkte, dass sich die Muskeln in Nicks gewaltigem Arm, mit dem dieser die Tür aufhielt, anspannten. Eine Sozialordnung gab es hier vielleicht nicht, aber Mark hätte darauf gewettet, dass, wenn es zu Unstimmigkeiten kam, diese sehr rasch und sehr direkt gelöst werden würden.

»Also … Nick, ist meine Freundin schon hier? Ich habe nämlich versprochen, mich hier mit ihr zu treffen. Sie würden sie erkennen, wenn Sie sie sehen, sie hat diese blonden Ringellöckchen …« Mark verstummte.

Nick schüttelte den Kopf und zeigte ein beunruhigendes

Raubtiergrinsen. »Damit habe ich nichts zu tun. Gehst du jetzt rein oder nicht?«, fragte er. »Jeder ist willkommen, aber jeder geht ohne Namen hier rein. Das ist unser Schutz gegen Spione. Aber das weißt du natürlich schon. Wer immer dir gesagt hat, wohin du gehen musst, wird es dir bereits gesteckt haben, nicht wahr?«

Mark schluckte. Er hatte sich verraten. Nick mochte zwar ein angeheuerter Schläger sein, aber dumm war er mit Sicherheit nicht.

»Selbstverständlich«, pflichtete ihm Mark eilig bei. »Kein Problem.«

Mit unsicheren Schritten ging er an dem Mann vorbei, doch im nächsten Moment spürte er eine raue Hand auf seiner Schulter.

»Keine Sorge, Junge«, sagte Nick, nun ein wenig freundlicher. »Warum du gekommen bist, spielt keine Rolle. Jeder hier fängt irgendwann mal neu an.« Aus einem Grund, der schwer zu begreifen war, fühlte sich Mark durch Nicks Versicherung noch unbehaglicher als durch seine Drohungen zuvor. Etwas an der Art, wie er es sagte, deutete darauf hin, dass dieser Neuanfang nicht unbedingt freiwillig erfolgte. Sobald man durch diese Tür ging, war man einer von ihnen.

»Danke«, sagte Mark und trat ein.

Zu seiner Erleichterung war der dahinter liegende Schankraum nicht ganz so finster, auch wenn er nur schummerig beleuchtet und heillos überfüllt war. Mark ging durch die Schwaden aus waberndem Tabakrauch hindurch in Richtung der Bar, wo ein dünner, sauertöpfisch dreinblickender Barmann Halbliterhumpen mit trübem Bier ausschenkte. Mark setzte sich auf einen der Barhocker, und als sich seine Ohren an das Tohuwabohu gewöhnt hatten, hörte er aus der gegenüberliegenden Seite des Raumes eine Stimme heraus.

»... sie machen Jagd auf uns, zwingen uns dazu, uns zu verkriechen wie Ratten. Aber sollen wir uns etwa dadurch einschüchtern lassen? Pah!« Es gab ein Geräusch, als hätte jemand einen Bierkrug aus Metall auf einen Tisch geknallt. »Ich sage euch: Wenn Agora in tausend Jahren zu Staub zerfallen und auch unser letztes schönes Gebäude zerstört ist, dann werden die Ratten immer noch hier sein. Sie werden sich vermehren, bis ihre Stunde gekommen ist. Fühlt euch nicht beleidigt, wenn man euch Ratten nennt, meine Freunde. Ratten bilden eine starke Gemeinschaft; sie können nicht vernichtet werden.«

Mark schaute zu der Ecke, wo er gerade noch die Silhouette des Sprechers ausmachen konnte.

»Die Zeit ist nahe, meine Freunde«, fuhr die Stimme fort. »So nahe, dass wir sie schmecken können! Und dann werden es die Eintreiber bereuen, wie weit sie uns getrieben haben! Denkt daran, wenn man Rattennester zerstört, fordert man den Ärger heraus und wird gebissen!«

Im ganzen Raum grölten die Menschen zustimmend. Eine Brise wehte durch den Rauch, jemand hob eine Laterne in die Höhe, und nun konnte Mark Crede erkennen.

Er war hoch aufgeschossen und in Lumpen gekleidet, hatte strähniges blondes Haar und war schlecht rasiert. Vom Aussehen her war er nicht sonderlich inspirierend – er wirkte wie ein Mann, der zu viele Nächte im Vollrausch auf dem Fußboden verbracht hatte. Doch seine Haltung und seine Augen erzählten eine andere Geschichte. Jede Bewegung, jeder Blick spiegelte einen Mann wider, der vor Leidenschaft strotzte. Während Mark ihn beobachtete, fiel ihm die Geschichte ein, die Laud erzählt hatte. Es war die Geschichte des von Crede betriebenen, rivalisierenden Almosenhauses, dem Rad. Und es war die Geschichte von dem, was er bereit war zu tun, um denen, die seine Hilfe suchten, ein besseres Leben zu ermöglichen: Diebstahl, Einschüchterung, ja sogar Angriffe auf Eintreiber. Laud selbst hatte eine Tracht Prügel von Credes Schlägern verabreicht bekommen, zu denen nach Marks fester Überzeugung auch der Mann zählte, der ihn an der Tür in Empfang genommen hatte. Wenn Crede sich bewegte, bewegte sich die Menge mit ihm, gefesselt von jeder seiner Gesten. Die Menschen lauschten seiner Stimme, als hinge ihr Leben davon ab.

»Die Eintreiber lernen bereits ihre Lektion, meine Freunde! Sie ziehen sich in ihre Stadtteile zurück, gehen nur noch Streife vor den Häusern der Oberen der Gesellschaft, damit die Reichsten sich in Sicherheit wiegen können.« Er stieß ein kurzes, bellendes Lachen aus. »Bald werden sie es nicht mehr wagen einzugreifen, und dann können wir die Herrschaft über die Straßen übernehmen und für einen fairen Handel für jedermann sorgen. Denn solange das Direktorium an der Macht ist, wie kann da der einfache Mann oder die einfache Frau einen fairen Handel abschließen? Welchen Wert legen sie auf das Leben von einfachen Leuten? Wir glauben, dass Menschlichkeit wichtiger ist als der Marktpreis!«

Alle im Raum begannen laut zu klatschen. Mark, auf seinem Hocker sitzend, überlief ein Schauder. Er erinnerte sich an diese Worte. Doch als er sie beim letzten Mal vernommen hatte, war es Lily gewesen, die sie ausgesprochen hatte. Auf sonderbare Art erinnerte ihn Crede an Lily – sie hatte es sich schon immer in den Kopf gesetzt, dass die Welt gerechter sein müsste. Nur dass Lily vorhatte, sie durch Mitgefühl zu ändern, und nicht indem sie einen Krieg anzettelte.

Mark riss seinen Blick von Crede los, um sich im Raum umzuschauen. So wie Laud Credes Vorgehensweise beschrieben hatte, hatte es sich eher so angehört, als würde eine Armee aufgestellt, vor allem wenn man bedachte, wie er die Eintreiber zu Feinden erklärte. Tatsächlich waren hier Leute, die so wie Nick den Eindruck erweckten, als seien sie nicht wegen der Rede hergekommen. Andererseits wirkte ein Großteil der Zuhörer unscheinbar; Männer, Frauen, ja sogar Kinder, nach dem Zustand ihrer Kleidung zumeist arm – und allesamt völlig hingerissen.

»Hey, du«, brummte der Barmann. »Bestellst du jetzt was zu trinken oder nicht? Crede kann hier reden, so viel er will, aber ich muss auch meine Brötchen verdienen.«

Hastig machte sich Mark unsichtbar, indem er sich unter die Menge mischte. Dabei erhaschte er einen Blick auf eine kleine, dunkelhaarige Frau, die stumm von einem Türeingang aus zuschaute. Einen Moment lang war er davon überzeugt, die Frau schon einmal gesehen zu haben.

»Miss Devine?«, murmelte Mark vor sich hin. »Der Ort hier passt doch gar nicht zu Ihnen …«

Mark erinnerte sich an Miss Devine, obwohl er ihr nur einmal begegnet war. Sie war die Nachbarin des Tempels und offiziell Glasmacherin von Beruf. Ihr wirkliches Geschäft aber war ziemlich merkwürdig – sie extrahierte und verkaufte die Gefühle anderer. Als Mark noch ein aufsteigender Stern am Himmel der Oberen der Gesellschaft von Agora gewesen war, hatte es als schick gegolten, bei Gesellschaften Fläschchen mit Gefühlen kreisen zu lassen, und Miss Devine war die beste Lieferantin gewesen. Aber was tat sie nun hier? Soweit sich Mark erinnerte, war sie finanziell abgesichert und kaum interessiert an den Rechten der Geknechteten …

»Und nun, meine Freunde, möchte ich euch jemanden vorstellen«, verkündete Crede aus vollem Hals. »Kameraden, glaubt nicht, eure einzige Unterstützung käme aus den Reihen der kleinen Leute. Nein, selbst einige der Höchsten in der

Stadt sind so ergriffen von unserer misslichen Lage, dass sie sich unserer Sache angeschlossen haben. Ich stelle Ihnen Miss Serapha vor, eine Tochter der Oberen der Gesellschaft!«

»Serapha?«, sagte Mark und wandte sich ihr zu. »Das hört sich … vertraut an …«

Mit offenem Mund stutzte er. Als die Menge sich um die Angekündigte herum teilte, war Cherubina zu sehen.

»Ist das nicht ein gutes Zeichen?«, fragte Crede und verneigte sich galant in Cherubinas Richtung. »Ausgelöst durch die Unschuld eines jungen Mädchens – Miss Lilith – und nach ihrem mysteriösen Verschwinden durch leuchtende Vorbilder der Großzügigkeit wie Miss Serapha aufgegriffen. Aus freien Stücken hat sie ihre Familie aus den Reihen der Oberen der Gesellschaft aufgegeben, um unter uns zu leben. Ganz gleich, was das Direktorium sagen mag, solange sich solche Menschen unserer Sache anschließen, wissen wir, dass sie gerecht und wahrhaftig ist!«

Die Menge schrie begeistert. Cherubina bewegte sich nicht und hielt den Blick gesittet nach unten gerichtet. Sie stand da in einem geborgten Kleid und unter falschem Namen und wurde als Heldin der Wahrheit gepriesen.

Mark fand, dass dies Credes Bewegung gut auf den Punkt brachte.

Er wartete ab, bis Crede, noch immer redend, weg von Cherubina in einen anderen Bereich im Schankraum ging und die Menge ihm folgte. Dann stahl er sich zu Cherubina hinüber und packte sie an der Schulter.

»Ma…?«, stieß Cherubina hervor, während Mark sie in die ruhigste Ecke des Raums zog. Mark starrte sie zornig an, worauf sie hastig den Rest seines Namens verschluckte. Sie hatte versprochen, ihn nicht in der Öffentlichkeit zu verwenden. »Was machst du denn hier?«, flüsterte sie.

»Was *ich* hier mache?«, entgegnete Mark. »Wir wollten uns unauffällig verhalten, und du lässt dich hier zum Wahrzeichen einer Revolution ausrufen?«

»Ich organisiere uns Verbündete«, erwiderte Cherubina stolz. »Sind diese Leute denn nicht genau wie deine Freunde in dem anderen Almosenhaus? Außer natürlich, dass Crede wirklich etwas unternimmt. Sie sagen, die Eintreiber wagen es nicht mehr, den Stier-Bezirk zu betreten ...«

»Schön, schön«, sagte Mark, während er sich umschaute, um sich zu vergewissern, dass ihnen niemand zuhörte. Zum Glück stand Crede immer noch ganz im Mittelpunkt der Aufmerksamkeit. »Wie hast du überhaupt von diesem Ort hier erfahren?«

Cherubina lächelte auf eine Weise, die sie offenkundig für geheimnisvoll hielt. »Mr Crede hat mir eine Nachricht geschickt. Einer seiner Männer hat sie unter unserer Tür durchgeschoben. Er meinte, ich könnte ihnen helfen. Zuerst bin ich bloß aus Neugier hierhergekommen und weil sie versprochen haben, mich zu beschützen, aber jetzt ...«

»Woher wussten sie von dir?«, unterbrach Mark sie, schüttelte dann jedoch den Kopf. Es war offenkundig; er erkannte mehrere zerlumpte Gestalten im Schankraum, die schon einmal im Tempel gewesen waren. Offenbar machten Neuigkeiten in der Unterwelt schnell die Runde. »Ich wünschte, du hättest es mir erzählt«, sagte Mark unbehaglich. »Hattest du keine Angst, der eine oder andere könnte den Eintreibern stecken, wo du dich aufhältst?«

»Was sollte falsch daran sein, wenn *Miss Serapha* an den Versammlungen teilnimmt?«, erwiderte Cherubina mit der ganzen Feinsinnigkeit einer vierjährigen Göre.

Mark seufzte und hob dann die Hand, um Cherubinas Ringellocken zu berühren. »Es gibt außer Namen noch andere

Dinge, die Aufmerksamkeit auf uns lenken können«, murmelte er. »Wusstest du, dass Miss Devine auch hier ist?«

»Wer?«, erwiderte Cherubina desinteressiert.

»Miss …« Mark blickte sich um, doch die Gefühlshändlerin war in der Menge verschwunden. Er machte eine wegwerfende Handbewegung. »Spielt keine Rolle. Jedenfalls jemand, den wir nicht auf unseren Fersen haben wollen. Die Sache ist die, jeder könnte hier sein, sogar ein verdeckt arbeitender Eintreiber.«

»Nick an der Tür kennt jeden verdeckt arbeitenden Eintreiber, der es wagen würde, an diesem Ende der Stadt zu arbeiten«, erwiderte Cherubina mit einem Anflug von Stolz. »Mr Crede ist nicht dumm, musst du wissen.«

»Er piesackt die Eintreiber, wenn sie schon gereizt sind. Verspricht allen in Agora Gerechtigkeit …« Mark seufzte. »Er sieht nicht so aus und hört sich auch nicht so an wie jemand, der mit beiden Beinen auf dem Boden der Realität steht.«

»Er versucht etwas zu verändern«, antwortete Cherubina leise. »Und das tue ich auch. Mein ganzes Leben lang bin ich Beute gewesen, wurde von anderen benutzt. Jetzt ist Schluss damit.«

»Tatsächlich …«, murmelte Mark sarkastisch. »Und deine Darbietung vorhin als *wunderbar edles Geschöpf* hatte auch gar nichts damit zu tun, dass Crede mit seiner neuen Errungenschaft angeben wollte.«

»Er ist der Feind des Direktors, und das macht ihn zu unserem Freund«, sagte Cherubina hochmütig. »Crede meinte, ich sei zu wertvoll, als dass er zulassen würde, dass mir etwas zustößt. Er weiß schon, wo wir wohnen. Ich habe gesehen, dass mich seine Leute im Auge behalten haben, als ich nach Hause gegangen bin. Er beschützt mich.«

»So funktioniert das nicht«, beharrte Mark. »Er ist nicht

wirklich darauf bedacht, Leuten zu helfen. Er hat es einzig und allein auf seine Macht abgesehen. Du glaubst, es liegt ihm tatsächlich etwas an dir?« Mark nahm ihre Hand. »Bei allen Sternen, Cherubina, das hier ist kein Spiel! Ich dachte, du wärst im vergangenen Jahr ein wenig erwachsener geworden …«

Wütend entzog ihm Cherubina die Hand. »*Wage* es nicht, mit mir wieder über diese schreckliche Zeit zu sprechen. *Wage* es nicht, so zu tun, als wäre alles nur ein Spaß!«

»Dann solltest du unser Versteck nicht so behandeln, als würde es nichts bedeuten!«, blaffte Mark nun seinerseits und bemühte sich nicht mehr, seine Stimme gesenkt zu halten. »Wir verstecken uns vor *ihm*, Cherubina, vor Snutworth! Auch wenn es ihm nicht wirklich etwas bedeutet, er würde dich aus Boshaftigkeit zurücknehmen, das weißt du.«

»Deswegen brauche ich angemessenen Schutz«, sagte sie verächtlich. »Du glaubst, bloß weil Crede eine Vision hat, ist er dumm? Er versteht alles. Bevor du gekommen bist, hatte er mir gerade erzählt, dass wir nun, da Snutworth Direktor ist, vorsichtig vorgehen müssen …«

Als Cherubina Marks Gesichtsausdruck sah, verstummte sie.

»Du hast *Crede* von Snutworth erzählt?«, flüsterte Mark. »Du hast ihm erzählt, wer du bist?«

Trotzig verschränkte Cherubina die Arme. »Das ist mein Geheimnis«, sagte sie. »Ich kann es verraten, wem ich will.«

Mark starrte sie ungläubig an. »Hast du irgendeine Vorstellung, was er mit diesem Wissen alles tun könnte?«, fragte er sie leise.

»Natürlich habe ich das«, erwiderte Cherubina eindringlich. »Er hat es mir selbst gesagt. Im Moment haben die Leute Angst vor dem Direktor – sie halten ihn für einen Mythos, für allmächtig.« Mark hörte einen Anflug von Crede aus ihren

Worten heraus, so als wiederholte sie etwas, das er gesagt hatte. »Aber sobald sie erfahren, dass er ein ganz gewöhnlicher Mensch ist …«

»Ein gewöhnlicher Mensch?«, unterbrach Mark sie und griff sich mit beiden Händen an den Kopf. »Vor ein paar Jahren war er mein Diener, und jetzt ist er der Herrscher über die Stadt! An ihm ist nichts Gewöhnliches, und das weißt du auch. Wie auch immer, das nimmt ihm nichts von seiner Macht – oder hast du die Eintreiber vergessen? Dad meint, sie haben ihre Übungen verstärkt. Einige von ihnen üben sogar mit Schwertern und nicht mehr mit Knüppeln. Glaubst du wirklich, dass Credes Schlägertrupp gegen sie ankommen kann?«

»Du meinst also, wir sollten überhaupt nichts unternehmen?« Überrascht stellte Mark fest, dass Cherubina feuchte Augen hatte. Sie weinte beinahe, doch ihre Stimme klang noch immer bedrohlich.

Behutsam legte Mark ihr eine Hand auf die Schulter. »Ich meine, du solltest dich nicht auf das hier einlassen. Ich hasse Snutworth genauso wie du, aber du kannst dich nicht immer nur mit ihm beschäftigen. Du bist entkommen, du musst jetzt dein eigenes Leben leben …«

Cherubina begegnete seinem Blick. »Und wie kann ich das?«, fragte sie leise. »Indem ich alles tue, was du sagst?«

Betroffen zog Mark seine Hand zurück, doch Cherubina blieb stur. Steif wandte sie ihm den Rücken zu.

»Ich muss jetzt wieder zurück«, sagte sie und deutete dabei auf die Menge, die sie beide noch immer nicht beachtete, sondern von Crede hingerissen war. »Er möchte mich einigen Neuen vorstellen.«

»Du bist für ihn bloß ein Werkzeug«, protestierte Mark schwach.

Cherubina drehte sich nicht um. »Mag sein«, räumte sie ein, »aber er bewirkt wenigstens etwas Gutes. Er sitzt nicht zu Hause herum und wartet darauf, dass Daddy zu Besuch kommt. Er kann mich beschützen.« Sie blickte über die Schulter. Ihr Ärger schien verraucht zu sein; sie wirkte nun traurig, fast enttäuscht. »Warum gehst du nicht? Crede verteilt Brot, und wir haben kaum etwas zum Einhandeln. Ich würde dich ja fragen, ob du mitkommst, aber er gibt Almosen nur an Männer der Tat.«

Bevor Mark antworten konnte, ging sie davon und mischte sich unter die Menge.

Mark war sprachlos. Dies blieb noch so, als er die verräucherte Bar verließ, während der Lärm von Credes Reden ihm in den Ohren dröhnte. Und es blieb auch noch so, als er durch die Straßen schlich und zu ihrem leeren Haus zurückkehrte.

Und es blieb sogar noch während des Abends so, als die Eintreiber vorbeigingen und dabei die neue Glocke, die die Ausgangssperre verkündete, läuteten. Alles, was ihm blieb, war ein Wust an Gedanken über Cherubinas Sicherheit und seine eigene Unfähigkeit zu entscheiden, was er tun sollte. Aber das spielte zu diesem Zeitpunkt auch keine Rolle mehr.

Denn zu diesem Zeitpunkt war klar, dass Cherubina nicht mehr zurückkehren würde.

## KAPITEL 5

# *Harmonien*

Lily wusste nicht mehr, wo sie sich befand.

Nach jedem Aufwachen, wenn sie ihre Laterne entzündete, sah sie felsige Durchgänge, die sich nach beiden Seiten ins Dunkel erstreckten. Nahmen die Tunnel denn gar kein Ende mehr?

Es war schwer zu sagen, wie lange sie und ihre neuen Freunde bereits unterwegs waren; nach dieser einen Begegnung hatten sie ihre Verfolger nicht mehr gesehen. Sie hatten fünfzehn Mal geschlafen, so viel stand fest, aber ob dies irgendeinen Zusammenhang mit Tag oder Nacht hatte, ließ sich unmöglich sagen. Lily war ständig müde, aber angesichts des fortwährenden Gehens und weil sie gezwungen war, auf nacktem Felsgestein zu schlafen, konnte dies kaum überraschen.

Am zweiten »Tag« waren sie auf ein Versteck mit Laternenöl gestoßen, und Lily hatte ihre eigene Laterne bekommen. Sie hatte es sich angewöhnt, die Flamme nach dem Aufwachen erst klein zu halten, dann größer werden zu lassen und schließlich wieder zu dimmen, um eine Art Sonnenstand zu imitieren. Auf seltsame Weise fand sie das beruhigend.

Es war nicht so, als ob die Stollen langweilig gewesen wären. Häufig öffneten sie sich zu Höhlen von atemberaubender Schönheit, mit Felsgestein, das sich wie Wasser an den Wänden entlangkräuselte. Oder sie stießen auf eine Höhle voller Quarzbruchstücke, die aus dem Boden hervorragten und glitzernde Kristallwälder formten. Selbst als sie durch Öffnungen kriechen mussten, die kaum breit genug waren, um darin atmen zu können, war der Fels unter ihren Händen und Knien mit hundert verschiedenen Tönen, Maserungen und Farben marmoriert. Unter normalen Umständen wäre Lily fasziniert gewesen.

Stattdessen aber sehnte sie sich nach den grünen Wäldern von Giseth oder sogar nach den Menschenmengen in Agora. Hier unten gab es keine Chance, jemand Neues kennen zu lernen. Wenn sie das Geräusch näher kommender Schritte vernahmen, mussten sie sich verstecken. Lily hatte versucht, Septima und Tertius dazu zu bewegen, ihr noch einmal zu erklären, warum sie eigentlich auf der Flucht waren. Doch ihre Mühen brachten ihr lediglich diffuse Kommentare über das Böse des Dirigenten sowie zunehmend misstrauische Blicke ein.

Das war das andere Problem. Sie kam damit zurecht, auf nacktem Felsgestein zu schlafen, nur mit ihrem Bündel als Kissen – da hatte sie schon Schlimmeres durchgemacht. Sie kam auch damit zurecht, keine Orientierung zu haben, kein Licht und muffig riechende Luft. Doch das mit ihren Gefährten stand auf einem anderen Blatt. Allmählich hegte Lily den Verdacht, dass es keine gute Idee gewesen war, Tertius und Septima zu begleiten.

Im Gegenteil, das Verhalten der beiden wurde im Laufe der Zeit immer merkwürdiger. Wenn Lily sie nicht darauf ansprach, schienen sie vergessen zu haben, dass sie verfolgt wurden. Tatsächlich konnten sie offenbar nicht länger als ein paar Minuten an einem Gedanken festhalten. Sie plapperten zwar unaufhörlich, sprachen jedoch nie über etwas von Belang. Ab und zu behaupteten sie, zu einem geheimen Rebellenlager zu fliehen, hatten andererseits aber kaum eine Vorstellung davon, wohin sie sich wenden sollten. Womöglich schlugen sie immer nur den Weg von einem versteckten Proviantpaket zum nächsten ein, was auf seltsame Weise zweckmäßig war. Zuerst behaupteten sie, sie hätten den Proviant dort für Notfälle zurückgelassen. Doch bald wurde deutlich, dass es ihnen nie in den Sinn kam, die Reste der Lebensmittel mitzunehmen. Tatsächlich trugen sie abgesehen von ihren Laternen überhaupt keine Vorräte mit sich. Sie schliefen ohne das Bedürfnis nach Bequemlichkeit lang ausgestreckt auf dem Boden, wischten sich morgens den Staub ab und wuschen sich in Wasserbecken, die sich in den feuchteren Höhlen gebildet hatten.

Vor allem hatten sie offenbar überhaupt keinen Plan. Am siebten Tag führte Tertius sie auf eine halsbrecherische Strecke durch ein Labyrinth aus Stollen, nur um ihnen einen glatten, eiförmigen Kristallbrocken zu zeigen, der aus einer Wand wuchs. Septima starrte den bernsteinfarbenen Stein verzückt an und beobachtete, wie der Lichtschein ihrer Laterne auf seiner Oberfläche tänzelte.

Lily lehnte sich gegen die Stollenwand und dachte an all die ähnlichen aus den Wänden wachsenden Kristalle, die sie auf ihrer Reise durch die Gänge gesehen hatte. Sie erinnerte sich an ihren eigenen winzigen Kristall, denjenigen, der sie hierhergeführt hatte und der nach wie vor tief in ihrem Bündel verborgen war. Es war einer der Kristalle, die Verity, die Schwester ihres Vaters, mit nach Agora gebracht hatte. Als sie ihn zum ersten Mal gesehen hatte, hatte sie ihn seltsam gefunden; nie hätte sie sich vorstellen können, einmal durch eine ganze Welt von ihnen zu gehen.

Doch in Naru waren sie überall. Einige glitzerten unter ihren Füßen, kaum größer als Fingernägel, während andere ganze Höhlen mit ihrer Pracht bedeckten. Nie sah sie zwei gleiche; sie bestanden aus allen Farben und Formen, waren immer schillernd und lichtdurchlässig. Es war ein beunruhigender Moment, wenn man eine Höhle betrat, deren Wände, Decke und Boden ganz mit ihnen bedeckt waren. Es war dann so, als bewege sich der massive Fels um einen herum.

Doch das war gar nicht das Sonderbarste an den Kristallen. Erst als Lily versucht hatte zu schlafen, hatte sie es entdeckt.

Die Kristalle flüsterten.

Sie waren ganz leise, zu schwach, als dass man es hätte verstehen können, so wie das ferne Gemurmel der Kakophonie. Doch in der Stille, wenn das Geräusch sich erhob und wieder senkte wie eine Million weit entfernter Echos, konnte sie sie vernehmen.

»Können wir nicht weitergehen?«, fragte sie gereizt, bemüht, ihr Unbehagen zu verbergen.

Septima machte sich nicht einmal die Mühe, sie anzuschauen. »Erst wenn wir diesen hier untersucht haben«, erwiderte sie, während sie den eiförmigen Kristall, der im Lichtschein ihrer Lampe schwach pulsierte, nach wie vor eindringlich musterte.

Lily trat von einem Bein aufs andere. Sie war davon überzeugt, erneut Flüstern aus diesem bernsteingelben Edelstein heraus zu vernehmen, doch vielleicht spielte ihr auch nur ihr Gehör einen Streich.

»Was ist überhaupt so besonders an diesen Kristallen?«, fragte sie, nach wie vor bemüht, sich ihr Unbehagen nicht anmerken zu lassen.

Septima drehte sich um. Auf ihrem Gesicht lag ein selbstgefälliger Ausdruck. »Sollen wir es ihr sagen?«, fragte sie Tertius.

Dieser zuckte mit säuerlicher Miene die Achseln. »Ich werde es ihr zeigen. Dieser hier ist zwar schön anzuschauen, aber zu entstellt, um von Nutzen zu sein.«

Septima kicherte verzückt. Sie genoss es offenkundig, mehr

zu wissen als Lily. Die aber ging auf diese selbstgefällige Art nicht ein.

»Du wolltest wissen, wieso wir so viele Informationen über die Welt dort oben wissen, obwohl wir sie nie gesehen haben?«, fragte Septima. »Komm her und horche an diesem Kristall.«

Zögernd trat Lily näher. Es hatte den Anschein, als glänze der glatte Edelstein in seinem eigenen Licht.

Tertius bemerkte ihr Zögern und lächelte affektiert. »Er ist nicht heiß. Wir beleuchten diese Kristalle zwar mit unseren Laternen, und sie nehmen das Licht auf, nicht aber die Wärme.«

Zögerlich beugte sich Lily vor und legte das Ohr auf die glatte Oberfläche des Kristalls.

»Was soll ich jetzt …?«, fing sie an, doch Septima bedeutete ihr zu schweigen.

Tertius fing an zu singen.

Als er gesprochen hatte, hatte seine Stimme rau geklungen. Nun aber drang eine liebliche Abfolge hoher Töne über seine Lippen. Es waren keine richtigen Worte, sondern lediglich eine sonderbar schwermütige Melodie. Lily war so überrascht, dass sie sich nicht rührte, sondern nur das Ohr an den Kristall hielt. Einen Moment lang vernahm sie lediglich Tertius' Stimme, die in dem Kristall nachhallte und Obertöne wiedergab, die summten und funkelten.

Dann plötzlich hörte sie Worte. Doch diese stammten nicht von Tertius. Es war eine völlig andere Stimme, die aus den Tiefen des Kristalls nach oben drang.

Sie erkannte diese neue Stimme wieder. Es war ihre eigene.

*Was ist überhaupt so besonders an diesen Kristallen?*

Überrascht zog sie den Kopf zurück. Tertius hörte auf zu singen und lachte, doch Septima räusperte sich übertrieben.

»Diese Kristalle beherrschen unser Leben«, sagte sie, so als zitiere sie etwas auswendig Gelerntes. »Sie haben etwas an sich, das es ihnen erlaubt, jahrelang, vielleicht sogar jahrhundertelang nachzuhallen. Wir glauben, dass jedes gesprochene Wort, jedes auf der Welt oben verursachte Geräusch von den Kristallschichten in dem Fels unter euren Ländereien eingefangen wird.« Sie markierte mit dem Finger einen Weg auf der Felswand und legte dabei eine Linie aus glitzerndem Fels frei, die hinauf zu dem Kristall führte. »Und der Nachhall verstärkt sich, indem er von Kristall zu Kristall weitergeleitet wird, bis er die Höhlen von Naru erreicht. Uns geht es dann darum, die Geräusche zu sortieren, um die Geheimnisse zu entdecken. Jeder Kristall offenbart uns neue Schätze.«

Wie um es zu demonstrieren, sang Septima auf einmal einen hohen Ton, hell und klar. Der Kristall reagierte, indem sein Licht heller schien. Zunächst vernahm Lily lediglich einen Schwall unverständlicher Echos – wie von einer weit entfernten Menschenmenge. Dann veränderte Septima die Töne und sang eine Tonleiter hinauf und hinab. Dabei wurden einige Stimmen schwächer, während andere sich hervorhoben.

*Fühlt euch nicht beleidigt, wenn man euch Ratten nennt, meine Freunde …*

Das war ein Mann, der gerade eine Rede hielt.

*Bestellst du jetzt was zu trinken oder nicht?*

Ein anderer Mann, griesgrämig und eingeschnappt.

*Mein ganzes Leben lang bin ich Beute gewesen, wurde von anderen benutzt. Jetzt ist Schluss damit.*

Eine Frau. Lily reckte den Kopf vor, überzeugt davon, diese Stimme zu kennen. Hätte sie sie doch nur noch ein wenig länger hören können …

Septima hörte auf zu singen. Fast im gleichen Moment verklang die Stimme, und das Licht in dem Kristall erlosch.

»Natürlich bekommt man manchmal nur Unsinn zu hören«, sagte Septima unbekümmert, Lilys Enttäuschung offenbar nicht wahrnehmend. »Aber wenn man die richtigen Kristalle findet, kann man alles hören, was jemals in den Ländereien oben gesprochen wurde.«

Lily staunte. Daheim in Agora hätte der Direktor sich nach einem solch mächtigen Werkzeug gesehnt, danach, jede jemals geführte Unterhaltung mithören zu können, jedes jemals ausgesprochene Wort. Das war außergewöhnlich und erstaunlich.

Nein, erkannte sie dann. Es war erschreckend.

»*Alles?*«, fragte sie entgeistert nach.

Tertius kratzte sich lässig am Kinn. »Tja, bei vielen Kristallen sind die Echos natürlich viel zu schwach, als dass man etwas verstehen könnte«, sagte er. »Die besten befinden sich daheim im Mittelpunkt. Hier draußen hört man meist bloß kleine Fetzen von lohnendem Wissen.«

»Wo wir von lohnendem Wissen sprechen«, schaltete sich Septima ein und drehte dem Kristall den Rücken zu. »Wir haben dir da gerade eine Menge Antworten gegeben, und ich kann mich nicht daran erinnern, dass du uns in letzter Zeit viele Fragen beantwortet hättest. Du solltest uns bald mal wieder etwas Neues erzählen, Wunder.« Sie runzelte die Stirn. »Wie dem auch sei, hier gibt es nichts mehr, was zu hören sich lohnen würde. Gehen wir.«

Den Kristall, der sie kurz zuvor noch derart fasziniert hatte, vollkommen ignorierend marschierte Septima aus der Höhle hinaus und ließ Lily nur noch verwirrter zurück.

Den Rest des Tages zeigten sich Tertius und Septima ungewöhnlich abweisend. Lily versuchte zwar mit ihnen ins Gespräch zu kommen, doch sie hatten ihr schon bald die banalen Fakten über Agora herausgepresst, und je mehr Zeit Lily mit ihnen verbrachte, desto weniger war sie geneigt, ihnen etwas Persönlicheres mitzuteilen. Und sobald sie aufhörte zu reden, schwand ihr Interesse.

Noch drei Tage danach waren sie unfreundlich und mürrisch. Erst als sie am elften Tag aufwachten, sprach einer von ihnen aus, was nicht in Ordnung war.

»Ich halte nicht mehr viel von diesem Wunder, Tertius«, verkündete Septima plötzlich beim Essen. »Sie hat uns schon eine Weile nichts Neues mehr erzählt. Warum sollten wir sie weiter durchfüttern?«

Lily schluckte alarmiert, unsicher, ob sie erschreckt oder beleidigt sein sollte.

Tertius lächelte geheimnisvoll. »Du brauchst Geduld. Wenn wir ihr Zeit geben, wird sie uns noch mehr offenbaren. Sie gehört zum Orchester, weißt du nicht mehr? Sie sind nicht wie wir.«

»Ihr habt schon einmal von dem Orchester gesprochen«, sagte Lily, bedacht, das Thema zu wechseln. »Wer ist das?«

Septima starrte sie zornig an. »Fragen, ständig Fragen, und nie gibst du uns irgendein Wissen, um damit zu bezahlen«, sagte sie finster und verdrehte dann die Augen. »Das Orchester! Du weißt schon … dort oben.« Sie deutete mit der Hand auf die Decke aus Fels. »Die Welt über uns. Das Orchester liefert die Musik, und der Chor« – sie wies auf sich selbst und Tertius – »singt das Lied. Das kannst du umsonst haben, das ist Allgemeinwissen.« Sie kicherte. »Du hast recht, sie ist ziemlich unmusikalisch.«

Tertius gluckste. Danach bekam Lily eine Ewigkeit nichts Vernünftiges mehr aus ihnen heraus. Immer wenn sie sie anschauten, brachen sie in Gelächter aus.

Am zwölften Tag beschloss Lily, ein Machtwort zu sprechen. »Wo gehen wir hin?«, fragte sie plötzlich.

Tertius schaute sich zu ihr um, und auf seinem Gesicht lag ein erwartungsvoller Blick.

Lily seufzte. »Also schön, du willst vorher ein wenig Wissen?« Sie holte Luft. »Das Dorf Aecer ist das Agora am nächsten gelegene Dorf von Giseth, und seine Anführerin, die Sprecherin Bethan, war die Geschichtenspinnerin des Dorfes. Darf ich jetzt eine Frage stellen?«

Tertius zog eine Grimasse. »Was ist eine Geschichtenspinnerin?«

Lily spürte, wie sie frustriert die Hände zu Fäusten ballte. »Eine Geschichtenspinnerin ist eine Mischung aus einer Lehrerin und einer Geschichtenerzählerin. Mehr bekommst du von mir nicht zu hören, wenn du mir nicht sagst, wohin wir gehen!«

Tertius tauschte mit Septima Blicke aus und schob sich dann sein langes weißes Haar aus dem Gesicht.

»Wir laufen weg«, sagte er, als wäre Lily einfältig. »Weg. Nicht irgendwohin. Wir hatten gehofft, ein Wunder zu finden, aber da dies nicht geklappt hat« – er schaute von oben auf sie herab – »müssen wir einfach weitergehen, bis wir ein anderes finden.«

»Und was werdet ihr tun, wenn ihr ein anderes gefunden habt?«, fragte Lily, mittlerweile gewohnt, nicht weiter auf die Beleidigungen zu achten.

Septima schaute nachdenklich auf ihre Fingernägel hinab und weigerte sich demonstrativ, eine Antwort zu geben. Lily lehnte sich an die Wand. Wie konnte sie hier bloß weiterkommen?

»Sagt mal, habt ihr beiden jemals etwas vom Mitternachts-Statut gehört?«

Septimas Kopf schnellte hoch. »Was weißt du davon?«, fragte sie argwöhnisch.

Lily lächelte. »Eine ganze Menge, wenn man bedenkt, dass ich darin erwähnt werde. Und ich bin bereit, mein Wissen zu teilen.«

Tertius runzelte die Stirn und beugte sich näher zu Septima vor. Er flüsterte, doch weil er laut genug flüstern musste, damit Septima ihn verstand, ohne dass sie einander allzu nahe kamen, verstand auch Lily jedes Wort.

»Das ist eine erstklassige Information. Nur das Orakel weiß etwas über das Statut.«

»Sie könnte lügen«, entgegnete Septima mit zornigem Blick. »Mitgliedern des Orchesters darf man nicht trauen, das weiß jeder.«

Frustriert raufte sich Tertius die Haare. »Sie braucht uns. Denk doch mal nach! Wenn wir etwas herausfinden, was das Orakel nicht gewusst hat …«

»Wer ist das Orakel?«, wollte Lily wissen.

Verblüfftes Schweigen. Septima schaute, als würden ihr die Augen aus dem Kopf treten.

»Das Orakel ist … das Orakel«, sagte sie wie betäubt. »Sie weiß alles. Es heißt, wenn man ihr etwas sagen kann, was sie nicht weiß, enthüllt sie einem jedes Geheimnis auf der Welt.«

Lily lächelte. Endlich hatte sie einen Plan vor Augen.

»Also schön, folgendes Angebot«, sagte sie und trat näher auf die beiden zu, damit sie sich unbehaglich fühlten. »Ihr bringt mich zum Orakel, und bevor ich ihr meine Geheimnisse erzähle, erzähle ich sie euch. Dann teilen wir die Wahrheit. Abgemacht?«

Erneut wechselten Tertius und Septima Blicke.

»Du könntest lügen«, sagte Tertius ausdruckslos.

»Was habe ich zu verlieren?«, erwiderte Lily mit weiterhin ruhiger Stimme. Jetzt konnte sie keinen Rückzieher mehr machen. Dieses Orakel schien auf der Suche nach Antworten ein viel besserer Ansprechpartner zu sein als diese beiden.

Septima stieß den Atem aus. »Ich hoffe, es lohnt sich«, sagte sie. »Wir nehmen die Schienen. Der Dirigent wird nicht damit rechnen, dass wir von dieser Seite kommen.«

Tertius nickte und packte die Essensreste ein. »Das ist ein mehrtägiger Marsch. Komm schon, Wunder.« Entschlossen setzte er sich in Bewegung.

»Darf ich nur noch eine weitere Frage stellen?«, wollte Lily wissen, während sie folgte.

Septima starrte sie zornig an. »Was?«, fragte sie mürrisch.

»Was sind die Schienen?«

Septimas Lippen verzogen sich zu einem selbstgefälligen Grinsen. »Etwas, das du nie vergessen wirst«, sagte sie.

Drei Tage später erreichten sie die Schienen.

Auf den ersten Blick wirkten sie nicht besonders beeindruckend. Es waren nicht mehr als zwei parallel verlaufende Metallstränge, die sich inmitten eines flachen Stollens dahinzogen.

»Ist es das?«, fragte Lily, bemüht, sich ihre Enttäuschung nicht anhören zu lassen.

Septima nickte geistesabwesend. »Die Schienen durchziehen sämtliche Stollen«, erklärte sie. »Sie reichen sogar bis an den Rand der Kakophonie, nahe der Stelle, an der wir dich gefunden haben.«

»Also, ich muss schon sagen, unvergesslich würde ich das hier nicht nennen …«, murmelte Lily, während sie weiter durch den Stollen gingen.

Nach einer Weile bemerkte Lily, dass die Stollen breiter wurden. Die Luft im Stollen begann sich zu regen und blies ihr die Strähnen ihres dunklen Haares über das Gesicht. Dann hörte sie das Geräusch. Es war ein surrendes, rasselndes Geräusch, so ganz anders als die gespenstischen Echos der Kakophonie. Lily konnte vor sich einen kalten Lichtschein ausmachen.

»Still jetzt«, sagte Tertius und senkte den Blick. Seine dunklen Augen schauten hart und ernst. »Wir sind kurz vor dem Schienenknoten«, sagte er. »Folge uns. Rede nicht; zieh keine Aufmerksamkeit auf dich. Tu genau das, was wir tun. Und denk daran, dafür bist du uns etwas schuldig.«

Lily nickte und hielt sich bedeckt.

Dann sprangen Tertius und Septima mit unerwarteter Schnelligkeit nach vorn und in das Licht hinein. Überrascht eilte auch Lily voran, auf die Öffnung der Höhle zu – und blieb plötzlich stehen.

Die Höhle war riesig, erstreckte sich so weit nach oben, dass sie fast einen Himmel zu haben schien. Ganz oben erblickte Lily gewaltige Kristallklumpen, die von ihrem eigenen inneren Licht erleuchtet wurden und einen seltsamen, bläulich strahlenden Glanz in der gesamten Höhle verbreiteten. Überall in den Ecken sah Lily Menschen, die in den gleichen grellen Farben gekleidet waren wie Tertius und Septima. Doch das Bemerkenswerteste an der Höhle und das, was ihr den Atem raubte, war die Tatsache, dass sie von oben bis unten mit einer unüberschaubaren Menge von sich drehenden, surrenden und ineinandergreifenden Räderwerken gefüllt war.

Lily sah, dass Septima ihr hinter einer Ansammlung von Maschinen ein Zeichen gab, zu ihr zu kommen. Hastig schaute sie sich um, doch die Menschen hier schienen allesamt abgelenkt zu sein, widmeten sich ihrem enormen Apparat. Während sie zu ihren Gefährten hinübereilte, lief Lily ein Schauer über den Rücken. Erst ein einziges Mal hatte sie eine solche Menge von Zahnrädern gesehen, und zwar im Keller eines geheimen Hauses in Agora. Und dort hatte ein Wahnsinniger sie mit dem Leben bedroht.

»Was …?«, begann Lily, doch Septima bedeutete ihr zu schweigen und wies tiefer in die Maschinerie hinein. Lily kniff die Augen zusammen. In den Tiefen des Räderwerks konnte sie eine Reihe von Formen ausmachen, die aussahen wie sonderbar gestaltete Karren. In einem von ihnen erspähte sie einen weißen Fleck. Es war Tertius' Haar, davon war sie überzeugt.

»Nach dir«, sagte Septima und deutete dabei auf eine gegen die Seite der Maschine gelehnte Leiter. Mit grimmiger Miene ergriff Lily sie und stieg hinauf.

Schwankend gelangte sie zu dem Karren. Er war größer, als er von unten gewirkt hatte, und umfasste sogar einige Sitzplätze. Als sie einstieg, wich Tertius vor ihr zurück, und Septima sprang hinter ihr hinein und legte eine Hand auf einen großen Hebel im rückwärtigen Bereich. Lily blickte zu den Zahnrädern empor, die sich um sie herum drehten, und spähte dann über die Wand des Karrens hinaus. Tatsächlich waren die Räder in ein Paar dicker Metallschienen eingefügt.

»Setz dich lieber hin«, riet ihr Septima. Lily drehte sich um, um sie anzuschauen, und wollte etwas sagen. Doch bevor sie die Gelegenheit bekam zu fragen oder sich auch nur zu bewegen, zuckte Septima mit den Schultern. »Wie du willst«, sagte sie und zog den Hebel.

Lily verlor den Boden unter den Füßen.

Es dauerte einen Moment, bis sie mit schwirrendem Kopf begriff, dass der Karren ruckartig angefahren und sie auf den Boden des Karrens gefallen war. Sie stemmte sich wieder hoch und wünschte sich sofort, sie hätte es nicht getan – der Karren raste durch einen schmalen, sich windenden Stollen und legte sich in jeder Kurve auf die Seite. Sie wollte rufen, doch der Wind fegte ihre Worte fort. Tertius und Septima richteten sich auf und griffen nach den direkt über dem Gleis hängenden Stalaktiten, obwohl diese ihnen, hätten sie sie wirklich berührt, sofort die Hände abgerissen hätten.

Lily wollte schreien, wollte sie anbrüllen, sie sollten die Fahrt verlangsamen. Doch dann sah sie den Ausdruck auf Septimas Gesicht. Sie war erregt, versuchte geradezu entschlossen, diese Felsen zu berühren, selbst wenn dies bedeutete, aus dem Karren geschleudert und getötet zu werden. Es war erschreckend, denn es schien ihr egal zu sein.

Lily ging in die Hocke und bemühte sich nicht hinzuschauen.

Der Karren schoss die Schienen entlang, während seine Räder kreischend an dem Metall entlangschrammten. Lily blickte nicht mehr hinaus. Sie kauerte sich auf den Boden des Karrens, während Tertius und Septima über ihr vor Begeisterung lachten und jauchzten, als das Gefährt hin und her schlingerte und sich neigte.

Im Hintergrund vernahm Lily das Knirschen und Surren des Getriebes, das den Karren vorwärtsrasen ließ.

Und dann kam dieser genauso plötzlich zum Stehen.

Lily stöhnte, und ihr Kopf drehte sich. Sie schaute auf. Septima und Tertius standen über ihr, von hinten beleuchtet.

»Wir sind da«, sagte Septima. »Willkommen im Mittelpunkt, Lily.«

Vorsichtig richtete sich Lily auf und blickte über den Rand des Karrens, sich die Augen gegen die plötzliche Helligkeit abschirmend.

Der Mittelpunkt war überwältigend. In ihm stand eine kolossale, monolithische Säule aus leuchtendem Kristall, die ein glitzerndes Feuerwerk aus Licht versprühte. Sie befand sich in der Mitte einer Höhle, die so gewaltig war, dass der Schienenknoten dagegen klein wirkte. Lily beobachtete, wie sich die Farben in dem Kristall wie wabernde Rauchwolken veränderten und miteinander verschmolzen. Sie erinnerte sich an den tief in ihrem Bündel verborgenen kleinen Kristall, der sie hierhergeführt hatte. Auch dieser absorbierte Licht und schimmerte mit einer winzigen Flamme. Doch das hier war im Vergleich dazu ein Flammenmeer. Es unter normalen Bedingungen anzuschauen wäre schon schwierig gewesen, doch nachdem sie die vergangenen Tage damit verbracht hatte, im Dunkel die Augen zusammenzukneifen, warf die plötzliche Helligkeit sie beinahe um. Sogar Septima und Tertius, das fiel ihr auf, bedeckten sich die Augen, als wäre das Licht auch für sie schmerzhaft.

»Ihr … lebt hier?«, fragte Lily heftig blinzelnd.

Septima lachte. »Kein Mensch könnte in der Nähe des Mittelpunkts selbst leben – dafür brennt die Flamme der Wahrheit zu hell. Außer für das Orakel …«

Tertius signalisierte Septima mit einem Blick zu schweigen und trat aus dem Karren heraus, um sich zwischen Lily und das grelle Licht zu stellen. Er lächelte nicht.

»Wir haben dich hierhergebracht«, sagte er ernst, »weil unter diesem Licht keine Lüge bestehen kann.« Er beugte sich näher vor – näher, als er Lily bis dahin gekommen war. »Sag es uns rasch, ist es wahr?«

Lilys Augen gewöhnten sich allmählich an das Licht. Hinter Tertius nahm sie nun die Silhouetten von Menschen wahr, die sich um den Mittelpunkt geschart hatten und genauso bunt gekleidet waren wie ihre Gefährten. Während sie zuschaute, löste sich eine kleine Gestalt aus der Gruppe und kam auf sie zu.

»Ist was wahr?«, fragte Lily, mit einem Mal verwirrt und besorgt.

»Wirst du im Mitternachts-Statut erwähnt?«, fragte Tertius mit mehr Nachdruck.

»Tertius …«, sagte Septima, plötzlich verängstigt. »Er kommt.«

»Sag es uns jetzt!«, schrie Tertius geradezu. »Wir brauchen etwas, mit dem wir um unsere Sicherheit handeln können!«

»Wieso? Wer kommt, wer …« Lilys Verwirrung nahm zu, und dann blieben ihr die Worte im Hals stecken. »Der Dirigent – ihr habt mich zu ihm gebracht, nicht wahr?«

»Sag es mir!«, blaffte Tertius sie an, keinerlei Freundschaft mehr vortäuschend. »Du dummes, unmusikalisches Ding …«

»Na, na, so geht das aber doch nicht …«, sagte eine Lily unbekannte Stimme.

Tertius und Septima erstarrten und drehten sich beide um. Lily machte Anstalten davonzulaufen, hielt dann aber inne.

Der Dirigent stand vor ihnen. Er war mittleren Alters, hatte eine füllige Figur und trug eine dicke, schwere Brille. Er war ein wenig kleiner als Lily und mit einem schwarzen, staubigen Umhang bekleidet, ganz im Gegensatz zu allen anderen, obwohl auch er blass und weißhaarig war. Lily bemerkte mit wachsender Überraschung, dass er zudem keinerlei Wachen oder Begleitschutz bei sich hatte. Er trug auch keine Waffen, jedenfalls nichts Bedrohlicheres als einen schlanken weißen Taktstock, mit dem er sich geistesabwesend gegen die Stirn tippte.

Tertius und Septima traten zurück. Überrascht stellte Lily fest, dass sie beide zitterten.

»Wollt ihr mir euren Gast nicht vorstellen?«, schlug er mit warmer, leicht unsicherer Stimme vor.

Ohne Vorwarnung warf sich Septima dem Mann vor die Füße.

»Verschont mich, Dirigent! Ich habe das Scheusal hergebracht!«

Tertius riss den Mund auf, während Septima vorwärtskroch.

»Tertius hat einen Außenseiter gefunden, Sir, ein Mitglied des Orchesters! Er hat sie gefangen genommen.«

Mit zornigem Blick starrte Tertius sie an. »Du hast meine Idee gestohlen!«, beschuldigte er sie. »Wann hast du beschlossen, dich als Verräter zu verdingen?«

»Vor zwei Tagen«, erwiderte Septima stolz.

Tertius lachte triumphierend. »Dann kommst du zu spät. Ich habe schon vor drei Tagen beschlossen, dich zu verraten. In dem Moment, in dem ich das wertvollste Geheimnis des Wunders erfuhr.«

Entrüstet sprang Septima vom Boden auf. »Woher soll ich das wissen? Das könntest du dir jetzt ausgedacht haben. Auf jeden Fall macht dich das erst recht zum elenden Verräter.«

»Aber du hast doch gerade gesagt …«

»Wieso verfaulst du nicht und stirbst? Verräter …«

»Du disharmonische Masse von alter …«

Der Schlagabtausch wurde lauter und ungestümer und brachte einige recht anschauliche Handbewegungen mit sich. Währenddessen pflanzten sich die beiden voreinander auf, eine Fußlänge voneinander entfernt, die Gesichter errötet vor Anstrengung.

Währenddessen trat der Dirigent näher an den Karren heran und bedachte Lily mit einem matten Lächeln, während er sich seinen Taktstock hinter das Ohr klemmte.

»Möchten Sie eine Erfrischung, junges Ding? Ich fürchte, dieser Streit wird noch ein wenig andauern.«

Benommen, müde und vollkommen verwirrt nickte Lily und stieg aus dem Karren. Von den Menschen stumm beobachtet, die sich in der Nähe der leuchtenden Säule versammelt hatten, folgte sie dem Dirigenten, während ihr das Gekreische ihrer ehemaligen Freunde in den Ohren klang.

Zehn Minuten und eine Tasse starken Tee später fühlte sich Lily ein wenig besser.

»Sie meinen … die beiden waren überhaupt nicht auf der Flucht? Wirklich?«, fragte sie und konnte es immer noch nicht ganz fassen. Der Dirigent zuckte mit den Schultern. Er hatte sie zu seiner komfortabel eingerichteten Höhle mitgenommen, nur wenige Minuten Fußmarsch entfernt. Der nackte Fels war mit Überwürfen und Teppichen verkleidet, und der Dirigent hatte darauf bestanden, dass sie sich auf eine große, mit Federn gefüllte Segeltuchtasche setzte. Er selbst blieb in der Ecke stehen und beschäftigte sich mit einem kleinen Ofen, auf dem er das Wasser für einen Tee erhitzte. Die kleine Flamme warf einen seidigen Schimmer auf seine Gesichtszüge, im Kontrast zu dem kalten Licht aus der matt schimmernden Kristallansammlung an der Decke.

»Auf gewisse Weise waren sie es schon«, erwiderte er nachdenklich, während er den Tee umrührte. »Vor ein paar Wochen sind sie verschwunden. Manche aus ihrer Gruppe sagten, sie wären von der Wanderlust befallen worden. Deswegen habe ich den Wächtern natürlich befohlen, auf sie achtzugeben. Wir haben einige Proviantpakete auf ihrem Weg deponiert, gerade so viel, dass sie damit auskamen. Ich muss zugeben, dass ich mich auf Ihre Ankunft freute, kaum dass die Wächter mir von Ihnen berichteten. Orchestermitglieder sind hier zwar weder unbekannt noch unerwünscht, aber es ist schon Jahre her, dass wir Besucher hatten. Ich war versucht, Ihre Gefährten in den Mittelpunkt einzuladen, als es vor ein paar Tagen so aussah, als wollten sie Sie im Stich lassen. Aber letzten Endes bin ich froh, dass wir es nicht getan haben. Man muss Wanderer unbedingt aus freiem Willen zurückkehren lassen.«

»Aber sie haben mir gesagt, Sie wären grausam zu ihnen gewesen, hätten ihre Freunde verletzt …«

Der Dirigent runzelte die Stirn und kratzte sich am Kinn. »Nun, mag sein, dass ich mich vor ein paar Wochen kritisch gegenüber den Tenorstimmen geäußert habe. Wen die Wanderlust überfällt, der sucht nach Ausreden.« Der Dirigent lehnte sich zurück und verschränkte die Hände vor dem Bauch. »Ich erinnere mich daran, dass man mir, als ich den Mittelpunkt zum ersten Mal verließ, drei Trauben weniger gab als meinem Freund. Das habe ich in meinen Gedanken dann wahrhaftig zu einer Verschwörung gegen die Baritone hochgespielt – ich brauchte fast zwei Monate, bevor ich wieder zurückkehrte.« Er kicherte und kam zu ihr herüber, um sich auf einen Stuhl zu setzen. Er hielt ihr eine grobe Holzplatte entgegen. »Möchten Sie ein Stück Kuchen? Ich habe ihn selbst gebacken und mal etwas ganz Neues ausprobiert.«

Es war schon Stunden her, dass Lily etwas gegessen hatte. Behutsam nahm sie sich ein Stück Kuchen. Er war zwar trocken, aber genießbar. Während sie kaute, versuchte sie ihre Gedanken zu sortieren. Einfach war das nicht. Immer wenn sie diesen Ort allmählich zu verstehen glaubte, war es, als ändere jemand sämtliche Regeln. Agora und Giseth hatten ihre Geheimnisse, aber zumindest hatte es dort auch Beständigkeit gegeben. Alles hingegen, was sie über Naru in Erfahrung gebracht hatte, änderte sich offenbar von jetzt auf gleich. Wer vermochte schon zu sagen, ob der Dirigent nun die Wahrheit sprach? Tee und Kuchen waren kein Beweis für Vertrauenswürdigkeit.

»Was denken Sie?«, fragte der Dirigent gespannt, während

er sich seinerseits ein Stück Kuchen nahm. »Unsere Lebensmittel kommen in Paketen aus Giseth, die in Kisten herabgelassen werden. Die Gisethi glauben, dass sie damit uralte Geister der Erde besänftigen, und auf diese Weise ist dafür gesorgt, dass wir gute, wenn auch ein wenig fade Rationen bekommen. Hier unten wächst sehr wenig. Ich bin so froh, dass sie uns dieses Mal ein paar Säcke Korn mitgegeben haben, auch wenn ich fürchte, dass nur wenige Chormitglieder die Geduld aufbringen, etwas zu backen.«

Lily nickte verwirrt. »Ich habe so viele Fragen«, murmelte sie, »aber ich bin nicht sicher, ob ich sie stellen kann. Ich möchte mit meinen Geheimnissen lieber nicht herausrücken ...«

»Oh, machen Sie sich deswegen keine Sorgen, Miss Lily«, sagte der Dirigent freundlich. »Sie sind ein äußerst ungewöhnlicher Fall. Für das Vergnügen, mich mit jemand Neuem zu unterhalten, gebe ich unseren üblichen Brauch des Handelns um Wissen nur zu gerne auf. In Naru sind Außenseiter wirklich selten, und da Ihr Weg Sie nun einmal hierherführte, sollten Sie meiner Meinung nach auch als Ehrengast behandelt werden. Ich stelle Ihnen das wenige, was ich besitze, zur Verfügung. Essen, Bequemlichkeit ... und ein paar Leckerbissen Wahrheit.«

Lily wirkte leicht beschämt ob ihres Misstrauens. »Sie sind sehr großzügig«, sagte sie aufrichtig.

Der Dirigent schüttelte den Kopf. »Sie zahlen es mir tausendfach auf eine Art zurück, die Ihre Reisegefährten nie wirklich zu würdigen wussten. Ein echtes Mitglied des Orchesters zu sehen, sich über die Ländereien oben zu unterhalten und sie zu verstehen ...« Einen Moment lang blickte er Lily eindringlich an, und dabei lag ein Funkeln in seinen dunklen Augen. »Das ist etwas Seltenes und Wertvolles, wertvoller für mich, als Sie es sich vorstellen können. Ich hätte nie gedacht, dass es in meiner Zeit als Dirigent dazu kommen würde. Sie sind wirklich ein Wunder, meine Liebe, ein wahrhaftiges Wunder.«

Lily wusste, dass er es freundlich meinte, doch dieses Wort zu hören, ließ es ihr kalt über den Rücken laufen.

»So haben mich Tertius und Septima auch genannt«, murmelte sie. »Ich habe mich gefühlt, als wäre ich das Eigentum von jemandem.«

»Tertius? Septima? Wer …«, begann der Dirigent. Dann zerfurchte ein Ausdruck des Begreifens sein Gesicht. »Ach, waren das die Namen, die Ihre Gefährten sich ausgesucht haben? Ja, ja, das sieht ihnen ähnlich. Sie nehmen häufig Namen an, die auf ihren Ziffern beruhen …«

»Das waren gar nicht ihre echten Namen?«, murmelte Lily matt, die kaum noch von irgendetwas überrascht werden konnte.

Nachdenklich aß der Dirigent seinen Kuchen auf. »Sie waren für eine kurze Zeit echt, aber nicht wirklich dauerhaft. Um ehrlich zu sein, Miss Lily, bin ich überrascht, dass sie sie nicht unterwegs geändert haben. Die Chorsänger nehmen häufiger eine neue Identität an, als sie ihre Kleider wechseln. Es erlaubt ihnen, ihr Wissen von verschiedenen Seiten zu betrachten; sie können so jeden Gedanken verfolgen, ohne Gefahr zu laufen, einem Glauben oder einer Vorstellung anzuhängen. Sopran Sieben und Tenor Drei – pardon, Septima und Tertius – haben ihre Namen ungewöhnlich lange beibehalten, doch so etwas kann die Wanderlust verursachen. Wenn die Welt aufregender wird, nimmt die Selbstbezogenheit ab.«

Lily stellte ihre Tasse ab. Sie bemühte sich, dies alles zu begreifen, vermochte es jedoch nicht. Es war zu viel, zu fremdartig. Schließlich konzentrierte sie sich auf den Raum um sie herum, diese seltsame Mischung aus Sonderbarem und Vertrautem. Der Herd, die Lebensmittelkiste, die Stühle und der Tisch. Das alles war normal, wenn auch ein wenig sonderbar arrangiert, damit es in diese Höhle hineinpasste. Der ganze Raum war erhellt von einem leuchtenden Kristall, dessen Licht floss und pulsierte, als wäre darin ein Schwarm glühender Staubkörnchen gefangen.

»So etwas geschieht also häufig«, sagte Lily, bemüht, dabei mitfühlend zu klingen.

Der Dirigent nickte. »Außer den Allerjüngsten singen alle im Chor, nachdem sie ihre Lehrer verlassen haben. Es ist ein sehr behütetes Leben, und deshalb befällt die meisten Chorsänger irgendwann einmal die Wanderlust. Ich erinnere mich daran, wie mein Lehrer mir sagte, ein Dirigent müsse immer darauf gefasst sein, eine Vorstellung zu beginnen und dabei festzustellen, dass ihm die Hälfte seiner besten Sänger verloren gegangen ist. Allerdings ist es selten so schlimm gekommen.« Der Dirigent nippte an seinem Tee. »Ganz ehrlich, es fällt mir schwer, es ihnen zu verübeln. Das Leben hier ist ein wenig enttäuschend. Wir verbringen unseren Wachzustand damit, Informationen aufzusaugen, indem wir die Echos ferner Leben abhören. Wir kennen mehr Fakten über die Ländereien über uns als die meisten von euch, die ihr dort lebt. Aber nur mit Hilfe von Erfahrung könnten wir diese Fakten zusammenfügen und ein klares Bild der Welt formen … das ist eine ganz andere Sache.« Wehmütig rieb er sich den Handrücken. »Die meisten von uns könnten Ihnen genau erklären, warum die Tage länger oder kürzer im Jahr werden, aber wir haben noch nie die Sonne gesehen. Wir richten unser Leben nach Stunden und Wochen, die in diesen Höhlen gar nichts bedeuten. Und die für uns wichtigsten Dinge sind solche, die man nicht berühren kann.«

Unwillkürlich streckte Lily die Hand aus, um die Schulter des Dirigenten zu berühren. Reflexartig wich dieser zurück.

»Verzeihen Sie, das war nicht böse gemeint. Ich weiß, dass dies in Ihrer Kultur eine Geste des Mitgefühls ist, aber …«

»Nein, es tut *mir* leid«, sagte Lily beschämt. Sie erinnerte sich an die Art und Weise, wie ihre ehemaligen Freunde auf die Vorstellung eines Körperkontakts reagiert hatten, nämlich so, als wäre dies etwas Obszönes.

»Das Tabu der Berührung gehört seit alten Zeiten zu unserer Kultur«, erklärte der Dirigent, »und wird uns von der Wiege an beigebracht. Ich vermute, ursprünglich sollte es dafür sorgen, dass wir alle hier in Naru bleiben.« Traurig schaute er auf seine Hände hinab. »Ohne diese Furcht wären wir womöglich alle der Wanderlust erlegen und hätten uns schon lange dem Orchester angeschlossen. Doch unsere Bestimmung ist es, Wissen zu sammeln, und nicht, das wahre Leben zu erfahren. Der Gedanke, wie ihr in den Ländereien oben lebt, zusammengedrängt, den Atem des anderen auf dem Gesicht spürend …« Er schauderte. »Unser Dasein ist reiner, frei von so viel Kompliziertheit. Doch vielleicht begreifen die Wanderer, und sei es auch nur für einen Moment, was wir verloren haben.«

Lily stellte ihre leere Teetasse ab. Ihr drehte sich der Kopf. »Dieser Ort ist ganz anders, als ich es erwartet hatte.«

»Tatsächlich?« Der Dirigent lächelte. »Und wie hatten Sie ihn sich vorgestellt?«

»Ich erwartete …« Lily runzelte die Stirn, während sie überlegte, wie sie es ausdrücken sollte. Die Wahrheit überraschte sie selbst ein wenig. »Antworten. Ich hatte erwartet, ich müsste lediglich die Stufen hinabgehen, und dann würde jemand auf mich warten, der alles weiß. Der mir erklären könnte, warum sich, solange ich denken kann, Menschen in mein Leben eingemischt haben. Warum mein Vater mich als Waisenkind hat aufziehen lassen, warum mir überall Verschwörungen begegnen … Es sollte alles ganz einfach werden.« In Anbetracht der Absurdität, die in allem lag, konnte sich Lily ein Lächeln nicht verkneifen.

Der Dirigent stellte seine Tasse ab. »Sie haben Harmonie gesucht. Das verwundert nicht. Wir alle sind bis zu einem gewissen Grad mit Fakten und halb ausgegorenen Vorstellungen überladen und suchen nach einem Muster, in das sie hineinpassen. Nun, Naru kann sicher Antworten liefern, wenn man bereit ist, sie zu finden.« Er lächelte. »Wir müssen uns weiter unterhalten. Es wäre faszinierend zu sehen, ob ich recht habe in Bezug auf einige Geheimnisse von Agora. Und dann ist da natürlich noch das Orakel. Sie will Sie sehen.«

Lily wollte Fragen über das Orakel stellen, das wollte sie wirklich. Doch im Moment gab es zu viel, über das sie nachdenken musste, zu viele verwirrende Gedanken, die ihr durch den Kopf gingen. Sie spürte, wie ein Schauer sie durchfuhr. Bis zum heutigen Tag hatte sie den Dirigenten für jemanden gehalten, den man fürchten musste – den tyrannischen Herrscher über diese dunkle, klaustrophobische Unterwelt. Daran hatte sie sich geklammert, an das einzige solide Wissen in diesem merkwürdigen neuen Land. Und nun, da sie ihm hier unten begegnet war, war er fast so etwas wie ein Freund.

Nicht zum ersten Mal fragte sie sich, was Mark wohl tun würde.

»Ich habe so viele Fragen …«, sagte Lily skeptisch. »Aber ich glaube, sie können warten.«

Der Dirigent erweckte den Eindruck, als wolle er erneut etwas sagen. Doch plötzlich hörte Lily in der Ferne etwas – eine menschliche Stimme, die einen Ton sang. Leise und rein hallte er in den Höhlen wider.

Der Dirigent erhob sich. »Nachdem Sie geschlafen haben, wird das Orakel Ihre Fragen in richtiger Art und Weise beantworten. Aber jetzt ist es Zeit für das Gezeitenkonzert.« Er holte den Taktstock hinter seinem Ohr hervor und verbeugte sich schüchtern vor Lily. »Es wäre mir eine Ehre, wenn Sie mitkommen und zuhören würden. Seit ich Dirigent bin, hat noch nie ein Mitglied des Orchesters dem Chor zugehört.«

Lily blickte zu ihm auf. Sein Gesicht mit den großen, melancholischen Augen schien so fremd, war aber in diesem Moment sehr herzlich. Sie musste lachen.

»Warum nicht?«, sagte sie leise. Für den Fall, dass sie ihn damit gekränkt hatte, fügte sie hinzu: »Ich meine, ich würde es liebend gern tun.«

Der Dirigent lächelte unsicher und zog dann den Vorhang vor seiner Höhle beiseite. Lily rappelte sich auf, um ihm zu folgen. Hinter ihm sah sie andere Naruvaner, die sich in Richtung der zentralen Höhle bewegten. Ihr fiel auf, dass das Licht aus dem Mittelpunkt gedämpfter geworden war. Nun konnte sie ihn besser erkennen; es war ein hoher, aber natürlicher Kristallturm, der aus einer tiefen Felsspalte emporragte. Überall um ihn herum versammelten sich nun Naruvaner, getrennt nach Männern und Frauen, auf halbrunden, in die Höhlenwände gemeißelten Plattformen. Lily erkannte Tertius und Septima, die sich gerade auf gegenüberliegenden Seiten des Mittelpunktes hinsetzten.

»Ich muss meinen Platz einnehmen«, entschuldigte sich der Dirigent. »Bitte suchen Sie sich einen bequemen Sitzplatz.«

Während er sich entfernte, setzte sich Lily mit gekreuzten Beinen auf den Boden und war gespannt, was nun geschehen würde. Sie sah zu, wie der Dirigent sich hinter ein Felspult stellte und mit seinem Taktstock darauf schlug, um das rumorende Stimmengewirr verstummen zu lassen.

In der plötzlichen Stille vernahm Lily erneut ein fernes Echo von Stimmen. Es klang ein wenig wie die Kakophonie, doch geordneter, kontrollierter. Fast wie ein Herzschlag oder das Anschwellen und Wogen der Gezeiten.

Dann hörte Lily, dass Septima zu singen begann. Leise zunächst, dann jedoch mit wachsender Stärke; es war ein herrliches Solo, das höher, immer höher erklang. Nach und nach stimmten die anderen Frauen mit ein, und schließlich folgten ihnen die Männer mit einem sprühenden Feuerwerk aus Tönen.

Beinahe hätte Lily gelacht. Denn obwohl sie Tertius und Septima ständig von »dem Chor« hatte reden hören, hatte sie nicht begriffen, dass dies wortwörtlich gemeint gewesen war.

In dem Lied kamen Worte vor, die fast alles beschrieben. Lily schnappte Fetzen auf, in denen Liebesglück, Elternleid, Lachen, Furcht und Qual ausgedrückt wurden. Das Licht aus dem Mittelpunkt verstärkte sich; eine Million unterschiedliche Farben rangen in seinen rauchigen Tiefen um die Vorherrschaft. Dann schwang der Dirigent seinen Taktstock, und die Stimmen verschmolzen zu einer einzigen, aufsteigenden Melodie, die sich erhob und harmonischer wurde und von den Kristallwänden der Höhle widerhallte, bis der ganze Raum durch ihre Vibrationen surrte und der Mittelpunkt in einem blendenden Himmelblau erstrahlte, sodass Lily das Gefühl hatte, sie stünde unter dem Sommerhimmel.

Und für diesen einen Augenblick fühlte sich Lily in Hochstimmung, trotz ihrer Müdigkeit und Verwirrung, trotz ihrer Anspannung. Die Fragen konnten bis morgen warten. Für den Moment war sie glücklich damit, einfach hier zu sitzen und darüber zu staunen, dass ein so verrückter, unglaublicher Ort etwas derart Schönes hervorzubringen vermochte.

KAPITEL 6

# *Die Warnung*

»Bist du dir sicher damit?«

Mark richtete den breiten Dreispitz so aus, dass er sein Gesicht verdeckte, und wandte sich um.

»Ich muss es versuchen, Ben. Ich kann Cherubina nicht bei Crede lassen.«

Benedicta nickte. Sie war an diesem Morgen zu Besuch gekommen, um seinen Vater zu entschuldigen, der erst am Nachmittag würde kommen können. Sie war kaum zehn Minuten hier gewesen, als Mark ihr ausführlich seinen Plan erläutert hatte.

»Ich weiß, dass Crede gefährlich ist«, sagte Ben und runzelte die Stirn, »aber Laud könnte doch auch zu ihm gehen und mit ihm reden – oder Theo vielleicht? Was, wenn die Eintreiber dich entdecken?«

»Die Eintreiber sind viel zu sehr mit Credes Pöbelhaufen beschäftigt, als dass sie sich um mich kümmern würden«, sagte Mark überzeugter, als ihm zumute war. »Außerdem, glaubst du, dass ich in Sicherheit bin, wenn Cherubina Crede alles erzählt? Wahrscheinlich verrät er den Eintreibern meinen Aufenthaltsort im Gegenzug dafür, dass sie ihn in Ruhe lassen.« Er schaute Ben an und versuchte zu lächeln. »Wirst du Dad ablenken?«

Ben nickte, schien aber nicht glücklich über die Vorstellung zu sein. »Ich werde direkt zum Gefängnis gehen und ihn in ein Gespräch verwickeln. Solange du bis zur vierten Stunde zurück bist, wird es kein Problem sein, ich soll dann die Sozinhos besuchen. Aber du solltest Pete wirklich sagen, was du vorhast. Keiner von uns will, dass du dich in Gefahr begibst …«

»Er ist schon zu lange Gefängniswärter«, murmelte Mark. »Er würde mich einsperren, wenn er könnte.«

»Vielleicht wäre das gar nicht so falsch«, murmelte Ben. »Die Eintreiber werden allmählich wirklich nervös.«

»Willst du sie denn nicht retten?«, fragte Mark.

Ben wölbte eine Braue. »Glaubst du, sie möchte gerettet werden?«

Mark gab keine Antwort. Wütend zog er sich den Schal bis zum Kinn hoch.

»Du brauchst keinen …«, begann Ben, doch Mark unterbrach sie scharf.

»Mag sein, aber ich muss es versuchen!«, sagte er erregt. »Ich muss etwas unternehmen! Cherubina hatte recht: Ich weiß nicht, was ich tun soll! Ich habe keinen blassen Schimmer, wo ich mit der Suche nach Lily anfangen soll. Ich kann nicht einmal im Tempel aushelfen. Und Dad meint es gut, das weiß ich, aber wenn ich angeblich so bedeutend bin, dann kann ich mich nicht ständig verstecken. Ich muss etwas tun, und wenn das heißt, eine der wenigen Freundinnen, die ich noch habe, vor der dümmsten Entscheidung zu bewahren, die sie je getroffen hat, dann werde ich es tun!«

Ben starrte ihn an, während er atemlos dastand. Dann hob sie ganz vorsichtig einen Finger und tippte gegen den Schal. »Ich wollte sagen, dass du keinen Schal brauchst. Er würde nur Aufmerksamkeit auf dich lenken, es ist ja fast schon Sommer.«

Verlegen stieß Mark den Atem aus und knotete den Schal

auf. »Danke, Ben.« Ungeschickt warf er den Schal beiseite. »Ich weiß, dass ich um eine Menge bitte. Ich meine, wir beide kennen einander ja kaum …«

Ben bedeutete ihm zu schweigen. »Du bist Lilys Freund und der Feind des Direktors. Das reicht mir.« Ihr Lächeln verblasste. »Glaubst du, ich helfe dir aus einer Gefälligkeit heraus? Crede hat meinen Bruder von Schlägern verprügeln lassen, das Direktorium hat meine Eltern verschwinden lassen, und der ehemalige Lordoberrichter hat persönlich die Ermordung meiner Schwester angeordnet.« Benedicta wandte den Blick ab. »Ich traue keinem von ihnen, und falls ich glauben würde, dass ich dir heute helfen kann – falls ich daran glauben würde, Crede würde auf mich hören –, dann würde ich mit dir gehen, und nichts auf der Welt könnte mich davon abhalten. Du und Cherubina, ihr seid jetzt ein Teil des Tempels. Ein Teil von *uns*.« Ben wandte sich ihm wieder zu. In ihren Augen lag ein wehmütiger Ausdruck. »Glaub mir, Laud und ich brauchen so viel Unterstützung wie nur möglich.«

Mark stand da und nahm das, was sie gesagt hatte, in sich auf. Er war sich nicht sicher, wie er reagieren sollte, doch er war überzeugt davon, nicht richtig ausdrücken zu können, wie dankbar er war. Stattdessen blieb er unbehaglich stehen, und einen Moment dachte Mark daran, Ben trotzdem zu bitten, mit ihm zu kommen. Er brannte nicht gerade darauf, Crede entgegenzutreten.

Doch sie öffnete bereits die Tür. »Denk daran, allzu lang kann ich Pete nicht aufhalten«, sagte sie hastig. »Geh zu Crede und komm direkt wieder hierher. Wenn du zur vierten Stunde nicht wieder hier bist, hole ich Laud und Theo, und dann stürmen wir gemeinsam das Rad.«

Trotz allem musste Mark lachen. »Also, das möchte ich gern sehen«, sagte er.

Mark hatte das Rad fast erreicht, als es losging.

Es begann wie zufällig. Eine Gruppe Eintreiber kam ihm entgegen, worauf Mark, bedacht darauf, nicht gesehen zu werden, in eine Seitengasse schlüpfte. Dabei wurde er von einem großen Mann angerempelt.

»Mr Crede erwartet Sie«, sagte dieser leise.

Mark zuckte zusammen. Als er aufschaute und dem großen Mann ins Gesicht sah, erkannte er Nick, den Türsteher vom Rad. Dieser legte einen Finger an die Lippen.

»Keine Zeit, Junge«, brummte er. »Die Pflicht ruft.«

»Was …?«, begann Mark, doch Nick hatte sich bereits einen Weg aus der Gasse hinaus gebahnt und bewegte sich auf die Gruppe der Eintreiber zu. In seiner Hand hielt er einen großen Pflasterstein.

Was passieren würde, begriff Mark einige Momente, bevor es geschah; es blieb gerade genug Zeit, sich umzudrehen und davonzulaufen.

Hinter sich vernahm er, wie Menschen zu Boden fielen, hörte Schreie und Rufe. Wenig später drangen die Pfiffe der Eintreiber an seine Ohren, und auf der Straße hinter ihm schien es zu einem Handgemenge zu kommen. Zum Glück war Mark so weit weg, dass er nicht mehr darin verwickelt werden konnte. Er glitt durch die sich zusammenrottende Menge, nicht imstande, das Bild dieses Pflastersteins aus seinem Kopf zu verdrängen. Hoffentlich hatte Nick nur vor, ihn in ein Fenster zu werfen …

Als er das Rad erreicht hatte, überraschte es ihn nicht, dass die Tür einen Spaltbreit aufstand. Er hatte nicht die geringste Chance, das Überraschungsmoment zu nutzen. *Dennoch*, dachte er, während er die Tür aufstieß und in die dahinter liegende Dunkelheit trat, *wenn er mir Böses wollte, wüsste ich es jetzt schon.*

Das Innere des Rads wirkte ohne Menschen, die sich bis in seine letzten Ecken drängten, weniger bedrückend, war aber dennoch dunkel und verräuchert. Die Fensterläden waren geschlossen, und der Raum wurde von dicken Talglichtern nur spärlich erhellt. Einen Moment lang dachte Mark, er wäre allein. Doch als sich seine Augen allmählich angepasst hatten, sah er Crede. Der Mann saß, die Füße auf einen Tisch gelegt, vollkommen entspannt da und starrte Mark direkt an.

»Crede«, sagte Mark, bemüht, selbstbewusster zu klingen, als ihm zumute war. »Ich möchte mit Ihnen reden.«

Crede winkte ihn lässig herbei. »Natürlich, natürlich«, sagte er. »Ist mir immer ein Vergnügen, mit jemandem zu reden, der so … berüchtigt ist.« Diese Bezeichnung fügte er beiläufig hinzu, so als wäre es ein Scherz. In gewisser Weise war das nervtötender, als wenn er leidenschaftlich redete. »Möchten Sie etwas trinken?«

Mark schüttelte energisch den Kopf. Von diesem Mann würde er keinerlei Gastfreundschaft annehmen.

»Oder vielleicht etwas, das ein wenig spezieller ist?«, schlug Crede vor, langte träge in seine Jackentasche und holte einen ledernen Zugbeutel heraus. »Kann ich Sie zu meinem eigenen, persönlichen Gift verlocken?«

Er schüttete einige milchfarbene Kügelchen aus dem Beutel auf seine Handfläche. Mark erkannte sie sofort, obwohl er sie nicht mehr gesehen hatte, seit er sich nicht länger in der feinen Gesellschaft von Agora bewegte. Damals waren sie in Mode gewesen.

»Nehmen Sie immer noch anderer Leute Erinnerungen ein, Crede?«, fragte Mark kühl. »Man hat mir erzählt, Sie seien abhängig gewesen.«

Nichts auf die Beleidigung gebend zuckte Crede mit den Schultern und schob sich eine der Erinnerungsperlen in den

Mund. Er schluckte sie hinunter und schloss die Augen, während er sie kostete.

»Ich betrachte mich eher als Feinschmecker. Ah …« Er schnappte nach Luft, als die Erinnerung ihn durchfuhr. »Die Erinnerung an einen ersten Kuss. Sehr zärtlich.«

Mark wurde übel. Er fragte sich, wie verzweifelt man sein musste, um eine so wertvolle Erinnerung zu veräußern – sie für immer wegzugeben, damit dieser Mann hier einige wenige Momente des Vergnügens genießen konnte.

»Sie sind sonderbar still, Mr Mark«, sagte Crede, während er die Augen öffnete und den Zugbeutel wieder wegsteckte. »Warten Sie auf jemanden? Haben Sie einen Ihrer Freunde mitgebracht? Oder vielleicht Ihren Vater? Wie ich höre, behält er seinen kleinen Jungen gern im Auge.«

Credes spöttische Bemerkung führte dazu, dass Mark die Zähne zusammenbiss. Er senkte bewusst die Stimme, als er antwortete.

»Mein Vater weiß nicht, dass ich hier bin. Und überhaupt benötige ich für nichts, was ich tue, seine Erlaubnis.«

Crede grinste süffisant. »Miss Cherubina ist da ganz anderer Meinung.«

Jetzt war der Name gefallen. Auf eine seltsame Art und Weise war Mark erleichtert. Nun brauchte er das Thema nicht selbst anzuschneiden.

»Wo ist sie?«, fragte er.

Crede winkte lapidar mit der Hand. »Irgendwo in der Nähe, glaube ich. Ich wollte sie nicht ständig in Beschlag nehmen; so etwas würde ein Gentleman nicht tun.«

Mark reagierte nicht auf Credes Provokation. »Ich will sie sehen«, forderte er, während er sich beherrschte. »Sofort.«

»Es wäre eine richtige Schande, sie jetzt zu stören«, erklärte Crede und nahm die Füße vom Tisch. »Wahrscheinlich ruht sie sich aus. Sie war die halbe Nacht auf und hat mir alle möglichen erstaunlichen Dinge erzählt. Ich dachte, nachdem sie mir von dem neuen Direktor berichtet hatte, könnte mich nichts mehr verblüffen, aber …« Er schüttelte den Kopf, und ein Ausdruck echten Erstaunens spiegelte sich auf seinem Gesicht wider. »Die Dinge, die Sie im Verlauf des vergangenen Jahres erlebt haben, Mr Mark … das ist einfach erstaunlich.«

»Sie hatte kein Recht, Ihnen davon zu erzählen!«, sagte Mark lauter, als er es beabsichtigt hatte. Zu seinem Ärger hörte er, dass seine Stimme quiekte. In Giseth war er in den Stimmbruch gekommen, und er hatte eigentlich geglaubt, seine Stimme hätte sich nun stabilisiert. »Diese Geschichten waren … persönlich«, fügte er schroff hinzu.

»Kommen Sie schon, Mr Mark«, sagte Crede lächelnd. »Nachdem Sie den Gefahren des Alptraums ins Auge gesehen haben und sich einen Weg durch Horden wild gewordener Dörfler gebahnt haben, machen Sie sich noch immer Sorgen wegen Geheimnissen?« Er lachte. »Die Wahrheit wird uns alle befreien.«

Mark biss die Zähne so fest zusammen, dass sein Kiefer schmerzte. Crede tat seine Zeit in Giseth ab wie einen großen Witz. Cherubina hatte nicht lange damit gezögert, ihm alles über diesen schaurigen Ort zu erzählen. Lily war wahrscheinlich immer noch dort draußen, und dieser mickrige Herrscher über das Elendsviertel machte sich lustig darüber. Einen kurzen Moment stellte sich Mark vor, er würde einen dieser Humpen hochheben und auf Credes schmierigem Kopf zertrümmern.

Stattdessen stellte er die Frage noch einmal, ganz langsam. »Wo ist sie, Crede? Ich glaube, ich muss mit ihr ein Wörtchen reden.«

Credes Lächeln erstarb. »Sie hat sich dafür entschieden, bei mir zu bleiben, Junge. Sie ist ein großes Mädchen; sie kann auf sich selbst achtgeben.«

Mark schüttelte den Kopf. »Nein, das kann sie nicht«, widersprach er und erkannte die Wahrheit seiner Worte, noch während er sie aussprach. »Sie hat noch nie ihre eigenen Entscheidungen treffen müssen. Sie weiß nicht, was richtig ist. Selbst als sie mit« – Mark biss sich auf die Zunge, da er Snutworths Namen nicht aussprechen wollte – »mit *ihm* gelebt hat, war sie in gewisser Weise beschützt. Vielleicht wird sie es lernen, so wie ich es auch lernen musste. Aber bis sie wirklich eine Wahl hat, werde ich nicht zulassen, dass Sie sie auf diese Weise ausnutzen.«

Crede nickte, wirkte geradezu vernünftig. »Ich verstehe, Mark. Bestimmt haben Ihre Freunde Ihnen fürchterliche Dinge über mich erzählt. Ich kann mir vorstellen, dass Laud Ihnen die Narben gezeigt hat, die meine Leute ihm verpasst haben, und Theo Ihnen erzählt hat, wie ich ihn im Tempel bedroht habe.« Crede breitete die Arme weit aus. »Und ich werde Ihnen noch etwas sagen – alles, was sie Ihnen erzählt haben, ist wahr. Jedes einzelne Wort.« Er fixierte Mark mit seinem Blick. Seine Lockerheit war verschwunden, vertrieben von einer plötzlichen Eindringlichkeit. »Ich würde es noch einmal tun. Alles, was ich getan habe, war notwendig.«

Mark konnte seinen Blick nicht von Credes Augen lösen. Was immer dieser Mann getan hatte, er glaubte an das, was er sagte, das erkannte Mark. Aber das brachte ihn nicht weiter. Wenn überhaupt, ließ es in ihm nur noch mehr das Verlangen aufkommen, zur Tür zu stürzen.

»Notwendig?«, erwiderte Mark argwöhnisch. »Erzählen Sie mir nichts – ein Krieg steht bevor, und Sie brauchen eine Armee.«

Crede lachte. »Steht bevor?«, sagte er verächtlich. »Er hat bereits angefangen. Die Revolution hat begonnen, und weder der Direktor noch seine Horden können sie aufhalten.«

»Ich habe gesehen, wie so etwas endet, Crede«, sagte Mark verbittert. »Cherubina hat Ihnen doch von meiner Zeit außerhalb von Agora erzählt. Hat sie auch erzählt, was in dem Dorf Aecer geschehen ist, bei der Revolution, die sie dort angezettelt haben?« Mark bemühte sich, die Erinnerungen an jene Nacht zu verdrängen, an das Feuer und die Schreie vor Wut und Angst. »Sie haben ihre Anführerin in Stücke gerissen; sie hatten ihren ›Sieg‹. Und am nächsten Morgen hatte sich nicht wirklich etwas verändert.«

»Wir werden es besser machen«, entgegnete Crede und erhob sich. »Uns bleibt gar keine Wahl.« Seine Stimme veränderte sich, wurde lauter, so als hielte er eine Rede. »Sagen Sie mir, Mark, als Sie heute hierhergekommen sind, haben Sie da nicht gesehen, wie auf den Straßen Unruhen aufflammten? Begreifen Sie nicht, dass es nur noch wenige Wochen dauern wird, bis die Eintreiber einen Großangriff auf ihr eigenes Volk ausführen?«

»Ich habe gesehen, wie einer Ihrer Leute diese Unruhen angezettelt hat«, unterbrach ihn Mark hitzig. »Die Eintreiber haben bloß ihre Pflicht getan.«

»Ihre Pflicht!« Crede schüttelte den Kopf. Ein Ausdruck von Abscheu huschte über sein Gesicht. »Und ist es auch ihre Pflicht, die Schwachen und Schutzlosen anzugreifen? Sie haben die Opfer gesehen, die Schuldner, die nichts haben, mit was sie handeln könnten – keine Hoffnung, keine Zukunft. Glauben Sie, diese Leute gingen bloß in den Tempel? Meine Almosenhäuser sind auch voll von ihnen. Wenn Inspektorin Poleyns Lakaien einen Streit vom Zaun brechen, dann haben sie es auf die Schwachen abgesehen, und keinen Menschen kümmert das. Wenn Nick mit von der Partie ist, kann wenigstens jeder sehen, dass die Eintreiber ihre Waffen ziehen.« Er beugte sich näher vor. »Begreifen Sie nicht, dass ich nicht Ihr Feind bin, Mark? Ich bin vielleicht nicht perfekt, nicht so unschuldig wie« – er legte eine Pause ein – »so unschuldig wie Lily. Aber ich könnte Ihnen helfen. Hier wird der Direktor Sie nie finden.«

»Warum sind Sie an mir interessiert?«, murmelte Mark. »Sie haben meine Geschichten, was immer sie Ihnen nutzen werden. Kein Mensch wird ein Wort davon glauben. Und Sie haben Cherubina; sie gibt ein viel besseres Aushängeschild ab.«

Crede zuckte mit den Schultern. »Mag sein. Sie ist zweifellos hübsch, und das schadet nicht.« Er setzte ein Lächeln auf, das in Mark deutliches Unbehagen auslöste. »Aber sie war nicht Lilys Freundin. Anders als Sie, Mark.« Crede beugte sich vor. »Verstehen Sie nicht? Lily ist der Schlüssel. Sie ist das Idealbild – das Symbol dessen, wofür ich kämpfe, ganz gleich, was die Feiglinge, die den Tempel betreiben, glauben.« Crede richtete sich auf. »Sie hätte die Notwendigkeit einer Revolution erkannt, und das wissen meine Anhänger. Ich bin nur ihr Sprachrohr. Sehen Sie mich doch an, Mark, so einem Gesicht wie meinem würde niemand folgen.« Crede berührte seine Wange. »Sie alle wissen, dass ich mal ein Ganove war. Wenn das Direktorium gestürmt wird, wird das in Lilys Namen geschehen, nicht in meinem.«

Mark starrte diesen Mann an, der vorgab, in Lilys Namen in den Krieg zu ziehen, und er spürte, wie seine Wut verrauchte und in Verachtung umschlug.

»Und bis dahin schicken Sie Nick los, mit einem Pflasterstein in der Hand?«, sagte Mark bitter.

Credes Lächeln verblasste. »Ich habe jetzt keine Zeit für so einen Starrsinn, Junge«, sagte er kühl. »Die Revolution wartet nicht auf jene, die sich nicht entscheiden können.«

»Sie begreifen es nicht, oder?«, entgegnete Mark hitzig. »Ich interessiere mich nicht für die Revolution. Ich will bloß meine Freunde wiederhaben.«

»Was für Freunde?«, erwiderte Crede scharf. »Letzten Endes sind die einzigen, die uns beispringen, diejenigen, die unsere Träume teilen.« Er fixierte ihn mit starrem Blick. »Es gibt viele, die die meinen teilen, Mark. Und bald werden wir uns erheben.« Er lehnte sich zurück und schloss die Augen. »Es ist besser, wenn Sie jetzt gehen.«

Zum ersten Mal war Mark seiner Meinung.

Als Mark in sein sicheres Haus zurückkehrte, war er tief in Gedanken versunken. Es war ein langer Weg gewesen – die Schlägerei mit den Eintreibern war immer noch im Gange und hatte sich auf mehrere Straßenzüge ausgedehnt. Mark hatte einen Umweg einlegen müssen, um nicht hineinzugeraten. Doch er hatte kaum wahrgenommen, wo er entlangging. Credes Worte hatten ihn stärker verwirrt, als er hätte zugeben wollen. Er dachte immer noch darüber nach, als er seine Tür aufmachte, froh, einen Moment für sich zu haben.

»Hallo, Mark«, begrüßte ihn eine Stimme.

Mark blieb im Türrahmen stehen. Sein Vater saß auf der gegenüberliegenden Seite des Raums. Er saß auf Cherubinas altem Stuhl mit dem Gesicht zur Wand.

»Hallo, Dad«, sagte Mark, als er seine Stimme wiedergefunden hatte. »Hat Benedicta …«

»Sie hat alles getan, worum du sie gebeten hattest«, sagte Pete, ohne sich umzudrehen. Seine Stimme zitterte leicht. »Dass sie mich in ein Gespräch verwickeln sollte, hat sie nicht zugegeben. Das habe ich selbst herausgefunden.«

Mark nickte. Entschuldigen würde er sich nicht. Er hatte die Absicht gehabt, seinem Vater die Sorge zu ersparen, doch er hatte getan, was getan werden musste.

»Ich war bei Crede«, begann er seine Erklärung. »Ich weiß, dass du gesagt hast, ich sollte mich versteckt halten, aber …«

»Du warst nicht hier.« Pete stand auf und drehte sich um. Seine Augen waren gerötet. »Kannst du dir vorstellen, wie ich mich gefühlt habe, als ich die Tür aufmachte und du nicht da warst? Als ich feststellte, dass du wieder verschwunden warst? Weißt du, wie es sich angefühlt hat, diese letzten Jahre?« Seine Stimme wurde lauter, verzweifelter. »Begreifst du denn nicht, dass der Direktor höchstpersönlich hinter dir her ist? Warum hast du mir nicht gesagt, wohin du gegangen bist?«

»Du kannst mich nicht beschützen, indem du versuchst mich zu verstecken«, sagte Mark sanft, während er seinem Vater die Hand auf die Schulter legte. »Ich verstehe dich, wirklich. Aber ich bin jetzt ein Teil dieser Entwicklungen. Ich bin der ›Protagonist‹, was immer das zu bedeuten hat. Ich wurde als Richter vorhergesagt und weiß, dass Snutworth so lange nach mir suchen lässt, bis er mich gefunden hat.«

Pete begegnete grimmig seinem Blick. »Ich habe dich schon zweimal verloren, mein Sohn«, sagte er. »Beim ersten Mal war es meine eigene Schuld, das weiß ich. Ich habe dich wie einen alten Mantel weggegeben, so als würdest du mir nichts bedeuten. Und als ich dich dann aufsteigen sah, war ich …« Seine Stimme stockte, und er senkte den Blick. »Damals war ich bereit, dich gehen zu lassen. Aber du bist zu mir zurückgekehrt. Wir haben einander gefunden. Für zwölf Stunden waren wir wieder eine Familie. Und dann warst du verschwunden, und ich … ich …« Petes Stimme brach.

Mark nahm die Hände seines Vaters. »Die ganze Zeit, während ich in Giseth war, Dad, habe ich versucht zurückzukommen«, erklärte er und sah seinen Vater eindringlich an. »Ich wollte es jeden Tag. Falls wir das hier durchstehen, können wir den Rest unseres Lebens damit verbringen, diese Jahre nachzuholen. Aber jetzt in diesem Moment brauchen meine Freunde meine Hilfe. Lily, Cherubina …« Er beugte sich ein wenig weiter vor. »Ich bin schon lange kein kleiner Junge mehr. Aber selbst ein Mann braucht seinen Vater.«

Pete nickte. Erleichterung überflutete förmlich sein Gesicht. »Dann lass mich helfen«, sagte er schließlich. »Dieses Mal zu deinen Bedingungen.«

Mark nahm die raue Hand seines Vaters und drückte sie fest. Er kam sich älter vor denn je.

Pete lächelte. »Also«, sagte er, nun vergnügter. »Wir müssen Pläne schmieden.«

Mark runzelte die Stirn. Seine gute Stimmung trübte sich. »Ich wünschte, ich wüsste, was ich unternehmen soll, aber Crede zu besuchen war ein Fehler. Cherubina ist erst mal weg, und ich habe immer noch keine Ahnung, wo Lily ist …«

Pete verschränkte die Arme und setzte sich nachdenklich wieder hin. »Der Direktor wird es wissen.«

Mark lachte bitter. »Und ich bin mir sicher, dass er es uns nur zu gerne verrät.«

Pete lächelte. »Aber was, wenn wir jemand drinnen hätten? Jemand in seinem Büro?«

Mark schaute Pete an. Diesen Ausdruck auf dem Gesicht seines Vaters hatte er schon sehr lange nicht mehr gesehen. Er wirkte aufgeregt.

»Du kennst jemanden im Direktorium?«, fragte Mark überrascht. »Wie? Wer ist er?«

Pete lächelte. »*Sie* ist diejenige, die mir einen Brief geschickt hat, als du verschwunden bist. Darin schrieb sie mir, dass du lebst. Ich hätte wahrscheinlich dankbar dafür sein sollen, aber damals begriff ich einzig und allein, dass diese Frau wissen musste, wo du warst. Deshalb habe ich sie aufgespürt. Ich brauchte eine ganze Weile dafür, aber am Ende habe ich sie gefunden.« Mit neuer Zuversicht blickte er Mark an. »Sie heißt Miss Verity, und sie ist die Sekretärin des Direktors.«

Mark rang nach Luft. Er war Verity begegnet; sie war die Frau gewesen, die seine Zellentür aufgeschlossen und ihn aus Agora hinausgeleitet hatte. Darüber hinaus war Verity Lilys Tante, diejenige, die sie überhaupt erst nach Agora gebracht hatte.

»Wenn du Kontakt mit ihr aufnehmen kannst …«, begann Mark, doch Pete runzelte die Stirn.

»Ich habe ihr versprochen, sie in Ruhe zu lassen, sobald du wieder in Agora wärst«, sagte er skeptisch.

Mark verschränkte die Arme. »*Ich* habe ihr gar nichts versprochen«, erklärte er fest entschlossen. »Ich werde dir sagen, was du schreiben musst. Sie ist mir eine Menge Erklärungen schuldig …«

KAPITEL 7

# *Resonanzen*

Es war ein solcher Genuss gewesen, wieder in einem Bett schlafen zu können.

Ein normales Bett war es eigentlich gar nicht, sondern eine aus der Felswand herausgemeißelte und mit Kissen gepolsterte Nische. Doch nachdem sie mehrere Nächte auf Felsboden verbracht hatte, war es himmlisch gewesen. Und Lily war auch so müde gewesen, dass sie trotz aller Schmerzen und trotz der Tatsache, dass es in den Räumlichkeiten des Dirigenten nie ganz dunkel war, wirklich schlafen konnte.

Als sie aus ihrem tiefen Schlaf allmählich erwachte, beschäftigte sie sich in ihren trägen Gedanken vornehmlich damit, dass die Menschen in Naru in fortwährendem Halbdunkel lebten. Leuchtende Kristallklumpen, wie kleinere Versionen des Mittelpunkts, waren in jede Wand eingelassen. Das Licht tänzelte in ihren rauchigen Tiefen und spiegelte sich kräuselnd auf ihren Gesichtern wider.

Sie hatte weiterschlafen wollen. Sie hatte geträumt, sie wäre wieder in Agora, bei ihren Freunden. Mark hatte in dem Traum seinen Vater umarmt, Ben und Theo hatten getanzt, und Laud hatte gelächelt und sie an die Hand genommen. Nie hätte sie geglaubt, dass sie sich nach den überfüllten Straßen von Agora und dessen korrupten, habgierigen Menschen sehnen würde. Aber dort verstand sie wenigstens das Verhalten der Menschen, was sie antrieb und was ihr Leben ausmachte.

Hier unten hingegen ging es zu wie in einem Irrenhaus.

Der Chor hatte wieder zu singen begonnen, eine rauere Melodie dieses Mal, die sich plötzlich mit durchdringend hohen Tönen emporschraubte. Dabei konnte sie nicht schlafen; stattdessen war sie aufgestanden und hatte sich ihr frisch gewaschenes Kleid und ihre Schürze angezogen. Sie war froh, dass sie es dem Dirigenten ausgeredet hatte, ihr naruvanische Kleidung zu geben. Allerdings verstand sie allmählich, warum sie sich auf diese Weise kleideten – in einer Welt aus Felsen und gedämpftem Licht hoben sich nur die hellsten Farben ab.

Nachdenklich schaute sie zu der Stelle hinüber, wo sie ihr Bündel abgelegt hatte, und kniete dann dort nieder, um es zu öffnen. Es war nahezu leer – ihr Proviant war schon lange aufgebraucht, und das Jagdmesser, das sie Wulfric, ihrem Führer aus Giseth, abgenommen hatte, steckte nach wie vor unbenutzt in seiner Scheide. Doch unter Stoffstreifen, die als Verband dienen konnten, stieß sie auf das, wonach sie gesucht hatte. Sie fand den Brief von ihrem Vater, zusammengerollt und mit einer Schleife festgebunden, eine winzige Messingwaage und einen kleinen, unregelmäßigen Kristall aus dem gleichen rauchigen Material wie die widerhallenden Kristalle, die hier die Wände sprenkelten. Diesen letzten Gegenstand starrte sie eine Weile an.

»Vielleicht …«, murmelte sie vor sich hin. Sie hielt ihn sich näher vor den Mund und versuchte sich leise an einer Melodie. Sie hatte nicht mehr gesungen, seit sie als kleines Mädchen im Waisenhaus gewesen war, und zudem war ihre Stimme vom Schlafmangel immer noch heiser. Aber nach einer Weile brachte sie zumindest einige passable Töne hervor. Doch es waren keinerlei verborgene Stimmen zu vernehmen – dieser Kristall war mit Sicherheit naruvanisch, barg allerdings keine Resonanz.

»Tja, das wäre auch zu einfach gewesen«, sagte sie zu sich selbst, ließ Kristall und Brief wieder in ihre Schürzentasche gleiten und stand auf. Bevor sie die Waage weglegte, hielt sie inne und fuhr mit der Hand über die beiden in die Waagschalen gravierten Symbole. Das eine, eine aus einem aufgeschlagenen Buch herauswachsende Lilie, war ein Symbol, das sie sehr gut kannte. Es war auch in den Messingring graviert, den sie an ihrem Finger trug – ihren Siegelring, ihr persönliches Zeichen. Das einzige an ihr, was sie nach wie vor als Agoranerin kennzeichnete. Das andere, ein Seestern, war Marks Symbol.

Mark …

Plötzlich überfiel Lily Traurigkeit. Sie hatte Mark nun seit fast einem Monat nicht mehr gesehen, seit der Orden der Verlorenen ihn verschleppt hatte. Sie war eine weite Strecke gereist, um ihn zurückzuholen, war ihrem Ziel bis heute jedoch nicht näher gekommen.

Sie holte tief Luft, ließ die Waage in ihre Schürzentasche gleiten und schob den schweren Samtvorhang vor der Öffnung der Höhle beiseite, die dem Dirigenten als Zuhause diente. Für Zaudern war keine Zeit. Nach wie vor hatte sie keine Ahnung, wo Mark sein könnte, aber wenn dieses Orakel wirklich so viel wusste, wie Septima und Tertius zu glauben schienen, dann war es am besten, bei ihr mit dem Fragen anzufangen.

Allerdings konnte sie sich nicht vorstellen, wie jemand, der die Bewohner eines Reichs wie Naru beeindruckte, sein würde.

Als Lily aus der Höhle trat, verklangen gerade die letzten Töne des Lieds, das der Chor sang. Die Chorsänger schlenderten bereits von ihren Plattformen hinab und unterhielten sich in

Gruppen von zwei oder drei. Da sie allesamt Abstand voneinander hielten, war dieses Stimmengewirr laut; jede Unterhaltung versuchte die andere zu übertönen, kein Gedanke blieb privat.

Noch überraschender war ihrer aller Reaktion auf Lily. Diese Naruvaner waren doch angeblich so besessen von Wissen, von Neuigkeiten, und sie, Lily, musste der außergewöhnlichste Mensch sein, der seit Jahren in ihren Reihen wandelte. Und doch hatten sie offenbar beschlossen, sie zu ignorieren, und stoben auseinander, um ihrer Aufmerksamkeit zu entgehen. Ihre schillernde Kleidung, einfache Gewänder und Kittel, schimmerte in dem wellenförmigen Licht des Mittelpunkts. Während Lily in ihrer Mitte ging, drangen Fetzen ihrer Gespräche an ihr Ohr.

»Es kann nicht wahr sein, oder? Nein, das ist nicht möglich …«

»Glaube es mal lieber! Das ist Wissen von höchster Qualität! Also, was gibst du mir dafür?«

»… und sie hat gedacht, es käme sonst keiner, es war einfach nicht ihr Glückstag!«

»Alles, was ich über dieses Dorf weiß, ist wertlos! Ich habe bloß alte Nachrichten … das ist der schlimmste Tag in meinem Leben! Warum mussten sie denn unbedingt eine neue Sprecherin wählen?«

»Tja, sie war schon ein paar Tage tot …«

»… das ist keine Entschuldigung!«

Jedes Mal, wenn sie die Andeutung von etwas Vertrautem mitbekam, löste es sich in einem Meer von Unsinn auf. Der Chor bewegte sich nun schneller um sie herum; manche hasteten herbei, um weitere Menschen zu begrüßen und andere abzuweisen. Es war eine Menschenmenge, die mit keiner zu vergleichen war, in der sich Lily jemals befunden hatte. Sie war laut und doch isoliert, so als wolle jeder Einzelne überall und nirgends zugleich sein. Lily verlor allmählich die Orientierung, während sie von einer Gruppe zur anderen stolperte und versuchte, irgendwo den Dirigenten auszumachen. Sie war so davon in Anspruch genommen, dass sie Tertius und Septima erst bemerkte, als die beiden ihr fast schon Auge in Auge gegenüberstanden.

Das Paar blieb vor ihr stehen. Einen Moment lang schauten sie erst einander und dann wieder Lily an, ein wenig verblüfft, so als wäre sie jemand, dem sie vor Jahren bereits einmal begegnet waren. Dann wandte sich Septima erneut Tertius zu, und die beiden nahmen ihr Gespräch wieder auf.

»Das wirst du nie glauben«, fuhr sie fort, die Augen geweitet. Ihre Hände zuckten. »Sie wird bei Crede bleiben! Was, glaubst du, wird er jetzt unternehmen?«

»Wen interessiert das?«, brummte Tertius, während er Lily umging, als wäre sie gar nicht da. »Warum lauschst du eigentlich immer den agoranischen Echos? Gestern Abend habe ich etwas wirklich Gutes aus Giseth gehört. Einer der Mönche wird vermisst. Seine Sprecherin ist verzweifelt.«

»Wirklich? Das ist erstaunlich!« Septima rang vergnügt nach Luft, während sie ihm folgte. »Äh … Was war ein Mönch noch mal?«

Dann waren Septima und Tertius fort, gingen in dem Geplapper unter. Lily starrte ihnen mit offenem Mund hinterher. War es wirklich erst gestern gewesen, dass sie sich angeschrien hatten? Und hatten sie tatsächlich über Agora gesprochen? Einen Moment lang überlegte sie, ob sie ihnen hinterherlaufen sollte, um sie zu fragen, was sie gehört hatten. Ob sie wohl Neuigkeiten aus ihrer weit entfernten Heimat hatten? Aber sie hätten ihr dann ja doch lediglich bedeutungslose Fetzen anbieten können, nackte Fakten ohne Zusammenhang oder

Erfahrung. Wahrscheinlich lauschten sie schon seit Jahren den Stimmen aus Giseth, und dennoch hatte Septima immer noch keine klare Vorstellung davon, was ein Mönch war. Genau wie sie hundert Fakten über Agora in Erfahrung gebracht hatte, aber keine Vorstellung davon hatte, was eine Stadt war.

Aber war das denn überraschend?, fragte sich Lily, während sie ihren Weg fortsetzte. In Giseth brauchten sie einander nicht zu erklären, was Mönche waren, weil sie diese jeden Tag sahen. Lily schüttelte den Kopf, während sie sich versuchte vorzustellen, wie es gewesen wäre, als Naruvaner groß zu werden und so viel zu wissen, aber so wenig zu begreifen. Es hatte den Anschein, als redete hier nur der Dirigent vernünftig.

Jedenfalls hatte er das gestern getan. Schaudernd fragte sich Lily, ob der Dirigent sich an sie erinnern würde, wenn sie ihn fand. Er hatte einen verständigeren Eindruck gemacht, aber Alter war hier kein Anzeichen für Beständigkeit. Zwei alte Männer waren bereits an ihr vorbeigekommen und hatten sich wie Schuljungen darüber gezankt, ob Schafe oder Ziegen die besseren Haustiere abgeben würden. Lily fragte sich, ob sie das eine oder andere schon jemals gesehen hatten.

Als sie dann tatsächlich den Dirigenten entdeckte, der sich gerade in der Nähe des Podiums aufhielt, stellte sie zu ihrer Erleichterung fest, dass er ihren Blick erwiderte und sogar seine rundliche Hand hob, um ihr kurz zuzuwinken. Eine übermäßig freundliche Begrüßung war das zwar nicht; er wirkte sehr nervös, als sie sich ihm näherte. Doch hier war das schon viel.

»Sie sind früh dran«, bemerkte er, während er seinen Taktstock in den Fingern drehte. »Ich hoffe, Sie wurden nicht belästigt, als Sie näher kamen – ich habe dem Chor zwar gesagt, niemand solle Sie mit Fragen behelligen, aber ich fürchte, sie waren nicht besonders dezent.«

Lily nickte nachdenklich, während die Chormitglieder der Reihe nach die Kammer des Mittelpunkts verließen, bis nur noch sie beide unter dem gespenstischen Schimmer der kristallenen Felsnadel zurückblieben.

Ein unbehagliches Schweigen breitete sich aus. Lily fragte sich, was hier unten als Smalltalk betrachtet wurde.

»Äh …« Sie schaute sich um. »Der Mittelpunkt ist heute sehr hell«, brachte sie heraus.

Der Dirigent nickte verwirrt. »Eine Menge Wissen wurde zu ihm gebracht und muss erst noch vom Orakel aufgenommen werden«, sinnierte er. »Viele nennen Wissen ein Licht im Dunkel – in Naru ist dies wortwörtlich der Fall.« Er zögerte. »Aber es steht mir nicht an, Ihnen derlei zu erklären. Wollen Sie jetzt das Orakel sehen? Wir können auch warten, sie ist äußerst geduldig …«

»Wenn das in Ordnung ist, würde ich sie gerne jetzt sehen«, sagte Lily erwartungsvoll. Nachdem sie so lange gereist war, wollte sie es keine Sekunde länger hinausschieben. Der Dirigent nickte, noch immer sonderbar zögernd.

»Es ist nicht weit.«

Der Dirigent schlurfte auf den Mittelpunkt zu, und Lily folgte ihm. Nach kurzer Zeit hörte Lily etwas. Es fühlte sich wie ein leises Summen in den Ohren an, und je näher sie dem Mittelpunkt kam, desto deutlicher wurde es und vibrierte durch ihren ganzen Körper. Nicht wirklich schmerzhaft, aber doch unangenehm. Das Seltsamste daran war, dass es sonderbar vertraut war; es schien anzuschwellen und zu fließen wie das Lied, das der Chor gesungen hatte, als sie aufgewacht war.

Sie wandte sich dem Dirigenten zu, um ihn danach zu fragen, doch dieser verschwand gerade eine steinerne Treppe hinab, die hinter einer der Chorplattformen verborgen war. Lily eilte ihm hinterher.

An die Stelle des Lichts im Mittelpunkt trat ein blauer Glanz, den kleinere, in die Wände eines absteigenden Stollens eingelassene Kristalle warfen.

»Vorsicht, Stufen«, warnte der Dirigent sie und drehte sich zu ihr um. Seine dunklen Augen wirkten in dem seltsamen Licht wie Spiegel. »Einen Teil des Weges kann ich Sie führen, doch dem Orakel selbst müssen Sie sich allein nähern.«

»Sie kommen nicht mit?«, fragte Lily überrascht.

Der Dirigent schüttelte den Kopf. »Man sollte das Orakel nicht besuchen, ohne herbeigerufen worden zu sein.« Er klemmte sich den Taktstock hinter das Ohr. »Und mir liegt nichts daran, dem Resonanzthron einen Besuch abzustatten. Es ist kein angenehmer Ort.«

»Aber wenn das Orakel euer Führer ist, warum hält sie sich dann hier auf?«

Der Dirigent seufzte. »Sie sitzt hier nicht freiwillig. Es ist der einzige Ort, an dem sie sämtliche Echos hören kann – unterhalb des Mittelpunkts, wo jedes Geheimnis, das dieser aufsaugt, offenbart wird.«

Stumm gingen sie weiter. Etwas nagte an Lily.

»Das Orakel hört also alles, was in der Welt oben gesprochen wird?«, wiederholte sie langsam. »Millionen von Stimmen, alle gleichzeitig? Macht es das denn nicht zu einem sinnentleerten Geplapper?«

»Für die meisten schon«, erwiderte der Dirigent. »Bestimmt haben Sie erkannt, dass für die meisten Chormitglieder der Sinn der ganzen Wahrheit nicht so bedeutend ist wie die Bruchstücke, die sie ihr Eigen nennen können. Doch das Orakel ist die begabteste von uns allen – sie hört wirklich mit. Sie erinnert sich. Sie kann unseren Geheimnissen Sinn verleihen. Deshalb herrscht sie. Und natürlich hört das Orakel nicht bloß einfache Echos.« Die Stimmung des Dirigenten verdüsterte sich wieder. »Es gibt mehr Geheimnisse in der Welt als jene, die laut ausgesprochen werden.«

Die Steinstufen endeten, und der Weg setzte sich durch einen roh gehauenen Korridor fort. Es gab nun weniger Leuchtkristalle, und der Dirigent ging im Dunkeln voraus. Lily wollte etwas erwidern, musste jedoch feststellen, dass es ihre ganze Aufmerksamkeit erforderte, sich einen Weg zu ertasten und nicht zu straucheln.

»Deshalb singen wir«, fuhr der Dirigent fort, mittlerweile halb zu sich selbst, sodass Lily sich anstrengen musste, um ihn zu verstehen. »Wir verbringen unsere Zeit mit der Suche nach Belanglosigkeiten, nach unzusammenhängenden Informationsfetzen, und wir handeln damit untereinander. Doch ihre wahre Bestimmung liegt letzten Endes darin, daraus das Lied zu formen. Wir nehmen die Geheimnisse, die wir entdeckt haben, und verweben sie zu einer Harmonie, als eine Opfergabe für unsere Herrscherin. Der Mittelpunkt bündelt dann alles und kanalisiert es bis hinunter zum Resonanzthron, wo das Orakel die Informationen aufnimmt. Sie verbannt wertloses Geplapper in die Kakophonie der äußeren Höhlen und nimmt unsere Lieder auf, die reich an wahrem Wissen und Weisheit sind. Vor ihr bleibt nichts verborgen. Gar nichts.«

Lily schwieg. Je mehr sie über das Orakel erfuhr, desto weniger gefiel ihr die Vorstellung, ihr zu begegnen. Wie viele Mal schon in ihrem kurzen Leben hatte sie frustriert aufgeschrien? Wie viele Worte der Bitterkeit und des Zorns gesagt und wie wenige Worte der Liebe und Freundschaft gesprochen? Sie hoffte, dass die Waage zu ihren Gunsten ausschlagen würde.

Jemanden zu treffen, der jedes Wort kannte, das sie jemals ausgesprochen hatte, war eine irritierende Vorstellung.

»Wenn sie alles weiß, warum braucht sie dann euch?«, fragte Lily, darauf hoffend, nicht allzu taktlos zu klingen.

Der Dirigent runzelte die Stirn. »Der Chor und ich haben eine von uralten Gesetzen festgelegte Bestimmung. Wir bewahren ihre Harmonie, halten das Lied am Fließen und beschützen ihre körperliche Gestalt. Im Gegenzug werden wir ernährt, haben es angenehm und können unendlich viele Wahrheiten aufspüren. Wir kennen unsere Pflichten; in unserem Land gibt es keine Unruhen. Wir haben wenig Bedarf an starken Empfindungen, sie sind … gefährlich.« Der Dirigent wandte sich ein wenig ab, seine Stimme wurde leiser und nachdenklicher. »Und so wird es auch bleiben bis zum Tag des Urteils.«

Lily war im Begriff nachzufragen, was er damit meinte, als er plötzlich stehen blieb und in den Stollen deutete.

»Keine Fragen mehr«, sagte er. »Wir sind da.«

Vor sich sah Lily einen in die Wand eingelassenen steinernen Torbogen. Vor diesem hing ein dicker Vorhang aus dunklem Samt, und auf einer Seite baumelte eine mit Troddeln verzierte Kordel herab. Der Vorhang flatterte, als wehe hinter ihm ein starker Wind. Die Luft auf dieser Seite des Vorhangs war aber wie immer vollkommen unbewegt.

»Gehen Sie und besuchen Sie das Orakel, mein junges Wunder«, sagte der Dirigent, als er den Torbogen erreicht hatte. »Aber geben Sie acht, sie wird alles über Sie wissen.«

Lily wandte sich dem Vorhang zu. Sie rang mit dem Verlangen, ihn aufzuschieben oder zurück zum Mittelpunkt zu rennen, zu dem Wahnsinn, den sie wenigstens halbwegs begriff. Ein seltsamer Schauer durchfuhr sie, und sie merkte, wie sie sich anspannte.

»Meine Gedanken kennt sie nicht«, sagte Lily mit mehr Zuversicht, als ihr innewohnte. »Ich werde etwas haben, mit dem ich sie überraschen kann.«

Der Dirigent begegnete ihrem Blick. Nicht zum ersten Mal entdeckte sie eine tiefe Traurigkeit in diesen nervösen Augen.

»Nein, Lily. Sogar Ihre Gedanken sind nicht vor ihr verborgen. Sie wird auch diese kennen. Sie hat sie schon immer gekannt.«

Unwillkürlich trat Lily einen Schritt zurück. »Wie das?«, flüsterte sie. »Das ist unmöglich. Hat sie den Alptraum geritten? Hat sie mich ausspioniert?«

Der Dirigent schüttelte den Kopf. »Nein, Kind, sie lauscht dem Hohelied.«

Lily ballte die Hände zu Fäusten. Jedes Mal, wenn sie glaubte zu verstehen, was hier vor sich ging, wartete der Dirigent mit einer neuen Geschichte auf. Sie biss die Zähne zusammen.

»Und was ist das ›Hohelied‹?«, fragte sie spitz. »Werden Sie mir eigentlich jemals erzählen, was hier wirklich vor sich geht?«

Alarmiert wich der Dirigent zurück. Lily schaute auf ihre Hände hinunter und stellte nicht weniger erschrocken fest, dass die Knöchel ihrer geballten Fäuste weiß vor Anspannung waren. Was hatte diesen Ausbruch verursacht? Sie musste nervöser sein, als sie selbst gedacht hatte.

»Es … es tut mir leid«, murmelte sie. »Sie haben mir so viel erzählt, und das ganz ohne Gegenleistung. Es ist bloß … es ist so viel zu begreifen …«

Besänftigt nickte der Dirigent. »Ich verstehe. Sogar mir fällt es schwer, an das Hohelied des Flüsterns zu glauben, und dabei habe ich es selbst schon gehört. Es ist das leiseste, zugleich aber mächtigste Lied. Man hört es nur in den tiefsten Höhlen; seine Musik setzt sich aus verborgenen Gedanken, Sehnsüchten und Träumen zusammen. Wie es scheint, hinterlassen sogar Gedanken ein Echo.« Er legte eine Pause ein, während der er sich die Nase rieb. »Wir wechseln uns alle beim Lauschen ab. Eine angenehme Erfahrung ist das nicht; selbst die Neugierigsten brennen nach ein paar Stunden darauf, in den Mittelpunkt zurückzukehren. Es schwingt etwas darin mit, was unsere Seelen verstört. Nur das Orakel hat die Kraft, jeden Tag in innigem Austausch mit den Seelen von Millionen zu verbringen und sich ihr ganzes Wesen von der Musik der Menschlichkeit erfüllen zu lassen.« Der Dirigent wischte sich mit dem Handrücken den Schweiß von der Stirn. »Selbst bei ihr fordert das seinen Tribut. Selbst sie kann nicht jedem Geist gleichzeitig lauschen. Denken Sie daran.« Er langte nach der Kordel, um den Vorhang aufzuziehen. »Ach ja, und da ist noch etwas. Wenn Sie sich ihrem Thron nähern, tun Sie das auf den Knien.«

Lily runzelte die Stirn. Noch war ihr Ärger nicht verraucht. »Warum verlangt sie das? Sie ist nicht meine Herrscherin.«

»Es hat nichts mit dem zu tun, was sie will«, erwiderte er leise. Zu Lilys Überraschung lächelte er plötzlich, allerdings eher wehmütig. »Sie will überhaupt nichts. Außer einem, vielleicht. Und ich bezweifle, dass Sie es sein werden, die ihr das gibt.«

Er zog an der Kordel. Dahinter erkannte Lily nun einen steinernen Korridor, glatter als die meisten zuvor und erhellt durch ein sonderbar milchiges Licht.

Einen Moment lang wandte sich Lily dem Dirigenten zu. Sie wusste nicht recht, ob sie sich bei ihm dafür bedanken sollte, dass er sie hierhergeführt hatte, oder es ihm vorwerfen sollte, sie so unvorbereitet loszuschicken. Doch der Dirigent hatte sich bereits abgewandt und mied den Blick in den Korridor. Was immer dahinter lag, er wollte es nicht sehen.

»Danke«, sagte sie. Er nickte kurz.

Lily trat in den Korridor.

Lily spürte eine plötzliche, unerwartete Brise. Vielleicht war es auch nur eine Vibration, aber die Luft in diesem Korridor bewegte sich, drang herein und heraus wie der Atem eines großen Tieres. Auch das Licht schien sonderbar; es kam von einer Quelle hoch über ihr, erleuchtete jedoch auch den Raum überall um sie herum.

Lilys einzige Begleitung war das Geräusch ihrer Stiefel auf dem Fels. Sie versuchte sich einen Plan zurechtzulegen, wie sie vorgehen und wie sie das Orakel ansprechen würde. Doch jeder Plan scheiterte an dem Allwissen des Orakels. Sie würde sich nicht vorstellen müssen, denn das Orakel würde sie bereits kennen. Sie konnte nicht sagen, dass sie auf der Suche nach Mark war, denn auch das würde das Orakel bereits wissen. Es fühlte sich an, als wäre alles, was sie tun konnte, bereits für sie entschieden worden. Für Lily, die so stolz auf ihre Unabhängigkeit war, war dies ein niederschmetterndes Gefühl.

Doch sie ging weiter. Vor sich erkannte sie, dass der Durchgang endete und dahinter etwas glänzte. Sie bewegte sich vorwärts, um zu sehen, was es war. Dabei schirmte sie die Augen gegen den heller und intensiver werdenden Lichtschein ab.

Taumelnd stand sie mit einem Mal an der Öffnung des Stollens, und nun verließen sie all ihre Sinne.

Die Höhle war noch viel größer als die Kammer des Mittelpunkts und in ein sonderbar grelles Licht getaucht, das sich über die Wände ergoss. Lily vermochte den felsigen Weg zu ihren Füßen kaum auszumachen, sah jedoch immerhin so viel, dass sie erkennen konnte, dass er schmal war und über eine breite Felsspalte führte. Es war eine tiefe Kluft, auf deren Grund mörderisch scharfe Stalagmiten emporragten. Die schier endlose Höhe der Felskammer raubte Lily den Atem. Sie wollte einen Schritt vortreten, doch dabei drang ihr wieder jenes furchtbare Summen aus dem Mittelpunkt in die Ohren, und sie hatte das Gefühl, vor eine Wand zu laufen. Es war nun lauter, nicht mehr musikalisch, sondern pulsierend wie ein Herzschlag. Lily stockte der Atem, und sie spürte, wie ihr ein heftiger Schmerz in den Kopf fuhr, als das Licht noch intensiver wurde.

»Sprich.«

Ein Wort. Ein einziger Laut, doch der durchschnitt die Geräusche wie ein Messer – kalt und scharf. Lily spürte, wie ihr Mund sich öffnete, ohne dass sie ihn kontrollieren konnte.

Vor ihr verblasste das Licht, und das Summen verstummte. Und Lily konnte das Orakel nun sehen.

Zunächst konnte sie nur flüchtige Blicke erhaschen, Blicke auf den Rand ihres Granitthrons. Er stand auf einer hohen Felsspitze, direkt unterhalb eines gewaltigen, auf dem Kopf stehenden Kegels aus Leuchtkristall, der von der Decke der Höhle herabhing. Er war offenkundig der Sockel des Mittelpunkts. Sie erhaschte einen Blick auf die Spitze eines Kopfschmucks, die funkelte wie ein Stern, auf die glitzernden Juwelen auf ihrem Umhang, die sich wie Sterne von einem Nachthimmel abhoben. Dann verwandelten sich diese glitzernden Punkte allmählich in eine Frau.

Zumindest vermutete Lily, dass es sich um eine Frau handelte. Die Stimme, die sie gehört hatte, war die einer Frau gewesen, und zwar keiner besonders alten oder jungen. Doch das war auch schon der einzige Hinweis. Jeder Zentimeter ihres Körpers war eingehüllt in ein mit Juwelen besetztes Kleid, Kopfschmuck und Maske. Nein, es waren keine Juwelen, sondern widerhallende Kristalle, in denen Lichtpunkte tänzelten.

Das Orakel saß so reglos da in ihrer Pracht, dass Lily einen Moment glaubte, sie müsse eine Statue sein. Dann bewegte die Gestalt den Kopf, und die gleiche Stimme hallte erneut durch die Höhle.

»Sprich, Lilith.«

Dieses Mal erklang sie lauter, aber nicht weniger kalt. Kein Funke Interesse war aus ihr herauszuhören, keine Wärme, aber auch keine Missbilligung. Noch nie hatte Lily eine Stimme gehört, die so gebieterisch und zugleich so gleichgültig klang.

Lily spürte, dass sie keinen klaren Gedanken fassen konnte. Statt etwas zu sagen, trat sie ein wenig näher, während sie sich allmählich an das sonderbare, verzerrende Licht gewöhnte. Sie hatte fast den halben Weg zum Thron hinter sich, befand sich auf halbem Weg über die schmale Felsbrücke, die sich über den Abgrund spannte. Ihre Schritte klangen unnatürlich, die Echos schwirrten in ihrem Kopf, bis ihr eigenes Näherkommen sich dröhnend wie eine Armee in ihren Ohren anhörte. Ihr wurde schwummrig. Unwillkürlich breitete sie die Arme aus, um ihr Gleichgewicht zu halten. Die Felsbrücke unter ihr wirkte dünn und zerbrechlich, und sie spürte, dass sie über den Rand zu stürzen drohte. Blitzartig fiel ihr die Warnung des Dirigenten ein, und sie sank auf die Knie. Als sie den Fels unter den Händen spürte, war ihr gleich ein wenig wohler, und sie kroch vorwärts, bis sie fast den Thron erreicht hatte.

»Warum … warum fühle ich mich so?«, brachte sie heiser und undeutlich heraus, ohne wirklich eine Antwort darauf zu erwarten.

»Die Resonanz in dieser Kammer ist gefährlich«, ertönte

die Antwort, knapp und geschliffen. »Du wirst dich daran gewöhnen. Leg dich hin. Es wird vorübergehen.«

Schwankend tat Lily wie ihr geheißen und legte die Wange an den kühlen Fels. Allmählich verebbten die Vibrationen, und Lily riskierte einen Blick hinauf. Von hier unten betrachtet, brach sich das Licht aus dem Mittelpunkt über ihr in den Kristallen auf der Krone des Orakels, wodurch ein Lichtkreis erzeugt wurde.

Lily hob den Kopf. »Ich bin hier«, sagte sie zu dem Orakel.

Eine Pause entstand. Lily rappelte sich auf die Knie, versuchte jedoch nicht weiterzugehen. Sie wollte nicht erneut hinfallen; falls sie von der Felsbrücke herunterglitt, würde es ein weiter Weg nach unten sein.

»Ich kann sehen«, sagte das Orakel ohne jeden Anflug von Sarkasmus oder Verärgerung. »Du möchtest Antworten. Stelle deine Fragen.«

Überrascht schaute Lily auf. »Einfach so?«, sagte sie. »Keine Einwände? Keine Rede, die mich darüber belehrt, ich sei noch nicht so weit, es erfahren zu dürfen?«

»Mein Wesen ist die Wahrheit«, erwiderte das Orakel. »Frage.«

Lily rappelte sich hoch. »Wer bin ich?«, fragte sie leise. »Warum hat mein Vater mich als Baby weggeschickt? Wo ist Mark? Geht es ihm gut? Ist er verletzt?« Ihre Stimme wurde lauter, je schneller ihr die Fragen über die Lippen kamen. »Warum sagen alle, wir wären bedeutend? Was steht im Mitternachts-Statut, das uns so besonders macht? Worum handelt es sich bei diesen Geheimnissen, die uns alle vorenthalten? Warum …?« Lily zögerte und verstummte. »Welche Rolle spielen wir, Orakel? Wohin gehören wir? Kannst du es mir sagen?«

Ein lange Stille entstand. Lily hörte, wie ihre eigenen Worte sich zu den Klängen des Resonanzthrons gesellten und sich dem Gesumme der Millionen anderer Wörter anschlossen, die wie ein Miasma um das Orakel herumschwebten. Dann sprach das Orakel.

»All das kann ich sagen.«

Lily spürte, wie eine überwältigende Erleichterung sie überfiel. Sie hätte lachen wollen, vor Freude Luftsprünge vollführen. Schon malte sie sich aus, wieder mit Mark zusammenzukommen, mit ihren anderen Freunden, stellte sich vor, wie die Prophezeiung des Mitternachts-Statuts zerrissen und auf der Straße zertrampelt würde. Einen herrlichen Moment lang war alles wunderschön.

Dann hob das Orakel die behandschuhte Hand. »Aber zuerst der Preis«, sagte sie. »Wahrheit bringt Wahrheit hervor; kein Wissen ist unentgeltlich. Das ist die Lebensart von Naru.«

Lily nickte hastig. »Ja, ja, natürlich. Was möchtest du wissen? Ich bin überall in den Welten oben herumgereist. Es muss vieles geben, was ich dir berichten kann.« Sie zermarterte sich das Gehirn. »Du hast sicher von Giseth gehört, aber weißt du, wie es sich anfühlt, wenn man das Morgenrot im Frühling erblickt? Frisch und klar und hell …«

»Das weiß ich«, ertönte die Antwort, hart und endgültig.

Lily war bestürzt. Sie versuchte es erneut. »Weißt du von dem Alptraum? Von all den Dingen, die ich in meinen Träumen sah, als er mich in seinem Griff hatte? Mein Freund Laud tauchte darin ständig auf, er hatte Augen, die glänzten, und …«

»Ich weiß.«

»Oh …« Lily stockte. Das Hohelied konnte sogar Träume sehen? Das war nicht fair. Sie grub tiefer in ihrer Vergangenheit, ganz tief, bemüht, auf etwas zu stoßen, das nicht erinnerungswürdig war, etwas vollkommen Unwichtiges. Es sei denn natürlich, man versuchte jemandem zu gefallen, der glaubte, schon alles zu wissen. »Als ich ein kleines Mädchen war«, begann Lily, »damals im Waisenhaus, da gab es so eine Ecke. Wir drängten uns alle in diesen winzigen Räumen, aber in diese Ecke setzte sich keiner von uns. Warum, habe ich nie erfahren. Ich habe erst heute darüber nachgedacht; es war, als hätten wir Angst davor gehabt …«

»Ich weiß.« Die Stimme klang weder verärgert noch überdrüssig, sondern benannte lediglich eine Tatsache. »Ich kenne alles Gesprochene in den Ländereien oben und auch alles Gedachte, Gefühlte und Geträumte. Der Chor singt das, was auf der Welt gesagt wird, und das Hohelied flüstert alles, was verborgen ist.«

Lily hielt inne. Sie spürte die Kraft, die in den Augen des Orakels hinter deren silbriger Maske lag. Sie ließ den Kopf hängen, und ihre Zuversicht schwand dahin.

»Was also kann ich dir geben?«, fragte sie leise.

»Eine Sache«, erwiderte das Orakel in so eisigem und unpersönlichem Ton wie zuvor. »Eine Tatsache. Ein Geheimnis, etwas Winziges, aber etwas, das vor mir verborgen wurde. Meinem Gedächtnis weggenommen. Das Hohelied wird es mir erst zeigen, wenn es mir direkt berichtet wird, und ich muss es wissen.« Das Orakel bewegte den Kopf, und obwohl Lily durch die glitzernde Maske nicht ihr Gesicht erkennen konnte, spürte sie doch die Kraft, die in dem starren Blick des Orakels lag.

»Natürlich!«, sagte Lily und breitete die Arme aus. »Was ist es? Was weißt du nicht?«

Das Orakel gab keine Antwort. Lilys Worte hallten überall in der Felskammer wider und kehrten verzerrt und höhnisch zu ihr zurück. *Weißt du nicht? Nicht … weißt … du … nicht … weiß …*

Etwas stimmte hier nicht. Das Orakel war wieder verstummt, unerbittlich, ruhiger als es irgendeinem Menschen möglich war. Lily fühlte sich an den Leichnam des Bischofs der Verlorenen erinnert, der für ewig auf seinem Thron saß. Hätte sie das Orakel nicht zuvor sprechen gehört, hätte sich Lily gefragt, ob sich überhaupt etwas hinter dieser Kristallmaske befand.

Dann ging es ihr auf.

»Du weißt es nicht, nicht wahr?«, sagte sie überrascht. »Du weißt noch nicht einmal, was das für ein Geheimnis ist. Und du erwartest von mir, es dennoch herauszufinden?«

»Sage es mir.« Das Orakel beugte sich vor, und einen Moment lang vernahm Lily ein Zittern in dieser harten, distanzierten Stimme. Ein von Gefühl ausgelöstes Zittern, auch wenn sich nur schwer sagen ließ, welchem Gefühl es entsprang. »Wahrheit bringt Wahrheit hervor. Sage es mir! Sage es mir!«

Die Stimme des Orakels wurde höher, es klang wie ein gebieterischer Befehl. Die Wände der Kammer ließen sie widerhallen, und der Mittelpunkt loderte hell auf und erleuchtete den Kopfschmuck des Orakels. Lily spürte, wie eine weitere Welle der Übelkeit sie erfasste, während die Vibrationen von der Stimme des Orakels den felsigen Weg erbeben ließen. Lily sank auf Hände und Knie nieder.

»Ich weiß nicht, wo ich anfangen soll! Bitte, kannst du mir nicht einen Hinweis geben?«

»Eine Wahrheit«, sagte das Orakel, nicht weniger bestimmt, aber vielleicht mit mehr Resignation. »Eine Wahrheit, eine Tatsache ist der Schlüssel. Am wichtigsten …« Sie hielt inne und fuhr dann mit sanfterer, fast menschlicher Stimme fort: »Am wichtigsten für den, der ich war.«

»Aber was *ist* es?«, versuchte es Lily verzweifelt noch einmal. »Was ist das Geheimnis?«

Lilys Stimme hallte in der Kammer wider, wurde zurückgeworfen und kehrte laut und schrill zu ihr zurück, sodass ihr die Ohren schmerzten. Die Maske des Orakels starrte. Während sich die Echos vermischten, zurückgeworfen wurden und verblassten, starrte sie nur.

»Ich kann mich nicht erinnern«, sagte sie.

Danach sagte das Orakel nichts mehr. Bis Lily sie verließ, bewegte sie sich auch nicht mehr.

Als sie später in Begleitung des Dirigenten zum Mittelpunkt zurückkehrte, berichtete sie ihm alles, was geschehen war. Seltsamerweise wirkte er geradezu erleichtert.

»Vielleicht ist es ein Segen, Kind«, sagte er zu ihr. »Es ist gefährlich, zum Orakel zu gehen, ohne eine Vorstellung davon zu haben, was man sucht. Wahrheit ist etwas Mächtiges. Auf diese Weise findest du vielleicht, während du nach ihren Antworten suchst, deine eigenen.«

»Ja, vermutlich«, erwiderte Lily, in ihren eigenen Gedanken versunken.

»Vielleicht kann ich dir helfen«, plapperte der Dirigent weiter. »Ich kann dir die besten Resonanzfelsen zeigen … oder dich zum Hohelied selbst führen. Sogar das Orakel wird nicht in der Lage gewesen sein, alles zu hören. Es gibt immer noch Hoffnung, Kind, und ich für meinen Teil fände es schade, dich jetzt schon gehen zu lassen, wo es doch noch so viel gibt, was wir voneinander lernen können …«

Lily nickte, hörte jedoch gar nicht mehr richtig zu.

Nach allem, was sie durchgemacht hatte, nach den Schrecken und der Müdigkeit und den Jahren des Nichtwissens, stand sie nun so dicht davor. Dieses Geheimnis, um was auch immer es sich handelte, war der Schlüssel zu allem. Das Orakel kannte die Wahrheit, das wusste Lily so tief und sicher, wie sie ihren eigenen Namen kannte. Wenn sie erst einmal wusste, was ihre Bestimmung war, wenn sie es wirklich wusste, dann wäre alles klar. Sie würde Mark finden können. Sie würde nach Agora zurückkehren können. Sie würde sich diesen undurchsichtigen Männern und Frauen, die Titel statt Namen annahmen und in Prophezeiungen und Visionen dachten, widersetzen und den Spieß umdrehen. Sie würde wieder ein eigenes Leben führen können.

Dieses Geheimnis würde alles lösen.

Und sie würde es finden.

## KAPITEL 8

# *Die Seite*

Verity hätte sich eigentlich erschrecken sollen.

Während sie an ihrem Schreibtisch saß, hörte sie, wie der Besucher im Nachbarzimmer schrie und tobte. Seit seiner Ankunft hatte er kaum etwas anderes getan. Der neue Direktor hatte ihr gesagt, der Mann sei normalerweise stumm, habe ein Schweigegelübde abgelegt. Doch der Krach überraschte sie nicht. Männern wie ihm war sie schon zuvor begegnet; sie waren so von Sitten und Glauben geknebelt, dass, wenn dieser Knebel sich löste, eine Menge aus ihnen herausbrach.

Aber das bedeutete nichts.

Der neue Direktor war heute ebenfalls nicht bester Laune, auch wenn das nicht offensichtlich war. Er lächelte so ungezwungen wie immer, und wenn er sprach, lagen stets Gelassenheit und Bedacht in seiner Stimme. Aber es gab kleine Anzeichen, die sie als seine Sekretärin allmählich kannte. Er hatte sie nicht hereingerufen, um dem Besucher Wein anzubieten. Das tat er sonst immer. Er ließ gern eine gesellige Stimmung aufkommen, wollte sich als perfekter Gastgeber zeigen. Er war grundsätzlich sehr bedacht auf Perfektion.

Aber das bedeutete nichts.

Sie nickte Chefinspektor Greaves zu, der mit ihr in ihrem Büro wartete und nach wie vor sehr still und aufrecht dasaß. Der Chefinspektor wurde niemals laut und war von allen am schwersten zu durchschauen. Er schien sich nicht wohl dabei zu fühlen, die goldene Tresse seines Rangs zu tragen. Verity war überzeugt davon, dass er lieber draußen gewesen wäre und Kriminelle aufgespürt hätte, um Agora zu einem sichereren Ort zu machen.

Aber das bedeutete nichts.

Sie warf einen Blick auf den Kamin und dachte an den Brief, den sie am Morgen dort verbrannt hatte. Nur die Sterne wussten, wie es Pete gelungen war, ihn zu ihr zu schmuggeln. Vielleicht wollte keiner der Angestellten den fünfzigseitigen Bericht über das Wohlbefinden der Gefangenen durchblättern, der gestern Nachmittag auf ihrem Schreibtisch gelandet war. Es war kein langer Brief, und zunächst war sie erleichtert gewesen zu erfahren, dass es Mark auch ohne ihre Hilfe gelungen war, nach Agora zurückzukehren. Sie war sich sicher, dass Pete ihr lediglich schrieb, um sich bei ihr zu bedanken. Doch als sie den Rest überflog, verfinsterte sich ihre Miene. Erneut bat er sie um Hilfe, dieses Mal, um Lily zu finden. Woher sollte sie wissen, wo Lily war? Hatte sie denn nicht Jahre über sie gewacht? Hatte der Direktor sie denn nicht gezwungen, Lily aus der Stadt zu schicken, auch wenn ihr das das Herz brach? Pete hatte seinen Sohn zurück; er hatte kein Recht dazu, sich auch noch über Lily Sorgen zu machen. Sie gehörte nicht zu seiner Familie.

Nein, Lily gehörte zu ihrer Familie, denn Lily war die Tochter ihres Bruders.

Ihr Bruder war tot.

Und das – bedeutete für sie *alles*.

Verity hatte nicht vorgehabt zu antworten. Wäre nicht der Besucher gekommen, hätte sie nach wie vor nach außen und nach innen die Arbeit der Sekretärin des Direktors erledigt und stumm ihre Pflicht getan. Dann aber hatte sich an diesem Morgen alles verändert.

Vor ein paar Stunden hatte es begonnen. Der Direktor hatte sie hinab in die Stollen geschickt, um einen Gast aus der Außenwelt zu empfangen. Verity hatte versucht, nicht an Lily zu denken, als sie die uralten Korridore entlangging. Sie hatte versucht, nicht daran zu denken, wie sie Lily zum Tor geführt hatte – dem einzigen Weg, der zu Fuß aus der Stadt hinausführte. Sie hatte gehofft, der alte Direktor würde Lily mit dem Boot fahren und durch die geheimen Schleusen ausreisen lassen, die von den Kapitänen der Flussschiffe benutzt wurden. Doch der alte Direktor war streng – außer dem Jungen durfte niemand Lily begleiten, und ihr wurde überhaupt keine Hilfe gewährt.

Während der ganzen Zeit auf diesem langen Weg hatte Verity kein Wort mit ihrer Nichte gewechselt. Lily musste sie für eiskalt gehalten haben. Dabei hatte Verity die ganze Zeit gewusst, dass, wenn sie erst einmal angefangen hätte zu erzählen, sie alles berichtet hätte.

Als sie daher an diesem Morgen ein Klopfen am Tor gehört hatte, war Verity losgelaufen. Vielleicht war es ja Lily, vielleicht erwies sich das Schicksal ihr gegenüber ja letztendlich doch als gnädig. Mit zitternder Hand hatte sie den Schlüssel umgedreht und das Tor aufgerissen. Aber nicht Lily hatte dort gestanden, sondern ein finster dreinblickender Mann in rostrotem Gewand.

»Endlich«, hatte Vater Wolfram geknurrt und sich an ihr vorbeigedrängt. »Bringen Sie mich zum Direktor.«

Es war ein langer Weg zurück zum Direktorium gewesen und ein noch längeres Warten, während der rot gekleidete Mönch seine Privatunterredung mit dem Direktor führte. Greaves war hinzugezogen worden. Der Direktor hatte sämtliche Termine abgesagt, und die Tür zu seinem Zimmer war geschlossen geblieben. Am Ende hatte Verity ein paar Papiere in die Hand genommen und leise die Tür geöffnet. Der alte Direktor hatte nie etwas dagegen gehabt, und ihre Neugier hatte sie überwältigt. Jemanden vom Orden der Verlorenen hatte sie nicht mehr gesehen, seit sie ein kleines Mädchen gewesen war. Sie stellte sich vor, Wolfram und sie wären die einzigen Menschen aus Giseth in der ganzen Stadt.

Der Anblick, der sich ihr bot, war geradezu grotesk. Wolfram ging vor dem Schreibtisch des Direktors auf und ab. Sein hinkender Gang trug nicht dazu bei, seine Wut zu verbergen. Im Gegensatz dazu saß der Direktor ganz ruhig da, während seine grünen Augen im Kerzenschein glänzten.

»Vater Wolfram, beruhigen Sie sich«, sagte der Direktor wie immer in gemessenem Ton. »Ich versichere Ihnen, dass wir alle Anstrengungen unternehmen, den Jungen zu finden. Aber hier ist nicht Giseth. Die Agoraner sind eigensinnig, und es gibt viele Orte, an denen er sich verstecken kann.«

»Sie haben mir gesagt, dass Sie diese Stadt beherrschen, Direktor«, erwiderte Wolfram bitter. »Und dass ich mein Land vor einer Katastrophe bewahren könne, wenn ich Ihren Interessen diene. Hätte ich geahnt, dass Sie so wenig Macht haben …«

»Macht ist etwas Eigentümliches, Vater«, entgegnete der Direktor seelenruhig. »Manchmal erweist sich eine stumme Beobachtung als genauso mächtig. Ich hätte gedacht, ein Mann wie Sie, der sich normalerweise an ein Schweigegelübde hält, würde das begreifen.«

Als Wolfram mit einem Schnauben darauf reagierte, musste Verity ein Lächeln unterdrücken. Sie wollte sich gerade bemerkbar machen, als der Direktor sie entdeckte. Diesen Blick hatte sie bei ihm schon gesehen, als er noch Bediensteter beim ehemaligen Direktor gewesen war, nicht mehr als Mr Snutworth, ein nützlicher Spion. Es war ein Blick, der äußerst gelassen und vollkommen vernünftig war und deutlich machte, dass man ihn *nicht* stören durfte.

Sie nickte fast unmerklich.

Wolfram bekam diesen Austausch offenbar nicht mit und fuhr mit seiner Beschwerde fort.

»Ich habe es mit Geduld versucht, Direktor«, brummte er böse, »doch dabei habe ich nur meine Zeit verschwendet. Ich habe Ihnen den Jungen übergeben, und im Gegenzug haben Sie mir nur einen Brief geschickt, in dem Sie schreiben, das Mädchen müsse ebenfalls gefunden werden. Ich habe Wochen damit zugebracht, durch Giseth zu ziehen und Dorf für Dorf zu durchsuchen. Ich weiß, dass Schwester Elespeth vom Zirkel der Schatten mehr weiß, als sie sagt, aber sie weigert sich, mit mir zusammenzuarbeiten, und diese Frau ist schwer aufzustöbern.« Wolfram schlug mit der Faust auf den Mahagonischreibtisch des Direktors, worauf eine Reihe von Papieren auseinanderstoben. »Ich habe für diese Suche viel geopfert. In meinem eigenen Dorf Aecer herrscht ohne meine Führung Chaos, die Hälfte meiner Mönchsbrüder glaubt, der Alptraum habe mir den Verstand geraubt, mein Schweigegelübde ist ruiniert ...«

»Alles für die bestmögliche Sache«, sagte der Direktor milde. »Wenn die Kathedrale der Verlorenen das Ziel von Miss Lily ist, hätte die Suche dort anfangen sollen.«

Wolfram grunzte. »Nachdem meine anfängliche Suche zu nichts geführt hatte, habe ich es versucht. Ich habe sogar ein Flussschiff von seiner Aufgabe, Lebensmittel nach Agora zu bringen, entbunden, um meine Reise durch die Sümpfe zu beschleunigen. Aber der Pförtner hat mich abgewiesen und behauptet, er habe ein solches Mädchen nicht gesehen, und keines der Ordensmitglieder wollte reden.«

Snutworth wölbte eine Braue. »Konnten Sie denn beim Vater des Mädchens nichts erreichen? Laut Ihren Berichten ist er doch Mitglied Ihres Ordens und lebt in der Kathedrale?«

Wolfram machte ein wegwerfende Handbewegung. »Als ich ankam, war Bruder Thomas bereits tot. Wir werden uns nicht darauf verlassen können, dass meine Mönchsbrüder das Mädchen wieder auffinden ...«

Mehr hatte Verity nicht mitbekommen. Es hatte sie Mühe gekostet, die Papiere, die sie in der Hand hielt, nicht fallen zu lassen. Sie hatte den Raum geräuschlos verlassen, ohne sich darum zu kümmern, ob der Direktor sie gehen sah.

Ihr Bruder war tot. Ihr großartiger, perfekter Bruder war tot, und sie hatten seinen Tod wie eine Nebensächlichkeit abgetan. Sie spürte, wie die letzten Bande der Loyalität zerrissen. Der alte Direktor – der *richtige* Direktor, nicht dieser heimtückische, unrechtmäßige Machthaber – war weg. Sie hatte keinen Grund mehr hierzubleiben. Keinen Grund, wie eine Gefangene in diesem verrottenden alten Gebäude zu hocken und einem Mann zu dienen, in dessen Augen sie nicht mehr als ein Werkzeug war.

Sie stand im Begriff, ein Verbrechen zu verüben. Sie war kurz davor, den schlimmsten Verrat zu begehen, jede Regel zu brechen, die sie bis dahin befolgt hatte. Gegen alles zu verstoßen, um was ihr Bruder sie dringend gebeten hatte, als er sie vor beinahe fünfzehn Jahren nach Agora geschickt hatte.

Aber sie würde es ohne einen Funken Reue tun, weil ihr Bruder tot war. Und Lily war jetzt die einzige noch lebende Familienangehörige.

»Miss Rita?«

Verity schreckte aus ihren Gedanken hoch. Der Chefinspektor war aufgestanden und wies auf die Uhr an der Wand.

»Es ist jetzt die zweite Stunde. Sollte ich unterbrechen? Es liegt mir fern, den Direktor warten zu lassen.«

Sie schaute Greaves an und las in seinem zerfurchten Gesicht Besorgnis. Sie rang sich ein Lächeln ab.

»Gehen Sie hinein, Chefinspektor«, sagte sie strahlend. »Dem Direktor wird die Unterbrechung sicher willkommen sein.«

Er erwiderte ihr Lächeln, wenn auch ein wenig zögerlich, da in diesem Moment Wolframs Geschrei die Tür erbeben ließ.

»Das will ich gern glauben«, sagte er. »Aber wollen Sie mich nicht lieber anmelden?«

Verity nahm die Papiere auf ihrem Schreibtisch in die Hand. »Nein«, erwiderte sie, bemüht, ihre Stimme geschäftsmäßig klingen zu lassen. »Ich fürchte, ich muss mich anderen Aufgaben widmen.«

Und bevor ihre Miene sie verraten konnte, bevor ihre Fassade Risse bekam, machte sie auf dem Absatz kehrt und ging zum letzten Mal aus ihrem Büro.

Jeder Schritt, den sie machte, fühlte sich endgültig an. Sie wusste, dass sie in diesem Moment noch umkehren, in ihr Büro zurückkehren könnte, wo sie in Sicherheit war. Seit fast fünfzehn Jahren versteckte sie sich in diesem Gebäude. Seit zehn war sie die persönliche Sekretärin des Direktors. Ihr halbes Leben lang war das Empfangsdirektorium, ein Gebäude, das jedem Agoraner Furcht einflößte, ihr Zuhause.

Es wäre so einfach gewesen, sich umzudrehen und aufzugeben. Was bedeutete ihr Bruder denn noch für sie? Sie hatte schon Jahre nichts mehr von ihm gehört.

Aber er war der einzige Familienangehörige gewesen, den sie hatte.

Nein, das stimmte nicht. Sie hatte eine Familie. Sie hatte eine Nichte. Eine wunderbare Nichte, eine außergewöhnliche junge Frau. Die Tochter ihres Bruders. Und in diesem Moment suchten der Direktor und seine Leute nach ihr.

Sie hatte Lily schon zu lange vernachlässigt. Das Mindeste, was sie tun konnte, war, dafür zu sorgen, dass Lilys Freunde sie zuerst fanden. Und um das zu erreichen, gab es nur eine Möglichkeit.

Verity ging mit eingeübter Leichtigkeit die endlosen Korridore entlang und befand sich wenig später vor der richtigen Tür. Im Raum dahinter befanden sich wie in so vielen anderen im Direktorium schier kilometerlange, mit Wirtschaftsbüchern vollgestopfte Regale, Verzeichnisse jedes Handels, der seit Gründung von Agora abgeschlossen worden war. Fakten und Regeln erfüllten Reihe für Reihe. Kein Mensch schlug diese Bücher jemals auf, denn schon zu wissen, dass sie *da* waren, war Macht genug. Die Luft hing voller Staub und Geheimnisse.

Sie wusste, wonach sie suchte, war sich jedoch nicht ganz sicher, wo sie es finden würde. Sie ging zwischen den vollgestopften Regalen entlang. Nein, hier nicht. Diese Bücher waren alle schon gedruckt und damit zu neu. Sie bog nach links ab und kam an einer Reihe zusammengedrängt stehender Angestellter vorbei, die eine stumme Autorität ausstrahlten.

Dass es dort drüben stand, war wahrscheinlicher. Sie befand sich nun tief zwischen den Bücherregalen, dort, wo die älteren Aufzeichnungen aufbewahrt wurden, die in krakeliger Handschrift mit Tinte verfasst worden waren. Sie drang immer tiefer in den Raum ein. Hier waren die Lampen nur noch sporadisch entzündet worden und hingen hoch oben an den Wänden, aus Angst, eine von ihnen könnte die kostbaren Bücher in Brand setzen.

Einen merkwürdigen Moment lang stellte sich Verity vor, sie würde eine dieser Kerzen herabnehmen und an das nächste Kassenbuch halten. Sie malte sich aus, dass sie warten würde, bis es Feuer fing, dann das nächste und das übernächste, bis das ganze Direktorium in Flammen aufging und so jeder in der Stadt einen neuen Anfang geschenkt bekam. Schuldner und Obere der Gesellschaft gleichermaßen, befreit von der Last und den Schulden ihrer Vergangenheit.

Doch sie spielte es nur in ihrer Phantasie durch, und sie hatte soeben das Buch entdeckt, nach dem sie suchte.

Sie tastete herum und zerrte es aus dem Regal. Es war dick, ein alter Band, in braunem Leder lose gebunden. Hastig blätterte sie es durch. Als sie gefunden hatte, wonach sie suchte, riss sie die Seite kurz entschlossen heraus und steckte sie zwischen die anderen Papiere, die sie bei sich trug. Nicht zum ersten Mal wünschte sie, sie hätte Taschen in ihrem Rock oder ihrer Bluse, doch ohne würde es eben auch gehen müssen. Mit einem verstohlenen Schubs schob sie das Buch wieder in das Regal zurück. Das Bücherregal wackelte einen Moment, doch abgesehen von einem Staubwölkchen gab es kein Anzeichen dafür, dass sie hier gewesen war.

Während sie zwischen den Gängen entlang der Regale den Rückzug antrat, bemüht, sich an den Weg zu erinnern, hämmerte ihr Herz. Ging es hier nach links? Oder nach rechts? Als sie hereingekommen war, war alles so einfach gewesen. Aber da hatte sie natürlich auch nichts Außergewöhnliches bei sich gehabt, war der Freiheit noch nicht so nahe gewesen.

Sie bog um die Ecke und blieb stehen.

Gleich vor ihr, in einer Regalreihe, an der sie zuvor nicht vorbeigegangen war, nahm eine hoch aufgeschossene, vornehme Dame in eleganter Kleidung gerade ein Buch aus einem der oberen Regale. Verity trat zurück, um nicht gesehen zu werden. Sie hatte die Frau erkannt. Es war Lady Astrea, die Lordoberrichterin, die mächtigste Frau in der Stadt. Sie stand im Rang direkt unter dem Direktor, und doch war sie hier und mühte sich ohne Hilfe ab, Bücher aus den Regalen herunterzuholen, in einer dunklen Ecke des Direktoriums.

Verity hätte beinahe losgelacht. Überall lauerten Geheimnisse. Das Leben im Direktorium hatte sie verändert. Sie hatte viel gesehen, viel erfahren, und am Ende bedeutete nichts davon irgendetwas.

»Ich frage mich, was sie wohl sucht«, flüsterte plötzlich jemand hinter ihr. »Hoffentlich ist es etwas Wichtiges. Die Lordoberrichterin sollte ihre Zeit nicht mit Einordnen verschwenden.«

Verity spürte, wie ihr das Blut in den Adern gefror. Diese Stimme kannte sie nur zu gut. Langsam drehte sie sich um.

»Direktor«, sagte sie. Nur ein Wort. Sie wusste, dass es sinnlos war, sich an einer Erklärung zu versuchen, warum sie hier war. Ihn anzulügen hieß Atem zu vergeuden.

»Miss Rita«, sagte er, die kurze, vertrauliche Form ihres Namens verwendend, und lächelte freundlich. »Ich hoffe, ich störe Sie nicht bei der Arbeit, aber ich wollte etwas mit Ihnen besprechen.«

Verity zögerte einen Moment zu lange. Eigentlich hatte sie sofort antworten und damit vorgeben wollen, alles sei in Ordnung. Sie merkte, dass dem Direktor ihr Zögern nicht entgangen war. Seine Augen blickten nicht so freundlich, wie sein Lächeln aussah.

»Selbstverständlich, Direktor, ich …« Sie versuchte auf etwas zu kommen, das sie ihm sagen konnte. »Ich dachte, es wäre ein guter Zeitpunkt, um ein wenig Papierkram zu erledigen, da Sie sich in einer Besprechung befanden …«

»In der Tat, äußerst originell«, erwiderte der Direktor, entfernte sich von Lady Astrea und bedeutete Verity, ihm zu folgen, damit sie sich unterhalten konnten, ohne gehört zu werden. Deprimiert gehorchte ihm Verity. »Vater Wolfram und Chefinspektor Greaves genießen gerade die Gesellschaft des jeweils anderen«, fuhr der Direktor fort, »aber ich hatte kein Verlangen, die Geschichte des frommen Mannes ein zweites Mal zu hören.«

Er lachte leise, als hätte er einen Witz gemacht. Verity beschloss, sich kein Lächeln abzuringen. Es war weit besser, emotionslos zu bleiben und nicht noch mehr Aufmerksamkeit auf sich zu ziehen. Aus diesem Grund hatte sie es so lange ausgehalten. Selbst der ehemalige Direktor war ein Mann gewesen, dem man am besten aus dem Weg ging.

Der Direktor schaute sie fragend an und seufzte dann. »Wahrhaftig, ich hoffe, dass ich irgendwann einmal Ihren Sinn für Humor entdecke, Miss Rita«, sagte er. »Ich weiß, dass ich ohne ihn meinen Pflichten nicht nachkommen könnte. Und was nun diesen Papierkram angeht, so denke ich, ich sollte ihn mal durchsehen, nur für den Fall, dass es dabei etwas gibt, um das ich mich noch nicht gekümmert habe.«

Bevor sie reagieren konnte, pflückte er ihr die Papiere aus den Armen. Ihre Augen weiteten sich. Ihr Puls raste.

»Dafür besteht keine Notwendigkeit, Sir, es ist vollkommen banal«, sagte sie hastig.

Der Direktor blickte kaum zu ihr auf, während er die Seiten durchblätterte. »Der Teufel steckt im Detail, Miss Rita. Das wissen Sie doch.«

»Aber Sir, ich …« Während er fortfuhr, schnürte sich ihr die Kehle zu.

Schließlich zog er die herausgerissene Seite hervor. Er starrte sie an. Das Papier war alt und kleiner als die anderen Dokumente, eindeutig kein Teil des Stapels. Verity konnte nichts sagen, nicht denken. Ihr blieb nur die Hoffnung, er werde nicht erkennen, was er da vor sich hatte.

Der Direktor lächelte und steckte die Seite wieder zurück zu den anderen Papieren. »Wirklich reizend«, sagte er milde. »Nun, es scheint, als sei alles so, wie es sein sollte.«

Er gab ihr die Papiere wieder zurück und ging davon, Verity im Magazin zurücklassend.

In wenigen Momenten würde sie aus diesem Raum hinausgehen, hinunter in die Stollen. Sie würde keinen Lärm machen. Sie würde so unauffällig und zuverlässig sein wie immer, und niemand würde ihr Tun in Frage stellen.

Aber bei alledem nahm sie kaum etwas um sich herum wahr. Denn das Lächeln des Direktors ging ihr nicht mehr aus dem Kopf. Es war kein falsches Lächeln gewesen, sondern etwas viel Schlimmeres.

Es war ein Lächeln der Zufriedenheit und des Triumphs gewesen.

»Haben Sie gefunden, wonach Sie suchten?«, fragte Wolfram säuerlich, als der Direktor wieder sein Büro betrat.

Ohne etwas zu sagen, ging der Direktor zu seinem Schreibtisch. »In gewisser Weise schon«, erwiderte er schließlich. »Ich habe gefunden, was ich zu finden erwartete, wenn auch vielleicht ein wenig eher als geplant. Aber das ist nur gut so.«

»Direktor«, brach Greaves sein Schweigen und erhob sich. »Ich muss protestieren. Ist es wirklich notwendig, all unsere Ressourcen dafür einzusetzen, Mark und Lily aufzuspüren? Meine Eintreiber sind schon überfordert damit, das Problem mit Crede zu lösen, und wie es scheint, hält sich Lily nicht einmal innerhalb der Stadtgrenzen auf.«

»Sie haben keine Ahnung«, murmelte Wolfram verächtlich.

»Nein, nein, Vater Wolfram, der Chefinspektor hat nicht

ganz unrecht«, sagte der Direktor und brachte Wolfram mit einem Blick zum Schweigen. »Greaves, Sie konzentrieren sich auf Crede. Vielleicht wäre eine Art Treffen angemessen; wir haben ihn schon zu lange ignoriert. Was Sie angeht, Wolfram« – der Ton des Direktors wurde vertraulicher –, »so denke ich, dass wir bald die Antwort auf all Ihre Sorgen parat haben werden.«

»Wie können Sie da sicher sein?«, fragte Wolfram, offenkundig verärgert über die Gelassenheit des Direktors.

Dieser setzte sich wieder hinter seinen Schreibtisch. »Wegen einer Seite aus einem sehr alten Buch, Wolfram«, erwiderte er leise. »Falls ich recht habe, wird sie uns eine Menge Probleme vom Hals schaffen.«

Greaves blickte erst den Mönch und dann den Direktor an. Er war sich nicht sicher, was hier wirklich vor sich ging, und das irritierte ihn. Auf der anderen Seite hatte er derzeit ohnehin genug Sorgen.

»Ich muss sagen, dass ich für eine solche Seite dankbar wäre«, sagte er. »Wenn ich fragen darf, was steht denn darauf?«

Der Direktor schaute ihn an, doch falls in seinen unergründlichen Augen ein Geheimnis lag, konnte Greaves es nicht erkennen.

»Gar nichts, Chefinspektor«, erwiderte er. »Zumindest nichts, was von Bedeutung zu sein scheint. Und das ist das Schöne daran. Wenn es im richtigen Moment eingesetzt wird, kann *nichts* das Mächtigste auf der Welt sein.«

Greaves starrte den Direktor an, den Mann, der noch vor wenigen Jahren ein Bediensteter gewesen war und nun als Herrscher von Agora hinter seinem Mahagonischreibtisch saß. Wenn irgendwer etwas über Macht wusste, dann er.

Ein beruhigender Gedanke war das nicht.

# KAPITEL 9

# *Die Legende*

Miss Verity war genau so, wie Mark sie in Erinnerung hatte.

Sie war ohne Vorankündigung mitten während eines heftigen Platzregens zum Tempel gekommen, mit der Hand Petes Nachricht umklammernd. Sie hatte darum gebeten, vor den Eintreibern versteckt zu werden. Als Ben dann Mark geholt hatte, saß sie bereits still mit Laud und Theo in dem Kellerraum, trocken, aber am ganzen Körper zitternd. Ihre Welt schien auseinandergebrochen.

Mark starrte sie an. Sie ähnelte Lily so sehr, dass er überrascht darüber war, dass ihm diese Ähnlichkeit nicht schon bei ihrer ersten Begegnung aufgefallen war. Ihre Kleidung wirkte ein wenig unordentlicher als in seiner Erinnerung, und mit Sicherheit war die Frau besorgter. Aber sie war nach wie vor diejenige, die ihn aus seiner Zelle befreit und aus seiner Heimat verbannt hatte. Die gleiche Frau, die er in Lilys Träumen gesehen hatte, die Tante, die sie nach Agora gebracht hatte. Die Frau, die auf ihre Art und Weise alles ausgelöst hatte.

Zugutehalten musste man ihr, dass sie keine Zeit vergeudete. Kaum hatte Mark die Tür geschlossen, fing sie an zu reden.

Sie sprach leise, aber deutlich, ohne zu versuchen, ihre Handlungen zu rechtfertigen oder zu entschuldigen. Sie erzählte ihnen von ihrer Arbeit als Sekretärin des Direktors und wie sich das Direktorium verändert hatte, seit Snutworth an seiner Spitze stand. Sie sprach von den Eintreibern, die sich auf den Kampf vorbereiteten, und von der zunehmenden Zahl von Geheimtreffen. Doch vor allem sprach sie von Lily. Darüber, dass diese es bis zur Kathedrale der Verlorenen geschafft hatte, danach aber wie vom Erdboden verschwunden war.

»Verschwunden?«, fragte Laud scharf. »Sie meinen doch nicht …«

»Vater Wolfram meinte, sie wäre an einem Ort, der ›Das Land unten‹ heiße, und der Rest des Ordens lasse nicht zu, dass er ihr folgt. Wo immer sie ist, ich denke, sie ist fürs Erste in Sicherheit.«

»Wolfram ist hier?«, fragte Mark, dem mulmig zumute wurde.

Verity nickte. »Ja. Allerdings hält er sich nicht mehr an sein Schweigegelübde. Um ehrlich zu sein, bin ich mir nicht sicher, ob der Orden ihn noch länger als einen der seinen anerkennt.«

Dieser Gedanke spendete Mark ein wenig Trost. Er hatte sich immer Snutworth als seinen alleinigen Feind vorgestellt. Doch Mark erinnerte sich an Wolfram. Er erinnerte sich an diesen harten, herzlosen Blick, der einem die innersten Gedanken nach außen zu kehren schien, an diese vollkommene Überzeugung, er allein wisse, was wirklich richtig war. Snutworth war beunruhigend, weil Mark seine wahren Motive nie hatte ergründen können. Wolfram war das Gegenteil. Sein Glaube prägte sein ganzes Leben, und jetzt im Moment, so schien es, glaubte er an Snutworths Sache.

»Was soll es!«, sagte Laud gereizt. »Ein Mann mehr macht jetzt auch keinen Unterschied mehr. Erzählen Sie uns von diesem ›Land unten‹.«

Verity nickte, wandte sich jedoch Mark zu. »Ich war jahrelang die Privatsekretärin des alten Direktors«, fing sie in vertraulichem Ton an zu erzählen. »In all der Zeit hat er dieses Land nur einmal erwähnt, nachdem ich ihm ein bestimmtes Buch aus dem ältesten Büchersaal gebracht hatte.« Sie griff nach unten und zog den Saum ihres bodenlangen Rocks hoch, um an einen großen, auf die Innenseite eingenähten Flicken zu gelangen, der als Tasche diente. Vorsichtig holte sie dann eine einzelne Seite heraus, die aus einem Buch herausgerissen worden war, und hielt sie Mark entgegen. »Ich denke, das hier könnte hilfreich sein.«

Mark nahm die Seite. Sie war alt und zerlesen und die Tinte verblasst. Er warf einen kurzen Blick darauf.

»Zucker … Gerste …« Er kniff leicht die Augen zu, um die Worte entziffern zu können. »Ist das ein Rezept? Was bedeutet es?«

Miss Verity lächelte. »Manche Dinge benötigen ein wenig Erhellung, bevor sie ihre wahre Bedeutung offenbaren«, sagte sie. »Halte sie hoch und nahe an die Laterne.«

Vorsichtig tat Mark wie ihm geheißen. Sobald das Licht durch das alte Pergament hindurchschien, verwandelten sich einige dunkle Formen, die wie Wasserflecken ausgesehen hatten, in Schriftzeichen.

*Die Sozinhos besitzen sowohl die Tür als auch den Schlüssel zu dem Land unten, auch wenn sie nur eines von beiden kennen.*

Das war lächerlich. Die Sozinhos waren in keinerlei Verschwörung in alten Zeiten verwickelt gewesen – es waren lediglich Musiker. Diese Botschaft ergab überhaupt keinen Sinn.

Doch die Nachricht war ein Hinweis. Immerhin hatten sie nun etwas, an das sie anknüpfen konnten. Mehr brauchten sie nicht.

Es regnete heftig, als Mark, Laud und Ben eine Stunde später durch die durchweichten Straßen des Löwe-Bezirks stapften. Umhänge und Mäntel hatten sie sich bis in die Gesichter hochgezogen, und ihre Stiefel waren durchnässt. Mark warf einen Blick auf seine Gefährten, die ein kleines Stück vor ihm gingen. Nur mit Mühe hatten sie Laud davon abbringen können, ohne Mantel oder Hut aufzubrechen. Er hatte es auch jetzt noch sichtbar eilig. Ben war zwar ruhiger, doch nicht minder entschlossen, diesem Hinweis nachzugehen. Theo hatte sich ihnen anschließen wollen und hätte es auch getan, doch Ben wies ihn darauf hin, dass sich jemand um den Tempel kümmern musste. Bei ihrem Aufbruch hatte der Doktor Verity gebeten, ihre Geschichte noch einmal zu erzählen, für den Fall, dass ihnen etwas entgangen war.

Ihrer aller plötzlicher Energieausbruch überraschte nicht. Mark war selbst bereits verrückt vor Sorge, und dabei war es für ihn kaum zwei Monate her, dass er Lily zum letzten Mal gesehen hatte. Die anderen im Tempel hingegen vermissten ihre Freundin und Anführerin schon beinahe anderthalb Jahre.

Mark schob seinen Hut nach hinten, um zu verhindern, dass sich ein Rinnsal Wasser einen Weg in seinen Nacken bahnte. Besonders kalt war es zwar nicht – es war ein später Frühlingsregen –, doch es regnete ausdauernd. In Giseth hatte er derlei Regenfälle begrüßt, wohl wissend, dass er am folgenden Tag die Felder nicht würde bewässern müssen. Es war eine eigentümlich glückliche Erinnerung, einer der wenigen Momente in seinem jüngeren Leben, an dem alles ganz einfach gewesen war.

Nein, wenn er jetzt darüber nachdachte, war sein Leben nie einfach gewesen. Jedenfalls nicht, seit er Lily zum ersten Mal begegnet war. Sie waren damals beide Bedienstete im

Turm des Grafen Stelli gewesen. Selbst damals hatte es den Anschein gehabt, als sei sein Leben vorausgeplant gewesen, von der Zeit als Lehrling von Dr. Theophilus bis zu dem Tag, an dem sie ihre Leben getauscht hatten. Damals war es eine ganz einfache Entscheidung gewesen; Lily und er hatten die Herren getauscht, weil er Angst davor hatte, sich in die Stadt hinauszuwagen, und Lily sich danach sehnte, aus dem Turm des Sterndeuters herauszukommen. Das war das erste Mal gewesen, dass sie getrennt waren, seit sie sich kennen gelernt hatten. Das erste Mal, dass ihr Lebensweg sich aufteilte, sie zwei Wege entlanggingen, die sich nie wieder ganz vereint hatten, auch nicht nach ihrer gemeinsamen Zeit in Giseth. Was wäre geschehen, wenn sie nicht getauscht hätten? Hätte Lily sein Leben gelebt und wäre das Wunderkind geworden, das in Ungnade fiel und damit Snutworth den Weg zur Macht ebnete? Hätte Mark das Almosenhaus gegründet und Credes Revolution befeuert? Irgendwie bezweifelte er das; bestimmt wären sie jetzt beide nicht wiederzuerkennen. Vielleicht hätte das Direktorium sie nicht bemerkt, und sie würden ein ödes, vorhersehbares Leben führen, ohne mehr zu wissen von Prophezeiungen, Statuten und anderen Ländern als die meisten anderen Agoraner. Vielleicht hätten andere Kinder ihren Platz eingenommen, oder womöglich wäre auch überhaupt nichts geschehen, und Agora hätte auf die gleiche Art weiterbestanden wie immer, auf die Richter wartend, die niemals kamen.

Das Problem war, dass Mark sich nicht vollkommen sicher war, welches Leben er bevorzugt hätte.

Durch den peitschenden Regen hindurch ragte vor ihnen das große, komfortable Haus der Sozinhos auf. Mark verbot sich weitere Grübeleien und beeilte sich, zu seinen Freunden aufzuschließen, als Benedicta auch schon an der Klingelschnur zog.

Ein alter Diener machte ihnen die Tür auf, und als sie sich vorgestellt hatten, ließ er sie rasch herein.

»Der Herr und die Herrin werden sich freuen, Sie zu sehen, Miss Benedicta«, sagte der alte Mann, während er ihnen die Mäntel abnahm. »Wie ich hörte, vermissen sie Ihre Besuche.«

»Das ist jetzt eher kein privater Besuch«, murmelte Laud.

»In diesem Fall, Sir, sollte ich Sie wohl direkt hineinführen«, sagte der Diener mit unerschütterlicher Gelassenheit. »Ich habe die Anweisung, ihre Proben nicht zu stören, aber ich denke, dass sie in diesem Fall gewillt sind, eine Ausnahme zu machen.«

Sie folgten dem alten Mann durch die Korridore des herrschaftlichen Hauses. Dabei vernahm Mark den Gesang eines Duos. Eine Stimme war ein tiefer Bariton, die andere ein heller, hoher Sopran. Sie hatten etwas an sich, das ihn beruhigte und sogar Lauds Nervosität zu dämpfen schien. Als der Diener die Tür des Übungsraums aufstieß, fühlte sich Mark ziemlich gelassen.

Signor und Signora Sozinho saßen nebeneinander am Cembalo. Sie sangen beide, und ihre Stimmen verwoben sich und liebkosten einander. Während sie sangen, glitten ihre Hände auf der Tastatur hin und her. Der gegen die Fenster trommelnde Regen wurde zu einem sanften Hintergrundgeräusch, das eine eigene Untermalung darzustellen schien. Mark wusste, dass er etwas sagen sollte, dass es keine Zeit zu verlieren gab. Doch für einen Moment verlor er sich in der Musik und hätte sie für nichts in der Welt unterbrechen wollen.

Der alte Diener hüstelte. Die Musik brach ab; Signora Sozinho drehte sich um, und ihre Augen weiteten sich überrascht.

»*Carissimo*, schau doch!«

Ihr Mann blinzelte, und dann huschte ein breites Grinsen über sein Gesicht. »Miss Benedicta, Mr Laudate und …« Er hielt inne und starrte. »Bei allen Sternen … Mr Mark! Ich dachte, Sie wären für immer aus der Stadt verschwunden!« Er sprang auf und glättete sich mit einer schwungvollen Bewegung sein ergrauendes Haar. »Sie hätten Bescheid geben sollen, dass Sie kommen! Wir müssen Tee auftragen lassen. Ich werde nach dem Dienstmädchen läuten …«

»Danke, Signor, aber …« Mark war überwältigt. Er hatte die Sozinhos schon gemocht, als er sie kennen gelernt hatte, aber das war lange her, in einem anderen Leben. Er hatte damit gerechnet, Ben werde das Gespräch übernehmen.

»Wir haben nie daran geglaubt, dass Sie zu Recht in Ungnade gefallen sind«, unterbrach ihn der Signor. »Sicher haben Sie sich versteckt. Sehr klug. Wenn dieses kleine Problem mit Crede vorbei ist, wird die Stadt einer aussichtsreichen Zukunft entgegensehen.«

»Ich finde es furchtbar, dass so viele Obere der Gesellschaft den Tempel und das Rad in einen Topf werfen«, fügte die Signora hinzu und wandte sich Ben zu. »Als wären wir Förderer von Credes Armee! Natürlich verstehen wir jetzt, warum Sie nicht mehr zu Besuch gekommen sind. Crede muss Ihnen viel Ärger verursachen …«

»Signor, Signora«, bemühte sich Ben, die beiden innehalten zu lassen. »Wir wissen das zu schätzen, aber wir müssen etwas Wichtiges von Ihnen wissen …«

»Ja, ja, natürlich«, sagte der Signor. »Wir wollen all Ihre Neuigkeiten hören, aber zuerst müssen wir dieses Lied für Sie zu Ende singen. Wir haben es eigens für die neueste Gala komponiert, aber wir würden gern noch die Meinung von Menschen hören, die nicht um unsere Dienste handeln – so hören wir eine viel ehrlichere Meinung …«

Laud schloss die Augen und stemmte die Fäuste in die Seiten. Hastig langte Mark in seine Tasche und zog die zerknüllte Seite hervor, die Verity aus dem Buch herausgerissen hatte.

»Signor Sozinho, wir müssen Sie etwas fragen. Es geht um diese Buchseite hier, wir glauben …«

»Nicht, dass wir gegen das Dienstverhältnis etwas einzuwenden hätten«, fuhr Signor Sozinho unbekümmert fort. »Die Oberen der Gesellschaft halten heutzutage immer mehr Feste ab. Ich glaube, sie versuchen damit das Crede-Problem zu überspielen, doch es ist nur eine Frage der Zeit, bis …«

Weiter kam der Signor nicht. Mit einer jähen Bewegung riss Laud Mark die Seite aus der Hand und packte sich eine Laterne aus einer Halterung an der Wand. Beides hielt er dem Signor vor die Nase.

»Lesen Sie«, sagte er. »Bitte.«

Verblüfft und vorübergehend zum Schweigen gebracht, nahm Signor Sozinho das Papier und betrachtete die Geheimschrift, während Laud mit der Laterne leuchtete. Seine fröhliche Miene verblasste und verschwand schließlich ganz.

»Gehen Sie«, sagte er zu dem Diener, der sich rasch zurückzog. Dann winkte er seine Gattin herbei, die daraufhin über seine Schulter hinweg ebenfalls las. Ihre Sorgenfalten gruben sich tiefer ein.

Laud schaute sie beide an und stellte die Laterne ab. »Wir müssen wissen, wie wir zu dem Land unten gelangen können, Signor und Signora«, erklärte er ruhig. »Wir glauben, dass Lily sich dort unten aufhält.«

Mark beobachtete das Gesicht des Signors. Dieser bemühte sich offenkundig, keine Gefühlsregung zu zeigen, doch er wirkte tief beunruhigt.

»Lily ist in Naru?«, fragte der Signor matt und lehnte sich auf seiner Klavierbank zurück.

Die Signora nestelte nervös am Saum ihres Ärmels herum. »Ich hatte geglaubt, es handele sich nur um eine alte Familienlegende«, sagte sie.

Der Signor lächelte traurig. »Ah, *carissima*, das ist es auch. Eine Gutenachtgeschichte. Das Land Naru, eine Welt voller Geheimnisse tief unter uns. Eine wunderbare Phantasie.« Er blickte zu Laud auf und fing sich wieder. »Es tut mir leid, aber wer immer Ihnen das hier gegeben hat, spielt Ihnen einen Streich. Naru existiert nicht.«

Lauds Miene verfinsterte sich. »Ich habe größten Respekt vor Ihren musikalischen Fähigkeiten, Signor«, sagte er, »aber Sie sind ein lausiger Lügner.«

Die Miene des Signors spiegelte Ärger wider. »Sie glauben, ich würde Sie belügen? Nach allem, was ich Lily schulde? Diese Geschichte ist ein Hirngespinst. Jeder weiß, dass es außerhalb der Stadt keine Länder gibt.«

»Dann irrt sich offenkundig jeder«, entgegnete Laud scharf. »*Jeder* sollte gewillt sein zu akzeptieren, dass hier in dieser Stadt merkwürdigere Dinge vorgehen, als *jeder* glaubt.«

»Laud, vielleicht sollten wir …«, versuchte Mark zu unterbrechen, doch der junge Mann winkte ab.

Als Reaktion darauf zog der Signor eine Grimasse. »Wenn Sie kindisch sein wollen, Mr Laudate, sollten wir vielleicht auf eine andere Gelegenheit warten, damit wir die Sache wie Erwachsene besprechen können …«

Während sich Laud und der Signor immer mehr echauffierten, beobachtete Mark Benedicta aus dem Augenwinkel heraus. Sie starrte die Signora bedeutungsvoll an und gab ihr offenbar Handzeichen.

»Ich weiß nicht, was ich von alledem halten soll«, murmelte der Signor. »Sie kommen unangemeldet hierher, platzen in unseren Salon, tropfen Wasser auf das Cembalo …«

Die Signora nickte und machte ihrerseits Handzeichen, worauf Benedicta und sie unauffällig den Raum verließen.

»Lilys Leben ist vielleicht in Gefahr, und Sie denken an Wasserflecken?«, schrie Laud.

Mark schüttelte den Kopf, folgte den Frauen aus dem Raum und machte die Tür hinter sich zu.

Er sah, dass die beiden im Vorzimmer in Sesseln Platz genommen hatten. Der alte Diener servierte ihnen Tee. Als Mark näher kam, blickte der Bedienstete kaum auf, füllte jedoch stumm eine dritte Tasse.

Benedicta lächelte. »Ich bin froh, dass du uns Gesellschaft leistest, Mark. Es wurde da drin ein wenig langweilig.«

Mark machte eine entschuldigende Geste. »Es tut mir leid, Signora«, sagte er. »Ich glaube, Laud ist nicht in der Stimmung für Konversation.«

Die Signora lächelte traurig. »Mit meinem Gatten kann man derzeit nicht sprechen. Er macht sich zu viele Sorgen über die gegenwärtige Situation.« Sie schüttelte den Kopf. »Eine schreckliche Zeit naht. Es kommt bereits zu Unruhen in den Straßen. Solche Zeiten sind nicht gut für Musiker, die auf die Oberen der Gesellschaft angewiesen sind. Ich kann mir nicht vorstellen, dass wir revolutionäre Hymnen komponieren. Deswegen suchte mein *carissimo* Streit. Und was Ihren Bruder betrifft, Ben« – sie schaute zur Tür, hinter der Lauds Stimme immer lauter wurde –, »so glaube ich, dass er seinem Zorn einmal freien Lauf lassen sollte; das ist seine Art zu zeigen, dass er sehr besorgt ist.«

»Er macht sich große Sorgen um Lily«, erklärte Mark. »Das geht uns allen so.«

Die Signora nickte. Auf ihrem Gesicht bildete sich ein neugieriges Lächeln. »Vielleicht, aber nicht auf die gleiche Weise, denke ich …«, sagte sie nachdenklich. »Viele Erinnerungen kommen heute zurück.« Sie schaute Benedicta an. »Die Zeichensprache … daran kann ich mich erinnern. Es ist keine glückliche Erinnerung.«

»Wir wussten immer, wie man ohne Sprache kommunizieren kann«, sagte Ben. Dann beugte sie sich vor, um die Hand der Signora zu berühren. »Signora, wir brauchen wirklich Ihre Hilfe. Lily hat Ihnen geholfen, als Sie glaubten, keine Zukunft zu haben. Können Sie jetzt das Gleiche für sie tun?«

Mark beobachtete das Gesicht der Signora. Offenbar rang sie innerlich mit sich. Dann sprach sie mit leiser Stimme.

»Es ist eine sehr merkwürdige Geschichte«, sagte sie. »Mein Gatte hat sie mir erzählt, als wir heirateten, aber ich habe nie wirklich daran geglaubt.«

Mark beugte sich zu seiner Teetasse vor. »Glauben Sie mir«, sagte er und nahm sich ein wenig Zucker, »an dieses Gefühl gewöhnen Sie sich rasch, wenn wir in der Nähe sind.«

Die Signora lachte. »Das ist wahr.« Sie hob den Blick und schaute sich im Raum um. »Man sollte doch meinen, dieses schöne Haus würde den Sozinhos reichen, nicht wahr? Das tut es eigentlich auch, denn in den beiden anderen Häusern, die uns gehören, leben wir nicht mehr. In einem der beiden habe ich selbst jedoch viele Jahre lang gewohnt.« Sie runzelte die Stirn und zog den Schal ein wenig enger um sich, so als wäre ein kühler Wind aufgekommen. »In dieser Zeit haben Sie mich kennen gelernt, liebe Benedicta, als ich diese unglücklichen Jahre getrennt von meinem *carissimo* verbrachte. Aber das dritte ist das sonderbarste von allen.« Sie legte die Stirn in Falten. »Es ist ein altes Haus, so alt wie die Familie meines Mannes, voller endloser Korridore und Geheimtüren. Der Familiengeschichte zufolge liegt sein größtes Geheimnis in einem Weg aus der Stadt heraus, auf dem man hinunter nach Naru gelangen kann.« Sie schüttelte den Kopf. »In diesem Haus bin ich selbst nie gewesen. Auch mein Mann nicht, außer um zu überprüfen, dass die Schlösser intakt sind. Aber vielleicht …« Sie lächelte. »Verso, einer unserer Diener, hat viele Jahre in den Universitätsbibliotheken gearbeitet. Er hat mir erzählt, dass er einige Zeit damit verbracht hat, unsere Familiengeschichte zu erforschen. Vielleicht weiß er ja, ob an dieser Erzählung etwas Wahres ist.«

Mark spürte, wie ihn seine Zuversicht verließ. »Und wie weit müssen wir gehen, um ihn zu finden?«, fragte er. Erschöpft stellte er sich einen weiteren Marsch durch den Regen vor, ein weiteres Hindernis, bevor sie endlich Fortschritte machen würden.

»Nicht sehr weit, Sir«, sagte der alte Diener.

Langsam wandte sich Mark zu ihm um. Er hatte den Bediensteten zuvor noch gar nicht richtig wahrgenommen. Der Mann war betagt, musste schon über achtzig Sommer erlebt haben und erfreute sich offenkundig nicht bester Gesundheit. Doch in seinen wässrigen Augen spiegelte sich eine lebhafte Intelligenz wider.

»Können Sie ihnen helfen, Verso?«, fragte die Signora leise. »Ich wäre nicht überrascht, wenn es sich bloß als ein Märchen entpuppen würde.«

Verso verbeugte sich langsam. »Es ist kein Märchen, Signora«, erwiderte er.

Signora Sozinho schaute ihren Diener an und seufzte, so als wäre ihr eine Last von den Schultern genommen worden. »Ich freue mich, das zu hören«, sagte sie. »Nehmen Sie sich so viel Zeit, wie Sie brauchen.«

Verso verneigte sich erneut. »Dürfte ich die Seite sehen, Signora?«, fragte er.

Signora Sozinho stand auf und reichte sie ihm. Dann zog sie sich in das Nachbarzimmer zurück, so als wäre sie froh, sich der Verantwortung entledigt zu haben.

Verso las die Seite durch und hielt sie dann gegen das Licht. Stirnrunzelnd schürzte er die Lippen. »Ja, ja, natürlich«, sagte er, während er sich die Seite in die Tasche steckte. Dann schaute er Mark und Ben abwägend an.

»Sie möchten in das Land unten reisen?«, fragte er. Dabei klang seine Stimme einen Ton weniger ehrerbietig als zuvor. »Der Legende zufolge ist es eine gefährliche Reise, doch die Belohnung ist hoch. Es heißt, dort seien alle Geheimnisse der Welt verborgen – eine große Fundgrube, eine große Macht …«

Ben unterbrach ihn. »Das interessiert uns nicht«, sagte sie unverblümt. »Wir gehen dorthin, weil Lily dort ist, und sie würde das Gleiche auch für uns tun.«

Verso starrte auf sie herab. Für einen altgedienten Butler hatte er einen sonderbar durchdringenden Blick. Die meisten Diener waren von einem Leben voller Ergebenheit ausgelaugt.

»Nur wegen eines Menschen würden Sie eine solche Reise wagen? Würden es riskieren, in eine Welt hinabzusteigen, die vielleicht nicht einmal existiert, aufgrund eines einzigen Satzes und eines Dieners, der womöglich senil ist?« Er runzelte die Stirn. »Das würden Sie für sie tun?«

Mark wollte es erklären. Er wollte darüber sprechen, dass sie nach seiner Entführung ein ganzes Land durchquert hatte, um ihn zu retten. Wollte erklären, dass sie einander während ihrer Zeit in Giseth nähergekommen waren und dass es ihm vorkam, als hätte er ohne sie keinen Halt. Er wollte erzählen, wie viel sie für Agora getan hatte, wie sehr die Stadt sie wieder brauchte.

Aber er tat es nicht. Er sagte das Erste, was ihm in den Sinn kam. Und das war zufällig auch die größte Wahrheit von allen.

»Selbstverständlich. Sie ist unsere Freundin.«

Der alte Mann nickte zufrieden. »Dürfte ich dann vorschlagen, dass Sie einige Dinge für die Expedition zusammenpacken? Ich fürchte, es wird keine einfache Reise werden …«

## KAPITEL 10

# *Gedanken*

Die Höhle war klein und beengt und befand sich tief unter dem Thronsaal des Orakels. Außerdem war sie erstaunlich vollgestopft mit Statuen, Ornamenten und Holztruhen. Der Dirigent stellte seine Laterne auf dem Boden ab, wobei sein Schatten über die Wände des Raums huschte.

»Was ist das hier für ein Ort?«, fragte Lily unbehaglich.

»Eine Gedenkstätte«, erwiderte der Dirigent. »Ein Ort der Erinnerung.«

Lily schauderte. Die niederschmetternde Enttäuschung ihrer Audienz beim Orakel vor zwei Tagen war ihr noch in frischer Erinnerung. Sie brannte darauf, ihre Suche nach dem unbekannten Geheimnis zu beginnen. Und nun hatte der Dirigent sie an einen Ort gebracht, der eine Grabstätte zu sein schien.

»Jedenfalls glaube ich das«, sagte der Dirigent fast beiläufig. »Seit Jahren wurde hier niemand begraben, und um die Wahrheit zu sagen, weiß nur das Orakel selbst etwas über diejenigen, die hier ruhen. Aber das ist jetzt unwichtig. Gegenwärtig ist diese Kammer außerhalb des Resonanzthrons der beste Ort in ganz Naru, um das Hohelied zu hören. Das Hohelied wabert in den niedrigeren Höhlen herum, ruht aber häufig hier.« Der Dirigent deutete ein Lächeln an. »Vielleicht findet es die Atmosphäre angemessen. Hören Sie zu.«

Lily wartete, vernahm jedoch lediglich das Pochen ihres eigenen Herzens. Untätig blickte sie sich in der Höhle um. Sie sah Messingtafeln, die in Abständen überall in den Wänden eingelassen worden waren. Die ersten waren stark angelaufen, die späteren glänzten noch, doch bis auf die letzte trugen alle die gleiche Inschrift. Ein Name und zwei Daten, die jeweilige Spanne des Lebens. Lily trat näher heran, um einen genaueren Blick zu erhaschen. In den neueren Tafeln waren lediglich ein Name und ein Zeichen eingraviert, das der Gravur auf einem Siegelring ähnelte. Die ältesten hingegen hatten zwei Namen, wie ihr Vater und wie sie selbst, obwohl sie das erst vor einem Monat erfahren hatte. Sie hatte noch nie von jemandem gehört, der mehr als nur einen Namen hatte, bevor sie den letzten Brief ihres Vaters mit seiner Unterschrift gesehen hatte. Wie es schien, war dies vor langer Zeit gebräuchlicher gewesen.

Die letzte Tafel war leer und sah recht neu aus. Lily hauchte darauf und schrieb dann auf die beschlagene Platte ihren Namen. Lilith d'Annain, 129 … Das war zwar makaber, schien jedoch hier, unter all den Toten, nur angemessen.

In diesem Moment hörte sie es.

Es klang wie ein gerade noch zu vernehmender Seufzer. Normalerweise wäre sie nun überrascht gewesen, vielleicht sogar fasziniert von der Aussicht, das Hohelied des Flüsterns und damit die Gedanken anderer zu vernehmen. Doch zwischen diesen Grabplatten war das kein Geräusch, das sie besonders gern hören wollte.

»Sie können so lange lauschen, wie Sie wollen«, fuhr der Dirigent fort, ihre Stimmung nicht wahrnehmend. »Sie werden nicht gestört werden. Hier unten ist schon seit Jahren niemand mehr gewesen.«

Lily schaute sich im Raum um. Viele der Truhen standen offen, und ein Großteil des Inhalts lag verstreut herum und wurde von den in die Wand eingelassenen Kristallen beleuchtet.

»Niemand?«, fragte sie und zog dabei die Brauen hoch. Der Dirigent trat zu einem großen, mit einem bestickten Tuch bedeckten Gegenstand in der Mitte des Raums.

»Niemand außer mir«, räumte er ein. »Ich war neugierig. Wir bekommen so wenige Gegenstände aus der Welt oben zu sehen, und diese Kammer hier birgt eine Reihe von spektakulären Wundern. Ich war mir sicher, dass die früheren Besitzer nichts gegen eine kleine Begutachtung einzuwenden gehabt hätten.« Er drehte sich wieder um. »Ich glaube, sie hätten es nicht gewollt, vergessen zu werden.«

Lily kniete sich neben eine der Truhen. Sie war klein und mit Rosenholz eingelegt. Lily sah, dass sich unter den Schmuckstücken ein kleines hölzernes Schaukelpferd befand. Wie alt es war, vermochte sie nicht zu sagen, doch die Farbe war kaum abgeblättert. Es war noch nie benutzt worden.

»Wahrscheinlich nicht«, sagte sie und runzelte die Stirn. »Sie wissen wirklich nicht, wer sie waren?«

Der Dirigent begann das Tuch von dem Gegenstand in der Mitte des Raums zu ziehen. »Als ich zum Dirigenten ernannt wurde, habe ich einmal das Orakel danach befragt. Doch sie hat sich geweigert, es mir zu sagen. Sie meinte, es werde erst dann offenbart, wenn die Zeit dafür reif wäre. Wo wir gerade von Wundern sprechen« – mit einem letzten Ruck zog er die Decke endgültig beiseite – »was halten Sie hiervon?«

Lily starrte hin. Im Lichtschein der Lampe sah der Gegenstand wie ein großes, seltsam geformtes Cembalo aus. Doch als sie näher trat, bemerkte sie, dass es keine Tastatur hatte und etwas in dem Rumpf des Instruments im Lampenlicht schimmerte. Es sah aus wie eine Abfolge von auf der Seite liegenden, ineinandergeschobenen Glasglocken.

»Und?«, fragte der Dirigent stolz. »Was halten Sie von der Glasharmonika?«

»Tja …«, erwiderte Lily, unsicher, was sie dazu sagen sollte. »Sie ist sehr … beeindruckend, aber was hat das mit dem Hohelied zu tun?«

Der Dirigent lächelte, setzte sich auf einen Hocker vor das Instrument und trat auf ein Pedal, über welches die Glasglocken in Rotation versetzt wurden.

»Hören Sie«, sagte er.

Bedächtig und gewissenhaft befeuchtete sich der Dirigent den Finger und berührte den Rand einer der Glocken.

Ein einzelner, reiner Ton war zu hören. Lily kannte diesen Klang. Sie hatte ihn oft gehört, wenn sie Gläser gereinigt und sich damit amüsiert hatte, mit dem feuchten Finger um den Rand zu fahren. Es summte und glitzerte zugleich. Der Dirigent spreizte die Finger, um mehrere der sich drehenden Glocken zu berühren, und die Töne vereinten sich zu einem Akkord.

Dann fing er an zu spielen.

Lily nahm kaum wahr, was er spielte. Auf diesem seltsamen Instrument mit seinen heulenden Tönen hätte sich alles eindringlich angehört. Doch während die Musik durch die Höhlen drang, geschah noch etwas anderes. Das Flüstern wurde deutlicher.

Es war fast so, als würde es durch die Harmonika angezogen oder als schärften dessen Töne Lilys Gehör, halfen Lily, sich auf die richtigen Geräusche zu fokussieren. Was immer es war, die Stimmen wurden deutlicher und huschten ihr jäh, aber verstohlen und stoßweise durch den Kopf.

*Das kann ich nicht tun, nein, das ist gefährlich … Was, wenn er es herausbekommt? Nein, er ist zu sehr mit seinen Gästen beschäftigt … Sie wirkt freundlich, aber wer weiß, was sie erlitten haben muss … Ich werde sie finden, ich muss sie finden …*

Lily hielt sich die Schläfen. Die Gedanken anderer Menschen summten in ihrem Kopf. Sie spürte, wie ihr Herz hüpfte und sie eine Gänsehaut überlief. Sie lächelte. Das war es, wonach sie die ganze Zeit gesucht hatte. Das war es, was sie aus Agora und durch Giseth getrieben hatte. Hier lag so viel Wahrheit verborgen. So viele Antworten … wenn sie sie doch nur hätte greifen können.

*Was soll es, warum sollte ich weitermachen? … Ich liebe ihn, ich weiß, das ist falsch, aber ich liebe alles an ihm … dummer Mann! Er wird sich umbringen lassen, und ich werde diejenige sein, die es tut …*

Der Dirigent hörte auf zu spielen. Das Geflüster verebbte erneut zu einem unverständlichen Zischen. Lily rieb sich die schmerzenden Schläfen, während sie die gehörten Gedanken schon wieder vergaß.

»Ich habe keine Ahnung, wie es funktioniert«, sagte er, während er von dem Hocker vor der Glasharmonika aufstand. »Ich glaube, das Instrument wurde hier als Teil einer Grabbeigabe zurückgelassen. Aber irgendetwas an dem Klang dieses Instruments scheint seine Entsprechung in dem Hohelied zu finden, sodass es leichter zu verstehen ist.«

Lily gab keine Antwort. Sie war nicht imstande, sich von dem berauschenden Erlebnis des durchdringenden Hohelieds loszureißen. Es fühlte sich an, als strömten ihr reine Informationen durchs Gehirn, gestochen scharf und unverfälscht, jedoch quälend unvollständig wie ein halb verbranntes Pergament.

Ein verbranntes Pergament …

Das Bild des Fragments aus dem Mitternachts-Statut, auf das Lily in Agora gestoßen war, kam ihr in den Sinn. Dieses

Stück Pergament hatte alles ausgelöst. Seit jener Nacht, in der sie ein paar unvollständige Sätze gelesen hatte, die ihr Leben zu beherrschen schienen, war für sie nichts mehr so gewesen wie zuvor. Hatte sie all diese Zeit nur danach gesucht, die fehlenden Teile zu finden?

Dann sollte es so sein. Sie wusste, was sie aus dem Hohelied heraushören musste. Es war unwahrscheinlich, dass das einzige dem Orakel unbekannte Geheimnis etwas Banales sein würde.

»Danke, Dirigent«, sagte sie aufrichtig. »Ich denke, ab jetzt komme ich allein zurecht.«

Er widersprach ihr nicht, denn es lag ein Ausdruck in ihren Augen, der keine Widerrede duldete. Doch als er zum Ausgang schlurfte, schaute er sich noch einmal um.

»Denken Sie daran«, sagte er leise, »wir Naruvaner verbringen unser ganzes Leben mit der Suche nach Geheimnissen, und selbst wir mögen es nicht, allzu lange dem Hohelied zuzuhören. Manche Gedanken können einem zu viel verraten.«

Doch Lily saß bereits an der Harmonika und hörte ihn kaum noch.

Die Tage verstrichen.

*Ich werde ihn verstecken, das werde ich tun … Soll ich Fisch oder Obst nehmen? … Alle marschieren in einem anderen Takt, einem neuen Rhythmus … Damit komme ich nicht zurecht … Fisch, Obst, das ist doch egal … Was sollte ich einpacken? Wohin habe ich es gelegt? …*

Zu Anfang ging sie hinaus, um in der Gemeinschaftskantine zu essen, und schlief anschließend in ihrer eigenen, privaten Höhle. Doch im Laufe der Zeit verbrachte sie immer mehr Stunden in den Grabkammern. Manchmal schaute sie vom Instrument hoch und sah, dass Brot und Trockenfleisch auf einem Tablett, das auf einer der Truhen stand, auf sie warteten. Wer es ihr brachte, sah sie nie. Wenn sie hungrig war, aß sie, indem sie mit dem Jagdmesser, das sie ihrem Bündel entnommen hatte, Stücke abschnitt. Ab und zu erinnerte sie sich daran, dass sie auch schlafen musste. Doch den Großteil der Zeit drückte sie das Pedal nieder, spreizte die Finger über die Harmonika und ließ das Hohelied für sie singen.

*Ist der Zeitpunkt jetzt gekommen? Noch nicht … Sucht er mich? Vielleicht schon, aber hier bin ich in Sicherheit; der Doktor wird sich um mich kümmern … Kann ich ihr trauen? … Kann ich ihm trauen? … Ich weiß, dass ich diesen Stoff schon einmal irgendwo gesehen habe … Dieses Gesicht! Dieses Gesicht erkenne ich wieder …*

Je mehr sie hörte, desto mehr wollte sie wissen. Meistens erinnerte sie sich daran, dass es ihre Aufgabe war, nach dem einen Geheimnis zu suchen, das dem Orakel entgangen war. Manchmal aber konnte sie der reinen Schönheit, die dem Hohelied innewohnte, nicht widerstehen. Dann lehnte sie sich zurück und ließ eine Million unzusammenhängender Gedanken durch ihren Geist strömen, während sie am ganzen Körper durch die Musik, die allem innewohnte, bebte.

*Ich muss den Handel aufrechterhalten, vielleicht habe ich dann diese Woche etwas zu essen … Die letzten Schritte sind in Vorbereitung, und trotzdem verzögert es dieser Mann, was denkt er sich nur? … Das ist Schnee von gestern, mein Freund, wir werden uns nie wieder begegnen … Hat er mir gerade einen Klaps auf den Hintern gegeben? Der Nerv … Schmerz hört gar nicht mehr auf, warum hört es nicht auf? …*

Was sie spielte, schien nicht wichtig zu sein, und das war ihr nur recht, denn sie bekam kaum eine Melodie zusammen. Stattdessen lernte sie, sich auf ihren Geist zu konzentrieren, um den endlosen Strom des Flüsterns zu lenken. Zwei Bilder hatte sie bereits vor ihrem inneren Auge. Zum einen das Mitternachts-Statut, ganz und vollständig, all seine Geheimnisse preisgebend. Zum anderen ihre Freunde Laud, Ben, Theo und Mark.

*Ich werde es nicht sagen, kann das Geheimnis nicht verraten, noch nicht … WARUM HÖRT ES NICHT AUF … Warum hört sie nicht auf damit, auf dieser Violine herumzuspielen? Sie ist nicht gut … Wo sind sie? Wo sind sie? Es sollte eine Nachricht geben … Was ist da draußen geschehen? … Was … was tun wir jetzt? …*

Manchmal durchsuchte sie das Geflüster nach anderen Dingen, nach alten, vergessenen Geheimnissen. Die ältesten Gedanken hallten noch immer durch die Kammern, lange nachdem ihre Besitzer gestorben waren. Lily konnte inzwischen beurteilen, ob sie uralt waren – die Stimmen waren dann leise und kratzig, auch wenn sie nicht zu unterscheiden vermochte, ob sie Männern oder Frauen gehörten. Doch die Fetzen, die sie auffing, faszinierten sie.

*Diese Kristalle; sie haben ganz außergewöhnliche Eigenschaften … Das ist eine lächerliche Idee! Absurd … aber stell dir vor, es würde funktionieren … Unsere Gesellschaft, unser Lebenswerk, hätte sich als rechtens erwiesen … Denk daran, diese Steine genau richtig zu legen … Das wird niemals funktionieren, irgendwer wird es bestimmt verraten … Jemand hat es verraten, sie sind entfernt worden. Verschwunden … Die anderen halten die Treue, die ganze Stadt glaubt an unsere Sache …*

Manchmal suchte sie nach ihren Freunden, versuchte ihre vertrauten Stimmen aus diesem Gedankenwirrwarr herauszuhören. Aber immer wenn sie davon überzeugt war, Mark, Laud, Ben oder Theo zu hören, erhaschte sie lediglich winzige, unverständliche Gedankenfetzen.

*Sie macht sich nützlich, ich hätte gedacht, dass sie nach einem Leben im Büro nie an einer solchen Arbeit Gefallen fände … Habe ich eine Ahnung! … Ob sie zurückkommen will? Vielleicht hat sie ihren Vater letzten Endes doch gefunden. Was, wenn sie mich, nein uns, nicht mehr braucht … Es gibt noch immer Vorbereitungen zu treffen, warum sagt Mr Verso nichts Genaues? … Sie hält sich immer noch bei Crede auf? Warum? Ich unternehme jetzt doch etwas, wieso ist ihr das nicht klar?*

Lily tauchte völlig ein; sie lauschte allem, so als fülle die ganze Welt ihren Kopf aus. Gedankenblitze aus den Ländern oben durchschossen sie, jeder einzelne verblassend, sobald sie ihn hörte, bis ihr nur noch ein Gefühl blieb – ein Wahrheitsfunke. Dunkle Gedanken, seltsame Gedanken. Gedanken, die sie selbst nicht in tausend Jahren gehegt hätte. Gedanken, die sie beschämten oder zum Lachen brachten, zum Weinen oder zum Schaudern.

*Ich werde auf sie warten, sie werden keinen Verdacht hegen … Grün ist so elegant, so intelligent … Das wird ein Abend, den er nie vergessen wird … Schau sie dir an, lebt in wilder Ehe mit einem Rebellen. Sie war nichts wert, keiner von ihnen ist etwas wert … Mathilde hat wieder nach ihm gefragt, fünfundzwanzig Sommer, und sie verhält sich wie ein kleines Kind. Aber ich spüre es trotzdem. Oh, ihr Sterne, ich spüre es … Rundherum und ringsherum geht es. Engelchen flieg! Sie werden keinen Verdacht hegen … kein bisschen …*

Urplötzlich vernahm sie einen ihrer eigenen Gedanken, der in ihr widerhallte, und dann war das Hohelied von Geflüster über sie erfüllt. Von Leuten, die ihren Namen riefen. Alle warteten sie auf ihre Meinung, ihre Überzeugungen – darauf, dass Lily herbeikam, um ihnen den Tag zu retten.

*Ich muss weitersuchen … nach Antworten suchen. Sie hat immer nach Antworten gesucht … Lily würde die Antwor-*

*ten kennen ... Lily IST die Antwort, das hat er gesagt; ich wünschte, ich hätte sie gekannt ... Lily wird es bald erfahren ... Lily wird es nie erfahren ... Lily und Mark, Lily und Mark, so perfekt und doch so falsch ...*

So ging es weiter und weiter, sich spiralförmig zu einem Chor formend. Bis sie ihr Gehirn, ihren Körper und ihre Seele erfüllten und die ganze Welt nur noch ihren Namen flüsterte.

*Lily ist der Schlüssel ... Lily, wo bist du? ... Lily, vergib mir ... Lily ist unsere Inspiration ... Lily ist im Innersten von allem ... Lily ... Lily ... Lily ...*

»Lily!«

Lilys Finger glitten herab, und der plötzliche stechende Schmerz, als sie ihre Finger von dem sich drehenden Glas nahm, ließ sie wieder zu Sinnen kommen. Zu ihrer Überraschung erkannte sie, dass die letzte Stimme nach wie vor ihren Namen rief.

»Lily, kannst du mich hören?«

Sie schwenkte auf dem Hocker herum. Ein junger Mann stand neben der Laterne, zum großen Teil im Schatten.

»Wer ...?«, fragte Lily, noch immer desorientiert. Es fiel ihr schwer, das, was sie sah, mit den Echos in Einklang zu bringen, die ihr nach wie vor im Kopf herumschwirrten. Noch einen Moment zuvor war sie allwissend gewesen, im Einklang mit den Gedanken von Millionen. Auf den Boden der Tatsachen zurückzukehren wurde jedes Mal schwerer.

»Ich bin es, Tertius«, erwiderte er und trat ein wenig näher. Lily erkannte, dass er ein silbernes Tablett in der Hand hielt, wahrscheinlich den Grabbeigaben entnommen. »Ich habe dir etwas zu essen gebracht.«

Lilys Blick klärte sich, und jetzt konnte sie sich auf das Gesicht konzentrieren.

»Ist das für mich?«, fragte sie und reckte sich, da sie Rückenschmerzen hatte. Wie lang hatte sie hier gesessen? In diesem sonnenlosen Land war es unmöglich, sein Zeitgefühl zu bewahren. Sie warf einen Blick auf die Laterne – sie war fast erloschen. Deshalb warf sie so viele Schatten.

»Lass mich das tun«, sagte Tertius, stellte das Tablett hastig ab und zog einen Ölschlauch hervor, um die Laterne neu zu befüllen.

Lily wartete verwirrt im Dunkeln. »Du bist plötzlich sehr hilfsbereit«, sagte sie und fragte sich, ob dies wohl von Dauer sein würde.

Tertius lachte schrill und nervös. »Ich will bloß mal etwas Abwechslung haben«, erwiderte er, während er an der Lampe herumhantierte. »Der Dirigent sagte, du wärst hier unten, und da dachte ich, du möchtest vielleicht ein bisschen Gesellschaft.« Lily hörte, dass er mit der Zunderbüchse eine Flamme entfachte, und nun erfüllte wieder Lampenlicht den Raum. Jetzt, da sie deutlicher sehen konnte, bemerkte Lily, dass Tertius keine hellen, sich beißenden Farben mehr trug. Er hatte ein braunes, kittelartiges Gewand an und sein wallendes Haar auf agoranische Weise zu einem Pferdeschwanz gebunden. Während er sich umschaute, entdeckte er einen Teller mit nicht angerührtem Essen auf dem Boden.

»Du solltest wirklich etwas essen«, tadelte er sie. Lily betrachtete das Essen. Hungrig war sie schon, aber sie wollte nicht von der Harmonika aufstehen. Es gab noch immer so viel zu entdecken. Müde ließ sie ihren Fuß wieder auf das Pedal gleiten, bis die Glocken rotierten, und berührte dann die größte. Ein einzelner Ton erschallte, dazu ein winziger Ausbruch von Flüstern.

Aufgeregt wirbelte Tertius herum. »Ist es das?«, fragte er von Ehrfurcht ergriffen. »Ist das das Hohelied?«

Lily nahm den Finger weg, worauf der Ton verklang. »Das dachte ich mir doch«, sagte sie matt lächelnd. »Du bist gar nicht an mir interessiert; du willst bloß das Hohelied hören.«

Tertius stand da wie ein begossener Pudel; verlegen sackte er in sich zusammen.

»Kann ich nicht beides wollen?«, sagte er mit einer Stimme, die so schwach und kindlich klang, dass Lily unwillkürlich weich wurde. Sie schwenkte auf dem Hocker herum.

»Du und Septima, ihr wart tagelang mit mir allein«, sagte sie und beugte sich neugierig vor. »Wenn ich mich recht entsinne, war ich eine Enttäuschung für euch.«

Tertius richtete sich auf und warf seinen Kopf hochmütig zurück. »Erwähne Septima nicht. Wir sprechen nicht mehr miteinander. Sie hat dich nie wahrgenommen.« Er lächelte scheu. »Ich habe es vorher auch nicht begriffen. Der Dirigent hat mir erzählt, was du hier unten machst, dass du versuchst etwas herauszufinden, was selbst das Orakel nicht weiß. Er hat es als Warnung gemeint, aber ich finde es faszinierend. Einfach *faszinierend.*« Seine Augen weiteten sich, und trotz ihrer Erschöpfung lächelte Lily.

»Ihr findet auch Felsbrocken faszinierend«, witzelte sie, ohne zu lachen, und stieg von ihrem Hocker herab. »Ich brauche bloß Antworten, das ist alles. Wenn das Hohelied die Wahrheit für mich bereithält, dann werde ich es benutzen. Ansonsten werde ich es mit etwas anderem versuchen.«

Tertius riss den Mund auf, so als hätte Lily gerade die geistvollste Rede gehalten, die er je gehört hatte. Er trat näher heran, und Lily bemühte sich, nicht zu lachen.

»Aber genau das ist es doch«, sagte er mit zunehmender Eindringlichkeit. »Du suchst nach *Antworten.* Ich habe mein Leben lang nach Fakten und Geheimnissen gesucht, bin aber nie auf eine Antwort gestoßen. Nicht auf eine wirkliche, endgültige Antwort.«

Lily runzelte die Stirn. »Ich versuche nicht, den Sinn des Lebens herauszubekommen«, sagte sie nachdenklich. »Ich suche bloß die Antworten, die für mich wichtig sind. Was mit meinen Freunden geschehen ist, warum alle der Meinung sind, ich wäre so bedeutend …«

»Das weißt du nicht?«, unterbrach Tertius sie.

Lily schaute ihn an. Zuvor war sein starrer Blick auf seltsame Weise eindringlich gewesen. Nun aber lag in der Art, wie er sie ansah, etwas zu Intensives. Er wirkte geradezu fanatisch.

»Nein«, erwiderte Lily und schaute verstohlen nach, ob er zwischen ihr und dem Ausgang stand. »Ich bin bloß ein Mädchen. Ich befolge nicht die Prophezeiungen von irgendwem. Ich bin nicht bedeutend.«

»Doch, bist du wohl!«, sagte Tertius, ein wenig zu laut, als dass es beruhigend hätte wirken können. »Du hast einen solchen Elan, eine solche« – in seinen Augen spiegelte sich Erkennen wider – »Weitsicht. Du weißt, was du willst, und du ziehst los und bekommst es. Du bist kaum länger als einen Monat in Naru und schon dicht davor, alles zu erreichen, was du dir vorgenommen hast!« Er trat näher an sie heran, ein verzücktes Lächeln auf den Lippen. »Du bist perfekt.«

Lily wich zurück, stieß aber gegen die Harmonika hinter sich, die ihr den Weg versperrte. »Jetzt hör mal zu, Tertius«, sagte sie hastig, »das ist wirklich schmeichelhaft, aber du könntest genauso sein wie ich. Du musst dir bloß ein Ziel setzen, etwas, das dir etwas bedeutet.« Sie wies auf den Höhleneingang. »Mach schon! Geh dort hinaus und hole dir, was du willst.«

»Ich weiß, was ich will«, sagte Tertius leise. »Nie hat mir etwas so viel bedeutet, wie *dich* zu verstehen.«

Lily versuchte auszuweichen, doch Tertius stand nun direkt vor ihr. Seine Augen waren riesig und seltsam, so als würden sie sie aufsaugen.

»Sag mir, wie du es machst!«, verlangte er entschlossener. »Ich muss es wissen!«

Plötzlich und ohne nachzudenken, schob Lily ihn beiseite.

Tertius schrie gellend auf. Er fiel nach hinten, so als hätte Lily ihm in die Brust gestochen.

Lily starrte auf ihre Hand. »Ich habe dich kaum berührt«, sagte sie überrascht. Entgeistert blickte er zu ihr auf.

»Aber du hast … du hast mich *wirklich* berührt!« Seine Stimme klang kränklich; sein Atem ging kurz und schnell, sein ohnehin farbloses Gesicht war nun leichenblass. »Mit deinen nackten Händen! Das ist … das ist … würg …« Er kroch von ihr weg. »Du schmutziges *Ding*!«

Lily schaute auf Tertius hinab. Ihr erster Impuls war, sich zu bücken und ihm aufzuhelfen. Doch als sie ihm näher kam, schrie er erneut gellend auf und krabbelte über den Steinboden weg von ihr, wobei er in seiner Verzweiflung das Tablett mit dem Essen mitriss.

Zu ihrer Überraschung spürte Lily nun mit einem Mal, dass sie wütend wurde. Vielleicht war es Erleichterung, vielleicht eine Reaktion auf die Angst, doch sie spürte, wie sich ihre Lippen verzogen und ihr Herz schneller schlug.

»Was denn? Meinst du, ich würde dich mit irgendeiner grauenhaften Krankheit anstecken?«, fragte Lily verächtlich. »Ich dachte, ich wäre ›perfekt‹.«

Tertius erweckte den Eindruck, als wolle er etwas erwidern, doch er würgte und brachte keinen Ton heraus. Er lag zitternd auf dem Boden. Lily stand über ihm, während ihr Zorn anschwoll. Sie spürte, wie dieser seltsame Schauder sie erneut durchfuhr, genau der gleiche, den sie empfand, wenn das Hohelied nahe war. Dieses Mal versuchte sie nicht, ihn wegzudrängen. Stattdessen lachte sie, ein hartes, von Erschöpfung genährtes Lachen.

»Du willst wissen, wie man Weitsicht erlangt?«, fragte sie verächtlich. »Vielleicht musst du damit aufhören, Wissen als das Absolute von allem zu betrachten! Das Orakel kennt jedes Geheimnis auf der Welt, und was bringt ihr das? Sie hängt ganz allein in ihrer Kammer fest.«

Tertius hob den Kopf und brachte nun endlich etwas über seine zitternden Lippen. »Das verstehst du nicht«, sagte er und rappelte sich dabei hoch. »Sie ist rein, befreit von allem Weltlichen. Ich dachte, du wärst wie sie.« Er schüttelte sich vor Abscheu. »Aber du bist bloß ein Tier, abartig, eine … eine fleischliche Kreatur!«

Die letzten Worte spuckte er aus, so als wären sie ein Fluch. Lily lachte erneut, barscher, als sie es beabsichtigt hatte.

»Es ist doch bloß dein Körper!«, rief sie. »Wie kannst du so angewidert von etwas sein, das ein Teil von dir ist? Kein Wunder, dass du nicht klar erkennen kannst, wo du stehst. Du hältst alles eine Armeslänge von dir entfernt.« Sie trat vor, worauf Tertius zurückwich. »Wirkliche Wahrheit besteht nicht bloß aus Fakten«, fuhr sie leidenschaftlich fort. »Es ist etwas, wonach ich schon mein ganzes Leben lang suche. Etwas, nach dem ich mich sehnte, als ich weinend beim Buchbinder in der Ecke saß, weil es keinen Ort auf der Welt gab, an den ich gehörte. Ich war eine Waise – ein dummes Mädchen, das sich für etwas Besseres hielt. Eine Gefahr für die Gesellschaft.«

Sie fauchte geradezu, doch es war ihr egal. Aller Zorn, der sich in ihr angesammelt hatte, brach aus ihr heraus. Sie hatte Tage mit nichts als der Wahrheit verbracht, und selbst wenn sie es gewollt hätte, hätte sie sich jetzt nicht mehr bremsen können. Sie packte Tertius an den Handgelenken und scherte sich nicht darum, als er sich vor Angst und Abscheu ob ihrer Berührung wand. Hinter ihr schnatterte und flüsterte das Hohelied, an Lautstärke zunehmend, und summte in ihrem Kopf.

»Und ich habe nie aufgegeben, nach der Wahrheit zu suchen«, fuhr Lily fort, während sie ihn noch näher an sich heranzog, sodass ihr Atem sein Gesicht berührte. »Habe nie aufgehört, nach meinen Eltern zu suchen. Nie aufgehört, all diese Lügengebäude in Agora und Giseth einzureißen, bemüht darum, etwas Wahres zu finden. Ich weiß mehr über den Sinn von allem, als ihr Naruvaner jemals wissen werdet, wenn ihr euch nicht endlich dazu entscheidet, eine dauerhafte Regung, ein echtes Gefühl in diese leeren Hüllen hineinzulassen, die ihr eure Seelen nennt.« Tertius zappelte herum, und sein Gesicht wurde noch blasser, als sie ihm die Handgelenke quetschte und sich ihre Nägel in seine Haut gruben. »Denn echte Wahrheit ist etwas, das etwas bedeutet, etwas, das man tief in seinem Bauch und in seinem Herzen spürt. Es ist etwas, das dich begreifen lässt, wer du bist!«

Lilys Worte hallten überall in der Höhle wider, vom Hohelied noch tausendfach verstärkt.

*Wer du bist … wer du bist … wer … bist … du … wer … bist … du …*

Und plötzlich, in einem Moment absoluter Klarheit, wusste sie, welche Frage das Orakel nicht beantworten konnte.

Sie lockerte ihren Griff, und Tertius riss sich los, am ganzen Körper zitternd. Doch während er noch zum Ausgang lief, hatte sie ihn bereits vergessen, hatte auch das Essen vergessen, das überall auf dem Boden verstreut lag. Ein Teil von ihr wollte Tertius hinterher und sich vergewissern, dass es ihm gut ging. Ein Teil von ihr wusste, dass es nicht ihre Art war, so grausam zu sein, dass etwas nicht stimmte, überhaupt nicht stimmte. Aber diese nagende Stimme verschwand in einer Million anderer, die allesamt um sie herum flüsterten. Sie sah jetzt alles klar – so klar und hell wie Glas. Er war bloß eine Ablenkung gewesen.

Sie setzte sich wieder an die Harmonika.

»Sie weiß nicht, wer sie ist«, jubilierte Lily in das Nichts hinein. »Sie weiß alles auf der Welt, aber nicht, an welchen Ort sie gehört.«

Sie spreizte die Finger über der Harmonika, am ganzen Körper bebend, und rief nach dem Hohelied.

»Ich werde es herausfinden, Orakel«, sagte sie aus ganzem Herzen. »Ich werde deinen Namen finden.«

Und das Geflüster hallte in ihrem Kopf wider.

## KAPITEL 11

# *Der Abstieg*

»Sind Sie sicher, dass wir an der richtigen Stelle sind?«, wollte Mark von Laud wissen, der neben ihm stand und über Versos Anweisungen nachdachte.

»Wahrscheinlich schon«, erwiderte er. »Allerdings muss ich zugeben, dass es nicht so aussieht, wie ich es erwartet hatte.«

Es war ein bescheidenes Haus aus rotem Sandstein nahe der Mitte des Jungfrau-Bezirks. Hoch ehrenwert, beinahe schon langweilig. Mark ging zu der Eichentür und drückte die Klinke herunter. Die Tür öffnete sich, ohne dabei ein unheilvolles Knarren von sich zu geben. Irgendwie beunruhigte das Mark.

»Nach euch«, sagte er und winkte seine Freunde herbei. Ben und Laud schulterten die mit Proviant und vollen Wasserflaschen gefüllten Rucksäcke, die Theo ihnen besorgt hatte. Sie waren bestens ausgerüstet; ihr Besuch bei den Sozinhos lag nun zwei Wochen zurück. Verso hatte sich dabei sehr eigen verhalten. Er werde sie führen, aber erst wenn er seine eigenen Vorkehrungen getroffen habe. Als an diesem Morgen seine Mitteilung angekommen war, hatte Theo sie mit spürbarer Erleichterung laut vorgelesen. Das Warten war für keinen von ihnen angenehm gewesen.

Für einen kurzen Moment wünschte sich Mark, der Doktor hätte sich ihnen anschließen können. Doch es wäre verdächtig gewesen, wenn der Tempel verwaist wäre, und Lily hätte das auch nicht gewollt. Und Lily war ja der Anlass für diese Reise; Lily war der Grund dafür, dass die drei nun durch diese Tür traten, ohne eine Ahnung zu haben, wohin ihr Weg sie führte.

Das Innere des Hauses war nur schwach erleuchtet, dennoch konnte Mark eine Art heruntergekommene Eleganz erkennen. Die Wände waren mit dunklem Eichenholz getäfelt, und das Mobiliar wies eine respektable Gediegenheit auf. Am anderen Ende des Eingangsbereichs stand eine der Türen auf, und der flackernde Lichtschein einer Kerze war zu sehen.

»Ah, wie pünktlich«, ließ sich eine alte, kratzige Stimme vernehmen.

Verso tauchte im Kerzenschein auf. Seiner gebeugten Haltung zum Trotz gelang es dem Diener nach wie vor, sich mit eleganter Ehrerbietung zu bewegen. Mark bemerkte, dass er zwar robuste, wetterfeste Kleidung anhatte, jedoch nach wie vor seine makellos weißen Handschuhe trug.

»Nun, Mr Verso?«, sagte Laud steif. »Wir sind hier. Wir sind bereit. Wie weit ist es zu diesem geheimen Eingang?«

Verso lächelte und rieb sich die wässrigen Augen. »Nicht weit, Sir. Unter dem Speisezimmer, um genau zu sein.«

Mark bemühte sich, ein Lachen zu unterdrücken. Verso wandte sich ihm zu und sah ihn mit einem Anflug der Belustigung an.

»Mir war nicht bewusst, dass es sich beim Speisezimmer um einen sonderlich lustigen Platz handelt«, sagte er.

Mark schüttelte den Kopf. »Das ist es auch nicht; es ist bloß … wirklich?«, fragte Mark und grinste kleinlaut. »Ein geheimer Eingang zu einem anderen Land unter einem Speisezimmer? Ist das nicht ein wenig banal? Ich hatte mir ein mit Spinnweben verhängtes Mausoleum vorgestellt.« Er seufzte. »Das war wohl dumm.«

Verso wandte sich ab. Einen winzigen Moment lag etwas sonderbar Wehmütiges im Blick des alten Mannes. »Nicht gänzlich, Sir«, sagte er. »Hier entlang, bitte.«

Verso führte sie durch die Korridore, eine verwirrende Zahl von Stufen hinauf und hinab. Das Haus war größer, als es von außen gewirkt hatte, und offenkundig seit sehr langer Zeit nicht mehr bewohnt.

»Mark hat nicht ganz unrecht«, sagte Benedicta, während sie durch das Speisezimmer gingen. Der Tisch war für sechs Personen gedeckt, jedoch war alles von einer dicken Staubschicht überzogen. »Warum befindet sich der Weg nach Naru in einem so normalen Haus?«

»Die Frage, Miss Benedicta, sollte vielleicht anders formuliert werden«, sagte er, während er eine Öllampe von einer Anrichte nahm. »Warum sollte jemand ein ganz gewöhnliches Haus über dem Weg nach Naru bauen?« Er entzündete die Flamme in seiner Lampe. »Diese Stufen hinab, bitte.«

Die Stufen führten eine ganze Weile nach unten; zunächst waren sie aus Edelholz, dann aus Stein. An die Korridore grenzten die Bedienstetenquartiere an, und die Holztüren waren alt und verzogen.

»Also schön«, sagte Mark, von diesem mysteriösen alten Mann einigermaßen frustriert. »Warum wurde es gebaut?«

Verso lächelte. »Wie Sie scharfsinnig bemerkt haben, Sir: weil es ein so unscheinbarer Ort war.« Verso zog einen Schlüssel aus seinem Bund am Gürtel, um damit eine der älter aussehenden Türen aufzuschließen. »Der Mann, der hier lebte, wurde der Letzte genannt. Für manche war er ein Irrer, aber diese Bezeichnung verwenden wir oft für jene, die mit verstörender Klarheit sehen. Letzten Endes beharrte seine Familie darauf, dass er sich in dieses Haus ›zurückzog‹.« Mit sattem Klicken drehte sich der Schlüssel im Schloss, und Verso stieß die Tür auf. »Das war natürlich genau das, was er gewollt hatte. Er hatte das Gefühl, dieses Haus müsse bewacht werden. Die Tatsache, dass er im Grunde genommen hier ein Gefangener war, bereitete ihm keine Sorgen. Ich glaube, am Ende war er tatsächlich ein wenig aus dem Gleichgewicht geraten.«

»Sie wissen offenbar eine Menge über ihn«, sagte Laud misstrauisch, während er Verso durch die Tür in einen weiteren holzvertäfelten Korridor folgte.

Verso schaute sich um. »Selbstverständlich, Sir«, erwiderte er. »Ich war Bediensteter bei ihm, in meiner Jugend, wenn auch nur für kurze Zeit. Bevor er den Weg allen Fleisches ging, vertraute er mir einige äußerst wichtige Geheimnisse an.« Plötzlich drehte Verso sich um und langte nach einer der Holzverkleidungen an der Wand. Er drückte an ein Astloch, worauf das Paneel beiseiteglitt. »Dieses hier, zum Beispiel.«

Der dahinter befindliche Raum lag im Dunkeln, und Verso leuchtete mit seiner Lampe hinein.

»Lady und Gentlemen«, sagte er und verbeugte sich, »willkommen zum Abstieg des Letzten.«

Mark hörte, wie Ben und Laud neben ihm der Atem stockte. Der Raum war vermutlich groß, doch ließ sich seine wahre Größe schwer abschätzen, da er zum größten Teil mit einer Vielzahl von Apparaten gefüllt war, die mit der Decke und den Wänden verzahnt waren. In der Mitte des Raums befand sich eine runde, von einem Geländer umschlossene Metallplattform, die an dicken, oben in der Masse von Zahnrädern verschwindenden Eisenketten hing. Unterhalb der Plattform war ein tiefer Felsschacht, der im Nichts verschwand. Verso betrat den Raum und begann eine Reihe von Hebeln an einer Vorrichtung in der Nähe der Tür einzustellen. Mark folgte ihm, doch Ben und Laud blieben im Türrahmen stehen.

»Kommt ihr nicht?«, fragte Mark.

»Ich traue dem hier nicht«, sagte Laud mit grimmiger Miene. »Es erinnert mich an das Uhrwerkhaus.«

»Nun, so wie ich es verstehe, Mr Laudate, befindet sich Naru in beträchtlicher Entfernung in *dieser* Richtung«, sagte Verso und deutete nach unten. »Ich denke, wenn wir die Plattform bewegen, werden wir auf ein Seil stoßen …«

Laud bedeutete ihm mit einem wütenden Blick zu schweigen. »Als ich das letzte Mal einen auf diese Weise eingerichteten Raum betreten habe, war ich auf der Spur des Mörders meiner Schwester Gloria und wurde fast bei lebendigem Leib verbrannt. Ich würde es begrüßen, wenn Sie mich ernst nähmen.« Besorgt berührte er seinen linken Arm. Mark wusste, dass er dort eine lang gezogene, bleifarbene Narbe hatte, die der besagte Mörder Laud zugefügt hatte.

Lily hatte Mark die Geschichte jener schrecklichen Nacht während ihrer gemeinsamen Reise erzählt. Sie, Laud und Ben waren von dem Mörder, einem gestörten Eintreiber namens Sergeant Pauldron, in dem merkwürdigen Uhrwerkhaus in die Enge getrieben worden, tief in den Elendsvierteln von Agora. Laud hatte versucht, den Mörder zu packen, und im Gegenzug hatte Pauldron Lauds Arm mit seinem Messer fast bis zum Knochen aufgeschlitzt. Trotzdem hatte Laud ihn weiter festgehalten, ihn dadurch abgelenkt, Ben so die Flucht ermöglicht und für Lilys Sicherheit gesorgt, bis Hilfe kam. Das war nun fast zwei Jahre her, doch ein einziger Blick auf Laud und Ben bewies, dass die Erinnerungen noch immer frisch waren.

Verso neigte leicht den Kopf. »Ich bitte um Entschuldigung, Sir. Ich hatte versucht, die Stimmung aufzuhellen.« Er blickte zu der Plattform hinüber. »Ich finde den Abstieg selbst auch nicht reizvoll.«

»Sie kommen mit uns?«, fragte Mark überrascht.

Verso rieb sich nachdenklich am Handgelenk. »In der Tat,

Sir. So liebenswürdig es auch wäre zu behaupten, ich würde Ihnen den Abstieg einzig und allein aus reiner Menschenliebe zeigen, so habe ich doch meine eigenen Gründe für einen Besuch in Naru.« Er zog an einem weiteren Hebel, und mit einem heftigen Ruck begann das größte der Zahnräder sich zu drehen. »Und das, meine Herren, Miss, ist alles, was ich zu diesem Thema sagen möchte. Wenn Sie mir dann bitte folgen würden.«

Verso bestieg zielstrebig und mit nur leicht zittrigem Gang die Plattform. Auf dem Metallboden ging er in die Hocke und lehnte sich schwerfällig an das Geländer.

»Der Abstieg wird in wenigen Minuten beginnen«, sagte er, von der Anstrengung der Vorbereitungen schwer atmend. »Ich rate Ihnen, sich zu mir zu gesellen.«

Mark warf einen Blick zurück auf Laud und Benedicta, die im Türeingang verweilten. »Kommt ihr?«, fragte er, während er auf die Plattform sprang, worauf diese ein wenig schwankte. »Für Lily.«

Stumm gesellten sich Laud und Ben Hand in Hand zu ihm. Als sie sich niederließen, begannen sich auch die anderen Zahnräder über ihnen zu drehen. Mit einem Ruck rasselten die Ketten herunter, und die Plattform begann sich langsam zu senken.

»Hoffentlich ist sie dort unten«, murmelte Laud, während sie in die Dunkelheit hinabsanken.

Unmittelbar bevor sie den Boden des Schachts erreichten, wachte Mark auf.

Überrascht darüber, dass er in der Lage gewesen war einzuschlafen, setzte er sich aufrecht hin. Eine ruhig verlaufende Fahrt war der Abstieg nicht gewesen. Die Plattform war an den Felswänden des Schachts entlanggeschrammt, und ständig hatten die Ketten oben gerasselt. Selbst wenn es ohne Probleme voranging, verstummte das Rasseln über ihnen nicht. Das Licht von oben war längst erloschen, und nach ein paar Minuten, als klar wurde, dass es sich um eine längere Fahrt handeln würde, hatten sie ihre Laternen gelöscht, um ihr Öl nicht zu vergeuden. Mark war wohl müder gewesen, als er gedacht hatte.

Er blickte sich zu den anderen um. Laud und Ben lagen zusammengerollt auf dem Boden, doch von dort, wo er saß, konnte er ihre Gesichter nicht sehen. Verso hingegen saß nach wie vor aufrecht gegen das Geländer der Plattform gelehnt. Er erweckte beinahe den Eindruck, als hätte er Vergnügen an der Fahrt. Gelegentlich holte er einen Lederbeutel aus seiner Tasche hervor, steckte sich ein kleines Lutschbonbon in den Mund und genoss den Geschmack.

»Können Sie mir auch eines geben, Mr Verso?«, fragte Mark.

Verso wandte sich ihm zu und schaute ihn an. Einen kleinen Moment wirkte er überrascht, geradezu schuldig. »Verzeihen Sie, Sir, aber nein«, sagte er, seine Fassung rasch wiedergewinnend. »Sie müssen einem alten Mann seine Naschereien nachsehen. Ich habe sie mir lange aufgehoben.«

Mark beobachtete hungrig, wie Verso erneut ein Bonbon aus dem Beutel holte. Es war besonders verlockend – tiefblau und glänzend, im matten Licht schimmernd.

Ein sonderbarer Gedanke beschlich ihn. Er vergewisserte sich, dass sämtliche Laternen gelöscht waren. Das oberste Ende des Schachts war weit entfernt, und die Kerze dort oben war zweifellos heruntergebrannt. Wie also war es möglich, dass er überhaupt etwas sah?

Mark hielt eine Hand hoch. Schatten gab es keine; es war, als käme das Licht – matt und bläulich – von überall.

»Ach ja, das Licht«, sagte Verso freundlich. »Darf ich Ihre Aufmerksamkeit auf die Wände richten, Sir?«

Mark schaute hin. Zunächst sah er nur Stein, rohen, ungleichmäßigen Stein, nichts Ungewöhnliches. Dann aber bemerkte er die winzigen Kristalladern, die sich durch den Fels zogen und leuchteten. Schwach nur, aber doch hell genug, um sie alle in tiefes Zwielicht zu tauchen.

Mark wandte sich wieder Verso zu. Er begriff nicht, warum er so unruhig war. Das Licht stellte keine Bedrohung dar. Doch vielleicht lag ja gerade darin das Problem. Er hatte Überraschungen und Gefahren erwartet. Dieses Licht hingegen war nur fremdartig, anders als alles, was er bisher gesehen hatte, außer vielleicht in den Tiefen des Alptraums.

Mark wollte gerade etwas sagen, als die Plattform ohne Vorwarnung gegen etwas stieß und heftig zur Seite schwankte. Alle vier purzelten übereinander.

»Sieht so aus, als hätten wir den Boden erreicht«, sagte Ben und richtete sich auf. Dann blickte sie sich alarmiert um. »Mr Verso, ist alles in Ordnung bei Ihnen?«

Sie half dem alten Mann auf die Beine. Er schwankte und hustete mehrmals, ein starker Kontrast zu der Gelassenheit, die er noch kurz zuvor ausgestrahlt hatte. Doch er gewann rasch die Fassung wieder und tätschelte ihre Hand.

»Danke, meine Liebe. Es geht schon.« Er schaute auf. »Wie es scheint, ist unsere Reise aber noch nicht beendet.«

Mark folgte Versos Blick. An einer Seite des Schachts befand sich ein in den Fels gehauener Torbogen. Darunter stand ein Gefährt aus Holz, zur Hälfte gefüllt mit weiteren Zahnrädern. Es ruhte auf einem Schienenstrang, der hinter dem Torbogen in einem von matt glänzenden Kristallbrocken sporadisch beleuchteten Felskorridor verschwand.

»Wenigstens brauchen wir das Lampenöl nicht zu vergeuden«, murmelte Laud, während er in den Stollen hineinstarrte. Dann sah er den alten Mann an. »Da wir nun unten sind, Verso, haben Sie uns etwas zu sagen? Vielleicht ein paar warnende Worte? Oder ein Hinweis, was wir zu tun haben?«

Verso lehnte sich schwerfällig gegen die Felswand und quälte sich ein Lächeln ab. »Dieser Karren wurde offenbar hier zurückgelassen, um zu gewährleisten, dass man weiterkommt. Würden Sie es mir gestatten, ihn zu inspizieren? Es sei denn, Sie würden es bevorzugen, zu Fuß zu gehen?«

Verso begegnete Lauds Blick, und erneut glaubte Mark, in diesem liebenswert-höflichen Blick etwas Stahlhartes aufblitzen zu sehen.

Laud schloss die Augen und biss die Zähne zusammen. »Schön«, sagte er. »Machen Sie sich an die Arbeit.«

Ein paar Stunden später stiegen die vier mit wackeligen Beinen aus dem Karren. Eine unangenehme Fahrt war es nicht gewesen; der Korridor war geradlinig verlaufen und der Karren erstaunlich sanft gefahren, doch die Geschwindigkeit hatte sie schon überrascht. So schnell hatten sie sich in ihrem ganzen Leben noch nicht fortbewegt. Mark war davon überzeugt, dass sie bereits fast bis unter Giseth gelangt waren.

Die Schienen hatten zwar aufgehört, der Felsschacht hingegen ging weiter, und so blieb ihnen nichts anderes übrig, als den Weg zu Fuß fortzusetzen.

Sie kamen nur langsam voran. Dies lag zum Teil daran, dass sie Vorsicht walten ließen, zum Teil hatte es aber auch damit zu tun, dass Verso das Gehen schwerfiel. Tatsächlich wurden seine Schritte immer unsicherer. Es mochte an dem seltsamen Kristalllicht liegen, doch die Furchen in seinem Gesicht wirkten tiefer denn je. Nichtsdestotrotz drängte Laud sie weiter voran, indem er wild entschlossen vorausmarschierte und dabei oft kaum darauf wartete, dass die anderen zu ihm aufschlossen. Und es war still, so still, dass Mark sein eigenes Herz schlagen hörte.

Ohne Vorwarnung blieb Benedicta plötzlich stehen.

»Was ist?«, wollte Laud wissen.

Ben sah die anderen an. In dem matten Licht wirkte sie verwirrt, jedoch nicht verängstigt. »Es ist wahrscheinlich nichts, aber … unsere Schritte verursachen überhaupt kein Geräusch«, sagte sie.

Mark starrte sie an. Natürlich, jetzt, da sie es sagte, fiel es ihm auch auf. Er betrachtete den Fels des Stollens. Er war schwarz und dicht und von einer Art, wie Mark es noch nie gesehen hatte.

»Dieser Fels fühlt sich normal an«, sagte Ben, nachdem sie die Wände berührt hatte, »aber hört nur.« Sie stieß den Rand ihrer Laterne gegen den schwarzen Fels. Genauer gesagt sahen sie, dass sie es tat, doch der Zusammenstoß verursachte keinerlei Geräusch.

»Seltsam«, murmelte Laud. »Leuchtende Kristalle, schallschluckende Felsen. Glaubt ihr, es ist jetzt an der Zeit, dass die Monster auftauchen?«

Wie auf ein Stichwort war plötzlich ein Krächzen zu vernehmen. Laud wirbelte herum und schwang seine Laterne wie eine Waffe, doch Ben war schneller und fiel ihm in den Arm.

»Das ist bloß Verso«, flüsterte sie, während den alten Mann erneut ein Hustenanfall schüttelte. Ben eilte zu Verso hinüber und klopfte ihm sanft auf den Rücken.

Mark beäugte Lauds Laterne. »Glauben Sie, die wäre bei einem Kampf von Nutzen?«, fragte er.

Laud zuckte mit den Schultern. »Nicht wirklich«, räumte er ein. »Brennendes Lampenöl dürfte zwar nicht gerade angenehm sein, aber ich würde mir wünschen, ich hätte etwas dabei, was ein wenig bedrohlicher wäre.« Er schaute tiefer in den Stollen hinein. »Ich dachte, ich hätte da vorhin etwas gehört. Sollen wir es auskundschaften?«

Mark blickte zu Benedicta zurück, die Verso geholfen hatte, sich mit dem Rücken gegen die Wand hinzusetzen.

»Ich finde, Ben sollte nicht bei Verso bleiben«, murmelte Mark.

Laud zog die Brauen hoch. »Ich kann mir nicht vorstellen, dass der alte Mann eine besondere Gefahr darstellen könnte. Ben hat es schon mit wesentlich schlimmeren Bedrohungen zu tun gehabt als mit einem Achtzigjährigen, der kaum stehen kann.«

Mark schüttelte den Kopf. »Das meinte ich nicht. Ich möchte ihm ein paar Fragen stellen. Ich glaube, er wollte mir während des Abstiegs etwas erzählen.« Mark hob bewusst die Stimme, damit Ben ihn hören konnte. »Dann wäre das also entschieden, du und Ben, ihr geht vor. Ich bleibe bei Verso, bis er wieder zu Kräften gekommen ist.«

Laud musterte den alten Mann neugierig, hatte jedoch nichts einzuwenden. »Komm, Ben«, sagte er. »Weit kann es nicht mehr sein.«

»Dir ist aber schon klar, dass wir nun, wo du es gesagt hast, bestimmt stundenlang gehen werden«, witzelte Ben, ohne eine Miene zu verziehen, während sie sich zu ihrem Bruder gesellte.

»Sarkasmus steht dir nicht, liebe Schwester …«

»Tja, ich vermute, er liegt in der Familie …«

Ihre Stimmen verklangen in dem Stollen rascher als gewöhnlich, was wahrscheinlich an dem schwarzen Felsgestein lag.

Mark setzte sich neben den alten Diener. Verso keuchte immer noch heftig, und er rieb sich fortwährend mit den behandschuhten Händen die Handgelenke. Der alte Mann wandte sich Mark zu, mied jedoch seinen Blick.

»Wünschen Sie etwas, Sir?«, fragte er.

»Antworten wären schön«, gab Mark zu. »Hören Sie, ich weiß es zu schätzen, dass Sie uns hier heruntergeführt haben, wirklich, aber trauen kann ich Ihnen nicht. Um ehrlich zu sein, glaube ich, dass Sie unser Misstrauen redlich verdient haben.«

Verso runzelte die Stirn. »Ich bin mir nicht sicher, ob ich Ihnen folgen kann, Sir …«

»Sie verhalten sich merkwürdig, seit wir uns begegnet sind«, unterbrach ihn Mark entschlossen. »Sie wissen offenkundig mehr, als Sie sagen. Diese ganzen Geheimnisse, die Sie andeuten, diese ganzen kleinen Pausen. Den Sozinhos haben Sie erzählt, Sie wüssten nur deshalb von diesem Ort, weil Sie ihre Familiengeschichte erforscht haben. Im nächsten Atemzug sagen Sie uns, Sie hätten als Diener des Letzten gearbeitet. Mit Ihnen stimmt etwas nicht, Verso. Und manchmal glaube ich, Sie verbergen es auch gar nicht.«

Verso rieb sich weiterhin nachdenklich die Handgelenke, ohne etwas preiszugeben. »Sie trauen mir also nicht, Mr Mark?«, fragte er schließlich.

Mark überlegte einen Moment. »Ich weiß es nicht. Wahrscheinlich sollte ich es nicht, aber wenn Sie uns hätten hintergehen wollen, dann hätten Sie lügen können, was den Weg hier hinunter angeht.«

Verso wandte sich ab. Seine Augen blickten wie in weite Ferne, so als erinnere er sich an etwas. »Lügen wäre einfach«, sagte er. »Das ist es immer. Aber die Wahrheit, nun, die steht auf einem ganz anderen Blatt. Ich habe schon so viele Wahrheiten kennen gelernt. Von winzigen Fakten zu gewaltigen Geheimnissen, und jedes ist eine Bürde. Aber hier ist ein Ort, wo man der Wahrheit ins Auge blicken muss.«

Mark sah Verso an, musterte den alten Mann eine ganze Weile und versuchte dahinterzukommen, was in seinem Kopf vorging. Irgendetwas entging ihm, etwas Offensichtliches.

»Für jemanden, der sein ganzes Leben lang Diener war, wissen Sie eine Menge«, stellte Mark fest.

Verso kicherte und löste damit eine erneute Hustenattacke aus. »Diener haben viel Zeit zum Nachdenken, Sir«, sagte er, als er wieder zu Atem gekommen war. »Wir haben kaum etwas anderes zu tun, da wir nicht die Freiheit besitzen, unsere eigenen Entscheidungen zu treffen. Ja, ich kenne viele Geheimnisse, aber ich kann nichts damit anfangen. Jeder Schritt, den ich gemacht, jede Wahl, die ich getroffen habe, wurde von höheren Mächten festgelegt.«

Mark verschränkte die Hände hinter dem Kopf. »Das hört sich in meinen Ohren wie eine Ausrede an.«

Verso wandte sich ihm abrupt zu. »Wie meinen Sie das?«

Mark zuckte mit den Schultern. »Diese Ausrede verwenden viele Menschen: ›Ich habe bloß getan, was mir aufgetragen wurde.‹ Es sind gewöhnlich die Leute, die zu viel Angst haben, um selbst etwas Neues auszuprobieren.« Er musterte Versos Gesicht und suchte es nach Anzeichen von Schwäche ab. »Es gibt immer eine Wahl.«

Versos Lippen zuckten. »Sie begreifen nichts, Junge. Vor Ihnen liegen noch viele Jahre voller Möglichkeiten. Sie haben bis jetzt nicht einmal sechzehn Sommer erlebt. Was wissen Sie schon von Pflichten, von Opfern, die ein ganzes Leben ausfüllen?«

»Nicht viel«, unterbrach Mark ihn mit dünnem Lächeln. »Aber ich weiß, dass ich mit einer Sache recht habe: Das war nicht die Rede eines Mannes, der zeitlebens Diener war.«

Nun schaute Verso Mark direkt an, und Mark spürte die Kraft, die in diesem Blick lag. Es war ein sonderbar anerkennender Blick.

»Ich würde Ihnen gern alles erzählen, Mark. Wirklich. Und schon bald werden Sie die Wahrheit erfahren. Doch ich habe meine eigenen Gründe, hier zu sein, und Sie sind nicht mein Beichtvater. Zuerst muss ich …«

»Mark! Verso! Wo seid ihr?«

Bens Rufe übertönten die Worte des alten Mannes. Atemlos und erregt kam sie den Stollen entlanggelaufen. Sie war schon näher, als es akustisch den Anschein gehabt hatte, erneut ein Effekt des merkwürdigen schwarzen Gesteins – Mark hatte sie nicht kommen hören.

»Ben, was habt ihr …«, brachte er stotternd heraus, bevor sie ihn erreicht hatte, am Ärmel packte und auf die Beine zog.

»Wir sind ihnen begegnet! Und sie wissen, wo sie ist! Komm schon! Wir haben sie gefunden!« Plappernd zerrte Ben an ihm.

Mark riss sich los. »Nun mal langsam, Ben. Von wem redest du …?«

Als ihn die Erkenntnis traf, verstummte Mark. Es gab nur einen Menschen, den sie meinen konnte.

»Lily?«, fragte er.

Ben lachte. »Ja, Lily! Was hast du denn gedacht?«, sagte sie spöttisch und versetzte ihm spielerisch einen Klaps auf den Hinterkopf. »Laud ist gerade bei den Menschen, die hier unten leben … Das ist vielleicht ein kauziger Haufen …«

Doch Mark hörte schon gar nicht mehr zu. Gemeinsam mit Ben rannte er den Korridor entlang und ließ Verso zurück, der sich mit Mühe wieder aufrichtete.

Der Stollen öffnete sich zu einer großen Höhle, in der es von Tischen, Kochtöpfen und Menschen nur so wimmelte.

Mark registrierte verwirrte, plappernde Menschen, allesamt mit weißen Haaren und gekleidet in grellbunte Gewänder. Einer von ihnen, ein Mann mit rundlichem Gesicht, war in eine Unterhaltung mit Laud vertieft. Dieser wirkte glücklicher, als Mark ihn je gesehen hatte.

»Ist sie …?«, stammelte Mark, bemüht, wieder zu Atem zu kommen.

Laud nickte heftig. »Sie ist unten in den niedrigeren Höhlen. Der Dirigent hier hat es mir erklärt. Er ist sehr zuvorkommend, aber bieten Sie ihm nicht an, ihm die Hand zu schütteln. Ich dachte schon, er fällt in Ohnmacht.« Laud presste sich die Hände gegen die Schläfen, so als versuche er, seine Gedanken irgendwie zu ordnen. »Offenbar müssen sie jedem, der aus dem stummen Stollen herauskommt, Hilfe anbieten. Sie werden uns direkt zu ihr führen …« Zum ersten Mal überhaupt sah Mark auf Lauds Gesicht ein unverfälschtes Grinsen. »Keine Tricks, keine Fallen, sie werden uns aufgrund irgendeiner uralten Vorschrift helfen. Wenigstens sind diese alten Regeln auf unserer Seite!«

Hinter ihnen schloss nun auch Verso zu ihnen auf, keuchend, aber freudig erregt.

»Nun, mein Junge, wollen Sie den ganzen Tag hier warten?«

Mark wandte sich ruckartig dem korpulenten Mann zu, den Laud Dirigent genannt hatte.

»Können wir direkt los?«, fragte Mark ungeduldig.

Der Dirigent schluckte und drehte mit seiner freien Hand nervös an einem Taktstock, den er sich hinter das Ohr geklemmt hatte. »Ja, aber … sie hat darum gebeten, nicht gestört zu werden …«

»Ich bin fest davon überzeugt, dass sie für uns eine Ausnahme machen wird«, sagte Mark und lachte.

Der Dirigent verneigte sich und gab seinen Versuch auf zu begreifen, was hier vor sich ging.

»Folgt mir«, forderte er sie auf.

Während Mark dem Dirigenten folgte, nahm er die Wunder von Naru gar nicht richtig wahr. Er, Laud, Ben und Verso wurden durch prächtige Höhlen geführt, vorbei an hoch aufragenden Kristallsäulen und unergründlichen Tiefen. Er blieb nicht einmal stehen, um die Menschen mit ihren großen, dunklen Augen und ihrem neugierigen Geplapper anzuschauen. Als er Benedictas Blick erhaschte, sah er in ihren Augen das, was auch er empfand – Erleichterung. Außerordentliche, glückselige Erleichterung. Letzten Endes war es verblüffend einfach gewesen, Lily aufzuspüren. Es hatte nicht monatelanger gefährlicher Reisen bedurft, und sie hatten sich auch nicht mit dem Orden der Verlorenen herumschlagen müssen. Und nun, endlich, konnte er all das abschütteln, was er befürchtet hatte. Sie war nicht tot. Sie war nicht allein oder verrückt oder von Feinden gefangen genommen worden. Sie litt nicht, weil sie ihm gefolgt war. Es war nicht seine Schuld.

Der Dirigent führte sie zu einem kleinen dunklen Stollen, der von Kristallen sporadisch beleuchtet wurde. Mark erspähte steil abfallende Steinstufen.

»Sie ist hier unten«, sagte der Dirigent beklommen. »Aber sie lauscht dem Hohelied. Vielleicht sollten Sie lieber …«

Mark wartete gar nicht erst ab, bis er den Satz vollendet hatte. Alle vier polterten sie die Stufen hinunter.

Ben und Laud eilten voran. In ihrem Blick lag Entschlossenheit. Mark hörte, wie Verso sich hinter ihm die Stufen hinabmühte. Als er sich trotz aller Ungeduld umdrehte und sah, wie Verso sich an der Wand abstützte, fragte er den alten Mann, ob er Hilfe benötige.

»Nein, nein«, schnaufte er. »Gehen Sie nur. Ich hole Sie dann ein.«

Mark nickte und schoss, von seiner Sorge befreit, die Stufen hinab, vorbei an Laud und Ben. Vor sich vernahm Mark einen seltsamen Klang. Es war eine eindringliche, fließende Musik. Und überall um sie herum waren noch andere Geräusche zu vernehmen, kaum hörbar. Es klang wie tausendfaches Flüstern, als ob alle auf einmal sprächen. Nichtsdestotrotz drängten sie weiter voran, tiefer und tiefer hinab, während der Klang immer lauter wurde, bis er ihnen in den Ohren dröhnte.

Schließlich erreichten sie den Eingang einer weiteren Höhle. Und nun sahen sie sie.

Sie saß mit dem Rücken zu ihnen an einem merkwürdigen, aus poliertem schwarzem Holz gefertigten Cembalo. Ihre Hände bewegten sich hektisch über eine Reihe von rotierenden Glaskegeln und produzierten wilde Musik. Sie hatte den Kopf zurückgeworfen und war am ganzen Körper angespannt, bewegte sich hin und her im Fluss des Geflüsters, das durch den Raum waberte. Sie war so vollkommen darin vertieft, dass sie selbst Teil des Klangs zu sein schien.

»Lily?«, sagte Ben erstaunt, doch Lily hörte sie nicht.

»Lily!«, schrie Laud aus Leibeskräften, doch sie reagierte nicht.

Ohne recht zu wissen, was er tat, rannte Mark los, warf einen abgestellten Teller mit Essen um und stieß eine Laterne zu Boden. Schließlich war er bei dem Instrument angelangt.

Als er Lilys Blick sah, geriet er ins Stocken. Ihre Augen blickten starr und ekstatisch. Lily bewegte die Lippen zu etwas, das er nicht hören konnte, war von einer Leidenschaft erfüllt, die er nicht zu erahnen vermochte. Sie sah überhaupt nicht wie seine Freundin aus. Sie wirkte kaum noch menschlich.

Er schlug mit den Händen auf die sich drehenden Kegel.

Ein greller Misston erklang, worauf das Flüstern sich auflöste.

Wie vom Blitz getroffen zuckte Lily zusammen und kippte nach hinten. Mark wollte sie auffangen, doch Laud kam ihm zuvor und packte sie, als sie rückwärtsfiel. Als sie um sich schlug, hielt Ben ihre Hände.

Zitternd stammelte sie etwas von Wahrheit und Geheimnissen und davon, dicht davor zu sein. »Lasst mich los … Ich muss zurück … ich muss … was … Ich …?« Sie starrte ihn wie durch einen Dunstschleier an. Dann fiel ihr die Kinnlade herab. »Mark? Mark!« Sie warf sich nach vorn und umklammerte sein Gesicht. »Es … ich … was?«

»Ich bin froh zu hören, dass du an deiner Redekunst gefeilt hast«, sagte Laud in einem Ton, der Humor und Zärtlichkeit so makellos miteinander verwob, dass Mark ihn kaum wiedererkannte.

Lily drehte den Kopf und lachte vergnügt. »Laud!«, rief sie und fiel ihm um den Hals.

»Muss ich dich erst beleidigen, um ebenfalls erwähnt zu werden?«, fragte Benedicta warmherzig.

Lily wandte sich ihr zu, und ihr Lächeln wurde breiter. »Ben! Ich kann es nicht fassen … Wie habt ihr mich gefunden? Ich dachte, ich wüsste alles über diesen Ort hier, aber … wie?«

»Nun, wir hatten ein wenig Hilfe«, erwiderte Mark, der gerade Verso im Höhleneingang auftauchen sah. Doch noch bevor er auf den alten Mann deuten konnte, schloss Lily ihn, den Tränen nah, in die Arme.

»Ich dachte … das wäre es … ich müsste den Rest meines

Lebens nur die Dunkelheit und dieses Flüstern und … oh …« Lily umarmte alle drei so fest, dass Mark schon glaubte, sie würde ihm das Rückgrat brechen.

»Es ist ein Wunder; es ist …«

Sie hielt inne. Lächelnd schaute Mark zu ihr auf. Doch Lilys Hochstimmung war verflogen. Sie starrte auf den Eingang der Höhle, und auf ihrer Miene spiegelten sich Misstrauen und Feindseligkeit wider.

»Was macht *der* hier?«, wollte sie wissen.

Aller Augen richteten sich auf Verso, der stumm am Fuß der Stufen stand.

»Er hat uns hergeführt«, erklärte Ben, offenkundig verwirrt. »Ohne ihn hätten wir den Weg niemals gefunden …« Ben verstummte, sichtlich beunruhigt durch Lilys Miene. »Was ist denn, Lily? Kennst du ihn?«

Lily nickte langsam. »Mark, Laud, Ben«, sagte sie leise. »Ich möchte euch den Herrscher von Agora vorstellen.«

Als streife er seine alte Haut ab, veränderte sich Verso allmählich. Er richtete sich langsam auf, seine Glieder hörten auf zu zittern, seine ganze Haltung veränderte sich. Autorität legte sich um ihn wie ein Umhang. Als er wieder sprach, klang seine Stimme deutlich und vollkommen gelassen.

»Wie schön, Sie wiederzusehen, Miss Lilith«, sagte der Empfangsdirektor.

## KAPITEL 12

# *Enthüllungen*

Lily starrte den Direktor an. Er hatte sich verändert, seit sie ihn das letzte Mal gesehen hatte. Damals, als er hinter dem Mahagonischreibtisch seines Büros im Direktorium gesessen hatte. Seine Haut war ein wenig blasser, seine Falten hatten sich tiefer eingegraben. Doch selbst in den abgewetzten Stiefeln und dem geflickten Jackett eines Dieners konnte man ihn nicht verwechseln.

»Allerdings fürchte ich, dass Sie nicht mehr ganz auf dem neuesten Stand sind«, fuhr der Direktor fort, während er beschwingt in die Höhle schritt. »Ich bin in Ihrer Abwesenheit meines Amtes enthoben worden. Mr Snutworth hat das Amt nun inne, und ich hoffe, es möge ihm viel Gutes bringen. Aber ja, als wir uns das letzte Mal begegneten, war ich der Direktor. Ich muss zugeben, ich hatte nicht damit gerechnet, dass unsere nächste Begegnung im Mausoleum stattfindet, auch wenn dies in gewisser Weise angemessen ist.«

Mark und Ben, die neben Lily standen, verharrten stumm. Ein geradezu komischer, ungläubiger Ausdruck stand ihnen ins Gesicht geschrieben.

Laud hingegen benötigte nicht lange, um sich zu fangen. »Wir haben Ihnen vertraut …«, sagte er mit leiser, gefährlich klingender Stimme.

»Ich glaube nicht, dass ich dieses Vertrauen je missbraucht habe, Mr Laudate«, sagte der Direktor mit aufreizender Gelassenheit. »Sie baten mich, Sie nach Naru zu führen, um Miss Lily zu finden. Dieses Ziel haben Sie mit einem Minimum an Aufwand erreicht.«

»Kommen Sie mir nicht so!«, schrie Laud. Seine Stimme hallte in der Höhle wider, und Lily vernahm erneut einen Wirbel an Geflüster, flatternd wie aufgeschreckte Fledermäuse. »Erwarten Sie von uns, dass wir auch nur eine Sekunde glauben, Sie hätten uns ganz uneigennützig hier nach unten geführt?«

Der Direktor schüttelte den Kopf. »Ganz und gar nicht. Aus diesem Grund habe ich auch meine Identität nicht preisgegeben. Andernfalls wäre vermutlich keiner von Ihnen geneigt gewesen, meine Hilfe anzunehmen. Und allein wollte ich diese Reise nicht unternehmen.« Gedankenverloren rieb er sich die Handgelenke. »Es ist womöglich eine Reise, mit der ich schon zu lange gewartet habe.«

Lily legte Laud eine Hand auf die Schulter, um der bissigen Bemerkung, die dieser gerade machen wollte, zuvorzukommen. »Er hat uns wieder zusammengebracht, Laud«, sagte sie leise. Zu ihrer Überraschung lenkte Laud ein und entspannte sich ein wenig. Allerdings bedachte er den Direktor nach wie vor mit einem finsteren Blick.

»Aber …«, stotterte Mark, als er seine Stimme wiedergefunden hatte. »Cherubina hat gesagt, Sie wären tot! Und was ist mit der Buchseite, die Verity aus dem Direktorium entwendet hat? Diese Seite, die uns zu den Sozinhos geführt hat? Haben die beiden das hier auch alles gewusst? Was … was …?«

»Welch Zungenfertigkeit«, sagte der Direktor mit dünnem Lächeln. »Ich bin enttäuscht, Mr Mark, vor allem, da Sie der Wahrheit heute auf unserer Reise so nahe kamen. Sie haben zweifellos erkannt, dass ich kein alter Diener bin, aber es mangelte Ihnen an Vorstellungsvermögen, sich zu fragen, wer sonst derartige Geheimnisse kennen könnte.«

Mark zog ein finsteres Gesicht. »Ich glaube, ich habe mir den Direktor ein wenig eindrucksvoller vorgestellt«, entgegnete er säuerlich.

Die Bemerkung schien den alten Mann zu kränken. »Vielleicht haben Sie recht, Junge.« Er ging hinüber zu dem Messingschild in der Nähe des Eingangs, dem einzigen, auf dem kein Name eingraviert worden war. »Andererseits habe ich diese Position zwanzig Jahre lang innegehabt, und trotz gegenteilig verlautender Legenden bin ich ganz und gar menschlich. Jede Größe muss einmal enden. Und wo wäre ein geeigneterer Ort dafür als hier, im Mausoleum?«

Lily starrte ihn an. Seine Energie schien nach und nach aus ihm zu schwinden. Unwillkürlich erinnerte sie sich an die Tafel, die neben der leeren hing. Auf dieser standen ein einzelner Name und Daten. *Procuria, AJ 56-124*. Es war die zweite Angabe, die sich ihr eingeprägt hatte – Agoranisches Jahr 124. Vor zwanzig Jahren.

»Wer war Procuria, Direktor?«

Der Direktor lächelte traurig. »Meine Vorgängerin. Die Direktorin vor mir, zudem auch eine Musikerin. Ich könnte mir vorstellen, dass Sie gerade an ihrer Harmonika sitzen. Es muss große Mühe gekostet haben, so ein Instrument hier herunterzutransportieren, aber sie war immer sehr dickköpfig. Ich glaube, sie wollte das Instrument stets bei sich haben.«

Lily verstand. Doch Mark war immer noch wütend.

»Was hatte es denn jetzt wirklich mit dieser Reise auf sich?«, brummte er. »Warum brauchten Sie uns, um nach hier unten zu kommen?«

»Mark«, flüsterte Lily leise. »Ich glaube, dies ist der Ort, an dem alle ehemaligen Direktoren begraben werden.«

Der Direktor nickte. »Ganz recht, Miss Lilith. Diese Reise, Mr Mark, war meine allerletzte.«

Die Worte des Direktors stimmten Mark nachdenklich, doch er blickte ihn immer noch misstrauisch an.

Erst jetzt, in der Stille, dachte Lily an etwas, was der Direktor gesagt hatte. »Snutworth ist mittlerweile Direktor?«, fragte sie überrascht. »Dein ehemaliger Diener, Mark?«

Mark nickte. »Das ist eine lange Geschichte, und wie es aussieht, kennen wir nicht einmal die Hälfte davon.« Er warf dem ehemaligen Direktor einen bedeutungsvollen Blick zu.

Der alte Mann lächelte matt. »Ja, in der Tat, ich hätte eigentlich schon vor Monaten hier beigesetzt werden sollen«, sagte er, während er sanft über die Messingtafel strich. »Snutworths Plan war nicht nur gerissen, sondern auch fast erfolgreich. Er hat mich in einem absolut grauenhaften Zustand zurückgelassen.« Der Direktor hob die Hand und zog vorsichtig einen seiner Handschuhe aus. In dem matten Licht keuchte Lily laut auf. Die Narben an seinem Handgelenk waren wulstig und mussten schmerzhaft sein; sie konnte immer noch die Ränder primitiv ausgeführter Stiche sehen. Der Direktor zuckte zusammen. »Aber ich habe überlebt und ließ mich nicht besiegen. Ich habe so lange am Leben festgehalten, bis Miss Verity mich gefunden hat.« Er zog den Handschuh wieder an und lächelte dabei. »Liebe Rita. Ich hatte allerdings wirklich Glück, dass sie noch nicht auf ihr Zimmer gegangen war, sondern vorhatte, sich mit Mr Marks Vater zu treffen, und an meinem Büro vorbeischleichen musste, um durch die geheimen Stollen zu gehen.« Er ließ seine Hand auf der Gedenktafel ruhen. »Sie hat mich gerade noch rechtzeitig gefunden und klugerweise nicht Alarm geschlagen. Zweifellos hatte Snutworth dafür gesorgt, dass an diesem Tag Wachen im Direktorium patrouillierten, die ihm gegenüber loyal waren ...«

Er runzelte die Stirn. »Sie werden verstehen, dass ich kaum etwas von dem in Erinnerung habe, was danach geschah. Ich war sehr schwach. Aber ich konnte ihr Anweisungen geben. Ich hatte … für einen solchen Fall Vorsorge getroffen.«

»Sie hatten geahnt, dass Snutworth Sie attackieren würde?«, fragte Mark.

Der Direktor schüttelte den Kopf. »Nicht er im Besonderen. Rückblickend betrachtet hätte ich allerdings erkennen müssen, dass er der Einzige war, der die dafür nötige Intelligenz aufbrachte. Aber ich wusste, dass mächtige Männer selten eines natürlichen Todes sterben. Ich wusste, dass ich eines Tages womöglich meinen eigenen Rücktritt vortäuschen müsste, um so von der Oberfläche zu verschwinden, dass selbst das Direktorium mit all seinen Ressourcen mich nicht würde finden können. Um das zu bewerkstelligen, musste ich mich nicht bloß verstecken. Ich musste ein anderer Mensch werden.«

Langsam langte er in seine Tasche und holte einen kleinen ledernen Zugbeutel hervor. Aus diesem schüttete er farbige Lutschbonbons heraus.

»Miss Verity befolgte meine schriftlichen Anweisungen buchstabengetreu. Um meine Verletzungen behandeln zu lassen, brachte sie mich zu einem Arzt, ohne zu verraten, wer ich war. Sie beschaffte mir einen falschen Namen und einen Siegelring. Dann brachte sie mich zum Erinnerungsextraktor und ließ mich dort zurück, damit sie nie würde verraten können, wohin es mich verschlagen hatte. Ich wusste, wenn Snutworth mich fand, würde er meine letzten Geheimnisse auf diese Weise extrahieren können, und deshalb entschied ich mich dazu, mich zu meinen eigenen Bedingungen zu verlieren.« Er seufzte. »Der Extraktor hat mein ganzes Ich entfernt und jede Erinnerungsperle in eine absolut harmlose Form verpackt.«

»Die Bonbons …«, stieß Mark leise hervor.

Der Direktor nickte. »Ich hätte sie alle vor unserer Reise genommen, aber es gab da einige Erinnerungen, die ich erst aufzurufen wagte, als wir sicher aus Agora herausgekommen waren. Selbst jetzt gibt es noch einige wenige Details, die ich mir vorenthalten habe.« Er schüttete die Bonbons zurück in den Beutel. »Mein Techniker für die Erinnerungsextraktion war ein wahrer Fachmann. Er hat die Bonbons sogar mit Ziffern versehen und mir den Code gegeben. Als ich erwachte, wusste ich so, welches ich als erstes nehmen musste.« Mit einem wehmütigen Blick wog der Direktor den Beutel mit den Bonbons auf seiner Handfläche. »Ich muss zugeben, es war eine Erleichterung, eine Weile lang als Verso zu leben. Ein einfaches Leben zu führen. Meine Jahre als Direktor wieder in meine Erinnerung aufzunehmen war hingegen eine … unangenehme Erfahrung. Es gab viele Tage, die ich lieber vergessen würde.« Er schüttelte den Kopf. »Als der Vorgang abgeschlossen war, versprach mir der Techniker, sogar seine eigene Erinnerung meiner Anwesenheit zu entfernen und zu vernichten. Ich blieb in dem Glauben zurück, ein alter Diener zu sein, verwirrt vom fortgeschrittenen Alter. Keine Menschenseele in Agora wusste, dass Verso ein besonderer Mensch war. Meine einzigen Hinweise waren in diesem Beutel ›Bonbons‹ versiegelt, dazu eine Nachricht, in meiner eigenen Handschrift, die mich warnte, ich hätte eine größere Bestimmung, und dieser Beutel solle erst geöffnet werden, wenn ich das Zeichen bekommen hätte, wieder ich selbst zu werden.« Er hielt einen Moment inne. »Zum Glück war ich auch so klug gewesen, mir selbst ein gutes Zeugnis für die Sozinhos auszustellen. Schließlich brauchte ich eine Arbeitsstelle.«

»Warum die beiden?«, fragte Ben, nachdem sie ihre Stimme wiedergefunden hatte.

Der Direktor lächelte. »Sie bewachten den Abstieg des Letzten. Zu den wenigen Informationen, die zu erinnern ich mir erlaubt hatte, gehörte mein Wissen über die Sozinhos. Ich wusste, dass ich den Abstieg eines Tages selbst würde machen müssen.« Er runzelte die Stirn. »Als Verso verstand ich natürlich die Bedeutung dieser Erinnerungen nicht vollständig, doch die Nachricht, die ich mir hinterlassen hatte, war deutlich – ich musste in ihre Dienste treten. Das war natürlich riskant, denn sie hatten nicht wirklich einen Grund, mich in ihre Dienste zu stellen. Zuerst versuchte ich es mit Schmeichelei, gab vor, ein alter Bibliothekar zu sein, der von ihrer Familiengeschichte fasziniert war. Damit hatte ich nur wenig Erfolg. Doch als ich erklärte, ich würde von einem grausamen ehemaligen Herrn verfolgt und müsste mich vor den Augen der Öffentlichkeit verbergen …« Der Direktor begegnete Lilys Blick. »Zum Glück für mich sind die beiden mildtätige Menschen. Ich glaube, das habe ich Ihnen zu verdanken. Die beiden haben sich sogar bereit erklärt, aller Welt gegenüber so zu tun, als befände ich mich schon seit Jahren in ihren Diensten.«

Mark wirkte nun noch verdutzter. »Aber was ist mit der Seite aus dem alten Buch? Wegen der sich Verity so in Schwierigkeiten begeben hat?«

Nachdenklich rieb sich der Direktor das Kinn. »Ach ja, die Seite. Mein Rettungsanker.« Er zog die Seite aus seiner Tasche und strich sie glatt. »Ich hatte Verity erzählt, diese Seite werde den Weg zu mir weisen, sollte dazu die Notwendigkeit bestehen. Ich muss zugeben, sie hat sie früher benutzt, als ich erwartet hatte, doch vielleicht war das auch gut so.« Er hielt sie Mark entgegen. »Was sehen Sie hier?«

Mark starrte sie zornig an. »Das ist bloß ein Rezept«, sagte er. »Sie müssen sie gegen das Licht halten.«

Der Direktor lächelte erneut. »Tatsächlich, Mr Mark? Haben Sie erwartet, dass ich meine wahre Bedeutung so einfach verstecke? Diese Nachricht führte zu meinem Versteck, hat jedoch Verso nicht das Zeichen gegeben, dass es Zeit war, sich wieder in mich zu verwandeln. Ich brauchte eine Nachricht, die nur ich verstehen würde.«

Mark schaute sich erneut die Buchseite an, und nun ging ihm ein Licht auf. »Es ist ein Rezept für Bonbons«, sagte er leise.

Der Direktor nickte und steckte die Seite wieder in die Tasche. »Trotz seines kurzen Lebens wusste Verso, dass diese Bonbons wichtig waren. Als also diese uralte Seite auftauchte, von Fremden überbracht …« Er seufzte. »Er wusste … das heißt, ich wusste … dass meine letzte Gnadenfrist abgelaufen war.« Er stieß einen noch tieferen Seufzer aus und stützte sich an der Wand ab. »Aber mir bleibt nur noch wenig Zeit. Mein Gesundheitszustand ist alles andere als stabil, und ich muss meinen Atem für die Beichte aufheben. Ist das Orakel bereit, mich zu empfangen?«

Bei seinen letzten Worten wandte er sich an den Dirigenten, der am Eingang der Kammer aufgetaucht war.

»Sie wird bereits wissen, dass Sie hier sind«, sagte der Dirigent feierlich. »Kommen Ihre Freunde mit?«

»Nein«, erwiderte der Direktor. »Diese Beichte ist nur für das Orakel bestimmt.« Geistesabwesend wischte er mit seiner behandschuhten Hand über die Messingtafel. »Das Direktorium und die Kathedrale der Verlorenen sind auf dem gleichen schwarzen Felsgestein erbaut, das wir auch hier in den Stollen finden. Es lässt alle Echos verstummen – sogar das Hohelied. Ich glaube, die Gründerväter wollten nicht, dass ihre Gedanken mitgehört werden konnten. Aber für diese Abgeschlossenheit bezahlen wir einen Preis – am Ende müssen alle Geheimnisse offenbart werden. Jeder Direktor beendet seine Ära vor dem Resonanzthron, wo er seine letzte Beichte ablegt.« Er machte Anstalten zu gehen.

»Sie bleiben schön hier.«

Der Direktor drehte sich um. Lily begriff, dass sie es war, die gesprochen hatte. Die Worte waren ihr über die Lippen gekommen, bevor sie es hatte verhindern können. Doch nach allem, was sie durchgemacht hatte, nach all den Stunden, die sie mit dem Hohelied verbracht hatte, nach irgendetwas suchend, das ihr helfen könnte, würde sie den kenntnisreichsten Menschen, dem sie je begegnet war, nicht einfach gehen lassen.

»Und warum, wenn ich fragen darf?«, erwiderte der Direktor. »Ich bin mir sicher, dass Sie mich aufhalten könnten, wenn Sie es wollten. Aber ich sehe nicht, was Sie damit erreichen würden …«

»Hören Sie auf!«, schrie Lily. »Hören Sie auf damit, so zu tun, als wäre alles nur ein Spiel!« Sie trat auf den alten Mann zu. Ein Schauer lief ihr über den Rücken, als sie hörte, wie hinter ihr das Hohelied zu summen begann. »Ich habe Ihnen vertraut«, sagte sie mit wachsendem Zorn. »Mark und ich sind nach Giseth gegangen, weil ich Ihnen geglaubt habe, als Sie sagten, wir seien die Richter, seien bedeutend. Seitdem stand ich an der Schwelle des Todes, war in einem Dorf voller Freunde, die sich in mordlüsterne Wahnsinnige verwandelt haben, habe eine Kreatur abgewehrt, die sich von meinen schlimmsten Alpträumen nährte, habe meinen Vater sterben sehen und war gezwungen, hier in diesem Loch zu hausen, das einen in den Wahnsinn treibt. Und wissen Sie, warum? Weil ich Antworten wollte! Ich wollte erfahren, wie die Geschichte zu Ende geht, die Sie mir auch direkt hätten erzählen können! Deswegen sind Sie mir etwas schuldig, Direktor. Sie schulden mir ein paar Antworten.«

Lily merkte, dass ihr Atem stoßweise ging. Der alte Mann schaute sie mit sonderbarem Respekt an.

»Ich muss doch sehr bitten, Miss Lilith. Ich bin nicht so nützlich, wie Sie glauben«, entgegnete er vollkommen gelassen. »Das Orakel wird Ihnen alles sagen, was Sie wissen müssen.« Er lächelte. »Sobald Sie ihr ihren Namen mitgeteilt haben, natürlich.«

Eine ganze Weile zog Lily es ernsthaft in Betracht, ihm ins Gesicht zu schlagen. »Ich *kenne* ihren Namen nicht«, fauchte sie.

Der Direktor lächelte. Dann hielt er etwas zwischen den Fingerspitzen hoch. Es war eine winzige Erinnerungsperle, deren Reste zuckriger Ummantelung bereits abbröckelten.

»Ich weiß, Lily. Aber ich kannte ihn.«

Mittlerweile befand sich der Direktor schon fast eine Stunde im Thronsaal des Orakels, doch für Lily war die Zeit rasch verflogen. Unmittelbar nachdem er sie am Eingang zurückgelassen und hinter sich den Samtvorhang zugezogen hatte, hatte die Freude über das Wiedersehen mit ihren Freunden sie erneut ergriffen und den jähen und überraschenden Zorn verdrängt. Seit diesem Moment hatten sie nicht mehr aufgehört zu reden.

Bei einigen Geschichten fiel es ihr schwer, sie zu glauben – sich Cherubina als revolutionäre Galionsfigur auszumalen kostete einige Mühe. Bei anderen war es kinderleicht. Leider fiel es ihr nicht schwer, sich vorzustellen, dass Snutworth Direktor geworden war. Sie war ihm nur wenige Male begegnet, aber das hatte genügt. Er stand für alles an Agora, was sie verabscheute. Es war nur allzu wahrscheinlich, dass er alles erreichen würde, was er anstrebte.

Bens aufgedrehte Stimme wieder zu hören war überwältigend. Oder sich mit Mark über die Passagen zu streiten, bei denen er die Geschichten ihrer gemeinsamen Zeit zu sehr ausgeschmückt hatte. Und Lauds Bemerkungen, die so scharf, aber auch so liebevoll waren. Dabei achtete sie kaum auf das, was sie sagten; allein ihren Stimmen zu lauschen war schon genug und bezauberte sie.

Natürlich hatten sie sie dazu genötigt, auch von ihren Erlebnissen zu erzählen. Doch sie stellte fest, dass sie kaum imstande war, sie zu ordnen. Sie hatte so viele Geheimnisse im Hohelied gehört, so viele Leben gelebt, dass ihre eigene Geschichte im Vergleich dazu unbedeutend wirkte. Als sie auf den Tod ihres Vaters zu sprechen kam, stellte sie jedoch fest, dass die Erinnerung so real war, so anders als das Geflüster, dass ihr erneut Tränen in die Augen traten. Wieder nahmen die drei sie in den Arm, und sie fühlte sich sicher, so als erwache sie endlich nach einer sehr schlimmen Nacht.

»Wie lange … wie lange ist es her?«, fragte sie schließlich.

»Hier unten ist es schwierig, sein Zeitgefühl nicht zu verlieren.«

»Zwei Monate sind vergangen, seit wir beide uns das letzte Mal gesehen haben, glaube ich …«, sagte Mark und schüttelte den Kopf. »Aber …«

»Für uns war es länger«, sagte Laud eindringlich. »Viel länger.«

Lily schaute zu Laud. Ihr wurde bewusst, dass er sie schon seit ihrer Ankunft anstarrte. Sogar während ihres Wortgefechts mit dem Direktor hatte er den Blick kaum von ihr gelöst. Unsicher ließ sie den Kopf sinken.

»Du brauchst mich nicht die ganze Zeit anzustarren, Laud. Ich gehe nirgendwohin.«

Schnell wandte Laud den Blick ab. »Es tut mir leid, es ist bloß …« Er verstummte. »Ich … wir … Ich wusste immer, dass du zurückkommen würdest, Lily. Ich will, dass du das weißt. Du hattest es versprochen. Ich wusste, dass du zurückkommen würdest …«

Verwirrt nahm Lily seine Hand. Laud schien sich mit etwas herumzuquälen, doch als er den Mund öffnete, um einen weiteren Versuch zu starten, ließ eine Stimme sie alle innehalten.

»Es ist vollbracht.«

Die Stimme klang müde, alt und erleichtert. Sie kam von der anderen Seite des Vorhangs, und als sie sich ihr zuwandten, sah Lily, wie eine vernarbte Hand den Vorhang beiseiteschob. Die Gestalt, die zum Vorschein kam, war fast nicht wiederzuerkennen. Der Mann sah zwar ein bisschen so aus wie der Direktor, doch wie ein Direktor, dessen ganzer Stolz und Energie dahingeschwunden waren. Er ging gekrümmt, keuchte und schaute sie aus wässrigen Augen an.

»Nun, das war mit Sicherheit eine intensive Erfahrung«, sagte er und lachte schwach. »Wenn das Orakel einem die Beichte abnimmt, dann lässt man nichts aus. Ich hatte nicht damit gerechnet, dass die Resonanz in der Kammer so mächtig ist.«

Benedicta eilte vor, um dem alten Mann ihren Arm als Stütze anzubieten. Sanft, aber bestimmt schob er sie beiseite.

»Ich verdiene Ihre Hilfe nicht, Miss Benedicta, und ich will sie auch nicht. Heben Sie sich Ihre noble Geste für diejenigen auf, die es eher verdient haben.« Er blickte zu Laud auf, der auf die Wiederkehr des Direktors überraschend wütend reagierte. »Und es gibt keinen Grund, mich zu verfluchen, Mr Laudate. Ich bin jetzt ein Niemand. Sparen Sie sich Ihre Energie, Sie werden noch viele Gelegenheiten bekommen, sie einzusetzen.« Er wandte sich Mark zu. »Leiten Sie sie gut, Protagonist. Es gibt im Moment keinen wahren Direktor, und der Tag des Urteils steht Ihnen dicht bevor.« Er lachte matt. »Das kann natürlich alles Unsinn sein. Ich bin mir wirklich nicht mehr sicher. Mein nahendes Ende scheint alles zu relativieren.«

»Was werden Sie jetzt tun?«, fragte Mark vorsichtig.

Der Direktor seufzte. »Ich werde den Dirigenten aufsuchen. Er wird wissen, welche Vorkehrungen zu treffen sind. Ich erwarte nicht, dass einer von Ihnen mich begleitet.« Er richtete sich auf, um seine Würde wiederzugewinnen. »Also, da wäre noch ein letztes Versprechen einzulösen.«

Der Direktor trat dicht vor Lily und stützte sich dabei auf ihre Schulter. Mit Bedacht ließ er sich dann die letzte Erinnerungsperle in den Mund gleiten. Er zögerte einen Moment.

»Miss Lily«, sagte er schließlich, »nicht weit von hier führt ein Weg zurück nach Agora. Sie könnten ihn nehmen; kehren Sie zurück, ohne weitere Fragen zu stellen. Sie wissen bereits so viel, und eines kann ich Ihnen versprechen – die Wahrheit wird Sie nicht glücklich machen.«

Lily ergriff seine Hand. Tief in ihr erhob sich erneut das Geflüster. »Ich muss es einfach wissen«, sagte sie aus tiefstem Herzen.

Der Direktor seufzte. »Dann tut es mir leid, Miss Lilith. Ich hoffe, Sie werden mir vergeben.«

Er beugte sich zu ihr vor und flüsterte ihr etwas ins Ohr.

Die Welt blieb stehen.

Der Direktor zog den Kopf zurück und schaute ihr in die Augen. Sprachlos erwiderte Lily seinen Blick.

»Es ist die Wahrheit«, sagte er. »Gehen Sie, und sagen Sie es ihr.«

Benommen ging Lily los. Hinter sich hörte sie, wie der alte Mann davonschlurfte, wieder hinunter in das Mausoleum. Sie spürte, dass Laud sie an einem Arm, Mark an dem anderen nahm. Sie sah Ben vor sich, die mit wachsender Besorgnis fragte, was der Direktor ihr zugeflüstert habe. Doch sie hatte das Gefühl, alle wären meilenweit von ihr entfernt. Es war, als höre sie wieder das Hohelied: Sie hörte einzig und allein die Wahrheit, die in ihrem Kopf widerhallte. Als gäbe es außer ihr niemanden auf der Welt, entzog sie sich dem Griff der beiden, riss den Vorhang beiseite und trat in die Kammer des Orakels.

Alles in ihr schien erstarrt – ihr Verstand, ihre Stimme, ihre Sinne. Mark, Laud und Ben schwirrten um sie herum und äußerten sich lautstark über die Höhle des Orakels. Lily spürte, dass die anderen in Ehrfurcht erstarrten, als sie den Felssteg, der über die Stalagmiten führte, entlanggingen, und blickte hinauf zu dem riesigen, über dem Resonanzthron hängenden Kristall. Sie sah, wie ihre Freunde durch die Vibrationen auf die Knie fielen, doch irgendwie vermochte die Resonanz sie selbst diesmal nicht zu berühren.

Dann stand sie vor dem Thron. Das Orakel schaute hinter ihrer Kristallmaske auf sie herab, teilnahmslos wie immer.

»Ich habe dir Wahrheit mitgebracht, Orakel«, sagte Lily mit dumpfer, schwerer Stimme. »Ich habe dir deinen Namen mitgebracht.«

Lilys Worte hallten weit lauter wider, als sie es hätten tun sollen. Ihre Freunde rappelten sich wieder auf und hielten sich die Ohren zu, während der Klang der Worte so laut wie Trompetenstöße wurde.

Das Orakel beugte sich so weit vor, dass ihr Gesicht nur einen halben Meter vor Lily schwebte. Ihre behandschuhten Hände umklammerten die Lehnen ihres Throns.

»Sag es mir«, forderte das Orakel, in deren Stimme nun unverkennbar ein Anflug von Anspannung mitschwang.

Lily starrte das maskierte Gesicht an und formte endlich die Worte, die der Direktor ihr eingeflüstert hatte.

»Dein Name ist Helen d'Annain«, sagte Lily. »Und du bist meine Mutter.«

Es herrschte Totenstille. Dann hörte Lily, wie Mark und Ben hinter ihr überrascht etwas zueinander sagten. Laud nahm ihren Arm. Und sie wollte ihn anschauen; sie war überzeugt davon, dass sein Gesicht voller Mitgefühl sein würde. Aber sie konnte sich nicht rühren. Sie konnte einzig und allein die Frau auf dem Thron anstarren, um irgendeine Reaktion zu sehen.

Um sich herum spürte Lily eine Vibration in der Luft, und ein leises Rumpeln erklang aus der Höhle, so als hätte eine Fülle von fernem Flüstern alles in Unruhe versetzt. Doch die Gestalt des Orakels ließ nichts davon erkennen; die Kristallmaske blieb unbewegt. Als ihre Stimme wieder ertönte, klang sie fest und ohne jedes Gefühl.

»Ja, das ist wahr«, sagte sie.

Lilys Augen brannten. Sie wollte sich an das Orakel schmiegen oder sie schlagen, wollte sie um Liebe anflehen oder dafür verfluchen, dass sie sich nicht einmal daran erinnerte, eine Tochter zu haben. Doch als sie den Mund öffnete, war ihre Stimme ruhig und kühl.

»Mein Vater hat gesagt, du wärst tot«, erklärte sie matt. »Warum hat er gelogen?«

Die Antwort des Orakels ließ nicht auf sich warten. »Er hat nicht gelogen, Lily. Hör zu.«

Überall um sie herum in der Höhle wurden die Stimmen des Hohelieds lauter. Mit einem Mal erhob sich aus dem Gewirr eine Stimme, deutlicher als die anderen, aber doch fern – ein Echo von weit weg. Lily erkannte diese Stimme. Es war ihre eigene, mit der sie den Brief, den ihr Vater ihr hinterlassen hatte, als er im Sterben lag, laut vorlas.

*Deine Mutter hätte das wahrscheinlich gebilligt. Aber ich habe sie schon vor langer Zeit begraben.*

Beinahe hätte Lily gelacht, aber das Lachen blieb ihr im Halse stecken.

»Das hat er also gemeint«, sagte sie. »Er meinte wirklich ›begraben‹. Er hat dich unter die Erde gebracht.«

»Helen d'Annain wurde kurz nach deiner Geburt Orakel«, verkündete das Orakel, ihren eigenen Namen so aussprechend, als handele es sich um eine ferne Verwandte. »Ihr Gatte war dagegen, aber sie wollte diesen Weg gehen. Es war eine große Ehre. Doch sie wurde ihrer Erinnerungen beraubt. Alle Orakel müssen ohne eigenes Ich leben. Denn das Ich bringt nur Gefühlsregung und Disharmonie mit sich und zerstört das Gleichgewicht des Resonanzthrons.«

Angewidert wandte sich Lily vom Orakel ab.

»Lily …«, sagte Laud sanft, doch Lily war nicht in der Stimmung, ihm zuzuhören. Sie schaute erneut das Orakel an. Nach außen hin ließ sie sich nichts anmerken. Doch im Innern spürte sie, dass das Flüstern des Hohelieds lauter wurde.

»Erinnerst du dich gar nicht an mich?«, fragte Lily, während sie einen Schmerz in der Brust empfand.

Das Orakel zögerte. Erneut schien es, als bebe der Raum ein wenig; das Licht in der Kristallspitze über ihnen pulsierte und flackerte, als wäre es aufgewühlt. Diese Kammer spiegelte tatsächlich den Gefühlszustand des Orakels wider. Die Echos reagierten auf die kleinste Störung.

»Ich erinnere mich an alle Dinge«, erwiderte das Orakel. »Fakten aus hunderttausend Leben. Ich kenne jedes einzelne.«

»Aber du empfindest nichts dabei, nicht wahr?«, entgegnete Lily und wünschte sich regelrecht, damit eine weitere Störung hervorzurufen, eine weitere Welle der Vibration in der Luft. Irgendetwas, das bewies, dass diese Frau, die ihre Mutter sein sollte, etwas empfand.

»Das kann ich nicht. In meinen Augen ist alle Wahrheit gleich«, erwiderte das Orakel. In ihrer Stimme schwang ein winziges Beben mit.

Lily spürte, wie der Schmerz sie überkam – es war ein schrecklicher, nagender Schmerz. »Was bringt das Wissen von einer Million Leben, wenn du nicht einmal ein einziges Leben empfinden kannst?«, fragte sie nun lauter. Dieses Mal trafen die Vibrationen sie im Bauch, und sie und ihre Freunde fielen zu Boden, während der ganze Raum erzitterte. Einer der Stalaktiten an der Decke zerbarst und fiel dicht am Steg entlang in die tiefe Felsspalte. Als er weit unten auf dem Boden aufprallte, zerbrach er mit einem donnernden Geräusch.

Noch außer Atem durch den Sturz, kroch Mark zu Lily hinüber. »Lily«, sagte er sanft. »Ich verstehe. Das tue ich wirklich. Das hier muss schrecklich für dich sein, aber … Wenn das Orakel wirklich unsere Fragen beantworten kann, sollten wir sie dann nicht auch stellen? Du hast sie jetzt gefunden; sie lebt und ist gesund. Mit der Zeit kannst du ihr die Erinnerungen zurückgeben …«

Lily seufzte und schaute hinauf zu Marks vertrauensvollen grauen Augen. Der Schmerz in ihr ließ ein wenig nach.

»Du hast recht«, sagte sie. »Ich hatte einen Grund hierherzukommen.«

Mark half ihr auf. Laud lächelte ermutigend. Nur Benedicta wirkte immer noch beunruhigt, als sie aufstand.

»Lily, bist du dir sicher?«, fragte sie. »Das war ein großer Schock für dich. Das Orakel läuft dir nicht weg …«

»Sie sucht schon so lange nach Antworten, Ben«, mahnte Mark. »Das tun wir alle. Ich hätte nichts dagegen, selbst auch ein paar Fragen zu stellen.«

»Aber meinst du nicht, dass du gerade eine Antwort bekommen hast, eine große?«, sagte Ben unbehaglich. »Vielleicht können wir zuerst diese verarbeiten ...«

»Es ist schon gut, Ben«, sagte Lily leise. »Ich will es wissen. Ich *muss* es wissen.«

Ben runzelte die Stirn, schien nach wie vor nicht gänzlich überzeugt. Lily wandte sich wieder dem Orakel zu.

»Frage«, forderte das Orakel sie mit der ihr eigenen Geduld auf.

Lily versuchte einen klaren Gedanken zu fassen, damit sie die richtigen Fragen stellen konnte. Trotz ihrer Verwirrung und ihres Schmerzes sprang nun auch ein Funke der Erregung über. Das hier war es. Es spielte keine Rolle, dass dieses *Ding* einmal ihre Mutter gewesen war. Sie, Lily, würde die Wahrheit erfahren. Die Wahrheit war das, was wirklich zählte. Es war das, was immer gezählt hatte.

Sie lächelte ihre Freunde an, doch diese wirkten nach wie vor leicht beunruhigt. Vielleicht war ihr Lächeln ein wenig zu breit. Lily bemerkte, dass sie stoßweise atmete. Doch darüber durfte sie jetzt nicht nachdenken. Vor ihr lagen alle Geheimnisse der Welt ausgebreitet. Was sollte sie fragen?

Urplötzlich wusste sie es.

»Was steht im Mitternachts-Statut?«

Das Orakel räusperte sich. »Das Mitternachts-Statut«, fing sie an, als zitiere sie aus dem Dokument selbst. »Der Text beginnt: Hiermit kommen wir überein, dass die hier enthaltenen Informationen ausschließlich dem Waage-Bund zugänglich gemacht werden und alle Beteiligten bis zu dem Zeitpunkt, an dem der Gegenspieler erscheint und damit der Abschluss des Experiments beginnt, diese Geheimnisse für sich behalten und sich einzig und allein dem Ziel verpflichten, für das Überleben von Agora und Giseth zu sorgen und das Gebilde so aufrechtzuerhalten. Darüber hinaus wird festgelegt, dass diejenigen, deren Aufgabe es ist, über Gegenspieler und Protagonist zu wachen, ihnen bis zum Tag des Urteils mit voller Unterstützung des Bundes alles Wissen vorenthalten. Jede ernste Verletzung dieser Verfügung macht das Projekt null und nichtig und führt unweigerlich zu der Auflösung beider, wie unten aufgeführt. Weiterhin muss allen Bewohnern der ersten Phase deutlich gemacht werden, dass jeder Bewohner von Giseth und jeder Bürger von Agora die Pflicht hat, die Existenz der Außenwelt und ihre eigene Ankunft vor ihren Kindern geheim zu halten. Dadurch wird die Unantastbarkeit des Projekts gewährleistet, bis der Letzte gestürzt ist, und dann wird der volle Zweck des größten Experiments des Waage-Bundes erreicht werden können, zuversichtlich, dass die Wahrheit bis zum Tag des Urteils gewiss ist …«

»Projekt?«, unterbrach Mark. »Experiment? Was redest du da? Und warum sind wir ein Teil davon? Was sollen Protagonist und Gegenspieler denn *tun*?«

Lily merkte, wie ihr das verzweifelte Lächeln auf den Lippen gefror. Irgendetwas stimmte hier nicht, stimmte überhaupt nicht. Sie erinnerte sich an Pauldron, jenen Eintreiber, der das Mitternachts-Statut gelesen hatte. Sie erinnerte sich an seine Phantasien, daran, dass er geglaubt hatte, die ganze Stadt, die ganze Welt wäre nicht real, wäre lediglich ein herrlicher Traum. Sie erinnerte sich, dass ihr Vater sie alle die Kinder der Verlorenen genannt hatte, von der Außenwelt im Stich gelassen. Was geschah hier? Nein … was *war* hier geschehen?

»Wann hat dieses Experiment begonnen?«, fragte Lily.

Als das Orakel antwortete, schien sie beinahe zufrieden. »Vor fast 144 Jahren. Zwölf große Kreisläufe von zwölf Jahren …«

Während sie sprach, schien sich eine andere Stimme zu der ihren zu gesellen. Es war das gespenstische Echo einer Männerstimme, verzerrt, aber gut gelaunt – eine Stimme des Triumphs.

*Zwölf mal zwölf, meine Brüder und Schwestern im Waage-Bund! Die perfekteste aller Zahlen. Genug Zeit, um mit unseren treuesten Anhängern die Stadt aufzubauen, unsere neuen Ländereien zu bevölkern und dafür zu sorgen, dass jedes Mitglied der ursprünglichen Generation sein Leben zu Ende leben kann und die neuen Generationen einzig mit Kenntnis der von uns erschaffenen Welt aufwachsen. Unser Agora, unser Giseth, die Versuchsfelder für unser größtes Gleichgewicht von allen!*

Die Stimme verklang. Plötzlich bekam Lily es mit der Angst zu tun. Ihre Erregung war verschwunden. Sie wollte nicht wissen, was diese Stimme gemeint hatte. Sie wünschte, sie hätte auf Ben gehört. Sie wollte weg hier, wollte nach Hause.

Doch irgendetwas ließ sie weiterfragen, drängte nach mehr Wissen.

»Diese Leute vom Waage-Bund, waren das die gleichen Menschen wie in Agora?«

Das Orakel antwortete, ohne dass ihr gleichgültiger Ton ins Wanken geriet. »Nein, die Mitglieder des ersten Waage-Bundes waren eine Gruppe in der Welt außerhalb unserer Länder. Eine Versammlung von Denkern und Philosophen, die das Gleichgewicht in allen Dingen als den Schlüssel zu einer perfekten Welt betrachteten. Sie waren reich, wohlhabender als der größte Kaufmann in Agora. Sie glaubten, unter ihrer Führung könne die Welt perfekt ins Lot gebracht werden.«

Einen winzigen Moment glaubte Lily, den Anflug einer Gefühlsregung herausgehört zu haben, so etwas wie ein ironisches Seufzen. »Eines Tages wurden sie dazu aufgefordert, es zu beweisen. Diese perfekte Welt zu erschaffen.«

Lily hörte, wie Mark aufkeuchte.

»Agora? Es war Agora, nicht wahr?«, sagte er.

Das Orakel schien irritiert von dieser Unterbrechung. »Nicht ganz, Protagonist. Der wahre Waage-Bund wusste, dass Gleichgewicht alles war – dass sogar seine eigene Vision von Perfektion korrumpiert werden konnte und ein Gegengewicht benötigen würde. Deshalb haben sie Agora und Giseth gegründet – entgegengesetzt, unabhängig, in perfektem Gleichgewicht. Sie haben Agora mit Menschen von der Außenwelt bevölkert, mit solchen Menschen, die bis zur Selbstaufgabe an ihre Vision glaubten. Die freiwillig schworen, ihren Kindern nie von ihrer Vergangenheit zu erzählen, bei Androhung der Todesstrafe für sie und alle, welche die Wahrheit enthüllen würden.«

»Der Letzte …«, sagte Mark langsam. »Er hat den Abstieg nach Naru bewacht … Er war der Letzte, der es wusste, nicht wahr? Der Letzte, der die Außenwelt gesehen hatte, bevor das Experiment begann.«

»Ja«, erwiderte das Orakel, »der Letzte hatte sechs Sommer erlebt, als man ihn nach Agora brachte. Nicht der Jüngste, aber der Letzte, der starb. Ein Kuriosum.«

Lily merkte, wie plötzlich Ärger in ihr aufstieg. Es war unmenschlich, das ganze Leben eines Mannes mit einer Fußnote abzutun. Sie hätte schreien wollen und verlangen, dass das Orakel sich entschuldigte. Sie schloss die Augen. Eine Gänsehaut überlief sie. Sie durfte es nicht an sich heranlassen. Tief in ihrem Kopf klang das Geflüster des Hohelieds so, als verspotte es sie. Je mehr sie erfuhr, umso mehr wollte sie verstehen. Es würde später noch eine Zeit kommen, sich mit den Gefühlen auseinanderzusetzen. Das musste es.

»Aber dieser Ort hier, Naru, das war nicht Teil des Plans, oder?«, fragte sie.

Das Orakel wandte Lily ihr ausdrucksloses, maskiertes Gesicht zu. »Naru ist kein richtiges Land. Es wurde erschaffen, damit die Mitglieder des Waage-Bundes Informationen über das Experiment bekommen konnten. Ihr Plan war, dass ihre Nachfolger alle paar Jahre zu Besuch kommen würden, um die neuesten Entwicklungen in Augenschein zu nehmen. Wir sammeln nach wie vor Informationen, doch außer mir haben alle den Grund dafür vergessen. Heute ist es einfach nur noch unsere Art.«

Erneut erhob sich eine Stimme aus dem Chor des Geflüsters. Es war der gleiche erregte Mann – ein vor langer Zeit gestorbenes Mitglied des Waage-Bundes.

*Die von uns ausgewählten natürlichen Kristalle in den menschenleeren Ländern haben außergewöhnliche Eigenschaften. Ihre Resonanzfähigkeit sollte es uns ermöglichen, alle möglichen Fakten aufzuzeichnen, ohne uns in die Länder selbst begeben zu müssen und die Projekte zu stören. Meine Kollegen haben sogar Spekulationen darüber angestellt, man könne sie die Frequenz von Gedanken oder Erinnerungen widerhallen lassen … ja, sogar reine Gefühle. Das würde es ihnen erlauben, sie aus einem Körper herauszuziehen und aufgelöst aufzubewahren! Ich habe den Eindruck, dass es nicht ganz fair ist, sich über meine Ideen lustig zu machen, Sir …*

Die Stimme verklang wieder. Mark schüttelte ungläubig den Kopf. Ben und Laud wechselten verwunderte Blicke. Lily wusste, dass sie nach außen hin gelassen wirkte. Doch dies lag allein daran, dass sie die Hände so fest zusammenpresste, dass sich ihre Nägel ins Fleisch bohrten. Diese Arroganz des alten

Waage-Bundes! Ein ganzes Volk einfach in Naruvaner zu verwandeln – ihr Leben so weit zu verändern, dass sie einander nicht berührten, nie wirklich etwas fühlten, sondern lediglich zerrissene, zerstückelte Fakten sammelten. Und das alles nur, um ihr kostbares Experiment nicht zu verfälschen.

Nein, so durfte sie nicht denken. Sie durfte nicht daran denken, dass alles, was sie kannte, jeder Mensch, jeder Anblick, jede Erfahrung in ihrem Leben, als Teil eines großen Sozialexperiments geplant worden war. So viele Leben waren verbogen und verzerrt worden, damit sie in ihr Schema hineinpassten. Um ihre »perfekte« Welt zu erschaffen.

»Und was ist schiefgelaufen?«, fragte Lily. Ihre Stimme hatte mittlerweile einen spöttischen Ton angenommen, der sich gar nicht mehr nach ihr anhörte.

Dieses Mal flammte der Klang der Echos erneut auf, so als befände sich der Geist des Orakels in Aufruhr. Doch als sie dann antwortete, geschah dies in dem gleichen ausdruckslosen, vernünftigen Tonfall wie immer.

»Es kamen keine Nachrichten mehr. Der Waage-Bund meinte, in der Außenwelt wäre etwas geschehen, das Projekt solle aber fortgesetzt werden. Sie würden Kontakt mit uns aufnehmen, sobald sie es könnten. Dann geschah nichts mehr, bis eines Tages vor den Klippen unterhalb der Kathedrale in Giseth ein Schiff aufkreuzte. Ein Schiff mit roten Segeln, beladen mit Gold- und Silbermünzen. Aber von der Besatzung war keine Spur zu sehen. Nur ein einziger Mann hatte an Bord überlebt, und bevor auch er starb, stammelte er noch, über die Außenwelt sei eine Katastrophe hereingebrochen. Vielleicht hatte er recht. Vielleicht ließen uns die Mitglieder des Waage-Bundes aber auch einfach nur im Stich. Wie dem auch sein mag, seit diesem Tag haben wir nichts mehr gehört. Die Mönche nahmen die Münzen an sich, hatten aber keine Verwendung dafür und mauerten sie in die Wände der großen Kathedrale der Wahrheit des Waage-Bundes ein. Sie wurde umgetauft in die Kathedrale der Verlorenen, denn das ist es, was wir nun sind. Für immer verloren.«

Lily fragte sich, ob sie Trauer oder Entsetzen empfinden sollte. Stattdessen überschwemmte sie eine große Welle der Erleichterung. Endlich empfand sie ein wenig Trost.

»Also ist das Experiment vorbei«, sagte sie.

»Nein, Gegenspielerin, das Experiment geht weiter. Dafür hast du gesorgt.«

Lily starrte sie an. Sie brachte kein Wort mehr über die Lippen.

»Wie meinst du das?«, fragte Laud wütend an ihrer Stelle.

»Sie wussten, dass sie am Ende, nach 144 Jahren, eine Methode benötigen würden, um den Erfolg ihres Experiments zu beurteilen«, erwiderte das Orakel. »Sie wussten, dass die Menschen innerhalb ihrer Experimentalgesellschaften unterschiedliche Meinungen gebildet haben würden. Sie brauchten lediglich zwei Bürger – einen, dem die agoranische Denkweise innewohnt, dem anderen die aus Giseth. Einer, der Erfolg in ihrer perfekten Stadt hatte, in der jeder Handel ausgewogen und gerecht war, und einer, der dagegen ankämpfte und alle Fehler aufdeckte. Der Protagonist und der Gegenspieler würden – am Ende der Zeit ausgewählt – durch Agora und Giseth ziehen und beide von ihren Unzulänglichkeiten befreien. Jeder würde seine jeweilige Rolle spielen. Gemeinsam würden sie die Länder bereisen. Gemeinsam würden sie alles zu sehen bekommen. Und gemeinsam würden sie Chaos und Zwiespalt säen, und die Unreinheiten würden beseitigt werden. Und dann würden sie über den Erfolg des Projekts urteilen und die perfekte Ausgewogenheit herstellen.«

Erneut lief Lily ein seltsamer Schauer über den Rücken.

Ihre ganzen Pläne, Gedanken, Überzeugungen ... sie waren alle Teil eines großen Plans.

Mark neben ihr geriet ins Schwanken, und seinem Gesicht entwich jede Farbe. »Du willst damit sagen, dass unser Leben ... das Leben unserer Eltern ... dass alles geplant war? Alles nur, um eine *These zu beweisen*?« Diese letzten Worte schrie er wütend heraus. Sie hallten in der Kammer wider, eine Milliarde Echos kehrte von den Wänden zurück und brachte sie alle ins Taumeln.

Lily glühte vor Wut und hätte ebenfalls schreien wollen. Doch ein kalter Schauer durchfuhr sie, und ihre Knie knickten ein. »Nein ...«, murmelte sie ungläubig. »Das ist nicht wahr. Ich war in Giseth nicht zu Hause, nicht wirklich ...«

»Doch, das warst du«, fuhr das Orakel mit leidenschaftsloser Entschlossenheit fort. »Du hast Fehler erkannt und diese weggebrannt. Denn das ist es, was du immer tun wirst, Gegenspielerin. Die Revolution braut sich bereits zusammen. Agora zerfällt in Fraktionen. Giseth wird von Zweifel, Wut und Gewalt heimgesucht. Das Experiment nähert sich bereits seinem Ende. Das Chaos, das du verbreitest, ist ein reinigendes Feuer. Seinen Flammen entkommt niemand.«

Lily konnte sich nicht bewegen, konnte kaum noch atmen. In ihrem Kopf war das Geflüster zurückgekehrt, stärker denn je; das Hohelied in ihr ließ jenes in der Kammer widerhallen. Und jede einzelne Stimme sagte das Gleiche – dass das Orakel recht hatte. Wo immer sie hingegangen war, hatte sie Chaos gesät. Ihre Almosenhausbewegung nährte Tag für Tag in Agora Revolution und Gewalt. Sie war in das friedliche Dorf Aecer gekommen, und dank ihr hatten die Dorfbewohner ihre Anführerin in Stücke gerissen. Sogar der Alptraum, diese Traumlandschaft aus verborgenen Gefühlen, hatte sich jedes Mal, wenn sie sich dorthin gewagt hatte, in eine Hölle verwandelt. Nicht ein einziges Mal in ihrem qualvollen, kämpferischen Leben hatte sie etwas getan, das nicht überall um sie herum Narben hinterlassen hatte. Und trotzdem machte sie immer weiter, ihr Weg von selbstgerechter Wut erleuchtet, und redete sich ein, sie täte etwas Gutes.

»Lily … alles in Ordnung mit dir?«

Es war Laud, der sie angesprochen hatte, aber Lily konnte sich nicht konzentrieren. Ihr war der Schweiß ausgebrochen, und ihre ungebetenen Gedanken prasselten auf sie ein. Ihr ganzes Leben lang war sie eine Rebellin gewesen. Das war ihre Identität. Es war wichtiger für sie gewesen als die Familie, die sie nicht hatte, wichtiger als die Freunde, die sie ständig verlor. Sie war bereit gewesen, für ihre Sache zu sterben, bereit, alles dafür zu tun. Aber sie war nicht gestorben. Andere hatten für sie geblutet und ihr Leben verloren. Sie war keine Anführerin. Sie war auch keine Retterin. Sie war überhaupt nichts.

»Nein, das akzeptiere ich nicht!«, schrie Mark das Orakel an. »Ich behaupte, ich habe frei und selbstständig gelebt.«

Das … das war es.

Plötzlich stieß Lily ein hohes, gequältes Lachen aus. Das ganze Geflüster verstummte, als hielte es den Atem an. Es war eine Lüge. Alles. So musste es sein. Nichts war verkehrt. Gar nichts. Es war alles … so klar …

»Mark …«, ertönte Lauds warnende Stimme. »Ich glaube, mit Lily stimmt etwas nicht. Lily? Kannst du mich hören? Lily?«

Doch Lily schob Laud beiseite. Sie konnte ihn jetzt nicht anschauen. Er sollte ihr Gesicht nicht sehen.

»Es ist schon gut«, sagte sie leise. »Das ist alles bloß ein Trick, nicht wahr? Das Orakel lügt. Der Direktor hat gelogen. Es sind alles nur Lügen …«

Sie wiederholte es immer wieder, während sie dichter an das Orakel herantrat und dieses ausdruckslose Kristallgesicht anstarrte. Das hier war nicht ihre Mutter. Das hier war nicht die Wahrheit, nach der sie so lange gesucht hatte. Es konnte nicht sein, dass sie die Tochter einer seelenlosen Maschine war. Sie konnte nicht Chaos und Schmerz verbreitet haben, nur um die Pläne längst verstorbener Herrscher auszuführen. Das war es, was sie dem Geflüster sagte, den schmerzerfüllten Echos in ihrem Kopf. Dass es keine Macht mehr über sie besaß.

Denn nun verstand sie es. In ihrer plötzlichen Klarheit erkannte sie die Wahrheit, die in dem Hohelied mitschwang. Sie spürte die dunkel lastende, verzweifelte Bürde des Alptraums, der sich darin verbarg. Sie lachte erneut, ein erstickendes Geräusch, das ihr in der Kehle schmerzte. Sie kannte die Art des Alptraums aus ihrer Zeit in Giseth, wusste, wie dieser in den Zwischenräumen der Gedanken lebte, sich von dunklen Gefühlen nährend. Doch hier unten, in einem Land, wo sich niemand wirklich um den anderen kümmerte, war er verkümmert. Alles, was er benötigt hatte, war ein einziger Kopf gewesen, in dem er sich verstecken konnte. Ein einziges Herz, das wahre Gefühle empfand. Er war listig gewesen, hatte sie mit der Verheißung von Wissen dazu verlockt, dem Hohelied zu lauschen. Fast hätte er sie bekommen. Aber jetzt war sie frei.

»Lily?«, sagte Ben und ergriff ihr Handgelenk. »Was tust du?«

Lily schüttelte ihre Freundin ab. Sie durfte sich jetzt nicht ablenken lassen. Ihr Geist war klar und rein und fokussiert. Sie hatte den Alptraum besiegt. Sie würde ihn und all seine Lügen aus ihrem Kopf verjagen, aus dem Hohelied. Dann würde nur noch die Wahrheit bleiben. Diese leuchtende, wunderschöne Wahrheit, die ihrem Leben Sinn verleihen würde.

Die Wahrheit würde ihr nie etwas zuleide tun, würde sie nie allein mit ihren Ängsten und ihrer Leere lassen.

»Lily?«, fragte Laud. »Lily, was tust du?«

»Ich beende das Lügen«, sagte sie.

Mit einer hastigen Bewegung langte Lily empor, riss dem Orakel die Maske vom Gesicht und warf sie zu Boden. Sie zerbrach, und die Kristalle stoben auf dem felsigen Boden auseinander, hüpften davon, bis sie nicht mehr zu sehen waren. Lily starrte.

Das Gesicht des Orakels ähnelte ihr nicht so sehr, wie es bei Verity der Fall gewesen war, auch wenn es dunkelhäutig war. Offenbar hatte Lily ihr Aussehen eher von der väterlichen Familienseite geerbt. Doch das Gesicht hatte etwas an sich – die Stellung des Kinns, die Form der Nase –, das es unverkennbar machte. Nur die Augen waren anders. Sie hatten zwar keine andere Farbe, es waren die gleichen dunklen Spiegel wie bei Lily. Doch während Lilys Augen durchbohrten, waren die des Orakels unermesslich tiefe Becken. Aufsaugend, aber überhaupt nichts abgebend. In diesen Augen lag keinerlei Gefühl. Nur kühles, schreckliches Wissen.

»Jedes Wort ist wahr, meine Tochter«, sagte sie.

In der Ferne hörte Lily, wie jemand aus Leibeskräften rief und schrie. Es klang ein wenig wie sie. Nein, es *war* ihre eigene Stimme.

Das Geflüster des Hohelieds erfüllte ihren Geist. Ihre Mutter war ein Monster. Ein Monster wie sie selbst auch. Versteckt euch, Kinder, die Gegenspielerin kommt mit ihren glühenden Augen und brennt eure Welt nieder.

Sie rannte jetzt, oder nicht? Vielleicht war sie gestürzt? Hatte jemand sie an den Armen gepackt?

Jeder Moment ihres Lebens war vorhergesagt. Alles Leid, aller Schmerz um sie herum, kalkuliert und zu einer Theorie verarbeitet. Und sie hatte ihre Rolle gespielt. Sie hatte denen in ihrer Nähe falsche Hoffnung gegeben, sogar noch während sie sie in den Tod führte.

Sie befreite sich. Jemand fiel zu Boden.

Man hatte sie im Stich gelassen. Die Mitglieder des Waage-Bundes hatten sie zurückgelassen. Ein wahnsinniges Experiment, ohne Aufpasser.

Nach wie vor rief und schrie sie, ohne Worte. Dann ertönte ein schreckliches Knirschen und Knacken.

Sie waren nichts, sie selbst war nichts. Nichts hatte die geringste Bedeutung. Nur Leiden, Schmerz, Angst und …

Sie rannte. Sie hatte einen scharfen, metallischen Geschmack im Mund. Nun schrie auch jemand anders.

Sie waren nichts, und …

Immer noch am Laufen. Immer noch am Schreien.

Überhaupt nichts, und …

Sie war wie betäubt, ihr Kopf war leer.

Nichts, und … und …

Lauf einfach weiter. Lauf weiter.

Und dann …

Und dann …

## KAPITEL 13

# *Risse*

Laud öffnete die Augen.

Er lag auf dem Boden. Er hob den Kopf und schüttelte sich, um wieder einen klaren Kopf zu bekommen. Er musste einen Moment ohnmächtig gewesen sein. In seinen Ohren dröhnte ein klingelndes, polterndes Geräusch.

»Sei kein Narr, Mark! Warte, bis das Beben aufhört!«

»Aber ich muss hinter ihr her …«

Laud konnte nun wieder etwas erkennen. Der Felssteg unter ihm schlingerte.

Taumelnd kam er auf die Beine. Die beiden Stimmen, die er gehört hatte, erwiesen sich als die von Mark und Ben. Seine Schwester hielt Marks Arm fest umklammert, doch gerade als Laud etwas sagen wollte, gab es eine weitere Erschütterung, eine weitere Eruption von widerhallendem Klang, und die beiden stürzten erneut zu Boden. Hinter ihnen sah Laud, wie sich das Orakel auf ihrem Thron zurücklehnte, Augen und Mund fest zusammengepresst, während um sie herum das Chaos ausbrach.

Wo war Lily?

Endlich konnte Laud wieder klar denken. Er erinnerte sich an Lilys Schrei, der nach wie vor widerhallte. Er erinnerte sich daran, wie sie aus dem Thronsaal gelaufen war und alle, die sie aufhalten wollten, mit irrsinniger Kraft abgewehrt hatte.

Dann erinnerte er sich an ihre Augen. Er wünschte von

Herzen, es wäre nicht so. Was das Orakel ihnen gesagt hatte, war furchtbar, war schrecklich gewesen. Er selbst hatte es kaum verkraften können. Aber Lily hatte es noch hundertmal schlimmer getroffen. Sie hatte nicht mehr wie das Mädchen ausgesehen, das er kannte. Ihre Augen hatten so tot gewirkt wie die des Orakels.

Er warf einen Blick auf Ben. Das Beben schien mittlerweile zu verebben, und Mark war bei ihr. Sie befand sich für den Moment in Sicherheit. Ohne weiter darüber nachzudenken, rannte er los und folgte Lily.

Das Beben dauerte an, während er den Vorhang beiseiteschob und in einen Stollen hastete. An den Wänden entlang verliefen alarmierende Risse, und einige der Leuchtkristalle lagen auf dem Boden. Als er die Steinstufen hinaufsprang, sah er, dass etwas Glitzerndes auf dem Boden lag. Es war die winzige Messingwaage, die Lily in ihrer Schürzentasche aufbewahrt hatte. Vor nicht einmal einer Stunde hatte sie sie ihnen gezeigt. Sie musste definitiv hier entlanggerannt sein.

Am oberen Ende der Stufen erwartete ihn der Dirigent. Die Panik hatte ihm den Schweiß auf die Stirn getrieben.

»Sir? Was ist geschehen?«, stammelte er. »Ich bin gekommen, um meinen Respekt zu zollen, und da hat sich die Erde bewegt. Und dann tauchte Miss Lily auf und …«

»Wo ist sie?«, wollte Laud wissen und packte den Dirigent am Ärmel. »In welche Richtung ist sie gelaufen?«

Der Dirigent erbleichte und wich vor Lauds Berührung zurück, als verbrenne sie ihn. »Zum Schienenknoten«, stieß er hervor. »Aber folgen Sie ihr nicht, Sir. Wenn der Fels so stark bebt, ist das Orakel in Aufruhr – die kleineren Stollen sind dann nicht mehr sicher …«

Doch Laud war bereits losgerannt.

Wenige Minuten später schoss ein Karren, in jeder Kurve Funken sprühend, mit drei Insassen über die Schienen. Vorne standen zwei Naruvaner, die den Karren lenkten, während ihr langes weißes Haar im Fahrtwind wehte. Der Mann hatte sich als Tertius bezeichnet und wirkte nervös. Die junge Frau, Septima, hingegen lachte, als wäre das Ganze nur ein wunderschönes Spiel. Hinter ihnen kauerte sich Laud zusammen, und in jeder holprigen Kurve krachte ihm sein Rucksack mit den Vorräten gegen den Rücken.

Zum x-ten Mal verfluchte sich Laud dafür, dass er nicht ein bisschen schneller gewesen war. Er hatte Lilys Karren noch die Schienen entlang verschwinden sehen, weg aus der Kammer des Mittelpunkts. Doch bis Laud es geschafft hatte, Naruvaner dazu zu bewegen, ihm zu helfen, war Lily längst in den von Echos erfüllten Tiefen verschwunden. Er hoffte, dass Mark und Ben ihm folgen würden, doch darüber konnte er sich jetzt keine Gedanken machen. Bei der Geschwindigkeit, mit der diese Karren fuhren, würde Lily bereits meilenweit entfernt sein.

»Wir haben jetzt fast den Schienenknoten erreicht!«, schrie Tertius in seine Richtung. Der Karren schoss herum, Septima jauchzte lauthals, und der Stollen verbreiterte sich. Mit kreischenden Rädern schossen sie in eine riesige Höhle, die mit einer Unmenge von klickenden, surrenden Maschinen gefüllt war. Laud sprang aus dem Karren heraus, bevor dieser zum Stehen gekommen war, stolperte über den felsigen Boden und packte einen erschreckten naruvanischen Ingenieur vorne am Gewand.

»Haben Sie ein Mädchen hier vorbeikommen sehen?«, fragte er. »Dunkelhäutig, vielleicht schreiend?«

Der Ingenieur wich vor Lauds Berührung zurück, nickte jedoch und wies auf einen der Seitenstollen, wo ein weiterer

Schienenstrang in der Dunkelheit verschwand. »Sie … hat einen Karren genommen … bitte … lassen Sie mich los …«

Laud wandte sich von dem eingeschüchterten Ingenieur ab. Im gleichen Moment huschte Tertius an ihm vorbei, um einen anderen Karren für ihre Weiterfahrt vorzubereiten.

»Was für ein *Vergnügen*!«, sagte Septima, während sie eine Reihe von Zahnrädern auf der mittleren Apparatur einstellte. »Wir gehen auf die Jagd!« Laud schaute sie finster an, doch ihre Vorbereitungen waren bereits abgeschlossen, und sie kletterte hinter Tertius in den Karren. Als Laud sich ihr eilig anschloss, bebte der Boden erneut, sodass er auf die Knie fiel. In der Ferne vernahm er ein tiefes, knirschendes Geräusch. Und noch etwas anderes – etwas, das sich so anhörte wie ein Echo der Stimme des Orakels.

*Du wirst mich nicht verlassen … du wirst nicht gehen, meine Tochter …*

»Lily …«, sagte Laud und rappelte sich wieder auf. Er musste weiter. Diese Stollen waren nicht mehr sicher. Wenn er sie wenigstens zurück zum Mittelpunkt bringen konnte, dann würde es ihm sicher gelingen, sie zu beruhigen. Auf ihn, auf ihre Freunde würde sie hören. Sie musste bloß damit aufhören davonzulaufen.

Er drängte sich in den Karren, und Tertius löste den Bremsgriff. Sie rasten los, und das Zahnradungetüm ließ sie die Schienen entlang auf den neuen Stollen zuschießen.

Die Stimme des Orakels erklang nun lauter; in ihr schwang ein Anflug von Schmerz mit.

*Bleibe … bleibe … bleibe für immer.*

Mit jedem Wort wurde das Beben stärker und das knirschende Geräusch über ihnen durchdringender. Laud schaute hinauf. Risse zogen sich über die gesamte Höhlendecke. Der Fels drohte einzustürzen.

»Schneller!«, schrie er, und Septima beugte sich vor und zog an einem Hebel.

Der Karren schoss nach vorn.

Der Stollen verschluckte sie.

Und die Welt stürzte um sie herum ein.

Laud krabbelte aus dem Wrack des Karrens heraus und richtete sich mit zitternden Beinen auf. Sein ganzer Körper tat ihm weh, doch offenbar war nichts gebrochen. Hustend wischte er sich den Staub aus den Augen. In dem schwachen Licht der Kristalle erkannte er, dass der Stollen sowohl vor als auch hinter ihnen eingestürzt war und sie eingeschlossen hatte. Tertius war aus dem Karren hinauskatapultiert worden und wühlte bereits in der Gesteinsmasse, die ihnen den Rückweg zum Schienenknoten versperrte. Er wirkte mitgenommen, und seine Kleidung war zerrissen, aber er war unverletzt. Septima hingegen hatte weniger Glück gehabt. Sie lehnte am Wrack des Karrens, und über ihr Bein zog sich eine lange, tiefe Schnittwunde, die blutete. Ihr Lächeln hatte sie jedoch nicht verloren, auch wenn in ihren Augen Tränen standen.

»Du … weißt aber wirklich, wie man jemanden spazieren fährt!«, verkündete sie lebhaft trotz allen Schmerzes.

Hastig beugte sich Laud hinab, um ihr Bein zu untersuchen, doch sie zog es zurück.

»Schon gut«, sagte Laud rasch, »ich habe als Assistent bei einem Arzt gearbeitet.«

Septima starrte ihn an. »Nicht berühren«, sagte sie grimmig. »Sind Sie ein Monster oder so?«

Laud seufzte frustriert. Waren denn hier unten alle verrückt?

Er zog sein Hemd aus. Wirklich sauber war es nicht, aber doch in besserem Zustand als der Rest seiner Kleidung, die bei dem Einsturz von Staub bedeckt worden war. Es war ein altes Hemd und bereits ein wenig zerfetzt. Er riss einen Streifen ab und ließ ihn vor ihr baumeln.

»Bedecken Sie die Wunde wenigstens damit«, ordnete er an. Septima schaute misstrauisch auf den Lumpen und packte ihn dann an einem Ende.

Während sie die Wunde betupfte, starrte Laud auf den Karren hinab. Sein Mechanismus war zerstört. Hätte einer von ihnen nur ein wenig weiter hinten gestanden ... Seine trübsinnigen Gedanken wurden von einem weiteren unheilvollen Rumpeln unterbrochen. Er wirbelte herum. Tertius zog kleine Felsen aus dem Schuttberg. Während Laud zuschaute, begann ein größerer Fels zu zittern und polterte herab, direkt über dem Kopf des jungen Naruvaners.

»Weg da!«, rief Laud. »Sie bringen den ganzen Berg zum Einsturz.«

Tertius zog sich gerade noch rechtzeitig zurück, als der Fels auch schon zu Boden krachte. Einen Moment bebte erneut der ganze Stollen, und Laud warf sich zu Boden ...

Doch es geschah nichts. Die Decke blieb stabil. Mit hämmerndem Herzen richtete sich Laud auf. In dem Geröllhaufen war an der Stelle, wo der Fels sich bewegt hatte, eine kleine Lücke entstanden, durch die nun Licht einfiel. Gefasst darauf, sich augenblicklich unter die Überreste des Karrens zu werfen, kroch Laud zu der Lücke hinauf und spähte durch sie hindurch zurück zum Schienenknoten.

Das hätte er lieber nicht tun sollen. In der Höhle türmte sich ein großer Berg zertrümmerter Zahnräder. Ein Teil der Decke war auf den zentralen Mechanismus gestürzt, und überall lagen verbogene Zahnräder, Ketten und Schienen herum. Alle Stollen waren blockiert, jeder Ausgang versperrt. Hier und da sah Laud inmitten der Trümmer Gestalten liegen. Es waren Gestalten, die er lieber nicht näher inspizieren wollte. Überall lugten bunte Kleiderfetzen hervor.

Als ihm schwindlig wurde, lehnte er sich mit der Stirn gegen den Fels. Diese Stollen hatten so massiv ausgesehen. Doch als Lily sich mit dem Orakel gestritten hatte, war etwas in Gang gesetzt worden. Es war, als hätte das Beben aus ihrer beider Aufruhr Kraft bezogen. Er erinnerte sich an diese Echos, die sich angehört hatten wie das nach ihrer Tochter schreiende Orakel. Aber das konnte es nicht sein. Das Orakel konnte doch nicht die eigenen Leute in den Tod schicken, bloß um Lilys Flucht zu verhindern. Oder etwa doch?

Erneut schaute er zum Schienenknoten. Seine Gedanken schienen von den widerhallenden Felsen flüsternd zurückgeworfen zu werden. Was, wenn Mark und Ben ihnen gefolgt waren? Was, wenn sie beim Einsturz eingeschlossen worden waren? Was, wenn Lily nicht weit genug vorwärtsgekommen war? Was, wenn er und diese beiden Naruvaner die einzigen Überlebenden waren …?

Ächzend richtete er sich auf, während das Geflüster erstarb. Es brachte nichts, sich den Kopf zu zerbrechen. Nicht jetzt. Ben und Mark waren einfallsreich – falls sie überlebt hatten, würden sie auch einen Weg herausfinden.

Er richtete seine Aufmerksamkeit auf das andere Ende des Stollens. Es war sinnlos zu versuchen, zurück zum Schienenknoten zu gelangen; es konnte Tage dauern, bis der Weg zurück zum Mittelpunkt freigeräumt war. Der Schutt an diesem Ende hingegen sah nicht ganz so undurchdringlich aus. Die Höhlendecke machte einen stabilen Eindruck, und wenn er nur einige wenige Felsen bewegte, könnte er damit vielleicht eine Lücke schaffen, die groß genug war, um sich hindurchzuzwängen.

»Können Sie mir helfen, das hier wegzuräumen?«, fragte er,

während er zu Tertius hinüberblickte. Doch der junge Mann hörte ihn nicht. Er saß auf dem Boden, sein Körper war zusammengekrümmt, den Kopf hatte er gegen die Wand gelehnt. Sein langes Haar bedeckte sein Gesicht, und er jammerte.

»Ich weiß, dass es schwierig ist«, sagte Laud schroff. »Aber wenn wir das hier schaffen, sind wir schnell wieder draußen. Dann können wir Hilfe holen.« Er wies auf Septima. »Ihre Freundin ist verletzt. Bedeutet Ihnen das denn gar nichts?«

Tertius regte sich nicht. Laud runzelte die Stirn, verschwendete jedoch keinen Atemzug mehr an diesen Mann. Er zog sich die Jacke aus und begann an den Felsen herumzuruckeln und mit den Fingern an den rauen Steinen zu kratzen.

»Sie wollen ihr immer noch folgen?«, sagte Septima plötzlich.

Laud machte weiter. »Ich versuche uns hier rauszuholen«, erklärte er, vor Anstrengung ächzend. »Jemand muss Ihre Wunden anständig verbinden. Sie müssen jemandem erlauben, Sie zu berühren.«

»Dafür gibt es die Wächter«, sagte Septima mit vor Schmerz brechender Stimme. »Die haben mit Berühren zu tun … würg …« Sie gab einen angewiderten Laut von sich. »Vielleicht ist das hier gar nicht so schlecht … Ich habe noch nie Schmerzen gehabt. Es ist … irgendwie … aufregend …«

Laud warf einen Blick über die Schulter. Sie stocherte in der Wunde herum und schauderte nach jeder Berührung.

»Tun Sie das nicht«, murmelte er. »Halten Sie sie einfach sauber. Ich werde Hilfe holen, sobald ich hier rauskomme.«

»Dort drüben gibt es keine Hilfe«, sagte Septima leise. »Dort ist bloß *sie*. Lily. Unser Wunder.« Sie gähnte und schien den Schmerz in ihrem Bein vergessen zu haben. »Jedermanns Wunder, vor allem Ihres. Wir sind beinahe gestorben, und trotzdem laufen Sie ihr weiter hinterher.«

Laud biss die Zähne zusammen, fuhr jedoch damit fort, das Gestein beiseitezuräumen. »Sie ist meine Freundin«, verteidigte er sich. »Ich würde überall hingehen, um sie zurückzuholen.«

Septima lachte. »Warum? Sie ist interessant, vermute ich, aber Sie wissen doch schon alles über sie. Sie wird einfach nur langweilig werden wie alle anderen auch.«

Laud verkniff sich eine sarkastische Antwort. Es hätte zu nichts geführt; er bezweifelte, dass sie es verstehen würde. Er drehte sich um und sah Septima an. »Es geht nicht darum, was ich schon weiß. Es geht um *sie*. Ihre Seele, ihr Wesen ...«

»Ach, *das*!« Septima lachte erneut. »Das ist leicht. Ich werde Lily für Sie sein. Ich werde mich genau wie sie anhören.« Sie runzelte die Stirn und verschränkte die Arme. »Ich muss die Wahrheit herausfinden«, sagte sie dramatisch. »Nichts kann mich aufhalten! Ich werde die Welt retten ...«

»Hören Sie auf damit!«, schrie Laud.

Seine Stimme hallte in dem Stollen wider. Laud wurde bewusst, dass er die Hand erhoben und zur Faust geballt hatte. Beinahe hätte er sie geschlagen. Septima wirkte verblüfft, doch sie war nicht halb so schockiert wie Laud selbst.

»Sie ist zerbrochen«, sagte Septima, mit einem Mal sehr ernst. Ihr Lachen war so schnell aus ihrem Gesicht verschwunden, wie es gekommen war. »Zerbrochen. Sie hat zu viel Wahrheiten gehört. Sie will jetzt nicht gefunden werden. Wenn man zu viel weiß, ist das so.« Sie begegnete Lauds Blick und hielt ihm stand. »Warum, glauben Sie, lassen wir nichts an uns heran?«

Tief erschüttert widmete sich Laud wieder seiner Arbeit. Er hatte nicht damit gerechnet, dass er so reagieren würde, aber zu hören, wie dieses Mädchen Lily nachäffte, alles verspottete, was sie zu etwas Besonderem machte ...

»Sie wird zurückkommen«, sagte er, während er Geröll beiseitezerrte. Die langsame Arbeit beruhigte seine Nerven. »Das muss sie. Nicht bloß für mich, Mark oder einen anderen ihrer Freunde. Für Agora. Wir brauchen sie. Die Stadt bricht zusammen, ihre Bürger scharen sich um einen Wahnsinnigen, der in ihrem Namen spricht. Wir haben versucht, ihre Vision lebendig zu halten, aber sie wurde von hunderttausend verzweifelten Seelen korrumpiert. Es wird Blut fließen, und ohne sie können wir das nicht verhindern. Ohne ihr Herz, ihre Stärke, ihre Zielstrebigkeit.« Laud ließ den Kopf hängen. »Sie darf nicht zerbrechen. Nicht Lily.«

Eine längere Pause entstand.

»Sie sind ein sehr treuer Freund«, stellte Septima fest.

Laud entschied sich, darauf nichts zu erwidern. Sie schwiegen einige Minuten, während Laud in der Erde unter den Felsen kratzte, um die Steine zu lockern und so eine Lücke entstehen zu lassen, durch die er sich hindurchschlängeln konnte.

Schließlich war er so weit. Er steckte den Kopf durch die Öffnung. Der dahinter liegende Stollen sah recht stabil aus, und einige wenige Kristalle in den Wänden leuchteten noch so hell, dass er die in der Ferne verschwindenden Metallschienen erkennen konnte. Das war der Weg, den Lilys Karren genommen hatte.

Laud blickte sich um. Septimas Gesicht schien nun noch blasser als zuvor, und ihre glänzenden Augen waren schmerzerfüllt. Frustriert biss er die Zähne zusammen. Lily befand sich wahrscheinlich immer noch vor ihm, verlockend nahe, falls auch ihr Karren seinen Dienst aufgegeben hatte. Aber er konnte diese junge Frau nicht einfach hier zurücklassen, nur mit ihrem nutzlosen Freund als Gefährten. Jemand musste Hilfe holen.

»Komme ich auf diesem Weg zurück zum Mittelpunkt?«, fragte Laud Tertius, der nach wie vor zusammengekrümmt an der Stollenwand lehnte. Keine Antwort. Laud trat auf ihn zu und brüllte ihm ins Ohr: »Bei allen Sternen, ist hier ein Gehirn unter diesen ganzen Haaren?«

»Hilfe ist bereits unterwegs«, erwiderte Tertius plötzlich. »Hören Sie nur.«

Er schob sich das Haar aus dem Gesicht und stand auf. In die Wand eingelassen, dort, wo er gelehnt hatte, sah Laud einen kleinen runden Edelstein, in dessen Mitte ein Licht tänzelte.

»Ist das einer dieser Resonanzkristalle?«, fragte Laud überrascht. »Wie der über dem Kopf des Orakels?«

»Hören Sie …«, sagte Tertius und deutete dabei nach unten.

Laud ging in die Hocke und legte das Ohr an den Kristall. Als er dies tat, fing Tertius an zu summen, das gleiche Geräusch, das er zuvor gemacht hatte, doch dieses Mal konnte Laud die Melodie erkennen.

Der Kristall fing an zu surren, und aus seiner Tiefe drangen Laute hervor.

*… ist mir egal. Wenn Laud und Lily irgendwo dort unten sind, hinter dem Felssturz, dann gehen wir nicht ohne sie …*

Er erkannte Benedictas Stimme. Laud spürte, dass ihm Tränen in die Augen traten. Seine kleine Schwester lebte!

*Die Echos werden lauter …* Das war die panische Stimme des Dirigenten. *Etwas geschieht mit der Welt oben. In Ihrer Heimat. Die Richter müssen nach Agora zurückkehren. Das ist der Wunsch des Orakels.*

*Wir tun gar nichts, was diese Wahnsinnige sagt!* Das war Mark, der so laut schrie, dass sogar noch das Echo der Worte den Kristall durchrüttelte. *Ich bin hier der einzige Richter, und ich sage, dass Agora auf sich selbst aufpassen kann. Wir haben wegen Lily diesen ganzen Weg auf uns genommen, und sie würde uns auch nicht im Stich lassen …*

*Aber es kann Tage oder sogar Wochen dauern, bis der Schutt weggeräumt ist! Das Orakel hat sich beruhigt, und sie hat ihre Stimmen gehört. Sie weiß, dass Mr Laudate und Miss Lily leben. Aber Miss Lily rennt noch immer weg. Ihr werdet sie nie einholen …*

Laud biss sich auf die Lippen. Er selbst war Lily sehr nahe. Doch selbst wenn ihr Karren nicht mehr funktionierte, entfernte sie sich jede Sekunde weiter.

»Ben … Mark …«, sprach er in den Kristall. »Könnt ihr mich hören? Ich werde ihr folgen … macht euch keine Sorgen … ich werde sie finden …«

Tertius hörte auf zu summen, und die Echos verklangen.

»Sie werden Sie nicht hören«, sagte Tertius leise. »Nur das Orakel wird Sie hören. Aber die anderen Echos werden lauter. In dem Lärm werden Ihre Worte untergehen.«

Laud starrte ihn zornig an. »Welche anderen Echos? Wovon reden Sie?«

Noch während er dies sagte, fing der Kristall an widerzuhallen. Aus ihm erklangen neue Stimmen. Rufe, Schreie. Das Gebrüll einer Menschenmenge. Sie sangen etwas im Chor.

*Der Fels … Der Fels …*

»Ich verstehe nicht …«, sagte Laud, bemüht, sein Unbehagen zu verbergen. »Was *ist* das?«

»Die Echos von oben«, sagte Tertius mit bebender Stimme. »Stimmen aus Agora. Jede Stimme, durch Schrecken und Gewalt lauter. Etwas ist in der Welt oben passiert. In Ihrer Heimat. Etwas … Schreckliches …«

Die Echos der Stimmen aus dem Kristall wurden deutlicher.

*Blut für Blut … Tod für Tod … Endlich dreht sich das Rad … das Rad … das Rad …*

Entsetzt fuhr Laud zurück, doch die Rufe aus dem Kristall waren, auch als er sich zurückzog, laut genug, dass er sie hören konnte. Es waren keine Worte mehr zu vernehmen, nur Schreie und Schluchzen vor Wut und Schmerz.

»Können Sie nicht machen, dass es aufhört?«, bat er Tertius.

Doch der junge Mann kauerte mittlerweile weit weg an der Wand. »Die Welt ist aus den Fugen geraten«, wimmerte er.

»Der Tag des Urteils kommt«, fügte Septima hinzu. Ihr Blick war ins Nichts gerichtet, so als wiederhole sie etwas, das sie vor langer Zeit gehört hatte. »Und Agora wird als Erstes brennen. Die Richter werden gebraucht. Finden Sie das Mädchen.«

Laud starrte sie an und wich zurück. Er wollte weg, wünschte sich nichts sehnlicher, als Lily zu finden. Aber das konnte er nicht. Nicht so.

»Ich … nein … ich kann nicht … ich kann meine Freunde nicht im Stich lassen … Ich kann nicht allein hinter ihr her …«

»Finden Sie sie!«, sagte Tertius plötzlich, und hundert andere Stimmen gesellten sich zu seiner und erfüllten die Luft. Jeder Kristall in dem Stollen flammte auf. Und durch alle Stimmen hindurch vernahm er die Stimme des Orakels selbst.

*Finde sie!*, rief das Orakel. *Finde meine Tochter und bring sie nach Hause!*

Laud presste den Rücken gegen den Geröllberg. Tertius und Septima wirkten beinahe weggetreten, und ihre Augen blickten glasig. Sie redeten nicht mehr, sondern wehklagten, und ihre Stimmen passten sich den Rufen und Schreien an, die nach wie vor aus jedem Kristall erklangen.

Laud drehte sich um. Furcht und Entschlossenheit trieben ihn an, und so kroch er energisch durch die Lücke, die er gegraben hatte.

»Es tut mir leid, Ben, Mark …«, flüsterte er, als er auf der anderen Seite ankam. »Ich … ich kann nicht auf euch warten.«

Dann rannte er in die Dunkelheit hinein.

Stunden später irrte Laud noch immer durch die Stollen.

*Nirgendwo, nichts, niemand …*

Mittlerweile hatte er sich an die Stimmen gewöhnt. Er erinnerte sich an den Bericht Lilys von der Kakophonie, an die Erzählungen über die in den Wahnsinn treibenden Echos, welche die äußeren Höhlen heimsuchten. Als er während dieser wertvollen Stunde, bevor der Direktor von seiner Audienz beim Orakel zurückgekehrt und alles schiefgegangen war, mit ihr geredet hatte, hatte sich alles ganz harmlos angehört. Aber sie hatte ihn nicht darauf vorbereitet, wie laut es hier war.

*Wir müssen es versuchen, Direktor. Wir können sie nicht länger ignorieren. Die Leute werden sich das nicht bieten lassen!*

Er hielt seine Laterne tiefer. Die Flamme war schwach, doch er konnte die Eisenschienen sehen, sodass er nicht in irgendwelche Abgründe stürzte. Lily musste die Schienen entlanggekommen sein. Sie waren sein einziger Anhaltspunkt.

*Ich gehöre nicht denen. Ich nicht … ich nicht …*

Die Stimmen verebbten und stiegen an. Lily hatte ihnen erzählt, dass die Kakophonie aus Geräuschen aus der Welt oben bestand, aus Fetzen, die auf ewig durch die Stollen hallten. Einige der Stimmen klangen alt und ernst, andere unbeschwert und sorglos. Alle jedoch wirkten in diesem Meer von Geräuschen verloren.

*Er hatte recht. Ich hätte nie kommen dürfen. Hätte es nie erfahren dürfen, erfahren dürfen …*

Manchmal vernahm er eine Stimme, die er wiederzuerkennen glaubte. Sie war verführerisch vertraut. Eine vornehme Stimme – die eines älteren Mannes, der viele Sorgen zu tragen schien.

*Sie müssen berücksichtigen, dass man nicht ihnen allein die Schuld zuschreiben darf, Direktor. Wir dürfen nicht zulassen, dass auf unseren Straßen Krieg ausbricht.*

Manchmal ging er, manchmal versuchte er zu schlafen. Aber die Stimmen ließen ihn nie lange zur Ruhe kommen. Sie schwollen an, erhoben sich zu einem Sturm, hallten von dem endlosen Fels um ihn herum wider, bis sein Kopf voll davon war. Dann drang die Stimme des alten Mannes erneut durch das Gewirr, laut und angstvoll.

*Hört doch, liebe Freunde. Wir sind nicht eure Feinde. Wir sind nicht …*

Jemand schnappte nach Luft. Ein Schrei ertönte. Weinen und Schreien erklang. Laud quälte sich weiter. Das Geräusch ließ die Luft in den Stollen vibrieren.

*Der Fels! Der Fels! Der Fels!*

Laud hätte sich am liebsten die Ohren zugehalten, damit es aufhörte. Aber das konnte er nicht, weil dort vor ihm in der Dunkelheit Lilys Stimme zu hören war. Winzig und einsam, aber doch irgendwie vernehmbar in dem Stimmengewirr.

*Sie werden mich nie finden. Sie werden nie kommen …*

»Doch, das werde ich, Lily«, flüsterte Laud so leise, dass er es selbst kaum hören konnte. »Das werde ich.«

Und er ging weiter, während seine eigenen Worte ihm entgegenhallten, als er tiefer in den Sturm hineinlief.

*Das werde ich … werde ich.*

*Ich fürchte, Sir, die Mission ist gescheitert.*

*Ich werde … ich …*

*Mögen die Sterne über uns alle wachen.*

# TEIL ZWEI

# *Wahrheit*

## KAPITEL 14

# *Der Fels*

»Mark, haben wir das Richtige getan?«

Mark blickte zu Benedicta hinüber. Es war das erste Mal seit Stunden, dass sie etwas sagte. Sie waren beide im Verlauf der letzten Tage immer mehr verstummt, nachdem klar geworden war, dass sie Lily und Laud nicht würden folgen können, ganz gleich, wie sehr sie rufen, wettern und flehen mochten.

Drei Tage zuvor hatten sie den beschwerlichen Rückweg nach Agora angetreten. Da der Schienenknoten zerstört war, fuhren die Karren nicht mehr, und so entwickelte sich die Reise, die auf dem Hinweg nur Stunden gedauert hatte, zu einer endlosen Schinderei durch die stille Dunkelheit. Als sie nicht mehr schimpften und fluchten, war ihnen der Gesprächsstoff ausgegangen. Genauer gesagt hatten sie in gegenseitigem Einverständnis beschlossen, nicht zu reden. Es brachte nichts, und sie vergeudeten nur ihre Energie, indem sie sich Sorgen machten, wo doch noch so viele Meilen Stollen vor ihnen lagen. Obwohl sie an diesem »Morgen« den Sockel des Abstiegsschachtes erreicht hatten, hatte Ben Mark nur müde angelächelt, bevor sie eingestiegen waren, die Steuerung in Gang gesetzt hatten und die Maschine ratternd zum Leben erwacht war, um sie wieder nach Agora hochzuziehen.

Mark setzte sich aufrecht hin und rieb sich den Rücken. Er hatte auf der Metallplattform gelegen und versucht zu schlafen. Ben stand bereits, hielt sich am Geländer fest, das die Plattform umgab, und betrachtete die Wände des Felsschachts, während sie an ihm vorbeiglitten.

»Ich weiß es nicht«, gab er zu. »Hatten wir denn überhaupt eine Wahl?«

Sie hatten keine Wahl gehabt, redete sich Mark ein. Die Stollen waren unpassierbar gewesen. Sie hatten zwei Tage lang ausgehalten, hatten mitgeholfen, den Schutt wegzuräumen. Dann hatten sie es endlich bis zum Schienenknoten geschafft, doch der Stollen, in dem Tertius und Septima eingeschlossen worden waren, war nach wie vor zu instabil und drohte einzustürzen. Sie waren gezwungen gewesen, durch das kleine Loch Essen hindurchzureichen, um die beiden Naruvaner wenigstens am Leben zu erhalten. Mark hatte den Dirigenten beschimpft und darauf beharrt, es müsse einen anderen Weg geben; sie könnten Laud und Lily doch nicht ganz allein in den äußeren Höhlen zurücklassen. Währenddessen hatte der Dirigent sie seinerseits angefleht, nach Agora zurückzukehren, hatte ihnen gesagt, das Orakel könne Hilferufe und Schreie aus der Welt oben vernehmen.

»Du weißt, dass wir ihnen gefolgt wären, wenn wir gekonnt hätten, ganz gleich, was der Dirigent erzählt hat«, sagte Mark, bemüht, dabei beruhigend zu klingen. »Aber wir konnten da unten nichts mehr bewirken. Und Laud *wird* sie finden.«

»Das meine ich nicht«, erwiderte Ben. Sie wandte sich ihm zu. In dem seltsamen, weichen Licht wirkte ihr Gesicht erschöpft, blasser noch als sonst. Sie biss sich auf die Lippe. »Ich vertraue Laud. Wenn er sich einmal etwas in den Kopf gesetzt hat, dann bringt er es auch zu Ende. Nein, ich meine, ob wir nicht hätten verhindern sollen, dass Lily das Orakel befragt?«

»Meinst du, wir hätten sie dazu überreden können, damit zu warten?«, fragte Mark nach kurzem Zögern.

Benedicta seufzte und lehnte sich an das Geländer am Rand der Plattform. »Vielleicht hätten wir es versuchen sollen«, sagte sie. »Wenn wir Zeit gehabt hätten, mit ihr zu sprechen, sie auf alles vorzubereiten, dann wäre sie nicht davongelaufen, und das Orakel wäre nicht aus dem Gleichgewicht geraten … Die Arbeiter wären nicht ums Leben gekommen, Mark.«

Mark runzelte die Stirn. Er erinnerte sich daran, dass der Dirigent sie gescholten hatte, während sie die Überreste des Schienenknotens inspiziert hatten. Er hatte lautstark behauptet, Lily habe das Hohelied vergiftet und dem Orakel die Kontrolle entzogen. Da das Orakel nicht länger Ordnung und Harmonie aufrechterhalten konnte, so seine Worte, wären die Echos des Hohelieds in alle Richtungen gestoben und außer Kontrolle geraten. So lange, bis schließlich ihr wilder Widerhall die Höhlen bis auf die Grundfesten erschütterte – mit tödlichen Folgen.

Zuerst hatte Mark dem Dirigenten keinen Glauben geschenkt. Lilys Auseinandersetzung mit dem Orakel konnte doch wohl nicht verantwortlich sein für all diese Todesfälle. Aber während sie sich einen Weg durch die halb eingestürzten Stollen gebahnt hatten, hatte Mark einen Laut vernommen, von dem er gehofft hatte, ihn nie wieder zu hören. Aus dem unheilvollen Grollen, das sich in dem Fels über ihm fortsetzte, hörte er ganz leise ein vertrautes, spöttisches, gespenstisches Geflüster heraus.

Er hätte den Alptraum im Thronsaal des Orakels wiedererkennen müssen, als dessen finstere Einflüsterungen in der Luft herumwaberten. Er hätte spüren müssen, dass er im Mausoleum lauerte, als Lily sie alle begrüßt hatte. Aber er war von all den anderen Enthüllungen so in Anspruch genommen gewesen, überglücklich, Lily nach so langer Zeit wiederzusehen, dass er nicht begriffen hatte, in welcher Gefahr sie schwebten.

Andererseits war es Lily offenkundig genauso ergangen. Der Dirigent hatte erklärt, der Alptraum könne sich innerhalb des Hohelieds verbergen und von unbedachten Gedanken nähren. Plötzlich ergab das seltsame Verhalten der Naruvaner Sinn – sie sprangen immerzu von einem Gedanken zum anderen, erlaubten sich niemals intensivere Gefühle zu empfinden, aus Furcht, der Alptraum könne sie übermannen. Das war eine schreckliche Art zu leben, aber dadurch waren sie in Sicherheit. Bis Lily gekommen war.

Dem Dirigenten zu widersprechen war ihnen beiden daraufhin schwergefallen. Und ganz gleich, wie hart Mark und Ben sich bemüht hatten, das Geröll zu beseitigen, der Dirigent hatte an seiner Meinung festgehalten. Das Orakel wolle, dass sie nach Agora zurückkehrten, und das Beste, was sie tun könnten, sei, ihre Wünsche zu befolgen, bevor sie erneut die Kontrolle verlor.

»Das ist nicht das, was ich mir erhofft hatte«, räumte Mark ein. »Mich nach Hause schleichen und das Beste hoffen. Das hätte Lily nicht gewollt. Wir haben den Alptraum schon einmal besiegt. Zusammen könnten wir es wieder schaffen ...«

»Aber wir sind nicht alle zusammen«, erwiderte Ben leise, während sie die Felswände anstarrte, die langsam an ihnen vorbeiglitten. »Ich glaube, das waren wir nie. Wir waren alle so verzweifelt bemüht, Lily zu retten, die Wahrheit ans Licht zu bringen, dass wir ihr nicht wirklich unsere Aufmerksamkeit geschenkt haben ...«

Mark zupfte an seinen Hemdsärmeln herum und sah zum ersten Mal, wie ausgefranst sie waren. »Wir hatten keine Wahl, Ben«, begann er. »Lily wäre nie gegangen, ohne vorher die Wahrheit herauszufinden, und wir mussten sie so schnell wie möglich nach Hause bringen.« Er ließ den Kopf hängen, bemüht, ein wachsendes Schuldgefühl zu verbergen. »Es ist nicht bloß zu *unserem* Wohl, das weißt du«, sagte er hastig. »Agora braucht sie. Die Stadt benötigt jemand anderen als Crede, um die kleinen Leute anzuführen – um die Kämpfe auf den Straßen zu beenden, um sich gegen Snutworth durchzusetzen. Mit einer Sache hatte das Orakel recht: Lily weiß, wie man ein Feuer entfacht und wie man dafür sorgt, dass alle die Welt in einem anderen Licht sehen.« Mark biss die Zähne zusammen. Er fühlte sich hundemüde. »Wir brauchen sie.«

»Du klingst wie Crede«, sagte Ben leise.

Mark starrte sie an. Er war zu schockiert, um etwas zu erwidern. Bens Augen glänzten in dem schwachen, bläulichen Licht, das von den Felswänden ausging.

»Wir haben einander versprochen hinunterzugehen, um eine Freundin zu retten«, sagte sie sanft. »Aber wenn das wirklich unser alleiniges Ziel gewesen wäre, dann hätten wir sie beruhigt. Wir hätten uns besser um sie gekümmert. Crede hat sie während all dieser Zeit ständig als Leitfigur benutzt, und nun tun wir das Gleiche.«

»Aber … wir brauchen sie«, sagte Mark, alarmiert davon, wie wahr Bens Worte klangen.

»Ja, das tun wir.« Ben kniete sich vor Mark und schaute ihm in die Augen. »Aber als Freundin, nicht als Retterin. Lily hat das Almosenhaus, den Tempel, gegründet, doch wir haben seine Botschaft verbreitet. Ohne uns alle wäre er niemals so wichtig geworden, wie er es jetzt ist. Wir haben ihn weitergeführt.« Sie legte Mark ihre Hände auf die Schultern. »Das hier ist nicht mehr bloß ihr Kampf. Es geht um unsere Stadt, unsere Welt.« Sie lächelte. »Wenn Laud sie findet, und er *wird* sie finden, sollten wir ihr dann nicht zeigen, dass wir auf unsere Art auch etwas bewirkt haben? War das nicht immer das, was sie wollte? Dass jeder frei ist und seine eigene Zukunft gestaltet?«

Mark lächelte zaghaft. Er wünschte, er wäre genauso zuversichtlich wie Benedicta. »Ich werde es … versuchen«, versprach er.

Eine Zeitlang sagte keiner der beiden ein Wort. Sie saßen gemeinsam auf dem Boden der Plattform und lauschten dem Rattern der langen Kette über ihnen, die sie immer höher hinaufzog und nach Hause brachte.

»Aber …«, sagte Mark schließlich. »Ich bin mir nicht sicher, ob ich an Lilys Entschlossenheit herankomme.«

Bens Lächeln wurde traurig. »Das wäre vielleicht gar nicht so schlimm«, sagte sie. »Vielleicht ist ja ein bisschen Anpassungsfähigkeit angemessen. Ich meine, wenn es etwas gab, was diesen alten Waage-Bund auszeichnete, dann war es Entschlossenheit.« Sie stieß einen Seufzer aus und wandte sich ab. »Es fällt mir schwer zu glauben, dass keiner die Wahrheit durchsickern ließ. Nicht ein einziges Mal. Diese ganzen Jahre ihre Kinder anzulügen und so zu tun, als wäre Agora eine uralte Stadt … Selbst die Androhung der Todesstrafe hätte mich nicht daran gehindert zu reden.«

»Ich glaube nicht, dass es darum ging«, erwiderte Mark vorsichtig. »Erinnerst du dich nicht mehr daran, was das Orakel gesagt hat? Die ersten Siedler haben diesen Eid zu schweigen freiwillig abgelegt. Vielleicht waren sie verrückt, aber ich glaube, sie haben wirklich geglaubt, sie müssten dieses Geheimnis bewahren, um eine perfekte Welt zu erschaffen. Wahrscheinlich haben sie gedacht, sie täten das Beste für ihre Kinder, indem sie ihnen einen besseren Ort zum Leben boten, ohne sie mit der Wahrheit zu belasten.« Seine Stimmung verfinsterte sich. »So war das in Giseth auch. Es war nicht bloß der

Alptraum, der die Leute bei der Stange gehalten hat – es war ja so viel leichter, nicht nachdenken zu müssen. Sich keine Fragen zu stellen, sondern einfach zu akzeptieren, dass man sein Leben so zu leben hatte, wie es alle anderen auch taten.« Er schüttelte den Kopf. »Ich denke, wenn man ums Überleben kämpfen muss, hat man wohl keine Zeit, sich mit der Geschichte zu befassen?«

Ben nickte nachdenklich. »Vielleicht sollten wir es dabei belassen«, sagte sie und streckte sich. »Das Letzte, was wir erreichen möchten, ist, erneut Leute in Wut zu versetzen. Diese Massen auf den Straßen sind jetzt schon schlimm genug ...« Sie hielt inne und neigte den Kopf leicht zur Seite.

»Was hast du?«, fragte Mark, der sah, wie ein besorgter Ausdruck über ihr Gesicht huschte.

»Mark«, sagte sie leise, »hörst du nichts?«

Mark lauschte. Sofort bereute er es. »Sind das Rufe, die da von oben kommen?«

Ben nickte nervös. »Hört sich nach einer Menschenmenge an«, sagte sie.

»Mmmm«, brummte Mark unbehaglich. »Mehr als üblich. Viel mehr.«

»Bestimmt lassen die Felsen es nur widerhallen und dadurch lauter klingen«, sagte Ben hastig. »Genau wie in Naru.«

»Ja, natürlich«, erwiderte Mark ein wenig zu schnell. »So wird es sein.«

Keiner der beiden wollte sich in Erinnerung rufen, dass das Orakel etwas von Schreckensschreien auf den Straßen von Agora gesagt hatte. Erst recht nicht jetzt, da das erste Licht von oben herabfiel und ihre Reise an die Erdoberfläche fast zu Ende war.

Als sie das Haus des Letzten erreicht hatten, war das Geschrei verklungen. Aber es war keine friedliche Stille – in der Luft lag eine Spannung.

Dieses Gefühl wurde noch stärker, als sie die Korridore entlanggingen und dann auf die Straßen des Jungfrau-Bezirks hinaustraten. Überrascht stellte Mark fest, dass es später Vormittag war – sie hatten in Naru jedes Zeitgefühl verloren. Es war ein wunderschöner Tag, heiter und frisch, aber die Straßen in der Nähe vom Haus des Letzten waren wie leergefegt.

»Also …«, sagte Mark mit leiser Stimme. »In welche Richtung geht es zurück zum Tempel?«

Ben runzelte die Stirn. »Hier entlang«, sagte sie. »Zumindest glaube ich das. Ich kann mich allerdings nicht an diese Bude dort drüben erinnern …«

Mark schaute genauer hin. Die Bude wirkte absolut fehl am Platz. Es war eine klapprige, an die Ecke dieser eleganten Straße gebaute Holzkonstruktion, die den Anschein erweckte, als sei sie in wenigen Minuten zusammengezimmert worden.

»Ich bin mir sicher, dass sie mir aufgefallen wäre«, stimmte er ihr zu. »Vielleicht sind wir ja falsch abgebogen?«

Er trat auf die Bude zu, um sie näher in Augenschein zu nehmen. Abgesehen von einer großen Handglocke aus Messing lagen keinerlei Waren aus. Die Inhaberin, eine überraschend elegante Frau mit einem bleichen, müde wirkenden Gesicht, starrte niedergeschlagen in die andere Richtung. Sie wirkte zwar angespannt, aber harmlos.

»Sollen wir fragen?«, flüsterte Mark.

Ben dachte darüber nach. »Ich werde fragen«, sagte sie. »Hinter dir sind immer noch die Eintreiber her, schon vergessen?«

Mark willigte ein und glitt um eine nahe gelegene Hausecke, um nicht gesehen zu werden. Von dort beobachtete er, wie Benedicta auf die Frau zuging.

»Entschuldigen Sie«, sagte sie. »Könnten Sie mir wohl sagen, auf welchem Weg ich zum …?«

Die Frau zuckte zusammen. »Oh … Verzeihung«, stotterte sie. »Meine Nerven liegen blank, aber das ist ja keine Überraschung. Man muss sich hüten vor den …« Sie unterbrach sich und musterte Ben von oben bis unten. Ein Anflug von Argwohn schlich sich in ihre Stimme. »Ich kann mich nicht erinnern, Sie hier in der Gegend schon einmal gesehen zu haben. Wer ist deine Herrin, Mädchen? Du bist offenbar eine Dienerin.«

»Eigentlich nicht, nein«, sagte Ben geduldig. »Ich versuche bloß wieder zurück zum Tempel zu gelangen, in …«

Weiter kam Ben nicht. Mit einem gellenden Schrei griff die Frau nach der Handglocke auf dem Tresen und schwenkte sie wie wild hin und her. Ihr schrilles Läuten durchdrang den friedlichen Morgen.

»Eintreiber! Herbei, Eintreiber, schnell! Oh, bei allen Sternen, nun kommt doch!«, rief sie.

Alarmiert machte Ben einen Satz zurück. »Was geht hier vor? Was …?«

In der Ferne hörte Mark die Reaktion in Form schrillen Pfeifens.

»Lauf!«, rief er und sprang aus seiner Deckung hervor.

Zu zweit rannten sie die kopfsteingepflasterten Straßen entlang. Zu dem Pfeifen gesellten sich angstvolle und alarmierte Schreie. Überall um sie herum wurden Fenster in den Häusern geöffnet, und Herren wie Diener riefen nun ebenfalls nach den Eintreibern. In der Ferne entdeckten sie sich nähernde Menschen in mitternachtsblauen Mänteln. Mark drückte sich in eine Gasse, und Ben wäre fast gegen ihn geprallt.

»Die Eintreiber … haben sie …?«, stieß Mark keuchend hervor, zu erschreckt und verwirrt, um etwas Sinnvolleres von sich zu geben.

»Ich glaube nicht, dass sie uns gesehen haben«, keuchte Ben. »Wir haben schon fast den großen Marktplatz erreicht – das ist der schnellste Weg nach Hause. Zumindest …« Sie dachte noch einmal darüber nach, und ihre Zuversicht schwand. »… war er es, als wir aufbrachen.«

Mark nahm Ben an der Hand und drückte sie beruhigend. »Erst laufen, dann sich Gedanken machen?«, schlug er vor.

Ben nickte. »Unbedingt«, sagte sie.

Sie hasteten durch die Straßen, während das Pfeifen in der Ferne verklang. Ab und zu kamen sie an einer der klapprigen Buden vorbei. Nun war es offenkundig, dass es sich bei diesen um Wachposten handelte – besetzt mit zivilen Freiwilligen, die sich erboten, die Eintreiber herbeizurufen. Doch der Jungfrau-Bezirk war immer verschlafen gewesen. Als sie vor sechs Tagen Agora verlassen hatten, hatte es hier kaum einen Eintreiber gegeben. Nun schienen hier regelmäßig Streifen zu patrouillieren, vor denen sie sich verbergen mussten. Alle paar Minuten sahen sie jemanden in einem blauen Mantel und waren gezwungen, in Gassen auszuweichen oder sich atemlos hinter verwaisten Karren zu verstecken. Jeder Eintreiber, der an ihnen vorbeieilte, hatte den gleichen gehetzten Gesichtsausdruck, und offenbar hatte keiner von ihnen in den letzten Tagen geschlafen. Doch erst als sie sich dem großen Marktplatz näherten und die vom Wind getragenen Stimmen vernahmen, erkannten sie, dass das, was geschehen war, weit bedeutender war, als sie gedacht hatten.

Mark und Ben kauerten sich in den Schatten des Jungfrau-Torbogens und starrten auf den Platz. Er sah aus wie ein Schlachtfeld. Die Buden, die sich normalerweise auf ihm drängten, waren ineinandergeschoben worden, um eine primitive Barrikade zu errichten, die sich in einer schlangenförmigen Linie über den Platz zog und sich vom Torbogen des Stier-Bezirks bis zur Schütze-Brücke auf der anderen Seite des Marktplatzes ausdehnte. Nein, erkannte Mark plötzlich, die Barrikade war gar nicht auf den Platz beschränkt – sie zog sich durch die ganze Stadt, soweit Mark erkennen konnte. Agora war in zwei Teile zerschnitten worden, und der Schütze-Bezirk, ihr Zuhause, befand sich auf der anderen Seite.

Auf dieser Seite der Barrikade patrouillierte eine Eintreiberstreife auf und ab. Die Anspannung war ihnen deutlich anzusehen. Auf die andere Seite konnte Mark nicht schauen, doch nach dem Lärm zu urteilen, klang es so, als befände sich dort eine große, ausgesprochen wütende Menschenmenge, die eine Litanei von Flüchen herausschrie und gegen die Barrikade hämmerte.

»Blut für Blut, ein gerechter Handel!«, riefen sie gerade. »Der Fels wird aufs Neue zuschlagen!«

Einen kurzen Moment überlegte Mark, was sie damit meinten, aber dann verdrängte er es mitsamt seinen anderen düsteren Gedanken. Es fiel ihm auf seltsame Weise leicht, weil sich alles vollkommen unwirklich anfühlte. Diese Stadt war sein Zuhause, sie konnte sich nicht so schnell verändert haben. Es war doch nicht einmal eine Woche her, dass sie sie verlassen hatten …

»Mark!«, flüsterte Ben und riss ihn aus seinen Gedanken. »Schau doch! Ich glaube, dahinten ist ein Weg, der an der Barrikade vorbeiführt!«

Mark folgte ihrem Blick und nickte. Einige der zerbrochenen Buden, aus denen die Barrikade bestand, waren entlang und unterhalb der Marmorbrücke, die zum Schütze-Bezirk führte, aufgetürmt worden. Dies war offensichtlich hastig geschehen, denn in der Barriere unterhalb der Brücke klafften unverkennbar Lücken. Groß genug, dass sie hindurchschlüpfen konnten.

In diesem Moment ertönte von der anderen Seite des Platzes plötzlich ein Schrei. Eine Reihe zerlumpter Gestalten war über die Barrikade geklettert und ließ nun einen Hagel von Steinen und Holzgegenständen auf die überraschten Eintreiber niedergehen. Für ein, zwei Minuten herrschte Verwirrung unter den Eintreibern, bevor sie sich neu formierten und die Randalierer festnahmen. Lange dauerte die Aktion nicht, doch es war lange genug, dass ihnen entging, wie Mark und Ben über die andere Seite des Platzes liefen und die Uferböschung neben der Schütze-Brücke hinabkletterten.

Ben lief vor, und Mark folgte ihr rasch, drückte sich an dem Schutt vorbei und zerkratzte sich Arme und Beine an dem rauen Marmor unter der Brücke. Das aufgestapelte Holz ächzte bedenklich, doch er schaffte es bis ans Ufer und zog sich dann an der Stelle hoch, wo Ben bereits stand und in die Ferne starrte.

»Komm weiter«, sagte er und zog sie am Ärmel. »Wohin schaust du?«

Dann sah er, was sich auf der anderen Seite des Platzes abspielte.

Von offenen Feuern stieg Rauch zum Himmel auf, und um sie herum schleuderte die Menge den Eintreibern trotzige Schimpfworte entgegen. Doch was seine Aufmerksamkeit noch stärker anzog, war ein Feuer in der Mitte. Es war größer als die anderen, und auf ihm verkohlte gerade eine lebensgroße Puppe in blau-goldener Eintreiberkleidung.

Dahinter, trotz des Qualms deutlich zu sehen, standen zwei Menschen, die er wiedererkannte. Mit einem davon hatte er gerechnet; es war Nick, Credes rechte Hand. Seine massige

Gestalt wirkte nun, da er einen Fluch nach dem anderen ausstieß, noch einschüchternder. Doch es war die andere Gestalt, deren Anblick ihn schockierte.

Ihr Haar war zerzaust, ihre Kleidung schmucklos, und mit einem solchen Ausdruck von Wut auf dem Gesicht hatte er sie noch nie gesehen. Aber es war unverkennbar Cherubina.

Ben ergriff seine Hand. »Du hast recht«, sagte sie. »Es ist Zeit zu gehen.«

»Aber …«, stammelte Mark.

Ben drückte seine Hand noch fester. »Willst du, dass sie uns sehen? Es ist Zeit zu gehen.«

Noch verwirrter als zuvor drehte Mark sich um und rannte von dem Platz weg.

Mark und Ben hasteten stumm zum Tempel. In der Nähe des Platzes wimmelte es von Menschen. Es waren wütende, angsterfüllte Menschen. Manche hatten den gleichen Ausdruck heftiger Wut im Gesicht, den Mark bei den Randalierern gesehen hatte. Doch die Mehrheit wirkte eher erschrocken. Beunruhigend war jedoch die Tatsache, dass allem Anschein nach niemand Handel trieb. Während sie weiterliefen, trafen sie auf immer weniger Menschen, und als sie die vertrauten Straßen um den Tempel erreichten, waren sie wieder für sich. Alle Geschäfte waren geschlossen, von Straßenhändlern war keine Spur zu sehen. Sogar Miss Devines Laden, um den sich sonst immer ein paar Gefühlsabhängige mit eingefallenem Gesicht drückten, war geschlossen und lag verlassen da.

Als der Tempel in Sicht kam, erkannten sie, dass das Leuchtfeuer, wie sie das Licht über der Tür nannten, nicht brannte und auch keine Schlange Schuldner davorstand wie normalerweise. Mark rannte zu der großen Holztür und drückte die Klinke herunter. Die Tür war verschlossen.

»Aber … wir schließen doch *nie* ab«, sagte Ben, während sie sich zu ihm gesellte. »Nicht tagsüber. Die Türen des Tempels stehen immer offen.«

Mark klopfte an die Tür, doch niemand reagierte. Dann hämmerte er dagegen, sodass die Scharniere klapperten. Nach wie vor nichts.

»Vielleicht haben die Eintreiber angegriffen«, mutmaßte Ben und runzelte die Stirn. »Nein, das ergibt keinen Sinn, sie sind alle auf der anderen Seite der Barrikade, und eine ganze Streife könnte auf dem Weg, den wir genommen haben, nicht unbemerkt an den Randalierern vorbeischleichen …«

»Das ist nicht das Werk der Eintreiber«, sagte Mark finster. »Es ist das Werk von Crede.«

»Auf gewisse Weise haben Sie recht, Mr Mark«, sagte eine allzu vertraute Stimme.

Mark wirbelte herum. Neben ihm schnaubte Ben.

Miss Devine stand in der Tür ihres Etablissements, und ein Anflug von Belustigung huschte über ihr Gesicht.

»Miss Devine«, sagte Ben vorsichtig. »Was wollen Sie?«

So kühl hatte Mark Ben noch nie reden hören. Aber überraschend war es nun auch wieder nicht. Bens Schwester Gloria war eine der treuesten Kundinnen der Gefühlsverkäuferin gewesen. Diese Abhängigkeit hatte ihr Leben beherrscht und letzten Endes zu ihrem Tod geführt. Doch falls Miss Devine sich in Bens Gegenwart unwohl fühlte, ließ sie es sich nicht anmerken.

»Sehr wenig«, erwiderte Miss Devine, »wenn ich auch zugeben muss, dass Ihr heftiges Klopfen meine Neugier geweckt hat. Ich frage mich, wo Sie beide gewesen sein könnten. Ich habe Sie seit Tagen nicht mehr gesehen …«

Mark machte Anstalten zu antworten, legte sich bereits eine Geschichte zurecht, doch Ben schnitt ihm das Wort ab.

»Beachte sie nicht, Mark. Wahrscheinlich steckt sie mit Crede unter einer Decke.«

Ben drehte der Frau den Rücken zu und spannte sich an. Doch die Reaktion, die Miss Devine zeigte, war das Letzte, was Mark erwartet hätte. Sie lachte, und dieses Lachen hatte einen harten, bitteren Klang.

»Ich fürchte nein, Miss Benedicta«, sagte sie. »Mr Crede ist tot.«

Eine längere Pause entstand. Plötzlich ergab alles, was sie auf ihrem Weg hierhin gesehen hatten, einen Sinn. Der Eindruck von kochender Wut bei den Leuten, der regelrechte Krieg zwischen Eintreibern und Randalierern. Crede war gefährlich gewesen, doch er war auch ein Anführer und hatte es fertiggebracht, die ganze Wut, die er anstachelte, zu bündeln. Aber wenn Crede nicht mehr war …

»Wie ist das geschehen?«, wollte Mark wissen. Er konnte es kaum fassen. Miss Devine verschränkte die Arme und schien sich einen Moment in ihren Gedanken zu verlieren.

»Es begann vor fünf Tagen«, erzählte sie mit leiser Stimme, ganz ohne Dramatik. »Es war eine außergewöhnliche Nachricht, sie war in aller Munde. Chefinspektor Greaves hatte angekündigt, er wolle sich mit Crede treffen, um über ein Ende der Unruhen zu verhandeln. Einige hielten das für einen Trick, während andere, darunter eure Freunde im Tempel, daran glaubten, er wäre wirklich gewillt, eine Einigung zu erzielen, um die Gewalt auf den Straßen zu beenden.« Miss Devine zuckte mit den Schultern. »Nur die wenigsten glaubten, dass die Sache Erfolg haben könnte, doch Crede erklärte sich zu einem Treffen in der Öffentlichkeit bereit, eine Stunde vor Sonnenuntergang noch am gleichen Tag.«

»War es eine Falle?«, fragte Mark.

Miss Devines Blick war unergründlich. »Das behaupten

Credes Anhänger, aber ich bezweifle, dass Greaves so skrupellos ist. Ich ging zu dem Treffen, weil es in einer so aufregenden Zeit natürlich keine Kunden geben würde und ich mich außerdem für öffentliche Ereignisse interessiere.«

»Ja, das kann ich mir gut vorstellen«, murmelte Mark, der sich daran erinnerte, dass Miss Devine an Credes Versammlungen teilgenommen hatte. Falls die Gefühlsverkäuferin ihn gehört hatte, ließ sie es sich nicht anmerken.

»Als ich ankam, war der Platz schon voll«, fuhr sie fort. »Ich musste von der Schütze-Brücke aus zusehen. Selbst aus dieser Entfernung erkannte ich, dass die Debatte bereits« – sie wählte ihre Worte sorgsam – »heftig geführt wurde. Sie hatten zwei Zuschauertribünen vom Agora-Tag aufgestellt, damit sie reden konnten, ohne sich allzu nahe zu kommen, und so auch verhinderten, dass ihre Anhänger aneinandergerieten. Sie sollten eigentlich allein auf ihren Plattformen stehen, aber beide hatten eine Reihe von Freunden bei sich. Mr Nick war zwar nicht bei Crede, wohl aber Miss Cherubina.« Miss Devine kräuselte einen winzigen Moment lang die Lippen. »Sie wirkte ganz wie ein Heißsporn. Greaves hatte natürlich Poleyn bei sich, um die Eintreiber auf seiner Seite des Platzes unter Kontrolle zu behalten. Seiner Taktik sollte kein Erfolg beschieden sein.«

»Sie haben bestimmt nichts unternommen, um zu helfen«, sagte Benedicta säuerlich.

Miss Devine ging nicht auf die Bemerkung ein. »Das Geschehen war zu Anfang vorhersehbar. Greaves gab hohle Worte des Verständnisses von sich, und Crede hielt seine üblichen Reden, in denen er alles anprangerte, wofür das Direktorium steht. Die Menge war auf seiner Seite. Ich muss aber zugeben, dass Greaves im Laufe der Zeit immer überzeugender wirkte. Er sprach von Ehre und Vertrauen und davon, als Gleicher unter Gleichen weiterzumachen. Damit brachte er bei Crede eine Saite zum Klingen. Die Menge hingegen ließ sich nicht so einfach umstimmen. Die Leute begannen untereinander zu streiten.« Miss Devine redete nun ein wenig schneller und steigerte sich in ihre Erzählung hinein. »Es kam zu gewalttätigen Auseinandersetzungen, die Schlägereien zwischen Schuldnern und den Bediensteten der Oberen der Gesellschaft weiteten sich aus und wurden brutaler. Schließlich flogen auch Gegenstände durch die Luft. Kleine Gegenstände – Flaschen, Stoffbeutel, ja sogar Gemüse. Eine Reihe von Händlern machten ein gutes Geschäft, indem sie diesen Streit nährten. Dann warf jemand einen Pflasterstein. Groß war er nicht, aber er flog direkt in Richtung der Plattform, auf der Crede stand. Ich weiß nicht, ob er weiterflog oder ein Ziel traf. Ich weiß nur, dass Crede wie vom Blitz gefällt zu Boden stürzte.«

Mark spürte, wie ihm das Blut aus dem Gesicht wich. »Ist er …?«, begann er seine Frage, doch Miss Devine kam ihm zuvor.

»Crede starb in Miss Cherubinas Armen«, berichtete sie leidenschaftslos. »Die Wut der Menge war kaum noch zu zügeln. Greaves gelang es nur knapp, mit dem Leben davonzukommen, der eine oder andere Eintreiber hatte nicht so viel Glück. Die ersten Unruhen dauerten die ganze Nacht. Wie es scheint, hatten beide Seiten für diesen Fall Vorkehrungen getroffen. Nach Sonnenaufgang ebbten die gewaltsamen Auseinandersetzungen ein wenig ab, aber bis dahin verlief eine Barrikade quer durch die ganze Stadt.« Miss Devine deutete auf die menschenleere Straße. »Und wir, Mr Mark, befinden uns in dem Teil der Stadt, der voller Rebellen ist, die Blut für den Mord an ihrem Anführer fordern.«

Die drei standen schweigend da. Alles, was Mark vor Augen stand, war ein einzelnes Bild – Cherubina, die Crede, der eine schreckliche Wunde an der Schläfe hatte, in den Armen hielt, während die Menge überall um sie herum tobte. Und im Hintergrund die drohend aufragende Silhouette von Nick, Credes rechter Hand, genau wie Mark ihn aus seiner letzten Begegnung in Erinnerung hatte – einen großen Pflasterstein mit der Hand umklammernd.

An der Seite erklang das Geräusch von quietschendem Metall. Mark erkannte, dass es von der Tür des Tempels stammte – es war das Geräusch eines Schlüssels, der sich in einem verrosteten Schloss drehte.

»Nun, wie es scheint, hat Ihr Klopfen letztendlich doch die Aufmerksamkeit Ihrer Freunde auf sich gezogen«, bemerkte Miss Devine. »Vielleicht haben sie das Gefühl, dass es nun wieder sicher ist, die Türen zu öffnen.« Kalt lächelnd wandte sich Miss Devine ab. »Ich bin nicht sicher, ob das eine kluge Entscheidung ist.«

Sie kehrte in ihren Laden zurück und schloss die Tür hinter sich.

Stumm starrten sich Mark und Ben an. Die ganzen Informationen überstiegen ihr Vorstellungsvermögen; sie brauchten einen Moment, um sich darauf einzustellen, einen Moment, um sich darauf vorzubereiten, ihren Freunden gegenüberzutreten.

Doch dazu bekamen sie keine Gelegenheit. Die Tür des Tempels wurde einen Spaltbreit geöffnet.

»Wer ist da? Wir haben nicht geöffnet, wir …« Die aus dem Innern des Tempels dringende Stimme hielt mit einem Laut des Erstaunens inne, und die Tür wurde weit aufgeschlagen.

»Theo!«, rief Verity begeistert. »Es sind Mr Mark und Miss Benedicta! Es geht ihnen gut!«

Durch die Tür konnte Mark sehen, dass Theo mit freudiger und hoffnungsvoller Miene auf sie zukam. Hinter ihm drängte sich eine Gruppe verängstigter Menschen zusammen, die auf gute Nachrichten warteten. Er versuchte sich an einem Lächeln.

Nach wie vor strahlend schaute Verity an ihnen vorbei. »Und Lily? Ist sie bei euch?«, fragte sie.

Marks Lächeln verschwand so rasch, wie es gekommen war. Wie es schien, war nun er an der Reihe damit, eine Geschichte zu erzählen.

»Tja«, begann er. »Sie braucht wahrscheinlich noch ein bisschen länger …«

## KAPITEL 15

# *Glauben*

Es war ein natürliches Licht, davon war Laud überzeugt.

Er zwang sich trotz seiner schmerzenden Beine dazu weiterzuklettern. Zunächst hatte es so ausgesehen, als winde sich die Steintreppe unendlich weit hinauf, doch nun erkannte er etwas, das wie Tageslicht aussah und von oben herabfiel.

Seine Kehle war ausgetrocknet, und sein Magen knurrte. Es war schon eine Weile her, dass er die letzten Proviantreste gegessen hatte, doch wie lange, vermochte er nicht zu sagen. Im Laufe der Zeit war er dazu übergegangen, immer dann zu schlafen, wenn das Geplapper der Kakophonie für kurze Zeit nachließ, statt sich an so etwas wie einen festen Plan zu halten. Er musste schon tagelang in den Stollen umhergeirrt sein, doch manchmal hatte er das Gefühl, es wären Jahre. Oder nur Stunden.

Er wurde sich bewusst, dass er Selbstgespräche führte und beim Hinaufsteigen die Steinstufen mitzählte. Dazu war er übergegangen, nachdem ihm das Lampenöl ausgegangen war. Er wollte lieber seine eigene Stimme hören als die endlosen Echos aus den pechschwarzen Höhlen.

*Was wird kommen? Warum? Welcher? Wo? Wen? Weshalb?*

»Tausendfünfhundertachtundfünfzig …«, murmelte Laud vor sich hin. Zwar war er schon vor einiger Zeit mit den genauen Zahlen durcheinandergekommen, doch alles war besser, als den Stimmen zu lauschen. Momentan stellten sie Fragen, was nicht ganz so schlimm war. Manchmal hingegen flüsterten sie Geheimnisse, die ihn erröten ließen, oder sie stießen Verwünschungen und Drohungen aus. Einmal, als er gerade einen Stollen passierte, aus dessen Seitenwänden messerscharfe Felsspitzen ragten, hatten sie lediglich dümmliche Begrüßungsfloskeln geplappert, sodass er sich vorkam, als folge ihm ein Heer von Idioten, dicht hinter ihm und unmöglich zum Schweigen zu bringen.

Doch mit alledem konnte er umgehen. Er wusste, dass die Stimmen, so laut sie auch sein mochten, lediglich Töne waren. Das Problem war nur, dass diese Töne mitunter vertraut klangen.

Er hatte gedacht, Lilys Stimme zu hören würde das Schlimmste sein. Und tatsächlich konnte er sie immer aus den anderen heraushören, wenn auch verzerrt. Doch irgendwie ließ ihn dies auch hoffen. Selbst wenn sie weinte oder tobte, so war sie doch am Leben. Es hielt seine müden, mit Blasen bedeckten Füße auf Trab.

Nein, das Schlimmste waren die alten Echos, jene Töne, die er seit jüngster Kindheit nicht mehr vernommen hatte.

Manchmal waren sie ganz schlicht. Der Ruf des Nussverkäufers, der auf der anderen Straßenseite gewohnt hatte. Das Geräusch seiner spielenden Freunde. Er erinnerte sich noch daran. Es war eine Zeit gewesen, in der er gespielt und Freunde gehabt hatte. Bevor ihm die Eltern genommen worden waren und er hatte fortgehen und arbeiten müssen. Es war, bevor er erkannt hatte, wie die Stadt wirklich war.

Trotzdem, es hätte schlimmer kommen können. Er hätte die Stimme von Gloria hören können, seiner verstorbenen Schwester. Die Kakophonie hätte ihre Stimme herbeirufen können, ein wenig zu fröhlich, als sie versuchte, ihrer Mutter das Heft aus der Hand zu nehmen. Die Kakophonie hätte ihre letzten Worte ihm gegenüber wiedergeben können, als sie ihm versprach, die Einnahme abgefüllter Gefühle aufzugeben, die sie brauchte, um durch den Tag zu kommen.

In seinen Träumen hörte er diese Worte oft genug.

So viele Menschen hatten ihn verlassen. Und nun war er gegangen. Benedicta, die Letzte aus seiner Familie, war weit weg. In den Stollen, umgeben von leer widerhallenden Worten, war er selbst sein einziger Gefährte. Und er kannte sich selbst nicht gut genug, als dass ihm dabei wohl zumute gewesen wäre.

Er hatte eine große Enthüllung erwartet, eine tiefe Wahrheit. Doch er stellte lediglich fest, dass sein Verlangen weiterzugehen immer stärker wurde. Genau erklären konnte er sich das nicht, aber er durfte sich Lily einfach nicht noch einmal durch die Finger gleiten lassen.

Er blickte auf. Ja, dort oben schien definitiv Licht. Es war eine zerklüftete Öffnung, direkt hinter der nächsten Biegung, die sich mit jeder weiteren Stufe verbreiterte. Laud streckte die Hand aus, um sich an die Wand zu lehnen. Er bemerkte dabei zum ersten Mal, dass seine Finger rau und zerkratzt waren, ein Andenken an die unzähligen Male, die er in den dunklen Stollen gestürzt war. Er riskierte einen Blick nach unten. Seine Kniehosen waren zerrissen, seine Stiefel abgenutzt. Er schob sich ein paar Strähnen seines roten Haars aus dem Gesicht. Wenn er Lily endlich erreicht hatte, würde er keinen besonders vertrauenerweckenden Anblick abgeben.

Andererseits konnte das auch von Vorteil sein, sinnierte er, als er auf dem obersten Treppenabsatz ankam. Falls es Ärger gab, würde ein einziger Blick auf sein heruntergekommenes Äußeres jeden davon überzeugen, dass mit ihm nicht zu spaßen war.

Er tastete nach dem Rand der Öffnung und zog sich aus den zerstörten Überresten von etwas heraus, das wie eine Gruft wirkte. Das plötzliche, aus einer Öffnung in der Decke dieser Felskammer weit über ihm einfallende Licht blendete ihn. Es sah hier fast so aus wie in einer Art Krypta …

Plötzlich spürte er, dass die Spitze einer Klinge leicht in seinen Rücken stach.

»Was haben Sie hier verloren, Bewohner der Dunkelheit?«, fragte eine heisere Stimme dicht an seinem Ohr.

Ohne einen Gedanken darüber zu verschwenden, wirbelte Laud herum und erwischte den Mann unvorbereitet. Das Messer fiel dem Angreifer aus der Hand und landete klappernd auf dem Boden. Laud stellte seinen Fuß darauf und konzentrierte sich auf den Mann. Er war mit einer rostroten Kutte bekleidet, deren Kapuze er hochgezogen hatte, sodass sie sein Gesicht verdeckte.

»Begrüßen Sie alle Ihre Gäste so?«, fragte Laud, mit Sarkasmus seine Nervosität überspielend. Da er nicht wusste, ob der Mann allein war, sah er sich rasch in der runden Felskammer um.

Argwöhnisch trat der Mann zurück. »Sie sind nicht willkommen in der Kathedrale«, verkündete er. »Wir haben den Weg zu den Ländern unten versiegelt. Nur die Richter dürfen passieren.«

Laud musterte den Mann. Bedrohlich sah er nicht aus, schon gar nicht, wenn man bedachte, wie leicht er sich von Laud hatte entwaffnen lassen. Doch er konnte es sich nicht leisten, aufgehalten zu werden.

»Wie gut also, dass ich einer der Richter bin«, sagte er und hielt seine Stimme dabei absolut sachlich. »Ich heiße Mark; ich bin der Protagonist.«

Augenblicklich veränderte sich die Haltung des ganz in Rot

gekleideten Mannes, und er warf seine Kapuze zurück, um besser sehen zu können. Unwillkürlich zuckte Laud zusammen. Das Gesicht des Mannes war mit so vielen dicken, bleifarbenen Narben übersät, dass er kaum mehr wie ein Mensch aussah. Er streckte Laud seine gleichermaßen schlimm zugerichteten Hände entgegen.

»Den Sternen sei Dank«, rief er aus. »Ich habe auf Sie gewartet. Wolfram sagte, Sie wären gefangen genommen worden, aber ich wusste, dass der Protagonist sich niemals einsperren lassen würde. Nachdem Miss Lily aus der Gruft geklettert war, war ich davon überzeugt ...« Er hielt inne und legte die Stirn seines zerstörten Gesichts in Falten. »Ich dachte, Wolfram hätte gesagt, Sie seien blond?«

»Ist Lily hier vorbeigekommen?«, unterbrach ihn Laud hastig.

Der Mann nickte sofort. »Ja, aber Sie sollten wissen ...«

»Wo ist sie?«, schnitt ihm Laud das Wort ab.

Der Mann hob die Hände. »Ich ... habe versucht sie aufzuhalten«, stammelte er. »Ich habe gemerkt, dass sie sehr aufgewühlt war. Das arme Kind. Bestimmt hatte sie schon seit Tagen nichts mehr gegessen ...«

Laud packte den Mann an der Kutte. »Wo. Ist. Sie?«, fragte er drohend.

Der Mann beruhigte sich. »In den Sümpfen«, sagte er. »Aber Sie dürfen ihr nicht folgen. Sie sollten sich ausruhen und darauf vorbereiten ...«

»Habe ich Zeit, mich auszuruhen?«, fragte Laud, ohne loszulassen. »Habe ich wirklich eine Wahl? Wird Lily in Sicherheit sein, wenn ich trödele?«

Trotz aller Narben war es nicht schwer, einen schuldbewussten Ausdruck im Gesicht des Mannes auszumachen. »Nein, aber ich darf nicht zulassen, dass Sie beide dorthin gehen. Einer von Ihnen sollte bereit sein …« Er hielt inne. Laud war sich nicht sicher, welcher Ausdruck in seinem Gesicht stand. Aber wenn er auch nur einen Bruchteil dessen ausdrückte, was gerade in seinem Kopf vorging, dann überraschte es ihn nicht, dass der Mann seine Einwände fallen gelassen hatte.

Laud war zumute, als würde er jeden Moment durchdrehen.

»Ich bringe Sie zur Tür«, sagte der Mann ruhig.

Der Nebel bildete eine dichte, dicke Decke. Nach den Wochen in den Stollen war Laud die kalte Luft trotzdem willkommen.

Der Mann, der sich Honorius nannte und Pförtner der Kathedrale war, hatte ihn ermahnt, auf dem Weg hinab zu den Sümpfen Vorsicht walten zu lassen. Nichtsdestotrotz rannte Laud so schnell, dass zu beiden Seiten kleine Steine aufspritzten.

Honorius hatte ihn auch ermahnt, er solle eine Pause einlegen. Falls er zurückkommen müsse, solle er nicht zu der glänzenden Kathedrale zurückkehren, sondern das Sanatorium aufsuchen, auf der anderen Seite der Landzunge. Dort würden auf ihn und Lily weiche Betten warten. Doch als Laud den Fuß der Klippe erreicht hatte, rannte er nur noch schneller.

Vor allem aber hatte der Mann ihn ermahnt, vorsichtig zu sein, sich nicht mitten hinein in die tückischen Sümpfe zu begeben, da dort etwas herrsche, das er Alptraum nannte.

Laud war nicht gut darin, Ratschläge zu befolgen.

Doch kaum dass er die Sümpfe betrat, spürte er es. Es war ein Gefühl, als ob er beobachtet würde, so wie ein Druck im Kopf. Etwas Ähnliches hatte er im Thronsaal des Orakels empfunden, doch dort war es verborgen gewesen, nur am Rand seiner Gedankengänge. Hier drängte sich seine Gegenwart von allen Seiten auf.

Da Schlamm an seinen Stiefeln klebte, kam Laud allmählich nur noch langsam voran. Eine innere Stimme flüsterte ihm ein, er solle zurückkehren. Lily wolle gar nicht gefunden werden, werde ihn dafür, dass er ihr folgte, mit Häme überschütten. Er sei nutzlos, wertlos … ihrer Aufmerksamkeit nicht würdig …

Vom Schlamm stieg ein ganzer Schwarm Insekten auf. Laud fuhr zurück und schlug nach ihnen, worauf er wieder einen klaren Kopf bekam.

»Gib dir keine Mühe«, fauchte er den Nebel an. »Ich habe schon Schlimmeres erlebt als dich, Alptraum. So einfach lasse ich mich nicht abschrecken.«

Er konzentrierte sich auf eine Sache: auf Lily. Auf ihr Gesicht, ihre Stimme, ihren nicht unterzukriegenden Willen. So, wie er sie in Erinnerung hatte.

»Lily!«, rief er.

Seine Stimme wurde vom Nebel verschluckt.

Er stapfte weiter. Der Nebel schnürte ihm die Kehle zu. Abgesehen von seinen langen weißen Schwaden konnte er überhaupt nichts erkennen. Der Schlamm unter ihm wurde weich und matschig, doch Laud zwang sich dazu weiterzugehen.

»Lily!«, rief er immer wieder. »Lily!«

Urplötzlich hörte er sie.

»Du hast keine Blumen mitgebracht.«

Die Stimme war ein Wispern, und er vernahm sie dicht an seinem Ohr. Laud fuhr zusammen und stürzte kopfüber in den Schlamm.

»Wenn man eine Dame besucht, muss man Blumen mitbringen. Das gebietet der Anstand.«

Laud rappelte sich wieder auf und drehte sich um.

Lily stand leichtfüßig auf der Oberfläche des Morastes. Ihr Rock war voller Schlamm und hing schwer an ihrem dünnen Körper herab. Sie schwankte, so als stünde sie in einer steifen Brise. Sie lachte, tat dies jedoch, ohne zu lächeln. Und ihr Blick wanderte unstet umher, ohne zur Ruhe zu kommen.

Laud starrte sie entgeistert an. Etwas stimmte hier nicht, stimmte ganz und gar nicht. Das Mädchen, das wie Lily aussah, beugte sich vor und starrte ihn an.

»Blumen? Lilien? Lilien für die Toten und die beinahe Toten und die immer Toten.« Ihre Stimme klang seltsam und angespannt, sprudelte jedoch so, als wäre Lily völlig sorglos. »Aber Blumen für die niemals Lebenden? Wie würden die wohl aussehen? Rosen vielleicht. Ich hätte gerne Rosen von dir. Warum hast du keine mitgebracht?«

Sie breitete die Arme aus und streckte sie ihm entgegen, um sein Gesicht zu berühren. Laud bemerkte, dass ihre Nägel blutig waren.

»Lily?«, sagte er und nahm sie an der Hand. »Bin ich froh, dass ich dich gefunden habe …«

»Mich gefunden? Hast du das?« Lily lächelte. »Gut. Ich suche mich schon den ganzen Tag.« Sie schlug seine Hand weg. »Hör zu, fass mich nicht an. Ich bin ganz zerbrechlich.«

Mit überraschender Leichtigkeit wirbelte sie herum, und der Nebel verschlang sie.

»Lily?«, sagte Laud beunruhigt. »Lily, wo bist du?«

»Überall, in dieses Land geprägt, das ist sie«, erklang Lilys Stimme, leiser werdend. »Von ihr kommt man nicht weg. Man sollte meinen, sie wäre der einzige Mensch auf der Welt …«

Laud tastete nach ihr, vernahm aber lediglich ihre Stimme, hell, hoch und unnatürlich schrill.

»Warte!«, sagte Laud und rannte ihr hinterher.

»Halte deine Gedanken freundlich und ansprechend …«, sang Lily. »Er mag sie so. Voller Furcht und Reue …«

Lily tauchte vor ihm wieder auf und drehte eine Pirouette auf einem Bein.

»Lily …«, rief Laud. »Bitte, bleib doch stehen und hör mir zu.«

»Nein danke«, sagte sie leichthin. »Ich habe schon zu viel zugehört. Immer habe ich Menschen gesucht, die mir etwas erzählen. Das hätte ich nicht tun sollen. Zu viel, weißt du. Alles voll. Nichts mehr. Nichts mehr.« Plötzlich blieb sie angespannt stehen und betrachtete den Nebel um sich herum. »Es kommt wieder«, verkündete sie leise. »Bleib nicht hier. Es wird dir nicht gefallen.«

»Was?«, fragte Laud und schüttelte den Kopf. »Was wird kommen …«

Lily fing an zu schreien.

Laud packte sie und beschwor sie, damit aufzuhören, doch sie fuhr damit fort, lauter, immer lauter werdend, bis Laud sie loslassen musste, um sich die Ohren zuhalten zu können. Trotzdem konnte er das Geschrei nicht ausblenden. Es klang so verzweifelt, so voller Schmerz, und der Nebel um sie her schien dadurch zu gären, um Lily herumzuwirbeln, so als tanze er vor Freude.

Abrupt verstummte Lily und lächelte vage. »Das war weniger als sonst«, sagte sie mit vor Anstrengung krächzender Stimme. »Bestimmt langweilt er sich allmählich mit mir.«

»Wer …?«, brachte Laud heraus und nahm die Hände von den Ohren. Lily blinzelte mit den Augen.

»Der Alptraum natürlich … Bist du nicht …?« Ihre Augen weiteten sich vor Angst. »Nein, das kannst nicht du sein … du bist gar nicht hier!« Sie packte seine Hand und zog sie sich dicht vor die Augen, um sie zu mustern. »Es sieht echt aus, riecht echt …« Sie leckte an seinem noch immer schlammverkrusteten Finger und spuckte aus. »Und schmeckt auch echt, denke ich. Aber es hört sich nicht richtig an. Laud hätte mittlerweile mehr geredet. Still ist er noch nie gewesen. Immer scharf, immer bittersüß … nicht wie Salz und Schlamm …«

Laud spürte, wie seine Gedanken sich erneut verdüsterten. Er hätte gern in gleicher Weise reagieren wollen, seinen Geist umherstreifen lassen wie den ihren. Allen Stress und alle Gefahr vergessen, um ihr durch die Sümpfe nachzujagen, in ihrer Welt verloren.

Doch das konnte er nicht. Er musste sie zurückholen.

»Lily, ich bin es«, sagte er und ergriff ihre Hand. »Mein echtes Ich.«

»Wer ist dein echtes Ich, Laud?«, fragte sie. »Weißt du denn alles über dich? Bist du sicher, dass du kein anderer bist, seit du dich erinnern kannst? Hast du dich verraten, Laud?« Sie ließ seine Hand los. »Der Verrat unserer Väter«, sagte sie mit feierlicher Stimme. »Sie haben uns im Stich gelassen. Aufgegeben. Wir waren ganz auf uns allein gestellt, haben zu einer Musik getanzt, die sie schon lange hatten verstummen lassen. Mit ihrer Anleitung hätte es uns wunderbar gehen können. Aber sie haben uns im Stich gelassen. Haben uns den falschen Weg gehen und uns im Leid suhlen lassen, damit wir es nie, nie wiedergutmachen können …«

Laud begriff, dass er sie wieder verlor. Ihre Augen wurden glasig.

»Lily, geh nicht«, sagte er. »Du bist nicht allein. Ich bin dir den ganzen Weg gefolgt.«

»Nein«, sagte Lily und schüttelte den Kopf, sodass ihr verfilztes Haar hin und her peitschte. »Du bist nicht wirklich da, nicht echt. Das ist bloß ein Trick. Zu aufrichtig, zu sanft. Du bist nicht der Laud, den ich kenne.«

Laud zog unwillkürlich die Brauen hoch. »Wäre es dir lieber, wenn ich eine Bemerkung über den Schlamm machen würde? Es sieht so aus, als hättest du dich darin gesuhlt …«, fing er an, hielt dann aber wieder inne. Lily hatte etwas aus ihrer Schürze gezogen, das im schwachen Licht schimmerte. Es war ein kurzes, scharfes Jagdmesser.

»Ich muss die Alpträume bekämpfen«, erklärte sie leise. »Nach einer einzigen Berührung zerfällst du. Und wenn du zu fest bist, dann werde ich es ein bisschen stärker versuchen müssen.« Laud trat zurück. »Weißt du, ich wünschte mir ja, du wärst echt«, sagte Lily traurig. »Ich wollte Laud so gerne wiedersehen, mehr als jeden anderen. Aber das wusstest du. Das hast du immer gewusst.«

Sie machte einen Satz nach vorn. Laud hechtete zur Seite, doch der Schlamm behinderte seine Bewegung, und Lilys Messer schnitt ihm den Hemdsärmel auf. Er griff nach Lilys Hand, um ihr das Messer zu entwinden, doch sie wehrte sich mit außerordentlicher Kraft, und er stürzte zu Boden. Dort blieb er liegen, in den Sumpf sinkend, während sie drohend über ihm aufragte.

Laud geriet in Panik. Verzweifelt versuchte er auf eine Möglichkeit zu kommen, wie er ihr beweisen konnte, dass er es wirklich war, doch seine Sinne ließen ihn im Stich. Es gelang ihm nicht, den Blick von Lilys Augen zu lösen, die normalerweise so ruhig und gelassen waren. Nun aber stand sie am Rande des Zusammenbruchs. Er konnte nicht nachdenken, konnte nicht mehr vernünftig urteilen, hatte nur immer diesen Blick im Kopf. Er hob den linken Arm, um sich zu schützen.

Lily hob erneut das Messer. Und hielt inne.

Sie hatte den Blick auf seinen Arm geheftet. Genauer gesagt auf die alte Narbe, die nun sichtbar war. Sie stammte von einer Verletzung, die ihm zugefügt worden war, als er Lily vor einem

Wahnsinnigen beschützt hatte, der ebenfalls geglaubt hatte, die Welt wäre nur eine Illusion.

Das Messer fiel Lily aus den Händen und versank im Schlamm.

Sie blickte auf Laud hinunter. Tränen standen in ihren Augen.

»Laud? Du bist es wirklich, oder?«

Es war ihre Stimme – ihre echte Stimme, müde und verängstigt, aber ganz anders als der merkwürdige singende Ton von vorhin. Laud ergriff ein dickes Büschel Sumpfgras, zog sich daran hoch und setzte sich auf.

»Um das herauszufinden, hast du ganz schön lange gebraucht«, sagte er mit zitternder Stimme. Während er sprach, wurde der Nebel um sie herum noch dichter und umschlang sie wie lebende Ranken.

»Du darfst hier nicht bleiben. Ich werde selbst nicht lange hier sein«, sagte Lily rasch, während sie ihre Tränen herunterschluckte. »Ich bekomme … ein Aufblitzen von Wahrheit. Echte Visionen. Tut mir leid, Laud, dass du den ganzen Weg auf dich genommen hast und ich es nicht wert bin, gefunden zu werden.«

»Diese Bemerkung nehme ich gar nicht zur Kenntnis«, erwiderte Laud und rappelte sich auf. »Komm, du musst raus hier aus dem Sumpf, weg von dem Alptraum. In der Nähe gibt es ein Sanatorium; der Mann mit den Narben hat gesagt, er könne helfen.«

Lily schüttelte den Kopf. »Ich komme nicht mit.«

Laud runzelte die Stirn.

Er wollte sie berühren, doch Lily trat einen Schritt zurück.

»Du verstehst das nicht«, sagte sie mit bebender Stimme. »Der Alptraum wird mich nicht gehen lassen. Er ist mir aus

Naru gefolgt. Er hat in dem Hohelied zu mir geflüstert und in den Wind gelacht. Er hat mich daran erinnert, was ich getan habe … zu was ich …« Lilys Augen blickten wirr, und ihr Atem ging in kurzen Stößen. »All diese Menschen – in dem Dorf Aecer, in den Stollen … All diese Toten …«

Laud ergriff mit beiden Händen ihren Kopf, um sie zu zwingen, ihn anzuschauen. »Wovon redest du?«, fragte er. »Geht es um dieses Erdbeben in Naru? Das war die Schuld des Orakels; sie hat versucht dich aufzuhalten und dabei die Kontrolle verloren …« Er wiegte ihren Kopf. »Du darfst nicht auf den Alptraum hören … er will dich bloß verwirren … Es war ein Unfall …«

»Und die Revolution in Agora?«, rief Lily und schob seine Hände weg. »Ist das auch nur ein Unfall? Der Alptraum hat jedes Mal, wenn ich schlafen wollte, die Echos der Stimmen in meinem Kopf dröhnen lassen. Hast du es nicht gehört, Laud? In dem Stollen? Hast du die Kampfrufe nicht vernommen, die Panik? Genau wie in Giseth … genau wie in Naru … Überall, wohin ich gehe, säe ich nur den Tod!«

Mittlerweile waberte der Nebel um sie herum. Und in diesem Nebel waren Gestalten zu erahnen, Gestalten, die Laud jedoch nicht genauer anschauen wollte. Es waren Wesen mit Klauen und Zähnen. Laud versuchte sich auf Lily zu konzentrieren, doch seine eigenen Ängste ließen sich nun schwerer beherrschen. *Ben wird mittlerweile wieder in Agora sein*, sagte ein neuerliches Geflüster in seinem Hinterkopf, *und Mark und Theo auch. Und du hast sie zurückgelassen, um diesem armen, verrückten Mädchen zu folgen. Wirst du jemals eine Heimat haben, in die du zurückkehren kannst?*

»Diese ganze Zeit dachte ich immer, ich würde helfen«, fuhr Lily mit eher trauriger als ängstlicher Stimme fort. »Ich dachte, ich weise den Menschen einen Weg, um auf neue Art zu leben. Dass sie nicht immer und immer wieder die gleichen Fehler in ihrem Leben machen müssen, indem sie sich über Kleinigkeiten streiten oder einander mit Traditionen ersticken. Die Zukunft gehörte uns, Laud. Eine anständige Zukunft, in der jeder vollständig sein würde … nicht leer, nicht nach einer Bestimmung suchend, die er niemals finden würde …«

Lily fing heftig an zu zittern. Zum ersten Mal fiel Laud auf, wie mager sie geworden war, fast nicht mehr greifbar.

»Lily, hör doch mal einen Moment zu …«, sagte Laud verzweifelt, aber sie schien ihn gar nicht mehr wahrzunehmen.

»Aber das ist nicht meine Zukunft. Es ist ihre«, murmelte sie. Während der Alptraum sie befiel, wurde ihre Stimme hektischer. »Das uralte Experiment des Waage-Bundes, genau nach Plan. Wen kümmert es, wie viele sterben müssen? Wen kümmert es, dass sie uns allein ließen? Sie haben gewonnen – und wir müssen den Preis dafür bezahlen.«

»Lily …«

»Aber was spielt das für eine Rolle?«, fragte sie, wobei ihre Stimme erst leiser wurde und dann wieder anschwoll. Laud spürte nun selbst den Alptraum, der durch den Schlamm und die Luft glitt und sich wie ein Dunstschleier über Lily legte. »Wir sind nicht echt. Keine richtigen Menschen. Wen kümmert es, ob wir Mütter haben, die seelenlose Maschinen sind, und tote Väter, die uns unserem Schicksal überlassen, solange nur das große Projekt weiterbesteht?« Sie lachte hart. »Solch kleine Leben, Laud. Wir schreiten unsere mickrigen Lebenswege entlang, bis wir zu Staub zerfallen, bis wir nur noch Muster bilden, die zu sehen niemand in der Lage ist …«

»Lily!«

»Ich wollte Glück, Laud«, sagte sie, und nun nahm ihre Stimme wieder das hohe, irre Flüstern an. »Für mich, für alle.

Ich dachte, meine Ideen könnten es bewirken. Mir war es egal, wen ich dafür opferte, meine Vorstellung einer Welt umzusetzen, denn ich war mir so *sicher*. Genau wie dieser Waage-Bund. Aber es ist alles verdreht. Alles. Ein ganzes Leben voller Sehnsucht, und ich bin schlimmer als der Alptraum, schlimmer noch als Snutworth. Die haben wenigstens nie geglaubt, etwas Gutes zu bewirken. Aber mir hat keiner gesagt, dass die Musik aufgehört hat zu spielen, die Welt sich weitergedreht hat und ich mich nur noch drehe und versinke und sterbe und …«

»Bei allen Sternen, jetzt hör dich doch reden!« Laud packte sie an den Schultern. »Glaubst du wirklich, du hättest an allem Schuld?«, rief er. »Meinst du, wir anderen hätten alle bloß herumgesessen und darauf gewartet, dass die großartige Lilith unsere Welt auf den Kopf stellt?« Er begegnete ihrem Blick und schaute sie todernst an. »Meinst du, alle wären gefolgt, hätten gekämpft und wären ums Leben gekommen, nur um dir einen Gefallen zu tun? Die Lily, wie ich sie in Erinnerung habe, würde nicht so denken. Die Lily, wie ich sie in Erinnerung habe, scherte sich nicht um Prophezeiungen oder uralte Pläne von irgendwem. Sie hat bloß die Ärmel hochgekrempelt und sich darangemacht, dem nächsten Schuldner, der zur Tür hereinkam, zu helfen. Denn das war es, was sie getan hat – helfen. Den ganzen Tag, jeden Tag. Sie hat sich so bemüht, dass sie fast vergessen hat, dass sie nur ein einzelner Mensch war. Ein einzelner Mensch mit einer erstaunlichen, begeisternden Idee.«

Lily starrte ihn an. In diesen Augen sah er noch einen Funken ihres alten Ichs – verängstigt und unsicher.

»Aber alles, was ich getan habe … all diese Toten in meinem Namen …«

»In wessen Namen?«, sagte Laud grimmig. »Lily, die Gegenspielerin? Lily, die Revolutionärin? Das bist nicht du. Gut oder schlecht, das hier ist jetzt größer als du.« Er beugte sich ganz dicht zu ihr vor und berührte ihre Stirn mit der seinen. »Das bist du. Es ist ganz gleich, wie viele Namen du hast oder wer deine Eltern waren. Es spielt weder für mich eine Rolle noch für Mark, Ben oder Theo. Du bist Lily. Du bist gut und mitfühlend und dickköpfig und wütend und wunderbar.« Er schob ihr eine Haarsträhne aus dem erschöpft und verängstigt wirkenden Gesicht. »Du bist nicht perfekt, und warum solltest du das auch sein?« Er sah ihr in die Augen. »Aber für mich bist du es beinahe.«

Lily hielt seinem Blick stand. Eine Weile sagten sie beide gar nichts. Laud fühlte ihren Herzschlag.

Dann öffnete sie den Mund und wimmerte.

Es war ein lang gezogenes, schmerzerfülltes Wimmern wie das Weinen eines Babys. Laud zog sie an sich und hielt sie fest. Er hielt sie, bis ihm die Ohren dröhnten und das Herz stockte. Das Geräusch brachte den Nebel überall um sie beide herum dazu, sich zu winden, zu krümmen und zu beben.

Laud ließ nicht los. Auch nicht, als ihr Weinen sich erst in ein Krächzen und dann in ein Schluchzen verwandelte.

»Ich … ich …«, begann Lily mit schwacher Stimme.

»Lässt du eigentlich nie jemand anderen zu Wort kommen?«, fragte Laud sie liebevoll.

Lily zog sich ein wenig zurück; ihre Augen waren klar, blickten aber unendlich müde. »Es ist bloß … schau doch …«, sagte sie und deutete mit zitterndem Finger hinter ihn.

Laud drehte sich um und schaute. In der Ferne, weit jenseits der Sümpfe, erblickte er den Sonnenuntergang.

»Der Nebel … er ist weg …«, murmelte Lily und geriet ins Schwanken.

Laud fing sie auf, bevor sie den Boden berührte.

## KAPITEL 16

# *Die Bestrafung*

»Sie müssen zugeben, Chefinspektor, dass nicht ganz das erreicht wurde, was Sie vorhergesagt hatten.«

Greaves starrte zu Boden, aber nicht aus Scham. Er wusste, dass seine Verhandlungen zunächst erfolgreich gewesen waren. Hätten er und Crede die Möglichkeit gehabt, länger miteinander zu sprechen, dann hätten sie in der Stadt, die sie beide liebten, womöglich den Frieden wiederhergestellt. Es gab nichts, wessen er sich hätte schämen müssen.

Nein, er blickte zu Boden, weil er befürchtete, sich zu vergessen und sich seine Verachtung ansehen zu lassen, wenn er dem Direktor in die Augen schaute.

Mit Lady Astreas Zorn war er im Lauf der vergangenen Wochen bereits mehrfach konfrontiert worden. Ihr konnte er das nachsehen – sie war seine Vorgesetzte, und ihr Zuhause, der ehemalige Turm des Sterndeuters, lag viel zu dicht an der Barrikade, sodass sie nicht länger dort wohnen konnte. Sie war mitten in der Nacht aus dem Turm geflohen, fassungslos im Direktorium angekommen und hatte dort einen Sündenbock gesucht. Zu diesem Treffen jetzt war sie nicht erschienen. Soweit er es beurteilen konnte, verbrachte sie einen Großteil ihrer Zeit in den Bibliotheken des Direktoriums, wo sie in Gefangenenakten nachlas. Warum sie das tat, hatte er nicht gefragt.

Nein, Astreas Zorn war gerechtfertigt; sie wollte genauso

wenig wie er, dass diese Stadt geteilt wurde. Doch als sich der Direktor nun in dem riesigen, von Kerzenlicht beleuchteten Büro hinter seinen Mahagonischreibtisch setzte, war Greaves davon überzeugt, in seiner Stimme einen Anflug von Triumph herauszuhören.

»In der Tat, Sir«, sagte Greaves schließlich. »Es ist nicht das erreicht worden, was ich erhofft hatte.«

Der Direktor nickte nachdenklich. »Es freut mich zu sehen, dass Sie so gefasst sind, Chefinspektor. Wir werden in den kommenden Wochen unsere klare Linie beibehalten müssen.«

»Unbedingt, Sir«, sagte Greaves. »Mit Ihrer Erlaubnis würde ich gern einige Angestellte des Direktoriums rekrutieren, um sie auf die andere Seite der Barrikaden zu schicken und dort erneut Gespräche einzuleiten. Ich fürchte, der Anblick einer Eintreiberuniform wäre im Moment nicht willkommen, doch wir benötigen einen offiziellen Vertreter auf der von den Aufständischen beherrschten Seite der Stadt …«

»Es wird keine Gespräche geben, Chefinspektor«, sagte der Direktor leise.

»Sir, es sind nun bereits fast drei Wochen vergangen«, fuhr Greaves fort. »Wir mussten ihnen natürlich Zeit lassen, um Credes Tod zu betrauern. Aber nun, da sich die erste Aufregung gelegt hat, wäre dies der perfekte Zeitpunkt, um Frieden anzustreben.«

»Es wird keine Gespräche geben«, wiederholte der Direktor, während er sich mit seinen Unterlagen beschäftigte. »Keine Verhandlungen, keine Kompromisse. Die Revolutionäre haben beschlossen, sich dem Direktorium, sich Agora zu widersetzen. Sie haben unsere Führung gegen ihre eigene Herrschaft eingetauscht. Deshalb werden sie in einer Stadt ohne Schutz oder Ordnung leben. Und ohne Lebensmittel.«

Der Direktor blickte auf und lehnte sich in seinem Stuhl zurück. »Die Vorräte in den Lagerhäusern flussabwärts werden bald zur Neige gehen, und die Lebensmitteleinfuhr aus Giseth steht unter der Kontrolle des Direktoriums.«

Die Bemerkung ließ Greaves unwillkürlich zusammenzucken. Vor seiner Beförderung zum Chefinspektor hatte er wie alle anderen, die nicht zum privaten Kreis des Direktors gehörten, geglaubt, jenseits der Stadtmauern gäbe es nichts. Zu hören, wie das dort draußen liegende Land so beiläufig erwähnt wurde, beunruhigte ihn. Die Agoraner, die dem Direktorium nach wie vor loyal gegenüber waren, betrachteten ihn als Vertreter der öffentlichen Ordnung und der Gerechtigkeit. Und doch war er nun hier und plante die Zukunft mit Menschen, denen eine Lüge ganz locker über die Lippen kam.

»Selbstverständlich werden wir die Lebensmittel auch in der Oberstadt rationieren müssen«, fuhr der Direktor fort, Greaves' Unbehagen ignorierend. »Aber unsere Vorräte werden bis zur Ernte in Giseth und der nächsten Lieferung von dort reichen.« Er griff nach einer Karaffe und schenkte sich ein Glas Wein ein. »Die Revolutionäre werden nicht so viel Glück haben. Sie werden so lange hungern, bis sie keinen Widerstand mehr leisten können. Eine angemessene Bestrafung, denke ich, während wir uns mit wichtigeren Dingen beschäftigen.«

»Bei allem Respekt, Sir«, brummte Greaves, »was könnte wichtiger sein als das Leben unseres Volkes?«

Der Direktor begegnete Greaves' Augen mit einem unerbittlichen Blick. »Meinen Sie, mir wäre das Leben unseres Volkes nicht wichtig? Glauben Sie mir, Greaves, mir liegt das Wohlbefinden aller in unserer Stadt am Herzen. Ich habe schlicht und einfach eine langfristigere Lösung im Blick. Sie haben ihnen die Möglichkeit gewährt, klein beizugeben, und die haben darauf mit Gewalt geantwortet. Daher haben sie nun jedes Recht verwirkt, ihr Schicksal selbst zu bestimmen.«

Greaves spürte, wie er die Zähne zusammenbiss. »Ich diene Agora und seinen Bewohnern, Sir. Ich habe einen Eid darauf abgelegt.«

»Nein, Sie haben einen Eid geschworen, dem Direktorium treu zu dienen. Sie haben Ihre Loyalität gegen Ihren Titel und Ihre Macht eingetauscht, Chefinspektor.« Der Direktor lehnte sich zurück, ohne den Blick abzuwenden. »Nichtsdestotrotz erkenne ich die Schwierigkeit an, die in der Ausführung dieses Einsatzes liegt. Die Eintreiber werden ständig wachsam sein müssen, und auf den Straßen ist es für Sie nicht sicher. Deshalb ernenne ich Inspektorin Poleyn zum Befehlshaber der Truppen auf den Straßen. Sie selbst sind an das Direktorium gebunden. Und nun habe ich ein Unterredung mit Vater Wolfram. Wenn Sie mich dann entschuldigen würden.«

Greaves drehte sich um und versuchte, sich seine Überraschung nicht anmerken zu lassen, als Vater Wolfram aus den Schatten hervortrat. Für jemanden, der so auffällige rote Gewänder trug, hatte er viel Übung darin, sich unsichtbar zu machen.

Seit jenen ersten Tagen im Direktorium hatte der Mönch nicht viel gesprochen. Zunächst hatte sich Greaves gefragt, ob er ein Verbündeter sein würde, ein Mann, der den Direktor auf seine ureigene Art herausfordern würde. Doch worüber sie bei ihren privaten Treffen auch gesprochen haben mochten, er hatte sich rasch auf die Seite des Direktoriums gestellt, und mittlerweile wusste jeder, dass er die rechte Hand des Direktors war.

Dennoch vermochte nicht einmal Greaves mit seiner langen Dienstzeit genau zu ermessen, was Wolfram wirklich tat. Offiziell war er als Berater tätig. Er hatte zahlreiche gedämpfte

Unterhaltungen mit dem Direktor über einen »Prozess«, an dem sie arbeiteten, und die Frage des »Vermittlers«. Das hörte sich zwar dubios an, aber nicht ungewöhnlicher als die vielen geflüsterten Unterhaltungen, die es im Verlauf der letzten Jahre im Empfangsdirektorium gegeben hatte.

Aber an dieser Sache war noch mehr dran. Greaves hatte bemerkt, dass Wolfram Briefe nach Giseth gesandt sowie Agenten hinausgeschickt hatte, um die Stadt und die umliegenden Länder auszukundschaften. Greaves hatte seine eigenen Untersuchungen angestellt. Er wusste, dass Wolfram nach wie vor auf der Suche nach Lily war.

Aber auch das ergab keinen Sinn. Der Direktor wusste genau, wo sich Mark aufhielt – er hatte Greaves den Brief einer alten Freundin gezeigt, in dem diese ihm berichtete, der Junge sei wieder im Tempel. Dennoch schickte er niemanden dorthin, um ihn zu verhören und herauszufinden, wo Lily war. Wenn er sich etwas wirklich vorgenommen hatte, würden die Barrikaden für den Direktor kein Hindernis darstellen. Greaves hatte ihn einmal danach gefragt, jedoch nur eines jener unangenehm dünnen Lächeln geerntet. Und die Zusicherung, Lily werde eher zurückkehren, wenn sie von ihren Freunden begleitet und nicht von ihren Feinden gefangen genommen würde.

Nichtsdestoweniger suchten die Agenten des Direktors weiter – so als wäre es das Wichtigste auf der Welt, Lily zu finden. Ja, sie war zu ihrer Zeit eine Unruhestifterin gewesen, aber von denen gab es in der Stadt mittlerweile mehr als genug. Dies war jetzt die Zeit des Handelns und nicht die Zeit, um auf uralten Prophezeiungen herumzureiten.

»Chefinspektor?«, durchbrach die Stimme des Direktors seine Gedankengänge. »Wie ich sehe, sind Sie noch immer hier. Kann ich noch etwas für Sie tun?«

Greaves wäre durchaus auf Antworten gekommen, doch die meisten durfte er in dieser heiligen Halle nicht aussprechen. Also verkniff er sie sich. Er verstand diesen Mann nicht, doch er war nach wie vor sein Direktor, sein Vorgesetzter. Und er, Greaves, würde die Herrschaft des Rechts schützen, denn gegenwärtig war dies alles, was seine arme, angeschlagene Stadt noch hatte.

»Wenn ich im Direktorium bleiben soll, was soll ich unternehmen?«, fragte er schließlich. Er musste es fragen, doch ihm gefiel nicht, wie es sich aus seinem Mund anhörte. Er war Chefeintreiber, kein Bürogehilfe.

Der Direktor sinnierte eine Weile. »Stellen Sie eine Wache vor meinem Büro auf«, sagte er dann. »Ihre besten Männer und Frauen, natürlich. Und rüsten Sie sie mit Schwertern aus, Greaves«, fügte der Direktor hinzu. »Knüppel sind schön und gut, aber unsere privaten Büros müssen besonders gesichert werden.«

»Das hört sich an, als rechneten Sie mit Ärger, Sir«, bemerkte Greaves.

Der Direktor ordnete eine Reihe von Papieren auf seinem Schreibtisch und erregte damit die Aufmerksamkeit des stummen Wolfram.

»Wir müssen uns auf alle Eventualitäten einstellen, Chefinspektor«, sagte der Direktor schließlich. »Ich vermute, wenn der Aufstand hochkocht, wird alles ganz schnell gehen. Ich bezweifle aber, dass es jetzt schon so weit ist.« Der Direktor nahm seinen Stift in die Hand. »Nein, ich denke, für den Moment wird alles ruhig bleiben.«

Besonders beruhigend fand Greaves das nicht.

KAPITEL 17

# *Die Schlinge*

Mark legte sich die Stoffmaske über Nase und Mund und blickte auf die Frau hinab, die mit leichenblassem Gesicht und hustend auf einer der Bänke lag. Damit erging es ihr so wie allen anderen an diesem Morgen. Es war nur eine leichte Infektion, und zu normalen Zeiten hätte die Frau sie mühelos weggesteckt. Doch es herrschten keine normalen Zeiten. Da sich so viele Leute in den Elendsvierteln zusammendrängten, verbreiteten sich Krankheiten schneller denn je.

Er schaute über seine Schulter zum Altar des Tempels, auf dem Verity mit Stößel und Mörser Kräuter zerkleinerte.

»Ist Ben schon mit den Vorräten zurück?«, fragte er. Die Barrikade hatte sich am Vortag ein wenig verschoben, und nun befand sich ein wenig mehr vom Gebiet des Zwillinge-Bezirks auf ihrer Seite. Die meisten Leute hatten die Gelegenheit dazu genutzt, nach Essbarem zu suchen, doch Ben hatte erkannt, dass eines der Museen nun zugänglich war, und gehofft, dort vielleicht alte medizinische Apparate zu finden.

Ohne aufzuschauen, schüttelte Verity den Kopf. »Noch nicht«, sagte sie erschöpft. »Ich finde immer noch, sie hätte nicht allein losgehen sollen. Auf den Straßen ist es nicht sicher. Nicks Schlägertypen mögen zwar für Ordnung sorgen, aber trauen darf man denen nicht.« Sie schob sich eine Haarsträhne aus dem Gesicht. Mark fiel diese Geste unwillkürlich ins Auge. Sie erinnerte ihn sehr an Lily.

Natürlich hatte er Verity und Theo alles erzählt, was sich in Naru ereignet hatte. Irgendwie wünschte er nun aber, er hätte es nicht getan. Es war ihm beim Erzählen nicht in den Sinn gekommen, dass Verity das Orakel kennen könnte. Er hatte ja nicht ahnen können, dass das Orakel die Frau ihres Bruders gewesen war. Unter den gegebenen Umständen war dies jedoch der Teil seiner Erzählung gewesen, den Verity am glaubhaftesten gefunden hatte.

»Das hört sich ganz nach Helen an«, hatte sie gesagt. »Sie hat sich immer schon mehr für Fakten als für Menschen interessiert. Ich habe nie verstanden, warum Thomas sie heiraten wollte. Normalerweise heiraten Mönche des Ordens nicht. Es muss wohl etwas mit dem Mitternachts-Statut oder dem Bischof zu tun gehabt haben.« Sie hatte auf ihre Hände hinabgeschaut. »Für ihn hatte alles damit zu tun.«

Seit er seine Erlebnisse erzählt hatte, hatte sie nicht mehr davon gesprochen, nicht mehr nach Lily gefragt. Doch immer wenn die Tür aufging, schaute sie mit so hoffnungsvollem Blick auf, dass Mark wusste, dass sie nicht aufgegeben hatte.

Irgendwie ging es ihm genauso. Es war achtzig Tage her, dass er Lily und Laud zum letzten Mal im Thronsaal des Orakels gesehen hatte. Inzwischen war Hochsommer, und es gab noch immer keine Nachricht von ihnen. Da sich der Abstieg des Letzten weit hinter den feindlichen Linien befand, konnte Mark auch nicht nach Naru zurückkehren und fragen, ob es Neuigkeiten gab. Sie konnten alle nichts anderes tun als warten und hoffen.

Sie brauchten Lily jetzt mehr denn je. Die Stadt befand sich im Kriegszustand. Die Barrikade hatte die Stadt in zwei Hälften geteilt – den stromaufwärts gelegenen Teil von Agora, in dem die Oberen der Gesellschaft sich im Schutz der Eintreiberstreifen versteckten, und die flussabwärts gelegenen

Bezirke mit doppelt so vielen Einwohnern und halb so vielen Vorräten. Die Revolutionäre durchstreiften die Straßen, um mit Argumenten und Drohungen dafür zu sorgen, dass auf der stromabwärts gelegenen Seite jeder hinter ihrer Vision der Zukunft stand. Zweifellos taten die Eintreiber auf der anderen Seite das Gleiche.

Einige der Agitatoren hatten Lily zu so etwas wie einer Heiligen aufgebaut. Inspiriert von Crede, dem Märtyrer für die Sache, behaupteten sie, um diesen Kampf zu gewinnen, brauche man lediglich jemanden wie Lily, der sie zum Sieg führe. Für sie war sie eine Heilige und eine Retterin.

Mark wünschte, er hätte auch noch diesen Glauben.

»Mark?«

Mark wurde aus seinen Gedanken gerissen. Dr. Theophilus war zu ihm herübergekommen und sah ihn fragend an. Die dunklen Ringe unter seinen Augen waren tiefer denn je.

»Tut mir leid«, sagte Mark. »Ich dachte gerade, äh … ich meine …« Er wechselte rasch das Thema. »Ben ist schon lange unterwegs.«

Theo nickte. »Sie ist bestimmt vorsichtig, aber sie hat sich einen gefährlichen Teil der Stadt für ihre Erkundungen ausgesucht. Ich habe gehört, es sieht dort so aus, als wäre seit vielen Jahren kein Mensch mehr dort gewesen. Jedes zweite Gebäude ist nur noch eine Ruine, und die Reihe von umgestürzten Karren erstreckt sich von der Universität bis zum Turm des Sterndeuters. Praktisch jeder Eintreiber in der Stadt patrouilliert im Zwillinge-Bezirk oder auf dem großen Marktplatz.« Theo lächelte vorsichtig und machte eine ausladende Geste in Richtung der gewaltigen Menge von Menschen, die im Tempel auf dem Steinfußboden saßen oder lagen. »Wenigstens haben wir keinen Mangel an Lumpen – ich denke, wir werden bald mehr Verbandsmaterial benötigen.«

Mark lachte leise bei Theos schwarzem Humor.

»Ich verstehe nicht, worüber ihr lacht«, murmelte Verity mit angespannter Stimme. »Wir haben heute weitere zwanzig Patienten aufgenommen. Wie wollen wir sie ernähren?«

»Das werden wir schon irgendwie hinbekommen«, sagte Theo mit ruhiger Gelassenheit. Keiner der beiden machte sich die Mühe, mit gesenkter Stimme zu sprechen. Unterhaltungen wie diese waren viel zu normal geworden, als dass sie die Schuldner noch beunruhigen würden.

»Wie denn, Theo?«, wollte Verity wissen, während sie um den Altar herum auf ihn zuging. Die Anspannung nagte jetzt schon seit Wochen an der ehemals würdevollen Sekretärin. Nun schien es, als stehe sie kurz davor, die Fassung zu verlieren. »Die Wassermann-Lagerhäuser sind fast leer, und in den flussabwärts gelegenen Bezirken hat kaum jemand Essensvorräte angelegt. Sie wissen, was geschehen wird, wenn uns das Essen ausgeht.«

Mark und Theo wechselten Blicke. Ja, das wusste jeder. In der ersten Woche hatte es den Anschein gehabt, als würde Credes Traum von einer Stadt ohne Ausbeutung in Erfüllung gehen. Mark erinnerte sich daran, wie er gesehen hatte, dass Nick, Credes stämmiger Gefolgsmann, an den Lagerhäusern kostenlos Säcke mit Getreide und Obst verteilt hatte. Doch als die Vorräte zusammengeschrumpft waren, die Barrikade aber an Ort und Stelle geblieben war, hatten die Menschen in dem flussabwärts gelegenen Teil von Agora ihre bisherigen Gepflogenheiten wieder aufgenommen. Die meisten Leute benutzten nach wie vor ihre Siegelringe, um Verträge zu besiegeln und um mit dem wenigen zu handeln, das an Essbarem verblieben war. Doch ohne Eintreiber, welche die Verträge offiziell machten, waren Letztere kaum mehr wert als das Papier, auf dem sie standen. Es war niemand da, der die Vereinbarungen der Leute beglaubigen konnte, und Nick und seine Straßenschläger nahmen das Gesetz selbst in die Hand. Daher konnte es nicht verwundern, dass sich immer mehr Menschen in den Tempel flüchteten.

»Wir müssen weitermachen, Rita«, sagte Theo bestimmt.

»Nein, das müssen wir nicht«, widersprach ihm Verity. »Ihre Krankheiten können wir vielleicht noch behandeln, aber ernähren können wir sie nicht. Wir haben nicht einmal genug für uns selbst. Wir haben diese Revolution nicht gewollt; sie ist weder in unserem Namen noch dem von Lily entbrannt. Sie hatte nichts mit dem Tempel zu tun. Warum sollten wir …?« Ihre ganze Energie schien verpufft, und Verity verstummte. »Warum müssen wir immerzu kämpfen?«

Mark starrte sie an. Er wollte etwas entgegnen, war aber zu müde und verwirrt, um auf eine passende Antwort zu kommen.

Der Doktor nahm Veritys Hände. »Weil sie sich an uns wenden«, sagte Theo voller Überzeugung. »Und weil dieser Tempel, dieses Almosenhaus, das Einzige ist, was ihnen Kraft gibt. Und Anführer, ganz gleich ob es ihnen gefällt oder nicht, müssen versuchen zu führen. Andernfalls ist jeder einzelne Mensch, den wir verlieren, durch unsere Schuld verloren.«

Verity nickte stumm, und Mark stieß einen tiefen Seufzer der Erleichterung aus. Er dankte den Sternen dafür, dass Theo hier war. Zum ersten Mal seit Wochen fühlte es sich fast friedlich an.

Da schlug die Tür auf, und die Stimmung kippte. Mark wandte sich um.

Ben stand im Türrahmen. Sie war erregt und atmete schnell, so als sei sie gerannt.

»Ben! Was hast du …?«, begann Theo, doch Benedicta schüttelte den Kopf.

»Keine Zeit. Sie sind wahrscheinlich schon da.« Keuchend bemühte sie sich, wieder zu Atem zu kommen. »Es sind Nick und seine Revolutionäre. Ich habe versucht, so schnell wie möglich hierher zurückzukehren, aber …«

»Ganz ruhig«, sagte Theo und schob einen Stapel Decken von einer der Bankreihen. »Kommen sie hierher? Doch sicher nicht, wir haben schließlich viele von ihren Leuten behandelt.«

»Nein, das ist es nicht«, keuchte Ben. »Sie bereiten einen neuen Angriff vor. Ich habe es von einem ihrer Leute gehört. Und sie haben bereits losgeschlagen. Wir kommen vielleicht schon zu spät …«

»Was sagst du da?«, fragte Mark alarmiert. »Du meinst, wir sollten versuchen sie aufzuhalten? Die Eintreiber können auf sich selbst achtgeben. Es sind doch höchstens einhundert Leute …«

Er stutzte. Ben wusste das alles; sie war nicht dumm. Warum also war sie zurückgekehrt, um ihn zu warnen? Sie schaute ihm direkt in die Augen.

»Es ist das Gefängnis, Mark. Sie greifen das Gefängnis an. Sie wollen alle Gefangenen befreien. Das heißt, dass ihnen die Wärter im Weg stehen.«

Mark erstarrte. »Dad …«, keuchte er. Dann griff er nach seiner Jacke.

»Mark, denk doch mal nach«, sagte Verity, bemüht, ihn aufzuhalten. »Du weißt doch gar nicht, ob dein Vater dort ist; du kannst dich nicht ganz allein einem wütenden Mob entgegenstellen …«

»Lassen Sie ihn gehen, Rita«, sagte Theo sanft. Er berührte Marks Arm. »Beeil dich. Ich bleibe hier und passe auf unsere Schützlinge auf. Jemand muss sich um die kümmern, die zurückbleiben.«

Dankbar nickte Mark und wandte sich dann Ben zu.
»Gehen wir.«

Sie rochen schon, dass es irgendwo brannte, noch bevor sie die Feuer zu Gesicht bekamen. Der Rauch stieg in Spiralen zum heißen, trockenen Himmel auf. Mark, dem bereits beim Laufen der Schweiß ausgebrochen war, spürte die Hitze, als sie sich dem Gefängnis näherten.

»Das Gefängnis liegt direkt neben der Kaserne der Eintreiber; das ist Wahnsinn«, rief Mark, während sie weiterrannten.

»Die Eintreiber befinden sich überall in der Stadt – die Kaserne ist mehr oder weniger verwaist!«, erwiderte Ben, während sie beide um eine Kurve bogen. »Deshalb schlagen sie jetzt zu.«

Mark stöhnte auf. Seit seiner Rückkehr hatte er seinen Vater nicht mehr gesehen, da sie sich auf unterschiedlichen Seiten der Barrikade befanden. Immerhin war es ihnen gelungen, eine Reihe von Briefen hindurchzuschmuggeln. Mark hatte sich mit der Vorstellung beruhigt, für seinen Vater sei es auf der flussaufwärts gelegenen Seite der Stadt sicherer. Besonders sicher wirkte es in diesem Moment allerdings nicht. Die Barrikade war an einer Stelle zertrümmert worden, und die Straßen dahinter waren menschenleer. Es sah jedoch so aus, als seien hier viele Menschen vorbeigekommen, da man zahlreiche Fußabdrücke in dem trockenen Schlamm erkennen konnte. Hier und da spähte ein verängstigtes Gesicht aus einer Seitenstraße heraus, doch bevor sie zum Gefängnis selbst gelangten, sahen sie keine Spur von dem Mob.

Allerdings hörten sie ihn, Sekunde für Sekunde lauter werdend – wütendes, hundertfach verstärktes Gebrüll. Dieses Geräusch hatte Mark schon einmal gehört, nämlich in einem

Dorf in Giseth, wo der Zorn vieler Jahre ausgebrochen war. Er hatte gehofft, dieses Geräusch nie wieder zu vernehmen.

Als Ben und er die Menschen zu sehen bekamen, lauter als sie es sich hätten vorstellen können, brannte ihnen der Qualm in den Augen. Es sah so aus, als hätten die Randalierer die Türen angesteckt. Die wenigen Eintreiber, die noch bei Bewusstsein waren, drängten sich zusammen, bewacht von einer Gruppe Schläger.

Mark schenkte ihnen kaum einen Blick, sondern schaute wie gebannt auf das Schafott.

Eine Schlinge baumelte in der Brise. Daneben stand Nick auf einer neu errichteten hölzernen Plattform, das andere Ende des Seils in der Hand haltend. Und neben ihm stand Pete.

Mark stürzte vor, prallte aber gegen die Rücken der Menschen wie gegen eine Wand. Er versuchte sich mit beiden Händen einen Weg durch die Menge zu bahnen, doch die Menschen standen dichtgedrängt beieinander und stießen ihn einfach zurück. Mark fiel auf den Rücken, worauf Benedicta ihn packte, um ihm wieder auf die Beine zu helfen.

»Lass mich los!«, rief er, in dem Gebrüll der Menge kaum zu vernehmen. »Das da oben ist mein Dad!«

»Psst …«, machte Benedicta, der die Erleichterung ins Gesicht geschrieben stand. »Es ist nicht das, was wir befürchtet hatten. Schau noch einmal hin.«

Mark starrte hinauf.

Sie hatte recht. Es war nicht ganz so schlimm, wie es ausgesehen hatte. Sicher, sein Vater stand dort oben, gemeinsam mit ein oder zwei anderen Wärtern. Doch sie standen nicht dort, um hingerichtet zu werden. Sie eskortierten einen der Gefangenen, einen schmächtigen, schmutzigen Mann, dem man einen Sack über den Kopf gezogen hatte. Vor den Augen der Zuschauer legte Nick ihm die Schlinge um den Hals und stellte ihn auf ein Fass. Mark sah, dass sein Vater die Augen schloss. Das Geschrei der Menge erreichte seinen Siedepunkt.

Das Fass wurde umgetreten. Der Gefangene strampelte ein paarmal mit den Füßen. Dann hing er still.

Angewidert wandte Mark sich ab, während der Mob vor Freude aufheulte.

»Gib der Bestie zu fressen«, flüsterte eine Stimme in seiner Nähe.

Mark wandte sich zu ihm um und blickte hinab.

Er brauchte einen Moment, bis er den neben sich kauernden Mann wiedererkannte. Er war ausgemergelt und zerlumpt, trug den abgerissenen Mantel eines einst reichen Gefangenen. Seine verwelkte alte Haut war früher einmal straff und rosig gewesen. Und Mark erkannte den Geruch von verfaulenden Blumen. Selbst im Gefängnis hatte er dieses Öl weiter verwendet.

»Ghast?«, sagte er verblüfft. Seinem damaligen Mitgefangenen, dem ehemaligen Anwalt mit finsteren Ambitionen, war das Gefängnis nicht gut bekommen. Als Mark vor beinahe zwei Jahren ihre Zelle verlassen hatte, hatte Ghast bereits den Verstand verloren. Seitdem war es offenbar noch schlimmer geworden. Er kroch auf dem Boden herum und starrte mit eingefallenen Augen zu Mark empor.

»Sie sind gekommen, um uns zu befreien«, sagte er grinsend. Seine Zähne waren auch nach all dieser Zeit noch gut und standen im Gegensatz zu seiner sonstigen Erscheinung. »Frei! Wie könnte ich frei sein? Der Schatten erwischt mich an jeder Ecke. Sie hat er auch erwischt, sie alle. Der Schatten ist immer einen Schritt voraus.«

Mark lief ein Schauer über den Rücken. »Der Schatten«

war der Name, den Ghast Snutworth gegeben hatte. Jeder wusste, dass er mittlerweile Direktor war, doch niemand hatte eine Ahnung, was er mit den Revolutionären vorhatte – und die Eintreiber würden es wohl kaum verraten. Was immer es jedoch war, Mark konnte sich nicht vorstellen, dass es sein Plan gewesen war, das Gefängnis stürmen zu lassen.

Ghast stieß ihm mit einem knochigen Finger in die Rippen. »Du solltest dich freuen, kleiner Stern«, nuschelte er. »Die Bestie hat deinen Feind gefressen. Dieser Blaumantelwächter mit dem vergifteten Geist … wie hieß er noch gleich?« Ghast schüttelte den Kopf. »Er hat alles überschattet, hat gesagt, die ganze Welt wäre eine Lüge, wäre der Traum eines Wahnsinnigen …«

»Pauldron?«, unterbrach ihn Ben. »Meinen Sie den?«

Ghast richtete seinen Blick auf sie. »Der ist es, roter Engel. Er hat Agora als einen wunderschönen Traum bezeichnet. Tja, vielleicht ist er jetzt aufgewacht. Oder vielleicht schläft er ja für immer.« Er wies auf den Galgen, von dem Nick gerade die hin und her schwingende Leiche abschnitt. »Ein Feind der neuen Ordnung, genau wie der alten«, sagte er, gelassener als zuvor.

Mark schaute wieder Ben an. Tief in seinem Innern empfand er ein wenig Freude. Auch auf Bens Gesicht sah er ein ganz kurzes Leuchten und konnte es ihr kaum verübeln. Dieser wahnsinnige Eintreiber hatte ihre Schwester ermordet und ihren Bruder schlimm verletzt. Und dennoch …

»Er hat ständig gesagt, Agora wäre nicht echt«, murmelte Ben nachdenklich, während sie zusah, wie Pauldrons Leiche zu Boden fiel. »Und in gewisser Weise ist es das ja auch nicht. Jedenfalls hat das Orakel das gesagt.« Sie runzelte die Stirn. »Vermutlich werden wir nie wirklich erfahren, was ihm durch den Kopf gegangen ist.«

»Jetzt ist es zu spät ...« Ghast lachte und schlug vor Vergnügen die Hände zusammen. »Aber das war erst die Vorspeise. Mit nur einem wird sich die Meute nicht zufriedengeben. Aha! Hier kommt das Hauptgericht.«

Das Stimmengewirr in der Menge wurde hitziger. Mark reckte den Hals, um zu sehen, wer nun zum Galgen geführt wurde.

Es war ein stolzer alter Mann mit stahlgrauem, offenem und zerzaustem Haar, der sich seine einstmals gute Kleidung so würdevoll wie möglich gerichtet hatte. Mark erkannte trotz der Veränderung des Mannes, dass er ihn schon einmal gesehen hatte, jedoch nur selten ohne Perücke und Amtskette.

»Lord Ruthven«, hauchte er.

»Er saß in deiner Zelle, kleiner Stern«, erzählte Ghast, während er sich schadenfroh die Hände rieb. »So stolz, so überzeugt von seiner Bestimmung. Nun ist er hier. Ein Feind des Volkes, Feind von allen.« Ghast wurde lauter. »Tod für ihn! Tod für den Verräter!«

Die Menge um sie herum griff die Parole auf und fiel in den Sprechchor ein. Nick wies auf den ehemaligen Lordoberrichter und begann damit, eine Liste seiner Verbrechen vorzulesen. Der Hüne sprach mit tiefer und langsamer Stimme, aber Mark verstand jedes Wort.

»Dieser Mann war ein Anführer des alten Regimes«, sagte Nick, die lauter werdenden Rufe der Menge übertönend. »Er muss dafür bestraft werden, dass er sich gegen das Volk gewendet, die Eintreiber angeführt und Gesetze befolgt hat, die zum Hungertod führten, und dafür, dass er Lily, das große Symbol unserer Revolution, bedroht hat.«

Beifall brandete auf. Es war ein Geräusch, das nach Blut verlangte.

»Nein«, sagte Mark leise.

»Was?«, fragte Ben und wandte sich ihm abrupt zu.

»Nein, das ist nicht richtig«, sagte Mark. Er spürte, wie sich ihm die Brust zusammenschnürte. Alles hier fühlte sich falsch an. Er schaute in die Menge. Unter ihr befanden sich kleine Kinder, die auf den Schultern ihrer Eltern saßen und Hurra riefen. Da waren alte Männer und Frauen, die winkten und vor Wut und Freude schrien. Und da oben stand sein Vater, der mit langsamen, schleppenden Bewegungen die Schlinge vorbereitete.

»Mark?«, fragte Ben alarmiert. »Worüber denkst du nach? Du wirst doch nicht …?«

Doch Mark setzte sich in Bewegung, bevor sie ihn aufhalten konnte, bevor er selbst begreifen konnte, was für ein Wahnsinn das war. Alles war heute wahnsinnig, warum sollte er es dann nicht auch sein?

Im Moment drängte sich die Menge um Pauldrons Leiche, wodurch sich der Weg zum Galgen ein wenig lichtete und es Mark nicht ganz so schwerfiel, sich einen Weg dorthin zu bahnen. Er drängte sich an den gestikulierenden und dicht beieinanderstehenden Menschen vorbei, bis er unbemerkt am Sockel des Galgengerüsts angelangt war.

Keuchend trat Benedicta hinter ihm aus der Menschenmenge.

»Tu es nicht«, sagte sie. »Das ist Wahnsinn, Selbstmord, es ist …« Sie begegnete seinem Blick. Er hoffte, dass sich auf seinem Gesicht Entschlossenheit spiegelte. Sie seufzte. »Warum mache ich mir Sorgen?«, sagte sie und kniete sich hin. »Ich mache dir eine Räuberleiter.«

Mark brachte ein angespanntes Lächeln zustande und trat auf ihre ineinander verschlungenen Hände. Sie war erstaunlich stark.

Die Menschen waren so abgelenkt, dass für einen Moment

niemand den Neuankömmling auf der wackligen Plattform registrierte. Nur Pete drehte sich zu ihm um, und seine Augen weiteten sich, als sein Sohn sich ihm näherte.

»Mark! Was tust du da?«, flüsterte er.

»Ich bin gekommen, um das hier zu verhindern«, sagte Mark schlichtweg. Er fühlte sich auf seltsame Weise ruhig. Er befand sich bereits in größtmöglicher Gefahr; es gab kein Zurück mehr. Ohne weitere Erklärung langte er nach oben, um die Schlinge herunterzuholen.

Da legte sich eine riesige Hand auf die seine.

»Was tust du da, Junge?«

Nicks Gesicht befand sich dicht vor seinem. Mark schaute hoch. Credes ehemaliger Gehilfe war wirklich ein Riese von einem Mann. Die Menge war plötzlich verstummt.

Mark starrte, ohne mit der Wimper zu zucken, zu Nick hinauf. Er war es leid, Angst zu haben.

»Ich hole diese Schlinge hier herunter«, sagte er laut und deutlich. »Sie wird nicht mehr benötigt.«

Es funktionierte. Nick war derart überrascht, dass sich sein Griff lockerte. Mark befreite seine Hand und machte weiter. Der Knoten löste sich allmählich in seinen Händen.

Nick packte ihn an seiner Jacke. »Ich weiß nicht, was du vorhast, Junge, aber …«

»Mark«, erwiderte dieser gelassen. »Mein Name ist Mark. Ich bin einer von Lilys Freunden.« Er hob seine Stimme, sodass ihn alle Versammelten hören konnten. »Wollen Sie mich, den letzten Agoraner, der Lily gesehen hat, wirklich bedrohen?«

Das reichte, um ein Raunen in der Menge hervorzurufen. Nick runzelte die Stirn, ließ ihn jedoch nicht los.

»Sie benutzen sie als Symbol, Nick«, fuhr Mark fort. »Glauben Sie, sie würde das hier gutheißen? Sind Sie ihr eigentlich jemals begegnet? Denn ich erinnere mich an *seine* Gerichtsverhandlung.« Mark deutete mit dem Finger hinunter auf Pauldrons erschlafften Körper. »Ich erinnere mich daran, dass man ihr seinen Tod angeboten hat. Und sie hat es abgelehnt. Sie wollte heilen, nicht zerstören.« Obwohl ihm sein gesunder Menschenverstand heftig davon abriet, wandte sich Mark wieder dem Lösen der Schlinge zu, ohne weiter auf Nick zu achten. Stattdessen sagte er so laut, dass seine Stimme über den ganzen Platz hallte: »Sie hätte getan, was ich jetzt tue.«

Er löste den Knoten vollends. Die Schlinge entwirrte sich und wurde zu einer einfachen Seillänge. Die Zuschauer hielten erst den Atem an, dann brachen hundert Gespräche zugleich aus, neugierig, verwirrt, angespannt. Während all dem regte sich Mark nicht. Nach außen wirkte er wahrscheinlich gelassen. Doch innerlich geriet er in Panik. Ihm trat die Erinnerung vor Augen, wie Nick einen Pflasterstein umklammerte und dass einige Zeit später Crede von einem solchen Stein gefällt worden war.

»Aber du hast Crede gar nicht gekannt, Mark«, ertönte eine Stimme aus der Menge.

Es war eine kalte, harte Stimme, die ganz anders klang als früher. Doch Mark erkannte sie wieder. Und schaute in ihre Richtung.

Ihre Ringellöckchen hatte sich Cherubina bewahrt. Alles andere an ihr hatte sich verändert. Rüschen und Kleider hatte sie gegen einen schlichten Arbeitsanzug eingetauscht, und ihr früherer Ausdruck übertriebener Anmut war einem finsteren Blick gewichen. Aber die Löckchen waren immer noch da, immer noch golden.

»Wir wollen unseren Anteil«, sagte Cherubina mit brechender Stimme. »Sie haben Crede getötet, als er versuchte,

Frieden zu schaffen. Sie hassen uns. Ihr Ziel ist es einzig und allein, uns wieder zu unterjochen.« Sie ballte die Fäuste und wirkte dabei wie ein kleines Mädchen, das einen Wutanfall bekam, wären da nicht ihre zusammengekniffenen, wütend starrenden Augen gewesen. »Ich sage, es ist Zeit für Gerechtigkeit. Es ist Zeit, dass sie den Willen des Volkes spüren.«

Mark merkte, wie ihm das Blut in den Adern gefror. Auch diese Worte hatte er schon einmal gehört. Die Folgen hatte er gesehen – die Ruinen, die Gräber, die Grausamkeit des Mobs. Er öffnete den Mund, um zu protestieren, um zu versuchen, die Gemüter zu beruhigen.

In diesem Moment hörte er neben sich jemanden lachen. Langsam und hämisch – ohne jede Spur von Humor.

»Gerechtigkeit?«, sagte Lord Ruthven, der Menge mit Verachtung entgegentretend. »Ihr habt keine Vorstellung von Gerechtigkeit. Ihr weint und jammert, weil euer Leben nicht gerecht verläuft, wo doch jeder Einzelne in Agora die gleichen Startbedingungen hat – ausgestattet nur mit seinem Talent und seinem Ehrgeiz. Ich war der Sohn einer Perückenmacherin und bin zum Lordoberrichter aufgestiegen. Weil ich meine Arbeit gemacht und die Gesetze und Traditionen geachtet habe, die diese Stadt so großartig erhalten, betrachtet ihr mich als euren Feind?« Stolz richtete er sich auf und fuhr mit fester Stimme fort: »Nun, das bin ich auch. Ich war der Feind eures Schwindlers von einem Propheten. Ich war der Feind von Lily und ihren ganzen zerstörerischen Ideen. Ich bin der Feind eurer Schwäche und eures Verlangens, alles zu zerstören, was etwas aus euch machen könnte. Also knüpft mich auf, wenn ihr wollt, und nennt es Gerechtigkeit. Ihr seid nichts anderes als Kinder, die ihr Spielzeug zerbrechen, weil sie das Spiel verloren haben.«

Die Menge stieß ein wütendes Gebrüll aus. Nick schob

Mark von dem Seil weg und begann es erneut zu knoten. Mark verschlug es den Atem, und er geriet ins Wanken.

»Crede war kein Schwindler«, knurrte Nick. »Er bedeutete alles für uns. *Alles*.«

Seine Worte waren aufrichtig, davon war Mark überzeugt. Er hörte die Trauer, die sich unter die Wut mischte. Einen Sekundenbruchteil entschuldigte er sich innerlich dafür, Nick je des Mordes an Crede verdächtigt zu haben. Was immer er sein mochte, er war loyal. Doch diese gleiche Loyalität drohte ihn nun zu einem schrecklichen Fehler zu verleiten.

»Hört nicht auf Ruthven!«, rief Mark Nick und der Menge zu. »Lasst euch von ihm nicht sagen, wer ihr seid; ihr seid mehr als das!«

»Also sollen wir lieber auf dich hören?«, ertönte laut und deutlich Cherubinas Stimme. »Warum versuchst du ihn zu retten? Er hat versucht, dich umbringen zu lassen! Warum machst du dir etwas aus *dem da*?«

»Mache ich mir gar nicht!«, rief Mark. Es kam so unerwartet, dass die Menge verstummte.

Cherubina erweckte den Eindruck, als wolle sie etwas erwidern, doch mittlerweile hatte sich Ben einen Weg durch die Menge gebahnt, ergriff Cherubinas Hand und lenkte sie dadurch ab. Die Zeit reichte, damit Mark seine Gedanken sammeln konnte.

»Ich mache mir nichts aus ihm«, wiederholte er. »Ich wünschte, ich könnte sagen, dass ich es täte, aber du hast recht. Ich glaube, die Stadt wäre ohne ihn besser dran.« Er breitete die Arme aus und umschloss mit dieser Geste die Menge. »Aber ich mache mir etwas aus *euch*. Ihr seid euer ganzes Leben lang eingeschüchtert worden, das weiß ich. Ich wurde es auch. Denn die Regeln in der Stadt verlangen es – sie lassen einen nach oben drängen oder voller Angst im

Rinnstein liegen. Jetzt fällt die Stadt auseinander, die Leute verhungern auf der Straße, es ist schlimmer als je zuvor. Und ihr jubelt, weil ihr glaubt, einen Sieg errungen zu haben. Aber was geschieht hier eigentlich genau?« Er deutete auf Lord Ruthven. »Wenn man die ganze Rache, die ganze Politik beiseitelässt … Ein erbärmlicher Verrückter ist bereits tot, und ein anderer hilfloser alter Mann steht im Begriff, vor euren Augen getötet zu werden.« Er biss sich auf die Lippe. In wenigen Momenten würde ihn seine Entschlossenheit verlassen, und dann würde er Reißaus nehmen. Aber noch besaß er ihre Aufmerksamkeit. »Denkt doch mal nur einen Moment nach«, flehte er sie an. »Würde Crede das hier gutheißen? Er hat von Veränderung geträumt, aber auf die einzuschlagen, die sich nicht wehren können, hört sich für mich an, als würden wir wieder zur Tagesordnung übergehen.« Er senkte die Stimme. »Würde Lily das hier wollen? Ihr sagt, ihr kämpft für ihre Vision. Soweit ich mich erinnere, hat sie vor allem für den Erhalt des menschlichen Lebens gekämpft.«

»Lily ist tot«, sagte Cherubina.

Sie hatte ihre Stimme gar nicht angehoben. Trotz der gewaltigen Menschenansammlung, trotz Nicks bedrohlicher Anwesenheit fühlte es sich immer mehr wie eine private Unterhaltung an. Mark erinnerte sich an die alten Zeiten, als sie gemeinsam Tee getrunken und nie über etwas Ernsthafteres als Kuchen gesprochen hatten. Und nun stand Cherubina an der Spitze einer Lynchjustiz und schaute ihn mit einem Ausdruck an, in dem Wut und Verzweiflung lagen.

»Wir wissen alle, dass Lily nur ein Symbol ist«, sagte sie. »Ihre Ideen – davon träumen wir alle. Ich wünschte, ich hätte bei dem einen Mal, bei dem ich ihr begegnet bin, nur die Hälfte von dem gewusst, was ich jetzt weiß. Aber das ist nicht ihre Stadt. Lily ist nicht mehr. Es ist jetzt unsere Stadt.«

»Nein«, entgegnete Mark. »Sie lebt. Aber du hast recht: Es ist unsere Stadt. Unsere Zukunft. Und es liegt an uns, unseren eigenen Weg zu gehen.« Er schaute sich in der Menge um, bemüht, sie alle in seinen Blick einzuschließen. »Ich mochte Crede nicht, aber als er starb, hat er euch allen die Chance gegeben zu kämpfen. Und jetzt wollt ihr damit anfangen, indem ihr einen harmlosen alten Mann lyncht?« Er schaute Ruthven an, der steif und stolz dastand, und machte ein finsteres Gesicht. »Er hat unsere Aufmerksamkeit gar nicht verdient.«

Lord Ruthven bewegte sich schneller, als Mark es einem Mann seines Alters zugetraut hätte. Der Schlag war zwar nicht fest, kam aber so unerwartet, dass Mark zurücktaumelte.

»Wie … wie können Sie es *wagen*!«, fauchte Ruthven Mark mit vor Wut verzerrtem Gesicht an. »Ich war Lordoberrichter! Ich bin hier der bedeutendste Gefangene! Ich habe den Waage-Bund geleitet … Ich war … ich war …«

Mark unternahm nichts, sah ihn bloß an.

Verzweifelt wandte sich Ruthven der Menge zu. »Ich kenne Geheimnisse … weiß von Mächten, von denen ihr gar keine Vorstellung habt! Ich wäre beinahe Direktor geworden! Ich bin bedeutend! Ich bin wichtig … Ihr könnt doch nicht … ihr könnt mich nicht ignorieren …«

Tatsächlich aber kamen in der Menge Gespräche auf, und die Leute wandten sich von ihm ab.

Nick warf das Seil zu Boden. »Wir haben heute vieles erreicht«, rief er. »Die stärksten Kämpfer sollten jetzt wieder die Barrikaden verstärken, bevor noch mehr Eintreiber auftauchen. Alle anderen kommen mit mir, im Rad gibt es was zu essen.«

Als er an Mark vorbeiging, um das Holzgerüst zu verlassen, bedachte er ihn mit einem kurzen Blick. Seltsamerweise schien ein Anflug von Respekt darin zu liegen. Mark wartete, bis er sicher sein konnte, dass die meisten der Versammelten ihn nicht mehr beobachteten. Dann verließ ihn die ganze Anspannung, die ihn zuvor aufrecht gehalten hatte, und er geriet ins Schwanken. Hinter ihm tauchte sein Vater auf und half ihm, Haltung zu bewahren.

»Dad«, sagte er leise. »Lass mich das nie wieder tun.«

»Ich dachte, du wolltest nicht, dass ich dir sage, was du tun sollst«, erwiderte Pete, dessen Stimme von Erleichterung und Stolz erfüllt war.

»Ja, und sieh dir an, wohin das führt«, murmelte Mark und merkte, wie seine Beine zitterten.

Pete lachte kurz. »Ich glaube, das hier ist noch nicht ganz vorbei«, sagte er und wies in eine bestimmte Richtung.

Marks Blick fiel vorbei an dem ehemaligen Lord Ruthven, der in sich zusammengesackt, niedergeschmettert und stumm an der Stelle kniete, über der zuvor das Seil gehangen hatte, und richtete sich auf die kleiner gewordene Menschenmenge.

Dort sah er Benedicta, die lächelte und winkte. Und neben ihr Cherubina, die ihn mit zorniger Miene anstarrte.

Später, viel später, bekamen Mark und Cherubina Gelegenheit, sich zu unterhalten.

Falls Mark geglaubt hatte, die Menschen würden sich einfach friedlich verteilen, dann hatte er sich getäuscht. Die Revolutionäre suchten seit Credes Tod nach jemandem, der sie anführen konnte, und nun war plötzlich Mark ins Rampenlicht getreten.

Es war, als würde sich auf einmal die halbe Stadt daran erinnern, dass im Tempel alles begonnen hatte. Sie wurden mit Hilfsangeboten überhäuft. Darunter waren auch Angebote, ihnen dabei zu helfen, die Barrikade gewaltsam zu überwinden.

Aber das war das Letzte, was ihnen vorschwebte; es gab viel zu viel zu tun. Theo stellte Gruppen zusammen, um die am schlimmsten betroffenen Bezirke auszukundschaften und herauszufinden, wer vom Hungertod bedroht war. Nick hielt seine Anhänger im Zaum. Selbst Miss Devine, so still und leise wie immer, hatte es ihnen ohne Murren gestattet, in ihrem Laden zusammengerolltes Bettzeug zu lagern, und gab ein wenig ihrer eigenen Lebensmittelrationen ab. Nicht, dass dies Mark überrascht hätte – sie war eine Frau, die wusste, was gut fürs Geschäft war. Ein oder zwei Anhänger hatten sich bereits wieder in ihren Laden gewagt, um eine billige Probe abgefüllten Gleichmuts zu kosten.

Daher bekam Mark erst am Abend, als die Sonne nur noch eine kleine rötliche Linie über den Giebeln der Häuser war, Gelegenheit, sich zu setzen. Pete, Verity und Benedicta waren nach wie vor draußen und beruhigten diejenigen, die mit weiteren Kämpfen rechneten. Zu guter Letzt sanken Mark, Theo und Cherubina auf einer ramponierten Bank erschöpft zusammen, zwischen sich lediglich ein dringend nötiger Krug mit Wasser.

Eine ganze Weile sagte niemand etwas, genossen sie alle die Möglichkeit, sich ein wenig zu entspannen. Doch Cherubina löste ihren Blick nicht von Mark. Ohne davon gekostet zu haben, ließ dieser das Wasser in seinem kleinen Holzbecher kreisen. Theo hingegen, durstig nach der stundenlangen Arbeit, kippte seinen Becher Wasser sofort herunter und machte sich daran, noch einmal nachzuschenken, indem er den Krug Cherubina hinhielt. Diese schüttelte den Kopf, ohne ihren Blick von Mark abzuwenden.

»Und?«, fragte Mark schließlich, zu müde, um Spielchen zu spielen.

»Du hast es kaputtgemacht«, sagte sie. Ihre Stimme klang

leise, doch irgendwie gefährlich. »Wir hätten weitermachen können. Ein großer Sieg, das ist alles, was wir brauchen.« Sie blickte auf ihre Hände hinab. »Wir hätten das Direktorium stürmen können.«

»Hättet ihr nicht«, erwiderte Mark müde. »Meinst du, Snutworth würde das Direktorium unbewacht lassen?«

»Es wäre nicht der Mühe wert gewesen«, fügte Theophilus sanft hinzu, während er seinen Becher erneut füllte. »So wie die Dinge liegen, habt ihr heute einen großen moralischen Sieg davongetragen. Viele Menschen haben dabei ihren Glauben an die Sache zurückgewonnen. Vielleicht gibt es doch noch eine Chance auf Frieden ...«

»Frieden!«, erwiderte Cherubina voller Verachtung. »Ich hatte mich auf die einzige Art um Frieden bemüht, auf die er je zustande kommen wird. Das ist es, was Crede getan hätte – er hätte weiter angegriffen und bis zum letzten Mann gegen den Direktor gekämpft. Das war alles, was ich wollte. Etwas bewegen.«

»Nein«, unterbrach Mark sie. »Du wolltest Rache.« Er starrte ihr in die Augen. Sie sah jetzt nicht mehr aus wie ein Kind. »Du wolltest Snutworth für die ganze Zeit bestrafen, in der du seine Gattin warst«, fuhr er fort. »Das verstehe ich. Es muss schlimmer gewesen sein, als wir uns vorstellen können. Aber du kannst dafür nicht Tausende Menschen in den Tod schicken.«

Cherubina zog ein finsteres Gesicht, antwortete jedoch nicht. Mark wusste nicht, was er sagen sollte. Trotz allem wollte er sie nicht zum Feind haben. Sie war in ihrem ganzen Leben in verschiedene Rollen gedrängt worden – verzogenes Kind, gehorsame Gattin, Credes symbolische Kämpferin. Er wollte, dass sie begann, selbstständig zu denken. Doch es standen zu viele Menschenleben auf dem Spiel. Heute hatten sie ein Blutbad verhindert, aber er konnte sich nicht vorstellen, dass diese Sache ohne ein solches enden würde.

Theo stellte seinen Becher ab und stand auf, um Cherubinas Hand zu ergreifen.

»Miss Cherubina«, sagte er sanft. Sein schmales, erschöpft wirkendes Gesicht war voller Mitgefühl. »Wir verstehen Sie wirklich. Ich bin mir ganz sicher, dass jeder dieser Menschen echten Groll hegte, der in ihm den Wunsch auslöste, jemanden zu bestrafen. Aber verstehen Sie denn nicht? Egal, wie weit wir uns zurückerinnern, jeder in Agora ist auf sich allein gestellt gewesen, hat gegen Freunde wie Fremde gleichermaßen angekämpft, um sich nach oben zu arbeiten. Jetzt aber, durch die Trennung, sind wir zusammengewachsen!« Sich in seine Worte hineinsteigernd wischte sich Theo über die Stirn. »Die Leute helfen einander, bilden Gruppen. Und durch eine Laune des Schicksals erwarten sie von uns, dass wir sie anführen.« Er hielt inne und schüttelte mit trüben Augen den Kopf. »Aus dieser Chance darf nicht sinnlose Gewalt entstehen, nicht jetzt, da wir wirklich etwas bewirken können. Nicht wenn« – er schwankte – »nicht wenn wir zu Ende bringen können, was Lily begonnen hat, und diese Revolution in etwas Gutes verwandeln … nicht wenn« – er blinzelte heftig – »nicht wenn wir doch in der Zukunft …«

Er fiel auf die Knie. Einen Moment lang dachte Mark, er übertreibe es mit seiner dramatischen Rede und fing an zu grinsen. Dann bemerkte er die plötzliche Blässe, die Theos Gesicht überzog.

»Theo?«, fragte er, plötzlich alarmiert. »Geht es dir gut?«

Theo schaute mit wirrem Blick von einem zum anderen und ergriff dann Cherubinas Hand so fest, dass seine Knöchel weiß wurden. Erschreckt senkte sie den Blick, unsicher, was sie tun sollte.

»Mark, was hat er?«

Mark schaute zu ihr auf. »Schnell! Hol Benedicta; sie ist die beste Pflegerin, die wir haben.«

Cherubina nickte und bahnte sich mühelos einen Weg durch die plötzlich aufmerksam gewordenen Menschen.

»Theo? Theo!«, rief Mark. »Was ist denn? Was soll ich tun?«

Doch Mark konnte lediglich hilflos mit ansehen, wie Theo die Augen verdrehte, zu Boden fiel und sich krümmte.

Bis Benedicta herbeigeholt worden war, lag er reglos und flach atmend da.

»Ist es eine der Krankheiten?«, fragte Mark, während Benedicta Theo untersuchte. »Soll ich eine Medizin holen?«

»Es ist … es ist keine Krankheit, die ich kenne«, sagte Ben mit bleichem Gesicht. »Mark, aus seinem Mund riecht es sonderbar; ich habe so einen Geruch erst einmal zuvor gerochen …« Sie wandte sich ihm zu und bedeutete ihm, noch näher zu kommen, damit keiner sonst sie hören konnte.

»Mark, ich glaube, man hat ihn vergiftet.«

## KAPITEL 18

# *Reisen*

Den Sonnenuntergang ließ Lily sich nie entgehen.

In ihren ersten Wochen im Sanatorium war es ihre einzige verlässliche Methode gewesen, die Tage zu zählen. Den Sonnenaufgang hingegen verpasste sie für gewöhnlich. Ihr Schlaf war unruhig, voll schrecklicher Träume, sowohl vom Alptraum befallene als auch normale, und Honorius hatte darauf bestanden, dass sie ihre Ruhe brauchte, selbst wenn das hieß, dass sie bis zum Mittag schlief.

Doch Sonnenuntergänge waren etwas anderes. Auf Lily wirkten sie beruhigend. Selbst in ihrem halb benebelten Zustand genoss sie es, wie der Himmel von zarten Rosa- und Rottönen durchzogen wurde, so als atme der Tag aus und würde seine Sorgen loslassen, bis die Sonne selbst dankbar unter der sich kräuselnden Oberfläche des Meeres versank.

Als sie ihr Gewicht verlagerte, knarrten unter ihr die Planken. Sie erinnerte sich an den Moment, als sie das Sanatorium zum ersten Mal erblickt hatte – ein großes, hinter der Kathedrale auf dem Meer schwimmendes Holzgebäude. Es war gebaut wie ein Hausboot, aber weit größer, mit hoch aufragenden Holzmasten, um die riesige Segel aus rotem Stoff gewickelt worden waren. Damals, als Laud sie mehr oder weniger durch die Sümpfe geschleppt hatte, war sie so müde und ihr Verstand so umnebelt gewesen, dass sie nicht länger darüber nachgedacht hatte. Erst später hatte Honorius ihr erzählt, es sei ein hochseetaugliches Schiff, das letzte, das jemals von den Ländern jenseits des Meeres herübergekommen war, sein Frachtraum voll mit jenen Münzen, die nun die Kathedrale der Verlorenen schmückten. Man hatte es verrotten lassen, vertäut hinter der Landzunge am Rand der Sümpfe. Als Honorius dann in die Kathedrale gekommen war, für immer aus Agora verbannt wie sie, hatte er eine Verwendung für das Schiff gefunden. Offiziell war er lediglich der vernarbte Pförtner der Kathedrale. Doch seiner wahren Berufung ging er hier nach und versuchte die Seelen derjenigen zu heilen, die er den Klauen des Alptraums entriss.

Er war ein guter Heiler. Fast war er selbst einmal Opfer des Alptraums geworden und hatte diesen Schmerz nie mehr vergessen. Es gab zwar nur wenige Patienten, doch mit diesen arbeitete er unermüdlich zusammen, sorgte dafür, dass jeder seine Kabine erhielt, wo ihr nächtliches Geschrei und Jammern die anderen nicht stören würde. Im Verlauf der letzten drei Monate war dieses lange in Vergessenheit geratene Schiff ihr Zuhause gewesen. Laud blieb in der Kathedrale; er meinte, das auf dem Wasser schlingernde Schiff mache ihn krank, doch Lily hatte es nie gestört. Es gab viel zu viele andere Dinge, die ihr auf der Seele brannten.

Zunächst hatte sich Lily ihrer Behandlung widersetzt. Einem Mann, den sie kaum kannte, hatte sie sich nicht öffnen können. Bis Honorius dann eines Tages mit einem Besucher gekommen war. Es war Wulfric – jener gisethische Jäger, der sie beim ersten Mal zur Kathedrale geführt hatte, jener Mann, den der Alptraum dazu gebracht hatte, auf sie loszugehen. Lily hatte damit gerechnet, Angst vor ihm zu haben, aber seltsamerweise war das Gegenteil der Fall. Die kochende Wut, die ihn angetrieben hatte, war verraucht, und ihm selbst war es bei ihrer Begegnung offenkundig unbehaglicher zumute als ihr. Honorius erzählte, Wulfric habe lange über seinen Zorn meditiert, und Lily erinnere ihn daran, zu was der Alptraum ihn beinahe getrieben hatte, nämlich dass er sie in wahnhafter Raserei fast getötet hätte. Nun aber stellte er sich seiner Vergangenheit mutig entgegen. Das Wissen, dass er seine Wut kontrollieren konnte, wenn er es wollte, machte ihn stark gegenüber dem Geflüster des Alptraums. Von allen Patienten von Honorius machte Wulfric die größten Fortschritte. Natürlich war er nach wie vor verbittert, aber demütig und ruhiger denn je.

Nachdem Lily dies erkannt hatte, hatte sie sich allmählich geöffnet, und der Heilungsprozess hatte begonnen.

Das war zugegebenermaßen der andere Grund dafür, dass sie den Sonnenuntergang beobachtete. Er war Teil ihres Heilungsprozesses und veranlasste sie dazu, sich mit ihren übrigen Problemen auseinanderzusetzen. Wenn der Himmel sich verdunkelte, erinnerte sie das an Naru, an dieses ewige Halbdunkel und an diese verborgenen, wahnsinnig machenden Geheimnisse. Während ihrer Genesung beschäftigte sie sich zwar nicht jeden Tag damit, hatte es sich jedoch mittlerweile zur Gewohnheit gemacht, den Sonnenuntergang zu betrachten. Laud leistete ihr dabei für gewöhnlich Gesellschaft, und das wollte sie nicht missen.

»Du solltest wirklich nicht so viel Zeit mit Nachdenken verbringen«, sagte eine Stimme hinter ihr.

Sie lächelte. »Wäre es dir lieber, wenn ich Selbstgespräche führen würde?«, witzelte sie, während Laud sich hinter ihr an die Reling lehnte. »Ich genieße es nachzudenken, Laud. Mehr habe ich im Moment nicht zu tun.«

»Das ist alles?«, fragte Laud lächelnd.

Lily blickte wieder aufs Meer hinaus. »So ziemlich. Es entspannt. Keine Verantwortungen, keine Prophezeiungen, niemand, der von mir erwartet, ihn in eine bessere Zukunft zu führen. Nur ich und das Wasser.«

»Wenn ich mich recht entsinne«, sagte Laud, »dann warst du diejenige, die das alles aus freien Stücken begonnen hat.«

Lily lachte. Sie mochte es, wenn er sie neckte. Noch vor einem Monat hätte er es nicht gewagt, hätte zu viel Angst davor gehabt, das Grauen würde zurückkehren. Aber das war sie hundertmal mit Honorius durchgegangen, hatte so viel darüber gesprochen, bis es fast etwas geworden war, das einem anderen zugestoßen war. Zwar erinnerte sie sich daran, wie es sich angefühlt hatte, diese elende, überwältigende Hoffnungslosigkeit. Doch die damit verbundenen Gefühle waren versiegelt. Honorius verglich es mit der Art, wie er sich selbst vor vielen Jahren durch den Alptraum gekämpft hatte, sich mit einer brennenden Fackel das Fleisch versengt hatte, um wieder einen klaren Kopf zu bekommen. Sich diesen Erinnerungen zu stellen war schmerzhaft, aber es war jetzt ein Schmerz, den sie im Zaum halten und bannen konnte.

»Wird uns Honorius Gesellschaft leisten?«, fragte Lily. »Ich weiß, dass er mit seinen Aufgaben beschäftigt ist, aber nach allem, was er für uns getan hat, könnten wir doch wenigstens unseren letzten Abend hier mit ihm verbringen.«

»Bist du dir immer noch sicher, dass du morgen aufbrechen möchtest?«, fragte Laud, nun ernster. »Wir könnten noch ein paar Tage warten.«

Völlig überzeugt war Lily nicht davon, dass sie bereit dazu war. Sie schlief mittlerweile besser und hatte sich schon seit Monaten nicht mehr so ausgeglichen gefühlt. Aber das war hier so, draußen auf See. Nach Agora zurückzukehren würde keine einfache Reise werden. Laud hatte erzählt, viele der naruvanischen Stollen seien hinter ihm eingestürzt, und da der Schienenknoten beschädigt war, würden sie nicht imstande sein, den Mittelpunkt wiederzufinden. Der unterirdische Weg war bis auf Weiteres versperrt. Die einzige Möglichkeit bestand also in der langen Reise über Land, wieder zurück durch Giseth. Immerhin würden sie nicht zu Fuß gehen müssen. Honorius hatte ihnen ein Schiff zur Verfügung gestellt, einen schmalen Raddampfer, der sie den gesamten Verlauf des Flusses Ora hinauf transportieren konnte, bis vor die Tore von Agora.

Sie schüttelte den Kopf. »Nein, es ist Zeit zu gehen. Mark und Ben machen sich bestimmt schon furchtbare Sorgen. Es sind nur noch wenige Wochen bis zum Agora-Tag; wir sind seit Monaten weg, und …«

»Sie werden es verstehen«, beharrte Laud. »Du musstest dich erst richtig erholen. Denk daran, es ist nicht so, als würde sich die ganze Welt um dich drehen.«

Lily lächelte. »Das weiß ich. Und glaube mir, ich bin froh darüber.« Sie blickte zu Laud auf, in dessen Haar sich das Rot des Sonnenuntergangs widerspiegelte. »Aber du bist mir trotzdem durch halb Naru hinterhergejagt, nicht wahr?«

Laud gab keine Antwort.

Sie standen noch einen Moment länger zusammen, ohne etwas zu sagen. Lily war bereits so lange unterwegs, dass sie den Moment der Stille genoss. Nur noch ein Abend, bevor die Reise wieder begann.

»Ich habe Angst«, sagte sie schließlich. Sie spürte, wie Laud ihr die Hand drückte, aber er sagte nichts. Er schien zu wissen, wann sie mehr erzählen wollte. »Eigentlich nicht vor der Reise«, fuhr sie fort. »Nicht einmal davor, nach Agora zurückzukehren, falls es uns gelingt, diese Mauern zu überwinden …«

»Ich bin mir sicher, dass Honorius' Trick funktionieren wird«, sagte Laud beruhigend. »Sie hätten ihn wohl kaum dafür verbannt, es entdeckt zu haben, wenn er nicht wirklich einen Weg zurück hineingefunden hätte, auch wenn er ihn selbst nie benutzen konnte.« Zögernd legte er ihr einen Arm um die Schulter. »Wovor also hast du Angst?«

»Vor dem Alptraum«, gab Lily zu. »So schlimm wie dieses Mal war ich ihm noch nie erlegen. Er wird auf der Lauer liegen.« Sie schlug die Augen nieder. »Ich will nicht, dass er mich jemals wieder beherrscht.«

Laud schlang seine Arme fester um ihre Schultern. »Das wird er auch nicht«, erklärte er. »Ich verstehe wirklich nicht alles, was Honorius sagt, aber er ist sich sicher, dass sich der Alptraum nur von Ängsten nährt, die du unterdrückst, oder von deinen Besessenheiten. Und mit alledem bist du jetzt im Frieden.«

Lily lächelte. »Frieden«, wiederholte sie. »Ja.«

Sie erinnerte sich daran, wie wichtig es ihr gewesen war, ihre Eltern zu finden, und wie diese Suche zum Einzigen geworden war, was ihr wirklich etwas bedeutete.

Nun, sie hatte ihre Eltern gefunden. Ihr Vater war vor ihren Augen gestorben, und ihre Mutter erinnerte sich nicht einmal an ihre Existenz. Das war nicht das, worauf sie gehofft hatte. Aber wenn sie nun an die beiden dachte, versuchte sie, sie sich so vorzustellen, wie sie gewesen waren, bevor die ganzen Prophezeiungen und Geheimnisse ihrer beider Leben ruiniert hatten.

Als Laud ging, um Honorius zu suchen, blickte sie noch eine ganze Weile aufs Meer hinaus. Ob ihr Vater wohl auch hier gestanden und die sanfte Dünung betrachtet hatte? Sie stellte sich vor, wie er seine Braut hierhergebracht hatte, um zum Horizont zu schauen und sich zu fragen, was die Zukunft wohl für sie bereithielt.

Vielleicht waren sie damals glücklich gewesen. Lily hoffte es.

Das Flussschiff war ein wahres Wunderwerk aus Holz und Messing. Es war lang und schmal und hatte Schaufelräder unmittelbar unter der Wasseroberfläche und einen unablässig qualmenden Schornstein. Honorius meinte, wenn es klein genug dafür gewesen wäre, hätten sie es als Schatz in der Gruft aufbewahrt. Es stammte aus der alten Welt, war eines der Relikte des ursprünglichen Waage-Bunds, für eine schnelle Beförderung auf dem Fluss nach Agora ausgelegt. Der Gedanke, dass es nun endlich seine Funktion erfüllen würde, erfreute Lily. Wenigstens waren nicht alle Relikte des Waage-Bundes so gefährlich wie Wulfrics Steinschlosspistolen.

Der Morgen war in hektischer Betriebsamkeit vergangen. Honorius hatte ihn damit verbracht, den Dampfer mit Proviant und Treibstoff zu beladen, um nur ja nicht Lilys Dank anhören zu müssen. Der vernarbte Mann hatte sich stets geweigert, über sich selbst zu sprechen, hatte die Unterhaltung immer wieder auf seine Patienten gelenkt. Selbst der Grund, warum er aus Agora verbannt worden war, und das gefährliche Geheimnis, das er entdeckt hatte, hatte sie ihm erst nach vielen Gesprächsabenden abringen können. Doch nachdem er ihnen erzählt hatte, was sein Geheimnis war – ein geheimer Weg nach Agora hinein –, war Lily klar, dass es Zeit war zurückzukehren.

Als Honorius die letzten Lebensmittel verstaut hatte, knöpfte Lily sich ihn vor. Es gelang ihr, ihn zu umarmen, bevor er sich ihr entziehen konnte. Und es gelang ihr, ihn zu fragen, warum er ihr wirklich half. Bevor er antwortete, rieb er sich den Handrücken und biss dann die Zähne zusammen.

»Weil ganz gleich, wie sehr du es verabscheust, du ein leuchtendes Licht der Wahrheit in dieser ganzen Dunkelheit bist«, sagte er sanft. »Nicht harte Fakten wie das Orakel. Echte Wahrheit, echtes Verständnis. Du wirst diese alte Weise zu leben für immer aufbrechen. Agora braucht das. Ich brauche das.« Dann drehte er sich weg. »Ich bin das Dunkel leid.«

Dieses Bild stand ihr während der gesamten Verabschiedung vor Augen, während Laud die Taue löste und den Dampfkessel heizte. Erst als der Motor brummend ansprang, wurde ihr klar, dass die Reise wirklich stattfand, und sie winkte Honorius lebhaft zu, bis das Sanatorium in der Ferne verschwand. Er hatte ihr ein neues Leben geschenkt, und sie würde es nicht vergeuden. Dann drehte sie sich um und übernahm das Steuerrad.

Vor ihnen erstreckten sich die Sümpfe. Sie waren auf dem Weg nach Hause.

Im Verlauf der folgenden Tage steuerte Lily meist selbst, während Laud den Heizkessel mit Holz befeuerte. Der Schornstein qualmte, die Schaufelräder drehten sich, und das Schiff beförderte sie mit der richtigen Geschwindigkeit durch die Bereiche des Sumpflandes, in denen das Wasser tiefer war. Sie kamen zwar nicht viel schneller vorwärts als zu Fuß, aber dafür erheblich trockener.

Die größte Überraschung jedoch erwartete sie bei Einbruch der Nacht, wenn sie abwechselnd Wache standen oder sich unter Deck zusammenrollten. Vielleicht wusste der Alptraum nicht, was er von einem Dampfschiff halten sollte, vielleicht sorgte das robuste Schiff einfach dafür, dass sie sich sicher fühlten. Jedenfalls berührte der Alptraum sie kaum. Während sie durch das Sumpfdelta steuerten, hatte Lily sogar ein- oder zweimal einen Traum, der nicht von dunklen Kämpfen und jähem, unruhigem Aufschrecken erfüllt war.

Gelegentlich versuchte er, tagsüber nach ihr zu greifen. Dann säte er Zweifel in ihr, ob es richtig war, nach Agora zurückzukehren, und schürte ihre Ängste vor den Gefahren, denen sie dabei ins Auge blicken würde. Doch sein Ruf war schwach, und Lily begriff auch, warum das so war. Bei den letzten beiden Gelegenheiten war sie allein hier gewesen beziehungsweise mit Wulfric, der noch abwesender und angespannter gewesen war als sonst. Dieses Mal hingegen war sie mit Laud hier, und die Sommersonne schien. Von Deck aus betrachtet sahen die Sümpfe faszinierend, ja geradezu wunderschön aus. Und sie war auf dem Weg nach Hause, zurück zu ihren Freunden, ihrer wirklichen Familie. Leider herrschte dort kein Frieden, aber wenigstens wusste sie im Moment, was sie wollte, und war sich so sicher wie schon seit Jahren nicht mehr. Gegen eine solche Sicherheit konnte der Alptraum nicht angehen.

Nach zehn Tagen ließen sie das Sumpfland hinter sich und gelangten in den Fluss Ora. Nun reisten sie überwiegend bei Nacht und schliefen während des Tages. Lily wusste, dass sich einige wenige Dörfer in Giseth in der Nähe des Ufers befanden, und sie wollten nicht zu viel Aufmerksamkeit auf sich ziehen. Tagsüber würde man der Rauchfahne, die ihr Näherkommen ankündigte, nachgehen, nachts hingegen würde das Zischen und Tuckern des Schiffes als Ausgeburt des Alptraums wahrgenommen und bestimmt ignoriert werden.

Bis zum sechzehnten Tag fuhren sie gut damit.

Als Lily am frühen Abend erwachte, überprüfte Laud auf Deck gerade, ob das Schiff fest verankert war. Hinter ihm lagen eine Axt und zwei Weidenkörbe.

»Stimmt etwas nicht?«, wollte sie wissen.

»Halb so schlimm«, erwiderte Laud. »Uns gehen allmählich Proviant und Brennmaterial aus.«

Lily nickte. »Honorius ist wahrscheinlich davon ausgegangen, dass wir schneller vorankommen«, sinnierte sie, während sie auf die knorrigen Bäume des Waldes nicht weit vom Ufer entfernt schaute.

»Um das Brennmaterial kümmere ich mich«, sagte Laud, während er die Axt schulterte. »Meinst du, du kannst noch etwas Essbares auftreiben?«

Lily grinste und hob einen der Körbe auf. »Was denn, und mir dabei entgehen lassen, wie du Holz hackst?«, sagte sie schelmisch.

Laud zog die Brauen hoch. »Ich dachte, du bist gegen Sklavenarbeit.«

»Ich mache eine Ausnahme, nur für dich«, neckte sie ihn, während sie von Bord kletterte und auf das Ufer trat. Wieder ernst geworden blickte sie dann zu ihm hoch. »Geh nicht zu weit hinein, der Alptraum kann ganz schön stark werden.«

Laud sprang neben ihr auf die Uferböschung. »Glaub mir, ich konzentriere mich ganz auf meine Aufgabe«, sagte er und hielt die Axt hoch. »Was könnte spannender sein, als Bäume zu fällen?«

Lily grinste und wollte schon eine Reihe von Alternativen vorschlagen, als sie beide anfingen zu lachen. Bei ihrer Verabschiedung war Lily so guter Laune, dass sie die Kälte des Alptraums kaum spürte, während sie sich zwischen den Bäumen hindurchbewegte.

Während sie auf der Suche nach Essbarem im Halbschatten umherzog, musste sie unwillkürlich an das letzte Mal denken, als sie diese Wälder nach etwas zu essen durchsucht hatte. Damals war der Boden überfroren gewesen, und sie war lediglich mit einer Handvoll Pilze zurückgekehrt. Doch zu dieser Jahreszeit, so kurz vor der Ernte, musste es wilde Obstbäume geben, die man plündern konnte. Sie wünschte, sie könnte sich den bepflanzten Feldern eines der Dörfer nähern. Doch selbst wenn sie auf eines stieß, wollte sie sich nicht den Fragen aussetzen, die dann aufkommen würden. Gut möglich, dass sie als einfache Reisende aus einem nahe gelegenen Dorf durchgehen konnte, doch sie wusste, dass jeder, der aus dem Wald kam, misstrauisch behandelt wurde.

Wie sich herausstellte, war es nicht so einfach, wie sie erwartet hatte. Erst später am Abend stieß sie auf einen Apfelbaum, der noch reichlich Früchte trug. Sie pflückte alle Äpfel, an die sie herankam, doch ihre Zuversicht war angeknackst. Der Alptraum um sie verhielt sich merkwürdig. Sie spürte, wie er an ihrer Psyche nagte, doch er war anders als zuvor. Im Wald versuchte der Alptraum normalerweise ihr Angst einzuflößen. Nun jedoch fühlte sich jedes ihrer Gefühle zu intensiv an. Jeder Apfel, der ihr in den Schlamm fiel, löste den Wunsch in ihr aus, laut zu fluchen, jedes Insekt, nach dem sie schlagen musste, ließ sie kochen vor Wut. Sie wusste natürlich, was sie zu tun hatte; sie konzentrierte sich und verdrängte es. Dennoch war sie beunruhigt. Es ähnelte allzu sehr dem unnatürlichen Zorn, den sie unten in Naru verspürt hatte, als der Alptraum es auf ihre Frustration abgesehen hatte. Während des Rückwegs zum Fluss war sie froh darüber, dass sie nicht länger im Wald weilen musste. Was immer den örtlichen Alptraum so erregt hatte, sie wollte ihm nicht begegnen.

Als sie sich dem Waldrand näherte, hielt sie irgendetwas davon ab, laut nach Laud zu rufen. Vielleicht war sie immer noch ein wenig nervös. Oder sie wollte keine Aufmerksamkeit auf ihre magere Ausbeute lenken. Bestimmt hatte er genug Zeit gehabt, um so viel Holz zu sammeln, dass er das Schiff damit versenken konnte.

Daher erkannte sie erst, als sie das Schiff erreichte, dass etwas nicht stimmte.

Es trieb ruhig und verlassen auf dem Wasser.

»Laud!«, rief Lily leise.

Keine Antwort.

»Laud? Schläfst du …«

Immer noch nichts. Lily kletterte an Bord, stellte hastig den Korb ab und schaute sich um.

Das Feuer im Heizkessel war erloschen. Die Kabinen waren leer. Von Laud war nirgends eine Spur zu sehen.

Besorgt rannte Lily los. Vielleicht war ihm das Holzfällen schwerer gefallen, als er hatte zugeben wollen. Ja, dachte sie, während sie zurück in Richtung der Baumgrenze lief, das würde ihm ähnlich sehen – eine Niederlage nicht eingestehen wollen.

Abrupt blieb sie stehen.

Dort stand sein Korb, halb gefüllt mit Scheiten. Daneben war ein Schössling und daneben noch einer, tief zerfurcht von Kerben.

Laud war nicht hier. Auch seine Axt nicht. Nur ein Abdruck war im Schlamm, dort, wo jemand gefallen war. Und Fußspuren, mindestens zwei, keine von beiden war ihr vertraut.

Sie rannte in den Wald und bemühte sich, den Fußspuren zu folgen. Doch hier, fern vom Ufer, war der Boden trocken, und sie war nicht vertraut damit, Spuren zu lesen.

Wem immer sie gehören mochten.

Während ihr die Gedanken durcheinanderwirbelten, lehnte sich Lily an einen Baum. Ihr Atem ging stoßweise, und ihr drehte sich alles. Ihr war schlecht, und zugleich war sie wütend. Und tief in ihr regte sich der Wahnsinn des Alptraums. *Ja,* sagte er. *Du hast ihn allein gelassen. Er war noch nie in Giseth, wusste nicht, was er tun sollte, und du hast ihn allein gelassen … Und jetzt ist er weg … er ist ganz allein … und der Alptraum wird dich holen kommen, da niemand sonst da ist, der ihn aufhalten kann … Es sei denn, du kämpfst und kratzt und läufst drauflos, um ihn zurückzuholen …*

Sie presste sich die Fingerknöchel gegen die Stirn. Der Alptraum würde sie nicht noch einmal bekommen. Nicht jetzt, da Laud auf sie angewiesen war.

Sie schloss die Augen und konzentrierte sich auf Laud. Sie stellte sich sein Gesicht vor, und es erschien ihr so deutlich, dass ihr ein Schock durch den Körper fuhr und sie wieder klar denken konnte. Wie sollte sie ihn finden? Aufspüren konnte sie ihn nicht. Sie konnte zwar kreuz und quer durch den Wald streifen, aber das war ein sicherer Weg, sich von Wölfen fressen zu lassen.

Sie fluchte laut. Warum kam sie nicht darauf? Wie hatte sie es seinerzeit geschafft, diesen Wald zu überleben?

Mark. Sie hatte überlebt, weil sie nicht allein gewesen war. Weil immer dann, wenn sie verwirrt gewesen war, Mark einen Ausweg entdeckt oder eine neue Idee hatte. Sie dachte angestrengter nach und presste die Hände gegen die raue Rinde eines Baums. Was würde Mark tun? Welche seltsame Idee würde ihm einfallen?

Sie wünschte, sie könnte jetzt seine Gedanken lesen. Genau wie damals, als sie beide gemeinsam geträumt hatten und in ihren Erinnerungen versunken waren.

Geträumt …

Urplötzlich wusste Lily, was sie tun musste.

Ein wenig weiter im Wald stieß sie auf eine geeignete Lichtung – bewachsen mit Moos und Adlerfarn und weich genug, um darauf schlafen zu können. Froh darüber, dass es ein warmer Abend war, legte sie sich hin. Sie zwang sich dazu, sich zu entspannen, sodass sie einschlafen konnte. Es dauerte zwar eine Weile, aber als sie einnickte, bat sie alle Sterne im Himmel darum, bis zum Morgen nicht gestört zu werden.

Dieses Mal war das Schicksal auf ihrer Seite. Als die Sonne aufging, bestand ihr einziges Problem aus dem Tau, der sie am ganzen Körper bedeckte und ihre Kleidung durchnässte.

Doch als sie sich blinzelnd erhob, wusste sie, dass sie Erfolg gehabt hatte. Sie hatte die ganze Nacht damit verbracht, ihre Träume zu kontrollieren; das war eine Technik, die sie bei ihrem letzten Mal in Giseth erlernt hatte, aus Angst, die Kontrolle zu verlieren, jedoch erst jetzt wieder verwendet hatte. Sie hatte sich vorgestellt, neben einem Leuchtturm zu stehen, und durch die dunkle Halbwelt des Alptraums eine Nachricht gesendet, indem sie sich auf den einen Menschen konzentriert hatte, von dem sie wusste, dass er zuschauen und nicht imstande sein würde, dieser Aufforderung zu widerstehen.

Nun musste sie nur noch warten.

Wenige Stunden später bekam sie ihre Antwort.

Erst als der Neuankömmling sie schon fast erreicht hatte, bemerkte es Lily. Ein leises Rascheln in den Büschen jenseits der Lichtung verriet Lily die Ankunft; es blieb ihr gerade noch so viel Zeit, aufzustehen, sich ihr klammes Kleid glattzustreichen und sich zu wappnen.

Das Gebüsch teilte sich und offenbarte eine Frau mittleren Alters. Sie war auf eine entrückte Art wunderschön, hatte langes dunkles Haar und trug grüne Kleider. Tatsächlich war das Einzige, was diesen überirdischen Anblick trübte, ihre überraschte Miene. Sie starrte Lily mit Stielaugen an.

Kalt lächelnd und mit hoch gezogenen Augenbrauen musterte Lily den Ankömmling von Kopf bis Fuß.

»Ich bin froh, dass du mich gefunden hast, Elespeth«, sagte sie. »Ich denke, du schuldest mir einen Gefallen.«

## KAPITEL 19

# *Die Sucht*

Tot war Theo nicht. Das war aber auch das Einzige.

Manchmal ging es ihm so gut, dass er sogar sprechen konnte. Dann missachtete er jeden Versuch von Mark und Ben, ihn zu trösten. Stattdessen beharrte er darauf, ihnen Anweisungen zu geben, wie sie Arzneien zubereiten und neue Krankheiten diagnostizieren konnten, die möglicherweise im Tempel eingeschleppt worden waren. Gestützt auf eine zusammengeraffte alte Decke setzte er sich im Bett auf und beäugte matt die neuerliche Schlange Patienten. Sehr schnell verließen ihn die Kräfte dann wieder, und er verlor das Bewusstsein. Sie hatten versucht herauszufinden, wer Theos Wasser vergiftet haben könnte, doch es war hoffnungslos. Es gingen zu viele Menschen hier ein und aus, und sie konnten das Verbrechen ja schlecht den Eintreibern melden.

Die meiste Zeit kümmerte sich Verity um Theo. Sie sorgte auch dafür, dass die Vorhänge, die sie um sein Bett gehängt hatten, geschlossen waren, da sie nicht wollte, dass andere mitbekamen, wie krank der Doktor war. Damit aber überließ sie Mark und Ben die Verantwortung über den immer voller werdenden Tempel. Seit Marks Rede vor dem Gefängnis war der Tempel das Zentrum der Revolution geworden und wurde belagert von den Hungrigen und Verzweifelten. Wenn Nick gerade nicht damit beschäftigt war, für Ordnung auf den Straßen zu sorgen, baute offenbar sogar er auf ihre Ideen. Mark, der auch die Verteilung der Lebensmittelrationen organisierte und die Barrikaden überwachte, kam kaum zum Schlafen. So blieb es an Ben hängen, das provisorische Krankenhaus am Laufen zu halten.

Nie wurde sie ihren Pflichten untreu, doch es forderte seinen Tribut. Wenn sie abends ihr Tagewerk beendete, legte sie mit ihrem Kopftuch auch ihr Lächeln ab. Ben sah allmählich fast wie ihr Bruder aus, auch wenn sie sich eher der Sorge hingab als dem Sarkasmus.

Doch Mark erlaubte es sich nicht, über Laud oder Lily nachzugrübeln. Dafür hatte er jetzt keine Zeit.

Am heißesten Tag des Sommers bekam seine Fassade Risse. Auslöser dafür war ein Kochtopf.

Am Morgen hatte Mark bereits dabei geholfen, mit Eimern Wasser vom Ufer der Ora herbeizuschleppen. Daher war er nicht in bester Stimmung. Mark wusste, dass es das Todesurteil für die Patienten gewesen wäre, wenn er ihnen Flusswasser zu trinken gegeben hätte, ohne es zuvor abzukochen. Doch in dem großen Kessel war noch immer die Suppe des Tages, und der kleinere, den sie sonst für Wasser benutzten, war nirgends zu sehen.

Mürrisch begann Mark nach ihm zu suchen. Bemüht, seinen Ärger im Zaum zu halten, steckte er den Kopf durch den Vorhang, der Theos Bett umgab. Verity, die neben seinem Bett saß und nach ihrer Nachtwache eingenickt war, fuhr aus dem Schlaf hoch.

»Hast du den kleinen Kochtopf gesehen?«, fragte Mark.

Sie schüttelte den Kopf. »Ich glaube …«, begann sie. »Hat Miss Cherubina ihn gestern Abend nicht genommen?«

Mark runzelte die Stirn. »Wofür braucht sie ihn denn? Ich habe sie seit ihrer Ankunft kein einziges Mal kochen sehen.«

Das war mit Sicherheit so. Cherubina arbeitete, wenn sie

musste, saß aber ansonsten eingeschnappt und zornig herum. Nun, da sie nicht länger Credes Symbol für Menschenliebe war, hatten die Revolutionäre nur noch wenig Zeit für sie übrig. Mark hatte sie im Lauf der letzten Tage kaum gesehen. Sie weigerte sich, mit ihm oder sonst jemandem zu reden. Sogar Ben, die mit allen befreundet war, erntete von ihr lediglich einen unterkühlten Blick.

Verity zuckte mit den Schultern. »Vielleicht macht auch sie sich nun endlich nützlich für unsere Bewegung?«, überlegte sie zweifelnd.

Mark verzog das Gesicht. Er wünschte, es würde der Wahrheit entsprechen, doch die Chancen dafür standen schlecht.

Nachdem er sich bei Verity bedankt hatte, fing er an herumzufragen. Es dauerte nicht lange, bis er erfuhr, dass Cherubina zuletzt dabei gesehen worden war, wie sie nebenan in den Laden von Miss Devine gegangen war. Dies war in doppelter Hinsicht rätselhaft. Miss Devine hatte ihren Laden zwar geöffnet, doch nahmen nach wie vor sehr wenige das Angebot der Glasmacherin an. Niemand konnte so einfach über ihr anderes Gewerbe hinwegsehen, darüber, dass sie im Austausch für Essen, das ihre halb toten Kunden oft gar nicht mehr wirklich wollten, ihren Freunden Gefühle abgezapft hatte.

Trotzdem, er brauchte diesen Topf. Also wappnete er sich, bahnte sich einen Weg durch das Getümmel der Verzweifelten und Sterbenden aus dem Tempel hinaus und stand vor dem dicken Vorhang, der als Eingangstür von Miss Devines Laden diente. Im gleißenden Licht des Spätsommers leuchteten die in die Wand eingesetzten Glasscherben grell und ließen den Vorhang so dunkel wirken wie ein Stück Nachthimmel ohne Sterne.

Mark schüttelte sich. Er wusste alles über Miss Devines

Geschäft. Damals, in seinem früheren Leben, hatte er bei ihr eingekauft. Ihr Laden barg keinen Schrecken für ihn.

Als er in den düsteren kleinen Raum trat, konnte er sich trotzdem des Gefühls nicht erwehren, dass der plötzliche Schauder, der ihn überkam, nicht ausschließlich damit zu tun hatte, dass er aus dem Sonnenlicht ins Dunkel trat.

Das durch den Türeingang einfallende Licht ließ die winzigen Glasfläschchen auf den Regalen im Inneren glitzern. Die Flüssigkeiten schimmerten und spiegelten sich, so als wären sie lebendig. Vielleicht waren sie das auch. Wer wusste schon, wie sich Gefühle wirklich verhielten, wenn sie herausdestilliert worden waren? Als er sich orientiert hatte, kam die Frau gerade aus dem Hinterzimmer. Sie zog die Brauen hoch und ließ ihre langen dünnen Finger auf dem Tresen vor ihr ruhen, doch davon abgesehen war kaum eine Regung bei ihr zu erkennen.

»Kann ich etwas für Sie tun, Mr Mark?«, fragte sie in einem Ton, der nichts preisgab. »Ich hätte nicht gedacht, dass der Anführer des flussabwärts gelegenen Teils von Agora die Zeit für einen Besuch bei mir aufbringen könnte.«

Mark ließ sich nicht ködern. Er hatte sich nie als Anführer gesehen, auch wenn die Leute ihn als solchen betrachteten. »Ist Cherubina hier?«, fragte er.

Miss Devine spreizte die Finger und schaute ihn scharf an. »Kann sein«, räumte sie ein. »Aber auch wenn es so wäre, sie will Sie nicht sehen.«

»Also ist sie hier«, folgerte Mark. »Ich muss sie bloß kurz sprechen.«

Miss Devines Mundwinkel zuckten. »Ist das ein Befehl?«, fragte sie.

Mark starrte sie zornig an. »Kann ich sie nun sehen oder nicht?«, fragte er aufbrausend. Miss Devine lehnte sich zurück und verschränkte die Arme. Sie regte sich nicht. »Also schön«, sagte Mark hitzig. »Dann werde ich sie eben selbst finden müssen.« Ohne ein weiteres Wort drängte er sich an Miss Devine vorbei und riss den Vorhang beiseite, der ins Hinterzimmer führte.

»Wie Sie wünschen, Mr Mark«, rief ihm Miss Devine hinterher, ohne ihm zu folgen. »Sehen Sie selbst, wie Sie empfangen werden.«

Der kurze Flur dahinter war noch dunkler als der eigentliche Laden, und Mark musste blinzeln, als er eine Kammer betrat, die lediglich durch Licht aus einem schmalen Fenster hoch oben in der Wand erhellt wurde.

Das Licht fiel schräg auf ein Gewirr von Glasröhrchen, die sich durch den Raum schlängelten und über einem stabilen Ledersessel zentrierten. Es war der von Miss Devine bevorzugte Gefühlsdestillator, und bei einer anderen Gelegenheit wäre Mark beeindruckt gewesen. Doch im Moment befasste er sich weit mehr mit der Gestalt, die am Fuß des Sessels auf dem Boden saß.

Cherubina blickte nicht auf, als er eintrat. Sie hatte den Kopf geneigt, sodass ihre Ringellöckchen ihr ins Gesicht fielen. Sie nähte mit einem langen dunklen Faden wie wild an etwas, das zerknautscht zu ihren Füßen lag. Das war aber doch zu groß, um eine Puppe zu sein, oder?

Als Mark ein wenig näher trat, erkannte er, um was es sich handelte.

»Die Ähnlichkeit ist frappierend«, sagte er laut.

Cherubina schaute nicht auf. Die lebensgroße Nachbildung von Snutworth unter ihren Händen war fast fertiggestellt. Sie war genauso gut wie die Puppen, die sie sonst fertigte – Cherubina hatte wirklich Talent.

»Du brauchst das nicht zu tun«, sagte Mark, während er

sich neben sie kniete. »Glaubst du, wir wären nicht alle wütend auf das Direktorium? Du hast deine Revolution bekommen, und wenn die Zeit reif dafür ist, werden wir uns den Direktor vorknöpfen …«

»Nein, das werdet ihr nicht«, unterbrach ihn Cherubina mit schwacher, angespannter Stimme. »Ihr werdet im Tempel herumsitzen und gar nichts tun wie immer. Ich werde denen zeigen, wer unser wahrer Feind ist.«

Mark streckte die Hand nach Cherubina aus. Mit einer schnellen Drehung des Handgelenks stach sie ihm mit ihrer Nadel in die Hand. Durch den jähen Schmerz zog er die Hand reflexartig zurück. Mark rieb sich die Wunde und versuchte, die kleine Blutung zu stillen.

»Störe mich nicht«, knurrte Cherubina. Sie zog aus einem Stapel neben sich weitere Stofffetzen hervor und stopfte sie mit überraschender Heftigkeit in den leblosen Stoffkörper hinein.

»Ich verstehe nicht …«, sagte Mark, um Einfühlsamkeit bemüht.

»Wir verstehen die Bedürfnisse des anderen nie richtig, Mr Mark«, sagte Miss Devine hinter ihm. Sie schlenderte in den Raum und begann damit, an dem Gefühlsdestillator Einstellungen vorzunehmen. »Wir haben alle unsere Süchte. Vernunft spielt dabei nur selten eine Rolle.«

Mark versuchte nicht weiter auf sie zu achten. Er senkte den Kopf, um einen Blick auf Cherubinas Augen zu erhaschen, doch sie wandte sich von ihm ab. Er seufzte. Es war offenkundig, dass er hier keine Fortschritte machen würde.

»Na schön«, murmelte er. »Verity sagte, du hättest den kleineren Kochtopf? Wir wollen noch mal Wasser für Theo kochen.«

»Ich brauche ihn.«

Cherubina streckte die Hand aus und berührte die Stelle unter dem Herzen der Puppe. Es klapperte.

»Ich habe die Puppe um ihn herum genäht«, sagte sie. »Man muss mit einem Kern aus irgendetwas anfangen. Und wenn sie im Feuer landet, wird der Topf schmelzen und das Metall herausströmen.« Nun schaute sie auf. Ihre Augen waren gerötet vom Weinen, blickten aber erschreckend eindringlich. »Es wird aus seinem Herzen herausströmen wie Schlacke. Dann werden sie sehen, mit was für einem Monster sie es zu tun haben. Sie werden sich zusammenrotten und das Direktorium stürmen und alles besser machen.« Sie fing erneut wie wild zu nähen an. »Siehst du nicht, Mark, dass ich ihn brauche?«

»Nein, das tust du nicht.«

Mark wollte Verständnis zeigen. Er wollte dieser seltsamen, verletzten jungen Frau die Hand reichen. Doch das hatte er vorhin schon einmal versucht. Und er war wohl doch nicht so verständnisvoll, wie er gedacht hatte. Der Nadelstich in seiner Hand brannte.

»Hast du mich nicht verstanden?«, fragte er und merkte, wie sich seine Kehle zuschnürte. »Ich brauche diesen Topf, um Wasser abzukochen. Unsere Patienten brauchen es. Theo braucht es.« Er hielt die Stimme gesenkt, merkte aber, wie es in ihm anfing zu brodeln. »Du erinnerst dich doch an Dr. Theophilus, nicht wahr? Der Mann, der uns versteckt hat, als wir entkommen sind? Der Mann, der immer noch Tag für Tag versucht, Leben zu retten, obwohl er kaum in der Lage ist, sich zu bewegen? Der Mann, der mehr tut, um diesen Leuten zu helfen, als dein kleiner Kreuzzug es je getan hat?«

»Wie kannst du es wagen?«, entgegnete Cherubina und warf ihre Nadel hin. »Du hast keine Ahnung, wie ich gelitten habe …«

»Tatsächlich? Soweit ich es sehe, ist es dir immer gelungen, auf den Füßen zu landen!«, sagte Mark mit beißendem Sarkasmus. »Du hast keine Zeit verloren, dich Crede an den Hals zu werfen. Hast du je wirklich daran geglaubt? Oder wolltest du dich bloß an den mächtigsten Mann in der Gegend klammern, wie du es immer tust?«

»Hör auf damit! Hör auf damit!« Cherubina fuhr zurück, doch Mark war noch nicht fertig mit ihr. Die ganze Anspannung der vergangenen Wochen platzte aus ihm heraus.

»Du kleines, zickiges Mädchen!«, rief er. »Ja, gut, du musstest eine schreckliche Zeit durchmachen, als du Snutworths Gattin warst. Keiner behauptet das Gegenteil. Aber weißt du was? Es gibt hier Leute, denen es noch schlechter ergangen ist. Sie sterben, leiden und bluten wegen der Revolution, die du nur wolltest, um dich zu revanchieren! Crede hat wenigstens daran geglaubt! Auf seine verdrehte Art und Weise wollte er das Beste für andere. Und ich hatte die ganze Zeit geglaubt, da wäre ein kleiner Teil in dir, der nicht nur an sich selbst denkt. Aber nein, du nimmst einen unserer beiden Metalltöpfe, die einzige Möglichkeit, in dieser von der Seuche heimgesuchten Stadt zu überleben, und willst ihn ins Feuer werfen, nur weil du nicht über deine Dämonen hinwegkommst!«

Cherubina ergriff eine Schere. Einen schrecklichen Moment glaubte Mark, sie werde ihn angreifen. Doch dann hackte sie damit auf die Vorderseite der Puppe ein, sodass Stoff und Baumwolle auseinanderstoben. Immer wieder stach sie wie rasend zu, riss der Puppe mit einem heftigen Stoß die Brust auf, holte den Topf heraus und warf ihn zu Boden, wo er klappernd landete.

»Da hast du ihn!«, sagte sie heiser. »Nimm ihn und … geh einfach weg!«, schrie sie, während ihr die Tränen kamen. Mark wollte etwas sagen, doch Cherubina wandte ihm den

Rücken zu, sodass er den Topf aufhob und wütend aus dem Zimmer stürmte, vorbei an der höhnisch grinsenden Miss Devine. Wie konnte sie nur so denken? Nahm sie denn die Leute um sich herum nicht wahr? Konnte sie sich überhaupt nicht in das Leben eines anderen hineinversetzen? Sie war so blind wie … wie …

Er blieb mitten im Laden stehen, nur wenige Schritte vor dem Ausgang.

So blind, wie er selbst vor nicht einmal zwei Jahren gewesen war.

Er hatte im höchsten Turm der Stadt gewohnt und über das Schicksal von Menschen entschieden, denen er nie begegnet war. Während Snutworth ihn zum Narren gehalten hatte, hatte er selbst sich für mächtig gehalten. Doch der Kochtopf, den er nun in den Händen hielt, würde mehr Leben verändern als alles, was er damals bewegt hatte. Das war echte Macht, und er hatte Jahre benötigt, um das zu begreifen.

Er schaute auf sein Spiegelbild auf dem zerbeulten Messingtopf. Cherubina war zwar älter als er, aber innerlich noch ein Kind. Sie war so aufgewachsen, hatte stets Anweisungen erhalten, immer gesagt bekommen, sie solle sich den Menschen, die sie umgaben, anpassen. Und nun hatte er das Gleiche getan, obwohl er ihr die Augen hätte öffnen können. Genau wie Lily es bei ihm getan hatte.

Er durfte sie jetzt nicht im Stich lassen.

Er stellte den Kochtopf ab, drehte sich um und schob den Vorhang beiseite. Er wollte schon in den Flur eilen, als er innehielt. Er hörte Stimmen aus dem dahinter liegenden Zimmer.

»Quälen Sie sich nicht, meine Liebe«, sagte Miss Devine gerade. »Er begreift nicht. Keiner begreift es.«

»Er ist so … so arrogant!«, schniefte Cherubina. »Er glaubt

ständig, er weiß alles am besten, dabei hat er mehr Fehler gemacht als die meisten, die ich kenne. Und er ist faul, macht nie Pläne und … und …«

Weinen war zu vernehmen. Mark fuhr zurück.

»Na, kommen Sie«, sagte Miss Devine zärtlich. »Ich könnte dafür sorgen, dass diese ganzen Gefühle verschwinden …«

»Nein«, murmelte Cherubina. »Ich will nicht, dass mir dieses Gefühl genommen wird. Ich … ich weiß nicht, wie es ohne sein würde. Es hält mich am Leben … in … dieser leeren Welt.« Durch das Schluchzen hörte Mark ein scheuerndes Geräusch heraus, so als hätte sie die Puppe getreten. »Leer wie er. Wie Snutworth … wie ich …«

»Ach, meine Beste«, sagte Miss Devine nun mit vor Mitgefühl triefender Stimme. »Sie verstehen nicht. Ich brauche dazu nicht meine Maschine zu benutzen. Ich kann diese Gefühle auf ganz andere Art und Weise verschwinden lassen. All Ihre Sorgen … von jetzt auf gleich verschwunden …«

Mark hörte eine Veränderung in dem Tonfall ihrer Stimme. Es war nur eine Nuance, aber Miss Devines Stimme hörte sich auf einmal weniger freundlich an. Etwas stimmte hier nicht, stimmte ganz und gar nicht.

Er machte einen Satz nach vorn und stürzte in die dunkle Kammer hinein.

Miss Devine stand hinter Cherubina und hatte beidhändig mit einem schweren Glaskrug weit ausgeholt.

Mark sprang auf Miss Devine zu, als diese gerade den Krug nach unten schwang. Er rammte sie, worauf sie beide gegen den Gefühlsdestillator stürzten. Die Scherben der zersplitterten Glasröhrchen flogen umher. Mark spürte, wie eine ihm die Wange aufritzte, und sah, wie der Krug an der gegenüberliegenden Wand zerbarst. Bleich und erschrocken sprang Cherubina auf die Beine, wobei sie über die Puppe trampelte. Miss Devine kratzte Mark wie eine Katze und befreite sich aus dem Haufen zerbrochenen Glases. Mark bekam ihr Knie in den Magen und taumelte nach Atem ringend zurück. Dann wirbelte er herum, doch Miss Devine ging nun bereits mit einer langen Glasscherbe in der Hand auf Cherubina los. Mark packte die Glasmacherin um die Hüfte und brachte sie zu Fall. Miss Devine rang nach Luft, als die Scherbe ihr tief in den Handteller schnitt und Blut aus der Wunde quoll.

Mark erhob sich, bereit dazu, Cherubina zu beschützen. Doch Miss Devine blieb auf dem Boden liegen, Auge in Auge mit der zerfetzten Puppe, und schaute diese mit merkwürdiger Eindringlichkeit an.

»Du hast ihn gut nachgebildet«, sagte sie leise.

Cherubina starrte bleich und zitternd auf sie hinab. »Was meint sie damit?«, fragte sie. »Mark, warum hat sie …«

»Sie kennen Snutworth, nicht wahr?«, unterbrach Mark sie. »Arbeiten Sie für ihn? Spionieren Sie uns aus?«

Miss Devine lachte. Es war ein leises, schmerzhaftes Lachen. »Meinen Sie, er bräuchte mich, um für ihn zu spionieren? Er weiß alles, Junge. Er hat die vollkommene Kontrolle.« Sie strich der Snutworth-Puppe übers Gesicht und hinterließ darauf eine Blutspur. »Er ist mein Herr, seit wir Kinder waren, seit wir Eigentum waren. Und ich kenne meine Pflichten.« Sie schleppte sich vorwärts, worauf Mark zwischen sie und Cherubina trat.

»Was?« Cherubina war nach wie vor verwirrt. »Wollen Sie damit sagen, dass Sie … ihn lieben?«

Miss Devine schaute vom Fußboden aus mit einem geradezu mitleidigen Gesichtsausdruck zu ihr auf. »Dummes kleines Püppchen, du siehst die Welt immer wie ein Bilderbuch«, sagte sie spöttisch. »Wer könnte jemanden wie ihn lieben? Es ist keine Liebe; ich bin süchtig nach ihm. Wir haben alle unsere Sucht … für alle in dieser korrupten Stadt gibt es etwas, das uns wichtiger ist, als einen guten Handel abzuschließen. Und ich bin nach ihm süchtig. Seine Macht – seine Gewissheit. Die Welt ist voller Narren, und er ist der einzige Mann, den ich kenne, der weiß, was er will.« Ihr Blick verhärtete sich. »Er folgt einer Bestimmung. Und indem ich ihm folge, gilt das auch für mich. Das ist mehr als bei irgendwem sonst in dieser emsigen Stadt.« Sie heftete ihren Blick auf die beiden. »Ihr behauptet, Rebellion bringe euch Freiheit, aber durch sie müsst ihr bloß immer mehr auswählen, immer weiter entscheiden. Ihr habt keine Ahnung von der Freiheit des Gehorchens, der Freiheit, die Verantwortung abzugeben. Ich würde, ohne zu murren, alles für ihn tun. Das habe ich schon, und das werde ich weiter tun. Ich habe ihn nach oben gebracht. Ich habe meine Waren an Ruthven verkauft und ihn zu Fall gebracht. Es gab so viele Aufgaben … aber nur einen einzigen Misserfolg. Bis jetzt.« Ihr Blick sprühte vor Gift. »Sag mir, kleines Püppchen, hast du wirklich geglaubt, er würde dich gehen lassen, seine Trophäe, seine Eroberung?«

Sie wies mit einem ihrer langen, spinnenartigen Finger auf Cherubina, während sie mit der anderen Hand nach wie vor das zerfetzte Gesicht der Puppe tätschelte. Die Situation war grotesk. Mark wollte, dass es aufhörte, war aber zugleich auf schreckliche Weise fasziniert.

»Ich hätte Sie töten können, als Sie hereingekommen sind«, sagte Miss Devine in beängstigend beiläufigem Tonfall. »Nach diesen ganzen Monaten des Versuchens. Aber du hattest das Bild von *ihm* in dir.« Ihre Aufmerksamkeit verlagerte sich auf die Puppe, doch sie fuhr fort, ohne eine Pause einzulegen. »Zum ersten Mal spürte ich eine Seelenverwandtschaft. Wir waren beide von ihm besessen. Aber du hast versucht, dich von ihm freizumachen, und das durfte nicht sein. Du warst *sein*, kleines Püppchen. Das wirst du immer sein, und jetzt bist du zerfetzt.«

Etwas in ihren düsteren Worten erregte Marks Aufmerksamkeit. »Monate des Versuchens?«, fragte er. »Sie haben es schon einmal versucht?«

Miss Devine machte das strähnige Haar der Puppe zurecht. »So ein glückliches kleines Mädchen«, murmelte sie. »Es war immer ganz knapp. Trank nicht das Wasser, das ich brachte, sodass dieser närrische Doktor seinen Durst damit gestillt hat. Natürlich nicht mit Gefühlen vergiftet, denn das wäre zu offensichtlich gewesen. Etwas Traditionelleres.«

Cherubina stieß einen leisen Laut des Erschreckens aus und ergriff Marks Arm. Mark spürte, wie ihm ein kalter Schauer über den Rücken fuhr. Und er hatte sich gefragt, wer Theo vergiften wollte. Wie hatte er nur so dumm sein können?

»Aber das war nicht das erste Mal«, fuhr Miss Devine fort. »Als ich an dem Tag, an dem ich meine Anweisungen bekam, neben Crede stand, warf ich nur einen Pflasterstein. Bloß einen. Schade, dass ich nicht gut zielte; ein Jammer, dass er euren teuren Crede fällte. Und es brachte Bewegung in die Angelegenheit …« Sie grinste anzüglich. »Vielleicht war das ja sein Plan. Aber das hätte er mir sicher nicht erzählt. Mit diesem Stein habe ich ihm einen Dienst erwiesen. Meinem großen Direktor. Ihr werdet sehen. Ihr glaubt, ihr entscheidet die Revolution für euch? Er wird darauf vorbereitet sein; er wird sie dazu benutzen, selbst zu gewinnen … er gewinnt immer …«

Als Cherubina sich bewegte, bekam Mark es nicht mit. Er hörte nur das Rascheln von Röcken, und dann saß Cherubina auf Miss Devine. Sie versetzte ihr einen heftigen Schlag auf die Nase. Mark zögerte bewusst einen Moment, bevor er Cherubina wegzog. Miss Devine hatte die ganze Stadt in einen Krieg hineingezogen. Sie hatte es zweifellos verdient.

Nach wie vor ihre Würde bewahrend und obwohl ihr Blut aus der Nase lief, stand die Glasmacherin auf. »Nun«, sagte sie. »Ich werde jetzt gehen, und ihr werdet mich nicht aufhalten.«

»Nein«, knurrte Mark. »Sie werden für Ihre Verbrechen bezahlen.«

»Bezahlen?«, entgegnete Miss Devine mit kühler Berechnung. »Wen werde ich bezahlen? Die Eintreiber? Das Direktorium? Euch?« Sie hob die Hand. In dieser ruhte eine teuflisch scharfe Glasscherbe. Mark ließ seinen Blick durch den Raum huschen. Er konnte sie zwar angreifen, sich dabei aber nicht sicher sein, dass Cherubina unverletzt blieb. Keine der beiden Frauen konnte momentan klar denken. Und er selbst im Grunde auch nicht. Er hatte keine Ahnung, was geschehen würde, wenn die beiden erneut aneinandergerieten, und ein solches Risiko wollte er nicht eingehen.

»Sie werden es dem Volk bezahlen«, sagte Mark langsam. »Wir werden allen erzählen, was Sie Crede und Theo angetan haben. Die Leute werden Sie zur Strecke bringen.«

»Nein, das werden Sie nicht, Mark«, erwiderte Miss Devine. »Bei Ruthven hatten Sie vor dem Gefängnis auch die Chance dazu. Aber es ist nicht Ihre Art.« Ein winziges Lächeln umspielte ihre Lippen. »Deswegen wird er gewinnen, verstehen Sie?«, erklärte sie, während sie auf das Abbild von Snutworth hinabschaute. »Deswegen gewinnt er immer. Sie entwickeln Stärke, wenn Chaos herrscht, nackter Schmerz, wenn hundert verschiedene Stimmen darum zetern, sich Gehör zu verschaffen. Aber er lässt sich nicht verwirren. Er ist der Schatten, der Erzfeind, derjenige, der immer da ist. Er ist derjenige, der keine Grenzen kennt; es gibt nichts, was er nicht tun würde. Er ist scharfsinnig und eiskalt.« Sie hob die Glasscherbe, während ihr Blut auf den Boden tropfte. »Er ist die Ordnung der neuen Welt. Bald wird er alles sein und jeder. Und dann werdet ihr alle ihn so sehen, wie ich ihn sehe.«

Sie warf die Scherbe in ihre Richtung.

Es dauerte nur wenige Momente, in denen sie sich duckten und die Augen abschirmten, um sich vor den Glassplittern zu schützen. Doch als sie wieder aufblickten, war Miss Devine verschwunden.

Später, viel später saß Mark mit Ben und Verity im Tempel. Als er ihnen von Miss Devine erzählte, hatten sie ihm wenig überrascht zugehört. Insbesondere Benedicta hatte geäußert, es gebe kaum etwas, was sie der Gefühlshändlerin nicht zutraue.

Diese war natürlich verschwunden. Zwar durchkämmten Nicks Männer die Straßen, doch Verity meinte, sie würden sie wohl kaum noch einmal zu Gesicht bekommen.

Wahrscheinlich hatte sie damit recht, dachte Mark. Miss Devine konnte offenbar keinen vernünftigen Gedanken mehr fassen.

Da hörte er jemanden am anderen Ende des Raums husten. Es war nicht das Husten eines Kranken und kam auch nicht von einem der Patienten. Es war ein kleines, zaghaftes Husten – ein Laut, mit dem jemand Aufmerksamkeit auf sich ziehen wollte.

Mark warf den Kopf herum. Ben lächelte.

Im Türeingang stand Cherubina. Nachdem sie sich vor Angst und Frustration ausgeweint hatte, hatte Mark sie nicht mehr gesehen. Auch er selbst hatte einige Tränen vergossen.

Nun aber hatte sie die Zähne zusammengebissen, ihre Augen waren trocken und ihre Ringellöckchen zurückgebunden. Mit den Händen umklammerte sie einen kleinen Stapel in Leder gebundener Bücher.

»Die habe ich in Miss Devines Hinterzimmer gefunden«, sagte sie leise. »Ich glaube, es sind medizinische Lehrbücher.« Sie hielt sie ihnen entgegen und legte sie vor Ben und Verity auf die Bank. »Wenn wir das Gift finden, das sie benutzt hat, könnten wir dann ein Gegenmittel herstellen?«

Verity öffnete sie vorsichtig und zeigte Ben eine Seite. Das rothaarige Mädchen nickte.

»Meine medizinischen Kenntnisse sind nicht so gut wie Theos«, räumte Ben ein, »aber ich denke, hiermit können wir etwas anfangen.«

»Wenn nicht, kann ich morgen zum Waisenhaus in den Widder-Bezirk gehen«, fuhr Cherubina fort. »Mutter kann heilen, und es wird Zeit, dass sie hilft …«

»Wir versuchen es erst einmal hiermit«, sagte Verity und wies auf etwas, das auf der aufgeschlagenen Seite stand. »Aber für die Herstellung sind zwei von uns nötig, Ben. Drei wären noch besser, aber jemand muss bei Theo bleiben.«

»Ich werde bleiben«, sagte Cherubina in einem Tonfall, der keinen Widerspruch duldete.

Verity strich sich ihr Haar zurück und lächelte. »Gut, Ben, könntest du dann die Kräuter holen? Mark, ich glaube, Mörser und Stößel stehen irgendwo dort drüben.«

Hastig stand Mark auf und bahnte sich einen Weg durch das improvisierte Bettenlager zum Altar, auf dem Mörser und Stößel standen. Als er sie nahm, sah er Ben und Verity die Stufen hinuntereilen, nachdem sie sich im Flüsterton bei Cherubina bedankt hatten. Das blonde Mädchen rührte sich nicht. Sie stand vor den Bänken und starrte ins Nichts.

Mark kehrte zurück und legte ihr eine Hand auf die Schulter. »Danke, Cherubina«, sagte er. »Du hättest nicht in Miss Devines Laden zurückkehren müssen, nicht nachdem …«

»Das bin ich aber«, sagte sie leise. »Es ist meine Schuld,

dass er in diesem Zustand ist. Ich muss helfen. Nein …« Sie wandte sich Mark zu und legte ihre Hand auf die seine. »Das ist es nicht. Ich *wollte* helfen.«

Mark lächelte. Er begriff.

Cherubina beugte sich vor, nahm ihn in die Arme und flüsterte ihm ins Ohr: »Danke, Mark.«

Mark zuckte mit den Schultern. »Wozu sind Freunde da?«, sagte er.

Cherubina lächelte. Dann drehte sie sich um, schob die Decken beiseite, die um Theos Bett hingen, und setzte sich neben den kranken Doktor.

Mark nahm Mörser und Stößel und ging damit hinunter in den Keller, glücklicher, als er es seit langer, langer Zeit gewesen war.

KAPITEL 20

# *Leben*

Laud wachte auf und bereute es sogleich. Er kniff die Augen zu, um sie vor dem Licht zu schützen.

Als er den Wald betreten hatte, war er auf den Alptraum gefasst gewesen, gefasst auf jene kleinen Gedanken des Zweifels oder der Furcht, die ihn befallen und seinen Willen schwächen würden.

Mit einem kräftigen Schlag auf den Hinterkopf hatte er nicht gerechnet. Was für ein Missgeschick …

Bewusstlos war er nicht geworden. Er erinnerte sich daran, dass er gepackt und gefesselt worden war, bevor ihm jemand etwas eingeflößt hatte, das nach süßen Kräutern roch und ihn sofort hatte einschlafen lassen.

Er unterbrach seine Gedankengänge, als er hörte, dass sich ihm jemand näherte. Er spürte, wie kalte Hände sein Gesicht berührten und ihm eine Schüssel an die Lippen gedrückt wurde. Er wollte sie beiseiteschieben, doch er hatte fürchterliche Kopfschmerzen, und sein Mund war ausgetrocknet, sodass er das Wasser die Kehle hinabfließen ließ. Kurz darauf zogen sich die unsichtbaren Hände zurück, und Laud fand seine Stimme wieder und stieß einen Schwall genuschelter Beschimpfungen gegenüber dem aus, der ihn gefangen genommen hatte.

Zu seiner Überraschung erntete er ein sehr vertrautes Lachen.

»Tja, das hört sich so an, als ginge es dir wieder gut!«

Laud schlug die Augen auf. »Lily …?«, begann er, bevor sein müder Geist aufgab und er sich damit abfand, lediglich den Mund aufzuklappen.

Lily runzelte die Stirn und beugte sich vor, um seinen Hinterkopf zu betasten. »Tut es noch weh?«, fragte sie.

Laud starrte sie an. Sie schien sich gewaschen und ausgeruht zu haben, und nun, da er genauer hinschaute, sah er, dass er in einem aus Holz geschnitzten, bequemen Bett in einer gemütlichen Hütte lag. Auf der Feuerstelle brodelte Suppe, und auf dem Boden lagen verstreut kleine Holzspielzeuge herum. Es war sehr idyllisch, ergab aber überhaupt keinen Sinn.

»Ich wollte nur nachprüfen …«, brachte Laud heraus. »Ich träume doch nicht mehr, oder? Das hier wird sich doch nicht gleich in einen fürchterlichen Alptraum verwandeln? Es ist bloß … entweder warst du diejenige, die mich niedergeschlagen hat, oder …« Laud verstummte; er wollte gar nicht darüber nachdenken, was das bedeuten würde.

Lily zog die Brauen hoch. »Laud, sehe ich wirklich so aus, als wäre ich vom Alptraum besessen?«, fragte sie mit unbewegter Miene.

Laud blinzelte. »Nein. Du siehst sogar glücklich aus, was mir, bedenkt man, dass ich mich gerade von einem heimtückischen Angriff erhole, nicht ganz willkommen ist.«

Lily kratzte sich am Hinterkopf. »Ah ja … aber das wird schon wieder; er hat nicht so fest zugeschlagen, und es tut ihm auch wirklich leid. Der Orden hat neulich Fremde geschickt, die sie aufspüren sollten. Sie wussten nicht, dass du mein Freund bist; du bist hier absolut sicher …«

»Wer sind *die*?«, fragte Laud matt. »Ich habe fürchterliche Kopfschmerzen. Lily, bitte mach nicht so ein Geheimnis daraus.«

Er versuchte zu lächeln, und Lily lachte. Dann hob sie den Kopf und rief: »Owain! Freya! Er ist wach.«

Laud wollte wütend sein. Dazu hatte er seiner Meinung nach auch jedes Recht. Dieser junge Mann, Owain, hatte ihn mit einem Holzknüppel niedergestreckt, und wenn man bedachte, dass Owain die Größe und Stärke einer Eiche hatte, grenzte es an ein Wunder, dass er damit nicht größeren Schaden angerichtet hatte. Die junge Frau, Freya, hatte ihm etwas eingeflößt, das ihn in Schlaf versetzt hatte, und sie beide hatten ihn als Gefangenen in ihrer Hütte gehalten.

Doch um Freyas Schultern hing eine Schlinge aus Tuch, in der ein schlafendes Baby lag. Und sosehr Laud das junge Paar auch hätte anschreien wollen, er brachte es doch nicht über sich, ihren kleinen Sohn zu wecken.

Lily streckte die Hand aus und strich dem Kind behutsam über den Kopf. »War ich wirklich so lange weg?«, fragte sie überrascht. »Wie heißt er denn?«

»Er heißt Owain«, erwiderte Freya lächelnd. »Nach seinem Vater.«

»Ist das denn nicht ziemlich verwirrend?«, fragte Lily strahlend. Auch Laud konnte ein Lächeln nicht unterdrücken. Gar nicht so sehr wegen des Kleinen, auch wenn dieser zugegebenermaßen niedlich aussah, sondern weil er Lily so glücklich erlebte. Seit sie sich kannten, war sie jeden Tag von Sorgen geplagt gewesen. So glücklich hatte er sie noch nie gesehen.

Der einzige Schatten, der auf diese Glückseligkeit fiel, lehnte am Rand der Lichtung an einem Baum. Die Frau war älter als Freya und Owain, etwa vierzig Sommer, und trug grüne Kleider, die sie ein wenig wie die Mönche aus der Kathedrale aussehen ließen. Sie hatte gesagt, sie hieße Elespeth und habe Lily zur Hütte von Owain und Freya geführt, hatte sich ansonsten aber sehr bedeckt gehalten.

Es sah aus, als ob sie sich unbehaglich fühlte. Immer, wenn sie Lilys Blick auffing, schaute sie hastig woandershin. Mehr als einmal wandte sich Laud ihr zu, um etwas zu fragen, spürte aber sogleich Lilys Hand auf der seinen. Auch sie wollte nicht mit ihr reden.

Stattdessen setzten sie sich in das vom Morgentau feuchte Gras, um ein Frühstück zu sich zu nehmen, das aus pürierter Linsensuppe bestand, während Lily sie nun richtig miteinander bekannt machte. Es war eine lange Geschichte. Sie erzählte ihm, dass Owain und Freya ihre einzigen Freunde in Giseth gewesen waren und dass die beiden aus ihrem Heimatdorf geflohen waren, um einer Bestrafung dafür zu entgehen, dass sie einander liebten. Nun lebten sie im Wald unter dem wachsamen Auge von Elespeth und ihresgleichen – dem Zirkel der Schatten, einem religiösen Orden, der gelernt hatte, mit dem Alptraum zu leben. Es war eine faszinierende Erzählung, bei der sich Laud jedoch sonderbar unbehaglich fühlte. Das lag nicht nur daran, dass Mark ihm diese Geschichte schon einmal erzählt und er, Laud, gespottet hatte, sie wäre unglaubwürdig. Nein, dies war der Teil von Lilys Leben, in dem er nicht vorkam – jene anderthalb Jahre, die sie in Giseth gereist war, während er in Agora geblieben war, ohne zu wissen, ob sie am Leben oder tot war.

Erst als Lily ihre Geschichte beendet hatte, wandte sie sich der stummen Frau zu. »Nun, Elespeth, möchtest du darüber sprechen, wie du mich hintergangen hast?«, fragte sie scheinbar beiläufig.

Es herrschte tiefes Schweigen. Seltsamerweise war Elespeth die einzige, die offenbar nicht schockiert war. Als sie sprach, wirkte sie geradezu erleichtert.

»Du weißt also davon?«

Lily nickte. Dieses eine Mal konnte Laud überhaupt nicht abschätzen, was ihr gerade durch den Kopf ging. Wenn man bedachte, über was sie sprachen, wirkte sie sonderbar gelassen.

»Mark hat es herausbekommen, unmittelbar bevor du ihn gefangen nehmen und zurück nach Agora hast schicken lassen«, sagte Lily leise. »Ich hätte mehr von dir erwartet, Elespeth. Ich wusste, dass du mich nicht leiden kannst, aber ich hätte nicht gedacht, dass du uns an den Orden verraten würdest. Vor allem nicht an Vater Wolfram.«

Laud hatte mit einer Rede gerechnet, einer Art moralischer Rüge. Die alte Lily, vor ihrer Genesung, hätte mittlerweile gekocht. Aber das hier war etwas anderes, etwas viel Ruhigeres.

Was Elespeth betraf, so hielt sie ihrem Blick stand. »Wenn dem so ist, warum hast du mich dann durch den Alptraum herbeigerufen?«, fragte sie. »Musstest du nicht befürchten, dass ich dich erneut hintergehe?«

Lily zuckte mit den Schultern. »Du hast mich gelehrt, den Alptraum zu benutzen – ich habe ihn benutzt. Und soweit ich weiß, könnten es Tage bis zum nächsten Dorf sein, und ich hatte niemanden sonst, den ich hätte bitten können. Ich hoffte, dass du dich schuldig fühlen würdest.«

Elespeth nickte, und ihre Schultern entspannten sich ein wenig. »Mehr, als du dir vorstellen kannst«, räumte sie ein. »Als ich mich bereit erklärte, auf Wolframs Forderung einzugehen, glaubte ich, er handele im Auftrag des Waage-Bundes. Doch seitdem hat sich Wolframs Besessenheit, dich zu finden, noch verstärkt … Selbst seine eigenen Leute haben sich offenbar gegen ihn gewandt. Seine Briefe sind merkwürdig geworden, voller Gerede davon, der Direktor von Agora hätte die

Kontrolle über die Pläne des Waage-Bunds übernommen und über ›den am Tage des Urteils gewählten Vertreter‹.« Elespeth schüttelte den Kopf. »Er hat bereits einige Mitglieder des Ordens der Verlorenen damit angesteckt und sie nach Agora berufen. Sogar ein paar aus meinem Zirkel haben sich ihm angeschlossen. Er hat mir weiterhin Briefe geschickt, aber ich habe sie nicht beantwortet. Der Tag des Urteils naht, und ich werde nichts gegen die Richter unternehmen.«

Gereizt verlagerte Laud seine Position. »Hören Sie doch mit diesem Unsinn auf. Ich wette, dass dieser ›Tag des Urteils‹ nie kommen wird.«

Elespeth lächelte. »Der Tag des Urteils kommt in neun Tagen, Mr Laudate«, sagte sie. »Und selbst wenn Sie nicht daran glauben, gibt es doch genug Menschen, die dafür sorgen werden, dass es ein unvergesslicher Tag sein wird.«

Eine unbehagliche Pause entstand. Laud und Lily wechselten Blicke. Sie wussten beide, was in neun Tagen anstand. Agora-Tag. Das Große Fest.

Und wenn alles nach Plan verlief, würden sie in sieben Tagen nach Agora zurückkehren. Gerade noch rechtzeitig.

»Was weißt du vom Tag des Urteils, Schwester Elespeth?«, fragte Lily.

Elespeth schüttelte den Kopf. »Nur dass an ihm alles zu einem Ende kommen wird. Es ist nicht die Art des Zirkels, den großen Plan in Frage zu stellen.«

»Der Zirkel hat uns geholfen«, fügte Owain hinzu, offensichtlich bemüht, das Gespräch von diesem unangenehmen Thema abzulenken. »Nachdem Wulfric ging, hat Elespeth sich um uns gekümmert. Sie hat sogar unseren Sohn entbunden. Sie haben uns vor den Leuten aus unserem alten Dorf beschützt, als sie versucht haben, uns aufzustöbern. Wir schulden ihr so viel …«

»Es ist schon gut, Owain«, sagte Elespeth und hob die Hand. »Ich habe mitgeholfen, einen ihrer Freunde gefangen zu nehmen, aber jetzt habe ich sie mit einem anderen wieder zusammengebracht, indem ich sie hierhergeführt habe. Ich glaube, in Agora wäre das ein fairer Handel.«

Lily zog die Brauen hoch. »Nein«, sagte sie. »Ich denke, du schuldest mir mehr als das.«

Elespeth wandte sich einfach ab.

Die Unterhaltung wurde fortgesetzt, doch Laud hörte nicht mehr richtig zu. Gelegentlich nickte er zur Bestätigung, wenn Lily ihre Geschichte erzählte, doch zumeist dachte er über Elespeth nach. Ja, sie hatte Lily hintergangen, und das konnte auch er ihr nicht verzeihen. Aber wenn der Orden Mark nicht zurück nach Agora geschickt hätte, hätte er, Laud, dann Lily jemals wiedergefunden?

»Laud«, sagte Lily sanft. »Ich weiß, dass du der Meinung bist, wir sollten niemanden in unsere Pläne einbeziehen, aber wir könnten jemanden brauchen, der sich hier gut auskennt …«

Stirnrunzelnd schaute Laud das junge Paar an. Er wollte misstrauisch sein, vor allem, da ihm der Kopf nach dem Schlag noch immer brummte.

Aber es waren die ersten freundlichen Gesichter, die er seit Tagen gesehen hatte. Und Lily hatte recht. Sie brauchten Hilfe. Er nickte vorsichtig.

Lily wandte sich ihren alten Freunden zu. »Owain, Freya, wir möchten euch um euren Rat bitten. Es geht um unseren Plan, wie wir nach Hause kommen wollen …«

Und so erzählte ihnen Lily, was ihr Honorius im Sanatorium verraten hatte. Warum er aus Agora verbannt worden war. Und was er entdeckt hatte und wie sie dieses Geheimnis dazu nutzen würden, nach Agora zurückzukehren.

Als sie geendet hatte, entstand eine lange Pause.

»Das ist … erstaunlich«, hauchte Freya schließlich. »Absolut verrückt, aber erstaunlich. Ich weiß nicht, wie ihr das ganz allein bewerkstelligen wollt.«

»Wir werden einen Weg finden«, erklärte Laud, auch wenn er sich insgeheim die gleiche Frage stellte. »Wenn wir uns trennen, werden die Eintreiber mich wahrscheinlich nicht erkennen …«

»Doch, das werden sie«, sagte Owain nachdenklich. »Falls alles stimmt, was ihr uns von Agora erzählt habt, dann werdet ihr das nicht hinbekommen. Nicht ganz allein.« Ein Lächeln breitete sich auf seinem Gesicht aus. »Deswegen ist es gut, dass ihr uns einen Besuch abgestattet habt.«

Lilys Augen weiteten sich besorgt. »Denk gar nicht erst daran, Owain«, sagte sie. »Das ist nicht deine Stadt. Ich kann nicht zulassen, dass du das Risiko eingehst.«

»Eines hast du mir beigebracht, Lily: nie Befehle von jemandem entgegenzunehmen«, erwiderte er und grinste.

Aber so leicht ließ sich Lily nicht überzeugen. »Was ist mit Freya und deinem Sohn? Es könnte Wochen dauern, bis du zurückkommst, selbst wenn alles nach Plan verläuft. Du kannst sie nicht einfach zurücklassen.«

»Lily«, schaltete sich Freya mit fester Stimme ein. »Wenn du und Mark nicht gewesen wärt, wären wir nie aus Aecer entkommen. Unser Sohn wäre nie geboren worden. Wenn Owain dir in irgendeiner Weise helfen kann, werde ich ihn unterstützen.« Sie blickte auf ihr Baby hinab und drückte es an sich. »Müsste ich unser Söhnchen nicht stillen, würde ich selbst mitkommen. Aber in einem bin ich deiner Meinung – Owain sollte nicht allein gehen. Ihr braucht jemanden, der mehr Erfahrung damit hat zu lügen.«

Aller Augen richteten sich auf Elespeth.

Die ältere Frau neigte den Kopf. »Das hier wird nicht klappen«, sagte sie leise.

»Aber du wirst es tun«, entgegnete Lily energisch. »Nicht für uns, natürlich. Aber du würdest nicht zulassen, dass Owain sich allein in Gefahr begibt, nicht wahr? Nicht, wo der Schutz dieser Familie der einzige Weg ist, deine Ehre wiederherzustellen.«

Freya und Owain fixierten Elespeth, und in ihren Blicken lag absolute Zuversicht, und bei Lily war es ebenso. Laud beobachtete Elespeths Miene. Elespeth schaute von einem zum anderen, nach einem Ausweg suchend. Geschlagen richtete sie dann den Blick zu Boden.

»Wenn es euer aller Wille ist«, murmelte sie.

»Ja, das ist es«, sagte Freya triumphierend. »Und dieses Mal ist es das wirklich. Außer …« Ein Anflug von Zweifel zeigte sich in ihren Augen. »Seid ihr sicher, dass dies der beste Weg zurück nach Agora ist? Ich weiß nicht, ob es richtig ist, den Feind offen zu attackieren.«

»Es geht hier nicht bloß darum, nach Hause zurückzukehren«, sagte Lily, in deren Augen nun ein Anflug ihrer alten leidenschaftlichen Begeisterung lag. »Es geht darum, den Menschen die Wahrheit zu bringen. Seit ich geboren wurde, bin ich in uralte Verschwörungen verwickelt gewesen. Ich habe schrecklichen Schaden angerichtet, weil ich nicht überblickt habe, was wirklich geschah.« Sie blickte ihre Gefährten eindringlich an und fuhr fort. »Ich werde niemanden dazu zwingen, sich zu ändern, aber ich werde ihnen zeigen, dass sie eine Wahl haben. Dass die Welt größer ist als alles, was sie sich jemals vorgestellt haben.«

Bis zu diesem Moment hatte Laud befürchtet, Lilys Zeit in den Sümpfen und im Sanatorium hätte ihre Leidenschaft gedämpft, hätte sie vorsichtig und ängstlich gemacht. Doch nun sah er sie wieder quicklebendig werden, einen Plan besprechend, der gefährlich und närrisch und womöglich brillant war. Und er fühlte sich zuversichtlicher denn je.

Lily war wieder so, wie er sie kannte. Und diesem Vorbild würde er überallhin folgen.

## KAPITEL 21

# *Die Rückkehr*

Schaudernd holte Elespeth tief Luft. Natürlich achtete sie dabei darauf, dass Owain gerade nicht hinsah. Es ging nicht an, ihn spüren zu lassen, dass sie nervös war.

Nachdem sie sich von Laud und Lily getrennt hatten, waren Owain und sie tagelang durch die Berge gewandert und dabei unterwegs auf andere Mönchskutten tragende Pilger gestoßen. Wolframs Briefe kursierten überall in Giseth und hatten den gesamten Orden sowie zahlreiche Mitglieder des Zirkels der Schatten erreicht. Die meisten hielten Wolfram für verrückt, weil er behauptete, ein neuer großer Plan stehe an, und alle, die ihm dienen wollten, sollten sich ihm in Agora anschließen. Es gab aber auch solche, die ihn beim Wort nahmen und die Reise in Richtung der ummauerten Stadt antraten.

Zuerst hatte Elespeth befürchtet, die anderen Pilger würden ihnen gegenüber Misstrauen hegen. Doch zum Glück waren ihre Mitreisenden nicht gerade gesellig. Die meiste Zeit hatten sie kaum gesprochen, und fast alle hatten ihre Kapuze nicht aus dem Gesicht geschoben. Angeblich waren sie Verbündete, doch die meisten konnten nicht darüber hinwegsehen, dass einige in der Gruppe die rostrote Tracht des Ordens der Verlorenen trugen – Wolframs Leute –, während andere in das grüne Tuch von Elespeths Zirkel der Schatten gehüllt waren. Das war Owain und ihr gelegen gekommen; sie hatten sich lediglich eine grüne Robe ausleihen müssen, die Owain passte, um ihn zu verkleiden. Trotzdem störte Elespeth der Gedanke, dass ihre eigenen Leute auf Wolframs Phantastereien hereinfielen. Er war nicht nur irgendein Feind, sondern der Schlimmste aus dem Orden. Er war böse und unnachgiebig, bekämpfte jeden Andersdenkenden, wenn es darum ging, ihre Lehren zu verbreiten. Es ließ einen schaudern, mit anzusehen, wie er die Anweisungen des Direktors, eines normalen Sterblichen, befolgte. Der Tag des Urteils stand ihnen kurz bevor – das war das Ende von allem, was sie kannte.

Als sie Agora erreichten und durch die kleine Holztür in der riesigen Stadtmauer eintraten, bestand ihre Gruppe aus insgesamt sieben Personen. Owain ging neben Elespeth; er hielt den Kopf gesenkt, die Kapuze hatte er tief ins Gesicht gezogen. Seit sie die Stadtgrenze passiert hatten, hatte er noch kein Wort gesagt, doch sie merkte, dass er diese Stollen genauso verabscheute wie sie selbst. So weit weg von der natürlichen Welt zu sein, umgeben von toten, trockenen Steinen, verursachte auch ihr eine Gänsehaut. Es war irgendwie unnatürlich. Und von überall richteten sich Augen auf sie. Wachen in mitternachtsblauen Mänteln begleiteten sie und die anderen Besucher aus Giseth und überwachten sie auf Schritt und Tritt. Dies führte dazu, dass sie sich nicht mehr wie ein Mensch fühlte, sondern eher wie ein Zahnrad in einer Art Höllenmaschine.

Aber das war nicht das Schlimmste. Zum ersten Mal in ihrem Leben spürte sie nicht die Gegenwart des Alptraums, was für die meisten anderen eine Erleichterung gewesen wäre. Trotz seiner Nervosität hatte Owain gesagt, er freue sich auf eine Welt, in welcher der Alptraum keinen Einfluss habe. Elespeth hingegen lebte schon ihr ganzes Leben lang mit ihm. Er hatte sie geführt und auf die Probe gestellt. Er verlieh ihr die wenige Macht, die sie besaß. Nun war sie allein, bloß eine

Frau, die gegen die Mächte dieses Direktors ankämpfte, und sie fragte sich, wie sie sich dazu hatte überreden lassen.

Der Alptraum hatte sie gewarnt, Lily werde Probleme verursachen; jedes Gefühl, das sie beim Anblick des Mädchens empfand, war behaftet mit seiner Angst. Aber sie hatte nicht darauf gehört, denn wenn sie Lily in die Augen blickte, sah sie in deren dunklen Tiefen das Spiegelbild ihres eigenen Gesichts, in dessen Falten und Furchen sich Schuld eingegraben hatte.

»Schwester Elespeth?«, zischte Owain.

Sie hob die Hand, um ihn zum Schweigen zu bringen. »Still«, flüsterte sie. »Warte auf den Moment.«

Sie passierten eine der zahlreichen Abzweigungen dieses nasskalten Stollens – ein alter, schon lange nicht mehr genutzter Weg. Sie mussten jetzt nur noch ihre Bewacher ablenken.

Und dann kam der Moment. Einer der Eintreiber, wie die Wächter in Agora hießen, drehte sich in seiner funkelnden, blausilbernen Aufmachung um, als wäre ihm gerade etwas eingefallen. Er schaute Elespeth streng an.

»Hat Sie da jemand gerade Schwester Elespeth genannt?«, wollte er wissen.

Die Hexe nickte, trat vor und tat überheblicher, als sie war. »Ja«, antwortete sie und schob sich dabei weiter vorwärts, sodass sie Auge in Auge vor dem Wachmann stand. »Wer will das wissen?«

Schwere Hände legten sich auf ihre Schultern.

»Vater Wolfram will Sie sprechen«, ordnete einer der anderen Eintreiber an. Sie sträubte sich natürlich. Nur ein wenig. Aber gerade genug, dass die Eintreiber abgelenkt wurden.

»Sind Sie in Begleitung?«, wollte der Eintreiber wissen und spähte dabei in die Dunkelheit.

»Nein, ich bin allein«, erwiderte Elespeth.
Was mittlerweile auch der Wahrheit entsprach.

Lily stand am Bug des Dampfers und wartete.

Um sie herum klatschten die kleinen Wellen des Sees gegen die Wände der Schlucht. Es war wunderschön, doch Lily war nicht hier, um die Aussicht zu genießen. Ihre gesamte Aufmerksamkeit war auf die steile Klippe vor ihr gerichtet und auf die riesigen dunklen Holztore, die in ihren Sockel eingelassen worden waren und sich auf der Wasseroberfläche spiegelten.

Hinter der Felsklippe konnte Lily gerade noch die fernen Türme von Agora ausmachen. Weiter konnten sie auf dem Fluss Ora nicht kommen. Im Verlauf der letzten Tage waren sie flussaufwärts die Talsohle entlanggefahren, doch das Gewässer jenseits dieses Sees war nicht schiffbar. Ganz zu ihrer Linken erblickte Lily den atemberaubenden Wasserfall, der diesen See speiste und vom höchsten Punkt der Klippe in die Tiefe stürzte.

Doch Lilys Aufmerksamkeit blieb auf die beiden riesigen Holztore gerichtet. Diese Tore waren wesentlicher Bestandteil ihres Plans. Denn sie waren der Grund dafür, dass Honorius aus Agora verbannt worden war.

Es war alles ein schrecklicher Fehler gewesen. Honorius war einst in Agora ein Lobredner gewesen wie Laud auch. Eine seiner Kundinnen war geheimes Mitglied des Waage-Bundes gewesen, eine Museumskustodin, die vorhatte, eine neue Ausstellung über das Goldene Zeitalter von Agora zu präsentieren. Und als Honorius gekommen war, um Informationsmaterial abzuholen, hatte sie ihm das falsche Buch gegeben. Nur durch Zufall hatte er die betreffende Stelle gelesen, bevor die Eintreiber kamen, um ihn fortzuschleppen. Doch was er gelesen hatte, war wahrhaftig sensationell gewesen.

Denn er hatte herausgefunden, wie sich diese Tore öffnen ließen. Nicht die winzigen geheimen Schleusen, die es einem kleinen Flussdampfer nach dem anderen erlaubten, aus der Stadt hinauszugleiten und nach Giseth zu fahren, um dort Lebensmittel abzuholen. Nein, diese Tore hier führten zu einer riesigen alten Schleusenkammer, die es sogar einem Schiff von der Größe des Sanatoriums erlaubte, auf der Ora in die Stadt hineinzugleiten, die Mauern von Agora zu passieren und in den Hafen zu segeln.

Jetzt mussten sie nur noch darauf warten, dass Owain ihre Anweisungen befolgte. Lily schauderte erwartungsvoll. Nun gab es wirklich kein Zurück mehr.

Owain schleppte sich durch die Stadt. Diese neue, unangenehme Erfahrung überforderte seine Sinne. Es war leicht gewesen, durch den Stollen zu schlüpfen, während Elespeth die Eintreiber ablenkte. Er hatte rasch eine Tür gefunden, die zu den Abwasserkanälen von Agora führte, und hatte sich unterwegs seiner grünen Robe entledigt. Dann war er durch den Schlamm und Schlimmeres gewatet, darauf brennend, einen Weg hinauszufinden, um diesem Ort der Dunkelheit und der seltsamen Geräusche zu entkommen, der schrecklicher war als alles, was der Alptraum ihm bis dahin gezeigt hatte.

Doch als er schließlich auf ein Gitterfenster gestoßen war, es eingetreten hatte und bis zu den Knien im Schlamm auf das Flussufer hinausgetreten war, war es auch nicht besser geworden.

Er konnte es nicht fassen, dass Lily und Mark aus so einem Ort stammten. Sie wirkten doch so voller Leben und Güte. Hier aber schoben sich die Menschen wie eine träge Masse durch die Gassen; ihre Gesichter sahen ausgelaugt und fleckig aus, ihre Kleider waren zerlumpt. Lily hatte gesagt, das

Gebäude, nach dem er suchen müsse, befinde sich im übelsten Teil der Stadt, und er hoffte von ganzem Herzen, dass *dies* der übelste Teil von Agora war. Denn falls das hier das Beste war, was die Stadt zu bieten hatte, dann war er sich nicht sicher, ob er Lily bei ihrer Rückkehr wirklich helfen wollte.

Hier ähnelte keiner den in blaue Mäntel gekleideten Eintreibern, sodass er sich nach dem Weg zur Riegelstraße durchfragte. Die meisten starrten ihn lediglich an, als wäre er verrückt. Einige, die freundlicher waren, sprachen eine Warnung aus, diese befinde sich im Herzen des Fische-Bezirks, und dieser sei seit Ausbruch der Unruhen ein Ort, an dem sich nur Halsabschneider aufhielten.

Letztendlich war Owain gezwungen, auf Einschüchterung zurückzugreifen. Trotz seiner Größe war dies nicht das, was er gewohnt war, und er hasste sich selbst dafür, sich nun darauf zu verlegen. Doch als er dann einen Mann mit unsicherem Blick am Kragen packte, hielt er sich vor Augen, dass er es für Lily und Laud tat. Und dass die beiden auf ihn angewiesen waren.

»Riegelstraße«, knurrte er, bemüht, keine Spur von Mitleid in seinem Blick zu zeigen. Während der Mann mit den Beinen in der Luft über dem Boden zappelte, gab er ihm eine erstaunlich gute Wegbeschreibung.

Owain glitt so leise wie möglich durch die sich windenden Straßen, bemüht, die Blicke der knochigen Männer und Frauen zu meiden, die ihn aus zerfallenden Hauseingängen anstarrten. Doch sie gingen nicht auf ihn los, und Owain wollte auch gar nicht erst herausfinden, gegen wie viele er sich hätte behaupten können.

Dann sah er sie. Lily hatte ihre Anweisung auf ein Stück Pergament geschrieben. Lesen konnte er zwar nicht, doch er erkannte die Zeichen wieder. Dieses Schild, so verblasst und zerbrochen es auch sein mochte, sah aus wie die Schriftzeichen, aus denen sich »Riegelstraße« zusammensetzte. Das Uhrwerkhaus musste in der Nähe sein.

Er fand das Gebäude mühelos. Es war das einzige, aus dem nicht lautstarker Streit oder Weinen drang. Mit ein wenig Ermunterung ließ sich die Tür öffnen, und er eilte hinein, wobei er über die von einem Feuer verkohlte Schwelle trat. Lily hatte ihm erzählt, der Waage-Bund habe hier einst seine geheimen Treffen abgehalten.

Aber das war jetzt für Owain nicht von Bedeutung, denn vor ihm stand die Maschine, die dem Uhrwerkhaus seinen Namen gab.

Eine Weile blieb Owain staunend vor ihr stehen. So eine Technik hatte er noch nie gesehen. Und das hier war nur ein Teil des Mechanismus. Lily hatte ihm berichtet, dass er mit Stahlstangen verbunden war, die tief in die Erde drangen, um die unteren Türen zu öffnen, Wasser hereinzupumpen und dann die großen Tore zu öffnen und die Stadtmauern von Agora auseinandergleiten zu lassen.

Schließlich gab es einen Grund dafür, dass sich das Uhrwerkhaus auf der Riegelstraße befand.

Zum Glück musste er nicht wissen, wie es funktionierte. Er brauchte sich nur an seine Anweisungen zu halten.

Wolfram hastete die Stufen hinab in die Tiefen des Direktoriums. Bei jedem Schritt verspürte er rasende Schmerzen in seinem verletzten Bein. Nach so vielen Jahren war er zwar daran gewöhnt, aber es trug nicht dazu bei, seine Stimmung aufzuhellen. Als er die Zelle erreicht hatte und seinen Blick auf Elespeth richtete, gab er gar nicht erst vor, sie willkommen zu heißen.

»Warum bist du hergekommen, Hexe?«, knurrte er, während er die Eintreiber wegtreten ließ. Er wusste, dass sie unmittelbar vor der Tür warten würden, für den Fall, dass es Probleme geben sollte. Doch Elespeth wirkte nicht gewalttätig. Tatsächlich war sie aufreizend gelassen.

»Ihr hattet mich dazu eingeladen, mich an Euren Plänen zu beteiligen«, sagte Elespeth mit gleichmütiger Stimme. »Wie es aussieht, habt Ihr neue Verbündete gefunden, habt sogar einige Eurer eigenen Glaubensbrüder verleiten können. Ich frage mich, was der Orden dazu sagen würde.«

Wolfram ballte die Faust. In Giseth war es ihm stets leichtgefallen, die Nerven zu behalten, da die ständige Gegenwart des Alptraums ihn davon abhielt, sich von seinen Gefühlen leiten zu lassen. Agora hingegen beunruhigte ihn – er und der Direktor waren zwar ihrem Ziel ganz nahe, doch diese Revolution könnte alles zerstören, und das ließ ihn nervös werden. Als er antwortete, tat er dies mit zusammengebissenen Zähnen.

»Die Zeit des Ordens ist vorbei, Elespeth. Der Tag des Urteils ist gekommen.«

Elespeths Mundwinkel zuckten. Es war unverkennbar ein Lächeln. Wolfram richtete sich die Kapuze seiner Mönchskluft, da er dieser Hexe nicht die Genugtuung gönnte zu sehen, wie sehr sie ihm zusetzte.

»Ja, Wolfram. Das glaube ich auch.«

Etwas stimmte nicht. So hörte sich niemand an, der geschlagen war. Wolfram trat näher.

»Warum lächelst du dann, Hexe?«

Sie begegnete seinem Blick. Irgendwo dort draußen in der Stadt war ein seltsames Rumoren zu vernehmen, so als würden sich uralte Zahnräder knirschend in Bewegung setzen. Sogar hier unten spürten sie es.

»Weil ich bloß der Vorbote bin«, sagte sie leise. »Das habt

Ihr nie verstanden, Wolfram. Wir – der Orden, der Zirkel – waren immer hier, um Mächte zu verkörpern, die größer sind als wir selbst.« Als das Geräusch lauter wurde, schaute sie hoch. »Und nun, so scheint es, ist die Zeit gekommen, dass eine dieser Mächte erscheint.«

Wolfram lief es eiskalt über den Rücken. »Was hast du getan?«, fragte er heiser.

Elespeth begegnete seinem Blick und gab ihm die Antwort.

»Ich haben ihnen die Wahrheit gebracht«, sagte sie.

Laud drehte bei. Vor ihnen öffneten sich die Tore, indem sie sich langsam nach außen bewegten und eine Welle auf dem See auslösten, die das Schiff schaukeln ließ. Sie konnten eine dunkle Fläche Wasser erkennen und die erste einer Reihe von Schleusen, die sie zu ihrem Ziel führen würden. Der Rauch aus dem Schornstein erfüllte die Luft, während sie ihren Kurs ausrichteten und in die Dunkelheit hineinfuhren.

Lily stand am Bug und jauchzte vor Freude. Owain hatte es geschafft. Er hatte die Schleuse geöffnet, den Weg nach Agora. Nun waren sie ganz dicht davor …

Lady Astrea blickte von Staunen ergriffen durch ein Fenster in einem der Türme des Direktoriums. Zu ihren Füßen lag ein umgestürztes Tablett, die Teetassen waren zersprungen, und der Tee sickerte in den Teppich.

Die Mauer öffnete sich. Die Stadtmauer!

Hinter der Barrikade, wo der Fluss aus ihrer Sicht verschwand, begannen sich die großen Mauern zu bewegen. Die plötzlichen Vibrationen ließen gegen die Mauern gebaute Häuser knarren und ächzen. Sie hörte laute Rufe und Schreie. Dann Laute des Erstaunens. Eine ganze Stadt hielt den Atem an.

Nein, es war kein Teil der Mauer. Es war grau und uralt, und seine Vorderseite bestand aus Stein, aber es war ein Tor. Ein unglaublich großes Tor aus Eisen und Holz glitt auf die Seite und wühlte das Wasser des Flusses auf; Rauch und Dampf quollen aus der Öffnung heraus. Etwas war hierhergekommen, etwas aus der öden, leeren, nicht existenten Welt …

Ben lief die Stufen vom Dach des Tempels hinab. Theo, der gerade einen Patienten behandelte – den ersten, seit er sich von seiner Vergiftung erholt hatte –, blickte auf. Cherubinas Kinnlade klappte herunter.

Mark rannte nach vorn. »Ben, was ist da los?«, rief er, den Lärm der draußen tobenden Stimmen übertönend. Das tiefe, langsame Rumpeln wurde von Moment zu Moment lauter.

»Die Mauer …«, stammelte Ben, nach Worten ringend. »Die Stadtmauer … sie öffnet sich … und etwas kommt durch sie herein. Es sieht aus wie ein Schiff. Ich konnte es nicht richtig erkennen, aber da stand jemand am Bug, und er sah aus wie … wie …«

Sie brauchte es gar nicht auszusprechen. Jeder im Raum wusste, dass wirklich nur eine Person einen solchen Auftritt vollbringen konnte.

»Es ist Lily«, stieß Mark überrascht hervor. »Sie muss es einfach sein. Sie ist wieder da.«

Snutworth ging mit großen Schritten durch das Direktorium. Um ihn herum gerieten die Würdenträger in Panik, marschierten Eintreiber auf, herrschte Chaos. Er selbst hingegen war vollkommen gelassen. Das war er immer.

»Protzig, Miss Lilith«, sagte er leise zu niemandem im Besonderen. »Aber wirkungsvoll. Durch Sie haben sich soeben eher geistlose Maßnahmen erübrigt.« Dann lächelte er. »Wir können also direkt zum letzten Akt schreiten. Wie erfreulich.«

Danach beobachtete er stumm seine ängstlichen und erschreckten Angestellten. Es war eine schöne Darbietung.

Mark drängte sich durch die Menschenmenge, die sich auf den Wassermann-Docks versammelt hatte. Er wusste, dass sich Ben und Cherubina irgendwo in dem Getümmel hinter ihm befanden, aber in dem dichten Gedränge hatten sie einander aus den Augen verloren.

Normalerweise hätten sie sich allein niemals in diesen Teil der Stadt gewagt, in dem seit dem Rückzug der Eintreiber mehr oder weniger die Banden herrschten. Doch heute, das wusste er, würden sie alle in Sicherheit sein – niemand in dieser Menge hatte mörderische Absichten.

Normalerweise hätte ihn jeder bemerkt – den Jungen, der vor dem Gefängnis eine Rede gehalten hatte, einer der Leiter des Tempels. Nun aber würdigten ihn die Bewohner des Wassermann-Bezirks kaum eines Blickes. Die Luft war erfüllt von Rufen und Geplapper; Überraschung herrschte über das, was da gerade zu sehen gewesen war. Jeder fragte seinen Nachbarn, ob er das Gleiche beobachtet hätte, ob sich die Mauern tatsächlich geöffnet hätten.

Während er sich dem Dock näherte, änderte sich die Stimmung der Menge. Je näher er kam, desto ruhiger waren die Menschen. Die Gesichter um ihn herum waren ausdruckslos und verständnislos, so als befänden sich die Menschen in einem Schockzustand. Zuerst war er beunruhigt. War etwas schiefgelaufen?

Dann sah er es.

Dem Ufer näherte sich ein Schiff aus einer Legende. Heftig qualmend glitt es auf das Dock zu. Während es sie passierte, stießen die Leute laute Rufe aus und warfen freudig Blumen in die Luft. Mark sah, dass sich Laud mit dem Ruder abmühte. Ihm jubelten die Leute nicht zu.

Dort am Bug stand sie. Lily schaute mit einem Ausdruck vollkommener Fassungslosigkeit auf die sie bejubelnde Menge. Mit Händen und Füßen bahnte sich Mark einen Weg durch die Menschenansammlung. Lily konnte nicht ahnen, wie sehr Crede und Nick sie als Symbol ihrer Revolution benutzt hatten. Holzschnitte von ihr kursierten in allen Straßen auf dieser Seite der Barrikade. Er hatte die Kranken ihren Namen rufen hören. Und jetzt war sie da, die ewigen, unzerbrechlichen Mauern durchdringend wie eine Göttin.

Als er zum Dock gelangte, winkte er ihr zu.

»Was für ein Auftritt!«, rief er.

Lily gab zunächst keine Antwort. Erst als das Schiff angelegt hatte und Laud an Land sprang, um es zu vertäuen, erst als Mark einen Landungssteg hinübergelegt hatte und sie von Bord gegangen war, hörte er sie sprechen.

Sie schaute auf die Menge. Die Menschen wandten sich ihr zu, begierig darauf, ihre ersten Worte zu vernehmen und ihre neu gewonnene Weisheit in der ganzen Stadt zu verbreiten.

»Bei allen Sternen, Mark«, sagte sie. »Was ist hier *geschehen*?«

KAPITEL 22

# Die Wiedervereinigung

Lily hatte drei Erzählungen über die Geschehnisse in den letzten Monaten gehört. Zunächst von Mark, auf dem Dock, das Gejubel ihrer Anhänger übertönend. Danach in aller Eile aus dem Mund von Ben und Cherubina auf dem Rückweg zum Tempel, den sie über Hintergassen ansteuerten, um den Menschen aus dem Weg zu gehen. Und schließlich im Tempel von einem überglücklichen Theo, der die Zeit hatte, ihr alles im Detail zu berichten.

Hilfreich war es nicht gewesen. Sie war jetzt fast noch verwirrter.

Sie hatte mit einem Blutbad gerechnet. So wie der Alptraum es hatte klingen lassen, hatte sie sich zuweilen gefragt, ob überhaupt noch jemand in Agora am Leben geblieben war. Letztendlich war ihr nichts anderes übrig geblieben, als sich an die Hoffnung zu klammern, es hätte sich überhaupt nichts verändert. Fast hatte sie sich darauf gefreut, nach Hause an einen Ort zu gelangen, auf den sie sich verlassen konnte. Einen Ort, von dem aus sie ihre nächsten Schritte planen konnte.

Stattdessen stellte sie bei ihrer Rückkehr fest, dass in Agora, der Stadt, in der Kinder gekauft und verkauft werden konnten, eine Revolution stattgefunden hatte.

Das war auf seltsame Art beruhigend. Ja, dieses zerrüttete Agora war alles andere als das gütige Paradies, das zu erschaffen sie einst geträumt hatte. Die Lebensmittelvorräte waren praktisch aufgebraucht, rivalisierende Banden kämpften um die letzten Nahrungsmittel, und alle wussten, dass die Eintreiber bald die Barrikaden überwinden und versuchen würden, die Straßen wieder in Besitz zu nehmen. Nichtsdestotrotz war ihr Almosenhaus der Mittelpunkt des flussabwärts gelegenen Teils der Stadt, der Ort, der Hoffnung spendete. Die Menschen boten ihre Hilfe an, schlossen sich gegen die Unterdrückung durch das Direktorium zusammen. Selbst Cherubina war bereit, sich um die Kranken zu kümmern, und das war für Lily fast eine noch größere Überraschung gewesen als alles andere. Mark, Theo und Ben hatten ihre Träume lebendig gehalten und ihre eigenen mit eingebracht.

Leider hatten dies auch Leute wie Crede getan. Sie blieb das Symbol, das die Menschen auch dann bejubelten, wenn sie ihre brutalen Angriffe auf die Eintreiber ausführten. Hätte sie dies noch in Naru erfahren, wäre sie entsetzt gewesen. Selbst jetzt, da sie zwischen dem zusammengerollten Bettzeug der schlafenden Patienten auf dem offenen Dach des Tempels stand, spürte sie, wie ihr ein Schauer über den Rücken lief. Es war eine klare Nacht, und in der Ferne brannten Feuer, welche die Gebäude verzehrten, die sich in der Nähe der Barrikaden befanden. Unwillkürlich musste sie an die Gründer denken, die vorhergesagt hatten, sie werde Feuer und Zerstörung bringen, wo immer sie hinging.

Nun, dem mochte so sein, dachte sie, während sie sich ihr Tuch ein wenig enger um die Schultern zog. Ja, alles, was sie ausgelöst hatte, war nicht gut gewesen. Selbst wenn sie diese Schlacht gewannen, würde es Jahre dauern, um Agora wieder neu aufzubauen, und sie war verantwortlich für Narben in ihrer Heimat, die niemals verheilen würden. Doch sie erinnerte sich auch an die Gesichter der Menschen, die heute gekommen waren, um sie zu begrüßen. Erwachsene Männer hatten geweint, Kinder gelacht, eine ganze Stadt glühte vor Hoffnung und dem Glauben an die Zukunft.

Es war dumm von ihr gewesen, Perfektion zu erwarten, das wusste sie jetzt. Perfektion war das, was der Waage-Bund angestrebt hatte. Aber der war an die Vergangenheit gebunden. Seine Mitglieder hatten nicht geahnt, dass sich die Länder über die Grenzen ihres Experiments hinaus entwickeln würden. Die Menschen von Agora aber hatten sich davon losgerissen. Sie hatten eine echte Chance, etwas zum Guten hin zu verändern, und ganz gleich, ob sie es schaffen oder scheitern würden, zumindest hatten sie eine Wahl getroffen. Das war es wert zu träumen.

Sie stützte sich mit den Ellbogen auf die Brüstung, und zum ersten Mal seit fast zwei Jahren blickte sie auf Agora. Die anderen waren schon vor Stunden zu Bett gegangen, aber sie selbst hatte nicht schlafen können, sondern war auf die Dachterrasse des Tempels hinaufgeschlendert, um frische Luft zu schnappen. Eine ruhige Nacht war es nicht. Irgendwo in der Nähe flackerten Feuer, mit denen die Stadt übersät zu sein schien, und jemand sang ein Marschlied, genau wie die Lieder, welche die Menge bei ihrer Rückkehr gesungen hatte. Hätten Mark und Ben sie nicht hastig durch die Hintergassen geführt, hätten die Massen sie wahrscheinlich an die Barrikaden geschleppt und dazu genötigt, eine Rede zu halten. Widerwillig hatte Lily bereits einen großen, einschüchternd wirkenden Mann namens Nick bitten müssen, ein paar seiner Leute damit zu beauftragen, den Dampfer zu bewachen. Mark befürchtete, einige der extremen Revolutionäre könnten ihn kapern und direkt in den flussaufwärts gelegenen Teil der Stadt steuern.

Vielleicht war das ein Plan, den man in Erwägung ziehen sollte, dachte sie, als sie allmählich wieder einen klaren

Kopf bekam. Selbst jetzt, da sie friedlich hier stand, fiel es ihr schwer, sich an den vergangenen Tag zu erinnern. Natürlich war sie verängstigt und beunruhigt gewesen. Aber diese Gefühle waren verdrängt worden von ihrer Freude darüber, Mark und Ben wiederzusehen, und von ihrer Überraschung in Bezug auf Cherubina. Und Theo natürlich, der liebe Theo, der viel mitgenommener und schlechter aussah, als sie es in Erinnerung hatte, aber dennoch die Zeit fand, sie mit einem Lächeln und Tränen willkommen zu heißen. Sie hatte ihn angefleht, sich auszuruhen, doch erst nach vielerlei Beteuerungen, er würde nur zu gern die ganze Nacht mit ihr reden, Cherubina und Verity hätten Wunder bei seiner Genesung bewirkt, hatte er sie verlassen, um ein paar Stunden zu schlafen.

Endlich war sie allein, hatte Zeit, um nachzudenken und sich zu fragen, was als Nächstes geschehen sollte. Denn ganz gleich, was es sein würde, die Menschen von Agora würden ihr keine Zeit zum Ausruhen gönnen.

»Was soll ich tun?«, flüsterte sie zu sich selbst.

»Dreh dich einfach um und sieh mich an. Das wäre schön.«

Die Stimme war leise und ging im Lärm der Straßen fast unter. Eigentlich hätte Lily sie gar nicht erkennen können. Doch als sie sich mit hämmerndem Herzen umdrehte, wusste sie, wer es sein musste. Laud hatte ihr gesagt, dass sie jetzt im Tempel lebte.

»Hallo, Tante Verity«, sagte sie.

Verity hatte sich in keiner Weise verändert. Sicher, die Fassade betriebsamer Geschäftsmäßigkeit war verschwunden. Aber diese nervöse, verwirrte Frau, die sie beim ersten Mal im Direktorium begrüßt hatte, diejenige, die die Hand ausgestreckt und ihr kurz über die Wange gestreichelt hatte – das war die Frau, die nun hinter ihr stand.

»Du brauchst mich nicht so zu nennen«, murmelte sie und senkte den Blick. »Nach allem, was ich dir angetan habe, verdiene ich es nicht, Teil deiner Familie zu sein.«

Lily überlegte einen Moment. Sie wollte etwas empfinden – Kränkung, Wut, ja sogar Versöhnlichkeit. Aber sie war zu müde, zu erleichtert, wieder im Kreis von Freunden zu sein, als dass sie noch etwas anderes hätte empfinden können.

»Meine Mutter hat vergessen, dass es mich jemals gegeben hat«, sagte Lily leise. »Mein Vater hat mich durch die Welt geschickt, um mich von einer Art uralter Verschwörung fernzuhalten. Ich glaube, eine richtige Familie hatte ich nie.«

»Wirklich?«

Lily dachte an Laud, Mark, Ben und Theo, die ein Stockwerk tiefer schliefen, und musste lächeln.

»Na ja, jedenfalls nicht Blutsverwandte«, sagte sie nachdenklich.

Verity trat einen Schritt vor. »Ich wollte dir etwas sagen«, erklärte sie, über die eigenen Worte stolpernd. »Ich wollte dich wiederfinden, nachdem ich erkannt hatte, dass die Waisenhäuser in Agora sich nicht so um dich kümmern würden, wie es in einem Dorf in Giseth der Fall gewesen wäre. Ich wollte dich als meine Tochter annehmen, auch wenn ich selbst damals erst ein Mädchen war. Der Direktor wollte es mir nicht erlauben, aber das hätte mich nicht davon abhalten dürfen …«

»Nein«, unterbrach Lily die ältere Frau und streckte die Hand nach ihr aus. »Das hättest du nicht tun können. Der Direktor hätte es dir nicht gestattet. Du wärst ins Gefängnis geworfen worden oder Schlimmeres, nur damit die Geheimnisse des Waage-Bundes bewahrt würden, und ich hätte im Büro des Direktors niemanden an meiner Seite gehabt, der dafür sorgte, dass ich in Sicherheit war.«

Verity sah sie wieder an. Ihr Blick war voller Hoffnung. »Dann verzeihst du mir also?«

Lily runzelte die Stirn. »Ich weiß nicht«, sagte sie. »Du hast immerhin ein Baby genommen und es auf den Stufen abgelegt, nur weil dein großer Bruder es dir befohlen hatte.«

Verity fuhr zurück. Nun war sie nicht mehr eine Frau von dreißig Sommern. Sie war das erschreckte Mädchen, das Lily in ihrer Traumvision gesehen hatte. Das Mädchen, das ihren Bruder vergötterte und glaubte, er könne nichts Böses tun. Das Mädchen, das verzweifelt an Ideale glauben wollte, weil die Welt zu groß und zu kompliziert war, als dass sie sich je sicher darin fühlen konnte.

Lily wollte nicht mehr in der Vergangenheit leben. »Ja«, sagte sie sanft. »Ich verzeihe dir.«

Lily ließ zu, dass Verity den Kopf auf ihre Schulter bettete. Die ältere Frau weinte nicht und sagte auch nichts. Sie schloss sie auch nicht richtig in die Arme. Einen Moment war Lily fast enttäuscht, so als hätte es eigentlich eine letzte große Offenbarung geben sollen, einen großen Moment, in dem sich Tante und Nichte gegenseitig beteuerten, immer füreinander da zu sein.

Aber … so war ihr ganzes Leben gewesen. Das war das, was der Waage-Bund gewollt hatte. Das war die Gegenspielerin in ihr, deren Worte und Handlungen die Welt veränderten.

Doch heute Abend war sie bloß Lily. Hier, mit ihrer Tante Verity, dem einzigen Mitglied ihrer Familie, das sie nicht verloren hatte.

Und das hatte einen ganz eigenen Glanz.

Lily wurde von Geschrei wach.

Sie fuhr hoch. Unten auf den Straßen waren hektische Schritte zu vernehmen, doch das Geschrei selbst erklang aus der Ferne. Als sie über die Brüstung spähte, konnte sie eine Staubwolke und Rauch bei den Türmen des Zwillinge-Bezirks auf der anderen Seite der Stadt ausmachen. Immer wieder vernahm sie ein leises Grollen, so als würden altehrwürdige Gebäude zerfallen.

Sie zog sich ihr Kleid über das Nachthemd und stolperte die Treppe hinunter, während sie sich den Schlaf aus den Augen rieb. Unten angekommen stellte sie fest, dass der Tempel fast menschenleer war. Nur Mark und Theo waren geblieben und studierten gerade einen Stadtplan von Agora, den sie auf dem Altar ausgebreitet hatten.

»Was passiert da?«, fragte Lily, als die beiden aufschauten. Mark und Theo wechselten besorgte Blicke.

»Die Eintreiber haben im Zwillinge-Bezirk die Barrikaden durchbrochen«, erklärte Mark und wies dabei auf die Karte. »Wir haben es erst vor einer Stunde erfahren. Die Leute leisten Widerstand. Sie haben bereits weitere Gebäude in Brand gesteckt – eines der Museen ist schon vor Tagesanbruch in Flammen aufgegangen.«

Lilys Müdigkeit verflog augenblicklich. »Rücken die Eintreiber vor?«, wollte sie wissen und trat eilig zu ihnen hinüber.

»Noch nicht«, erwiderte Theo besorgt. »Die Bewohner des Zwillinge-Bezirks halten sie derzeit noch in Schach. Aber sie haben weder einen Anführer noch Waffen und ganz sicher keinen Plan. Es könnte noch viel schlimmer werden.«

»Ich sollte dorthin gehen und sehen, was ich tun kann«, sagte Lily, während sie sich ihre Schürze anzog. »Ihr sagt, sie brauchen einen Anführer; vielleicht hören sie ja auf mich und ziehen sich irgendwohin zurück, wo wir uns verteidigen können …«

»Nein«, unterbrach Theo sie energisch. »Laud und Ben

sind gerade aufgebrochen, um sich ein Bild von der Situation zu machen. Cherubina und Verity sind losgezogen, um Nick zu suchen und ihn zu überreden, Verstärkung herbeizuholen. Die Situation ist unter Kontrolle.« Sein Gesicht wurde weicher, doch die Sorgenfalten darin blieben. »Jedenfalls für den Moment. Ruh dich aus, Lily. Ich glaube kaum, dass du jetzt auf die Straße gehen könntest, ohne noch mehr Unruhe auszulösen.« Theo wandte sich Mark zu. »Das gilt auch für dich, Mark. Nach deiner Rede vor dem Gefängnis bist du fast so berühmt wie sie.«

»Aber wir müssen etwas unternehmen«, wandte Mark ein. »Was, wenn das jetzt die letzte Schlacht ist? Wir dürfen nicht zulassen, dass Snutworth gewinnt …«

Theo wirkte beunruhigt, lächelte jedoch zaghaft. »Ich denke, es dürfte den Eintreibern schwerfallen, in nur ein paar Stunden diese Hälfte der Stadt in ihre Gewalt zu bekommen. Außerdem könnt ihr beide die Menschen mitreißen – wir dürfen euch nicht bei etwas in Gefahr bringen, das vielleicht bloß ein kleines Scharmützel ist.« Er seufzte. »Und nun gehe ich lieber los und alarmiere unsere Freiwilligen. Vermutlich müssen wir uns zumindest auf weitere Verwundete gefasst machen …«

Theo eilte aus der Tür, und Mark wandte sich wieder Lily zu.

»Alles in Ordnung mit dir?«, fragte er. »Du wirkst ein wenig … überrascht.«

Lily nickte, und ein Lächeln umspielte ihre Lippen. »Also … brauchen wir gar nichts zu tun? Cherubina hilft den Arbeitern, Theo übernimmt das Kommando …« Sie seufzte. »Es hat sich hier wirklich vieles geändert.«

Mark nickte. In der Ferne hörten sie ein Poltern, so als breche erneut ein Gebäude in sich zusammen.

»Ja, das hat es«, erwiderte Mark unbehaglich. »Wir sind sehr froh, dass du wieder bei uns bist, Lily. Dort draußen ist es immer noch äußerst chaotisch. Allerdings glaube ich, dass dein Auftritt gestern ziemlich Eindruck hinterlassen hat. Die halbe Stadt steht noch unter Schock!« Staunend schüttelte er den Kopf. »Wahrscheinlich sollten wir weitere Wachen zu dem Schiff beordern. Ich glaube, wir brauchen alle von Nicks Leuten, um die Eintreiber zurückzuschlagen …«

»Das Schiff!«, stieß Lily hervor, sich plötzlich an etwas erinnernd. »Ich kann nicht glauben, dass ich es vergessen habe … Es war so überwältigend, euch alle wiederzusehen …«

»Was denn?«, wollte Mark wissen.

»Weißt du noch, wie ich dir sagte, dass sich Owain und Elespeth in die Stadt geschlichen haben, um die Stadtmauern zu öffnen?«, erklärte Lily hastig.

»Das könnte ich wohl kaum vergessen. Ich kann immer noch nicht glauben, dass du Elespeth vertraut hast, nachdem sie uns schon einmal hintergangen hat …«

»Es hat funktioniert, oder nicht?«, unterbrach ihn Lily. »Jedenfalls habe ich eine Reihe von Orten vorgeschlagen, wo sie nach meiner Ankunft Unterschlupf finden könnten. Ich dachte, sie würden hierherkommen, aber ich hatte auch gesagt, dass, wenn sie es nicht bis zum Tempel schaffen würden, wir uns heute Morgen am Schiff treffen könnten. Ich muss unbedingt dorthin und nachsehen, ob sie dort sind. Bestimmt ist Agora für die beiden ziemlich verwirrend, und ich glaube kaum, dass Nicks Wachen die Freundlichkeit in Person sein werden …«

»Alleine gehst du nicht«, sagte Mark entschieden.

»Bis zu den Docks werde ich es wohl schaffen«, erwiderte Lily leichthin. »Ich glaube kaum, dass sie sich seit gestern bewegt haben.«

»Die Dinge sind hier äußerst gefährlich geworden«, erklärte Mark sorgenvoll, während er seine Jacke nahm. »Es gibt da ein paar Straßen, die man lieber nicht entlanggehen sollte, ob berühmt oder nicht. Ich werde dich hinbringen.« Grinsend fügte er hinzu: »Dieses Mal werde ich dich nicht aus den Augen lassen; du hast die unangenehme Angewohnheit, dich in nichts aufzulösen.«

Lily lächelte. Es war schön, wieder zu Hause zu sein.

Sie rannten bis zu den Wassermann-Docks, wobei sie gelegentlich in Seitengassen auswichen, um plündernden Banden aus dem Weg zu gehen. Die Jubelstimmung vom Vortag war rasch verflogen, und als das Schiff in Sicht kam, hatte es den Anschein, als wären alle zu sehr in die Scharmützel im Zwillinge-Bezirk verwickelt, als dass sie sich näher mit dem Dampfer beschäftigt hätten. Allerdings standen in der Nähe nach wie vor Schaulustige.

Auf Deck war kein Mensch zu sehen, doch als Lily näher kam, entdeckte sie einen Fetzen aus grünem Tuch, welches an der Reling befestigt war. Daraufhin verdoppelte sie ihre Geschwindigkeit – dies war Owains Zeichen, dass er hier Zuflucht genommen hatte.

Zwei große, mürrisch wirkende Männer hielten Wache, bedeuteten Lily und Mark jedoch stumm, sie könnten an Bord gehen. Lily sprang auf den Steg und öffnete die Tür zum Laderaum, während Mark den Kesselraum durchsuchte.

»Owain? Elespeth?«, rief sie laut. In der Dunkelheit regte sich jemand. Sie erkannte die grobe Kleidung der Gisethi und trat ein wenig näher. »Seid ihr hier?«, fragte sie.

Als sich ihre Augen an das Dunkel gewöhnten, erkannte sie einen Mann, der in der Ecke des Laderaums saß. Er hatte den Kopf gesenkt und die Knie bis ans Kinn hochgezogen. Hier stimmte etwas nicht. So hatte sie Owain noch nie gesehen, nicht einmal damals, als ihn sein ganzes Dorf hatte umbringen wollen. Er wirkte niedergeschlagen, bezwungen.

»Owain?«, sagte sie, nun leiser, da ihre gute Laune verpuffte. »Owain, was ist denn? Was hast du?«

Er blickte auf.

Es war nicht Owain. Er sah zwar genauso aus wie er, doch sein Gesicht war anders – leer, ausdruckslos. Er starrte Lily vollkommen desinteressiert an.

Lily trat einen Schritt zurück. »Wer sind …«

Die Hand einer Frau drückte sich auf Lilys Nase und Mund. Sie hielt ein Tuch, das in etwas getränkt war, das schwer und süßlich roch. Ihr wurde schwindlig.

»Sie, Miss Lilith, haben eine Verabredung mit dem Direktor«, sagte eine strenge weibliche Stimme.

Lily wurde schwarz vor Augen.

## KAPITEL 23

# *Die Verabredung*

Marks erster Fehler bestand darin, die Augen zu öffnen.

Nicht, dass ihm von dem, was er hatte inhalieren müssen, noch die Augen gebrannt hätten. Es war auch nicht so, als wäre das Licht, das ihn beleuchtete, unangenehm hell.

Aber als er sie öffnete, war das Erste, was er erblickte, das Gesicht von Vater Wolfram.

Er fuhr unwillkürlich hoch und spürte, wie sich Lederriemen in seine Arme schnitten. Wolfram hielt ihm eine Laterne dicht vor die Nase. Mark sah nichts außer seinem harten, gleichgültigen Gesicht, dessen Falten sich in dem grellen Licht überdeutlich abzeichneten. Mark wollte den Kopf abwenden, doch etwas fixierte ihn an Ort und Stelle. Auch seine Beine waren gefesselt. Er war gefangen und saß mit dem Kopf nach hinten völlig schutzlos da.

Wolfram schüttelte den Kopf. »Immer gegen das übergeordnete Wohl ankämpfend«, knurrte er mit Abscheu in der Stimme. »Ganz gleich, wie oft ich versucht habe, dein Wesen zu ändern, Mark, du bist ein verdrehter Schössling und hättest einen schiefen Baum abgegeben.«

Wie sich »hättest« anhörte, gefiel Mark überhaupt nicht. Er wollte etwas sagen, doch seine Zunge hing nutzlos heraus, und ihm drang lediglich ein Stöhnen über die Lippen.

»Versuch gar nicht erst zu reden«, murmelte Wolfram. »Noch nicht. Die Tinktur wird bald ihre Wirkung verlieren. Aber für den Moment musst du dich in der Tugend des Schweigens üben.«

Wolfram zog sich zurück, die Laterne mit sich nehmend. Hätte Mark sprechen können, dann hätte er angemerkt, dass Wolframs eigenes Schweigegelübde offenbar schon Geschichte war. Doch vielleicht war es in diesem Fall besser so, dass er es nicht konnte. Je mehr er von dem Raum wahrnahm, desto mehr verlor er den Mut.

Es war kein großer Raum, aber die Steine in der Wand waren massiv vermauert, so als wären sie Teil eines wesentlich größeren Gebäudes. Da er den Kopf nicht bewegen konnte, sah er lediglich diese roh gehauene Wand und ganz zu seiner Linken den Rand eines von Einstellrädern und Schläuchen überzogenen Apparats. Er kam ihm seltsam bekannt vor, doch er konnte ihn nicht einordnen.

Wolfram verschwand hinter ihm und mit ihm das Licht. Mark schaute nach unten, nach wie vor nicht imstande, irgendetwas außer seinen Augen zu bewegen. Da sein Kopf nach hinten geneigt war, konnte er seine Arme kaum sehen, doch die Riemen darauf fühlten sich dick und fest an.

Zu seiner Rechten war ein leises Geräusch zu vernehmen. Mark spannte sich an. Nun, da das Licht ihn nicht länger blendete, konnte er aus dem Augenwinkel heraus einen Stuhl erkennen, auf dem ebenfalls jemand gefesselt saß und gerade zu sich kam.

»Wa… wa… was?«, erklang eine sehr bekannte Stimme.

Mark stöhnte auf. »L… Lily?«, fragte er, seine schlaffe Zunge dazu zwingend, dieses Wort zu formen.

»Mark! Was …«

Weiter kam sie nicht, bevor Wolfram sie schlug. Selbst von dort, wo er saß, spürte Mark, welche Wucht in dem Schlag lag, es war eine klatschende Ohrfeige. Wolfram ging mit seinem steifen Bein zu Mark hinüber und hielt ihm die Laterne so dicht vors Gesicht, dass sie ihm die Augenbraue versengte.

»Du wirst nicht reden«, knurrte er. »Wenn du es doch tust, wird Lily an deiner Stelle bestraft werden. Sei froh, dass ich dich nicht schlage. Ich könnte die Apparatur dabei beschädigen.«

*Apparatur?*, dachte Mark. Tatsächlich erfüllte ein sonderbares Geräusch die Luft, ein summendes Zischen. Und er hatte das Gefühl, als hinge etwas Großes über seinem Kopf.

Hinter ihm ging eine Tür auf. Auf dem Steinfußboden waren Schritte zu vernehmen. Und da war noch etwas – das energische Klacken eines Gehstocks.

»Nun, Vater Wolfram, sind die Richter bei Bewusstsein?«

Mark kannte diese Stimme. Immer vernünftig, gelassen und trügerisch.

Wolfram nickte. Erneut waren Schritte zu hören, und nun wurde der Neuankömmling sichtbar. Er lehnte seinen Gehstock mit dem silbernen Knauf an die Wand und lächelte freundlich.

»Mr Mark, Miss Lilith, willkommen im Direktorium«, begrüßte sie Snutworth.

Was Mark am stärksten auffiel, war die Tatsache, wie wenig er sich verändert hatte. Sicher, sein Mantel war nun mit Goldborten besetzt, aber immer noch in dem gleichen formellen Schwarz gehalten. Snutworth trug die gleichen Handschuhe, die gleiche einfache Krawatte, trug immer noch den gleichen höflich-interessierten Ausdruck im Gesicht. Er hätte sich mit Pracht umgeben können, doch das hatte er nicht. In gewisser Weise war dies noch beunruhigender. Dieser Mann sah nicht aus wie jemand, der sein Ziel schon erreicht hatte.

»Warum haben Sie uns hierherbringen lassen?«, hörte

Mark Lily fragen, als diese wieder sprechen konnte. »Was haben Sie mit Owain gemacht?« Wolfram starrte sie zornig an, doch Snutworth – Mark konnte ihn sich immer noch nicht als Direktor vorstellen – hob die Hand.

»Nein, Vater Wolfram, ich denke, die Gegenspielerin hat das Recht auf eine Antwort. Außerdem«, fügte er leichthin hinzu, »werden wir kaum Fortschritte machen, wenn unsere Gäste stumm bleiben, nicht wahr?«

Wolfram verneigte sich und verschwand aus Marks Blickfeld, indem er hinter ihn trat.

»Nun also, um die einfachere Frage zuerst zu beantworten«, fuhr Snutworth fort. »Mr Owain ist inhaftiert. Er befindet sich an einem anderen Ort im Direktorium, gemeinsam mit Schwester Elespeth. Ich kann nicht behaupten, dass sie es besonders bequem hätten, aber sie leben.«

»Und wer war das in dem Schiff?«, wollte Lily wissen.

Dieses Mal verhärtete sich Snutworths Miene, wenn auch nur für eine Sekunde. »Das war selbstverständlich Mr Owain. Ich dachte, Sie wären berühmt für Ihre rasche Auffassungsgabe ...«

»Das war nicht Owain«, unterbrach Lily ihn grimmig. »Er sah zwar aus wie er, aber es war nicht der Gleiche. Als er mich anschaute ... es war so, als wäre er mir noch nie begegnet ...«

Lily verstummte. Snutworths Miene war schwer zu deuten. Lag in seinen klaren grünen Augen ein Funke des Triumphs?

»Trotzdem, er war es. Fast. Wie sonst, glauben Sie, hätte Inspektorin Poleyn wissen können, wo Sie zu finden waren? Ich frage mich wirklich, warum Sie es für eine gute Idee hielten, die Stollen zu benutzen, und warum es Ihnen nicht in den Sinn kam, dass, wenn einer durch sie zu den Docks gelangen kann, dies auch eine ganze Eintreiberstreife vermag. Barrikaden sind ärgerlich, Miss Lilith, aber nicht wirkliche Hindernisse.«

»Warum haben Sie dann nicht …?«, begann Lily.

»Nicht«, sagte Mark plötzlich, von sich selbst überrascht. »Frag nicht weiter. Er genießt es.«

Er hatte begriffen, was er in Snutworths Augen gesehen hatte. Ganz gleich, wie sehr sich dieser bemühte, es zu verbergen, Snutworth genoss es zu sehen, wie sein Plan aufging. Mark erinnerte sich an diesen Blick, damals, als Snutworth, sein Diener, einen Handel erfolgreich abgeschlossen und damit Marks Vermögen und Stellung gestärkt hatte. Natürlich hatte er damals geglaubt, Snutworth habe sich für ihn gefreut, und nicht damit gerechnet, dass dieser vorhatte, alles an sich zu reißen.

Snutworth nickte verständig. »Ich muss gestehen, dass ich eine kleine Genugtuung empfinde«, sagte er. »Idealerweise hätte ich noch ein paar Wochen damit gewartet, meinen Angriff zu beginnen, um sicherzugehen, dass der Hunger eure Verteidiger hilflos gemacht hätte. Aber die Zeit schreitet voran, und wir müssen auf morgen vorbereitet sein.«

Mark kämpfte gegen das Verlangen an zu fragen. Doch Lily und er waren hilflos, und was immer als Nächstes geschehen würde, diese Sache war offensichtlich bedeutend.

»Was geschieht morgen?«, fragte er vorsichtig. Doch es war nicht Snutworth, der antwortete.

»Der erste Tag der Waage«, erwiderte Lily mit wachsender Besorgnis. »Mein Geburtstag. Agora-Tag, das Ende des zwölften Zyklus von zwölf Jahren seit der Gründung von Agora.« Sie hielt inne. Mark konnte sich ihren Gesichtsausdruck förmlich vorstellen – die Falten auf der Stirn, als die Mosaikstücke ein Bild ergaben. »Der Tag des Urteils.«

Snutworth klatschte dreimal langsam in die Hände. »Schau einer an. Ich wusste doch, dass es einen Grund dafür gibt, dass ihr beide zu Richtern ernannt wurdet.« Er trat an den Apparat und stand nun genau am Rand von Marks Sichtfeld. »Zum Geschäftlichen. Morgen wird es natürlich eine Reihe von bedeutenden zeremoniellen Pflichten zu erledigen geben. Zuvor aber benötige ich eine wichtige Information.« Er berührte eine Reihe von Einstellräder. Über Marks Kopf fing etwas an zu brummen. Snutworth drehte sich um und blickte Mark direkt in die Augen. »Wo befindet sich der Abstieg nach Naru?«

Mark bemühte sich, zuversichtlicher zu wirken, als ihm zumute war. »Das wissen Sie nicht?«, höhnte er, zufrieden damit, dass sie immer noch einen Wissensvorsprung hatten.

Snutworth nickte geradezu liebenswürdig. »Leider haben sich mein Vorgänger und ich nicht einvernehmlich getrennt«, erklärte er ruhig. »Bis Miss Verity aus meinen Diensten ausschied, habe ich tatsächlich geglaubt, der alte Mann wäre tot. Und das war recht frustrierend, denn seitdem habe ich erfahren, dass er den Standort des agoranischen Abstiegs für sich behalten hatte.« Nachdenklich hob er seinen Gehstock wieder auf und polierte den Knauf mit dem Saum seines Ärmels. »Obwohl die Aufzeichnungen des Direktoriums ausgiebig auf das Thema Naru eingehen, wird darin lediglich ein Eingang in der Kathedrale der Verlorenen erwähnt. Das wäre doch recht umständlich und würde wahrscheinlich Gewaltanwendung gegenüber den noch verbliebenen Mitgliedern des Ordens nach sich ziehen. Sie können sich daher wahrscheinlich meine Genugtuung vorstellen, als Verity, meinen Unmut riskierend, alles daransetzte, um ein bedeutungsloses Rezept aus den Gewölbekellern des Direktoriums zu stehlen. Es war für mich offensichtlich, dass es sich um eine Art Code handeln musste, den nur jemand mit profunder Kenntnis unserer Bibliothek, etwa der ehemalige Direktor, dort hinterlegt haben konnte. Danach, nun …« Er fing Marks Blick auf. »Es ging nur noch darum, den richtigen Moment abzupassen, um mir Ihre Pläne zunutze zu machen. Und es scheint, als hätte ich mit meinen Annahmen richtig gelegen. Mr Owain erwähnte mir gegenüber, dass es Ihnen, Mr Mark, gelungen sei, von irgendwo hier in Agora zu dem Land unten zu gelangen, zweifellos mit Hilfe des ehemaligen Direktors.« Vollkommen entspannt lehnte er sich zurück gegen die Wand. »Ich würde es begrüßen, wenn Sie dieses Wissen mit mir teilen würden.«

»Owain hätte Ihnen das niemals verraten«, zischte Lily. »Sie wollen uns bloß hereinlegen!«

»Miss Lilith, Sie dürfen glauben, was Sie wollen. Nichtsdestotrotz weiß ich, dass es irgendwo in Agora einen Weg hinunter nach Naru gibt, und einer von Ihnen wird mir sagen, wo.«

Es folgte ein langes Schweigen, und Snutworth musterte sie beide. Was Lily dachte, wusste Mark nicht, aber seine Gedanken rasten bei dem Versuch, diese eine Chance zu ihrem Vorteil zu nutzen.

Lily erhob erneut das Wort. »Sagen Sie uns zuerst, warum Sie das wissen wollen«, forderte sie.

Snutworth schüttelte den Kopf. »Das ist meine Sache«, erwiderte er ruhig.

Allmählich verzweifelnd kam Mark eine Idee. »Wir sagen es Ihnen«, schlug er vor, »aber nur, wenn Sie die Eintreiber zurückpfeifen und in Friedensverhandlungen mit den Revolutionären eintreten.«

Dieses Mal überlegte Snutworth einen Moment. »Nein, ich denke nicht«, erwiderte er dann, nach wie vor gelassen. »Ich muss schon sagen, dass ich Ihre Zuversicht bewundere, aber ich fürchte, Forderungen zu stellen ist Zeitverschwendung. Bedenken Sie: Sie sind beide meine Gefangenen. Außer mir, Vater Wolfram und Inspektorin Poleyn weiß niemand, dass Sie hier sind. Es gibt keine mitfühlenden Wachen, die sich wegen Ihrer Jugend erbarmen werden, keine revolutionären Helfer, die sich hereinschleichen könnten. Selbst wenn Sie ausbrechen sollten, sind wir alles andere als hilflos, und ich kann Ihnen versichern, dass Vater Wolfram Sie nach dem von Ihnen verursachten Chaos in seinem Dorf als ruchlose Wesen betrachtet, welche die härteste Bestrafung verdienen.« Mit unbewegter Miene trat er näher an Mark heran. »Ich denke daher, es ist nur recht und billig, wenn ich sage, dass Sie sehr wenig in die Waagschale werfen können, um zu verhandeln. Sie haben eine Information, die ich benötige. Teilen Sie sie mit mir.«

Mark machte den Mund auf, um ihn dann energisch und trotzig wieder zu schließen. Warum auch immer Snutworth diese Information benötigte, es konnte die Sache nur noch verschlimmern.

Snutworth nickte nachdenklich. »Nun, in diesem Fall habe ich für Sie, Miss Lilith, eine gute Nachricht«, sagte er. »Ich werde Ihnen anhand einer praktischen Demonstration eine Ihrer Fragen beantworten. Wolfram, würden Sie bitte die Maske ausrichten?«

Snutworth ging zu dem Apparat in der Ecke und begann damit, an den Einstellrädern zu drehen. Das sonderbare Summen verstärkte sich und mit ihm das Zischen von Luftströmen. Am Rande seines Sehfelds konnte Mark erkennen, dass Wolframs Hände über seinen Kopf langten, bis die langen roten Ärmel seiner Ordenstracht ihm alle Sicht versperrten. Erneut bekam er den Eindruck, dass sich über ihm etwas befand. Etwas, das glänzte wie Glas.

»Was geht da vor?«, sagte Lily mit einem Anflug von Panik in der Stimme. »Ist das …«

Wolfram ließ eine Maske aus Rauchglas auf Marks Kopf niedersinken. Mark spürte, wie sein Herz anfing zu rasen, und versuchte sich zu wehren, doch Wolfram packte seinen Kopf, drückte die Maske auf sein Gesicht und befestigte sie dann mit weiteren Riemen. Snutworth drehte sich um, auch wenn Mark ihn durch die dicke, durchsichtige Maske kaum mehr sehen konnte. Er wirkte jetzt noch mehr wie ein Schatten. Nur seine im Licht funkelnden Augen waren zu erkennen.

»Ja, Miss Lilith«, sagte er mit nach wie vor aufreizender Gelassenheit. »Das ist ein Gefühlsextraktor.«

Mark spürte, wie das Geräusch der brausenden Luft über ihm an Intensität zunahm, so als blase der Wind ihm durch Geist und Seele.

»Was tun Sie da?«, rief Lily, doch ihre Stimme klang sehr weit weg.

Als Snutworth hingegen sprach, durchschnitt seine Stimme Marks Verwirrung wie ein Messer. »Miss Devine und ich waren zur gleichen Zeit Lehrlinge. Unser Herr war Alchimist von Beruf und ein wahres Genie. Er hat den ersten Gefühlsextraktor erfunden, eine außerordentliche Leistung. Die meisten seiner Nachahmer, sei es in den übelsten Spelunken in den Elendsvierteln, sei es in den edelsten Salons der Oberen der Gesellschaft, hielten sich an die ursprüngliche Bauweise – eine vergleichsweise primitive Konstruktion. Aber Devine war die Beste. Sie hat eine Reihe von Verbesserungen vorgenommen, mit denen sie die Reinheit der extrahierten Gefühle erhöhte. Trotzdem hat sie nie erkannt, was damit noch möglich war. Als ich vor einigen Monaten eine Kopie ihres Apparats in Auftrag gab, begriff auch ich es nicht sofort.« Snutworth legte eine Pause ein, und Mark hörte, wie er an einem Einstellrad drehte. Der brausende Wind in seinem Kopf schoss nun durch seinen ganzen Körper. Es prickelte, und er zitterte, und dann, in einem jähen, grauenhaften Moment, begriff er, was Snutworth nun sagen würde.

»Bei den meisten Gefühlsextraktoren ist es notwendig, dass die Personen es freiwillig tun.«

Marks Körper fühlte sich plötzlich federleicht an, so als sickere etwas Kaltes in ihn ein.

Dann loderten sämtliche Gefühle in ihm auf. Er wollte lachen, weinen, brüllen – doch sein Körper blieb stocksteif. Irgendwo, weit weg, hörte er Lily rufen.

»Ich weiß es nicht!«, schrie sie. »Ich weiß nicht, wo sich der Abstieg befindet.«

»Sagen Sie es mir, und ich werde aufhören.« Das war Snutworth; er klang so ruhig wie immer. Aber für Mark hörte sich diese Stimme nun nicht mehr rational an. In ihr schwangen tausend unterschiedliche Anspielungen und Andeutungen mit. Einen Moment lang gewann alle Zuversicht, die Mark jemals gehegt hatte, die Oberhand. Er hatte das Gefühl, als könne er sich mit einer einzigen ruckartigen Bewegung sämtlicher Riemen entledigen. Einen kurzen Augenblick durchschaute er den Plan von Snutworth – diese ganze Macht, die er in den Händen halten würde, wenn er Zugang zu Naru und den Geheimnissen jedes Einzelnen bekam. Nein, es hing noch mehr daran, er würde …

Dann aber war dieser Moment vorbei, und Angst erfüllte ihn. Schreckliche, lähmende Angst. Mark wollte sich zusammenrollen, wollte den Kopf vergraben, um nicht daran zu denken, was Snutworth ihm antat, was er allen antun konnte. Er spürte, wie ihm Tränen die Wangen hinabliefen und die Innenseite der Maske verschmierten. Mittlerweile hörte er Lily deutlich; auch sie hatte Angst, Todesangst.

»Aber ich kann es Ihnen doch nicht sagen«, rief sie gerade. »Sie haben es mir nie erzählt. Sie müssen mir glauben!«

Wieso wusste sie es nicht? Warum hatte er es ihr nicht erzählt? Mark hätte sich am liebsten selbst geschlagen, und seine Arme spannten sich an, während ihn Wut erfasste. Er hätte am liebsten vor Wut geschrien, seine so genannte Freundin beschimpft dafür, dass sie ihn nie gefragt hatte, wie er zu ihr gelangt war. Er stieß einen Laut aus, halb Schrei, halb Fluch, doch die Maske saß stramm, und der Laut hallte nur in seinem eigenen Kopf wider.

»Sie begreifen nicht, Miss Lilith«, sagte Snutworth, und allein sein Tonfall ließ Mark innerlich zusammenzucken. »Wenn Sie es mir jetzt sagen, wäre das für mich nützlich. Notwendig ist es jedoch nicht.«

Er brauchte die Information gar nicht! Vielleicht würde er sie ja doch freilassen … vielleicht … Mark fühlte sich unbeschwert, und ihm war schwindlig. Plötzlich empfand er Liebe für alles und jeden. Bestimmt konnte Snutworth wieder versöhnlich gestimmt werden, bestimmt konnte Lily gerettet werden. Bestimmt konnten sie alle wieder nach Hause gehen, in den Tempel, wo Theo wartete und Ben und Cherubina … alle seine lieben, wunderbaren Freunde. Nun war jedes andere Gefühl aus dem Weg geräumt, er war frei von Sorgen, Angst und Wut. Nun blieben bloß noch Liebe und Freude, an jedem und allem …

Dann war auch das weg. Einen kurzen Moment empfand er ein heftiges Gefühl von Verlust. Schließlich war auch das verschwunden. Und nichts blieb übrig.

»Sehen Sie, Miss Lilith«, sagte Snutworth, während er die Maske von Marks Gesicht löste, »es spielt keine Rolle, ob Sie es mir sagen, weil Mr Mark es weiß.« Er schaute Mark in die Augen. Der erwiderte blinzelnd seinen Blick.

»Ja?«, fragte er mit träger, langsamer Zunge.

»Sagen Sie mir, wie man hinab nach Naru gelangt.«

Mark schaute Snutworth an. »Warum?«, fragte er.

»Finden Sie diese Riemen unbequem?«

Mark blickte hinab. Die Riemen verursachten ihm Schmerzen in den Armen. »Ja«, sagte er wahrheitsgemäß.

»Wenn Sie es mir sagen, binde ich Sie los.«

Mark nickte. »In Ordnung. Der Abstieg befindet sich im alten Haus des Letzten, im Jungfrau-Bezirk.«

Mark hörte, dass Lily aufkeuchte, war sich jedoch nicht sicher, warum. Als der Direktor seinen Kopf von den Fesseln befreite, sah er ein Gewirr von Glasröhren an der Decke, gefüllt mit zischenden Gasen. Noch während er hinschaute, kondensierten sie zu Flüssigkeiten unterschiedlichster Färbung, die in eine Reihe winziger, auf einem Regal stehender Glasfläschchen strömten.

»Sie wollten wissen, was mit Mr Owain geschehen ist?«, fragte der Direktor. »Folgendes: Es ist recht einfach, Informationen von jemandem zu erlangen, wenn es diesem gleichgültig ist, wer sie besitzt.«

Mark kratzte sich an einer juckenden Stelle an seinem Arm. Alle Riemen waren gelöst, doch er sah keinen Grund aufzustehen. Es gab keinen anderen Platz, auf den er sich hätte setzen können, seine Glieder fühlten sich schwer an, und er war müde. Träge blickte er sich im Raum um. Er sah, dass Vater Wolfram damit begann, die Glasflakons einzusammeln, die vermutlich seine Gefühle enthielten. Rechts neben ihm weinte Lily, und ihre Tränen tropften auf den Steinfußboden. Er schaute einen Moment zu, wie sie durch eine Spalte zwischen den großen Steinplatten rannen, verlor aber schnell das Interesse.

»Also, Miss Lilith«, fuhr der Direktor fort. »Ich werde Sie

nun freilassen. Wie Sie wissen, müssen Gefühle, wenn sie wirklich zurückkehren sollen, binnen eines Tages von ihrem Besitzer wieder absorbiert werden, andernfalls sind sie für immer verloren. Sollten Sie versuchen zu fliehen oder Probleme verursachen, wird Vater Wolfram die Fläschchen zerstören. Ich denke, ich habe mich klar ausgedrückt.«

Lily nickte und biss sich auf die Lippen. Mark beobachtete, wie Snutworth sie losband. Die Knoten sahen sehr robust aus. Er fragte sich, ob der Direktor das Seil eigens dafür besorgt hatte.

Mark bemerkte, dass Lily, nachdem sie losgebunden worden war, zu ihm herübergelaufen war und sich an ihn klammerte. Sie sagte auch etwas, aber bei dem ganzen Schniefen war es kaum zu verstehen.

»Du solltest deutlicher sprechen«, sagte er ausdruckslos. »Ich verstehe dich nicht.«

»Es tut mir leid …«, sagte Lily.

Mark zuckte mit den Schultern. »Wenn du meinst«, erwiderte er.

Mark hörte ein Klirren und schaute auf. Der Direktor war dabei, die kleinen Flakons in einem Lederbeutel zu verstauen.

»Vater Wolfram, würden Sie Lady Astrea darüber informieren, dass sie während unserer Abwesenheit die Eintreiber befehligt? Sollte der erwartete Angriff stattfinden, weiß sie, was zu tun ist.«

Wolfram verließ den Raum. Als er die Tür öffnete, erhaschte Mark einen flüchtigen Blick auf den in dunkler Eiche getäfelten Korridor.

»Stehen Sie auf, Mark«, sagte Snutworth.

Mark tat wie ihm geheißen. Dabei merkte er, dass Lily, die ihn immer noch festhielt, zu Boden sackte. Er schaute hinunter. Verwirrt fragte er sich, ob er etwas unternehmen sollte.

»Helfen Sie ihr auf, Mark«, sagte Snutworth, während er behutsam den Lederbeutel, in dem sich alles befand, was Mark je empfunden hatte, hin und her schwenkte.

Da Mark keinen Grund sah, es nicht zu tun, hielt er Lily die Hand entgegen, und Lily nahm sie und zog sich hoch.

Wutentbrannt starrte sie Snutworth an. »Was nun?«, fragte sie mit stockender Stimme.

Snutworth lächelte. »Sobald Vater Wolfram zurück ist, werden wir vier eine kleine Reise unternehmen, hinunter in das Land der Geheimnisse. Und ihr beide werdet die Pflicht erfüllen, die euch hundert Jahre vor eurer Geburt auferlegt wurde.« Mit funkelnden Augen beugte er sich auf seinen Gehstock gestützt vor. »Ihre werdet die letzte Prophezeiung des Mitternachts-Statuts erfüllen.«

Mark spürte, dass sich Lilys Hand aus irgendeinem Grund in der seinen anspannte.

Er hatte keinen blassen Schimmer, warum.

KAPITEL 24

# *Der Anführer*

Lady Astrea saß im Büro des Direktors und starrte auf ihre Hände. Ihr ganzes Leben lang hatte sie von diesem Moment geträumt – hinter dem Mahagonischreibtisch zu sitzen, die gesamte Stadt unter ihrer Befehlsgewalt. Natürlich hatte sie sich vorgestellt, sie wäre zum Direktor ernannt worden und müsste nicht, während der tatsächliche Direktor verschwunden war, die Stellung gegen eine Stadt voller Revolutionäre halten.

Das Leben konnte wirklich Enttäuschungen bereithalten.

»Meine Lady?«

Sie blickte auf. Vor ihr standen zwei Eintreiber, beide in mitternachtsblauen, mit silbernen und goldenen Tressen geschmückten Uniformen. Die junge Frau hatte zahlreiche blaue Flecken, erweckte jedoch trotz ihrer Erschöpfung den Eindruck, weiterhin bereit zum Kampf zu sein. Der Mann war älter und wirkte bedächtiger. Seine Uniform war makellos, aber er war ja im Verlauf der letzten Monate auch an seinen Schreibtisch im Direktorium zurückbeordert worden. Sie seufzte; leicht würde diese Zusammenkunft nicht werden.

Sie hatte die Berichte von beiden gelesen. Der Kampf im Zwillinge-Bezirk war brutal gewesen, hatte sich über Häuser, Läden und Tavernen erstreckt. Die Eintreiber waren zwar zahlenmäßig überlegen, kämpften aber lediglich mit Schlagstöcken, während sich die Verteidiger mit zerbrochenen Flaschen und Messern bewaffnet hatten. Keine der beiden Seiten war gut dabei weggekommen. Es war den Umstürzlern gelungen, eine neue Barrikade tief im Stier-Bezirk zu errichten. Bis sich die Eintreiber wieder neu formiert hatten, war die Sonne bereits lange untergegangen; trotzdem war niemandem nach Schlafen zumute.

»Wie viele Eintreiber sind uns noch geblieben, Inspektorin Poleyn?«, fragte sie die junge Frau, die zackig salutierte.

»Die genaue Zahl lässt sich schwer sagen, Ma'am, da wir beim Scharmützel im Zwillinge-Bezirk ein paar Verluste erlitten haben.«

»Verluste?«, fragte Chefinspektor Greaves, der ältere Mann, der vom Rang her Poleyns Vorgesetzter war. »Bitte, Inspektorin, lassen Sie uns hier nichts beschönigen. Nennen Sie sie die Zahl der Toten. Unsere toten Männer und Frauen.«

»Bei allem Respekt, Sir«, entgegnete Poleyn, der es gelang, das Wort »Sir« wie eine Beleidigung klingen zu lassen, »die Verluste waren geringer als erwartet. Wir könnten leicht weiter Terrain gewinnen, vielleicht schon morgen bis zu den Elendsvierteln im Fische-Bezirk vorrücken.« Sie wandte sich wieder Lady Astrea zu. »Falls Sie als amtierende Direktorin die Anweisung erteilen, könnten wir Verstärkung aus der Kaserne nachrücken lassen.«

»Waren Sie in letzter Zeit mal in der Kaserne, Poleyn?«, fragte Greaves in nach wie vor gemäßigtem Ton, aber entschieden. »Unsere Eintreiber sind überfordert damit, die Barrikaden zu halten und die Bürger in unserer Hälfte der Stadt zu schützen. Sie trauern der Zeit nach, als sich ihre Pflicht darauf beschränkte zu beschützen. Ihre Arbeitsverträge besagen, dass sie es ausschließlich mit Kriminellen und Dieben zu tun haben, nicht aber damit, die Waffen gegen ihre eigenen Familien und Freunde zu erheben.«

»Es *sind* Kriminelle«, blaffte Poleyn. »Jeder einzelne von ihnen. Sie haben sich dazu entschieden, unsere Herrschaft des Rechts zu bekämpfen und die halbe Stadt zu besetzen. Nach diesem Kampf werden wir sie alle vor Gericht stellen.«

»Sie alle?«, entgegnete Greaves mit hochgezogenen Augenbrauen. In dem Kerzenlicht war die Miene auf seinem zerfurchten Gesicht nicht zu deuten. »Woher wollen Sie genug Richter oder Gefängnisse bekommen? Da standen Tausende hinter den Barrikaden, die gar keine Revolution wollten, sondern einfach nur zur falschen Zeit am falschen Ort waren. Wir haben sie durch Aushungern in die Verzweiflung getrieben. Wir haben ihnen einen Grund zu kämpfen gegeben.«

Astrea schwieg eine Weile. Sie starrte hinauf zu den Porträts, welche an den Wänden hingen. Alle zeigten ehemalige Direktoren. Was würden sie von ihr halten? Was würden sie von Snutworth halten, der seinen Posten verließ, während in Agora das Chaos herrschte?

Aber jetzt war keine Zeit für einen Blick zurück; nun war es Zeit zu handeln.

»Sie haben ihnen die Möglichkeit gegeben, Frieden zu schließen, Greaves, und sie haben mit Gewalt darauf reagiert«, erwiderte sie. »Wir werden den Angriff fortsetzen, bis sie sich ergeben. Ihre Anführer, und nur sie, werden vor Gericht gestellt. Alle anderen Bewohner der Stadt werden begnadigt werden.«

Keiner der beiden Eintreiber wirkte glücklich, doch sie verbeugten sich beide. Astrea entspannte sich ein wenig. Zumindest im Direktorium hatte die Herrschaft des Gesetzes noch Bestand.

Poleyn salutierte. »Ma'am, möchten Sie nun den Gefangenen sehen?«

Astrea nickte, worauf Poleyn in ihre Pfeife blies. Das schrille Geräusch kratzte an Astreas ohnehin zerrütteten Nerven.

Die massiven ebenholzfarbenen Türflügel am Ende des Büros schwangen auf, und vier stämmige Eintreiber führten den Gefangenen im Polizeigriff herein. Es war ein großer, brutal wirkender Mann, und trotz der Ketten, mit denen ihm Hände und Füße gebunden waren, war Astrea heilfroh, dass die Wachen bei ihm blieben.

Der Gefangene wurde zu Boden geworfen.

»Schauen Sie zur amtierenden Direktorin auf, Gefangener«, bellte Inspektorin Poleyn.

Der große, schwere Mann blickte hoch und kniete sich hin. »Sie müssen mir immerzu nachjagen, was, Inspektorin?«, sagte er mit anzüglichem Grinsen im Gesicht, in dem seit diesem Morgen mehrere Zahnlücken klafften. »Das Volk wird sprechen.«

Angewidert wandte sich Poleyn von ihm ab. »Er nennt sich Nick, Ma'am. Er war Credes direkter Stellvertreter und ist einer der Anführer der Aufständischen.«

Nick schnaubte. »Nimm besser mal deine Spione unter die Lupe, Mädchen. Das ist Schnee von gestern.«

Poleyn wirbelte mit erhobenem Schlagstock herum und zog Nick damit eins über den Schädel. Greaves runzelte die Stirn, und Astrea zuckte zusammen. Sie hatte nichts dagegen, dass dieser brutale Kerl einen Dämpfer erhielt, war jedoch Gewalt in ihrer Gegenwart nicht gewohnt.

»Sie sind *still*, es sei denn, Sie werden befragt!«, sagte Poleyn böse.

Nick stemmte sich erneut hoch. Sein Kopf schwankte ein wenig, doch seine Augen blickten klar.

»Ja«, sagte Lady Astrea, bemüht, die Kontrolle über die Situation zu übernehmen. »Wir wissen, dass Sie nicht der einzige Anführer sind, leider. Aber sowohl Mr Mark als auch Miss Lilith sind in unserer Hand, und Sie können viel Blutvergießen vermeiden, wenn Sie Ihre Leute dazu ermutigen, damit aufzuhören, zu …«

»Sie glauben, ich könnte sie jetzt noch aufhalten?«

Poleyn umklammerte erneut ihren Schlagstock, doch Greaves fiel ihr in den Arm und hielt sie zurück.

»Wir wollen uns mit Mr Nick unterhalten, Inspektorin«, sagte er geduldig. »Vielleicht sollten wir ihn ausreden lassen?«

Poleyn schüttelte die Hand ihres Vorgesetzten ab, schlug den Gefangenen jedoch nicht. Der Hüne nickte Greaves zu und wandte sich dann Lady Astrea zu.

»Sie verstehen es nicht, oder? Ich bin nicht wirklich ein Anführer. Sicher, wenn die Leute wütend sind, folgen mir ein paar von ihnen. Wenn sie einen Kampf wollen, wissen alle, dass ich ihr Mann dafür bin.« Er kratzte sich durch die Löcher in seinem zerlumpten Hemd hindurch an einer frisch genähten Wunde auf der Brust. »Aber das ist bloß wegen Crede. Er war ein echter Anführer. Er hatte immer einen Plan. Ich und meine Freunde … wir waren immer nur wütend. Crede hat uns gezeigt, wie wir diese Wut einsetzen können. Dank euch fühlt jetzt die halbe Stadt diese Wut.«

Lady Astrea fixierte ihn mit einem kühlen Blick. »Ich habe Berichte über Sie gelesen, Mr Nick«, sagte sie leise. »Sie sind ein Schläger und ein Strolch und meistens mehr oder weniger betrunken. Sie haben Streit mit meinen Eintreibern angezettelt und, wo immer Sie auftauchten, Ärger verursacht. Und Sie wollen uns belehren, wie man anführt?«

Nick erwiderte nichts, sondern kratzte sich nur weiter an der Brust.

Poleyn verzog die Lippen. »Haben Sie nichts zu sagen, Nick?«

Der Hüne hielt inne. Dann zog er bewusst sein Hemd ein wenig weiter auf. Der Gestank ließ Poleyn zurückfahren.

»Sehen Sie diese Wunde?«, fragte er, auf die Vielzahl der Stiche deutend. »Ich stand oben auf einer Barrikade, als sie zusammenbrach. Das war vor einem Monat. Ich hätte tot sein sollen.«

»Rühmen Sie sich jetzt?«, wollte Astrea wissen, auf finstere Weise amüsiert. »Ich versichere Ihnen, dass Sie nicht so leicht um Ihre gerechte Strafe herumkommen werden.«

»Tatsache ist, ich bin nicht gestorben«, fuhr Nick langsam fort. »Weil mich nämlich jemand wieder zusammengeflickt hat. Jemand hat sich mitten im Kampf, während sich überall um uns herum die Leute prügelten und Steine flogen, neben mich gekniet und meine Wunden genäht und mich in Behandlung geschickt. Und alle, die dort waren, haben es gesehen.« Nick begegnete Astreas Blick. »Sein Name war Dr. Theophilus«, sagte er. »Vor diesem Tag habe ich ihn für einen Narren gehalten. Ich dachte, alle im Tempel wären nur Narren. Aber das sind die Leute, die jetzt unsere Anführer sind. Keine Kämpfer wie ich. Heiler. Leute, die nicht überhastet handeln, um zu gewinnen. Und nachdem wir das gemerkt haben, werden wir niemals zulassen, dass alles wieder so wird, wie es einmal war.« Er stand plötzlich auf. »Niemals.«

Er machte einen Satz nach vorn. Poleyn pfiff erneut schrill in ihre Pfeife. Die Eintreiber fielen über Nick her, schlugen ihn immer wieder, bis er vor Schmerz aufstöhnte. Bald konnte er nicht mehr stehen, und die Eintreiber schleiften ihn aus dem Büro.

Nachdem sie sich hastig vor Lady Astrea verbeugt und versprochen hatte, den Mann im Auge zu behalten, folgte ihm Poleyn.

Astrea setzte sich wieder hinter ihren Schreibtisch und lauschte dem Stimmengewirr, während Nicks Verwünschungen immer weiter in der Ferne verklangen.

Erst als wieder Stille herrschte, blickte sie zu ihrem noch verbliebenen Besucher auf. »Stellen Sie eine neue Wache vor dem Büro auf, Chefinspektor«, ordnete sie an, bemüht, das leichte Zittern in ihrer Stimme zu verbergen.

Der Chefinspektor nickte, wirkte jedoch nach wie vor beunruhigt. »Ich mache mir Sorgen um Poleyn, meine Lady«, sagte Greaves sanft. »Mir scheint, sie kann genauso brutal sein wie ihr Gefangener.«

»Wir sind die Vertreter des Gesetzes, Chefinspektor«, blaffte Astrea. »Und das Gesetz muss durchgesetzt werden.«

Greaves dachte einen Moment darüber nach. »Ich bin schon mein ganzes Leben lang Eintreiber, meine Lady. Unter Ihrem Gatten Lord Ruthven, unter Ihnen, unter vielen unterschiedlichen Anführern. Ich habe der Aufrechterhaltung des Gesetzes mein ganzes Leben gewidmet. Das Gesetz ist dazu da, den Frieden zu bewahren und unseren Leuten zu ermöglichen, ihr Leben angstfrei zu leben. Andernfalls gibt es keinen Unterschied zur Herrschaft des Mobs.«

Lady Astrea hob gebieterisch den Kopf. »Ich habe Ihre Anmerkungen zur Kenntnis genommen, Greaves. Sie können jetzt gehen.«

Er verneigte sich und machte Anstalten aufzubrechen. Dann aber hielt er inne. »Das war noch nicht das Ende, meine Lady«, sagte er leise. »Morgen werden die Kämpfe zehn Mal schlimmer sein. Unsere Leute werden sterben. Viele von ihnen, auf beiden Seiten.«

»Aber wir werden die Oberhand behalten, Greaves«, sagte Astrea. »Das müssen wir. Zum Wohle aller in Agora.«

»Vielleicht werden wir das, meine Lady«, sagte Greaves und schaute sich zu ihr um. Im Lichtschein der Kerze ließ sich seine Miene nicht ergründen. »Falls noch genug von uns übrig sind, wenn die Kämpfe endlich aufhören …«

Lady Astrea nahm es kaum wahr, als er schließlich ging. Sie saß noch eine ganze Weile im Büro des Direktors. Im Laufe der nächsten Stunden trafen die von ihr angeforderten Eintreiberwachen ein; es waren erfahrene Männer und Frauen, argwöhnisch und kampfbereit. Schlagstöcke hatten sie nicht dabei; der Direktor hatte sie mit Schwertern üben lassen. Sie hatte noch nie jemanden ein Schwert benutzen sehen – das hier waren keine Waffen aus eleganten Mantel-und-Degen-Geschichten. Das hier waren mächtige, schwere, brutal scharfe Waffen. Viele ihrer Feinde würden ihnen zum Opfer fallen.

Die Wachen nickten ihr zu, während sie hinter dem Mahagonischreibtisch saß, gaben aber ansonsten keinen Laut von sich. Sie hatten ihre Anweisungen, und dies waren die gleichen wie die ihren – das Direktorium und seine Geheimnisse zu beschützen. Zum fünften Mal an diesem Abend ließ sie eine Schublade des Mahagonischreibtisches aufgleiten und warf einen Blick auf den Inhalt. Zwei kleine Schachteln, gefüllt mit Glasflakons, alle etikettiert mit einem der Namen der beiden gisethischen Gefangenen. Schaudernd schob sie die Schublade wieder zu. Ob sie den Direktor jemals wirklich verstehen würde? Nicht, dass es wirklich etwas bedeutet hätte. Sie war nun seine Vertreterin; sie konnte die Verbindung niemals abbrechen lassen. Sie konnte sich nicht davon abhalten, sich für den Mann in Gefahr zu bringen, dem ihr Leben gehörte, der sie auf tausenderlei Art vernichten konnte.

Sie wünschte, ihre Kinder wären hier, doch die waren mit dem Rest der Familie aus Furcht in den Löwe-Bezirk ausgewichen und fragten sich, ob sie jemals in ihre alte, vertraute Welt würden zurückkehren können oder in einer neuen aufwachsen würden, die sie ihrer Lebensgrundlage oder gar ihres Lebens berauben würde.

Aber das lag in ihrer, Astreas Hand. Sobald die Aufständischen herausbekamen, dass Mark und Lily vermisst wurden, würden sie nur noch ein Ziel verfolgen, das wusste sie. Und sie musste darauf vorbereitet sein. Morgen würde sich in Agora alles entscheiden, so oder so.

Daher stand sie hinter ihrem Schreibtisch auf, ging auf jeden einzelnen der Eintreiber zu – obwohl sie sie kaum kannte –, bedankte sich bei ihnen, worauf diese salutierten. Schließlich ging sie davon, den Korridor entlang – die letzte Verteidigerin von Agora.

»Sollen sie kommen«, sagte sie ins Nichts hinein.

Doch bevor sie sich schlafen legen konnte, gab es noch etwas zu tun. Wie ein Geist glitt sie die Korridore entlang, tiefer in das Gebäude hinein. Sie kam an den Schreibern vorbei, die noch immer fieberhaft arbeiteten, einzig und allein ihre endlosen Aufzeichnungen im Kopf. Dann passierte sie einige mit einer Mönchskutte bekleidete Gisethis – Gäste von Vater Wolfram, die sie im Vorbeigehen lediglich anstarrten. Sie hatten ihre Geheimnisse, sie selbst hatte die ihren. Niemand hatte die Absicht, sie mit dem anderen zu teilen.

Schließlich gelangte sie an eine Eichentür mit einer Perlmuttklinke. Dieser Teil des Direktoriums wurde so gut wie nie aufgesucht. Sogar die Angestellten wussten nichts von diesem Raum. Der Direktor wahrscheinlich schon, doch wenn dem so war, dann gab es keine Anzeichen dafür, dass er hier vorbeigekommen war. Dies hier war der Gästetrakt. Die meisten hielten ihn für unbenutzt. Aber dies war der Ort, an dem sie ihr größtes Geheimnis aufbewahrte, ihre größte Schwäche.

Leise, ganz leise, öffnete sie die Tür.

»Da bin ich wieder, mein Lieber«, sagte sie.

# KAPITEL 25

## *Befehle*

Lily tat so, als schliefe sie. Nur unter diesem Vorwand konnte sie die Augen geschlossen halten.

Mark hatte gesagt, die Reise sei fast zu Ende. Nach vier langen Stunden des Abstiegs in einem Schacht unter dem Haus des Letzten und zwei weiteren Stunden Fahrt mit den gerade erst wieder reparierten Loren durch einen langen schwarzen Stollen hatten sie fast das Zentrum von Naru erreicht. Normalerweise wäre Lily vor Neugier geradezu geplatzt – selbst mit geschlossenen Augen bekam sie mit, dass sie mit phänomenaler Geschwindigkeit durch die Stollen schossen. Und sie hätte danach geschaut, ob Wolfram und Snutworth abgelenkt waren, damit sie ihre Fluchtchancen berechnen konnte, wenn sie erst einmal ihr Ziel erreicht hatten.

Aber das konnte sie nicht, denn wenn sie ihre Augen öffnete, wusste sie, was sie sehen würde. Sie würde Wolfram vorn im Karren stehen sehen – stumm, aber voll unterdrückter Energie. Sie würde Snutworth sehen, den Blick auf nichts geheftet, seine Gedanken unmöglich zu ergründen.

Und sie würde Marks ausdruckslosem Blick begegnen. Es war schon schlimm genug, wenn sie seine Stimme hörte. Sie hatte zwar die gleiche Tonlage wie zuvor, aber ihre ganze Musik war verschwunden. Ihn anzuschauen war noch schlimmer – er war kaum mehr als eine wandelnde Leiche, die vergessen hatte, mit dem Atmen aufzuhören.

Ab und zu fragte sie sich, warum Snutworth ihr nicht das Gleiche angetan hatte. Nicht, dass es nötig gewesen wäre. Er hatte sich nicht einmal die Mühe gemacht, ihr die Hände zu fesseln. Denn Marks Gefühle befanden sich nun alle in Flakons in einem Beutel, den Snutworth in seiner Tasche aufbewahrte, und sie wusste, dass er nicht zögern würde, die Fläschchen zu zerstören, wenn sie einen Fehler machte. Und dann wäre Mark praktisch tot.

Ohne Vorwarnung kam der Karren mit kreischenden Bremsen abrupt zum Stehen, sodass Lily kopfüber hinfiel. Taumelnd richtete sie sich wieder auf. Falls Snutworth gestürzt war, konnte sie vielleicht …

Aber nein. Wolfram raffte sich bereits fluchend langsam wieder auf. Mark lag auf dem Boden des Karrens wie eine Marionette mit abgeschnittenen Fäden. Snutworth hingegen hatte sein Gleichgewicht bewahrt und lehnte lässig auf seinem Gehstock mit dem silbernen Knauf. Sanft klopfte er gegen die Tasche in seinem Mantel. Lily hörte das zerbrechliche Klirren der winzigen Glasflaschen.

»Keine Sorge, Miss Lily. Ich bin nicht so ungeschickt« – er warf einen Blick auf Wolfram – »wie andere. Stehen Sie auf, Mann, wir sind gleich da.«

Mit angeschlagener Würde rappelte sich Wolfram endgültig auf und zerrte Mark am Handgelenk hoch.

»Sie tun mir weh«, sagte Mark. »Lassen Sie mich los.«

»Halt den Mund, oder ich werde dir noch mehr wehtun«, sagte Wolfram mit ebensolcher Direktheit. Mark schwieg.

Sie gingen nun den letzten Abschnitt des dunklen Stollens hinab. Lily versuchte, sich nicht davon irritieren zu lassen, dass ihre Schritte keinen Laut verursachten. Ob Laud sich wohl auch so gefühlt hatte, als er die ersten Schritte nach Naru hinein gemacht hatte?

Sie spürte einen stechenden Schmerz in der Brust. In der Situation, in der sie sich befand, tat der Gedanke an Laud weh. Ob es ihm gut ging? Was würde Laud tun, wenn er merkte, dass sie vermisst wurde? Natürlich machte sie sich über alle Sorgen – Ben, Theo, ja sogar Cherubina. Aber Laud war bei ihr gewesen, als es ihr am schlechtesten gegangen war. Laud war dazu bereit gewesen, wochenlang durch Stollen und Sümpfe zu marschieren, um sie zu finden. Er würde eine Dummheit begehen, und das wäre dann ihre Schuld.

Am schlimmsten war, dass sie sogar hoffte, er würde es tun. Sie konnte den Gedanken nicht ertragen, dass es für ihn etwas Wichtigeres gab.

Zerstreut ließ sie ihre Hand in Marks gleiten und hielt sie fest. Er reagierte nicht, schlang nicht einmal seine Finger in die ihren. Aber es war immerhin etwas. Sie brauchte das Gefühl, dass sie nicht allein war.

»Nebenbei bemerkt, Miss Lilith«, sagte Snutworth, während sie sich dem Ende des Stollens näherten und das Licht aus der als Essenssaal genutzten Höhle sichtbar wurde, »möchte ich erwähnen, dass Sie während unseres Aufenthalts in Naru nicht sprechen dürfen. Kein einziges Wort. Mir ist wohl bewusst, dass Sie mit diesen Leuten Zeit verbracht haben und ihnen womöglich eine kodierte Nachricht übermitteln möchten.« Er drehte sich um und begegnete ihrem Blick, höflich wie immer. »Sobald Sie ein Wort aussprechen, um das ich Sie nicht gebeten habe, werden die Fläschchen mit Mr Marks Gefühlen zerstört werden. Darf ich Sie zudem daran erinnern, dass er Ihnen in seinem gegenwärtigen Zustand wohl kaum zu Hilfe kommen wird und dass der Einsatz körperlicher Gewalt für Vater Wolfram und mich, auch wenn wir nicht mehr in der Blüte unserer Jugend stehen, keinesfalls unter unserer Würde ist.« Um seinem Argument Nachdruck zu verleihen, drehte er den Knauf seines Gehstocks und zog daran, worauf fünf, sechs Zentimeter der darin verborgenen langen Klinge zum Vorschein kamen. »Das ist natürlich plump, aber ich war nie jemand, der seine Feinde unterschätzt hätte. Habe ich mich deutlich ausgedrückt?«

Lily wünschte, sie hätte eine schlagfertige Antwort parat. Stattdessen bemühte sie sich nach Kräften, einen würdevollen Eindruck zu machen, biss sich auf die Zunge und nickte.

Snutworth lächelte. »Ausgezeichnet. Es ist stets angenehm, zivilisiert miteinander umzugehen. Wo wir gerade davon sprechen …« Er machte auf dem Absatz kehrt, wandte sich der Stollenöffnung zu und trat vor. »Guten Tag. Könnte mich einer von Ihnen liebenswürdigerweise zum Dirigenten führen?«

Lily zerrte Mark in Richtung des Stolleneingangs. Wolfram folgte ihnen. Der Stollen öffnete sich zu einem Raum, in dem Lily bereits mehrmals gesessen hatte. Es war der Speisesaal des Mittelpunkts, wo sie mit den merkwürdigen Bewohnern von Naru gegessen hatte, bevor die Erkundung des Hohelieds ihre ganze Zeit in Anspruch genommen hatte. Ihr blieb kaum Gelegenheit, die überraschten Gesichter der Menschen aufzunehmen, die von den auf Böcken stehenden Tischen hochschauten, oder den Geruch des in den Töpfen kochenden Fleisches. Denn nun stand eine vertraute Gestalt vom Kopfende des größten Tisches auf und wischte sich Krümel von ihrem bunten Gewand.

»Lily, sind Sie das?«, rief der Dirigent und eilte auf sie zu, während sich die Schar der Naruvaner um ihn herum teilte wie Wasser vor einem Hindernis. »Einige der unseren sagten, sie hätten ein Echo Ihrer Stimme in den Ländereien oben vernommen, doch das Orakel wollte uns nicht sagen, was geschehen war. Und wir waren auch zu sehr damit beschäftigt, den

Schienenknoten zu reparieren und die Karren und …« Der Dirigent verstummte, da er erst jetzt die anderen bemerkte. »Sie haben Freunde mitgebracht? Ausgerechnet heute? Das muss dann ja bedeuten …«

»Das tut es in der Tat«, unterbrach ihn Snutworth. »Ich fürchte, wir haben keine Zeit, Höflichkeiten auszutauschen. Ich berufe mich auf die Rechte, die im Mitternachts-Statut vermerkt sind«, intonierte er, sodass seine Stimme durch die gesamte Höhle hallte. »Der Tag des Urteils ist angebrochen, und ich spreche im Namen der Richter.«

Der Dirigent trat einen Schritt zurück, während aufgeregtes Stimmengewirr den Raum erfüllte.

»Entspricht das der Wahrheit?«, fragte der Dirigent und blickte erstaunt erst Mark und dann Lily an. »Ist dieser Mann der Vermittler eurer Wahl?«

Wolfram flüsterte Mark etwas ins Ohr.

»Ja, das ist er«, erwiderte Mark automatisch.

Der Dirigent blinzelte, doch bevor er etwas erwidern konnte, hatte sich Snutworth bereits Lily zugewandt.

»Ich glaube, dieser Gentleman braucht eine Antwort, bevor wir fortfahren, Miss Lilith«, sagte er und klopfte dabei leicht auf seine Tasche. Lily hörte die Glasflakons klirren.

»Ja«, murmelte sie. Es war kaum mehr als ein Flüstern. Die Stimmung im Raum veränderte sich. Das Stimmengewirr wurde lauter, doch nun schwang Furcht in ihm mit.

»Ihr alle habt die beiden gehört«, verkündete Snutworth, dem es nach wie vor gelang, seiner Stimme einen sachlichen Tonfall zu verleihen. »Ich bin der von ihnen ausgewählte Stellvertreter, ihr Vermittler. Ich werde das Urteil in ihrem Namen sprechen.«

Dieses Mal konnte Lily sich nicht beherrschen. Sie trat einen Schritt vor, verzweifelt darum bemüht, den Dirigenten zu warnen, dass dies hier falsch war, dass dieser Mann ein Lügner war, ein Monster ...

Wolframs eiserner Griff legte sich auf ihre Schulter. Sie erstarrte. Nach wie vor standen Marks Gefühle auf dem Spiel. Doch Snutworth konnte so viele Reden halten, wie er wollte; noch hatte sich nichts geändert.

»Sehr wohl, Sir«, sagte der Dirigent resigniert. »Dann ... wünschen Sie zum Orakel gebracht zu werden?«

»Ja«, erwiderte Snutworth. »Doch zuvor« – er drehte sich zu Mark und Lily um – »haben Sie Wachen hier?«

Unbehaglich trat der Dirigent von einem Bein aufs andere. »Wir lehnen körperlichen Kontakt ab, Sir, aber wir haben durchaus Leute, die als Wächter dienen. Sie dürften für derartige Pflichten geeignet sein ...«

»Das wird genügen«, sagte er. »Rufen Sie sie herbei.«

Lily beschloss, den richtigen Zeitpunkt abzuwarten. Sie blieb stumm, als die Wächter eintrafen. Diese hatten sich Tücher vor Mund und Nase gebunden und trugen Handschuhe, um den körperlichen Kontakt so weit als möglich zu reduzieren, während sie mit ihnen durch die Stollen gingen, immer tiefer in Richtung des Thronsaals des Orakels. Erfahrene Wächter schienen sie nicht gerade zu sein, doch es waren mindestens zehn, und Lily konnte nicht mit Hilfe rechnen.

Nach und nach vergrößerte sie ihre Schritte. So schloss sie mit jeder Bewegung ein wenig mehr zum Dirigenten auf. Sie ging dabei langsam vor, um nicht Snutworths Aufmerksamkeit auf sich zu ziehen. Als sie dann am Mittelpunkt vorbeikamen, der mit einer Million verwirrender Farben schimmerte, ergriff Lily ihre Chance beim Schopf.

»Dirigent«, zischte sie. »Was tun Sie da?«

»Bitte nötigen Sie mich nicht, Miss Lilith«, sagte er, ohne die Stimme zu senken. »Es handelt sich hier um eine uralte

Verpflichtung, die lange vor unser beider Geburt festgelegt wurde. Jeder Naruvaner muss den Richtern oder dem von ihnen bestimmten Vermittler dienen. Warum, glauben Sie, habe ich Ihnen bei Ihrer Ankunft hier geholfen? Es tut mir leid, Ihnen sagen zu müssen, dass es nicht nur aus Nächstenliebe heraus geschah, auch wenn ich Sie danach lieb gewann.« Nun senkte er die Stimme zu einem Flüstern. »Wenn ich meiner Bestimmung nicht nachkomme, verwirke ich das Recht, Dirigent zu sein. Und die meisten meiner Leute würden diesem Mann folgen, nur um zu sehen, was geschieht.«

Betroffen von der Resignation, die in seiner Stimme mitschwang, zog sich Lily zurück.

»Natürlich«, sagte sie mit aufkommender Bitterkeit. »Es geht mir gleich viel besser, wenn ich weiß, dass ich von jemandem verraten werde, der sich deswegen schuldig fühlt.«

Der Dirigent erwiderte nichts, ließ jedoch die Schultern hängen.

»Miss Lilith«, sagte Snutworth, ohne sich dabei umzudrehen. »Sind Sie so nett und erinnern sich an unser Gespräch übers Reden? Ein weiterer Ausrutscher wäre unklug.«

Lily ballte die Fäuste, verkniff sich aber eine Antwort. Er hatte sie in der Hand. Daran gab es nichts zu rütteln. Ganz gleich, was Snutworth vorhatte, sie durfte es nicht riskieren, Mark in diesem Zustand zu belassen.

Deshalb verlegte sie sich wieder aufs Warten und setzte beim Abstieg zur Höhle des Orakels nun einen Fuß vor den anderen, darauf hoffend, dass etwas, irgendetwas, ihr ein Zeichen geben würde, was sie tun sollte.

Doch als Snutworth den Vorhang zum Thronsaal beiseiteschob, war sie immer noch auf nichts gekommen.

Als sie die Kammer betrat, lief Lily ein Schauer über den Rücken. Nicht, dass etwas Überraschendes zu sehen gewesen wäre, ganz im Gegenteil. Der Resonanzthron stand noch genauso da wie bei ihrem letzten Besuch. Da war noch immer dieses sonderbare Licht, das aus jeder Ecke leuchtete, und der gleiche rissige, aber doch stabile zum Thron hinaufführende Felssteg. Und da erklang immer noch der gleiche Ton, halb Flüstern, halb Vibration, der ihr in den Kopf drang und sich dort festsetzte wie eine böse Erinnerung, die sie nicht vergessen konnte – das Hohelied des Flüsterns, die Quelle des gesamten Wissens des Orakels.

Lily hielt den Blick abgewandt, als sie die schmale Brücke überquerte. Sie wollte das Orakel nicht ansehen, nie mehr. Doch als Snutworth vortrat und eine weit ausholende Verbeugung machte, konnte sie es sich nicht verkneifen, flüchtig hinzuschauen.

Das Orakel hatte sich die Maske nicht wieder aufgesetzt. Lily wünschte, sie hätte es getan. Sie sah das Gesicht ihrer Mutter, ganz so wie das ihre und doch so anders, vollkommen abgeklärt auf sie herabblicken.

»Sie sind Snutworth, Direktor von Agora«, sagte das Orakel. Das war eine Feststellung, keine Frage. Vergeblich suchte Lily diese zu ruhige Stimme nach einem Hauch von Überraschung oder Bestürzung ab. Sie schauderte. Mark hatte wenigstens einen Grund, sich so kühl anzuhören. Ihre Mutter hatte sich selbst dazu gezwungen.

»Das bin ich«, sagte Snutworth selbstbewusst. Doch seine Anspannung war an den Händen, mit denen er seinen Gehstock umklammerte, erkennbar. »Und Sie wissen, warum ich hier bin.«

»Sie präsentieren sich als Vermittler der Richter – der gewählte Vertreter unserer Länder?« Bildete Lily sich das nur ein, oder hörte sie da einen Hauch von Widerwillen?

»Ich präsentiere gar nichts«, sagte Snutworth ruhig. »Aber

wie es schon im Mitternachts-Statut heißt: *Sind die Richter erst einmal übereingekommen, sollen sie entweder verfügen, die Länder selbst zu beherrschen, oder einen als ihren Stellvertreter bestimmen, ihren Vermittler. Danach sollen sie dem Orakel am Tag des Urteils diese Entscheidung vorlegen, und der Vermittler soll unseren Auftrag der Perfektion mit der Hilfe allen Wissens von Naru zu Ende bringen.«* Er machte eine weit ausholende Bewegung, mit der er schließlich auf Mark und Lily deutete. »Die Richter haben mich als ihren Vermittler auf dem Gebiet von Naru bestätigt. Sicher ist es nicht erforderlich, dass Sie es hier wiederholen lassen.«

»Sie hatten nicht die Absicht, Sie zu bestimmen«, erwiderte das Orakel, worauf das Hohelied ein wenig aufflackerte und das flüsternde Echo ihrer Stimme die Höhle erfüllte.

»Und doch haben sie es getan«, sagte Snutworth kühl. »Eine Tatsache, die sich nicht leugnen lässt. Das Statut spricht nirgends von Absicht.«

»Nein«, erwiderte das Orakel. Lily spürte, wie ein Schauder sie überlief, als eine Vibration durch den Thronsaal surrte. War das Orakel wütend? Es war schwer zu sagen. Als sie fortfuhr, pulsierte der Sockel des Mittelpunkts, über der Krone ihrer Mutter schwebend, in einem grelleren Licht. »Sie sind noch nicht vorgestellt worden. Der Protagonist ist unvollständig. Sie müssen von beiden vorgestellt werden.«

Snutworth nickte. »Ja, natürlich. Das dachte ich mir bereits. Mark, kommen Sie her.«

Mark trat vor. Snutworth langte in seine Tasche, holte einen Lederbeutel hervor und schüttete eine Handvoll winziger Glasfläschchen heraus. Marks Gefühle lagen auf seiner Handfläche, konzentriert zu zähen Flüssigkeiten. Er schaute einen Moment auf sie hinab.

»Dirigent, die Richter sollten festgehalten werden«, sagte er.

»Ich … also …« Der Dirigent zögerte.

Vater Wolfram starrte ihn zornig an. »Wollen Sie Ihren Bestimmungszweck verleugnen, Dirigent?«, knurrte er. »Das Statut hat Ihnen Ihre Macht verliehen, den Grund, warum Sie leben. Fügen Sie sich ihm.«

Der Dirigent ließ den Kopf hängen. »Haltet sie fest«, befahl er seufzend.

Natürlich wehrte sich Lily, als sich die behandschuhten Hände um ihre Handgelenke schlossen, aber es geschah fast schon aus Gewohnheit heraus. Snutworth war im Begriff, Mark seine Gefühle zurückzugeben, und sie durfte ihm dabei nun nicht in die Quere kommen.

Mark leistete keinerlei Widerstand, nicht einmal dann, als die Wachen ihn dazu brachten, sich mit ausgestreckten Armen und Beinen auf den Rücken zu legen.

Snutworth trat zu ihm und stellte sich über ihn. »Nun also, Mr Mark, bitte versuchen Sie, ruhig liegen zu bleiben.«

Vorsichtig nahm Snutworth nacheinander die Glasstöpsel aus den Flakons und warf sie auf den Boden. Sie rollten vom Felssteg herunter und fielen auf die weit unter ihnen gelegenen Stalagmiten, wo sie mit einem fernen Klicken landeten.

»Halten Sie seine Arme fest«, ordnete Snutworth an, während er sich neben Mark hinkniete. Ohne Vorwarnung packte er dann Marks Kinn, riss ihm den Mund auf und flößte ihm rasch hintereinander den Inhalt sämtlicher Flakons ein.

Als Snutworth auch den letzten leerte und Mark den Mund mit Gewalt schloss, wollte Lily einen Satz nach vorne machen. Die Gefühle mussten nach und nach wieder eingenommen werden, nicht alle auf einmal. Doch die Wächter hielten sie fest.

Marks Blick weitete sich. Seine Gliedmaßen zuckten, und die Adern auf seiner Stirn traten hervor. Einen Moment lang drang ihm der Ansatz eines Schreis über die Lippen, doch Snutworth zog ein Taschentuch aus seiner Tasche und stopfte es Mark in den Mund. Während Snutworth aufstand und losging, wurden Marks Krämpfe immer stärker, und ihm kamen die Tränen. Lily konnte es nicht länger ertragen zuzuschauen. Sie riss sich von den Wächtern los und rannte zu Mark hinüber. Sie kniete sich hin, umklammerte seine Schultern und bemühte sich, ihn davon abzuhalten, mit dem Kopf auf den Fels zu schlagen.

Langsam, ganz langsam begann Mark sich zu beruhigen. Sein Gesicht war fast violett angelaufen und schmerzverzerrt. Seine Brust hob und senkte sich, während er wegen der Schmerzen schluchzte. Sanft nahm sie ihm das Taschentuch aus dem Mund. Das Geräusch, das ihm über die Lippen drang, hatte sowohl etwas von einem Stöhnen als auch von einem Schrei.

»Lily …«, sagte er wirr. »Was … was …?«

»Nun also, Orakel«, sagte Snutworth, alles und alle übertönend. »Zwei Richter, vollzählig und unversehrt. Akzeptieren Sie mich jetzt?«

Das Orakel schaute auf Mark hinunter. Der Kristall über ihr pulsierte erneut, und das Hohelied wurde lauter. Lily spürte es in ihrem Bauch, so als atmete der ganze Raum aus. Dann nickte das Orakel.

»Ja«, sagte sie.

»Gut«, erwiderte Snutworth. »Wenn Sie dann bitte den Thron für mich räumen würden?«

Urplötzlich und grauenhaft ergab alles einen Sinn. Immer hatte Lily wissen wollen, warum Snutworth Naru brauchte, wo er doch Herrscher über Agora war und sogar eine Reihe der Mönche befehligte, die Herr über Giseth waren. Das war doch wohl genug, oder?

Aber das war es eben nicht. Snutworth strebte nicht die Macht des Gesetzes oder über Armeen an. Ein solcher Herrscher konnte stürzen wie die Direktoren vor ihm. Snutworth herrschte mittels Wissen, indem er seine Umgebung manipulierte – die Geheimnisse derer, die ihn umgaben, waren sein Werkzeug.

Und jetzt würde Snutworth alles wissen. Jede noch so kleine Schwäche würde offenbart werden, bis ins Kleinste würde ihm alles von allen zugetragen werden. Machtlos sah Lily, wie sich das Orakel erhob und vom Thron hinabstieg. Sie sah, wie Snutworth Wolfram seinen Gehstock reichte, auf den Stufen zum Thron an ihrer Mutter vorbeiging und sich dann setzte. Einen Moment lang schloss er die Augen, während ein schmerzerfüllter Ausdruck seine Gesichtszüge zerfurchte. Dann lächelte er. Es war womöglich das erste aufrichtige Lächeln, das sie jemals auf seinem Gesicht wahrgenommen hatte.

»Wolfram«, sagte er leise. Seine Stimme ließ das Hohelied aufwallen und wieder verebben. »Bleiben Sie noch eine Weile; ich muss Ihnen noch Anweisungen geben. Alle anderen gehen einstweilen.« Er schaute den Dirigenten an und deutete in seine Richtung. »Sagen Sie Ihren Leuten, sie sollen sich vorbereiten. Es gibt viele Orte, die Sie bereisen müssen, so viele Menschen, die Sie treffen müssen …« Er nickte, während er auf etwas lauschte, das zu leise war, als dass die anderen es hätten verstehen können. »Sagen Sie ihnen, was sie hören müssen.«

Der Dirigent verbeugte sich. »Wie Sie befehlen, Orakel.«

Lily merkte, wie all ihre Gefühle sie verließen, obwohl Mark nun zu ihr zurückkehrte. Sie fühlte sich benommen. Snutworth war jetzt das Orakel. Er besaß alles Wissen von dem Hohelied, jeden Gedanken in jedem Land, seit der Waage-Bund erstmals über das Meer gekommen war. Er pflegte einen eigenen Kult, wie er das Flüstern verbreitete. Was sie tat, spielte keine Rolle. Es spielte keine Rolle, was irgendwer tat. Snutworth konnte die Welt beherrschen, ohne seinen Thron verlassen zu müssen.

»Lily … was geht da vor sich?«, fragte Mark, der nun endlich seine Stimme wiederfand.

Lily blickte zu Boden. »Er hat gewonnen, Mark«, sagte sie mit schwacher Stimme. »Er hat gewonnen.«

## KAPITEL 26

# *Der Sturm*

Ben zog den Kragen ihrer Eintreiberuniform weit nach oben, während sie inmitten ihrer »Streife« durch die Straßen eilte.

Sie war noch immer auf der Flucht vor den Kämpfen auf dem großen Marktplatz. Unerwartet heftig und brutal vorgehend hatten die Revolutionäre zur siebten Stunde des Morgens die Barrikaden gestürmt, genau in dem Moment, als die Glocken der Uhr auf dem großen Marktplatz verklangen. Laud hatte im Morgengrauen angreifen wollen, doch Theo hatte darauf hingewiesen, dass die Eintreiber bei Tagesanbruch Schichtwechsel hatten und es zu diesem Zeitpunkt dann doppelt so viele Verteidiger geben würde.

Der Plan war aufgegangen. Die Eintreiber waren so davon in Anspruch genommen, im Zwillinge- und Stier-Bezirk vorzurücken, dass sie auf dem großen Marktplatz lediglich symbolischen Widerstand leisten konnten. Hinter sich vernahm Ben die revolutionären Streitkräfte, die nun Einzelteile der Barrikade beiseitewarfen, um sich durch die Lücke in den anderen Teil der Stadt zu zwängen. Die Straßen waren menschenleer; die noch verbliebenen Oberen der Gesellschaft versteckten sich, und in dem Tumult war der auf dem Rückzug befindlichen Eintreiberstreife nicht aufgefallen, dass zwei in ihrer Mitte nicht zu ihnen gehörten und dass deren erst am Abend zuvor von Cherubina genähte Uniformen verdächtig neu waren und keine Kampfspuren aufwiesen.

Ben beeilte sich, um zu Laud aufzuschließen und ihn durch Zeichen zu ermahnen, keine unnötige Aufmerksamkeit auf sich zu ziehen. Dieser erteilte jedoch bereits den anderen Eintreibern in barschem Ton Befehle und wies sie an, sich aufzuteilen. Zum Glück schien sein Vorhaben von Erfolg gekrönt zu sein. Sie waren bereits dicht vor ihrem Ziel, und die Streife zerstreute sich in verschiedene Straßen, bis nur noch sie beide übrig waren und schließlich auf den Platz vor dem Direktorium traten.

Ehrfürchtig verweilten sie einen kurzen Moment. Trotz allem hatte das Empfangsdirektorium nichts von seiner Pracht verloren. Seine gewaltige graue Steinfassade mit den alten Holztüren strahlte eine Macht aus, die sie vorübergehend innehalten ließ. Dann aber sahen sie, wie sich die Türen knarrend öffneten und einige ihrer »Eintreiberkollegen« sie herbeiwinkten, und sie konzentrierten sich wieder auf ihr Vorhaben.

Als sie durch das Hauptportal schlüpften, sank Bens Mut. Hier standen mindestens zwölf Eintreiber Wache, bei weitem zu viel, als dass sie sie hätten überwältigen können, und die Türen selbst waren mit Eisenbeschlägen versehen. Selbst wenn es den Aufständischen gelang, das Gebäude des Direktoriums zu erreichen, würde ihnen niemand wie geplant die Türen öffnen können. Ben und Laud wechselten Blicke. So viel zum Thema Unterstützung.

»Sorgt dafür, dass diese Türen offen bleiben!«, rief eine Stimme hinter ihnen. Alarmiert drehten sie sich um, und die Türwächter um sie herum scharten sich zusammen, während auf der anderen Seite des Platzes eine kleine Gruppe Eintreiber auftauchte. Sie erkannten Inspektorin Poleyn, die in ihre Richtung eilte und dabei in ihre Pfeife blies. Ben spürte, wie Laud ihre Schulter berührte. Poleyn würde ihre Verkleidung sofort durchschauen.

»Entschuldigung, Captain?«, meldete sich Ben bei einer der gestressten Wachen. »Wir müssen dem Direktor eine Nachricht übermitteln. Er sagte, es sei dringend …«

»Der Direktor ist weg, habt ihr das nicht gehört?«, erwiderte der Captain barsch, ohne sich zu ihnen umzudrehen. »Hat seine neuen Gefangenen mitgenommen und ist verschwunden, gemeinsam mit diesem unheimlichen Mönch.«

Ben packte Laud am Arm, um ihren Bruder davon abzuhalten, einen Satz nach vorn zu machen und sich den Captain vorzunehmen. Wenn sie weitere Fragen hierzu stellten, würden sie zu viel Aufmerksamkeit auf sich ziehen. Ihre Gedanken rasten, während Inspektorin Poleyn sich weiter den Türen näherte.

»Wem sollen wir sie dann übermitteln, Sir? Es ist wirklich dringend …«

»Überbringt sie Lady Astrea!«, knurrte der Captain und deutete dabei tiefer ins Direktorium hinein. »Und kommt dann wieder hierher zurück. Wir brauchen hier jeden, den wir kriegen können.«

»Ja, Sir«, murmelte Ben und zog Laud hinter sich den Korridor entlang. Sobald sie außer Sichtweite waren, wandte sie sich ihm zu und schaute ihm in die Augen. »Sag mir jetzt, dass du vorhin nicht vorhattest zu fragen, wohin sie Lily und Mark verschleppt haben«, sagte sie.

Statt einer Antwort blickte Laud sie finster an. »Sie sind nicht einmal hier«, murrte er. »Unsere Leute werden bei ihrer Ankunft feststellen, dass das Direktorium verrammelt ist, und wir können nicht einmal unsere Freunde befreien …« Wütend trat er gegen die Wand. »Wie konnte Poleyn so schnell wieder zurückkehren?«

»Dann ändern wir eben den Plan«, sagte Ben, hastig bemüht, ihren Bruder zu besänftigen, bevor jemand auf sie beide aufmerksam wurde. »Wir haben es ins Direktorium geschafft, oder? Es muss etwas geben, das wir hier unternehmen können.«

Laud schloss die Augen. Sein Atem ging schnell und flach, worauf Ben ihm besorgt eine Hand auf den Arm legte. Es ging nicht bloß darum, dass er wütend war. Wütend waren sie alle. Nachdem Mark und Lily verschwunden waren, hatte sogar Theo zugestimmt, dass ihr Angriff auf das Direktorium nun nicht mehr aufgeschoben werden durfte. Sobald die Nachricht von der Gefangennahme von Mark, Lily und Nick die Runde gemacht hatte, das wussten sie, würde es sich nicht mehr verhindern lassen, dass die Menge sich zusammenrottete. So aber konnten sie zumindest die Sache selbst in die Hand nehmen und es vielleicht sogar mit einer Taktik versuchen.

Aber so wie Laud hatte niemand reagiert. Leicht war es mit ihm noch nie gewesen, doch solange Ben denken konnte, war er stets derjenige gewesen, der sich beherrschen konnte, der große Bruder, der einen kühlen Kopf bewahrte und die Welt verspottete. Doch vorhin auf dem großen Marktplatz hatte sie gesehen, wie er sich kämpfend einen Weg durch die Eintreiber gebahnt hatte, bevor er in seine Verkleidung geschlüpft war. Einen der Eintreiber hatte er gegen eine Bude gedrängt und ihn immer wieder mit seinem eigenen Schlagstock malträtiert, bis Ben ihren vor Wut schäumenden Bruder von dem Mann weggerissen hatte. Diese unbekannte Raserei machte ihr Angst. Er wirkte völlig verzweifelt.

Da hinter ihnen im Korridor Unruhe aufkam, ergriff sie vorsichtig seine Hand. Sie mussten weiter. *Sofort.*

»Sie haben sie in der Hand, Ben«, sagte Laud plötzlich. Er hielt die Augen nach wie vor geschlossen und zitterte am ganzen Körper. »Sie haben sie mir wieder genommen … Immer wenn ich glaube, ich hätte sie gefunden, ist sie wieder weg … sie ist weg, und ich konnte sie nicht beschützen …«

In diesem Moment begriff Ben. Sie nahm ihren Bruder an den Händen und beugte sich dicht zu ihm vor.

»Sie ist nicht weg«, sagte sie liebevoll. »Nicht für immer. Vielleicht täuscht sich der Captain. Und selbst wenn sie nicht hier ist, sind wir jetzt so weit gegangen, dass es kein Zurück mehr gibt. Hunderte Menschen verlassen sich darauf, dass wir ihnen die Türen des Direktoriums öffnen. Vielleicht gibt es ja einen Hintereingang? Oder einen Stollen, den sie vergessen haben zu bewachen? Komm schon – es muss da doch etwas geben.« Sie drückte ihm die Hände. »Lily würde auch nicht aufgeben.«

Laud holte tief Luft. Als er die Augen wieder öffnete, zeigte sich erneut die alte Entschlossenheit auf seinem Gesicht. »Also gut«, sagte er und blickte sich um. »Du versuchst es mit diesem Flur, ich mit dem dort. Denk daran, versuch so zu wirken, als hättest du ein Ziel.«

Ben versuchte zu lächeln, doch für Worte war nun keine Zeit mehr. Sie hörten bereits das Durcheinander hinten im Korridor. Zwar hatten sie einander versprochen, sich nicht zu trennen, aber jetzt waren ihre ganzen Pläne nutzlos. Falls Poleyn sie erwischte, bezweifelte Ben, dass sie auch nur ein Gerichtsverfahren bekommen würden.

Als sie die von Kerzen erleuchteten Gänge entlanghastete, flackerten durch den Luftzug die Flammen und warfen Schatten an die Wände. Ben klopfte an unzählige Türen, öffnete die Eingänge von verstaubten Bibliotheken und Büros. Gelegentlich stieß sie dabei auf einen Sachbearbeiter oder Sekretär, wiegelte deren überängstliche Fragen jedoch mit einer Handbewegung ab und fragte stattdessen mit gebieterischer Stimme nach Lady Astrea. Niemand wusste, wo sie sich aufhielt, bis schließlich ein erschrockener alter Mann, der sich als Sekretär des Direktors ausgab, davon sprach, er habe gesehen, wie sie in Richtung des Gästetrakts gegangen sei, und ihr den Weg dorthin wies.

Sogar hier, tief im Herzen des Gebäudes, konnte sie noch das gedämpfte, aber lauter werdende Geräusch des Aufruhrs hören. Zudem war da ein klopfendes Geräusch. Hämmerte da jemand gegen das Eingangsportal? Sie lief weiter, bis sie sich in einem Korridor befand, in dem elegante Wandteppiche hingen. Es sah so aus, als sei dies der Gästetrakt. Sie ging weiter durch den Gang und legte das Ohr gegen eine der Türen, um womöglich Lady Astreas kultivierte Stimme zu vernehmen. Aber dahinter herrschte nur Stille.

Schließlich gelangte sie ans Ende des Korridors. Hier gab es nur eine Tür, und diese erregte Bens Aufmerksamkeit. Die letzten Türen, an denen sie vorbeigekommen war, waren schlicht und einfach gewesen, wahrscheinlich die Eingänge zu Lagerräumen. Diese hingegen war aus wunderschön geschnitzter Eiche gefertigt und hatte eine auffällige Perlmuttklinke.

Ben legte das Ohr an die Tür. Dort drinnen ging mit Sicherheit etwas vor. Sie vernahm ein leises Grollen. Vorsichtig drückte sie die Klinke herunter und öffnete die Tür einen Spaltbreit, gerade so weit, dass sie hineinspähen konnte.

Dahinter lag ein prächtig möbliertes, von einem großen Himmelbett dominiertes Zimmer. Im Raum war es dunkel, doch der durch die Tür einfallende Lichtschein beleuchtete einen schlafenden Mann auf dem Bett.

Er wirkte klein und eingefallen. Selbst sein Schnarchen – das Grollen, das Ben zuvor vernommen hatte – klang matt. Irgendwie kam er ihr bekannt vor. Sie wusste, dass sie weitersuchen sollte, denn jemand, der in solchem Luxus untergebracht war, konnte kein Gefangener sein. Doch ihre Neugier gewann die Oberhand. Sie öffnete die Tür ein wenig weiter, bemüht, einen Blick auf das Gesicht des Mannes zu werfen, ohne ihn aufzuwecken.

Aber … das war doch …

»Meine Lady, sind Sie das?«

Die Stimme klang tief und kräftig, und Ben erkannte sie sofort wieder. Vor ein paar Monaten wäre sie froh gewesen, Chefinspektor Greaves' Stimme zu hören. Im Moment jedoch nicht. Die Stimme erklang hinter ihr, tiefer im Korridor.

»Lady Astrea, Ma'am. Es wird nach Ihnen verlangt!«

Das war Inspektorin Poleyn. Die Gestalt auf dem Bett bewegte sich unbehaglich. Ben wusste, dass sie sich niemals dort drinnen würde verbergen können, und schloss daher die Tür so rasch sie konnte. Verzweifelt schaute sie sich um, während die Schritte immer näher kamen. Der Korridor war schmal, und der einzige Weg hinaus führte geradewegs auf die beiden zu. Ben machte sich darauf gefasst loszurennen und zu versuchen, an ihnen so schnell vorbeizuhuschen, dass sie sie nicht würden verfolgen können. Eine große Chance hatte sie nicht, aber sie würde sich nicht ergeben, ohne Widerstand geleistet zu haben.

Dann jedoch fiel ihr zu ihrer Erleichterung noch eine andere Tür ins Auge, die sich halb verborgen in der Holzvertäfelung befand. Ben huschte in ihre Richtung und drückte die Klinke herunter. Die Tür schwang auf.

Einen stummen Dank an alle Sterne ausstoßend, tauchte sie in den dunklen Raum ein und drückte die Tür hinter sich zu.

Während ihr Herzschlag ihr in den Ohren hämmerte, lehnte sie sich gegen die Tür.

Da bewegte sich etwas in dem Raum.

Erst jetzt ging ihr auf, dass es nicht besonders klug gewesen war, sich in einem vollkommen dunklen Raum zu verstecken. Das durch die Türritzen hereinfallende Licht reichte nur wenige Schritte weit. Sie konnte lediglich eine Kerze und eine Zunderbüchse auf dem Rand eines Tisches erkennen.

Erneut war ein Geräusch zu vernehmen, dieses Mal lauter, so als werfe sich jemand gegen eine Metalltür. Mit unsicheren Händen tastete Ben nach der Zunderbüchse und versuchte eine Flamme zu schlagen.

Der erste Lichtblitz beleuchtete etwas auf der anderen Seite des Raums. Etwas auf einem Stuhl. Sie versuchte es erneut und schaffte es nun, die Kerze zu entzünden. Sie hielt sie hoch.

Ein Paar blinder, toter Augen starrte sie an.

Ben fuhr zurück, gab jedoch keinen Laut von sich. Das hätte sie verraten. Nach wie vor starrten diese Augen sie an. Und sie hatte sich getäuscht, denn sie waren alles andere als tot.

Auf einem Holzstuhl am anderen Ende des Raums saß ein junger Mann. Er war groß, braun gebrannt, von kräftiger Statur und in grobes Tuch gekleidet. Und er schaute sie direkt an.

Der Mann regte sich nicht. Ben tat dies ebenfalls nicht, doch ihre Gedanken rasten. Hier stimmte doch etwas nicht. Warum hatte er nichts gesagt? Warum hatte er keinen Alarm geschlagen?

Wieso saß er hier im Dunkeln?

»Wer bist du?«, flüsterte sie. Draußen vernahm sie Greaves' und Poleyns Stimmen. Sie sprachen lauter miteinander, so als würden sie streiten.

Der junge Mann sah sie teilnahmslos an. »Owain«, antwortete er.

Ben fuhr zusammen. Das konnte nicht sein. Laud hatte

Owain als einen der freundlichsten Menschen beschrieben, denen er je begegnet war. Diese Person hingegen schaute sie an, als wäre sie eine Wand.

Sie wollte gerade etwas sagen, als es zu ihrer Rechten wieder einen Schlag tat. Sie leuchtete mit der Kerze. Dieser Raum war zwar überraschend spärlich möbliert, wies jedoch eine zweite Tür auf, eine massiv wirkende Metalltür. In ihrem Schloss steckte ein Schlüssel, und die Metalltür erbebte, so als würde von der anderen Seite etwas dagegen geworfen.

»Was ist das?«, flüsterte Ben.

Der Mann, der sich Owain nannte, zuckte die Achseln. »Das ist Elespeth. Sie ist jetzt schon seit Stunden dort drinnen.«

Entsetzt von seiner Abgestumpftheit stellte Ben die Kerze zur Seite, drehte den Schlüssel im Schloss und zog die Metalltür auf. Eine Frau mittleren Alters, deren langes schwarzes Haar ihr unordentlich übers Gesicht fiel, wäre aus der dahinter liegenden Zelle fast durch die Türöffnung hereingefallen. Die Hände hatte man ihr hinter dem Rücken gefesselt und den Mund fest geknebelt. Als sie ihren verstörten Gesichtsausdruck sah, nahm Ben ihr den Knebel ab.

Elespeth schrie gellend.

Ben tat alles, was sie konnte, um sie davon abzuhalten, versuchte sogar, die Frau erneut zu knebeln, doch es war bereits zu spät. Die Tür zum Korridor flog auf.

Zumindest Greaves schien es zu bedauern, sie zu sehen. Poleyn hingegen erweckte den Eindruck, als wolle sie sofort zur Exekution schreiten.

»Spione!«, fauchte sie, während sie in den Raum schritt. Elespeth wollte sich auf sie stürzen, doch ihre Hände waren immer noch gefesselt, und Poleyn fällte sie mit einem einzigen gezielten Schlag. Elespeth schlug unsanft auf dem Boden auf und krümmte sich vor Schmerz. Ben schreckte zurück. Für ihre Stellung hatte Poleyn sonst seltsam feinfühlig und kultiviert gewirkt, doch seit dem Angriff auf die Barrikade war davon nichts mehr übrig geblieben. Sie hatte ein blaues Auge, ihre Uniform war ramponiert und schmutzig, und sie sah nun aus wie jeder andere Eintreiber auf der Straße, der zu allem fähig war.

»War das nötig, Poleyn?«, fragte Greaves, während er den Raum betrat. »Die Frau war doch offenkundig gefesselt.«

»Man darf dem Anschein nicht immer trauen«, sagte Poleyn und packte Ben am Arm. »Manche Leute verkleiden sich als Eintreiber und versuchen so den Aufstand anzuheizen. Nicht wahr, Benedicta? Haben Sie geglaubt, ich würde Sie nach der Beschreibung meines Captains nicht erkennen? Halten Sie alle meine Eintreiber für Idioten?«

In ihrer Verzweiflung schaute Ben zu Owain. Warum saß er nur da und blickte zu Elespeth hinunter, die vor seinen Füßen zusammengebrochen war? Warum half er ihr nicht?

»Einen Moment, Poleyn«, schaltete sich Greaves ein. »Dieser Schrei, der uns alarmiert hat, stammte nicht von Miss Benedicta. Ich bin mir sicher, dass es der Schrei einer älteren Frau war.«

»Wahrscheinlich der Schrei dieser Hexe aus Giseth«, brummte Poleyn. »Und bei allem Respekt, wir können das auch später noch untersuchen, Sir. Im Moment haben wir es mit aufständischem Gesindel zu tun …«

Greaves hörte ihr gar nicht zu. Er hatte sich hingekniet und Elespeths Kopf angehoben. Die ältere Frau weinte leise vor sich hin.

»Was ist das?«, fragte Greaves, während er das Stück Stoff untersuchte, das nun lose um ihren Hals hing. »Warum hat man diese Gefangene geknebelt? Das entspricht nicht der vorgeschriebenen Vorgehensweise. Und wenn wir schon davon sprechen, warum sind ihre Fesseln so stramm? Der junge Mann hingegen ist überhaupt nicht gefesselt …«

Ben wollte etwas sagen, doch Poleyn drückte ihr die behandschuhte Hand auf den Mund.

»Sir!«, beharrte Poleyn, während sie Ben halb aus dem Raum zerrte. »Wir haben dafür jetzt keine Zeit. Wir werden bei der Verteidigung des Direktoriums gebraucht …«

»Was geht hier vor, Poleyn? Warum stellt diese Frau eine solche Bedrohung dar?«, hakte Greaves nach.

»Sie wurde dem Prozess unterzogen«, sagte Owain.

Langsam schaute Greaves auf. Schweigen breitete sich in dem Raum aus.

»Prozess?«, fragte Greaves schließlich.

»Das sind bloß die Worte eines Verrückten …«, begann Poleyn, doch Greaves achtete nicht weiter auf sie.

»Um Gefühle zu beseitigen«, fuhr Owain so teilnahmslos wie zuvor fort. »Der Direktor sagte, ihr Prozess sei noch nicht abgeschlossen, und man solle sie mit ihrer Wut und ihrer Trauer allein lassen. Anders als bei mir. Ich habe keine mehr.«

Ben merkte, dass ihr die Kinnlade herunterklappte. Es war gar nicht die Enthüllung als solche; sie ergab auf grauenvolle Weise Sinn. Nein, es war der lebendige Beweis, die Art und Weise, wie Owain ohne Veränderung im Tonfall davon sprach, dass der Direktor ihm das Gehirn ausgehöhlt hatte. Er klang dabei beinahe gelangweilt.

Chefinspektor Greaves stand auf. »Wussten Sie davon, Poleyn?«, fragte er leise.

Poleyn schleifte Ben nach wie vor zur Tür und hatte den Kopf gesenkt. Ben stellte sich auf die Fersen. So leicht wollte sie es Poleyn nicht machen.

»Bei allem Respekt, Sir«, sagte sie, »wir müssen unsere Leute am Hauptportal warnen. Wenn wir einen Laufburschen schicken, können wir unsere Streitkräfte von den Barrikaden herbeirufen und die Rebellen in die Zange nehmen …«

Sie verstummte. Das Gesicht des Chefinspektors war unbewegt. Er hielt seinen Blick immer noch auf Owain gerichtet.

»Verzeihen Sie mir, aber diese Frage ist wichtig«, sagte er mit stockender Stimme. »Wussten Sie hiervon?«

Ben spürte, wie sich Poleyns Griff um ihren Arm ein wenig lockerte. Der Inspektorin war wohl unbehaglich zumute.

»Der Direktor ordnete an, dass einige von uns die gisethischen Spione hierherbringen, nachdem sie dem Prozess unterzogen wurden«, gab sie zu. Ihre Stimme klang dabei steif und förmlich. »Es hat mir kein Vergnügen bereitet, Sir. Es bereitet mir häufig kein Vergnügen, die Befehle, die ich bekomme, auszuführen. Aber ich diene Agora, ich diene dem Direktor, und im Moment ist all das bedroht. Und ehrlich gesagt, Greaves, ist es Zeit, dass Sie beweisen, wem gegenüber Sie loyal sind.«

Nun blickte Greaves Poleyn geradezu mitleidig an. »Ich verstehe. Danke, Inspektorin. Jetzt wird mir alles sehr viel klarer.«

Schneller, als Ben es bei einem Mann seines Alters je gesehen hatte, rammte er Poleyn, und sie flog gegen die Wand. Poleyn hob die Arme, um sich zu wehren, und ließ Benedicta frei. Greaves packte sie an den Handgelenken und versuchte sie zu Boden zu werfen.

»Verräter!«, schrie Poleyn und versetzte ihm einen Schlag in die Magengrube, der ihm den Atem raubte. Ben sah, dass Poleyn nach ihrem Schlagstock griff, und schaute sich hektisch um. Ihr Blick fiel auf die Kerze.

Ben stürzte sich auf sie, packte sie, bevor Poleyn begreifen konnte, was sie vorhatte, und hielt die brennende Kerze unter das Handgelenk der Inspektorin. Poleyn schrie auf, als das heiße Wachs ihre Haut verbrannte, und ließ ihren Schlagstock fallen, der mit einem klappernden Geräusch auf dem Boden landete. Schäumend vor Wut ging sie auf Ben los.

Greaves nutzte die Gelegenheit. Er rammte sie mit seinem ganzen Körpergewicht und beförderte sie in die Zelle, in der zuvor Elespeth eingesperrt gewesen war. Dann schlug er die Eisentür zu, langte nach dem Schlüssel und drehte ihn mit einem klickenden Geräusch um.

Eine ganze Weile lehnten er und Ben nach Luft ringend an der Wand. Sie hörten, wie Poleyn von innen gegen die Tür hämmerte. Als wäre nichts geschehen, richtete sich der Chefinspektor auf und wirkte geradezu heiter.

»Also«, sagte er geschäftsmäßig, während er sich Owain und Elespeth zuwandte. »Wann wurden Sie dieser himmelschreienden Vorgehensweise ausgesetzt?«

»Vor zweiundzwanzig Stunden und dreiundvierzig Minuten«, erwiderte Owain ausdruckslos. Elespeth stöhnte nur.

Greaves nickte. »Also ist noch Zeit. Hoffen wir, dass der Direktor die in Flaschen gefüllten Gefühle in seinem Schreibtisch aufbewahrt. Er wird sie ja nicht weggeworfen haben. Er nicht. Wir könnten unseren Gästen mithin wohl noch rechtzeitig ihre Gefühle zurückgeben. Meines Wissens ist die Wirkung erst nach einem vollen Tag von endgültiger Dauer …«

Greaves war schon halb durch die Tür, bevor Ben wieder in der Lage war zu sprechen.

»Aber … ich …«, stammelte sie.

»Keine Zeit, Miss Benedicta«, sagte er hastig. »In einer Hinsicht hatte Poleyn recht. Wenn wir ein Blutbad verhindern wollen, müssen wir rasch handeln.«

In der Ferne war ein durchdringendes knirschendes Geräusch zu vernehmen und ein Heulen wie von einem tollwütigen wilden Tier. Die Angreifer hatten die Türen aufgebrochen.

Greaves rieb sich die Nase. »Also, das könnte die Angelegenheit nun verkomplizieren …«

Die Aufständischen kannten keine Gnade. Sie strömten in die Korridore und verursachten mit tausendfachem Getrampel ein heilloses Durcheinander in diesen heiligen Hallen. Als Ben zu ihnen aufschloss, sah sie die brennenden Fackeln. Einer der alten Wandteppiche in dem Korridor schwelte bereits, und Qualm waberte durch die Luft. Ben drängte sich nach vorn, indem sie ihre kleine Gestalt zwischen den Leibern hindurchquetschte. Sie dankte den Sternen dafür, dass sie wieder ihre eigenen Kleider trug und dass Greaves eine andere Strecke durch das Direktorium genommen hatte. Diese Horde hätte jeden zerrissen, der eine Eintreiberuniform trug.

Aber es war nicht ganz so schlimm, wie sie befürchtet hatte. Nicht alle schrien und fluchten. Einige jubelten, andere weinten, während sie vorwärtsliefen. Das hier war kein Mob, der nur aus abgebrühten Strolchen bestand, sondern es waren Kinder unter ihnen, alte Frauen, sogar einige, die in den prächtigen Tüchern der Oberen der Gesellschaft gekleidet waren. Ganz Agora war hier und forderte, endlich Mitsprache zu bekommen.

Doch als Ben sich zur Spitze der Menschenmenge durchgekämpft hatte, bis in das Vorzimmer zum Büro des Direktors, merkte sie, dass die Situation hier brenzlig war. Denn hier befanden sich die wahren Aufrührer – Credes frühere Kumpane. Einige von ihnen schlugen gegen die alte Eichentür, die den Weg in das innere Heiligtum versperrte. Andere türmten Schriftrollen und Bücher übereinander, einhundert Jahre alte Aufzeichnungen des Direktoriums. Während Ben machtlos zuschaute, hielt jemand seine Fackel an den Berg von Papieren, und diese gingen in Flammen auf. Prompt verdichtete sich der Qualm in den Korridoren. Zu ihrem Entsetzen sah sie dann die Gefangenen. Es waren benommen wirkende Angestellte, einige wenige Eintreiber niederen Ranges und sogar der Sekretär des Direktors. Sie waren gefesselt worden und vollkommen verängstigt und wurden nun in Richtung der Flammen ihrer eigenen Bücher gedrängt. Ben hörte sie würgen und sah den Schweiß auf ihren Gesichtern, während die Menge einen Sprechchor anstimmte. *Verbrennt sie*, riefen die Leute. *Verbrennt sie mit ihren Worten. Agora ist frei … frei … frei …*

Ben machte Anstalten, ihnen zuzurufen, dies sei nicht ihr Weg. Doch das stimmte nicht. Es war Credes Weg. Ein Weg, den viele von ihnen nicht aufgegeben hatten, ganz gleich, wofür sie angeblich kämpften. Als Ben Luft holte, füllte Rauch ihre Lunge; sie musste husten, und ihr kamen die Tränen, während die altgedienten Angestellten immer dichter an die Flammen gedrängt wurden.

»Es reicht!«

Theo trat aus dem Dunkel heraus. Als die Menschen ihn sahen, hörte einer nach dem anderen auf zu skandieren. Er war nicht Mark oder Lily, aber sie alle erkannten ihn – den Doktor aus dem Tempel, der nicht aufgegeben hatte, nicht einmal, als er an der Schwelle des Todes gestanden hatte.

»Schaut euch an!«, rief Theo. »Ist es das, wofür ihr gekämpft habt? Für das Recht auf Rache? Ist das der Grund, warum ihr euch uns angeschlossen habt, um die Barrikaden niederzureißen?«

Alle Augen waren auf Theo gerichtet, aber nicht alle schauten freundlich. Zwei der Rädelsführer, ein verheiratetes Diebespärchen, gingen auf den Doktor zu. Beide hatten ein ähnliches Grinsen aufgesetzt.

»Ja, das ist es«, sagte die Frau und verschränkte die Arme.

»Wir werden Ihren Angriffsplänen folgen, Doktor«, fuhr der Mann fort, während er Theo mit seiner Fackel vor der Nase herumfuchtelte, »aber wer sagt, dass wir auf alles hören müssen, was Sie sagen? Es gibt keine Anführer mehr. Schon gar nicht sind es die Söhne der Vornehmen.«

In der Menge war leise zustimmendes Raunen zu hören. Die meisten aber waren verstummt. Theo blickte mit kühler Verachtung auf das Paar hinab. Dann erhob er das Wort.

»Ihr hört jetzt auf mich, nicht wahr?«

Die Frau machte ein böses Gesicht. »Nicht mehr lange, Mann. Nicht mehr lange.«

Zur allgemeinen Überraschung lächelte Theo. »Ihr braucht auch nicht lange zuhören. Bloß eine Minute. So lange, bis meine Freunde verhindern können, dass aus euch Barbaren werden …«

Die Rädelsführer schauten sich plötzlich um, doch es war bereits zu spät. Die Gefangenen waren freigelassen worden. Ben, die scharfe Augen hatte, konnte gerade noch Pete und Cherubina ausmachen, die nun wieder in dem verräucherten Halbdunkel verschwanden und die flüchtenden Angestellten in Sicherheit brachten. Im Raum erklangen alarmierte Rufe, doch Theo gab dem Paar und seinen Anhängern nicht die Zeit zum Reagieren. Er setzte seine Rede fort, und seine Stimme durchschnitt das Tohuwabohu.

»Wendet euch gegen mich, wenn ihr müsst«, sagte Theo und lenkte damit ihre Aufmerksamkeit auf sich. »Ja, ich habe euch hereingelegt. Und das würde ich wieder tun. Ein Arzt weiß, wann er zu einer Radikalkur greifen muss, um das Gift aufzuhalten.« Mit wütendem Knurren trat das Paar näher an

Theo heran. Doch keiner der anderen schloss sich den beiden an. Die Menge schien unentschlossen. Diese beiden wirkten nun nicht mehr wie Anführer. Sie wirkten wie Narren. Seinerseits unsicher geworden wandte sich der Mann seiner Frau zu, worauf diese ihm die Fackel aus der Hand nahm.

»Und was passiert jetzt, Dr. Theophilus?«, fragte sie, so viel Verachtung in seinen langen, vornehmen Namen legend, wie sie nur konnte. »Was tut ein Arzt, wenn er eine Gruppe von Rebellen anführt?«

Theo schaute ihr über die Schulter und lächelte. »Manchmal muss man nur warten«, erwiderte er.

Ein lautes Knarren ertönte.

Alle Köpfe drehten sich.

Die Tür zum Büro des Direktors ging auf.

Im ersten Moment war Ben begeistert. Sie sah Inspektor Greaves, der einen Schlüsselbund in der Hand hielt und den einen Türflügel aufklappte. Laud riss derweil den anderen auf und blickte sie kurz triumphierend an. So war Greaves also dem Mob entkommen. Laud hatte ihm geholfen – Eintreiber und Revolutionär hatten Hand in Hand gearbeitet.

Dann sah sie, was sie hinter der Tür erwartete, und ihr Glücksgefühl erstarb. Das Licht von den brennenden Büchern spiegelte sich auf den schimmernden Schwertern, die Lady Astreas Wachen in der Hand hielten.

Es war ein aussichtsloser Kampf, bei dem Hunderte von Rebellen lediglich zwanzig Wachen gegenüberstanden. Diese aber blickten so entschlossen, dass an einem kein Zweifel bestand: Die ersten, die angriffen, würden auch die ersten sein, die starben. Gefangene würden sie keine machen. Und keiner der Revolutionäre war offenbar bereit, als erster vorzutreten.

In dem Kreis aus Stahlklingen saß Lady Astrea hinter einem großen Mahagonischreibtisch. Die Lordoberrichterin unterschrieb gerade ein Dokument; ihre Finger umfassten den Federkiel steif und angespannt, doch sie hatte sich sichtbar dazu entschlossen, den Rebellen nicht die Genugtuung zu verschaffen, ihnen ihre Angst zu zeigen. Der Moment zog sich ewig hin. Niemand rührte sich, abgesehen davon, dass der von den brennenden Büchern zur hohen Holzdecke aufsteigende Qualm einige zum Husten brachte.

Schließlich sprach Lady Astrea. »Ich glaube nicht, dass ihr einen Termin habt, Bürger«, sagte sie.

»Meine Lady«, begann Greaves. »Das hier ist nicht nötig …«

»Sie sind ein Verräter, Chefinspektor«, unterbrach sie ihn würdevoll. »Betrachten Sie sich als Ihres Amtes enthoben.«

Greaves verbeugte sich. »Bei allem Respekt, meine Lady«, sagte er. »Ich habe meinen Treueeid nicht auf Sie oder den Direktor abgelegt. Ich habe auf Agora und seine Bewohner geschworen. Ich bedaure nur, dass die Handlungen des Direktors mir dies nicht schon früher klargemacht haben.«

»Sie können sich jeder Ausrede bedienen, die Sie wollen, Greaves, warum Sie sich mit diesen Barbaren verbündet haben, aber Sie tragen dann mit Schuld daran, Agora zu Fall gebracht zu haben. Das wird für immer auf Ihrem Gewissen lasten.«

Ben erinnerte sich an den kleinen Raum, auf den sie gestoßen war, kurz bevor sie Owain und Elespeth entdeckt hatte. An die kleine Tür mit der Perlmuttklinke und an den Anblick, der sich ihr geboten hatte, als sie sie geöffnet hatte.

»Wir sind keine Barbaren«, rief Laud, als er seine Stimme wiedergefunden hatte. »*Wir* verdrehen die Wahrheit nicht und berauben auch niemanden seiner Gefühle. Wir wollten keine Macht, wir wollten bloß unser Leben weiterleben …«

Lady Astrea lachte. »Macht ist *alles*, was ihr wollt«, sagte sie und erhob sich. »Wärt ihr zufrieden damit, keine Macht zu haben, würdet ihr jede Ungerechtigkeit akzeptieren. Ihr würdet das Beste aus dem machen, was ihr habt, statt zu kämpfen. Ich kenne mich aus mit Macht, junger Mann. Macht ist alles.«

»Das glaube ich nicht, meine Lady.«

Einen kleinen Moment blickte sich Ben wie alle anderen um, um zu sehen, wer da gesprochen hatte. Dann begriff sie, dass es ihre eigene Stimme gewesen war. Sie hatte gesprochen, ohne sich dessen bewusst zu sein. Und sie wusste auch, warum.

»Ich glaube es nicht«, fuhr Ben fort, »weil ich in Ihr geheimes Zimmer geschaut habe.«

Lady Astrea zog die Augenbrauen hoch, erwiderte jedoch nichts. Die Menge war mucksmäuschenstill.

»Ich habe ihn gesehen, meine Lady«, erklärte Ben und versuchte sich an einem Lächeln. »Ich habe Lord Ruthven gesehen. Ihren Gatten.«

Nun huschte ein Ausdruck von Besorgnis über ihr Gesicht, und ihre Maske des Hochmuts bekam Risse. »Was spielt das für eine Rolle?«, fragte Lady Astrea und richtete sich stolz auf. »Ich werde nicht durch meinen Gatten definiert. Dass ich mich entschieden habe, ihn in Sicherheit zu bringen, als er in Ungnade fiel und beinahe durch euer Gesindel hingerichtet worden wäre, ändert nichts daran.«

»Es ändert alles«, erwiderte Ben. »Es beweist nämlich, dass Ihnen noch etwas anderes als Macht wichtig ist.«

Lady Astrea lachte bitter. »Persönlich habe ich eine Schwäche, ja. Aber ich *bin* jetzt Agora. Ich bin die Hüterin der Vergangenheit und der Zukunft der Stadt. Persönliche Angelegenheiten spielen da keine Rolle mehr. Mein Gatte hätte nicht weniger erwartet. *Ich* würde nicht weniger erwarten.«

Ben nahm wahr, dass Theo sich neben sie stellte.

»Meine Lady«, sagte der Doktor, »Sie müssen zugeben, dass Sie nicht gewinnen können. Wenn wir wollten, könnten wir Sie dazu zwingen zurückzutreten. Ja, wir würden dabei Verletzungen und Schmerz hinnehmen müssen, doch dies wäre nicht schlimmer als das, was wir Tag für Tag unseres Lebens erfahren haben. Wir haben Leid, Hunger und Gewalt erduldet, und wir sind jetzt so weit gegangen, dass es kein Zurück mehr gibt.« Theos Miene verhärtete sich. »Riechen Sie den Rauch, meine Lady? Gegenwärtig zügeln einige von uns noch ihre Wut – wir versuchen mit vernünftigen Worten und List dagegen anzugehen. Aber wenn Sie uns erneut die Stirn bieten, werden wir mit purer Verzweiflung kämpfen. Ohne Ehre, ohne Gewissen. Sie werden fallen, Ihr Gatte wird fallen, Ihre Leute werden fallen. Aber Ihre Leute sind auch *unsere* Leute.« Er seufzte. »So viel ist zerstört worden, meine Lady. So viele wurden schon verletzt. Alles, was wir wollen, ist Hoffnung.«

Lady Astrea musterte ihn. Ihr Blick war durchdringend. »Wir hätten gar nichts mehr«, sagte sie mit bebender Stimme. »Keine Sicherheit, kein Gesetz. Sie verlangen von mir, eine perfekte Stadt zu beseitigen, Doktor.«

»Wir brauchen keine perfekte Stadt«, sagte er mit leiser, aber leidenschaftlicher Stimme. »Wir wollen keine uralten Verträge oder großen Pläne. Wir wollen bloß hier leben, ohne ein Symbol oder eine Figur auf einem Schachfeld zu sein.« Er lächelte. »Wir wollen bloß Menschen sein.«

Lady Astrea antwortete nicht. Sie schaute an Theo vorbei und ließ ihren Blick über die Porträts der ehemaligen Direktoren schweifen, die von den Wänden des erhabenen alten Büros herabstarrten.

Alle im Raum hielten den Atem an. Die Eintreiber hielten ihre Schwerter bereit.

Und Lady Astrea traf ihre Entscheidung.

# KAPITEL 27

# *Worte*

Mark trat erneut gegen den kleinen Holzstuhl in der Höhle. Als dieser gegen die Wand prallte, zersplitterte er endgültig.

Lily blickte von dort, wo sie auf dem Boden saß, auf. »Das hilft uns auch nicht weiter«, murmelte sie erschöpft.

»Es hilft *dir* nicht weiter«, korrigierte Mark sie. »Mir geht es damit definitiv besser.«

Er stampfte wie wild auf dem einen Stuhlbein herum, das noch an der Sitzfläche hing, und kam nicht umhin, einen Funken Genugtuung zu verspüren, als es unter seinem Tritt abbrach. Er kochte immer noch innerlich, und es bedurfte seiner ganzen Selbstbeherrschung, sich nicht auf die Wand zu stürzen und sie mit den Fäusten zu bearbeiten, bis diese bluteten.

Es ging ihm nicht nur darum, dass er seiner Gefühle beraubt worden war, und auch nicht darum, wie traumatisch ihre plötzliche Wiederkehr gewesen war. Sicher, sie waren zunächst überwältigend gewesen, so intensiv, dass er wie ein Verrückter hätte schreien wollen, als ihn die Wächter in diese Höhle zerrten. Doch diese Wut nun fühlte sich realer an, obwohl er gar nicht so recht wusste, auf wen er wütender sein sollte, auf Snutworth oder auf sich selbst.

Er wollte glauben, was Lily gesagt hatte, nämlich dass er keine Wahl gehabt hatte und ohne seine Gefühle nicht imstande gewesen war, überhaupt etwas zu empfinden. Aber ein

Trost war das nicht. Er hatte Snutworth hierhergeführt. Er hatte ihm zu dieser Macht verholfen. Alles war seine Schuld.

Er fühlte sich missbraucht. Er hatte bereits versucht, seine Frustration an den Wachen auszulassen, doch diese waren kräftig und hatten ihn, mit angewiderter Miene, weil sie ihn dabei berühren mussten, rasch wieder in die Höhle zurückbefördert. Er war der Länge nach hingefallen und hatte nun eine hässliche Beule auf der Stirn.

Er packte das Stuhlbein und wog es in der Hand. Andere Möbel gab es in der Höhle nicht, doch dieses Stück wirkte stabil.

»Vielleicht könnte ich mich an sie heranschleichen ...«, begann er.

»Dann kannst du sie vielleicht umhauen«, fügte Lily hinzu. »Und dann? Snutworth hat dieses ganze Land unter seiner Kontrolle!«

»Toll! Einfach nur toll ...«, knurrte Mark und schleuderte das Stuhlbein zu Boden. »Und was schlägst du vor?«

»Vielleicht einen Moment nachdenken?«, erwiderte Lily säuerlich.

»Meinst du etwa, wir haben etwas übersehen?«, fragte Mark sarkastisch. »Ist dir aufgefallen, mit wem wir eine Zelle teilen?« Er wies auf die andere Seite der Höhle hinüber.

Auf dem Fußboden hockte das ehemalige Orakel, die Knie bis ans Kinn hochgezogen. Nicht auf dem Thron sitzend und fern des geheimnisvollen Lichts in ihrer Kammer funkelte ihr Kleid nun nicht mehr. Es wirkte schwer und plump wie ihre Glieder. Ihre Augen waren auf etwas weit Entferntes gerichtet.

»Wir sitzen gemeinsam mit der Quelle allen Wissens im Gefängnis«, sagte er, nun ein wenig ruhiger. »Und irgendwie habe ich das Gefühl, als wäre dieses Stuhlbein hier von größerem Nutzen.«

»Sie kann uns nicht helfen«, sagte Lily mit brechender Stimme. »Sie weiß nicht, wie.«

Mark überfielen Schuldgefühle. Weil ihn die Macht seiner gerade erst wieder zurückgekehrten Gefühle überwältigt hatte, hatte er keine Gelegenheit gehabt, innezuhalten und darüber nachzudenken, was diese Erlebnisse bei Lily auslösten. Es war ihre Mutter, die dort saß. Endlich verbrachten die beiden Zeit miteinander, aber keiner von ihnen sagte ein Wort. Was war nur mit ihm los? Das Mindeste, was er tun konnte, war Lily zu trösten.

Stattdessen bekam er erneut einen Wutanfall und ballte die Fäuste. Ob Snutworth ihm all seine Gefühle zurückgegeben hatte? Ihm war immer noch ein wenig sonderbar zumute. Er steckte die Hände in die Jackentaschen und zog die Glasfläschchen heraus, die er vom Boden aufgehoben hatte. Die meisten waren leer, doch eine enthielt immer noch ein oder zwei Tropfen tiefblauer Flüssigkeit. Mitternachtsblau. Nun, das passte ja.

»Es tut mir leid, Mark«, fuhr Lily fort, halb an sich selbst gerichtet. »Ich wollte ihm nicht helfen, aber ich konnte es nicht ertragen, dich so zu sehen.« Sie schaute zum Orakel hinüber und kniff die Augen zu. »Ich konnte es nicht ertragen, dich so gefühllos zu sehen wie sie.« Wütend stand Lily auf, den Blick nach wie vor auf ihre Mutter gerichtet. »Warum gibst du uns nicht irgendetwas?«, fragte sie. »Du hast viele Jahre auf diesem Thron gesessen. Ist da denn gar nichts, was du gehört hast, nichts, was dazu führen würde, dass die Naruvaner sich gegen ihn wenden?«

»Nichts«, erwiderte das Orakel schließlich. Ohne die Echos klang ihre Stimme schwach. »Er hat sich auf die Rechte des Statuts berufen. Wir leben und sterben nach seinen Vorschriften.«

Nachdenklich drehte Mark das letzte Fläschchen in der Hand.

»Aber was geschieht jetzt?«, hakte Lily nach, während sie sich hinkniete, um ihrer Mutter in die Augen zu blicken. »Was geschieht nach dem Tag des Urteils?«

Das Gesicht des Orakels blieb vollkommen reglos. »Nichts«, sagte sie. »Die letzten Befehle lauten, dem Vermittler der Richter Folge zu leisten. Das Experiment ist beendet. Wir haben unsere Bestimmung erfüllt.«

Lilys Lippe bebte, doch in ihren Augen lag kalte Verachtung. »Wofür ist dann dein ganzes Wissen *gut*?«, fragte sie. »Was nützt es in seinen Händen? Ist das wirklich das, was sich der Waage-Bund vorgestellt hat? Einen Mann, dessen einziges Verlangen es ist, mit dem Leben anderer zu spielen? Ist das das Endresultat ihres großartigen Projekts?« Sie verzog das Gesicht zu einer höhnischen Grimasse. »Ich glaube, da ist wohl etwas schiefgegangen.«

Das Orakel starrte sie an. Einen Augenblick glaubte Mark, etwas zu sehen. Ein winziges Zucken in ihrem Gesicht – aus Wut oder Reue. Dann aber war es verschwunden, und sie nickte nur.

»So sei es«, sagte sie.

Lily wandte sich ab und schlang die Arme um ihren Körper. Mark ging auf die ältere Frau zu, doch Lily ergriff seinen Arm.

»Spar dir die Mühe, Mark«, sagte Lily scharf, den Tränen nahe. »Sie wird uns nie helfen.«

Mark schaute das Orakel an. Der Flakon in seiner Hand funkelte. »Vielleicht braucht sie ein wenig Motivation«, sagte er, als ihm eine Idee kam.

Mark kniete sich vor das Orakel. Sie richtete ihren Blick auf ihn.

»Was hast du vor …?«, fragte sie. Sie kam nicht dazu, ihre Frage zu beenden.

Mit einer jähen Bewegung packte Mark sie am Kinn, öffnete das Fläschchen und kippte ihr den letzten Tropfen seines Gefühls auf die Zunge. Es zischte, und dichter blauer Dampf stieg auf. Der Tropfen floss ihr die Kehle hinunter.

Lily starrte auf die Szene. »Mark«, stieß sie hervor. »Was hast du getan? Das war für dich bestimmt!«

»Ich habe das meiste davon bekommen«, sagte Mark, bemüht, sich überzeugter anzuhören, als er war. »Ich spüre keinen Unterschied. Ein oder zwei Tropfen Reue spielen für mich keine Rolle, ich habe genug davon.« Er beobachtete das Orakel. Ganz langsam fingen ihre Schultern an zu zittern, und Tränen traten ihr in die Augen. Er nickte befriedigt. »Die Frage ist, Orakel, kannst du das Gleiche von dir sagen?«

Das Orakel öffnete den Mund, schien aber Mühe zu haben, ihre Stimme zu erheben. Sie griff nach ihm, wobei ihre Hände unkontrolliert zuckten.

»Was … hast du … du … ich …?«

Ihre Stimme verwandelte sich in ein Stöhnen und dann in Wehklagen. Tränen rannen ihr die Wangen hinab. Ihr Körper zog sich krampfhaft zusammen. Entsetzt packte Mark sie, um zu verhindern, dass sie sich den Kopf anschlug, und Lily ließ sich auf den Boden nieder, um zu helfen.

»Das wollte ich nicht!«, rief Mark über das Geräusch ihres Jammerns hinweg. »Ich dachte nur … ein kleines bisschen Reue könnte ihr helfen, die Dinge so zu sehen wie wir. Das war nicht einmal ein Viertel der ganzen Dosis, das dürfte nicht solch große Auswirkungen haben …«

»Hast du eine Ahnung, wie lange sie diese Gefühle schon unterdrückt?«, stieß Lily hervor.

Mark schluckte. »Nein«, gab er zu.

»Ich auch nicht«, erwiderte Lily. »Aber sie hat sich nicht an mich erinnert, also müssen es mindestens sechzehn Jahre sein …«

»Ich wollte mich an dich erinnern.«

Lily und Mark starrten auf das Orakel hinab. Sie hatte Mühe zu sprechen, und ihre Stimme klang erstickt vor Schluchzen.

»Ich … wollte dich nicht aufgeben«, stammelte sie. »Aber ich musste. Ich sollte Orakel werden, die größte Ehre, die einem Gisethi zuteilwerden kann. Es muss immer ein Gisethi sein. Naruvanern fehlt die Erkenntnis, und Agoraner würden die Geheimnisse zu ihrem eigenen Vorteil einsetzen. Ein Orakel muss scharfsichtig sein, unparteiisch … kühl.« Sie schmiegte sich an Lily. »Um Orakel zu sein, muss man alles hinter sich lassen, was einen ausmacht, damit der Alptraum es nicht dazu verwenden kann, die Echos tödlich werden zu lassen. Man kann nicht dasitzen und eine Million zerbrochener Träume und ruinierter Leben wahrnehmen, wenn einem eines davon etwas bedeutet. Man kann nicht auf ewig auf seinem Thron hocken bleiben, wenn man weiß, wie es ist zu leben.« Sie griff nach Lilys Haaren, und ein mattes Lächeln überzog ihr verweintes Gesicht. »Was für wunderschönes Haar du hast, schon seit deiner Geburt. Ich kann mich jetzt daran erinnern. Aber ich war bereits auserwählt worden. Thomas wollte, dass ich nach deiner Geburt bleibe, wenigstens noch ein paar Tage, aber ich hatte eine Pflicht … meine Pflicht … o Sterne und Himmel, vergebt mir …«

Das Orakel klammerte sich an Lily, und ihr Schluchzen verstärkte sich. Mark trat zurück und scharrte mit den Füßen über den Boden. Er wünschte, er wäre woanders. Das hier war etwas Persönliches, und er war hier fehl am Platz. Stattdessen blieb er verlegen in der Nähe stehen, während das Schluchzen allmählich verebbte.

»Danke, Mark«, sagte das Orakel mit noch immer zitternder Stimme. Mark drehte sich um. Zum ersten Mal schaute ihn das Orakel mit echter Wärme an. »Ich denke, ich sollte das sagen, solange ich es noch kann.« Der Ton ihrer Stimme veränderte sich. Sie griff nach Lilys Gesicht und drehte es in ihre Richtung. »Ich spüre, wie mich dieses fremde Gefühl langsam wieder verlässt. Falls es etwas gibt, was du die Frau fragen möchtest, die ich war, etwas, das du von Helen d'Annain wissen musst, dann solltest du schnell fragen.«

Lily blickte erstaunt; sie machte den Mund auf, doch es drang kein Laut über ihre Lippen. Heftig schluckend stellte sie dann ihre Frage.

»Hast du mich jemals geliebt?«

Das Orakel senkte den Blick. »Nicht genug, Lily. Nicht genug, um auf meine große Pflicht zu verzichten.« Sie schaute zu ihrer Tochter auf. Frische Tränen bildeten schimmernde Linien auf ihren Wangen. »Erst jetzt.«

Lily hielt ihre Mutter und schwieg. Sie hielt sie, bis die letzte Wärme aus ihrem Gesicht gewichen war. Als Lily wieder aufstand und sich ihr Kleid glattstrich, zeigte ihre Mutter keinerlei Gefühle mehr, war nur eine kalte, makellose Hülle.

Lily ging zu Mark hinüber, und dieser drückte ihre Hand.

»Hör zu, Lily …«, begann er.

Doch sie schüttelte den Kopf. »Jetzt ist nicht die Zeit, darüber zu sprechen«, sagte sie sanft. »Jetzt müssen wir Snutworth aufhalten, und das Orakel hat uns gerade verraten, wie wir das tun können.«

Mark runzelte die Stirn. »Wirklich?«, fragte er.

Lily nickte mit leuchtenden Augen. »Snutworth sitzt jetzt zwar auf dem Resonanzthron, hat sein früheres Leben jedoch nicht vergessen. Orakel müssen das aber.«

»Aber das macht ihn doch nur noch gefährlicher …«

Lily schnitt Mark das Wort ab. »Genau! Du weißt doch noch, was passiert ist, als ich herausfand, wer sie wirklich war«, sagte Lily und deutete dabei auf die in sich zusammengesunkene Gestalt des Orakels. »Die ganze Höhle hat gebebt, weil sie etwas durch diese Erinnerung *empfunden* hat. Tja, dann stell dir mal vor, wie Snutworth empfindet. Er hat sich das jetzt schon sein ganzes Leben lang gewünscht.«

Allmählich begriff Mark, worauf sie hinauswollte. Ein Schauer der Erregung lief ihm den Rücken hinunter.

»Du meinst, wenn er mitgerissen wird, dreht das Hohelied durch?«

»Ich habe kaum die Oberfläche des Hohelieds berührt und hätte fast den Verstand verloren«, fuhr Lily fort. Mark konnte geradezu sehen, wie die Rädchen in ihrem Gehirn ratterten. »Denk mal darüber nach, diese Millionen von Gedanken, und selbst er kann nicht über alles den Überblick behalten. Nicht, wenn er auch noch versucht, an seinem eigenen Geist festzuhalten.«

»Snutworth hat sich noch nie in seinem Leben wirklich für etwas interessiert. Meinst du wirklich, er fängt jetzt damit an?«

»Vielleicht nicht«, sinnierte Lily. »Aber vielleicht können wir ein wenig Verwirrung stiften und versuchen, ob wir diese ganzen Gedanken dazu benutzen können, ihn zu überwältigen, damit er die Kontrolle verliert. Und wenn nicht, tja …« Sie hob das Stuhlbein auf. »Zwei gegen einen, richtig?«

Mark runzelte die Stirn. »Weiß er denn nicht bereits, was wir vorhaben? Ich meine, wenn er jedes gesprochene Wort hören kann …«

»Und wenn schon«, sagte Lily entschlossen. »Selbst wenn er sich die Mühe macht, uns zu belauschen, meinst du, er schert sich wirklich darum? Er glaubt nicht, dass wir etwas unternehmen können, was ihm jetzt noch schaden könnte.«

»Wie sollen wir überhaupt an ihn herankommen?« Mark wies auf den dicken Vorhang, der den Höhleneingang bedeckte. »Du hast doch nicht vergessen, dass dort draußen Wächter stehen?«

Lily sinnierte einen Moment. Ihr Blick schweifte über die Gestalt, die auf dem Boden saß und ins Leere starrte. Ein seltsamer Ausdruck huschte über ihre Gesichtszüge. Er war geradezu boshaft.

»Vielleicht kann ich ja doch ein wenig Unterstützung von meiner Familie bekommen …«

Mark und Lily rannten den Stollen entlang. Hinter sich vernahmen sie immer noch die gellenden Schreie der Wächter.

Mark konnte es nach wie vor kaum fassen, dass Lily ihre eigene Mutter in die Arme der Wächter geschubst hatte. Das Orakel hatte keinen Widerstand geleistet, schien kaum mehr den Willen zu haben, sich mit eigener Kraft zu bewegen, taumelte jedoch gerade weit genug vor, um die Wächter zu alarmieren. Kaum waren diese abgelenkt, riss ihnen Lily die Schutzmasken vom Gesicht, und Mark bespuckte sie.

Er kam sich zwar vor wie ein Tier, aber der Trick hatte funktioniert. Die Wächter waren zwar mehr an Körperkontakt gewöhnt als normale Naruvaner, fuhren sich aber dennoch mit den Händen übers Gesicht, als wäre es von Säure verätzt worden. Nun jagten sie hinter ihnen her, doch die Stollen in diesem Bereich waren so verästelt, dass ihre Rufe schon bald in der Ferne verhallten.

»Wenn wir überleben und den Leuten hiervon erzählen, lassen wir das mit der Flucht lieber aus«, keuchte Mark, während sie weiterrannten. »Besonders heldenhaft war das nicht.«

»Das ist jetzt nicht die Zeit für Heldentum«, erwiderte Lily schwer atmend. »Ich glaube, zum Thronsaal des Orakels geht es hier entlang …«

Sie stürzten in einen weiteren Stollen, der nur spärlich beleuchtet war. Das Licht von den in die Wand eingelassenen Kristallen leuchtete schwach und blass, und je weiter sie kamen, desto dunkler wurde es. Sie liefen an Naruvanern vorbei, die sich an den Seiten der Stollen zusammengedrängt hatten und die verblassenden Kristalle entsetzt anstarrten. Doch sie hatten keine Zeit, um stehen zu bleiben und Fragen zu stellen. Sie brauchten ihr Tempo nicht zu verlangsamen, um zu wissen, dass etwas nicht stimmte.

Urplötzlich und unvermittelt standen sie im richtigen Stollen. Mark erkannte die in den Boden gehauenen Stufen wieder. Nun befanden sie sich nahe der Kammer des Orakels. Außerdem fiel ihm auf, dass hier keine Wachen postiert waren. Das war sonderbar. Snutworth würde sich doch gewiss nicht schutzlos hier aufhalten? Mark verdrängte den Gedanken. Sie mussten weiter, mussten rasch weiter, denn wenn sie stehen blieben, würden sie Zeit haben, um zu begreifen, dass sie gar keinen Plan hatten. Sie hatten keine Ahnung, was sie erwartete.

Vor ihnen öffnete sich der Stollen zu dem Vorraum. Der Vorhang war teilweise zur Seite geschoben worden, und das sonderbare, flackernde Licht dahinter erleuchtete den Raum. Lily blieb abrupt stehen, und Mark wäre beinahe über sie gefallen. Sie wechselten Blicke. Alles, was sie hören konnten, war ihr eigener, in Stößen gehender Atem. Mark schluckte. Nun war der Moment gekommen.

Als er Lilys Blick begegnete, wollte er etwas Beruhigendes sagen. Sie zuckte mit den Schultern, wissend, dass es nichts dergleichen gab.

»Nun denn«, drang Snutworths Stimme durch den Vorhang und hallte im Vorraum wider. »Was für ein Vergnügen. Bitte, treten Sie doch ein.«

Fast unbewusst nahmen Mark und Lily einander an der Hand. Gemeinsam schoben sie den Vorhang dann ganz beiseite und traten in die Kammer des Resonanzthrons.

Die Höhle hatte sich irgendwie verändert. Der lang gezogene Felssteg, sich über den zerklüfteten Wald aus kristallenen Stalagmiten erstreckend, die allesamt im Halbdunkel weit unter ihnen glitzerten und funkelten, war zwar nach wie vor beeindruckend. Doch als das Orakel hier gesessen hatte, war die Atmosphäre geradezu mystisch gewesen; das Hohelied des Flüsterns hatte den Raum erfüllt, und in der Luft hatten Verheißungen gelegen. Jetzt war die Luft unbewegt, kühl und klar. Und das Hohelied schwebte nicht mehr überall gleichzeitig, sondern schien sie in die Mitte der Kammer und zu der Gestalt auf dem Thron herbeizuwinken, ja herbeizuziehen.

Snutworth lehnte sich zurück und beobachtete sie. Er war allein, aber vollkommen gelassen. Sein dunkler, mit Gold besetzter Mantel wallte über den steinernen Thron und ließ ihn aussehen wie ein seltenes und kostbares Erz. Aus dem riesigen, sich verjüngenden Kristall, dem Sockel des Mittelpunkts, war fast alles Licht gewichen. Lediglich ein unregelmäßiges Pulsieren flackerte über seine Oberfläche und rief ein Schattenspiel in dem Raum hervor. Dennoch waren Snutworths Augen immer noch deutlich erkennbar – sie leuchteten wie hellgrüne Funken in der Dunkelheit.

Als Marks Augen sich an das schwache Licht gewöhnt hatten, bemerkte er, dass sich der Felssteg verändert hatte. Bis dort, wo er fast den Thron erreichte, war er immer noch wie vorher, ein sich über die zerklüfteten Kristalle am Fuß der

Höhle erstreckender Pfad, der einzige sichere Weg über den Abgrund. Der letzte Teil des Stegs aber war zerstört, und es gähnte ein sechs Meter breiter und wesentlich tieferer Abgrund. Von der anderen Seite schaute sie nun Snutworth an. Selbst jetzt, gefangen auf einer Insel aus Felsgestein, saß er mit gelassener Zuversicht da, eine Hand leicht auf der Lehne seines Throns ruhend, die andere wie zur Begrüßung ausgestreckt.

»Also, das ist nun eine interessante Situation«, sagte er leise, während seine Stimme durch die Kammer hallte. »Ich hatte mich gefragt, ob Sie vielleicht einfach nach Agora zurücklaufen würden. Ich glaube, Sie wären wesentlich glücklicher, wenn Sie es getan hätten. Das Flüstern hat mir alle möglichen Neuigkeiten übermittelt. In diesem Augenblick stürzt das Direktorium, und Ihre Freunde, Mr Owain und Schwester Elespeth, haben ihr früheres Ich wieder zurückerlangt, und ... ja, Lady Astrea gibt ihre Macht aus der Hand – meine Herrschaft als Direktor ist vorbei.« Er lächelte. »Das kommt mir arg gelegen, muss ich sagen. Es erspart mir die Mühe, zurückzutreten und einen Marionettenherrscher für die Stadt ins Amt zu heben. Die Menschen sind ja so viel einfacher zu kontrollieren, wenn sie glauben, sie wären frei.«

»Kontrollieren?«, schrie ihm Lily verächtlich entgegen.

Mark spürte, dass sie verängstigt war, es jedoch zu überspielen versuchte, und auch er selbst bemühte sich, keine Furcht erkennen zu lassen.

»Bitte, Miss Lilith, machen Sie sich nicht die Mühe zu schreien«, sagte Snutworth sanft. »Ich kann jedes Wort hören, das versichere ich Ihnen.«

»Wie wollen Sie von hier aus herrschen?«, fuhr Lily fort und ging dabei weiter nach vorn, bis sie die Kante des eingerissenen Felsstegs erreicht hatte. »Sie sind gefangen.«

Snutworth nickte. »Eine kleine Vorsichtsmaßnahme. Jeder hier ist bis zu einem gewissen Grad loyal, aber die Echos überbrachten mir die Nachricht von Ihrem Fluchtplan, und ich durfte das Risiko nicht eingehen, dass Sie beide hierherkommen, während ich allein bin. Ich erfreue mich stets an einer kleinen Unterhaltung, aber Sie sind jung und wären womöglich körperlich in der Lage, mich zu überwältigen. Daher kam eine Reihe von Abbauhämmern zum Einsatz.« Er wies auf den eingestürzten Felssteg. »Eine recht primitive Methode, das gebe ich zu, aber doch wirkungsvoll. Ich habe Seile, mit denen ich mich abseilen kann, wenn ich den Raum verlassen möchte. Doch im Moment ziehe ich es vor zu warten. Zumindest bis die Wächter entgegen meinen Anweisungen hierherkommen, um nach Ihnen zu suchen.« Er neigte den Kopf leicht zur Seite und lauschte dem Flüstern, das ihn umspülte. »Ja, sie haben bereits entdeckt, dass Sie nicht mit der Lore zurück zum Abstieg des Letzten gefahren sind. Es wird nicht mehr lange dauern, bis sie herausfinden, wohin Sie gegangen sind. Und dieses Mal, so denke ich, werde ich ihnen den Befehl erteilen, Sie hinzurichten. Wolfram wird sich natürlich um den eigentlichen Hieb kümmern, denn ich glaube, Blut fließen zu sehen dürfte einen Naruvaner vollkommen überfordern. Sind Sie nicht auch meiner Meinung?«

Mark runzelte die Stirn. Warum schaute er sie nicht länger an?

Mark bewegte sich instinktiv. Er sah Wolfram zwar nicht kommen, spürte aber einen Windhauch. Der alte Mönch machte einen Satz auf ihn zu, doch Mark warf sich zu Boden und rollte sich zur Seite. Er rief Lily eine Warnung zu, doch sie bewegte sich ein wenig zu langsam. Als Mark wieder auf den Beinen war, zappelte sie bereits in Wolframs Griff. Nun sah Mark die dunkle Ecke am Eingang, wo Wolfram gewartet hatte, unter seiner Kapuze verborgen. Sie mussten direkt an ihm vorbeigegangen sein.

»Wolfram«, sagte Snutworth beiläufig, »würden Sie freundlicherweise Miss Lilith bedrohen?«

Wolfram wirbelte herum, fegte Lily mit einer schwungvollen Bewegung seines Beins von den Füßen und zog Snutworths Gehstock hervor, genauer gesagt die darin verborgene Klinge. Er hielt sie ihr an die Kehle.

»Danke«, sagte Snutworth liebenswürdig. »Würden Sie, Mark, sich nun bitte nicht Vater Wolfram nähern, sonst wird Miss Lilith ins Jenseits befördert.«

Mark blieb abrupt stehen. Irgendetwas war hier merkwürdig. Wolfram hielt die Klinge zwar ruhig, doch Mark erkannte, dass der Mönch unter seiner Kapuze die Lippen zusammenpresste und diese blutleer waren.

»Bitte nicht gaffen, Mr Mark«, rügte Snutworth. »Ich glaube, Vater Wolfram ist im Moment ein wenig seltsam zumute. Aber ich kann Ihnen versichern, dass dies keinen Einfluss auf seine Effektivität haben wird.«

Mark versuchte Snutworths Anwesenheit auszublenden. Er war bloß eine Stimme – er konnte sie nicht erreichen. Wolfram hingegen stand genau vor ihm. Er fing Lilys Blick auf. Trotz allem sah er immer noch den Funken Neugier darin.

»Was ist geschehen, Wolfram?«, fragte sie.

Wolfram biss weiter die Zähne zusammen, und seine Gesichtszüge blieben unter der Kapuze seiner Ordenstracht verborgen.

»Vater Wolfram steht im Begriff, eine für mich recht nützliche Aufgabe zu erfüllen«, sagte Snutworth nachdenklich. »Er wird ein Projekt in die Wege leiten, das ich schon seit langem vorbereitet habe, und eine Reihe von Informationen an meine Agenten in Agora übermitteln. Es sind anspruchslose Männer, dazu ausgebildet, kein Aufsehen zu erregen. Einige von ihnen sind gebürtige Agoraner, die meisten jedoch Mitglieder des gisethischen Ordens. Wolfram rekrutiert sie bereits seit einiger Zeit in Giseth, und ich muss sagen, ich bin sehr zufrieden mit ihrer Arbeit. Sie sind es gewohnt, Befehle zu befolgen, ohne Fragen zu stellen – ihr Vertrauen ist bemerkenswert. Sie werden die richtigen Geheimnisse in die richtigen Ohren flüstern, werden einige Menschen beschämen und andere beflügeln. Ansehen wird ruiniert werden, die von mir Erwählten werden befördert, und meine Herrschaft wird sichergestellt. Und all das ohne die Notwendigkeit, diesen Thron zu verlassen.« Er machte es sich bequem. »Ich muss zugeben, dass einiges von dem, was ich in den wenigen Stunden auf diesem Thron erfahren habe, einen Widerwillen in mir hat aufkommen lassen, zu den Ländern oben zurückzukehren. Was die Menschen alles denken, wenn sie allein sind! Es gibt hässliche kleine Geheimnisse, dunkle Begierden. Und doch, im richtigen Moment enthüllt, sind sie so nützlich …«

Marks Augen weiteten sich. »Was hat er Euch gesagt, Wolfram?«, wollte er wissen.

Wolfram zuckte, gab aber keine Antwort. Die Spitze der Klinge schwebte dicht über Lilys Kehle.

»Was immer es war, es war eine Lüge«, erklärte Lily mit fester Stimme. »Er belügt alle …«

»Nein, Miss Lilith«, sagte Snutworth nachdrücklich. »Ich lüge nicht, ganz im Gegenteil. Lügen sind nie eine so mächtige Waffe wie die Wahrheit.« Er lächelte. »Sie suchen schon Ihr ganzes Leben lang ›die Wahrheit‹, und hat es Ihnen außer Leid und Schmerz etwas eingebracht?«

»Was denn? Wollen Sie behaupten, Sie würden so etwas wie eine perfekte Welt einführen?«, fauchte Lily. Als die Klinge noch ein wenig näher rückte, hielt sie prompt den Atem an.

Snutworth machte eine lässige Handbewegung. »Nicht im Geringsten. Aber ich glaube nicht, dass meine Welt schlimmer wäre als diejenige, welche die Menschen selbst zustande bringen könnten. Und meine Welt wird zumindest nach einem Plan entstehen. Unsere Länder wurden nicht dafür geschaffen, sich selbst zu verwalten. Sie sind nicht natürlich gewachsen. Sie brauchen eine leitende Hand, sonst versinken sie im Chaos.«

»Und Sie glauben, Sie sollten derjenige sein, der uns leitet?«, sagte Lily mit vor Verachtung triefender Stimme. »Dann bin ich lieber für das Chaos.«

»Das sagen Sie.« Snutworth lehnte sich vor. »Das Traurige ist, dass Sie wirklich daran glauben, das alles für ein übergeordnetes Wohl zu tun. Aber ich habe dem Hohelied gelauscht, Miss Lilith. Ich kenne all Ihre Gedanken, sogar diejenigen, die Ihnen gar nicht bewusst sind. Und ich will Ihnen etwas sagen: Ich weiß genau, warum Sie das Chaos wollen. Weil Sie im Chaos Ihren Glanz entwickeln können. Sie, das Symbol der Nächstenliebe, die Retterin … all diese Menschen schauen zu Ihnen auf, und Sie kommen sich großartig dabei vor.«

Lily erbleichte. Mark wünschte sich, dass sie es zurückwies, wollte, dass sie Snutworth seine eigenen Worte an den Kopf warf. Doch er wusste, dass sie es nicht konnte.

»Warum lehnen *Sie* sich gegen mich auf?«, fragte Snutworth und heftete den Blick seiner grünen Augen auf Mark. »Hassen Sie denn nicht dieses ganze Chaos, Mark? Dieses ständige Kämpfen und Weglaufen und die Veränderungen der Welt? Alles, was Sie sich gewünscht haben, war eine ruhige, stabile Familie. Das war die einzige Zeit, in der Sie wirklich glücklich waren, nicht wahr? Als Sie am Flussufer gespielt haben, bevor Sie irgendetwas von dem hier wussten. Leugnen Sie es nicht. Ich habe Ihre Gedanken gehört.«

Mark wollte eine Antwort geben, fühlte sich jedoch plötzlich müde. Die Luft um ihn herum summte vor Geflüster, und so vieles davon klang vertraut. Die Stimmen seiner toten Mutter, von Bruder und Schwester.

»Ihr armen Kinder«, sagte Snutworth und hörte sich dabei geradezu aufrichtig an. »Aber ihr konntet natürlich niemals wirklich Kinder sein, nicht wahr? Die arme Lily, von einem Vater verlassen, der sie in eine grausame, herzlose Stadt schickte, und einer Mutter, die alles auf der Welt wusste, nur nicht ihren eigenen Namen. Der arme Mark, behütet von einer Mutter, die außer Geschichten nichts zu bieten hatte, und einem Vater, der ihn verkaufte. Was für traurige Leben. Aber das kann ich ändern.« Er lächelte. »Sie brauchen bloß aus dieser Kammer zu gehen. Ich werde Sie leben lassen. Und von da an werden Sie für nichts mehr verantwortlich sein. Keine Verantwortung, kein Schmerz. Die Leute um Sie herum werden immer noch glauben, sie wären die Herren über ihr eigenes Leben, Sie aber werden die traurige Wahrheit kennen. Dass ich jeden einzelnen ihrer Gedanken kenne, jede einzelne ihrer Begierden. Und wenn es meiner Laune entspricht, die Welt oben zu verändern, werde ich einen meiner Gefolgsleute herbeirufen und ihm meine Anweisungen erteilen. Ein einziges Wort am richtigen Platz kann den Verlauf von Leben ändern oder ganz beenden.« Snutworth lächelte gütig, und überall um ihn herum schwoll die Intensität des Hohelieds an. »Die alten Waage-Leute waren außergewöhnliche Menschen, begriffen aber nie wirklich, was sie geschaffen hatten. Sie hatten das Orakel lediglich dazu bestimmt zuzuhören. Sie erkannten nicht die Möglichkeit zu manipulieren, zu steuern, und das alles unter der Illusion von Freiheit.« Er erhob die Stimme, und das Flüstern ließ jedes seiner Worte widerhallen. »Bis heute war ich lediglich der Herrscher der Länder oben. Nun werde ich die Länder oben *sein*. Agora und Giseth sind meinem Willen unterworfen, so als wären sie Teil meines eigenen Körpers. Andere werden kämpfen, wieder andere werden sich erheben und stürzen, wenn ich es will. Aber ihr beide werdet in Frieden leben. Ihr könnt wieder Kinder sein, wissend, dass ich über euch wache, dass ihr nie wieder eine Entscheidung treffen müsst.«

Mark und Lily schauten einander an. Bei all seiner Angst war Mark bewusst, dass er sich dies tatsächlich wünschte. Er wünschte es sich so sehnlich, dass es schmerzte. Genau dafür war er so lange gerannt, hatte so lange gekämpft. Er wollte nur noch nach Hause gehen, seine Freunde wiedertreffen und sich über nichts mehr Sorgen machen müssen.

Und genau deswegen durfte er Snutworth nicht gewinnen lassen.

Im gleichen Moment, in dem Mark losstürmte, rammte Lily Wolfram ihren Ellbogen in die Rippen. Der Mönch ging in die Knie, und der Degen fiel ihm aus der Hand. Lily befreite sich von ihm und hechtete in Richtung der Waffe. Wolfram stieß Lily beiseite und tastete nach der Klinge, doch Mark trat ihm mehrmals auf die Hände, während Lily den Degen aufhob, hochsprang und zurücktrat.

Wolfram stand auf, und Lily richtete den Degen auf Wolframs Herz. Keiner rührte sich.

Vorsichtig begab sich Mark hinter Lily. Von seiner Position aus spürte er, dass sie ein wenig zitterte, doch der Mönch kam nicht näher.

»Mein lieber Mann«, sagte Snutworth sanft, »das ist nicht Ihr bester Moment, Wolfram. Aber es spielt keine Rolle. Diese beiden sind kaum der Rede wert. Machen Sie. Beginnen Sie mit Ihrer Arbeit.«

Zu Marks Überraschung rührte sich Wolfram nicht. Er stand

einfach nur mit gesenktem Kopf da. Es war unmöglich, sein Gesicht im Schatten der Kapuze auszumachen, doch Mark war davon überzeugt, dass er die Spitze der Klinge anstarrte.

»Haben Sie mich verstanden, Vater Wolfram?«, fragte Snutworth leicht irritiert. »Es ist Zeit, den großen Plan zu verfolgen – die Geheimnisse zu benutzen, die ich Ihnen verriet. Vergessen Sie die Kinder. Welchen Schaden können sie uns schon zufügen?«

Nach wie vor regte sich Wolfram nicht, hob nicht einmal den Kopf. Mark riskierte einen Blick auf Lily. Er sah, dass ihr eine Schweißperle den Nacken hinunterlief. Wolframs Reglosigkeit war zermürbend, und er stand zwischen ihnen und dem Ausgang.

»Ich habe Ihnen einen Befehl erteilt, Wolfram«, sagte Snutworth in nach wie vor verhaltenem Ton. »Ich verstehe das Verlangen nach Rache, aber Sie müssen Ihre Pflichten erfüllen.«

»Nein«, sagte Wolfram. Seine Stimme klang ruhig, doch sie krächzte, wie Mark es noch nie gehört hatte.

Dann zog er seine Kapuze zurück.

Mark erstarrte und sah, dass Lily einen Schritt zurücktrat. In dem unruhigen Licht der Höhle lag ein Großteil von Wolframs faltenreichem Gesicht im Dunkeln. Doch das, was er sehen konnte, reichte. Einen solchen Ausdruck hatte er noch nie auf dem Gesicht eines Menschen gesehen. In ihm spiegelte sich keinerlei Gefühl wider. Keine Wut, keine Furcht, nicht einmal die Wolfram eigene Miene fester Entschlossenheit. Und als er sprach, klang seine Stimme hohl und dumpf.

»Diese Dinge, von denen Sie mir erzählt haben«, krächzte er, ohne den Blick von dem Degen abzuwenden, »diese Geheimnisse, die Sie weitergegeben haben … Das wird nicht funktionieren. Das kann es nicht, denn sie können nicht wahr sein …«

»Sie sind es, Wolfram«, entgegnete Snutworth. »Wort für Wort.«

Tief in sich verspürte Mark eine vertraute, aber unerwünschte Gegenwart. Der Alptraum lauerte ganz in der Nähe, in jedem Flüstern des Hohelieds. Doch er verhielt sich anders als sonst. Dieses Mal war er nicht an ihm oder an Lily interessiert.

»Sie *können* nicht wahr sein«, sagte Wolfram, dessen Stimme nun lauter wurde. »Denn wenn sie es wären, wären diese Menschen, die zu beherrschen Sie anstreben, unserer Aufmerksamkeit nicht wert. Sie wären das Leben nicht wert.« Er atmete schwer, und seine Stimme veränderte sich, war nun erfüllt von Hass. »Ich dachte, ich kenne alle Schlechtigkeit; ich habe mich ihrer bedient. Ich wusste, warum Sie die Kontrolle übernehmen und Ordnung in diese bestialische Welt bringen wollten, und ich habe Sie dabei unterstützt. Aber ich hatte es nicht wirklich begriffen.« Am ganzen Körper angespannt trat er vor. »Erst als Sie es mich begreifen ließen, Direktor. Erst als Sie mir zeigten, zu was die Menschen fähig sind. Welche geheimen Gedanken den Menschen durch den Kopf gehen.« Mark spürte den Alptraum dick in der Luft wabern, und durch ihn hindurch war erneut Wolframs Stimme zu vernehmen, tief, laut und gebrochen. »Sie haben mir gezeigt, dass es keine Wahrheit gibt. Im Geist der Menschen gibt es keine wahre Tugend, keine Liebe, keinen Glauben, keine Pflicht. Alles ist verdorben, vermischt mit Lügen und Handlungen, die schlimmer sind … viel, viel schlimmer. Mit Dingen, die sie denken und tun, wenn die Welt sie nicht sehen kann …« Der Zorn ließ Wolframs Stimme anschwellen. »Ich wollte den Menschen eine bessere Welt erschaffen. Für Sie habe ich mich von meiner Kirche losgesagt, damit Sie Herr über diese Menschen werden und sie von ihren niederen Gelüsten befreien können. Aber jetzt weiß ich, dass die Menschheit es nicht wert ist, überwacht zu werden.« Angewidert verzog er das Gesicht. »Wir sind schmutzig und schlecht, und wir müssen geläutert werden. Einer nach dem anderen.«

Wolfram sprintete los.

Lily hatte keine Zeit zu reagieren. Der Mönch rannte auf sie zu und riss den Degen wieder an sich. Er griff nach ihr, doch sie entwand sich ihm, schlüpfte unter seinem Arm hindurch, kurz bevor der Degen durch die Luft schnitt. Er wirbelte herum und stürzte sich erneut auf sie. Dann fiel sein Blick auf Mark, der wie gelähmt dastand.

Mark drehte sich um und wollte davonlaufen, doch es war zu spät. Wolfram packte ihn an der Schulter und riss ihn zurück. Verzweifelt setzte sich Mark zur Wehr, trat und schlug um sich, doch der Mönch schien seine Schläge kaum wahrzunehmen. Er verstärkte seinen Griff, und Mark keuchte vor Schmerz auf.

Wolfram führte den Degen an Marks Kehle und stieß ein geradezu bestialisches Knurren aus. Marks Herzschlag setzte aus.

Plötzlich war Lily zur Stelle und vergrub ihre Zähne in Wolframs Handgelenk. Dieser ließ Mark los und taumelte rückwärts auf den tiefen Graben hinter ihm zu. Mark befreite sich, doch nun packte Wolfram Lily an den Haaren. Er warf sie zu Boden, wobei sie mit dem Kinn auf dem Felsen aufschlug. Ohnmächtig sah Mark zu, wie der Mönch über ihr stand, den Degen in der Hand, die Augen erfüllt mit dem irren Licht des Alptraums.

Er hob die Klinge und ließ sie in Richtung ihres Gesichts niederfahren.

Bevor er wusste, was er tat, rammte Mark den Mönch mit voller Wucht, sodass dieser mit dem Gesicht auf die Kante des

Abgrunds hinter ihm zutaumelte. Zugleich trat Lily Wolfram auf dessen verletzten Fuß. Vor Schmerz aufschreiend ruderte er mit den Armen, vergeblich bemüht, sein Gleichgewicht wiederherzustellen.

Dann stürzte er vom Steg in die Tiefe.

Das Hohelied nahm seinen Schrei auf und verstärkte ihn tausendfach. Ein paar Sekunden lang, während denen Mark und Lily entsetzt dreinblickten, schwoll der Alptraum triumphierend in ihren Köpfen an und ließ sie Wolframs Wut und Furcht spüren, während er in Richtung der riesigen, messerscharfen Kristall-Stalagmiten fiel.

Sein Schrei endete abrupt.

Eine schreckliche Stille breitete sich aus. Am ganzen Körper zitternd starrte Mark Lily an. Lily wirkte benommen und kroch nach vorn, um über den Rand zu spähen, doch Mark sprang auf und zog sie zurück. Es war nicht nötig, dass einer von ihnen sich diesen Anblick zumutete. Er war tot, und sie hatten es getan.

Hoch oben auf seinem Kristallthron sitzend stieß Snutworth einen schnaubenden Laut aus. »Bedauerlich«, sagte er. »Aber es spielt kaum eine Rolle. Ich habe noch viele Bedienstete. Fürs Erste werden die Naruvaner für mich die Nachrichten übermitteln. Und das Hohelied wird mir offenbaren, wer in zukünftigen Tagen einen geeigneten Stellvertreter abgeben wird. Meine Botschaft wird verbreitet werden, meine Herrschaft gefestigt.«

Mark wurde schlecht. Er hatte Wolfram gehasst, konnte weder betrauern noch bereuen, was er getan hatte. Aber zumindest empfand er etwas. Anders als Snutworth.

»Er ist tot!«, rief Mark grimmig und wandte sich dem Resonanzthron zu. »Empfinden Sie denn gar nichts? Er war Ihr Freund!«

»Er war mein Bediensteter«, korrigierte ihn Snutworth bedächtig. »Bald werde ich viel mehr von ihnen haben.«

»Und dann was? Spielen Sie dann mit der Welt, bis Sie sich langweilen?«, fragte Lily wütend.

Snutworth lächelte. »Vielleicht. Oder ich verbessere oder verschlechtere sie. Es gibt so viele faszinierende Möglichkeiten. Diese Länder wurden zu Experimentalzwecken geschaffen, doch nun, da die alten Waage-Leute tot sind, werden ihre Pläne weiterleben.«

Mark spürte, wie Lily seine Hand drückte, und sie schauten einander an. Er sah, dass seine Anspannung sich auf sie übertrug. Er wollte davonlaufen, wollte sich zurückziehen, um eine Chance zu bekommen, sich über seine Gefühle in Bezug auf das, was gerade geschehen war, klar zu werden. Aber sie durften jetzt nicht aufgeben. Nicht, wo sie Snutworth gerade dazu gebracht hatten zu reden.

Heftig schluckend verdrängte Mark seine trübsinnigen Gedanken, damit Snutworth sie nicht wahrnehmen konnte. Lily ließ seine Hand los, und sie wandten sich beide Snutworth zu, fest entschlossen, ihm gegenüber keine Furcht erkennen zu lassen.

»Wie wäre es mit neuen Ideen?«, rief sie. »Was ist mit Freiheit?«

»Freiheit«, erwiderte Snutworth geringschätzig. »Wer verdient diese Freiheit? Sie? Ihre Freunde vielleicht? Wie meine kleine Gattin, die zu jedem rennt, der auch nur ein Fünkchen Macht innehat, weil sie der Welt nicht ins Auge sehen kann? Ich kann ihre Gedanken hören, Mark. Sie denkt gerade an Sie. Hören Sie zu …«

Das Hohelied um Snutworth schien um sich zu greifen, und die Stimmen wurden lauter, deutlicher. Alarmiert wich Mark zurück. Dann aber erklang eine Stimme, die für ihn ganz klar verständlich und vertraut war, und erhob sich über alle anderen.

*Mark darf jetzt nicht zurückkommen. Nicht gerade jetzt, das könnte ich nicht ertragen …*

Sie hörte sich ganz verloren, ganz unsicher an, und Mark durchfuhr ein stechender Schmerz. »Vielleicht befindet sie sich in Gefahr und will nicht, dass ich darin verwickelt werde«, sagte Mark trotzig.

Snutworth zog die Augenbrauen hoch und wandte sich Lily zu. »Vielleicht möchten Sie Mr Laudate hören?«, fragte er und beugte sich dabei vor. »Möchten Sie hören, was er von Ihnen hält? All die Gedanken, die er sich selbst kaum eingesteht, all seine Zweifel, seine Ängste? Wissen Sie, was er dachte, als er Sie zum ersten Mal sah?«

Wie auf Kommando schwoll das Hohelied an, und mit ihm kam Lauds Stimme; er sprach in jenem harschen, spöttischen Ton, den er angeschlagen hatte, als er zum ersten Mal ins Almosenhaus gekommen war.

*Albernes kleines Mädchen. Jemand sollte ihr beibringen, wie die richtige Welt funktioniert …*

»Er betrachtet Sie noch immer so«, sagte Snutworth. »Er sieht Sie nicht als individuellen Menschen, sondern nur als ein Bündel von Ideen, die geschützt werden müssen. Stolze kleine Lily, was halten Sie davon?«

»Es ist mir egal!«, platzte Lily heraus, offenkundig aufgewühlt. »Das sind seine privaten Gedanken. Jeder denkt dumme Dinge, die er nicht wirklich so meint.«

»Selbst wenn er es so meint, hat das vielleicht auch sein Gutes«, fügte Mark hinzu. Als Lily ihn ungläubig ansah, zuckte er mit den Schultern. »Er hält dich für einen einzigartigen Menschen, der beschützt werden muss. Ich würde sagen, aus Lauds Mund ist das ein großes Kompliment.«

»Aber wie viel können Sie ihm nachsehen?«, fragte Snutworth, nun in finstererem Ton. »Wie viele hässliche kleine Gedanken können Sie ertragen?«

Plötzlich war die Luft erfüllt von ihnen. Es erklangen schmeichelnde, kriecherische Stimmen überall um sie herum, spöttisch, höhnisch und alle voller Zweifel und Leid.

*Das schaffen wir nie, wir werden diese Krankheit nie heilen können. Ich hätte gar nicht erst versuchen dürfen zu helfen. Sie verdienen meine Hilfe nicht.*

Das war Dr. Theophilus mit überdrüssiger, schicksalsergebener Stimme.

»Was für ein Jammer, dass Ihr verlässlicher Heiler so leicht mürbe wird ...« Snutworth lachte.

*Es ist Lilys Schuld. Sie ist schuld, dass meine Schwester tot ist. Sie ist schuld, dass mein Bruder uns verlassen hat. Sie ist schuld, dass wir alle kurz davorstehen, in einer albernen Revolution unser Leben zu verlieren.*

Benedictas Stimme triefte vor Bitterkeit. Mark sah, wie Lily die Augen fest zusammenpresste, so als wäre sie körperlich getroffen worden.

»Wie schade, dass Miss Benedicta Ihnen in Ihrer Abwesenheit nicht die Treue hält«, verkündete Snutworth mit unverhohlener Schadenfreude.

*Mark hätte im Gefängnis bleiben sollen. Dann hätte er keinen Schaden mehr anrichten können.*

Das war Pete. Mark versuchte es auszublenden, hörte dafür nun aber Veritys Stimme laut und deutlich in seinen Ohren klingen.

*Mein Bruder ist gestorben, während er auf sie wartete. Und jetzt ist sie weg. Was sollte es? Warum darf sie leben, und er musste sterben ...*

»Wie viel halten Sie aus?«, rief Snutworth. Seine Stimme

schien nun mit dem Hohelied zu summen, so als vermischten sich Tausende bekannte und unbekannte Stimmen mit der seinen. Mark spürte die Vibrationen unter seinen Füßen – die Macht von Snutworths Leidenschaft ließ den Raum erbeben.

*Warum sind wir mit Mark verbündet? Er gehörte früher zu den Oberen der Gesellschaft, und das würde er immer noch, wenn er nicht zu Fall gebracht worden wäre … Er ist genau wie der Rest von ihnen …*

*Was soll es bezwecken zu kämpfen, wenn meine Kinder verhungern? Wer interessiert sich schon für andere? Ich muss mich um mich selbst kümmern …*

*Ich schließe mich ihnen nicht an … sie sind doch bloß Kinder …*

*Was nützt es?*

*Was soll es?*

»Aufhören! Sofort aufhören!«, schrie Lily und hielt sich die Ohren zu. Mark fühlte sich innerlich kalt und leer. Er wünschte, er könnte ignorieren, was sie gehört hatten, aber irgendwie war ihm klar, dass das Hohelied niemals lügen konnte.

»Das habe ich mir gedacht«, sagte Snutworth. »Die großen Richter verschließen genauso vorsätzlich die Augen wie jeder andere auch. Die Wahrheit schmerzt euch. Aber *das* ist die Wahrheit. Wirft man den ganzen Selbstbetrug und all die kleinen Tricks über Bord, die man dazu benutzt, um sich Ansehen zu verschaffen, dann ist es das, was übrig bleibt – banale, selbstsüchtige kleine Wesen, die es nicht verdient haben, über ihr Leben zu bestimmen.«

»Ich meinte nicht, mit den Gedanken aufzuhören«, sagte Lily.

Mark schaute zu ihr hinüber. Sie blickte nun wieder auf,

und in ihren Augen glomm ein Feuer, das er bei ihr kannte. Sie war nicht geschlagen.

Zum ersten Mal sah Mark Snutworth zögern, und Lily setzte nach.

»Hören Sie auf mit Ihren widerlichen Kommentaren zu allem!«, rief sie. »Was wollen Sie damit beweisen? Dass unsere Freunde einen Moment der Schwäche hatten? Haben wir das denn nicht alle? Das heißt doch nicht, dass sie immer so denken.«

»Nur in ihren schlechtesten Momenten werden Sie die Wahrheit finden«, sagte Snutworth und vollführte dabei eine schwungvolle Geste.

Plötzlich wurde die Luft von einer allzu vertrauten Stimme erfüllt. Mark hörte sprachlos zu, während Lilys Echos im Thronsaal widerhallten.

*Sie hat unrecht! Können sie denn nicht erkennen, dass die Sprecherin unrecht hat und ich recht habe? Nein, was tust du denn da … Ich habe jetzt keine Zeit, Gloria. Wir sehen uns dann morgen … Mark wird seinen Vater vielleicht nie wiedersehen, aber meine Eltern sind irgendwo dort draußen, und er muss mit mir kommen … Das ist mir egal … Ich muss alles wissen! … Muss alles unternehmen, um es zu erfahren …*

Jedes Mal hatte sie Leid verursacht, jedes Mal war sie zu schwach oder zu dumm gewesen, um das Leid eines anderen zu verhindern – das Hohelied zitierte nun alles. Lily stand vollkommen reglos da; auf ihrem Gesicht lag ein starrer Ausdruck des Entsetzens, als die dunkelsten Momente ihres Lebens als spöttische, hastige Echos zurückkehrten. Erneut zerschnitt Wolframs Todesschrei die Luft.

»Seht selbst, Kinder«, sagte Snutworth, dessen Stimme in der Höhle widerhallte. »Seht selbst, wer ihr seid. Lügner, Mörder, Zerstörer …«

Mark wusste, was nun kommen würde. Trotzdem biss er unwillkürlich die Zähne zusammen, als Lilys Stimme von seiner eigenen abgelöst wurde.

*Du weißt, wo du hinausfindest, Gloria … Es ist nicht meine Schuld … Ich werde nicht meinen Ruf zerstören, nur damit du dich besser fühlst … Dummer alter Mann, was weiß er denn schon …?*

»Das ist nicht die Wahrheit!«, rief Mark, bemüht, seine eigene Stimme zu übertönen. »Das bin ich in meinen schlimmsten Momenten. Ich hatte bessere Zeiten, die hatten wir alle. Sie sagen, Sie begreifen die Menschen, aber Sie sehen immer nur ihre Schwächen.«

Lily riss die Augen auf, und auf ihrem Gesicht breitete sich neue Zuversicht aus. »Das ist es! Verstehst du, Mark, so sieht *er* die Welt.« Sie schaute Snutworth direkt an. »Deswegen hört sich das Hohelied so wütend an. Sie hören es gar nicht richtig, nicht wahr? Sie hören nur das, was Sie hören wollen. Sie glauben, Sie zeigen uns die Wahrheit über uns selbst, aber in Wirklichkeit enthüllen Sie nur die Wahrheit über *sich*. Sie sind innerlich leer, Snutworth. Sie sehen keine Menschen, sondern immer nur ihre Schwächen, mit denen Sie sie manipulieren können. Aber wir sind viel mehr als das.«

Snutworth richtete sich auf seinem Thron auf. »Ich muss mir das nicht anhören«, sagte er, nun schon weniger gelassen. »Ihr wisst nichts von der Welt, nichts von meinem Plan …«

»Wir wissen mehr als Sie«, erwiderte Mark trotzig und trat an die Kante des Stegs, damit Snutworth seinem Blick nicht entgehen konnte. »Wir sehen die Menschen so, wie sie sind, nicht als eine Ansammlung von Schwächen, die man sich zunutze machen kann.«

»Versuchen Sie es, Snutworth«, fuhr Lily eindringlich fort. »Versuchen Sie, alles zu hören.«

Snutworth zögerte. »Glauben Sie, mich mit Liebe, Güte oder Freundschaft überraschen zu können? Ich weiß davon – wie sonst hätte ich voraussehen können, wie Sie reagieren würden, als ich Mr Marks Gefühle an mich genommen hatte?« Er beugte sich angespannt vor. »Können Sie keine Niederlage eingestehen?«

»Vielleicht gibt es da etwas, was Sie nicht wissen«, flüsterte Lily, deren Stimme sich nun fast mit dem Hohelied vermischte. »Vielleicht müssen Sie mehr zuhören.«

Mark wagte kaum Luft zu holen. Solange Snutworth das Hohelied als ein Werkzeug betrachtete, als etwas, das er zum eigenen Nutzen verwenden konnte, konnte er es beherrschen. Aber wenn er sich ihm wirklich öffnete, wenn er wirklich versuchte, alles zu hören, dann würde ihrer beider Plan vielleicht funktionieren.

Einen Moment glaubte Mark, Snutworth würde sich nicht ködern lassen, sondern sie auslachen und zum Teufel jagen, und diese letzte, winzige Chance wäre für immer vertan.

Doch Snutworth war einst Marks Diener gewesen, und Mark hatte ihn besser gekannt als jeder andere. Und wenn er dabei eines gelernt hatte, dann die Tatsache, dass Snutworth nicht wollte, dass jemand anders mehr wusste als er selbst.

Snutworth schloss die Augen.

Lautstärke und Intensität des Hohelieds schwollen an. Snutworth biss die Zähne zusammen und konzentrierte sich, während es durch die Luft surrte. Die Felskammer fing an zu beben, und der Boden unter ihren Füßen schlingerte.

»Es gibt nichts, was ich nicht wüsste«, sagte Snutworth triumphierend, während seine Stimme sich in hundert summende Echos aufspaltete. »Nur immer die gleichen alten Banalitäten, die gleichen unbedeutenden Belange, eine Million Mal hintereinander.«

»Genau«, rief Mark über das Geräusch hinweg, während er sich taumelnd bemühte, sein Gleichgewicht zu bewahren. »Das Gleiche. Eine Million Menschen, jeder so vielschichtig wie der nächste, jeder mit guten und mit schlechten Seiten und so viel, was dazwischen liegt …«

»Oder sind sie alle verschieden?«, griff Lily das Argument auf, während in der erbebenden Kammer Staub von der Decke herabfiel. »Alle erfüllt mit tausend Gedanken, die sich überallhin bewegen, bis man nicht mehr sagen kann, welcher den Sieg davontragen wird?«

»Sie wollen wissen, warum der Waage-Bund zwei Richter wollte?«, rief Mark, dem nun alles klar wurde. »Weil alle Dinge zwei Seiten haben. Es gibt immer hundert verschiedene Arten, etwas zu betrachten. Deshalb werden Sie das Hohelied niemals beherrschen. Weil Sie nämlich zu *kleinkariert* denken. Hören Sie all diese Menschen?« Er rief. »Hören Sie – jeder einzelne ist wunderschön.«

»Jeder einzelne ist schrecklich«, fügte Lily hinzu.

»Wir sind Teufel«, sagte Mark.

»Wir sind Engel«, sagte Lily.

»Wir sind einfach nur Menschen …«, schrie Mark, während das Hohelied zu einem Geheul anschwoll.

»… und das bedeutet, wir sind das Vielfältigste überhaupt«, schloss Lily.

Snutworths Atem ging in kurzen Stößen. Mark spürte die Vibrationen in der Luft; der Thron fing mit einem tiefen Ton an zu surren.

»Nein …«, rief Snutworth aus, bemüht, mit ruhiger Stimme seine Autorität wieder geltend zu machen. »Ich bin jenseits davon. Ich bin rein. Ich höre … alles … Ich verstehe … alles …«

»Sie hätten Ihr Leben führen können, Snutworth«, sagte

Mark geradezu mitleidig. »Sie hätten Ihren Weg machen können, aber stattdessen sind Sie nur ein billiger Abklatsch von allen. Ein inhaltsloser Mensch, dessen ganzes Leben darauf beruht, andere zu beherrschen. Es spielt keine Rolle, wie oft Sie die Fäden ziehen, Sie sind nicht Teil unserer Welt. Und das werden Sie jetzt auch nie mehr sein.«

»Unsere Welt!«, fauchte Snutworth. Mark erkannte, dass Snutworth das letzte Quäntchen seiner gewohnten Gelassenheit verloren hatte; all diesen Gedanken zuzuhören forderte seinen Tribut. »Es ist alles falsch – alles ist nur ein Lügengespinst, um einen alten Plan umzusetzen. Agora, Giseth, Naru – nichts davon ist echt, niemand kann hier ein echtes Leben führen. Wir sind nur Wunschträume.«

»So ist es vielleicht einmal gewesen …«, sagte Lily eindringlich, während die Echos sich um sie scharten. »Aber jetzt nicht mehr. Niemand hat uns gesagt, dass wir ein Experiment sein sollen; niemand hat uns gesagt, dass wir in eine bestimmte Richtung denken sollen. Und wir tun es auch nicht mehr. Wir haben uns verändert; wir sind Menschen. Wir führen ein eigenständiges Leben, das nicht von Prophezeiungen oder alten Plänen bestimmt wird. Wir sind unser eigener Herr, und das werden wir auch immer sein.«

»Aber was sind Sie, Snutworth?«, fragte Mark, während das Hohelied erneut anschwoll, stärker nun als je zuvor. »Haben Sie auch Ihren Platz gefunden?«

»Ist er hier, bei all diesen alten Geheimnissen?«, fuhr Lily fort, ihren Standpunkt erbarmungslos klarmachend. »Was nützt es, all dieses Wissen zu besitzen? Was wollen Sie damit machen?«

»Ich … ich … beherrsche …«, stieß Snutworth atemlos hervor. In seiner Stimme schwangen so viele halb wahrgenommene Echos mit, dass sie kaum mehr wie die seine klang.

»Was beherrschen?«, fuhr Lily fort. »Was haben Sie davon? Wenn alle so dumm sind, begierig nach allem, was sie in die Finger bekommen können, warum streben Sie dann nach geheimer Macht? Warum wollen Sie nicht den Ruhm? Warum sich hier verstecken?«

»Sie sind ein Niemand«, sagte Mark aus tiefer Überzeugung.

»Nein …«, sagte Snutworth mit kaum noch menschlicher Stimme.

»Das Orakel hat das, was sie getan hat, wenigstens noch aus Pflichtgefühl heraus getan«, rief Lily. »Aber Sie, Sie sind leer. Sie sind bloß ein kleiner Junge, der nicht weiß, wann das Spielen zu Ende ist.«

»Für Sie bleiben nur noch tote Gedanken, Snutworth«, sagte Mark, dessen Stimme die Kammer erfüllte. »Wir sind nicht mehr Ihr Spielzeug. Die Welt ist Ihnen über den Kopf gewachsen.«

Das Hohelied schrie auf.

Eine Million Echos erfüllten die Luft, hektisches, sinnloses Geflüster. Mittlerweile vibrierte die ganze Höhle. Und inmitten von allem erhob sich Snutworth ruckartig von seinem Thron, als hätte dieser ihn verbrannt.

»Helfen Sie … mir …«, sagte er so leise, dass Mark ihn kaum hören konnte. Doch es war zu spät.

Von der Decke stürzten große Stalaktiten herab und rissen weitere Teile des Stegs mit sich in die Tiefe. Plötzlich wieder bei Sinnen schaute sich Snutworth entsetzt um. Über ihm ertönte ein grässliches splitterndes Geräusch.

»Der Mittelpunkt!«, schrie Lily. Mark blickte hoch. Nun vibrierte der Mittelpunkt selbst, stärker, immer stärker, bis die ganze Felskammer in Schwingungen geriet. Jeden Moment würde sie einstürzen. Lily und Mark krochen zurück, während der Steg unter ihnen zerbröckelte und Snutworth, hektisch nach einem Ausweg suchend, in alle Richtungen schaute.

Es gab keinen. Die Spalte, die er selbst hatte schaffen lassen, war zu breit. Zu breit, als dass Snutworth hätte entkommen können, selbst wenn er das Seil benutzt hätte. Und zu breit, um darüber zu springen. Mark, der im Eingang stand, beobachtete den Moment, in dem Snutworth dies realisierte. Er sah das Begreifen in seinen Augen.

Dann drehte sich Snutworth um und setzte sich wieder hin.

Sanft ließ er die Hände auf den Lehnen des Resonanzthrons ruhen.

Er lächelte. Es war ein Lächeln, das sich tief in Marks Erinnerung einbrennen sollte. Es sah so aus, als wäre er nun endlich im Frieden mit sich.

Der Mittelpunkt zerbarst.

Die Höhle des Orakels stürzte ein.

Dunkelheit breitete sich aus.

## KAPITEL 28

# *Das Urteil*

Lily musste durch den ganzen Staub in der Luft husten.

Sie versuchte sich aufzurichten, doch auf ihrer Brust lastete ein erdrückendes Gewicht, und ihr fehlte die Kraft. Nach wie vor nach Luft ringend verdrehte sie ihren Arm und versuchte sich aus dem Schutt zu befreien. Dabei stieß sie auf etwas, das sich wie eine Hand anfühlte. Sie drehte den Kopf und blinzelte, um den Sand aus den Augen zu bekommen. Sie erkannte Mark, der auf dem Bauch lag und halb unter losem Felsgestein begraben war. Allzu übel zugerichtet sah er nicht aus, war allerdings von Staub bedeckt. Sie hatten Glück gehabt, dass sie im Eingang gestanden hatten, als die Kammer einstürzte, sodass ihnen das Schlimmste erspart geblieben war. Snutworth hingegen …

Sie hatte gesehen, wie der größte Stalaktit auf ihn herabgestürzt war.

Er war tot. Und das Hohelied war mit ihm gegangen. Zum ersten Mal, seit sie in Naru war, hörte sie einzig und allein ihren eigenen Herzschlag.

Neben ihr regte sich nun auch Mark. Er hob den Kopf und lächelte zaghaft. »Tja … funktioniert hat es«, sagte er matt. Er stemmte sich auf die Ellbogen und blickte zurück auf den ehemaligen Eingang zum Thronsaal. Unter dem Schutt ragte ein kleines Stück des zerfetzten Vorhangs hervor. Er runzelte die Stirn. »Das war es dann, oder?«

Lily nickte bedächtig. Es fühlte sich nicht wirklich wie ein Sieg an, das musste sie zugeben.

»Meinst du, wir hätten … ich meine …« Mark zögerte. »Wolfram … Snutworth … Haben wir die beiden gerade getötet?«

»Wolfram war verrückt«, erwiderte Lily mit zitteriger Stimme. »Wenn wir gezaudert hätten, hätte er uns beide umgebracht. Und Snutworth hatte sich selbst dort drüben isoliert; das hat er sich alles selbst zuzuschreiben.«

»Schon …«, sagte Mark. »Aber …«

»Wir mussten seine Verbindung zum Hohelied kappen«, sagte Lily, ihr plötzliches Schuldgefühl ignorierend. »Wir konnten nicht ahnen, dass dadurch die ganze Felskammer einstürzen würde.«

Mark begegnete ihrem Blick. »Nicht?«, fragte er.

Lily schaute weg. In Wahrheit waren sie sich beide bewusst gewesen, dass diese Möglichkeit bestand. Sie beide konnten sich daran erinnern, was geschehen war, als das Orakel aus dem Gleichgewicht geraten war; ganz Naru hatte gebebt. Lily seufzte. Sie glaubte nicht, dass der Tod der beiden sie um den Schlaf bringen würde. Sie hoffte nur, dass kein Naruvaner dabei zu Schaden gekommen war.

»Wegen Snutworth mache ich mir keine Gedanken«, gab Mark zu. »Doch Wolfram … er hatte seine Überzeugungen, Lily. Die haben wir alle.«

Lily runzelte die Stirn. »Wir leben für unsere Überzeugungen. Er hat versucht, uns für seine zu töten«, sagte sie seufzend. »Ich weiß, es ist nicht perfekt, aber ich bin bereit, damit zu leben, wenn du es auch bist«, sagte sie.

Mark nickte zögerlich. »In Ordnung«, stimmte er zu.

Dann herrschte Schweigen.

»Also …«, sagte Mark schließlich. »Jetzt nach Hause?«

Lily musste unwillkürlich lachen und daraufhin prompt husten. »Ist es das?«, fragte sie. »Diese ganzen Pläne und Prophezeiungen, und alles läuft darauf hinaus?« Sie dachte einen Moment darüber nach. Es hatte schon einen gewissen Reiz – es war mit Sicherheit das Letzte, was sich die alten Waage-Leute vorgestellt hatten.

Sie zerrte an den Steinen. Wie durch ein Wunder hatte sie sich offenbar nichts gebrochen, doch die untere Hälfte ihres Körpers war unter dem Schutt eingeklemmt, und sie konnte sich nicht bewegen. Jedes Mal, wenn sie es versuchte, spürte sie, wie sich das Felsgestein unheilverkündend verschob.

»Bei dir auch?« Mark ächzte vor Anstrengung. »Meinst du, wenn wir um Hilfe rufen, wird jemand kommen?«

Lily lauschte. In der Ferne hörte sie Rufe und einen Ansturm näher kommender, über den Felsboden trampelnder Schritte.

»Ich glaube, das brauchen wir nicht.«

Mark verdrehte den Kopf und sah, wie Septima und Tertius auftauchten. Ihre normalerweise leuchtenden Gewänder waren von Staub bedeckt, und die beiden blickten gehetzt drein. Als sie den Schutt sahen, blieben sie abrupt stehen. Sprachlos starrten sie vor sich hin, während andere Naruvaner zu ihnen aufschlossen. Mit rotem Kopf und keuchend kam schließlich auch der Dirigent herbei.

»Warum seid ihr stehen geblieben?«, schnaufte er. »Wir müssen den Stellvertreter dazu bringen, uns zu sagen, warum unser Land von Leid überzogen wird …« Er verstummte. Eine ganze Weile starrte er stumpfsinnig auf den Schutt, bis Lily es nicht länger aushielt.

»Dirigent, wollen Sie uns nicht helfen, hier herauszukommen?«, fragte sie so höflich sie konnte, durch eine erneute Staubwolke hustend. Der Dirigent gab keine Antwort. Er war lediglich imstande, auf den Gesteinshaufen zu schauen, der einmal der Eingang zur Felskammer des Orakels gewesen war. Lily blickte Tertius und Septima an, doch die beiden wirkten gleichermaßen benommen.

»Die Harmonie ist fort«, flüsterte Septima. »Der Mittelpunkt ist zerbrochen, und die Kristalle sind verstummt …«

»Wohin wird unser Wissen gehen?«, fragte Tertius, in dem Panik aufkam. »Was werden wir tun? Wie werden wir leben?«

»Wir werden euch helfen«, beteuerte Mark hastig. »Das versprechen wir. Aber bitte, ihr müsst uns hier heraushelfen …«

Ein paar Wächter, die im Hintergrund standen und noch immer Handschuhe und Masken trugen, schauten den Dirigenten an. Er gab ihnen jedoch keinerlei Anweisungen. Aus seinem Gesicht war sämtliche Farbe gewichen.

»Ihr habt alles zerstört«, sagte er wie betäubt. »Wir haben nichts mehr. Nichts außer leeren, stummen Höhlen … für immer und ewig …«

Lily schloss die Augen. Er tat ihr leid, keine Frage. Aber mit jeder Sekunde, die verging, fiel ihr das Atmen schwerer. Sie hatte keine Zeit, um einfühlsam zu sein.

»Dirigent«, sagte sie energisch. »Unser so genannter Vermittler ist nicht mehr. Das bedeutet, dass wir wieder zuständig sind, nicht wahr?«

Dieser strenge Ton rief eine Reaktion hervor; der Dirigent runzelte die Stirn. »Ich bin mir nicht sicher. Es gab keine Anweisungen für diesen Fall, und das ehemalige Orakel weigert sich, mit mir zu sprechen …«

»Dann werden Sie diese Entscheidung selbst treffen müssen«, forderte Mark. »Die Pläne und Prophezeiungen sind Geschichte. Es geht jetzt nur um Sie, Dirigent. Was sollte Ihrer Meinung nach geschehen?«

Der Dirigent fuhr sich mit der Hand über die Stirn. Er wirkte verloren, so als wache er gerade aus einem langen, friedlichen Traum auf.

Er blickte zu Lily hinunter. Sie streckte ihm die Hand entgegen. Er schreckte zurück, doch sie hielt den Arm weiter ausgestreckt.

»Es ist eine neue Welt, Dirigent«, sagte sie. »Ein neues Leben. Neue Wege. Lassen Sie sich nicht von der Vergangenheit beherrschen.«

Der Dirigent warf einen Blick zurück auf seine Leute. Sie standen stumm da und hatten ihre großen, dunklen Augen auf ihn und Lily geheftet.

Er wappnete sich.

Dann nahm er ihre Hand.

Überraschtes Geflüster kam in den Reihen der Naruvaner auf. Der eine oder andere sank mit bleichem Gesicht zu Boden. Der Dirigent hingegen zitterte lediglich ein wenig und hielt ihre Hand weiter fest.

»Wächter!«, sagte er dann plötzlich. »Räumt diesen Gang. Die Richter brauchen unsere Hilfe.«

Die Wächter machten sich rasch an die Arbeit. Als der Dirigent Lily aus dem Schutt gezogen hatte, stand Mark bereits wieder auf den Beinen. Lilys Knie zwickte beängstigend, Mark hatte eine hässliche Schnittwunde am Rücken, und ihre beiden Körper waren von Prellungen übersät, aber immerhin konnten sie sich bewegen.

Sobald Lily wieder imstande war, alleine zu stehen, ging der Dirigent erneut auf Abstand zu ihr und wischte sich die Hand an seinem Gewand ab. Ihm schien ein wenig mulmig zu sein, doch er wirkte auch sonderbar stolz.

»Danke«, sagte Lily, unsicher, was sie sonst sagen sollte. Sie spürte die stechenden Blicke der Naruvaner um sich herum und fragte sich, ob sie sich entschuldigen sollte. Aber was konnte sie sagen? Mark und sie hatten ihre Welt für immer verändert. Dass sie einen sehr guten Grund dafür gehabt hatten, würde für sie wohl kaum eine Rolle spielen.

»Wie lauten nun eure Befehle, Richter?«, fragte der Dirigent würdevoll. Lily begegnete Marks Blick. Er sah genauso müde aus, wie sie selbst sich fühlte.

»Ich denke ...«, begann er. »Ich denke, wir müssen nach Hause. Ist der Rückweg zum Abstieg des Letzten geräumt?«

Der Dirigent nickte stumm.

Septima hingegen war nicht so ehrfürchtig. »Ihr könnt nicht einfach gehen!«, rief sie laut. »Ihr seid die Richter!«

Die anderen Naruvaner stimmten ihr lautstark zu, doch Mark schüttelte den Kopf.

»Ihr braucht uns nicht mehr«, erklärte er, seine Stimme über den Lärm erhebend. »Ihr braucht jetzt jemanden, der euch Proviant schicken oder euch dabei helfen kann, Kontakt mit den anderen Ländern aufzunehmen. Wenn wir nach Hause zurückgekehrt sind, werden wir versuchen, das zu organisieren. Hier unten können wir nichts mehr tun.«

Diese Bemerkung schien die Verwirrung der Naruvaner nur noch zu verstärken. Tertius trat vor und schaute Mark und Lily direkt an.

»Aber ... wer wird uns sagen, was wir zu tun haben?«, fragte er zögernd.

Lily und Mark blickten einander an. Einen kurzen Moment geriet Lily in Versuchung. Das war eine außergewöhnliche Gelegenheit. Jeder Naruvaner zählte auf sie. Sie könnten alles verändern, so wie sie es wollten. Sie könnten diesen Ort mit allem, was sie gelernt hatten, neu organisieren. Sie könnten ihn in ein Paradies verwandeln.

Aber das war Snutworths Plan gewesen, nicht der ihre.

»Das liegt an euch«, sagte Mark sanft. »Das hier ist nicht unser Land; es ist eures. Ihr müsst entscheiden, wie ihr leben wollt.«

»Aber wenn ihr nach einem Orientierungspunkt sucht«, fügte Lily hinzu, »dann würde ich dafür nicht die Welt oben nehmen.« Sie schaute ringsum in die Gesichter der verwirrten Menschen und brachte zu ihrer eigenen Überraschung ein Lächeln zustande. »Es gibt hier unten Wunder in Hülle und Fülle.«

Ohne ein weiteres Wort machten sich Mark und Lily daran, die Stufen hinaufzusteigen, die von der Höhle des Resonanzthrons wegführten. Bis zum Abstieg des Letzten lag noch ein weiter Weg vor ihnen.

Als sie um die Ecke bogen, bemerkten sie, dass die Naruvaner damit begonnen hatten, ernsthaft miteinander zu diskutieren. Ihnen fiel auf, dass der Dirigent viele um sich scharte und dabei eine neu gewonnene Zielstrebigkeit ausstrahlte.

Und ihnen fiel auf, dass Tertius Septimas Hand genommen hatte. Sie entzog sie ihm nicht.

Weder während die Lore sie zurück zum Abstieg des Letzten brachte, noch während die Metallplattform sie langsam wieder hoch zur Oberfläche hob, sprachen sie ein Wort miteinander. Wenn sie erst einmal damit beginnen würden, das wusste Lily, dann gäbe es viel zu sagen. Und im Moment benötigten sie einzig und allein Ruhe.

Deshalb stellten sie sich erst kurz bevor sie die Oberfläche erreicht hatten laut die Frage, ob Snutworths Behauptung, die Rebellen hätten die Macht übernommen, wohl stimmte. Würden sie nun gleich in einen Jungfrau-Bezirk hinaustreten, der so war, wie sie ihn verlassen hatten, voller verriegelter Türen, verängstigter Kaufleute und patrouillierender Eintreiberstreifen? Oder würde dort ein heftiger Kampf der Revolutionäre toben? Jedenfalls waren sie einigermaßen beklommen, als sie aus der Geheimkammer im Haus des Letzten heraustraten, durch die Korridore tapsten und die mit Eisen beschlagene Eingangstür aufstießen.

Was sie nicht erwartet hatten, war völlige Ruhe.

Verblüfft schaute Mark sich um. Die Gebäude um sie herum zeichneten sich als Silhouette im verblassenden Sonnenlicht des frühen Abends ab. Das war nach den letzten Tagen eine willkommene Rückkehr zur Normalität. Zwar waren die meisten Häuser immer noch verriegelt und verrammelt, doch war hier und da eine Tür aufgestoßen worden und schlug in der Brise knarrend auf und zu. Zu dieser Tageszeit wäre sonst selbst in den ruhigsten Stadtteilen ein steter Fluss von Menschen auf dem Nachhauseweg gewesen. Diese Leere wirkte gespenstisch.

Sie gingen die kopfsteingepflasterten Straßen entlang. Lily machte sich darauf gefasst, auf eine Eintreiberstreife zu stoßen, die ihnen nachsetzen würde. Aber das einzige Geräusch war ein weit entferntes Grollen, das klang wie das gegen die Klippen vor der Kathedrale der Verlorenen brausende Meer.

Sie blieb stehen. »Mark«, flüsterte sie, »hörst du das? Was ist das?«

Mark neigte den Kopf zur Seite. »Ich glaube …«, sagte er, »ist das nicht … Rufen?«

Lily ließ den Kopf hängen. Noch einer aufgebrachten Menschenmenge wäre sie nicht gewachsen. Wahrscheinlich näherte sich die Menge ohnehin schon, um sie beide aufzugreifen und durch das einstmals stolze Agora zu zerren. Das war nun also das Ergebnis ihres Versuchs, aus der Stadt einen besseren Ort zu machen.

»Nein …«, fuhr Mark dann vorsichtig fort. »Es ist … Jubel …« Auf seinem Gesicht breitete sich ein Lächeln aus. »Ich glaube, er kommt vom großen Marktplatz! Komm schon!«

Ihren Schmerzen und Prellungen zum Trotz rannten die beiden durch die Straßen von Agora.

Je näher sie dem großen Marktplatz kamen, desto lauter wurde der Lärm. Nun war es leichter, einzelne Stimmen aus dem Tohuwabohu herauszuhören – es wurden Parolen skandiert, ja sogar Lieder gesungen. Lily war überzeugt davon, die Sozinhos zu vernehmen; diese sangen das gleiche Lied des Ruhms, das sie drei Jahre zuvor gehört hatte – am Tag des Großen Festes, dem Tag, an dem Mark und sie den Weg eingeschlagen hatten, der sie hierhergeführt hatte.

Genau vor drei Jahren. Heute war auch Agora-Tag, ihr Geburtstag. Bei diesem Gedanken blieb sie abrupt stehen.

»Worauf wartest du?«, fragte Mark aufgeregt. »Willst du denn nicht wissen, was geschehen ist?«

Lily zögerte. »Meinst du nicht, es gibt einen Weg, wie wir es herausfinden können, ohne dorthin zu gehen? Es könnte sich auch um eine Feier des Direktoriums handeln, nachdem die Rebellen geschlagen wurden.«

Mark wurde ein wenig blasser. An so etwas hatte er gar nicht gedacht. Dann aber lächelte er plötzlich.

»Also, da gibt es vielleicht einen Platz, von dem aus wir eine bessere Aussicht haben …«

Es war ein außerordentlich beeindruckender Anblick. Der Marktplatz platzte aus allen Nähten. Die Menschenmenge stand auf den Brücken, in den Torbögen und in den dahinter liegenden Straßen. Die Überreste der Barrikaden trieben den Fluss hinab oder waren niedergetrampelt worden. So viele auf einem Platz versammelte Menschen hatte Lily noch nie gesehen. Selbst hier, im Observatorium oben im Turm des Sterndeuters, konnte sie sie noch singen hören.

Sie waren davon überzeugt gewesen, dass im Turm des Sterndeuters niemand sein würde. Er war schon seit Wochen nicht mehr bewohnt. Mark hatte sich das gedacht, denn wenn Snutworth Lady Astrea die Leitung übergeben hatte, hatte sie weg von den Frontlinien ins Direktorium umziehen müssen. Hinter Lily richtete Mark das große Messingteleskop aus, das früher dem Grafen Stelli gehört hatte; er stellte es so ein, dass es hinunter auf den Marktplatz gerichtet war, damit er genau beobachten konnte, was dort geschah. Lily hingegen genoss es, einfach nur durch die Fenster zu blicken, hinunter auf die Hausdächer von Agora, die vom Sonnenuntergang nun in rotes und violettfarbenes Licht getaucht wurden.

»Lily!«, rief Mark und zog den Kopf hinter dem Okular des Teleskops weg. »Komm und sieh dir das an!«

Lily riss sich von ihrer Aussicht los und warf einen Blick durch das Teleskop. Einen kurzen Moment war das Bild verschwommen, bis Mark einige Einstellräder ausrichtete, und dann …

»Bei allen Sternen!«, rief Lily begeistert aus. »Ist das Theo?«

Aber sie hätte gar nicht zu fragen brauchen, denn jetzt war sie sich sicher, konnte ihren Freund deutlich erkennen. Er stand auf den Überresten der Barrikade und hielt eine Rede. Sie musste sie nicht einmal hören, denn sie ahnte, was er sagen würde. Es stand allen Menschen ins Gesicht geschrieben und spiegelte sich auf dem vorsichtigen Lächeln von Laud, Ben und Cherubina wider, die neben ihm auf dem improvisierten Podest standen. Er würde die dort versammelten Menschen beruhigen und ihnen versichern, dass das Schlimmste überstanden sei, dass es Hoffnung gebe. Mark schwenkte das

Teleskop, und nun sah Lily andere in der Menschenmenge. Sie erkannte Inspektor Greaves, ernst, aber froh. Sie sah Pete, dem Tränen der Erleichterung in den Augen standen. Sie sah Elespeth, die argwöhnisch wirkte, und Owain, der lauter jubelte als alle anderen. Sie sah Lady Astrea, den Kopf gesenkt, aber aufrecht stehend. Und sie sah Eintreiber, die sich unter die Zivilisten gemischt hatten, Obere der Gesellschaft direkt neben Schuldnern, allesamt Theos Worte bejubelnd. Morgen, davon war Lily überzeugt, würden die meisten von ihnen wieder ihr normales Leben aufnehmen, bereit, ihre Mitfeiernden in den Schmutz zu ziehen, um sich den besseren Handel zu sichern. Aber jetzt war die Revolution beendet, der Frieden wiederhergestellt. Und das klang in ihren Ohren nach einem Sieg.

»Sehen Sie das, Graf Stelli?«, sagte Mark leise in Richtung des Himmels. »Sehen Sie sich Theo jetzt an – er macht am großen Marktplatz, am Agora-Tag, Vorhersagen über die Zukunft.« Er senkte den Blick. »Er ist eben doch Ihr Enkel.«

Durch das, was sie gesehen hatte, in Hochstimmung versetzt, zog sich Lily vom Teleskop zurück. Sie hätte lachen und tanzen wollen, doch dafür und für vieles mehr würde noch Zeit sein, wenn sie den Platz erreicht hatten.

»Also schön«, sagte sie, »wir haben genug Vorsicht walten lassen. Jetzt ist es Zeit für ein wenig Vergnügen!«

Sie war schon halb durch die Falltür aus dem Observatorium, als sie erkannte, dass Mark ihr nicht folgte.

»Ich glaube, wir sollten nicht dorthin gehen«, sagte er.

Langsam stieg Lily die eisernen Stufen wieder hinauf. Sie machte sich gar nicht erst die Mühe, ihren Unglauben zu verbergen. »Wir sind gerade aus Naru entkommen«, sagte sie beinahe fassungslos. »Wir haben gerade erst verhindert, dass Agora und Giseth unter die Herrschaft von Snutworth fallen.

Und was unsere Freunde angeht, glauben sie womöglich, dass wir tot sind. Meinst du nicht, sie würden uns gerne sehen?«

Lily verstummte. Mark schüttelte bereits den Kopf, und Lily begriff, dass er weder traurig noch nervös war. Mehr als alles andere wirkte er nachdenklich.

»Würden sie das? Genau jetzt?«, fragte er leise. »Schau einfach mal durch das Teleskop.«

Verwirrt ging Lily wieder zurück an das große Messingteleskop und blickte hindurch. Alles war wie zuvor. Theo war offenkundig an einer besonders mitreißenden Stelle seiner Rede angelangt, denn alle um ihn herum jubelten. Sie sah Laud, der heftig Beifall klatschte, und ihr Herzschlag setzte für einen Moment aus. Plötzlich wünschte sie sich nichts sehnlicher, als die Arme um ihn zu schließen und ihm zu beweisen, dass sie wieder da war und nicht wieder weggehen würde.

Dann entdeckte sie Cherubina. Sie lächelte natürlich. Zugleich aber sah sie sich nervös um, als erwarte sie jeden Moment, dass etwas schiefging.

»Schau sie dir an«, sagte Mark und trat näher an Lily heran. »Schau dir unsere Freunde an. Sie haben es geschafft – sie haben der Revolution zum Sieg verholfen. Wenn wir jetzt auftauchen, während die Menschen alle noch nach Anführern suchen, dann werden sie *uns* dazu machen.« Mark starrte aus dem Fenster. »Wir sind, wie du weißt, die großen Symbole dieser Revolution. Ohne dein Almosenhaus wäre all dies hier nie geschehen.«

Lily lächelte, da sie allmählich verstand. »Ohne deine Rede vor dem Gefängnis hätte sich die Revolution zu einem Massaker entwickelt«, erwiderte sie.

Mark nickte. »Genau. Der Waage-Bund wollte, dass wir die Hauptdarsteller sind, und ich weiß zwar nicht, wie es geschehen ist, aber es war auch so. Wir haben die Sache ans Laufen gebracht. Aber … ich will nicht herrschen.« Mark steckte die Hände in die Taschen seiner fadenscheinigen Jacke. »Ich glaube nicht, dass wir das gut können.«

Lily begegnete seinem Blick. Er hatte natürlich recht. Sie wussten, wie man Unruhe stiftete, wie man Machthabende stürzte, und hatten neue Ideen. Sie wussten, wie man Chaos verbreitete. Aber Agora hatte seine Feuertaufe bestanden, und ab jetzt benötigte die Stadt jemand anderen.

Lily ging zu der Glaswand des Observatoriums hinüber und ließ den Blick durch die Straßen schweifen, vorbei an den Trümmern und zerfallenden Gebäuden mit ihren Spuren von Gewalt und Kämpfen, bis ihr Blick schließlich auf den großen Marktplatz fiel.

»Agora ist fast zerbrochen«, sinnierte Lily, während sie Theo anschaute, dessen große, ungelenke Gestalt noch aus dieser Entfernung inmitten der Menschenmenge erkennbar war. »Ich glaube, was die Stadt am meisten braucht, ist ein Heiler.«

Mark lächelte. »Also … was meinst du?«, fragte er. »Wie kommen wir zurück zum Tempel, ohne dass sie uns bemerken?«

Zu ihrer eigenen Überraschung spürte Lily, dass sie grinste. »Wir nehmen die Strecke flussaufwärts. Auf diesem Weg gibt es mehr Brücken über die Ora, und ich kann mir nicht vorstellen, dass dort jetzt noch allzu viele Eintreiber herumgeistern.«

»Das ist ein weiter Weg«, sagte Mark und polterte die Eisenstufen zum Vorraum hinunter.

Lily folgte dicht hinter ihm. »Stimmt«, erwiderte sie, während sie durch die Bronzetür und hinaus auf die steinerne Wendeltreppe trat, wo sie beide sich vier Jahre zuvor zum ersten Mal begegnet waren. »Aber ich habe keine Lust auf einen Ausflug durch die Elendsviertel. Und in einer Seitengasse von dem einzigen verzweifelten Schuldner, zu dem die gute Nachricht noch nicht vorgedrungen ist, abgestochen zu werden, ist nicht *meine* Vorstellung von einem perfekten Tagesabschluss.«

Mark lachte, während er die Stufen hinuntertrottete. »Schön, aber dann wird es länger dauern, bis wir schlafen können. Ist dir klar, dass dies wahrscheinlich der einzige Zeitpunkt ist, an dem der Tempel für eine ganze Weile leer steht? Du erinnerst dich doch noch, wie sich Frieden und Ruhe anfühlten, oder?«

Lily kam an einer offenen Tür vorbei. Sie blieb stehen. Der dahinter liegende Raum mit seinen weißen Abdecktüchern über den Möbeln hatte etwas Vertrautes an sich. Unterhalb von Lily, weiter die Stufen hinab, blieb nun auch Mark stehen. Er drehte sich um und schaute aus der Dunkelheit mit plötzlich ernster Miene zu ihr auf.

»Lily … bist du sicher, dass wir das Richtige tun?«

»Bestimmt werden sie es verstehen«, sagte Lily, noch immer von diesem Kämmerchen abgelenkt, das sie an irgendetwas erinnerte. »Sie werden bald wieder im Tempel sein …«

»Das meinte ich nicht«, erklärte Mark und kratzte sich am Hinterkopf. »Können wir einfach weggehen? Ich meine, mehr als hundert Jahre Planung, während denen der Waage-Bund drei Zivilisationen gründete, die alle auf uns hinausliefen, den Protagonisten und die Gegenspielerin, die legendenumwobenen Richter … Und wir gehen einfach weg? Müssen wir unsere Rolle nicht zu Ende spielen? Einen Anführer wählen? So etwas wie ein Urteil fällen?«

Lily blickte in das alte Zimmer. Einen kleinen Moment drang Sonnenlicht durch den Fensterschlitz und beleuchtete ihr Gesicht. Plötzlich fiel es ihr ein. Sie erinnerte sich an den Tag, an dem sie Mark begegnet war, jenen Moment, an dem ihrer beider Leben sich miteinander verwoben hatten und ganz Agora begonnen hatte, sich zu verändern. In diesem kleinen Moment, während sie durch das Fenster starrte, stellte sich die ganze Stadt in ihrer seltsamen Pracht vor ihr dar. So ähnlich wie damals, als sie sie zum ersten Mal gesehen hatte, aber dank Mark und ihr und all ihren Freunden so vollkommen anders. Sie sah neu aus, und Lily hatte das Gefühl, sie zum ersten Mal wirklich zu sehen.

Lächelnd schaute sie zu Mark hinunter und hörte in diesem Moment von weit entfernt erneut lauten Jubel, als Theo seine Rede beendete.

»Ich glaube, das haben wir schon«, sagte sie.

Und schloss die Tür.

# KAPITEL 29

# *Anfang*

Als Mark auf Lily stieß, stand diese am Rand der Klippe und starrte aufs Meer hinaus.

»Ich hätte gedacht, du hilfst mit beim Beladen des Schiffes«, sagte Mark und stellte sich neben sie.

Sie lächelte ihm kurz zu. »Kommt nicht in Frage«, sagte sie. »Laud und Honorius streiten sich immer noch darüber, wo die letzten Vorräte verstaut werden sollen. Wir wollten eigentlich im Morgengrauen in See stechen, aber das schaffen wir wohl nicht mehr. Ich könnte an Bord warten, aber ich glaube, ich überlasse es einfach ihnen. Es könnte eine lange Reise werden, da ist es besser, wenn sie ihre Meinungsverschiedenheiten jetzt klären.«

Mark nickte verständnisvoll. Sie waren erst vor einer Woche an der Kathedrale angelangt und hatten eine Menge für ihre Reise vorbereiten müssen. Keiner von ihnen wusste, wie lange es dauern würde, das Meer zu überqueren, und Honorius hatte sich das Navigieren lediglich aus den Aufzeichnungen des schon lange verstorbenen Kapitäns aneignen können. Es war ein riskantes Unternehmen. Doch Mark vermutete, dass für Lily darin schon der halbe Reiz lag.

Was die andere Hälfte anging, so hörte Mark Laud bereits ihren Kapitän über die Docks hinter der Kathedrale hinweg anschreien.

»Also, ich kann ja verstehen, warum du mit Laud eine Seereise unternehmen möchtest …«, sagte Mark verschmitzt. »Aber nun mal im Ernst … auch Ben mitzunehmen? Stört sie euch denn nicht?«

Lily schlug zum Spaß nach ihm. »Wir würden eher in der Klemme stecken, wenn wir ohne sie aufbrechen würden. Es ist ja nicht so, als würden uns noch jede Menge anderer agoranischer Diplomaten begleiten – und ich würde behaupten, dass Ben zu den besten zählt. Außerdem glaube ich«, fügte sie ein wenig verlegen hinzu, »dass sie schon eher von Laud und mir wusste als wir selbst.«

Mark nickte. In den letzten Monaten hatte er selbst weniger von Laud und Lily zu sehen bekommen, als ihm lieb war. Aber man musste nur wenige Minuten in ihrer Gesellschaft verbringen, um es zu spüren. Es war keine offenkundige Leidenschaft; sie hielten einander nicht ständig an der Hand oder schauten sich lang und schmachtend in die Augen. Aber immer wenn sie zusammen waren, waren sie auf eine Art und Weise entspannt, wie Mark es noch nie gesehen hatte. Es war, als spielte die Welt um sie herum mit all ihren Fehlern nicht mehr wirklich eine Rolle.

»Außerdem versteht sie sich gut mit Honorius«, fuhr Lily fort, hastig das Thema wechselnd, »und wir müssen ihn bei Laune halten. Es war schon schwer genug, ihn dazu zu bewegen, seine Patienten zu verlassen, auch wenn es nur für ein paar Monate sein wird. Ich habe ihm gesagt, dass sich Owain und Freya gut um sie kümmern werden, aber …« Lilys Beschwingtheit ebbte ein wenig ab. »Honorius bemuttert seine Patienten wie seine Kinder.«

Mark hütete sich davor, das Thema Familie anzuschneiden. Lilys Vater war mittlerweile in der Gruft der Kathedrale begraben worden. Verity nahm an der Reise nicht teil; obwohl Lily und sie darüber gesprochen hatten, hatte sie beschlossen, zu Hause zu bleiben. Sie war die Sekretärin des neuen Direktors, und Mark vermutete, dass sie bald noch mehr sein würde. Und was Lilys Mutter anging …

Beim letzten Besuch des Dirigenten, dem diplomatischen Vertreter Narus, hatte er das ehemalige Orakel nach Agora mitgebracht. Lily hatte versucht mit ihr zu reden, doch sie hatte innerlich völlig abgeschaltet. Elespeth hatte vorgeschlagen, sie eine Zeitlang in der Obhut des Zirkels der Schatten leben zu lassen und ihr so dabei zu helfen, wieder in Einklang mit ihrer verletzten Gefühlswelt zu kommen. Ihnen blieb nur die Hoffnung.

Mark legte Lily eine Hand auf ihre Schulter, und sie hob die ihre, um sie zu berühren. Eine Zeitlang sagte keiner der beiden etwas; sie schauten zu, wie sich die Wellen im Licht des ersten Morgengrauens kräuselten. Sie waren beide in dicke gisethische Jacken gehüllt, benötigten sie aber eigentlich gar nicht, denn der Frühlingsmorgen war ruhig und angenehm. Der Winter war sogar so mild gewesen, dass man kaum glauben konnte, dass seit dem Tag des Urteils bereits sechs Monate vergangen waren.

Lily riss sich als Erste aus ihren Gedankengängen. »Wie dem auch sei, genug davon«, sagte sie entschlossen. »Hast du es mitgebracht?«

»Cherubina hat es für mich im Gewölbekeller des Direktoriums ausfindig gemacht«, sagte Mark und nahm die zerschlissene Ledertasche vom Rücken. »Ich weiß immer noch nicht, wie ich das Lady Astrea erklären soll, wenn wir nach Agora zurückkehren«, sagte er, während er eine dicke Schriftrolle aus der Tasche hervorzog. »Ich weiß zwar, dass es im neuen Waage-Museum im Turm des Sterndeuters ein Faksimile gibt, aber das hier ist die letzte Originalversion. Eine unbezahlbare Antiquität.«

Lily lachte. »Lady Astrea muss sich vor Augen halten, dass sie nicht Direktorin ist. Jedenfalls war sie im Waage-Bund, oder nicht? Ich dachte, die haben es mit Symbolen.«

Mark grinste. »Ich glaube, das ist das Problem. Ihr gefällt nicht, was das hier symbolisiert, nicht im Geringsten. Und vor allem gefällt ihr nicht, dass es von mir kommt – sie redet mich nach wie vor nicht mit meinem Titel an.«

Lily hob die Augenbrauen. »Tja, ›Offizieller Berater des Empfangsdirektors‹ ist ja auch ein Zungenbrecher. Wenn Theo jemals seine Ideen in Bezug auf die Wahlen umsetzt, wirst du dir etwas Griffigeres ausdenken müssen.«

Mark lachte. »Ich wäre schon froh, wenn Astrea mich nicht ›der Junge‹ nennt, wenn sie glaubt, ich würde es nicht hören.«

Seufzend nahm Lily Mark die Schriftrolle ab und fing an, sie auszurollen. »Behalte Astrea im Auge«, sagte sie. »Ich weiß, dass Theo den Rat von jemandem braucht, der Erfahrung mit der Regierungsarbeit hat. Aber wenn man ihr die Chance gibt, wird sie vielleicht versuchen, die Macht wieder an sich zu reißen.«

Mark zuckte mit den Schultern. »Chefinspektor Greaves passt auf sie auf, und die Eintreiber sind ihm gegenüber loyal. Jetzt, da sie wieder aus dem Gefängnis heraus ist, hat sich sogar Poleyn beruhigt. Außerdem weiß Astrea, dass Theo ihren Gatten wieder einsperren lassen könnte, und sie würde seine Sicherheit nicht aufs Spiel setzen. Es wird schon gut gehen.«

Das Dokument entrollte sich ganz und fiel bis auf den Boden. Während Mark den Inhalt las, wurde er unwillkürlich ein wenig nervös. Das Dokument war wirklich wunderschön, eine Rolle cremefarbenen Pergaments mit handgemalten Verzierungen. Ein Unikat.

Aber sie waren übereingekommen, das hier gemeinsam zu tun.

Mark nahm ein Ende der schweren Schriftrolle, Lily das andere. Gemeinsam traten sie an den Rand der Klippe.

Mit einer schwungvollen Bewegung warfen sie das letzte Originalexemplar des Mitternachts-Statuts über die Felskante. Einen Moment verdrehte es sich anmutig. Dann fiel es hinab und verschwand unter der Wasseroberfläche.

Lily stieß einen Seufzer der Erleichterung aus. »Keine Prophezeiungen mehr«, sagte sie. »Keine weiteren Experimente, keine großen Pläne.«

»Wir sind frei«, sagte Mark.

Eine Weile blieben sie stumm stehen. Mark war, als stünden sie zum ersten Mal überhaupt aufrecht.

Lily blickte zum Dock hinüber. In der Ferne, unter dem heller werdenden Himmel, konnte Mark eine rothaarige Gestalt ausmachen, die ihnen zuwinkte. Lily lächelte.

»Sieht aus, als wären sie fertig«, sagte sie leise. »Jetzt kommen noch die Verabschiedungen.«

Mark steckte die Hände in die Taschen. »Es gibt keinen Grund, sie allzu lange dauern zu lassen«, sagte er mit fester Stimme. »Ich meine, du gehst ja nicht für immer weg. Dieses Schiff ist nicht so groß, da kann es nicht allzu weit bis zu den alten Ländern sein.«

»Es gibt jede Menge Platz an Bord«, sagte Lily voller Aufrichtigkeit. »Wenn du mitkommen möchtest, könnten wir bestimmt warten …«

Mark lächelte. Er hatte darüber nachgedacht, das hatte er wirklich. Die Chance zu entdecken, warum die alte Welt sie im Stich gelassen hatte, wirklich zu erfahren, was dort draußen passiert war. Eine Reise, um ihre ganze Geschichte zu erkunden, ihre *wirkliche* Geschichte, bevor die Waage-Leute ihre Decke aus Geheimnissen darüber gelegt hatten. Es hörte sich wie ein Abenteuer an.

Aber er hatte eine Zeitlang genug von Abenteuern. Und in Agora gab es viel zu tun. Die Stadt befand sich nach wie vor im Wiederaufbau. Es musste eine neue, freie Regierung aufgebaut und neue, gerechtere Gesetze verabschiedet werden. Diplomatische Gesandte aus Giseth und Naru mussten empfangen werden. Das allein schon war kompliziert, da die meisten Agoraner noch immer nicht mit der Vorstellung vertraut waren, dass es noch andere Länder gab. Und immer wieder gab es jene Tage, an denen der Direktor einfach jemanden brauchte, mit dem er reden konnte. Und da Lily, Laud und Ben davonsegelten, und sei es auch nur vorübergehend, würde Mark derjenige sein, an den sich der Direktor in den kommenden Monaten verstärkt wenden würde.

Außerdem hatte er seinem Vater natürlich versprochen, ihn bei einem seiner Angelausflüge zu begleiten. Das wollte er sich um nichts in der Welt entgehen lassen.

»Ich glaube, es wird genug Abenteuer in Agora geben, bis du wieder zurück bist«, sagte Mark, während er Lilys Blick begegnete. »Außerdem kämpfe ich schon seit sechzehn Sommern«, fügte er hinzu. »Ich glaube, mir käme ein ruhigeres Jahr jetzt ganz gelegen.«

Lily nickte verständnisvoll. »Tja, ich glaube, es wird Zeit aufzubrechen …«, sagte sie, während sie über die Schulter blickte. »Laud sieht aus, als würde er gleich explodieren, wenn ich mich nicht beeile.«

Mark konnte sich ein Grinsen nicht verkneifen. »Du weißt aber schon, warum das so ist, nicht wahr?«, sagte er. Lily hob die Augenbrauen. Mark wies dorthin, wo die roten und rosafarbenen Töne des Sonnenaufgangs am Horizont sichtbar wurden. »Komm schon, so ist Laud eben. Er hat eine romantische Ader. Er will, dass ihr in die aufgehende Sonne hineinsegelt.«

Lily blickte über die Wellen hinweg und musste lachen. »Tja, dann hat er Pech gehabt«, sagte sie und wandte sich vom Meer ab. »Honorius meinte, es würde Stunden dauern, bis man diese ganzen Segeltaue auf die Reihe bekommt …«

»Pass nur auf, bestimmt ist Laud damit schon fertig«, bemerkte Mark lachend, während sie sich auf den Rückweg zur Kathedrale machten.

»Jeder andere würde meinen, du denkst, Laud wäre mehr Schein als Sein …«

»Tja, weißt du …«

»Siehst du, deswegen nehmen wir dich nicht mit …«

Lachend und plaudernd stiegen Mark und Lily die Klippe hinab, während hinter ihnen das Licht der morgendlichen Dämmerung leuchtete. Dabei waren sie erfüllt von einem Gefühl der absoluten Unbekümmertheit.

Und soweit es Mark betraf, war das genau das, was er sich wünschte.

# EPILOG

Das rote Segel verschwand hinter dem Horizont. Theo, der gar nicht wahrgenommen hatte, dass er den Atem anhielt, stieß ihn nun aus.

Mit zusammengekniffenen Augen schaute er in die hoch stehende morgendliche Sonne und sah Mark, der nach wie vor an der Kante des Docks stand und winkte. Theo überlegte, ob er zu ihm hinübergehen sollte, entschied sich dann jedoch dagegen. Es würde später noch reichlich Zeit dafür geben, in Erinnerungen zu schwelgen und sich einzugestehen, wie sehr sie ihre Freunde vermissten. Er wollte Mark in diesem Augenblick nicht stören.

Theo zog sich seine dunkle Jacke mit den silbernen Borten enger um die Schultern. Die Sonne schien heute zwar hell, doch bis zum gisethischen Frühlingsfest waren es noch ein paar Tage, und die Brise war ein wenig kühl. Vielleicht sollte er in die Kathedrale zurückkehren. Seine Tage in Agora waren mittlerweile so von Arbeit ausgefüllt, und die Kathedrale war nun, da Wolfram und seine Anhänger nicht mehr da waren, ein Ort wohliger Ruhe. Sogar Wulfric, ihr verwegen dreinblickender neuer Pförtner, wusste, wann er ihn seinen Gedanken überlassen musste.

»Direktor …«

Theo schaute hinunter. Verity stand neben ihm. Sie hatte feuchte Augen, doch allmählich gewann sie ihre Zuversicht zurück. Lily hatte vor ihrer Abreise lange mit ihr gesprochen. Eines Tages würde Theo vielleicht fragen, was sie ihr erzählt hatte.

»Ach, Verity«, sagte er mit sanfter Stimme, »du brauchst mich nicht immer Direktor zu nennen, schon gar nicht hier. An diesen Titel kann ich mich einfach nicht gewöhnen.«

Verity blickte zu ihm auf und schüttelte liebevoll den Kopf. »Und glaube mir, das ist der Grund, warum du der beste Direktor bist, den Agora jemals hatte«, sagte sie.

Theo zuckte mit den Schultern. »Tja, ich glaube nicht, dass es schwer war, Snutworth zu übertrumpfen«, räumte er ein, darauf hoffend, sie damit zum Lachen zu bringen.

Zu seiner Freude zeigte sich der Anflug eines Lächelns auf ihrem Gesicht. Das reichte für den Moment.

Er schaute sich zum Dock um. Mark hatte damit aufgehört zu winken und starrte aufs Meer hinaus.

»Möchtest du ein wenig allein sein?«, fragte Theo Verity leise. »Ich könnte in der Kathedrale warten.«

Entschieden, aber mit einem traurigen Lächeln schüttelte sie den Kopf. »Nein. Sich mit Arbeit abzulenken, hilft immer.« Sie langte in ihre Jackentasche. »Das erinnert mich an etwas. Die Mönche wollten, dass du die hier als Symbol der neuen Freundschaft zwischen Giseth und Agora bekommst.«

Verity holte einen kleinen Lederbeutel hervor und legte ihn Theo auf die Handfläche. Er gab ein leises Klimpern von sich. Neugierig löste Theo den Knoten und schüttete den Inhalt auf die andere Handfläche.

»Was ist das?«, fragte er, während er die goldenen und silbernen Metallscheiben anstupste. »Sie sehen aus wie diese Verzierungen, mit denen die Kathedrale bedeckt ist.«

Verity nickte. »Das sind sie auch«, sagte sie. »Als dieses Schiff einst hier ankam, vor all den Jahren, hielt der überlebende Seemann es offenkundig für das Wertvollste an Bord – mehr noch als Proviant und Wasser. Der neue Bischof hat ein paar für uns abmachen lassen. Er meinte, wir würden sie vielleicht mit nach Agora nehmen wollen.«

Theo hielt eine der Scheiben hoch. Auf ihr war der Kopf eines lange in Vergessenheit geratenen Mannes eingraviert. Es war bloß ein kleines Stück Gold, hatte aber etwas Gefährliches an sich.

»Ich weiß nicht, ob das eine besonders gute Idee wäre«, sagte er.